Petra Ivanov
LEERE GRÄBER

Petra Ivanov

LEERE GRÄBER

Roman

Appenzeller Verlag

1. Auflage, 2012
2. Auflage, 2012

© Appenzeller Verlag, CH-9101 Herisau
Alle Rechte der Verbreitung, auch durch Film, Radio und
Fernsehen, fotomechanische Wiedergabe, Tonträger, elektronische
Datenträger und auszugsweisen Nachdruck, sind vorbehalten.

Umschlaggestaltung: Eliane Ottiger
Gesetzt in Janson Text und gedruckt auf
90 g/m^2 FSC Mix Munken Premium Cream 17.5
Satz und Druck: Appenzeller Druckerei, Herisau
Bindung: Schumacher AG, Schmitten
ISBN: 978-3-85882-645-9

www.appenzellerverlag.ch

Für Karin und Regula

«Es bleiben Türen offen, die man besser schliessen sollte.»

*Ruth-Gaby Vermot-Mangold, ehemaliges Mitglied
des Nationalrates und der Parlamentarischen Versammlung
des Europarates*

Montevideo, Uruguay

Der Wind pfiff durch die Gassen der verlassenen Altstadt. Er erfasste ein Blatt der Tageszeitung «El País» und wirbelte es durch die Luft. Wie ein Geist schwebte es über der Plaza de la Constitución, bevor es zu Boden segelte. Dort wand es sich zwischen einer PET-Flasche und den Resten einer Kartonschachtel. Als ein weiterer Windstoss vom Río de la Plata her über die Halbinsel fegte, wurde das Blatt erneut in die Höhe gehoben. Diesmal endete sein Flug, als es auf Widerstand stiess.

Ramón Penasso bemerkte das Zeitungsblatt nicht, das ihm am Schienbein klebte. Konzentriert glitt sein Blick über die bröckelnden Fassaden. Kaum waren die Läden geschlossen, glich das Quartier einer Geisterstadt. Einzig zwei Touristen standen mit Kameras vor der Iglesia Matriz, um den verblichenen Charme der Kirche einzufangen. Als das Klappern von Pferdehufen erklang, drehten sie die Köpfe. Ein Kartonsammler bog auf seinem Wagen um die Ecke, das dunkle Gesicht ausdruckslos.

Ramón umklammerte die Plastiktasche, die er bei sich trug, fester. Er hatte absichtlich den Weg durch die menschenleeren Gassen gewählt. Wenn ihm jemand folgte, würde er es hier rascher bemerken als im Zentrum, wo bis weit nach Mitternacht Betrieb herrschte. Doch bis jetzt war ihm niemand aufgefallen. Trotzdem drehte er eine weitere Runde durch die Altstadt, die sich vom Hafen bis zum Festungstor erstreckte.

Gitter schützten die Geschäfte vor Einbrüchen. Die meisten Fensterläden waren geschlossen, obwohl die heisse Nachmittagssonne längst verschwunden war. In den windstillen Ecken roch es nach Urin. Ausser dem Kartonsammler und den Touristen waren nur einige Jugendliche unterwegs. Vielleicht habe ich mir die Gefahr eingebildet, dachte Ramón. Er versuchte, sich zu erinnern, wann er das erste Mal das Gefühl gehabt hatte, beobachtet zu werden.

Vor drei Monaten hatte er mit der Fähre von Buenos Aires nach Montevideo übergesetzt. In seiner Nähe war eine Frau gesessen, die immer wieder verstohlen in seine Richtung geblickt hatte. Er hatte ihre Neugier der Tatsache zugeschrieben, dass sein Gesicht in Argentinien bekannt war. Vielleicht hatte ihr Interesse aber nicht ihm als Privatperson gegolten. Möglicherweise hatte sie den Auftrag gehabt, ihn zu beschatten. Oder aber er hatte ihr bloss gefallen. Ramón hätte sich nicht als attraktiv bezeichnet, dazu war sein Kinn zu wenig markant, seine Nase zu lang. Einige Kilogramm weniger hätten auch nicht geschadet, doch sein Äusseres war ihm nie wichtig gewesen. Trotzdem stellte er immer wieder fest, dass Frauen sich von ihm angezogen fühlten. Gut möglich, dass die Unbekannte nichts über ihn gewusst, sondern lediglich versucht hatte, Kontakt zu ihm zu knüpfen.

Die Männer in Punta del Este hingegen hatten mit Sicherheit andere Absichten gehabt. Drei Wochen nach seiner ersten Schifffahrt war Ramón erneut nach Uruguay gereist, diesmal im Auto. Als er ein Café im noblen Badeort Punta del Este verlassen hatte, waren ihm zwei muskulöse Gestalten mit Sonnenbrille aufgefallen. Wenig später hatte er die beiden in der Nähe seines alten Peugeots entdeckt. Mit Schlägertypen kannte sich Ramón aus. Er war in La Boca aufgewachsen, einem Hafenquartier, das vielen italienischen Immigranten einst ein Zuhause geboten hatte. Früh hatte er gelernt, die Fäuste einzusetzen, wenn er seinen Besitz verteidigen oder sich Achtung verschaffen wollte.

Zu Hause hatte Ramón die Männer wieder vergessen. Bis er eines Abends spät in seine Wohnung zurückgekehrt war und das aufgebrochene Schloss an seiner Tür entdeckt hatte. Obwohl Einbrüche keine Seltenheit waren, hatte er nie besondere Sicherheitsvorkehrungen getroffen. Er besass wenig, das sich zu stehlen lohnte. Seinen Laptop nahm er meistens mit, wenn er aus dem Haus ging; der Fernseher war so alt, dass sich kaum ein Dieb die Mühe machen würde, ihn abzuschleppen. Seine Grossmutter schimpfte, weil er mit 36 Jahren immer noch wie ein Student lebte. Sie wollte ihn glücklich verheiratet sehen, bevor sie starb. Ramón fühlte sich noch nicht bereit dazu. Er zweifelte, ob er es je wäre.

Er war bei der Plaza Independencia angekommen, die den Anfang des modernen Zentrums von Montevideo bildete. Eine mehrspurige Strasse führte um den Platz herum, vielen Omnibussen diente er als Endhaltestelle. Ramón schritt auf eine Bronzestatue des Volkshelden José Gervasion Artigas zu und legte den Kopf in den Nacken. Über ihm erschienen die ersten Sterne am klaren Himmel.

Der Einbrecher hatte seine Wohnung in ein Trümmerfeld verwandelt. Mitgenommen hatte er jedoch nur einen silbernen Bilderrahmen, einen Reserveakku sowie eine billige Uhr. Ramón hatte sich des Eindrucks nicht erwehren können, der Dieb versuche, ein Interesse an Wertsachen vorzutäuschen. In Wirklichkeit hatte er nach etwas anderem gesucht.

«Seit wann bist du romantisch veranlagt?», riss ihn eine Frauenstimme aus den Gedanken.

«Elena!» Ramón breitete die Arme aus. «Du bist schon da! Wie schön, dich zu sehen!» Er war selbst überrascht über das Ausmass seiner Freude. Er hatte zusammen mit Elena Alvarez studiert, fast vier Jahre lang hatten sie nur Augen füreinander gehabt. Nach dem Studium hatten sich ihre Wege jedoch getrennt. Elena hatte sich nach einer Familie gesehnt, für Ramón hatte das Leben gerade erst begonnen. Ihre unterschiedlichen Erwartungen hatten einen Keil zwischen sie getrieben. Ein Kollege Ramóns hatte die Gunst der Stunde genutzt, um Elena Avancen zu machen. Drei Monate später war sie mit Gonzalo verlobt gewesen.

Ramón betrachtete seine ehemalige Freundin. Sie hatte ihr dichtes Haar zu einem Knoten zusammengebunden, doch einzelne Löckchen umrahmten ihr weiches Gesicht. Die vollen Lippen waren rot geschminkt, die Augenbrauen sorgfältig gezupft. Die helle Bluse, die sie trug, liess sie eleganter erscheinen als zu Studentenzeiten, doch sie strahlte immer noch dieselbe unbändige Energie aus. Er dachte an die hitzigen Diskussionen, die sie geführt hatten, und an die leidenschaftlichen Nächte, die ihren Auseinandersetzungen jeweils gefolgt waren. Unweigerlich begann sein Herz schneller zu schlagen.

Elena ignorierte seine ausgebreiteten Arme und küsste ihn kurz auf die Wange, wie es unter Bekannten üblich war.

«Gonzo», stellte Ramón fest.

Elena zuckte die Schultern. «Er hat sich nicht verändert. Wenn er wüsste, dass du in Montevideo bist, würde er mich nicht aus den Augen lassen.»

Ramón schnaubte.

Elenas Augen funkelten. «Hör auf, Ramón! Gonzo war da, als ich ihn brauchte! Er ist ein grosszügiger Mann, und er hat mir zwei wunderbare Kinder geschenkt. Es geht ihnen übrigens gut, danke der Nachfrage.»

Nur Elenas Körperhaltung verriet, wie sehr sie immer noch verletzt war, weil Ramón ihr seinen Beruf vorgezogen hatte. Bereits als Studentin hatte sie die Schultern leicht nach vorne gezogen, wenn sie sich zu schützen versuchte – eine Haltung, die nicht zu ihrer stolzen Erscheinung passte. Als Ramón sie betrachtete, fragte er sich, ob er einen Fehler begangen hatte. Wie hätte sein Leben ausgesehen, wenn er nicht den Drang verspürt hätte, sich zu engagieren? Wenn er, statt Missstände bekämpfen zu wollen, sich um seine eigenen Angelegenheiten gekümmert, eine Familie gegründet hätte? Ein müssiger Gedanke, denn in die Welt, mit der er täglich konfrontiert war, wollte er keine Kinder setzen.

«Du hast recht.» Ramóns Stimme war forsch und zärtlich zugleich. «Es steht mir nicht zu, dein Leben zu kritisieren. Wie geht es Gonzo? Arbeitet er immer noch bei der Bank?»

Elena seufzte. «Was führt dich nach Montevideo, Ramón?» Sie schlug einen leichteren Tonfall an. «Was ist so wichtig, dass sich ein Porteño dazu herablässt, uns einen Besuch abzustatten?»

Ramón begriff, dass sie die Rivalität zwischen den Bewohnern von Buenos Aires und Montevideo ansprach, um das Gespräch in unverfängliche Bahnen zu lenken. Er beschloss mitzuspielen.

«Nostalgie», meinte er, mit einer ausladenden Geste auf die Umgebung deutend. «Ich wollte mir in Erinnerung rufen, wie Buenos Aires vor zwanzig Jahren ausgesehen hat.»

Elena schnalzte. Sie führte ihn in eine Seitenstrasse, wo sie ein Bistro betraten, dessen Bänke mit verblichenem rotem Samt bezogen waren. Ramón setzte sich so, dass er die Tür im Blickfeld hatte. Inzwischen war er fast sicher, dass ihm niemand nach Montevideo gefolgt war, trotzdem liess seine Aufmerksamkeit nicht nach. Dass er Elena in die Geschichte hineinzog, bereitete ihm Unbehagen. Doch er hatte keine andere Möglichkeit gesehen. Sie war die einzige Person, die nichts mit seinem heutigen Leben zu tun hatte und der er hundertprozentig vertraute.

Nachdem sie bestellt hatten, lehnte sich Elena zurück. «Erzähl», befahl sie. «Ich sehe doch, dass dich etwas beschäftigt.»

Ramón legte die Plastiktasche auf den Tisch. «Ich muss dich um einen Gefallen bitten. Da drin befindet sich ein Paket. Wenn du innert dreissig Tagen nichts von mir hörst, schicke es ab.»

Elena kniff die Augen zusammen. «Was ist es diesmal? Wem willst du an den Kragen?»

«Je weniger du weisst, desto besser. Vertrau mir. Und erzähl niemandem davon. Bring das Paket einfach zur Post.»

«Wenn du in Gefahr bist, musst du…»

Ramón legte ihr den Zeigefinger auf die Lippen. «Es ist besser, wir reden nicht darüber.»

Elena schob seine Hand weg. «Ramón!»

Er lehnte sich zurück. «Wahrscheinlich bilde ich mir alles nur ein. Ich war schon immer übervorsichtig.»

«Tonto! Du lebst, als seist du unsterblich! Wenn du dich vor jemandem fürchtest, hast du einen guten Grund dafür.»

Der Kellner trat mit einer Flasche Rotwein an den Tisch. Aus den Lautsprechern erklangen sanfte Tangoklänge. Auch wenn Ramón ab und zu herablassende Bemerkungen über Montevideo fallen liess, so schätzte er doch die Gemütlichkeit, die hier herrschte. Zwar bevorzugte er das pulsierende Leben in Buenos Aires, doch er verstand, dass sich Elena in der kleineren Stadt wohl fühlte.

Er hob sein Glas und prostete ihr zu. «Und nun erzähl mir von deinen Kindern.»

Elena blickte ihn lange schweigend an. Schliesslich nahm sie die Tasche und hängte sie neben ihre Handtasche. Sie berichtete von ihrem achtjährigen Sohn und der fünfjährigen Tochter. Obwohl sie offensichtlich stolz auf ihre Kinder war, nahm Ramón einen melancholischen Unterton in ihrer Stimme wahr. Er vermutete, dass Elenas Gedanken während des Erzählens abschweiften. Fragte sie sich ebenfalls, wie ihr Leben aussähe, wenn sie andere Entscheidungen getroffen hätte? Wie er war sie in der Studentenbewegung aktiv gewesen. Gemeinsam hatten sie an politischen Debatten teilgenommen, hatten Protestaktionen mitorganisiert und waren Seite an Seite in Demonstrationszügen marschiert. Doch Elena war keine politische Kämpferin. Die Angst um ihre Sicherheit und ihre Zukunft hatte sie stets begleitet. Vermutlich hatte sie deshalb das Leben, das Gonzalo ihr bot, so bereitwillig angenommen.

«Und du?», holte sie ihn in die Gegenwart zurück.

«Ich?»

Elena schenkte Wein nach. «Gibt es jemanden in deinem Leben?»

Ramón zuckte die Schultern. «Nichts Ernstes.»

«Wie lange willst du so weitermachen?»

«So lange es nötig ist», antwortete er scharf. «Glaub mir, wenn es uns nicht gelingt, die Regierung …»

Elena hob die Hand. «Keine Politik! Nicht heute. Wie geht es deiner Grossmutter? Bäckt sie ihre Empanadas immer noch selbst?»

«Keine Politik? Elena, das Leben ist Politik! Es ist wichtig, über unsere Identität, unsere Wertvorstellungen und das System zu diskutieren! Wir dürfen die Augen nicht vor der Realität verschliessen. Wir müssen sie mitgestalten! Die Demokratie, in der wir leben, existiert nur auf dem Papier, auch wenn uns die Kirchner vom Gegenteil zu überzeugen versucht. Das Volk hat nichts zu sagen! Das müssen wir ändern. Du siehst doch, wozu es sonst führt. Der Neoliberalismus hat uns nichts als Elend gebracht.»

Er beugte sich vor. «Wir müssen aufhören, fremde Modelle zu übernehmen, und lernen, selbst zu denken. Es gibt kein Leben ohne Politik, begreifst du das nicht?»

«Leben?», fiel ihm Elena ins Wort. «Nennst du das, was du führst, Leben?» Sie nahm das Paket und knallte es auf den Tisch. «Weisst du, wie ich es nenne? Ein Versteckspiel! Du weisst nie, wem du trauen kannst, schaust bei jedem Schritt über die Schulter! Und wozu das Ganze? Was nützen deine Enthüllungen? Verändern sie etwas? Politiker sind wie Unkraut. Kaum ist einer weg, kommt der nächste nach.»

«Lieber jäte ich Unkraut», gab Ramón zurück, «als dass ich mir den Kopf darüber zerbreche, ob die Servietten zum Tischset passen! Aber das ist bequem, nicht wahr? Ein einfaches Problem, schnell gelöst. Und gefallen dir die Servietten nicht mehr, kaufst du dir einfach neue. Mit dem Geld, das dein Gonzo als Fondsmanager verdient. Überlegst du dir gar nicht mehr, woher es stammt? Wem er es gestohlen hat? Was für eine Frage! Natürlich nicht. Vermutlich gehst du nicht einmal selber einkaufen. Erledigt das ein Hausmädchen für dich?»

Elena versetzte ihm eine Ohrfeige. Eine Weile sassen sie schweigend da, jedes mit seiner Wut beschäftigt. Genau so war es damals gewesen, als sie sich nicht über geplante Aktionen einig geworden waren oder eine Situation unterschiedlich eingeschätzt hatten. Ihre Auseinandersetzungen hatten ihnen geholfen, die Dinge so zu sehen, wie sie waren. Als Elena einen Schluck Wein nahm, realisierte Ramón, dass sie heute keine Klarheit mehr suchte. Sie hatte sich ihre Welt so zurechtgelegt, wie sie sie am besten ertrug. Die Wahrheit hatte darin keinen Platz. Er holte sein Portemonnaie hervor.

«Wie wirst du dich mit mir in Verbindung setzen?», brach Elena das Schweigen.

Ramón verstand die Frage nicht.

Elena deutete auf das Paket. «Du hast gesagt, falls ich innert dreissig Tagen nichts von dir höre, soll ich es abschicken. Wohin gehst du?»

Ramón zögerte.

«So viel kannst du mir wohl noch verraten!»

«Nach Europa.» Er senkte die Stimme. «In die Schweiz. Aber niemand darf davon erfahren! Ich rufe dich in den nächsten vier Wochen an.»

«In die Schweiz?» Elena hielt inne. In sanftem Tonfall fuhr sie fort. «Es hat mit deiner Schwester zu tun, nicht wahr? Gar nicht mit deiner Arbeit.»

Beim Gedanken an seine Schwester fühlte sich Ramón von einem Moment auf den anderen kraftlos. Er fuhr sich mit der Hand übers Gesicht. Er hätte keinen Wein trinken sollen. In den letzten Tagen hatte er nur wenige Stunden geschlafen. Der Alkohol machte seine Glieder noch schwerer, als sie ohnehin schon waren.

«Es tut mir leid», seufzte Elena. «Ich weiss, wie wichtig es dir ist, sie zu finden. Bist du weitergekommen?»

Ramón schüttelte den Kopf.

Mit einer ungewöhnlich zärtlichen Geste strich sie ihm über die Hand. «Vielleicht ist es Zeit, die Vergangenheit ruhen zu lassen. Du hast getan, was du konntest.»

Ramón richtete den Blick aus dem Fenster. «Wie hast du es formuliert? Kaum ist ein Übel weg, wächst das nächste nach?» Er schloss die Augen. «Es ist nicht vorbei, Elena. Es wird nie vorbei sein.»

Teil 1

September

1

Es war ein kurzer Sommer gewesen. Der nasse, kalte Juni hatte in den Zürchern den Hunger nach Sonne und Wärme geweckt, doch weder der trübe Juli noch der durchzogene August hatten ihn stillen können. Nun tummelten sich die Menschen am See, obschon sich der September bereits dem Ende zuneigte. An den Wochenenden sah die Wasseroberfläche aus, als habe jemand ein Daunenkissen darüber ausgeschüttelt. Segelboote, Jachten, Pedalos und Ruderboote schaukelten auf und ab, Kursschiffe bahnten sich vorsichtig einen Weg von Anlegestelle zu Anlegestelle. Am Ufer planschten Badende; Schwäne buhlten um die Gunst der Spaziergänger, die ihnen Brotreste zuwarfen.

Den Morgen hatte Daniel Frey damit verbracht, die Rettungsstationen zu überprüfen. Er konnte sich nicht daran erinnern, wie viele Rettungsringe er während seiner fünfeinhalb Jahre bei der Wasserschutzpolizei bereits ersetzt hatte. Jugendliche machten sich einen Spass daraus, sie ins Wasser zu werfen, Touristen nahmen sie als Souvenir mit. Sogar sein siebenjähriger Sohn wollte einen haben. Ben behauptete, er würde damit seine Kameraden beeindrucken. Im Moment gab es für ihn nichts Wichtigeres, als dazuzugehören. Dass der Junge vermutlich immer ein Aussenseiter bleiben würde, schmerzte Frey. Wegen seiner Sehbehinderung konnte Ben nicht mit Gleichaltrigen mithalten. Trotz der starken Brillenkorrektur würde er nie scharf sehen können. Das schränkte ihn in seiner Reaktionsfähigkeit ein und nagte an seinem Selbstvertrauen.

Gedankenverloren starrte Frey auf die spiegelglatte Oberfläche des Sees. An Land liebte er den Herbst. Die reine Luft und die Weite liessen ihn zur Ruhe kommen. Von seiner Wohnung in Benglen aus erschienen ihm die Berge zum Greifen nah. Mit dem Wasser verhielt es sich genau umgekehrt: Den Sommer über wuchsen Algen und Plankton, so dass die Sichtweite im Oktober am geringsten war. Erst im November, wenn die Seetemperatur merklich sank, starben die Pflanzen langsam ab.

Trotzdem freute er sich auf den Tauchgang. Schon während der Polizeischule war es für Frey klar gewesen, dass er sich nach dem obligatorischen Streifendienst bei der Wasserschutzpolizei bewerben würde. Dies, obwohl er wusste, dass er häufiger mit dem Tod konfrontiert sein würde als an Land. Frey musste nicht nur Leichen aus Gewässern bergen, sondern auch ausrücken, wenn der Tod in der Badewanne eintrat, da nur die Wasserschutzpolizei über die Geräte verfügte, die nötig waren, um einen Körper aus dem Wasser zu ziehen. Seine Freunde hatten gespottet, er bevorzuge den Dienst auf dem See wegen der knapp bekleideten Frauen. Doch es war der Einsatz unter Wasser, der Frey faszinierte. Mit fünfzehn Jahren hatte er das Tauchen entdeckt, seitdem war kaum eine Woche vergangen, in der er nicht mindestens einmal die Flossen montiert hatte. Dass er sein Hobby zum Beruf hatte machen können, erfüllte ihn mit Dankbarkeit. Der einzige Wermutstropfen war, dass er sich langsam Gedanken über seine Zukunft machen musste. Wenn er eine Kaderausbildung ins Auge fassen wollte, befand er sich am falschen Ort. Da den Polizisten bei der Wasserschutzpolizei nur eine geringe Anzahl Chefposten offen standen, musste er einen Wechsel in Betracht ziehen. Daran wollte er im Moment aber nicht denken. Lieber konzentrierte er sich auf die bevorstehende Aufgabe.

Am vergangenen Abend hatte ein Segelboot den Aussenbordmotor verloren. Vermutlich waren einige Schrauben an der Halterung locker gewesen. Da das Schiff mit einem GPS-Gerät ausgerüstet war, konnte der Besitzer genau angeben, wo der Motor untergegangen war. Frey hatte schon zahlreiche Gegenstände geborgen, von Schlüsseln über Handys bis zu einer wertvollen Perlenkette. Den Motor zu finden, dürfte nicht schwer sein.

Sein Kollege riss ihn aus den Gedanken. «Diesmal gilt es ernst», meinte Gilles Buchmann, auf den Flachdachbau am Ufer hinter ihnen deutend.

«Mit dem Neubau?», fragte Frey, während er seine Tauchausrüstung kontrollierte.

«Der Stadtrat hat den Kredit bewilligt.»

Frey lachte. «Das glaube ich erst, wenn die neue Wache steht!» Weil das Gebäude der Wasserschutzpolizei aus allen Nähten platzte, war seit Jahren ein Neubau geplant. Bereits 1996 war eine erste Sitzung abgehalten worden. Vierzehn Jahre später lag noch immer kein Projekt vor. Zu viele Interessen waren aufgrund der exklusiven Lage am See im Spiel. Immer wieder hatte Frey vernommen, nun sei das letzte Hindernis aus dem Weg geräumt – und jedes Mal war eine weitere Hürde aufgetaucht. Er warf Buchmann die Tauchmaske zu. Da an diesem Mittwochnachmittag viel Betrieb herrschte, waren sie nur zu zweit unterwegs.

«Was läuft im Rennen um Steffi?», wechselte Frey das Thema. «An welcher Stelle liegst du zurzeit?»

«Ziemlich weit hinten.»

«Lad sie mal zu einem Tauchgang ein», meinte Frey. «Führ ihr deinen Knackarsch vor.»

Buchmann tippte ihm mit der Flosse an den Hinterkopf. Die langbeinige Detektivin war nicht nur bei ihnen Gesprächsthema. Seit sie sich von ihrem Freund getrennt hatte, einem Kollegen vom Sicherheitsdienst, buhlte eine Reihe möglicher Nachfolger um ihre Gunst. Grinsend setzte sich Frey auf den Rand des Tauchschiffs. Obwohl er glücklich verheiratet war, stimmte er gerne ins Getratsche mit ein, wenn auch nur, um Buchmann aufzuziehen.

Frey kontrollierte Tarierhilfe, Bleigurt, Luftversorgung und Verschlüsse. Als Buchmann ebenfalls bereit war, signalisierte Frey ihm «Okay». Nacheinander liessen sie sich in die Tiefe sinken. Die Algenschicht war etwa fünf Meter dick. Jedesmal, wenn Frey durch das dichte Grün tauchte, dachte er an seinen Sohn. Die eigene Hand erkannte Frey um diese Jahreszeit nur, wenn er sie sich direkt vors Gesicht hielt. Ganz ähnlich sah Bens Welt aus. Sie bestand aus Schatten und vagen Umrissen. Das Wasser klarte nach und nach wieder auf. Bens Welt würde nie deutlicher werden. Die Ärzte meinten, sein Sehvermögen könne sich durch das Wachstum sogar noch verschlechtern.

Weil die Algen das Sonnenlicht blockierten, war es schon wenige Meter unter der Wasseroberfläche dunkel. Dank des starken Strahls der Lampe hatte Frey keine Probleme, sich zu orientieren. Seit über fünfzehn Jahren tauchte er im Zürichsee. Er hätte auch ohne Licht genau sagen können, wie es entlang der beiden Ufer aussah. Buchmann und er befanden sich in der Nähe des Tauchzentrums Tiefenbrunnen. An dieser Seeseite fiel der Grund stärker ab als am linken Ufer. In neun Metern Tiefe befanden sich zwei versenkte Steinlöwen, nicht weit davon entfernt eine Trinkwasserleitung und ein gesunkenes Boot. Beide Ziele wurden häufig von Tauchern angepeilt.

Der Aussenbordmotor hatte sich zwischen dem Zürichhorn und der Saffainsel gelöst, rund hundert Meter vom Ufer entfernt. An dieser Stelle war der See gut dreissig Meter tief. Trotz des warmen Herbstes war das Wasser schon deutlich kühler. Frey störte es nicht. Er tauchte sogar im Winter, nicht nur beruflich, sondern auch in der Freizeit. Im Februar war das Wasser in der Regel so klar, dass er an einigen Stellen ohne Lampe bis zum Grund sehen konnte. Ganz besonders genoss Frey aber die Stille, denn während der kalten Jahreszeit fuhr kaum jemand mit dem Motorboot auf den See hinaus. Frey war süchtig nach der verborgenen Unterwasserwelt; sie erschien ihm bei jedem Tauchgang wie die Vorstufe eines Traums. Wenn ihn eine melancholische Stimmung erfasste, glaubte er sogar, sich in einem Reich zwischen dem Leben und dem Tod zu befinden.

Buchmann gab ihm ein Handzeichen. Als Freys Blick dem ausgestreckten Zeigefinger seines Kollegen folgte, breitete sich ein Lächeln auf seinem Gesicht aus. Vor ihnen schwamm ein fünfundvierzig Zentimeter langer Seesaibling. Der Bauch des Fisches schimmerte rot, ein Zeichen, dass es ein Milchner war. Während der Laichzeit verfärbte sich das Männchen sowohl am Bauch als auch an den bauchseitigen Flossen. Darüber erkannte Frey einen weissen Streifen, der sich den Afterflossen entlangzog. Frey schätzte, dass es sich um ein jüngeres Tier handelte, ältere Seesaiblinge waren gedrungener. Erst einmal hatte er im Zürichsee einen ähnlichen Fisch gesehen. Seesaiblinge waren äusserst selten. Die Wasserqualität war zu schlecht, der Sauerstoff zu knapp. Frey nahm sich vor, Ben von seinem Erlebnis zu berichten.

Am letzten Sonntag war er mit seinem Sohn am Greifensee fischen gegangen. Obschon sich Frey nie für den Sport hatte begeistern können, hatte er sofort zugestimmt, als Ben ihn um Begleitung gebeten hatte. Seit Monaten versuchte er, Bens Interesse für ein Hobby zu wecken. Wenn sein Sohn eine besondere Fähigkeit hätte, oder wenn er über ein Gebiet besser Bescheid wüsste als seine Kameraden, so glaubte Frey, würde das sein Selbstvertrauen stärken. Doch egal, was er vorschlug, Ben lehnte es ab. Weder wollte er Kurse besuchen, noch ein Instrument spielen lernen, von sportlichen Aktivitäten ganz zu schweigen. Vor gut zwei Wochen hatte Ben jedoch plötzlich verkündet, er wolle fischen. Zuerst hatte Frey nicht verstanden, was Ben daran reizte. Als er dann sah, wie er sich an einen geschützten Ort stellte, weit weg von anderen Menschen, und sich ganz auf die Angelrute in seinen Händen konzentrierte, wurde ihm schlagartig klar: Ben spürte die kleinste Regung an der Leine. Obwohl er nicht sehen konnte, wie sich andere Fischer verhielten, machte er instinktiv alles richtig. So war es kein Wunder, dass er bald eine Trüsche an der Angel hatte. Als Frey das Strahlen auf Bens Gesicht sah, wusste er, Fisch würde in Zukunft zu ihren Grundnahrungsmitteln gehören.

Der Tauchcomputer zeigte an, dass sie eine Tiefe von fünfundzwanzig Metern erreicht hatten. Der Motor musste direkt unter ihnen liegen. Frey blies seine Maske aus und richtete die Lampe nach unten. Eine dunkle Masse hob sich vom grauen Schlick ab. Er deutete auf die Stelle. Buchmann nickte. Während Frey auf den Motor zuschwamm, nahm er aus dem Augenwinkel einen weiteren Gegenstand wahr. Als er später danach gefragt wurde, konnte er nicht erklären, was genau seine Aufmerksamkeit erregt hatte. Ausserhalb des Lichtkegels war der Grund des Sees stockdunkel. Trotzdem wusste Frey, dass dort etwas lag. Möglicherweise dank der zahlreichen Stunden, die er damit verbracht hatte, den See von Abfall zu säubern. Intuitiv erkannte er, dass dieser

Gegenstand nicht dorthin gehörte. Frey bewegte die Hand hin und her, das Zeichen dafür, dass etwas nicht stimmte. Buchmann folgte seiner Aufforderung, die Stelle zu besichtigen.

Sie näherten sich mit ruhigem Flossenschlag, um den Schlick nicht aufzuwirbeln. Als 20-Jähriger hatte Frey einmal den Fehler begangen, vor Aufregung schneller zu schwimmen, weil er am Boden des Greifensees etwas Glänzendes entdeckt hatte. Er hatte gehofft, dass es sich um ein Schmuckstück oder eine Münze handelte. Er hatte das Objekt nie gefunden. Später hatte ihm sein Tauchlehrer erklärt, am Boden des Greifensees sei der Schlick dreissig Meter tief. Einmal aufgewirbelt, dauere es Stunden, bis das Wasser wieder klar werde. Seitdem war Frey vorsichtiger.

Der Gegenstand nahm Konturen an. Zuerst erkannte Frey die Hanteln. Es waren vier. Frey hatte ähnliche zu Hause. Krafträume mochte er nicht, lieber bewegte er sich draussen. Doch ein-, zweimal pro Woche stemmte er Gewichte, um seinen Rücken zu trainieren. Als Kind hatte er sich eine Rückenverletzung zugezogen, die zum Glück glimpflich ausgegangen war. Um Probleme im Alter zu vermeiden, sorgte er dafür, dass seine Rückenmuskulatur kräftig blieb.

Diese Hanteln hatten einen anderen Zweck erfüllt. Sie waren an den Armen und Beinen eines Mannes befestigt. Obwohl Frey das Bild in sich aufnahm, war es ihm im ersten Moment nicht möglich, die Information zu verarbeiten. Fast teilnahmslos registrierte er die langen, dunklen Haare des Toten, die gespenstisch im Wasser schwebten. Sie vollführten einen seltsamen Tanz, als wären sie lebendig. Dort, wo die Augen des Mannes gewesen waren, befanden sich zwei Höhlen. Aus einer krabbelte ein Krebs, als der Lichtstrahl der Unterwasserlampe ihn traf.

Das Hemd des Toten war zerrissen, die Jeans waren jedoch fast intakt, genauso wie grosse Teile seiner Haut. In dieser Tiefe wurde das Wasser nie wärmer als vier Grad. Deshalb entwickelten sich keine Fäulnisgase. Statt sich zu zersetzen, wurde der Organismus langsam von Krebsen und Fischen aufgefressen. Frey betrachtete die dünne Sedimentschicht, die den Toten bedeckte. Entweder lag der Mann schon seit einigen Monaten hier, oder der Aufprall des Motors hatte den Schlick aufgewirbelt und die Leiche damit bedeckt.

Er spürte eine Hand an seiner Schulter und drehte den Kopf. Buchmann kreuzte die Arme. Er wollte den Tauchgang abbrechen. Frey kam wieder zu sich. Routine setzte ein. Es war nicht die erste Leiche, die er am Grund des Zürichsees entdeckte. Bevor sie auftauchten, musste die Stelle markiert werden. Das entsprechende Material hatten sie nicht bei sich, doch das Reel, das Frey auf jeden Tauchgang mitnahm, würde vorerst genügen. Er holte es hervor und zeigte auf den Schiffsmotor. Gemeinsam befestigten sie das dünne Tau an der Schraube. Anschliessend liess Frey das Reel los. Augenblicklich schwamm es nach oben. Bevor er das Zeichen für den Aufstieg gab, liess er seinen Lichtstrahl noch einmal über den Toten gleiten.

Der Mann war kräftig gewesen. Frey vermutete, dass er sich absichtlich das Leben genommen hatte oder bereits tot gewesen war, als man ihn ins Wasser geworfen hatte. Wenn er sich gewehrt hätte, wäre es schwierig gewesen, Hanteln an Armen und Beinen zu befestigen. Die Schuhe des Toten waren mit Miesmuscheln bedeckt, darunter glaubte Frey, braunes Leder zu erkennen. Ohne näher heranzuschwimmen, suchte er mit den Augen die unmittelbare Umgebung ab. Sein Blick fiel auf ein Handy, das rund zwei Meter vom Opfer entfernt lag. Daneben entdeckte Frey einige Münzen. Bevor die Gegenstände geborgen wurden, musste die Fundstelle dokumentiert werden. Erst dann würde Frey mit Buchmann den Seeboden nach weiteren Spuren absuchen. Möglicherweise würden die Fundstücke – oder ihre Lage – Aufschluss darüber geben, was sich zugetragen hatte.

Erneut gab ihm Buchmann ein Zeichen. Sie mussten rauf, um die Zentrale der Wasserschutzpolizei zu alarmieren. Diese würde die Einsatzzentrale informieren. Dann nähmen die Dinge ihren gewohnten Lauf: Der Brandtouroffizier der Stadt, ein Rechtsmediziner, ein Staatsanwalt sowie Kriminaltechniker des Forensischen Instituts würden aufgeboten. Sollte sich herausstellen, dass es sich um ein Tötungsdelikt handelte, würde der Fall dem Kanton übergeben. Weitere Offiziere und Sachbearbeiter des Dienstes Kapitalverbrechen kämen hinzu.

Inzwischen würden Frey und Buchmann den Fundort dokumentieren. Damit sich die Forensiker ein Bild der Situation unter Wasser machen konnten, mussten sowohl Leiche als auch Umgebung fotografiert und gefilmt werden. Anschliessend würden sie alle Fundgegenstände markieren. Dazu benutzten sie Bleigewichte mit Schnur und Styroporteilen. Genau wie an Land würde jeder Gegenstand und jede Spur mit einer Nummer versehen. Langsam würde an der Wasseroberfläche ein Abbild der Lage in 30 Metern Tiefe entstehen. Frey verstand sich dabei als verlängerter Arm des Forensikers, der keine Möglichkeit hatte, den Fundort mit eigenen Augen zu besichtigen.

Am heikelsten war die Bergung des Toten selbst. Nachdem alle Fundgegenstände in Plastikbehältern abtransportiert worden wären, müsste die Leiche – wenn möglich unter Wasser – in einen Leichensack verpackt werden. Frey hatte einmal eine Frau geborgen, die sich bereits in einem fortgeschrittenen Verwesungszustand befunden hatte. Die Haut hatte sich schon bei der blossen Berührung vom Körper gelöst. Ähnliche Probleme dürften ihnen bei diesem Fall erspart bleiben.

Frey gab Buchmann das Zeichen für den Aufstieg. Als er sich von der Leiche abwandte, streifte seine Lampe einen kaum wahrnehmbaren roten Punkt. Er zögerte. Wenn ein Gegenstand unter dem Schlick lag, so würde er ihn beim nächsten Tauchgang vermutlich nicht mehr auf Anhieb finden. Im schlimmsten Fall gar nicht mehr. Frey verfluchte die Tatsache, dass er kein Markierungsmaterial auf sich trug. Fragend blickte er zu Buchmann. Dieser zuckte die Schultern. Offenbar war er auch nicht sicher, wie sie vorgehen sollten. Er wies auf seine Uhr. Kurzentschlossen griff Frey nach dem Gegenstand. Zeigefinger und Daumen umschlossen etwas Hartes, an der Unterseite befand sich eine leichte Erhebung, kaum grösser als die Spitze einer Stecknadel. Ohne Bens Sehbehinderung hätte Frey sie nicht bemerkt. Doch in den letzten Jahren hatte er es sich angewöhnt, Sachen mit den Fingern zu betrachten, genau wie sein Sohn.

Vorsichtig zog Frey am Gegenstand. Es war ein roter Kugelschreiber. Er legte ihn genau an die Stelle, an der er begraben gewesen war. Anschliessend streckte er den Daumen in die Höhe. Buchmann gab ihm das Okay-Zeichen. Gemeinsam machten sie sich an den Aufstieg. Normalerweise überkam Frey ein Gefühl von Schwere, wenn er sich der Oberfläche näherte. Er verliess die Unterwasserwelt nur ungern. Er fühlte sich darin geborgen, obwohl sein Körper nicht für das Leben im Wasser geschaffen war. Nicht mehr, sagte sich Frey. Die ersten neun Monate hatte er im Fruchtwasser verbracht. Manchmal fragte er sich, ob sich ein Säugling bei der Geburt ähnlich fühlte wie er sich beim Aufstieg.

Heute konnte Frey die Wasseroberfläche nicht schnell genug erreichen. Er musste sich zwingen, die maximale Geschwindigkeit einzuhalten. Eine Hand über dem Kopf, die andere am Luftablassventil, liess er sich langsam nach oben treiben.

Die Sonne schien immer noch wie im Hochsommer. Ein leichter Wind hatte eingesetzt und Segler aufs Wasser gelockt. An Bord der vorbeifahrenden «Panta Rhei» winkten einige Passagiere. Als Frey ins Einsatzschiff kletterte, fragte er sich, ob sie die Welt erahnten, die sich unter ihnen verbarg. Er nahm die Maske vom Kopf und griff nach dem Funkgerät.

«Limmat 214 an Limmat 210», meldete er sich.

«Hier Limmat 210», kam postwendend die Antwort. «Was gibt's?»

Vielleicht war es ganz schön, nur die sonnige Seite des Lebens zu sehen.

2

Regina Flint schaute auf die Uhr. Noch zehn Minuten bis zur Urteilsverkündung. Sie strich sich eine helle Haarsträhne aus dem Gesicht. Der Wind, der über dem Zürichsee aufgekommen war, blähte ihre Bluse auf. Regina verlagerte ihre Tasche von einer Schulter auf die andere und knöpfte ihren Blazer zu. Es war Zeit, in den Gerichtssaal zurückzukehren. Als Staatsanwältin war sie es gewohnt, auf Urteilssprüche zu warten. Seit fünfzehn Jahren vertrat sie die Anklage vor Gericht. Diesmal stand sie jedoch nicht vor der Schranke, sondern sass im Zuschauerbereich.

Dennoch war das Interesse der anwesenden Medienschaffenden auf sie gerichtet: Regina hatte massgeblich dazu beigetragen, dass der ehemalige Oberstaatsanwalt Karl Hofer in einem erstinstanzlichen Verfahren wegen qualifizierter Freiheitsberaubung und falscher Anschuldigung zu drei Jahren Gefängnis verurteilt worden war. Der ausserkantonale Staatsanwalt, der die Untersuchung geführt hatte, hatte Hofer zudem wegen mehrfacher sexueller Handlungen mit einer Minderjährigen angeklagt, doch die Beweise hatten nicht für eine Verurteilung gereicht. Trotzdem hatte Hofer das Urteil ans Obergericht weitergezogen. Nie würde er gestehen, eine kriminelle Handlung begangen zu haben. Dies, obwohl er die Dienste junger Zwangsprostituierter in Anspruch genommen und einem Drogendealer, der ihn deswegen erpresste, Heroin in die Wohnung geschmuggelt hatte.

Für Regina stand viel auf dem Spiel. Nicht in beruflicher Hinsicht, denn ihre Anschuldigungen hatten keine Auswirkungen auf ihre Position bei der Staatsanwaltschaft IV, die auf Gewaltdelikte spezialisiert war. Doch einen Vorgesetzten zu beschuldigen, war immer eine heikle Angelegenheit. Von einigen Kollegen wurde sie hinter vorgehaltener Hand als Nestbeschmutzerin beschimpft. Andere bewunderten ihren Mut. Sollte Hofer nun vom Obergericht freigesprochen werden, so käme dies einer persönlichen Niederlage gleich. Noch schlimmer war für Regina aber die Vorstellung, dass der Oberstaatsanwalt für das Leid, das er den jungen Frauen angetan hatte, nicht bestraft würde.

Als Regina auf die spiegelnde Fassade des provisorischen Obergerichts zuschritt, fragte sie sich, ob sie es wieder täte. Hätte sie vor drei Jahren geahnt, was auf sie zukäme, hätte sie vielleicht weggeschaut, anstatt eine Privatdetektivin auf den Oberstaatsanwalt anzusetzen. Nein, korrigierte sie sich in Gedanken, Unrecht würde sie immer bekämpfen. Es war der Grund, weshalb sie Staatsanwältin geworden war, auch wenn sie inzwischen hatte einsehen müssen, dass die Grenzen zwischen Recht und Unrecht nicht klar gezogen waren.

Der Portier am Eingang des Obergerichts winkte sie durch, ohne ihren Ausweis zu verlangen. Die Zürcher Justiz war wie ein Dorf – jeder kannte jeden. Ihr Lebenspartner Bruno Cavalli bezeichnete sie als «Jassverein». Beim Gedanken an Cavalli hob sich Reginas Laune. Um den Abschluss des Berufungsverfahrens zu feiern, hatte er sie zu einem Konzert in der Tonhalle eingeladen. Egal, wie das Urteil ausfiel, Schumanns Humoreske und Beethovens Appassionata brächten sie auf andere Gedanken. Seit Tagen freute sie sich auf das Rezital. Es kam nicht oft vor, dass sie mit Cavalli ausging. Schon vor der Geburt ihrer Tochter hatten sie wenig zusammen unternommen. Seit Lily auf der Welt war, verbrachten sie ihre spärliche Freizeit fast ausschliesslich mit ihr. Regina hatte ihr Arbeitspensum zwar auf 80 Prozent reduziert, weniger Fälle betreute sie deswegen aber nicht. Es kam häufig vor, dass sie, nachdem Lily eingeschlafen war, bis spät in die Nacht Akten studierte. Als Chef des Dienstes Kapitalverbrechen der Kantonspolizei war es Cavalli gar nicht möglich, Teilzeit zu arbeiten. An drei Tagen pro Woche besuchte Lily eine Kinderkrippe, mittwochs wurde sie von Reginas Mutter betreut. Heute abend würde sie zum ersten Mal bei Marlene Flint übernachten.

Die Vorstellung bereitete Regina Unbehagen. Sie war ihrer Mutter nie besonders nahe gestanden. Soweit sie zurückdenken konnte, hatte Marlene sie kritisiert. Von der Kleider- bis zur Berufswahl, immer hatte sie etwas an Reginas Entscheidungen auszusetzen gehabt. Die heftigste Reaktion hatte Reginas Beziehung zu Cavalli ausgelöst. Noch heute vermied es Marlene, ihm in die Augen zu schauen. Regina vermutete, dass er sie verunsicherte. Cavalli war der einzige Mensch in Marlenes Umfeld, der gegen ihre Angriffe immun war. Auf ihre giftigen Bemerkungen reagierte er lediglich mit einem sarkastischen Grinsen.

Lilys Geburt hatte Reginas Beziehung zu ihrer Mutter verändert. Zum ersten Mal hatte Regina etwas richtig gemacht. Statt Vorwürfe bekam sie nun Ratschläge zu hören. Zur Geburt schenkte Marlene ihr einen Ordner, in dem sie Informationen über Kindererziehung, Ernährung, Körperpflege und Krankheiten zusammengetragen hatte. Sie hatte sogar Rezepte, Adressen von Kinderärzten und Unterlagen von Schulen mit Frühförderungsprogrammen beigelegt. Obwohl Regina damit wenig anfangen konnte, erkannte sie, dass ihre Mutter ihr die Hand entgegenstreckte. Regina hatte sie ergriffen. Seither war Marlene ein fixer Bestandteil ihres Familienlebens. Ohne sie hätte Regina es nicht geschafft, ein halbes Jahr nach der Geburt die Arbeit wieder aufzunehmen. Zwar deckten sich ihre Vorstellungen von Kindererziehung bei weitem nicht mit jenen ihrer Mutter, doch Marlene vergötterte ihre Enkelin. Das musste genügen.

Die Tür zum Gerichtssaal stand offen. Die meisten Zuschauer hatten bereits Platz genommen. Die Sonne schien durch die braun getönten Fenster und tauchte den Raum in gedämpftes Licht. Am See hatte sich Regina in der Wärme fast gefühlt, als habe sie Ferien. Nun kehrte sie schlagartig wieder in ihre nüchterne Arbeitswelt zurück. Sie ging auf die hinterste Stuhlreihe zu, wo sie neben einigen Studenten Platz nahm. Sie versuchte, einen Blick auf Karl Hofer zu erhaschen, doch ein Journalist verdeckte ihr die Sicht. Kaum hatte der Gerichtsweibel die Tür geschlossen, vibrierte Reginas Pikett-Handy.

Sie schloss kurz die Augen. Seit dem Vortag hatte sie Brandtour. Der Pikettdienst war erstaunlich ruhig verlaufen. Nicht ein einziges Mal hatte sie ausrücken müssen. Sie dachte ans Konzert. Machte ihr das Schicksal in letzter Minute einen Strich durch die Rechnung? Sie hatte gewusst, dass sie ein Risiko einging. Doch die meisten Gewaltdelikte wurden an Wochenenden verübt, wenn Partygänger zu viel Alkohol oder Drogen konsumierten und sich nicht mehr unter Kontrolle hatten.

Während der Gerichtspräsident die Anwesenden begrüsste, schlich Regina aus dem Saal. Als sie erfuhr, dass eine Wasserleiche geborgen worden war, setzte sie sich in einen der ledernen Besuchersessel. Weil die Polizei von einem Tötungsdelikt ausging, war die STA IV aufgeboten worden. Regina legte auf. Ihre Anwesenheit war nicht unbedingt erforderlich. Sie könnte den Bericht der Rechtsmedizin abwarten und den Fall erst dann übernehmen, wenn ein Suizid definitiv ausgeschlossen worden war. Da es sich beim Fundort der Leiche zudem kaum um den Tatort handelte, gäbe es vermutlich nicht viel zu sehen. Vermutlich. Und wenn doch? Ein Foto, sogar ein Video, sagte nie gleich viel aus wie die Wirklichkeit. Wie war der Tote beschwert worden? Was trug er? In welchem Zustand war die Leiche? Sogar die Mimik der erfahrenen Seepolizisten zu beobachten, konnte aufschlussreich sein. Obwohl Regina weiterhin nach einem Ausweg suchte, wusste sie bereits, dass sie an den Mythenquai fahren würde. Sie konnte sich keine Fehler erlauben. Nicht jetzt, wo so viele Augen auf sie gerichtet waren.

Der Portier warf ihr einen fragenden Blick zu, als sie das Gerichtsgebäude verliess. Regina sah ihn nicht. Sie hatte bereits Cavallis Nummer gewählt. Als Dienstchef betreute er nur die wichtigen Fälle selbst, doch er rückte bei einem Tötungsdelikt immer aus, um sich ein Bild der Lage zu machen.

«Hat das Obergericht das Urteil bestätigt?», fragte er zur Begrüssung.

«Ich weiss es nicht», antwortete Regina. «Ich bin unterwegs zur Wasserschutzpolizei. Ich nehme an, du bist über den Leichenfund informiert worden. Wer hat bei euch Brandtour?»

«Es ist noch nicht sicher, dass es sich um ein Tötungsdelikt handelt», wich Cavalli aus.

Regina seufzte. «Ich muss hinfahren. Das verstehst du doch, oder?»

Cavalli zögerte nicht. «An deiner Stelle würde ich es auch tun.»

Genau deshalb waren sie noch ein Paar, trotz ihrer verschiedenen Persönlichkeiten und ihrer unterschiedlichen Vorstellungen von einer Beziehung. Während Regina Sicherheit suchte und ihre

Energie aus Stabilität schöpfte, verspürte Cavalli den Drang nach Freiheit und mied Verbindlichkeit, was oft zu Auseinandersetzungen führte. Doch wenn es um ihre Arbeit ging, deckten sich ihre Auffassungen. Sie gingen mit einer Gründlichkeit vor, die häufig Überstunden mit sich brachte. Ihr Beruf erforderte ihren vollen Einsatz, und beide waren bereit, diesen zu leisten. Nur die Motivation, die ihrem Engagement zugrunde lag, war nicht die gleiche. Während Cavallis Fokus auf die Täter gerichtet war, sah Regina die Opfer vor sich, wenn sie eine Untersuchung führte. Sie war der Meinung, sie schulde es ihnen, ihr Bestes zu geben. Daran hatte auch die Geburt ihrer Tochter nichts geändert, obwohl es Regina oft schwerfiel, allen Ansprüchen gerecht zu werden.

«Welcher Sachbearbeiter hat Brandtour?», wiederholte Regina.

«Bis später.»

Cavalli legte auf. Einen Moment lang blieb er reglos sitzen. Auf seinem Schreibtisch stapelten sich Berge von Papier. Da er wegen einer Weiterbildung nächste Woche drei Tage abwesend sein würde, musste er vor dem Wochenende noch die wichtigsten Büroarbeiten erledigen. Er hatte fast den ganzen Tag an Sitzungen verbracht. Die Einführung der eidgenössischen Strafprozessordnung gab viel zu diskutieren. Im Moment sorgten vor allem die neuen Bestimmungen über verdeckte Ermittlungen für Unmut. Ab 1. Januar wäre es der Polizei nicht mehr erlaubt, im Vorfeld einer Straftat verdeckt zu ermitteln. Davon waren auch Fahndungen im Internet betroffen. Eine Arbeitsgruppe, bestehend aus Vertretern von Polizei und Justiz, hatte die Möglichkeit geprüft, mit einem kantonalen Gesetz Abhilfe zu schaffen. Sie war zum Schluss gekommen, die Lösung müsse auf Bundesebene gefunden werden. Daraufhin hatten beide Zürcher Polizeikorps beschlossen, die seit Jahren praktizierte verdeckte Fahndung im Internet einzustellen. Die sogenannten Chatroom-Ermittlungen hatten es ermöglicht, Kontakt zu pädophilen Tatverdächtigen aufzunehmen und sie später zu überführen. Statt präventiv zu ermitteln, konnte die Polizei nun erst eingreifen, wenn ein Delikt begangen worden war.

Resigniert schob Cavalli die Unterlagen beiseite. Er hatte sein Jurastudium abgebrochen, um Polizist zu werden. Denn während Juristen Stunden damit verbrachten, über den Unterschied zwischen einer einfachen verdeckten Fahndung und einer aufwendigen verdeckten Ermittlung zu diskutieren, heftete sich Cavalli lieber an die Fersen der Täter. Statt sich den Kopf über juristische Details zu zerbrechen, wollte er seinen Verstand und seine Intuition einsetzen, um den Schuldigen zu finden. Es war die Arbeit an der Front, die ihn als Aspirant überzeugt hatte, den richtigen Beruf gewählt zu haben.

Seither waren zwanzig Jahre vergangen. Mehr als zehn hatte er beim Kapitalverbrechen verbracht. Weiterbildungen hatten ihm Einblick in die Arbeit des FBI und des Bundeskriminalamts in Wiesbaden gegeben. Er hatte tragische Familiengeschichten und spektakuläre Tötungsdelikte erlebt. Einige Fälle hatte er in wenigen Tagen aufgeklärt, andere Ermittlungen hatten sich über Monate, manche sogar über Jahre hingezogen. Zwei Fälle waren bis heute ungeklärt. Immer hatte er mit Hingabe gearbeitet. Meist war er der Erste gewesen, der morgens den fünften Stock des Kripogebäudes betreten hatte. Oft auch der Letzte, der sich nach einem langen Tag auf den Nachhauseweg gemacht hatte. Er hatte die Freude an der Arbeit stets als selbstverständlich betrachtet.

Bis zu seiner Beförderung. Als er vor zwei Jahren die Stelle als Dienstchef angetreten hatte, hatte er gewusst, worauf er sich einliess. Neben den schwierigen Fällen, die er weiterhin selbst leitete, nahm Cavalli nun auch Führungsaufgaben wahr. Der Anteil administrativer Arbeit hatte sich verdoppelt, genauso die Anzahl Sitzungen. Da er bei jedem Tötungsdelikt ausrückte, hatte er faktisch immer Pikettdienst, Abwesenheiten ausgenommen. Doch es war nicht die hohe Belastung, die ihm zu schaffen machte. Es war die mangelnde Akzeptanz seitens seiner zwanzig Untergebenen. Ob sie ihn als Menschen mochten, war ihm egal. Freundschaften waren ihm nie wichtig gewesen. Da er als Dienstchef aber für die Fallaufsicht und die Leitung taktischer Besprechungen zuständig war, wurde von ihm erwartet, dass er über die laufenden Ermittlungen seiner Sachbearbeiter Bescheid wusste. Nur so war es Cavalli möglich, die Informationen am wöchentlich stattfindenden Kripo-Rapport seinen Kollegen der gleichen Stufe und seinen Vorgesetzten mitzuteilen und mögliche Zusammenhänge zu anderen Fällen zu erkennen. Um diese Aufgabe erfüllen zu können, war er auf die Unterstützung seiner Mitarbeitenden angewiesen. Und genau die fehlte ihm.

Eine Schussverletzung vor einigen Jahren hatte ihm physisch und psychisch mehr zugesetzt, als er sich hatte eingestehen wollen. Dass er kurz darauf drei Wochen in einem georgischen Gefängnis festgehalten worden war, hatte die Heilung zusätzlich verzögert. Lange hatte er unter heftigen Kopfschmerzen, Konzentrationsstörungen und chronischer Müdigkeit gelitten. Schlimmer waren die psychischen Folgen gewesen. Erstmals in seinem Leben hatten ihn Selbstzweifel gequält. Er hatte sich weder auf seinen Verstand noch auf seine Intuition verlassen können. Er hatte begonnen, seine Entscheidungen zu hinterfragen, und hatte nicht mehr auf sein Urteilsvermögen vertraut.

Ausgerechnet während dieser Zeit war er mit dem schwierigsten Fall seiner Karriere konfrontiert worden. Ein Frauenmörder, von den Medien «Metzger» genannt, hatte sie alle zum Narren gehalten. Trotz intensiver Ermittlungen war es der Polizei monatelang nicht gelungen, ihm auf die Spur zu kommen. Vieles hatte darauf hingewiesen, dass er aus Polizeikreisen stammte. Mehrere Sachbearbeiter waren unter Verdacht geraten, schliesslich hatte Cavalli seinen Fokus auf den Rechtsmediziner Uwe Hahn gerichtet. Ein grosser Fehler, wie sich im nachhinein herausgestellt hatte. Dieser Irrtum hatte die einzige Sachbearbeiterin beim Kapitalverbrechen, Jasmin Meyer, fast das Leben gekostet.

Seither hatte sich das Klima im Team verändert. Vorbei die Zeiten, in denen die Sachbearbeiter nach dem Morgenrapport gemeinsam in der Kantine Kaffee tranken. Cavallis Verdächtigungen hatten Misstrauen gesät und das Zusammengehörigkeitsgefühl unwiderruflich zerstört. Objektiv betrachtet, hatte er keinen Fehler begangen. Alles hatte darauf hingedeutet, dass Uwe Hahn schuldig war. Genau das hatte der «Metzger» beabsichtigt. Und Cavalli war darauf hereingefallen. Dass er trotzdem befördert worden war, hatte Unmut ausgelöst. Die Position des Dienstchefs war begehrt, obwohl sie hohe Anforderungen an die Belastbarkeit stellte. Es wurde erwartet, dass die Aufgabe von einem Sachbearbeiter wahrgenommen wurde, der einen tadellosen Leistungsnachweis vorweisen konnte.

Das Klingeln des Telefons riss Cavalli aus seinen Gedanken. Das Display zeigte die Nummer des Personalverantwortlichen an. Cavalli stand auf und verliess das Büro. Er hätte gestern zwei Mitarbeiterbeurteilungen abliefern sollen, war aber noch nicht dazu gekommen, sie mit seinen Untergebenen zu besprechen. In Tat und Wahrheit hatte er die Gespräche hinausgeschoben. Viel lieber hatte er sich in die Fallarbeit vertieft. Bevor er sich nun um die Qualifikationen kümmern konnte, musste er sich ein Bild von der Wasserleiche machen. Vermutlich handelte es sich um einen Sachbearbeiterfall, der Cavallis Anwesenheit nicht unbedingt erforderte. Doch genau wie Regina konnte er es sich nicht leisten fernzubleiben.

Gion Barduff, der Sachbearbeiter, der heute Pikettdienst 1 hatte, war am Mittag mit Fieber nach Hause gegangen. Normalerweise hätte er den neuen Fall übernommen. Die zwanzig Mitarbeitenden des Kapitalverbrechens waren in Gruppen eingeteilt, immer vier hatten gleichzeitig Brandtour, in unterschiedlicher Priorität. Pikett 1 fasste die grossen Fälle. War der Kollege ausgelastet, so folgte die Nummer zwei, anschliessend die drei und die vier. Ein Blick auf die Personaleinsatzplanung bestätigte Cavallis Vermutung, dass Heinz Gurtner fürs Pikett 2 eingeteilt war. Regina würde sich nicht freuen. Sie kam schlecht mit seiner ungehobelten Art zurecht. Im Flur überlegte Cavalli, ob er den Fall einem anderen Sachbearbeiter zuteilen könnte. Irgendeine

Ausrede fiele ihm schon ein. Doch die meisten Kollegen waren bereits gegangen. Stefan Mullis, der vor einem Jahr vom Kriminaldienst zum Kapitalverbrechen gewechselt hatte, sass zwar noch am Arbeitsplatz, aber er war mit einer Messerstecherei beschäftigt, die ihn noch einige Zeit voll beanspruchen würde. Neun Personen waren in die Auseinandersetzung involviert gewesen, jeder erzählte eine andere Version der Geschehnisse. Aus dem Büro von Tobias Fahrni klangen ebenfalls Geräusche. Mit ihm verstand sich Regina besonders gut. Sie mochte seine Feinfühligkeit und seine seltsame Denkweise. Es war schwer nachzuvollziehen, was sich in Fahrnis Kopf abspielte. Cavalli wusste nur, dass er mit einer überdurchschnittlichen Intelligenz gesegnet war und die Gabe besass, Menschen und Situationen zu betrachten, ohne sie zu werten. Das machte ihn zu einem wertvollen Ermittler. Der «Metzger» hatte Fahrni fast dazu gebracht, seinen Beruf an den Nagel zu hängen. Schliesslich hatte die Tatsache, dass Fahrni als Polizist Straftaten nicht nur aufklären, sondern auch verhindern konnte, ihn überzeugt zu bleiben. Es war Fahrnis Beharrlichkeit und seinem Fleiss zu verdanken gewesen, dass der «Metzger» schliesslich gefasst worden war. Und dass Jasmin Meyer überlebt hatte.

Als Cavalli das Büro betrat, fiel sein Blick wie immer auf den Schreibtisch, an dem Jasmin Meyer früher gearbeitet hatte. Seither sassen Praktikanten an ihrem Platz. In Gedanken fluchte Cavalli. Er hatte gehofft, Vera Haas sei schon gegangen. Seit Montag wartete die 34jährige Regionalpolizistin darauf, dass er sich um sie kümmerte. Cavalli hatte genug von den ewig wechselnden Praktikanten, die davon träumten, eine der begehrten Stellen beim Kapitalverbrechen zu ergattern. Vielleicht hoffte er insgeheim immer noch, dass Jasmin Meyer zurückkehre. Doch ihre Kündigung lag über zwei Jahre zurück. Nicht ein einziges Mal hatte sie ihre Kollegen seither besucht. Cavalli hatte gehört, sie habe sich als private Ermittlerin selbständig gemacht.

Er setzte sich auf Fahrnis Schreibtisch. Der Sachbearbeiter schaute nicht vom Bildschirm auf. Mit seinem runden Gesicht und den roten Wangen sah er immer noch aus wie Mitte zwanzig. Nur der wachsende Bauchansatz verriet, dass die Zeit auch an ihm nicht spurlos vorbeigegangen war. Nächstes Jahr würde er seinen vierzigsten Geburtstag feiern.

Als sich Cavalli vorbeugte, erkannte er auf dem Bildschirm das Logo von Fahrnis privatem E-Mail-Account. «Stör ich?», fragte er.

Fahrni nickte, ohne den ironischen Tonfall wahrzunehmen. «Ich brauche noch zwei Minuten», antwortete er abwesend.

Jeden anderen Sachbearbeiter hätte Cavalli zurechtgewiesen. Doch Fahrnis Verhalten beruhte nicht auf Respektlosigkeit. Er tickte einfach anders. In Ruhe schrieb er seine E-Mail zu Ende. Erst nachdem er sie abgeschickt hatte, richtete er die himmelblauen Augen auf seinen Vorgesetzten.

«Paz kann nicht oft ins Internet», erklärte er.

Cavalli wusste nicht, wer Paz war. «Wie kommst du mit dem Tötungsdelikt in Oerlikon voran?», fragte er. «Hast du Kapazität für einen neuen Fall?»

«Ich warte noch auf einen Bericht der Ballistiker», antwortete Fahrni. «Vor meinen Ferien sollte ich die Befragungen aber abschliessen können.»

Vage erinnerte sich Cavalli, einen Ferienantrag in seinem Pendenzenfach gesehen zu haben. Er stand auf. Wenn Fahrni bald abwesend wäre, war es sinnlos, ihm einen neuen Fall zuzuteilen. Der Auftakt einer Ermittlung brachte viel Arbeit mit sich, auch wenn es sich um einen einfachen Fall handelte. Regina würde sich mit Gurtner arrangieren müssen.

Im Gang nahm Cavalli den Geruch von Zigarettenrauch wahr. Der Einzige, der trotz Verbot in seinem Büro rauchte, war Juri Pilecki. Ein Blick bestätigte, dass die Bürotür geschlossen war. Cavalli trat ein. Pilecki sass am offenen Fenster und scherzte. Heinz Gurtner hatte seinen Computer bereits heruntergefahren und griff grinsend nach seiner Jacke. Als Pilecki Cavalli erblickte, erstarb sein Lachen. Auch Gurtner setzte eine neutrale Miene auf. Cavalli spürte förmlich, wie die beiden sich für die Begegnung mit ihm wappneten. Von allen Mitarbeitern waren Pilecki und Gurtner diejenigen, die ihm die grössten Vorwürfe wegen seiner Fehler machten. Gurtner, weil er als gelernter Metzger selber unter Verdacht gestanden war. Pilecki, weil er der Meinung war, Cavallis unsensibles Verhalten habe zum Herz-Kreislauf-Kollaps geführt, den der Rechtsmediziner Uwe Hahn in der Untersuchungshaft erlitten hatte. Dass Cavalli den ehemaligen Stadtpolizisten trotzdem zu seinem Stellvertreter ernannt hatte, als er befördert worden war, lag einzig daran, dass er der Meinung war, nur Pilecki verfüge über die erforderlichen Fähigkeiten. Cavalli hatte geglaubt, die Zeit würde die Wunden heilen, doch er hatte sich getäuscht. Pileckis Abneigung ihm gegenüber schien sogar noch zu wachsen. Dies, obwohl sich Cavalli bemühte, sachlich zu bleiben und nicht auf die Provokationen seines Stellvertreters zu reagieren.

«Wir haben eine Wasserleiche am Mythenquai», kam Cavalli direkt zur Sache. «Barduff ist krank.»

Gurtner fluchte.

Cavalli wandte sich an Pilecki. «Was meinten die Brändler zum Boot in Wollishofen?»

«Der Brand passt nicht in die Serie. Könnte ein Trittbrettfahrer sein, der ein Tötungsdelikt vertuschen will.»

Seit fast einem Jahr waren die Brandermittler mit einer Serie von Brandstiftungen beschäftigt. Vor zwei Wochen war erstmals jemand bei einem der Bootsbrände ums Leben gekommen. Weil es sich dabei möglicherweise um den Versuch handelte, ein Tötungsdelikt zu vertuschen, arbeitete Pilecki mit den Kollegen vom Brand zusammen. Wenn sie es tatsächlich mit einem Trittbrettfahrer zu tun hatten, musste Pilecki der Sache sofort nachgehen. Cavalli ärgerte sich, dass Pilecki ihm die Information nicht von sich aus mitgeteilt hatte.

«Warst du vor Ort?», fragte er schroff.

«Natürlich. Ich weiss, wie ich meine Arbeit erledigen muss.»

«Zu deiner Arbeit gehört es auch, mich auf dem laufenden zu halten. Ich habe noch keinen Bericht gesehen.»

«Ich habe auch noch keinen geschrieben.» Ohne die Augen von Cavalli abzuwenden, zündete sich Pilecki eine weitere Zigarette an.

«Dann hol es sofort nach.» Cavalli wandte sich an Gurtner, der seinen massigen Arm in den Ärmel seiner Jacke zwängte. «Willst du mit mir fahren?»

«Ich habe einen dringenden Termin», brummte Gurtner.

Cavalli glaubte, sich verhört zu haben. «Du hast Brandtour.»

Pilecki warf die Zigarette weg und schloss das Fenster mit einer unnötig heftigen Bewegung. «Ich übernehme den Fall.»

«Gurtner wird gehen», wiederholte Cavalli. «Du bist ausgelastet.»

Pilecki verengte die Augen zu Schlitzen. Cavalli betrachtete ihn. Sie waren einmal so etwas wie Freunde gewesen. Nicht besonders enge, doch ab und zu waren sie nach der Arbeit zusammen etwas trinken gegangen. Das war weit mehr, als Cavalli mit anderen Mitarbeitern unternommen hatte. Er verspürte Bedauern, verdrängte das Gefühl aber gleich wieder. Dafür war kein Platz.

«Ich kann nicht», beharrte Gurtner.

Cavalli bemühte sich um einen sachlichen Tonfall. «Es gibt nichts zu diskutieren. Du wirst zum Mythenquai fahren.»

Gurtner ignorierte ihn und machte einen Schritt auf die Tür zu. Cavalli erstarrte. Noch nie hatte ein Untergebener einen Befehl einfach ignoriert. Er konnte sich nicht vorstellen, dass Gurtner sich aus Trotz weigerte, seinen Verpflichtungen nachzukommen. Obwohl er engstirnig war, erledigte er seine Aufgaben stets gewissenhaft. Oder hatte ihn Pilecki angestachelt? Genügte ihm der passive Widerstand nicht mehr? Was auch immer hinter Gurtners Weigerung steckte, Cavalli durfte sie nicht durchgehen lassen, sonst hatte er bald gar nichts mehr zu sagen.

Pilecki hob schlichtend die Hand. «Darf ich einen Vorschlag machen? Haas ist hier, um etwas zu lernen. Bis jetzt hatte sie wenig Gelegenheit dazu. Sie würde viel dafür geben, ausrücken zu dürfen. Und sie bewundert dich», teilte er Cavalli mit einer

Grimasse mit. «Wie wäre es, wenn du ihr eine Einführung in die Arbeit vor Ort geben würdest? Eine Wasserleiche ist keine grosse Sache. Am Montag wird Gurtner dann übernehmen.»

Erleichtert, dass Pilecki nicht die Ursache für Gurtners Verhalten war, nutzte Cavalli den Ausweg, den sein Stellvertreter ihm bot. Mit einem kurzen Nicken verliess er den Raum. Ganz wohl war ihm dabei nicht. Er musste die Situation im Team in den Griff bekommen, sonst würde am Schluss die Fallarbeit darunter leiden. Zu lange hatte er längst fällige Gespräche hinausgeschoben. Jetzt aber wartete eine Wasserleiche auf ihn. Die Vorstellung, dem Kripo-Gebäude zu entfliehen, erfüllte ihn mit Erleichterung. Wie viel einfacher war doch der Umgang mit Toten.

Mit leichten Schritten ging er in sein Büro, legte den Papierstapel zurück in sein Pendenzenfach und holte seine Sachen. Anschliessend suchte er Haas auf.

«Wir fahren zum Mythenquai», verkündete er. «Mach dich bereit.»

«Jetzt?», fragte sie erstaunt.

«Hast du ein Problem damit?»

Sie sprang auf. «Ich komme.»

3

Der Tote lag in einem offenen Leichensack in der Garage der Wasserschutzpolizei. Als Vera Haas den Raum betrat, schluckte sie. Nie würde sie vergessen, wie sie in Ohnmacht gefallen war, als sie bei der Regionalpolizei erstmals einen Suizid bearbeitet hatte. Der Tote hatte tagelang unentdeckt in seiner Wohnung gelegen. Die Haut hatte sich bereits grün verfärbt und vom Körper zu lösen begonnen. Wenn sie Cavalli richtig verstanden hatte, war die Wasserleiche in einem besseren Zustand. Auf der Fahrt zum Mythenquai hatte er ihr erklärt, was sie erwartete. Obwohl sie sich bemüht hatte, die Informationen aufzunehmen, war es ihr nicht gelungen. Cavallis Anwesenheit blockierte sie.

Seit Jahren hatte sich Haas gewünscht, ein Praktikum beim Kapitalverbrechen zu absolvieren. Cavalli war ein talentierter Ermittler, sie würde viel von ihm lernen. Dass sie die Stelle erhalten hatte, erfüllte sie mit Stolz. Obwohl Cavalli auf viele einschüchternd wirkte, hatte Haas sich vorgenommen, sich nicht davon beeinflussen zu lassen. An Selbstsicherheit hatte es ihr noch nie gemangelt. Doch schon am ersten Arbeitstag hatten sich ihre Vorsätze in Luft aufgelöst. Cavalli brauchte sie mit seinem stechenden Blick nur anzusehen, und schon setzte ihr Denken aus. Andauernd hatte sie das Gefühl, Fehler zu begehen. Zu ihrem grossen Ärger reagierte sie auch physisch auf ihn. Seit sie sich von ihrem Freund, dem Kriminaltechniker Martin Angst, getrennt hatte, lag ihr Liebesleben brach. Der Anblick von Cavallis durchtrainiertem Körper löste in ihr ein Herzflattern aus, auf das sie gerne verzichtet hätte. Im Auto hatte sie heimlich sein Profil studiert. Von seinen Mitarbeitern wurde er «Häuptling» genannt. Nicht nur seine schwarzen Haare deuteten auf seine indianische Abstammung hin, auch die hohen Wangenknochen und die schmalen Augen erinnerten Haas an die Darsteller in den Westernfilmen, die sie als Jugendliche so gerne geschaut hatte.

Plötzlich hatte er den Kopf in ihre Richtung gedreht. «Kannst du Privates und Berufliches trennen?», wollte er wissen, als ob er Gedanken lesen könne.

«Natürlich», stammelte sie.

«Angst wird dort sein.»

«Martin? Wo?»

Kaum hatten die Worte ihren Mund verlassen, stöhnte sie innerlich auf. Auf der Wache der Wasserschutzpolizei natürlich, wo denn sonst. Ein amüsierter Ausdruck trat auf Cavallis Gesicht. Ihre Frage beantwortete er nicht. Als sie ihn beobachtete, sah sie, dass die Belustigung verschwunden war.

Mit konzentriertem Blick ging Cavalli auf den Leichensack zu. Einige Minuten betrachtete er den Toten schweigend. Erst dann begrüsste er die Kollegen, die ruhig ihrer Arbeit nachgingen. Eine zierliche Frau mit hellen Sommersprossen und schulterlangen Haaren lächelte ihn an. Haas vermutete, dass es sich um die zuständige Staatsanwältin handelte. Zumindest deutete der elegante Hosenanzug darauf hin. Cavalli stellte sie mit Regina Flint vor.

Der Name kam Haas bekannt vor. Cavallis Partnerin? Haas wusste, dass er mit einer Staatsanwältin liiert war, hatte sie aber noch nie getroffen. Plötzlich schämte sie sich für ihre Reaktion im Auto. Sie schob die Gedanken an ihren Chef beiseite und sah sich um. In der Garage herrschte geordnete Betriebsamkeit. Jeder wusste genau, was zu tun war. Ein Offizier der Stadtpolizei sprach mit einem Vertreter der Infostelle, zwei Kriminaltechniker diskutierten mit dem Einsatzleiter der Taucher. Der Rechtsmediziner kauerte über der Leiche, in einer Hand hielt er eine Taschenlampe, mit der er den Mund des Toten ausleuchtete. Als er Cavalli erblickte, erstarrte er. Langsam stand er auf. Dabei stützte er sich mit der Hand auf dem Knie ab. Haas war ziemlich sicher, dass es sich beim Arzt um Uwe Hahn handelte. Nach seiner Verhaftung war sein Foto in vielen Zeitungen zu sehen gewesen.

Der Rechtsmediziner war fast einen Kopf grösser als Cavalli. Trotzdem schien er in Cavallis Gegenwart zu schrumpfen. Der Arzt wirkte fragil, ein Eindruck, der durch die knochigen Hände, die aus zu kurzen Ärmeln hervorragten, verstärkt wurde.

«Ist er ertrunken?», fragte Cavalli. «Oder ist der Tod vorher eingetreten?»

Hahn wandte sich an Regina Flint. «Ich finde keine Zeichen vitaler Reaktionen. Der Schaumpilz fehlt gänzlich. Das könnte allerdings auch mit der Liegezeit unter Wasser zusammenhängen.»

Haas trat vor. «Was ist ein Schaumpilz?»

Erst jetzt nahm der Rechtsmediziner sie wahr. «Wenn jemand mit intakter Atem- und Herz-Kreislauf-Tätigkeit ertrinkt, wird die Bronchialschleimhaut durch das Einatmen des Wassers gereizt. Das hat eine starke Sekretbildung zur Folge. Aufgrund der Atemtätigkeit wird dieses Sekret zu einem schaumigen Material geschlagen, das nach der Leichenbergung aus den Gesichtsöffnungen treten kann. Das nennen wir ‹Schaumpilz›.» Uwe Hahn ging wieder in die Knie. Er schien erleichtert, seine Aufmerksamkeit auf Haas richten zu können. «Schauen Sie, im Mund ist kein Schaum zu erkennen. Aussagekräftiger wird jedoch die Untersuchung der Lunge sein. Wenn sich ein Luft-Wasser-Gemisch in die Atemwege verlagert, hat das eine Überblähung zur Folge.»

Haas ging ebenfalls in die Hocke. Obwohl die Haut des Toten stellenweise aufgequollen war, stellte sie keinen Leichengeruch fest. «Erkennt man das von blossem Auge?»

Plötzlich erklang Cavallis Stimme neben ihr. «Eine vergrösserte Lunge ist nicht zu übersehen. Genauso wenig wie die Paltauf'schen Hämolyseflecken.» Obwohl er mit Haas sprach, war sein Blick auf Hahn gerichtet. «Das sind rötlichbraune Flecken auf der Lunge. Sie stammen vom Blut, das sich mit Wasser vermischt hat. Wenn es dich interessiert, können wir bei der Obduktion zuschauen. Ein guter Polizist versucht immer, möglichst viel mit eigenen Augen zu sehen. Nur so kannst du dir ein vollständiges Bild machen. Du weisst im voraus nie, was später wichtig sein wird.»

Hahn ignorierte ihn. «Nach der Obduktion werde ich die Lunge unter dem Mikroskop auf Ablagerungen untersuchen. Wenn jemand Wasser einatmet, sind Kieselalgen, Pollen, mineralische und pflanzliche Partikel in den äusseren Lungenabschnitten nachweisbar. Sollte dies der Fall sein, so wird eine Sedimentanalyse zeigen, ob der Mann dort ertrunken ist, wo die Taucher ihn gefunden haben. Aus diesem Grund haben sie Vergleichswasserproben sichergestellt.» Schweissperlen waren auf seine Stirn getreten.

«Wie lange lag er im Wasser?», fragte Cavalli.

Hahn wischte sich den Schweiss mit dem Ärmel ab. Die Spannung zwischen den beiden übertrug sich auf Haas. Ohne zu überlegen, griff sie nach einem toten Krebs, der sich in den Haaren des Toten verfangen hatte.

«Vielleicht kann uns dieser kleine Kerl mehr darüber…»

«Leg ihn zurück!» Cavallis Stimme war eisig.

Haas liess den Krebs fallen.

Cavallis Blick bohrte sich in ihren. «Du wirst nie mehr ohne Erlaubnis etwas anfassen! Ich nehme an, Spurensicherung ist dir ein Begriff?»

Haas schluckte.

«Oder ist das kein Thema mehr in der Polizeiausbildung?»

In der Garage war es plötzlich still geworden. Haas hatte das Gefühl, alle Augen seien auf sie gerichtet. Plötzlich stieg Wut in ihr auf. Vorgesetzter hin oder her, Cavalli hatte kein Recht, in diesem Tonfall mit ihr zu sprechen. Sie stand auf und stützte die Hände in die Seiten.

«Natürlich ist mir Spurensicherung ein Begriff!», stiess sie empört aus. «In der Ausbildung haben wir auch gelernt, wie wichtig Anstand und Respekt sind!»

Hinter ihr erklang ein unterdrücktes Lachen. Haas glaubte, es stamme von einem der Kriminaltechniker. Cavalli war ebenfalls aufgestanden. Reglos stand er vor ihr. Plötzlich verschwand Haas' Wut. Unbehagen breitete sich in ihr aus. Was hatte sie getan? Würde sie am Montag wieder in ihrem Büro in Bülach sitzen?

Sie spürte eine Hand auf ihrem Arm. «Die Spurensicherung unter Wasser verläuft ganz anders als an Land», erklärte Regina Flint. «Kommen Sie mit. Die Taucher haben einige interessante Gegenstände geborgen. Ich zeige sie Ihnen.»

Die Staatsanwältin deutete auf eine Tür, die direkt in die Wache der Wasserschutzpolizei führte. Haas fragte sich, wo Martin Angst war. Im selben Augenblick betrat er mit einem Kunststoffbehälter den Raum. Als er Haas erkannte, breitete sich ein Lachen auf seinem Gesicht aus. Regina Flint ging auf ihn zu.

«Martin, würdest du Vera Haas zeigen, was die Taucher gefunden haben? Ich bin sicher, es wird sie interessieren.»

«Klar!», meinte er. «Komm mit.»

Erleichtert kehrte Regina in die Garage zurück. Cavalli kauerte immer noch neben dem Toten. Obwohl er sich nicht bewegte, ging eine spürbare Energie von ihm aus. Mit allen Sinnen sog er die Informationen auf, die ihm die Leiche lieferte. Er würde den Toten später ganz genau beschreiben können: Aussehen, Kleidung, sogar den Geruch prägte er sich ein. Ein neuer Fall war für Cavalli wie ein neuer Lebensabschnitt. Er schloss die Akten nicht um 17 Uhr, um Feierabend zu machen. Er nahm den Inhalt in sich auf. Der Tote wurde zu einem Teil von ihm, formte seinen Alltag, begleitete ihn in seinen Träumen. In diesem Fall würde er die Ermittlungen zwar kaum selber führen, ausser, es handelte sich um ein Tötungsdelikt, das sich als besonders heikel erwies. Trotzdem ging er mit der ihm eigenen Gründlichkeit vor.

Regina stellte sich neben ihn. «Die Taucher haben ein Handy gefunden. Vielleicht ist es noch möglich, Informationen vom Gerät zu beschaffen. Wird die Praktikantin den Fall übernehmen?»

Cavalli schloss die Augen. Er beugte sich leicht vor, die Nasenflügel gebläht. Plötzlich sah Regina ihre Tochter vor sich. Wenn Lily an Gegenständen schnupperte, legte sie die gleiche Konzentration an den Tag. Obwohl Cavalli erklärt hatte, sein ausserordentlicher Geruchssinn habe nichts mit seinen indianischen Vorfahren zu tun, sondern sei eine Folge langen Übens, glaubte Regina ihm nicht. Lily erkannte bereits mit zweieinhalb Jahren mehr Gerüche als sie.

Regina stand auf. «Wann wirst du die Obduktion durchführen?», fragte sie Hahn.

«Montagmorgen.» Der Rechtsmediziner war bleich. Nach seinem Infarkt war er fast ein Jahr krankgeschrieben gewesen. Es waren Gerüchte kursiert, er werde sich frühzeitig pensionieren lassen. Niemand hatte damit gerechnet, dass er in den Obduktionssaal zurückkehren würde.

«Uwe?», fragte Regina sanft. «Ist alles in Ordnung?»

«Ich werde eine chemisch-toxikologische Untersuchung veranlassen», sagte er. «Im Moment kann ich einen Suizid nicht ausschliessen. Ein Tötungsdelikt jedoch genauso wenig. Wirst du der Obduktion beiwohnen?»

«Ich werde es versuchen.»

Reginas Handy klingelte. Als sie die Nummer ihrer Mutter sah, erwog sie, den Anruf zu ignorieren. Was aber, wenn Lily etwas zugestossen war? Sie entschuldigte sich und verliess die Garage.

«Regina! Tut mir leid, dass ich störe.» In Marlenes Stimme hörte Regina keine Reue. «Du geniesst deinen freien Abend bestimmt. Aber ich muss unbedingt etwas wissen.»

Regina unterbrach den Redeschwall. «Ist etwas mit Lily?»

«Nein, nein, meinem Goldschatz geht es prima. Sie spielt im Garten. Wir waren zusammen in der Stadt, ich habe ihr ein wärmeres Jäckchen gekauft, am Abend wird es um diese Jahreszeit empfindlich kühl. Ich möchte nicht, dass sie sich erkältet. Man kann nicht vorsichtig genug sein, wenn sie jetzt...»

«Was musst du wissen? Ich bin beschäftigt.»

«Arbeitest du? Ich dachte, du wolltest ein Konzert besuchen?» Cavalli erwähnte sie wie üblich nicht.

Regina unterdrückte einen Seufzer. «Mutter, bitte!»

«Entschuldige», sagte Marlene Flint betont langsam. «Ich muss wissen, ob du morgen zum Mittagessen bleibst. Die Metzgerei hat frische Kalbsleber im Angebot. Da du auf deinen Eisenspiegel achten musst, würde ...»

«Cava wird Lily abholen», erklärte Regina zum wiederholten Mal. «Ich habe einen Termin beim Coiffeur. Aber danke.» Ihr Handy kündete einen weiteren Anruf an. «Hör zu, ich muss wirklich gehen. Bitte gib Lily einen Kuss von mir.» Sie nahm den anderen Anruf entgegen. «Ja?»

«Gratuliere!» Es war ihre Arbeitskollegin Theresa Hanisch. «Ich habe es soeben in den Nachrichten gehört. Wie war die Verhandlung?»

Regina hatte Karl Hofer ganz vergessen. Aufregung packte sie. «Wurde das erstinstanzliche Urteil bestätigt?» Sie erklärte, warum sie hatte gehen müssen.

«Vollumfänglich. Offenbar hatte der Referent das Strafmass sogar erhöhen wollen. Er wurde aber vom Co-Referenten und dem Gerichtspräsidenten überstimmt.»

In Gedanken stiess Regina einen Jubelschrei aus. Kurz berichtete sie über den Verlauf der Verhandlung. Am Schluss kam sie auf die Wasserleiche zu sprechen. «Ich fahre am Montagmorgen direkt ins IRM», schloss sie. Das Institut für Rechtsmedizin lag auf ihrem Arbeitsweg. «Vermutlich bin ich gegen zehn Uhr im Büro.»

«Alles klar. Schönes Wochenende.»

Leichten Schrittes kehrte Regina in die Wache zurück. Bevor sie sich verabschiedete, wollte sie mit dem Taucher sprechen, der die Leiche gefunden hatte. Als sie nach ihm fragte, deutete jemand auf einen Container, der nach dem Hochwasser 1999 als Provisorium aufgestellt worden war und in dem seither aus Platzgründen Büros untergebracht waren. Daniel Frey sass frisch geduscht an einem Schreibtisch. Er sah aus, als verbringe er mehr Zeit im Freien als vor einem Computer. Seine Haut war gebräunt, sein schmaler Körper drahtig.

Regina stellte sich vor. «Sie haben den Toten entdeckt?»

Der Polizist bestätigte. «Ich war mit Gilles Buchmann unten. Er ist schon gegangen.» Er berichtete vom Taucheinsatz.

«Ist Ihnen etwas aufgefallen? Etwas, das mir als Seeunkundige vielleicht entgehen könnte?»

«Sie werden vom Einsatzleiter meinen Bericht erhalten.»

«Ich weiss», erwiderte Regina. «Mich interessiert aber Ihre persönliche Meinung. Sie haben viel Erfahrung. War etwas am Leichenfund ungewöhnlich? Anders als sonst?»

Frey fuhr sich über das kurzgeschnittene, feuchte Haar. «Schwirige Frage. Um das zu beurteilen, müsste ich wissen, ob es sich um einen Suizid oder um ein Tötungsdelikt handelt.»

«Haben Sie eine Vermutung?»

«Ich kann nur spekulieren.»

Regina gab ihm ein Zeichen fortzufahren.

«Ich habe vor zwei Jahren einen Suizid geborgen. Der Mann hatte sich einen Rucksack voller Steine angeschnallt. Er fuhr hinaus, betrank sich und sprang über Bord. Wir fanden ihn nur, weil er beobachtet worden war.» Frey verstummte. Gedankenverloren strich er mit den Fingerkuppen über die Schreibtischkante. «Ich kann mir nicht vorstellen, was in einem Menschen vorgeht, der sein Leben beenden will. Aber ich denke, es ist eine Entscheidung, die nicht aus einer Laune heraus gefällt wird. Ich zum Beispiel würde verschiedene Methoden im Kopf durchspielen und die simpelste oder die sicherste wählen. Mir ist nicht klar, warum sich jemand Hanteln an Armen und Beinen befestigen würde. Es gibt einfachere Gewichte. Einen Rucksack, einen Bleigurt oder schwere Kleidung zum Beispiel.» Erneut dachte er nach. «Genauso wenig Sinn ergibt es, zuerst die Taschen zu leeren.»

Regina runzelte die Stirn. «Woher wissen Sie, dass der Mann seine Taschen geleert hat?»

Frey sah auf. «Der Tote trägt Jeans. Wenn der Stoff nass wird, ist die Wahrscheinlichkeit gering, dass etwas aus den Taschen herausfällt. Schon gar nicht der ganze Inhalt aufs Mal. Die Gegenstände, die wir gefunden haben, lagen aber auf dem Seeboden verteilt. Ausserdem…» Er zögerte.

«Ja?»

«Ich bin kein Forensiker», fuhr Frey fort. «Aber ich glaube, die Gegenstände hätten näher bei der Leiche gelegen, wenn sie dem Mann aus den Taschen gefallen wären, als er unterging. Daraus könnte man schliessen, dass sie von einem Boot aus ins Wasser geworfen wurden. Aber wie gesagt, das ist alles nur Spekulation!»

Regina bedankte sich. Sie mochte die besonnene Art des Seepolizisten. Bevor sie ging, gab sie ihm ihre Karte und bat ihn, sich zu melden, sollte ihm etwas Weiteres einfallen. Vermutlich würde er aber den Dienstweg einhalten und sich an seinen Vorgesetzten wenden, nicht an die Staatsanwaltschaft. Regina trat ins Freie hinaus. Die linke Seeseite lag im Schatten, doch die gegenüberliegende Küste erstrahlte im Gold der untergehenden Sonne. Regina liess den Blick über die Häuser und Villen am Hang schweifen. Bevor sie ihre Wohnung in Gockhausen gekauft hatte, hatte sie sich in Meilen und Erlenbach zwei Bauprojekte angeschaut. Die Aussicht auf den See hatte ihr den Atem verschlagen. Der Kaufpreis ebenfalls.

Regina fand Cavalli in der Garage, wo er die Asservate in den Behältern untersuchte. Die Leiche war bereits ins IRM transportiert worden, der Fachoffizier der Kantonspolizei sowie die Kollegen von der Stadt hatten sich verabschiedet. Vera Haas half Martin Angst beim Einsammeln des Materials. Regina stellte sich neben Cavalli. Im Wasser lagen eine Handvoll Münzen, ein Handy und ein Kugelschreiber, dessen Aufschrift nicht mehr zu erkennen war.

«Nicht gerade das neuste Modell», sagte Cavalli, aufs Handy deutend.

Regina beugte sich über den Behälter. «Motorola?»

«Ein C520», rief Martin Angst. «Findest du heute nirgends mehr.»

«Wann kam es auf den Markt?», fragte Cavalli.

«Ende der Neunzigerjahre», antwortete Angst. «Ein echtes Steinzeitgerät.»

«Der Tote sah nicht älter aus als vierzig», stellte Cavalli fest.

«Vielleicht stand er auf Retro», meinte Regina.

«Oder er konnte sich kein neueres Modell leisten.» Cavalli wandte sich an Angst. «Besteht eine Chance, irgendwelche Daten zu retten?»

«Kaum, aber wir werden es versuchen. Vielleicht ist die IMEI-Nummer auf dem Gerät noch lesbar.»

«Hatte der Tote keine Ausweise dabei? Keine Bankkarten?»

«Nichts.»

«Portemonnaie?»

«Nein.» Angst zog eine Grimasse. «Auch keine Schlüssel.»

Martin Angst galt als Koryphäe auf dem Gebiet der Schliessmechanismen. Ein Schlüssel hätte ihm wichtige Informationen geliefert. Regina dachte an das Gespräch mit Frey. Dass der Tote mit Ausnahme des Handys nichts auf sich trug, das seine Identifizierung ermöglichte, bestätigte die These des Tauchers.

Angst durchquerte den Raum. «Bist du fertig?», fragte er Cavalli. «Kann ich die Behälter zum Wagen bringen?»

Cavalli trat einen Schritt zurück. «Halt mich auf dem laufenden.»

Angst griff nach dem Behälter. «Wer übernimmt den Fall?»
«Gurtner», antwortete Cavalli.

Regina erstarrte. Deshalb war Cavalli ihrer Frage ausgewichen. Von allen Sachbearbeitern beim Kapitalverbrechen war Heinz Gurtner derjenige, den sie am wenigsten mochte. Ihrer Meinung nach passte er besser an einen Stammtisch als ins Kripogebäude. Vorwurfsvoll schaute sie in Cavallis Richtung. Er mied ihren Blick. Erst als sie sich in seinen Volvo gesetzt hatten, drehte er sich zu ihr um.

«Er war an der Reihe; er hatte das ‹Zwei›», erklärte er. «Du wirst dich arrangieren müssen. Er ist ein solider Ermittler.»

«Er ist ein intoleranter, sturer Bock.»

Cavalli legte den Gang ein. «Hast du die Konzertbillette dabei?»

Regina schaute auf die Uhr. «Das Konzert hat vor zehn Minuten begonnen.»

«In einer Viertelstunde sind wir in der Tonhalle.»

«Wir können nicht mittendrin reinplatzen!»

«Warum nicht?»

Regina zögerte. Warum eigentlich nicht? Sie hatte sich noch umziehen, etwas Kleines essen, sich auf die Musik einstimmen wollen. Sie betrachtete Cavalli. Er hob eine Augenbraue. Langsam breitete sich ein Lächeln auf ihrem Gesicht aus. Cavalli gab Gas.

4

Cavalli hasste es, seine Tochter in die Krippe zu bringen. Da er Regina am Institut für Rechtsmedizin abgesetzt hatte, fiel ihm heute diese Aufgabe zu. Er parkierte in der Tiefgarage des Kripogebäudes. Die Kinderkrippe lag nur fünf Minuten entfernt, zwischen der Kaserne und dem Helvetiaplatz, wo sich die Büros der Staatsanwaltschaft IV befanden.

«Zeit auszusteigen, Junebug», sagte er, die Gurte des Kindersitzes lösend. Seit er Lily June das erste Mal in den Armen gehalten hatte, nannte er sie Junebug. Sie war als Frühchen zur Welt gekommen, am gleichen Tag, als Cavalli den «Metzger» verhaftet hatte. Ihre dünnen Arme und Beine hatten ihn an die Junikäfer erinnert, die er als Kind im Reservat der Cherokee-Indianer in North Carolina beobachtet hatte. Seit Lilys Geburt waren zweieinhalb Jahre vergangen. Noch immer war sie kleiner als ihre Altersgenossinnen. Manchmal befürchtete Cavalli, ein Windstoss könnte sie wegblasen.

Als er sie aus dem Kindersitz hob, vergrub er seine Nase in ihrem weichen Haar. Er liebte ihren Geruch, besonders am Morgen, wenn der Schlaf ihren Körper noch nicht ganz verlassen hatte. Sie verströmte eine süsse Wärme, die Cavalli an Milchreis erinnerte. Lily schmiegte sich an ihn, den Kopf auf seine Schulter gebettet. Cavalli staunte über die Gefühle, die sie in ihm auszulösen vermochte. Zärtlichkeit, Liebe und die Angst, sie zu verlieren, überrollten ihn gleichzeitig. Sein Leben lang hatte er versucht, Distanz zu Menschen zu wahren. So liessen sich Enttäuschungen und Verletzungen vermeiden. Dass er sich auf diese Weise auch keine Freunde schuf, störte ihn nicht. Schon als Kind hatte er sich selbst genügt. Doch Lily war es innert Kürze gelungen, den Schutzwall zu durchbrechen, den er um sich errichtet hatte.

Ein Opel bog in die Tiefgarage ein. Als Tobias Fahrni die Tür öffnete, wehte der Geruch von Stall in Cavallis Richtung. Seine Freizeit verbrachte Fahrni fast ausschliesslich auf seinem Pferd. Den Stiefeln nach zu urteilen, war er auch heute morgen geritten. Als er Lily sah, blitzte Freude in seinen Augen auf. Cavalli wusste, wie sehr sich Fahrni nach einer eigenen Familie sehnte. Doch mit Beziehungen hatte er bisher kein Glück gehabt. Seit ihn seine Freundin vor drei Jahren verlassen hatte, wohnte er wieder bei seinen Eltern.

«Morgen, Häuptling!», strahlte Fahrni. «Haben wir eine neue Mitarbeiterin?»

«Gott bewahre», erwiderte Cavalli. «Ich werde persönlich dafür sorgen, dass sie nie Polizistin wird.»

«Richtig so», meinte Fahrni. «Sie soll den Glauben an das Gute im Menschen nicht verlieren.»

Cavalli zog Lily näher zu sich. Die Vorstellung, dass seine Arme nicht immer da wären, um sie zu beschützen, verursachte in ihm ein Gefühl von Ohnmacht. Es war dasselbe Gefühl, das ihn übermannte, wenn er Lily in der Krippe absetzte. Sie inmitten der viel stärkeren Kinder zurückzulassen, auf sich alleine gestellt, versetzte ihm jedesmal einen Stich.

«Ich bin in einer Viertelstunde zurück», sagte er.

«Kommst du an einer Bäckerei vorbei?», fragte Fahrni.

«Das lässt sich einrichten», antwortete Cavalli.

«Bringst du mir einen Schoggigipfel mit?» Fahrni zögerte. «Nein, einen Nussgipfel, bitte. Oder vielleicht beides?»

Obwohl die Sonne immer noch von einem wolkenlosen Himmel schien, war es morgens bereits empfindlich kühl. Nicht mehr lange, und der Herbst würde sich über die Stadt legen. Cavalli liebte den Nebel. Die Feuchtigkeit liess ihn Gerüche intensiver wahrnehmen, vor allem im Wald, wo er regelmässig übernachtete. Er hatte sich schon immer gerne im Freien aufgehalten, doch seit seinem Gefängnisaufenthalt im Kaukasus ertrug er kein Dach mehr über dem Kopf, wenn er schlief.

Noch war aber Spätsommer. Indian Summer, wie die Amerikaner zu sagen pflegten. Cavalli überlegte, was ein warmer Herbst mit Indianern zu tun hatte. In letzter Zeit grübelte er oft über Fragen nach, die gar nicht nach Antworten verlangten. Es war, als müsste er das Vakuum füllen, das durch seine Isolierung im Team entstanden war. Er erinnerte sich, wie Pilecki und er sich früher Gedanken zugespielt hatten. Der lockere Austausch hatte ihm geholfen, gewohnte Denkmuster zu durchbrechen, Fakten und Daten in einem anderen Zusammenhang zu sehen. Gerne hätte er sich mit seinem Stellvertreter über das Handy unterhalten, das bei der Wasserleiche gefunden worden war. Dass es sich um ein uraltes Modell handelte, schien Cavalli wichtig, ohne dass er hätte sagen können, warum.

Ein Anruf von Regina unterbrach seine Gedanken.

«Hast du eine Ahnung, wo Gurtner steckt?», fragte sie. «Wir warten seit einer Viertelstunde auf ihn.»

«Er ist nicht im IRM?»

«Nein», erwiderte sie ungeduldig. «Hat er es vergessen? Vera Haas war pünktlich um acht da.»

«Ich kümmere mich darum. Bis gleich.»

Cavalli war bei der Kinderkrippe angekommen. Er blieb vor dem Eingang stehen und wählte Gurtners Nummer. Die Combox schaltete sich sofort ein. Verärgert steckte Cavalli das Handy weg. Er hatte Gurtner am Samstag informiert und ihn gebeten, am Montagmorgen direkt ins Institut für Rechtsmedizin zu fahren. In Cavallis Armen begann Lily, sich zu winden. Er stellte sie auf die Beine und öffnete die buntbemalte Eingangstür. Lily marschierte direkt zu einem Fach, das mit ihrem Namen beschriftet war, und holte ihre Finken hervor. Die anderen Kinder beachtete sie nicht. Cavalli begrüsste die Krippenleiterin. Als er sich von Lily verabschieden wollte, sass sie schon in der Puppenecke. Rasch wandte er sich ab.

Fahrnis Bitte hätte er vergessen, wenn er nicht zufällig an der St. Jakobs-Bäckerei vorbeigekommen wäre. Er wollte schon weitergehen, doch plötzlich hielt er inne. Womöglich verbesserte die Wiedereinführung einer gemeinsamen Pause die Stimmung im Team und begünstigte den informellen Austausch zwischen ihm und seinen Untergebenen. Den Rapport hatte er heute wegen seiner Verspätung zwar ausfallen lassen, ein Znüni könnte er trotzdem mitbringen. Er betrat die Bäckerei und kaufte ein Dutzend Schokoladen- und Nussgipfel.

Im Kripogebäude marschierte er direkt zu Gurtners und Pileckis Büro. Es war leer. Niemand wusste, wo Gurtner steckte. Verärgert griff Cavalli nach seinem Handy. Bevor er Gurtners Privatnummer wählen konnte, klingelte es. Regina teilte ihm mit, der Sachbearbeiter sei aufgetaucht. Erleichtert beendete Cavalli das Gespräch. Er nahm sich vor, mit Gurtner zu reden. Vorerst warteten jedoch dringendere Aufgaben auf ihn. Als Cavalli sein Handy auf den Schreibtisch legte, wusste er plötzlich, warum ihm das Motorola wichtig erschien. Der Tote hatte gewöhnliche Jeans und ein Hemd getragen. Seine Kleidung hatte nicht ausgesehen, als lege er grossen Wert auf Mode oder Design. Wenn ihm der Retro-Look gleichgültig war, hatte er keinen Grund, ein veraltetes Handy zu benützen. Ausser, er konnte sich kein neues Gerät leisten. Jeder Jugendliche in der Schweiz besass ein moderneres Telefon. Obwohl Cavalli ungern früh Schlüsse zog, fragte er sich, ob der Tote möglicherweise aus dem Ausland stammte. Der Hautfarbe und dem Körperbau nach war er kaukasischer Abstammung. Kam er vielleicht aus Osteuropa?

Cavalli schaute auf die Uhr. Er fragte sich, wo Pilecki steckte. Als gebürtiger Tscheche konnte er vielleicht weiterhelfen. Cavalli stand auf und verliess das Büro. Den Papiersack mit dem Gebäck nahm er mit. Im Gang kam ihm Mullis entgegen.

Cavalli hielt den Sack hoch. «Um zehn gibt's eine Znünipause. Dann halten wir eine kurze Besprechung ab, weil der Rapport ausgefallen ist.»

Mullis blieb stehen. «Hast du Geburtstag?»

Cavalli verneinte. «Ab heute bringe ich montags Gipfel mit.»

Fahrni streckte den Kopf aus seinem Büro. «Höre ich Gipfel?»

«Um zehn», klärte Cavalli ihn auf.

«Mit Schoggi?», fragte Fahrni hoffnungsvoll.

«Schokoladen- und Nussgipfel», bestätigte Cavalli. «Weisst du, wo Pilecki steckt?»

«Er war bei den Brändlern», antwortete Fahrni. «Aber inzwischen müsste er zurück sein. Sein Telefon war jedenfalls vor zwei Minuten besetzt.»

Nachdem Cavalli den Sack in der Kripoleitstelle deponiert hatte, suchte er Pilecki auf. Auf dem Schreibtisch des Sachbearbeiters lag das Foto eines ausgebrannten Boots. Cavalli erkannte im Hintergrund die Aussenmole des Hafens Wollishofen.

«Der wievielte Bootsbrand war es?», fragte er.

«Der neunundzwanzigste», antwortete Pilecki, ohne vom Bildschirm aufzusehen.

«Wie viele Schiffe wurden am linken Seeufer in Brand gesetzt?»

«Nur dieses eine.»
«Alle andern am rechten?»
«Ja.»
«Auch innerhalb der Stadtgrenze?»
«Drei in Tiefenbrunnen. Die restlichen zwischen Zollikon und Meilen. Keines auf der Limmat.»
Cavalli betrachtete die Segeljacht, auf der die verkohlte Leiche eines Architekten gefunden worden war. Niemand hatte gesehen, wie das Boot in Brand gesetzt worden war. Dies, obwohl zahlreiche Personen befragt worden waren. Plötzlich blitzte ein Gedanke auf.

«Hast du alle Befragungsprotokolle durchgelesen?», wollte Cavalli wissen. «Oder nur diejenigen, die mit deinem Fall zusammenhängen?»

«Die Unterlagen füllen zehn Bundesordner.»

«Danach habe ich nicht gefragt.»

Endlich sah Pilecki auf. «Nein, ich habe nicht alle gelesen. Ich hielt es nicht für nötig. Ich nehme an, du bist anderer Meinung.»

«Ja», antwortete Cavalli. «Aber nicht wegen des Brands in Wollishofen.» Er deutete auf die Unterlagen. «Möglicherweise hat jemand etwas gesehen, das mit der Wasserleiche zusammenhängt.»

«Ob du es glaubst oder nicht», gab Pilecki schneidend zurück, «daran habe ich auch schon gedacht.»

«Gut. Dann werde ich es erfahren, wenn du etwas entdeckst.»

«Gurtner wird dich über die Fortschritte seiner Ermittlungen informieren.»

Cavalli fragte nach dem Motorola.

«Selbstverständlich sind in Osteuropa alte Handys im Umlauf», bestätigte Pilecki. «Wie überall, wo sich Menschen nicht immer gleich die neuste Technik leisten können. Die alten Geräte sind ausserdem viel stabiler.» Er holte sein eigenes Nokia hervor. «Es ist schon siebenjährig, aber warum soll ich es wegwerfen, wenn es seinen Dienst noch tut?»

«Es gibt nicht viele Leute, die so denken.»

«Den Schweizern geht es zu gut.» Pilecki kam in Fahrt. Er schien zu vergessen, dass er mit Cavalli sprach. «Als wir letzten Sommer nach Kiew fuhren, hat Irina vorher das halbe Brockenhaus geleert. Sie hat mehrere Waisenhäuser mit Spielsachen, Haushaltsartikeln und Kleidern versorgt. Unglaublich, was die Menschen hier weggeben, weil es nicht mehr topmodern ist. Hätten wir mehr Platz gehabt, hätte Irina vermutlich die ganze Ukraine ausgerüstet.»

«Wie geht es ihr?», fragte Cavalli. Kaum hatten die Worte seinen Mund verlassen, wusste er, dass er zu weit gegangen war. Seine Abneigung gegenüber Pileckis Frau, einer ehemaligen Prostituierten, war allen bekannt.

Pilecki wandte sich seinem Bildschirm zu.

«Um zehn machen wir Kaffeepause», sagte Cavalli. «Es gibt Gipfel.»

In seinem Büro setzte er sich an den Schreibtisch. Statt sich um die Mitarbeiterbeurteilungen zu kümmern, öffnete er die Vermisstenanzeigen. Viele Gesichter kamen ihm bekannt vor. Im Laufe der Jahre hatte er sie immer wieder betrachtet. Einige Personen waren seit mehr als dreissig Jahren verschwunden. Vielleicht waren sie einem Verbrechen zum Opfer gefallen. Oder aber sie hatten woanders ein neues Leben begonnen. Für die Angehörigen war die Unsicherheit unerträglich. Die meisten gaben die Hoffnung nie auf, den Verschwundenen zu finden.

Cavalli ging die Meldungen der letzten zwei Jahre durch. Uwe Hahn hatte keine Angaben zur Liegezeit der Leiche im Wasser machen wollen. Den Todeszeitpunkt zu eruieren, dürfte deshalb schwierig sein. Cavalli hoffte, das Gesicht auf einem der Fotos zu erkennen. Auch ein DNA-Abgleich würde möglicherweise weiterhelfen. Doch nur, wenn jemand den Mann als vermisst gemeldet hatte. Nicht alle Verschwundenen wurden auch gesucht.

Keines der Profile in der Datenbank passte zur Wasserleiche. Cavalli war nicht überrascht. Sein Gefühl sagte ihm, dass sie es nicht mit einem Schweizer zu tun hatten. Der nächste Schritt bestünde darin, Interpol einzuschalten. Das Verbindungsbüro in der Schweiz nähme daraufhin Kontakt zum Hauptsitz in Lyon auf. Dort waren die internationalen Vermisstenanzeigen registriert. Bevor Cavalli die Anfrage starten konnte, brauchte er jedoch ein Bild des Toten. Er griff nach dem Telefonhörer, um die Kriminaltechnik anzurufen.

«Stör ich?», fragte Hans-Peter Thalmann, Chef der Spezialabteilung 2, von der Tür aus.

«Komm rein.» Cavalli deutete auf einen Stuhl.

Thalmann winkte ab. «Es geht um die Studie zur wirkungsorientierten Verwaltungsführung. Mir fehlen nur noch deine Zieldefinitionen.»

«Du wirst sie bis Mittag haben.»

«Gut.» Thalmann schob seine Brille den Nasenrücken hoch. «Wisst ihr schon mehr über die Sprayer?»

«Sprayer?», wiederholte Cavalli.

Thalmann hob den Arm. «Sprayer, oder wer auch immer den Steg in Wollishofen mit roter Farbe verziert hat. Besteht ein Zusammenhang mit dem Brand?»

«Meinst du den Bootsbrand?»

Ungeduldig holte Thalmann Luft. «Natürlich meine ich den Bootsbrand. Immerhin ist ein Mensch dabei ums Leben gekommen!»

Cavalli wusste nichts über die Sprayereien. «Nein», log er. «Pilecki ist noch nicht weitergekommen.»

«Halte mich über die Fortschritte auf dem laufenden.»

Nachdem Thalmann gegangen war, griff Cavalli nach dem Telefonhörer, um Pilecki in sein Büro zu bestellen. Dass ihm dieser Informationen vorenthielt, würde Cavalli nicht dulden. Doch plötzlich verliess ihn die Energie. Statt die Durchwahl einzustellen, legte er auf und fuhr sich mit der Hand übers Gesicht. Er schloss die Tür, setzte sich vor den Bildschirm und öffnete die Studie der Universität St. Gallen. Er hatte die Fragen, die er beantworten musste, noch nicht einmal gelesen. Das Institut für Öffentliche Dienstleistungen untersuchte in acht Kantonen die polizeilichen Aufgaben und Ziele sowie deren Erfolgsbeurteilung. Das Resultat sollte zeigen, ob ein Grundkonsens bezüglich der Definitionen, Ziele und Indikatoren bestand. Cavalli fiel die Aufgabe zu, die Ziele im Dienst Kapitalverbrechen zusammenzutragen. Früher hätte er die Aufgabe als Zeitverschwendung betrachtet. Nun war er ganz froh, sich mit der trockenen Materie befassen zu können, statt sich mit seinen Untergebenen auseinandersetzen zu müssen. Noch lieber wäre er im Institut für Rechtsmedizin gestanden und hätte der Obduktion der Wasserleiche beigewohnt.

Regina betrachtete die Lunge. Uwe Hahn hatte sie ihr sozusagen auf dem silbernen Tablett serviert. Sie hatte schon genug Autopsien beigewohnt, um zu erkennen, dass das Organ keine Besonderheiten aufwies. Wie vermutet, hatte der Mann aufgehört zu atmen, bevor er ins Wasser gelangt war. Sie war froh. Die Vorstellung, er hätte mitbekommen, wie er mit Gewichten beschwert und über Bord geworfen worden war, liess sie schaudern. Ihr wurde klar, dass sie davon ausging, der Tote sei in einem Boot auf den See hinaus transportiert worden. Gab es eine andere Möglichkeit? Ihr fiel keine ein. Zumindest keine, die Sinn ergab.

Er ist attraktiv gewesen, dachte sie. Seine Gesichtszüge waren kräftig und ebenmässig, bis auf die Nase, die etwas zu lang war. Gerne hätte sie die Augen gesehen, doch die Krebse hatten nichts übriggelassen. Die Haare hatte er lang getragen, was ihr eher ungewöhnlich vorkam. Regina kannte ausser Cavalli kaum Männer mit langen Haaren, höchstens Jugendliche oder alternde Hippies. Und Fussballspieler, schoss es ihr durch den Kopf. Doch Sportler ist der Tote nicht gewesen, dachte sie, seinen Körper betrachtend. Vielleicht Künstler oder Musiker?

«Wie sieht eine aufgeblähte Lunge aus?», fragte Haas.

Während Hahn die Frage beantwortete, wandte sich Regina an Gurtner.

«Sagt dir das Gesicht des Toten etwas?», fragte sie. «Wurde er als vermisst gemeldet?»

«Ich habe die Vermisstenanzeigen nicht im Kopf», brummte Gurtner. «Aber die Augen kommen mir bekannt vor.»

Regina widerstand dem Impuls zu seufzen. Auf Gurtners Sprüche konnte sie gut verzichten. Glücklicherweise war er bis jetzt ungewöhnlich schweigsam gewesen. Für seine Verspätung hatte er sich nicht entschuldigt. Als Regina sein schmuddeliges Hemd und die zerknitterte Hose betrachtete, vermutete sie, er habe verschlafen. Zeit, sich zu rasieren, hatte er offenbar auch keine gefunden.

«Der Mann ist also nicht ertrunken», stellte Haas fest. «Woran ist er dann gestorben?»

«Uns interessieren im Augenblick die Schadensarten», wies Hahn die Praktikantin zurecht. «Es ist einer der häufigsten Fehler bei der forensischen Analyse, zuerst die Ereignisart und erst dann die Schadensart festzuhalten. Die zeitliche Reihenfolge muss beachtet werden. Zu Beginn wird der Befund erhoben. Anschliessend die Schadensart. Erst am Schluss stellen wir uns die Frage nach der Ereignisart. Vergessen Sie das nie! Wer nicht auf geistige Hygiene bei der analytischen Fallbearbeitung achtet, macht früher oder später Fehler.»

Der letzte Satz hätte von Cavalli stammen können. Regina dachte daran, wie gut er sich mit Hahn verstanden hatte. Die beiden verband nicht nur ihre Denkweise, sie setzten auch die gleichen Prioritäten bei der Arbeit. Doch die «Metzger»-Ermittlungen hatten einen Keil zwischen sie getrieben. Vor allem bei Uwe Hahn hatte der Fall tiefe Narben hinterlassen. Regina zweifelte, ob der Rechtsmediziner je ganz über die Ereignisse hinwegkäme. Daran war aber nicht Cavalli schuld. Zwar hätte er sensibler vorgehen können, doch im Grunde hatte er nur seine Arbeit getan. Er war professionell genug gewesen, sich nicht dadurch beirren zu lassen, dass es sich beim Hauptverdächtigen um einen Freund handelte. Gerade Hahn hätte das verstehen müssen. Doch während der Untersuchung hatte Cavalli Hahn nicht nur zu Unrecht verdächtigt, sondern auch eine Falschdiagnose aufgedeckt, die Hahn als junger Arzt gestellt hatte. Der Fehler hatte eine schwangere Frau das Leben gekostet. Regina vermutete, Hahns Unbehagen in Cavallis Gegenwart liege eine Mischung aus Scham, Selbstvorwürfen und Ohnmacht zugrunde.

Sie wünschte sich, Cavalli könnte sich zu einer Entschuldigung durchringen, auch wenn ihn objektiv kein Verschulden an Hahns Lage traf. Regina machte sich jedoch keine grossen Hoffnungen. Zu Cavallis Grundsätzen gehörte es, sich nie für etwas zu entschuldigen. Er behauptete, es komme einer Lüge gleich. Wer auf eine gewisse Art und Weise handle, tue dies, weil er zu jenem Zeitpunkt entweder keine andere Möglichkeit gesehen oder sich absichtlich für einen bestimmten Schritt entschieden habe. Sich im nachhinein dafür zu entschuldigen, bedeute, Verantwortung abzuschieben. Regina teilte Cavallis Auffassung nicht. Ihrer Meinung nach diente eine Entschuldigung auch dazu, Mitgefühl zu zeigen.

Gurtner wiederholte Haas' Frage. Offenbar hielt er von geistiger Hygiene genauso wenig wie von körperlicher.

Hahn liess sich nicht beirren. «Woran der Mann gestorben ist, wie ihr es ausdrückt, kann ich euch möglicherweise sagen, wenn ich die Resultate der chemisch-toxikologischen Untersuchung vor mir habe. Vorerst stelle ich nur fest, dass die Bronchialschleimhäute nicht durch Wasser gereizt wurden.»

«Kannst du etwas zur Leichenzeit sagen?», fragte Regina.

«Ist das die Liegezeit im Wasser?», fragte Haas.

«Die Leichenzeit umfasst die Zeitspanne post mortem», erklärte Hahn. «Wenn wir die Leichenzeit vom Zeitpunkt der Untersuchung abziehen, erhalten wir den Todeszeitpunkt. Um die Leichenzeit zu berechnen, müssen wir den Zeitpunkt des Todeseintrittes anhand der frühen Leichenerscheinungen schätzen.» Er blickte Haas streng an. «Können Sie einige aufzählen?»

Regina unterdrückte ein Schmunzeln. Hahn gefiel sich in seiner Rolle als Dozent.

«Leichenerscheinungen?», wiederholte Haas. «Sie meinen zum Beispiel Totenflecken?»

«Livores, richtig. Weiter?»

Haas überlegte.

«Sagt Ihnen Rigor mortis etwas?», fragte Hahn.

«Ist das die Totenstarre?»

Hahn nickte leicht. «Supravitale Reaktionen?»

Haas strich sich eine kinnlange Haarsträhne aus dem Gesicht. Die Fragen schienen sie nicht aus der Ruhe zu bringen. Regina erinnerte sich daran, wie sie sich zu Beginn ihrer Tätigkeit als Staatsanwältin vor dem Rechtsmediziner gefürchtet hatte. Jeder Besuch im Institut für Rechtsmedizin war ihr wie eine Prüfung erschienen.

«In der Intermediärphase, also nach dem Individualtod, reagieren verschiedene Organe und Gewebe eine Zeitlang auf mechanische, elektrische oder chemische Reizung», erklärte Hahn, als Haas nicht antwortete. «Diese nennt man supravitale Reaktionen.»

«Und was hat das mit der … Leichenzeit zu tun?»

Hahn betrachtete die Polizistin schweigend. Schliesslich erklärte er, basierend auf den frühen Leichenerscheinungen könne man den Todeszeitpunkt abschätzen.

«Und?», bohrte Haas. «Wann ist er gestorben?»

Ein Muskel zuckte unter Hahns linkem Auge. «Darüber kann ich keine Auskunft geben. Ich müsste wissen, zu welchem Zeitpunkt der Leichnam ins Wasser kam. Die tiefen Temperaturen beeinflussen die Reaktionen. In unserem Fall sind zudem späte Leichenerscheinungen hinzugekommen.»

Haas beäugte den Rechtsmediziner kritisch. Regina wappnete sich gegen Gurtners nächsten Spruch, doch zu ihrer Überraschung blieb er aus.

«Fettwachsbildung», erklärte der Sachbearbeiter stattdessen.

«Richtig.» Erneut wandte sich Hahn an Haas. «Fettwachsbildung oder Adipocire, wie wir sie nennen, ist eine Umwandlung des Körperfetts beim Aufenthalt in einer kühlen, feuchten Umgebung. Das Gewebe wird dadurch konserviert.»

Haas stützte die Hände in die Seiten. «Also wissen wir eigentlich gar nichts. Das versuchen Sie uns doch zu sagen, oder?»

«Wir wissen jetzt, dass es sich um ein Tötungsdelikt handelt!», stellte Regina klar. «Nun seid ihr an der Reihe. Die Rechtsmedizin kann solide Ermittlungsarbeit nicht ersetzen. Genauso wichtig wie die medizinischen Befunde sind die Umstände der Tat. Wie kam die Leiche in den See? Irgendjemand muss etwas gesehen haben. Vielleicht entdeckt die Kriminaltechnik Spuren auf den Nylonschnüren oder den Hanteln. Mit etwas Glück enthält das Handy sogar noch verwertbare Daten. Oberste Priorität hat natürlich die Identifizierung des Toten. Wenn wir wissen, wer der Mann ist, könnt ihr beginnen, sein Umfeld unter die Lupe zu nehmen. Es wartet eine Menge Arbeit auf euch!» Die Worte klangen schärfer, als beabsichtigt.

Gurtner rückte seine Hose zurecht. «Dann verlassen wir die Party wohl frühzeitig. Komm mit, Häschen, du hast die Lady gehört.»

Haas schnappte nach Luft, doch Gurtner hatte sich bereits abgewandt. Sie eilte ihm nach. Regina schüttelte den Kopf. Als sie sich umdrehte, merkte sie, dass Hahns Blick auf sie gerichtet war. Sie war überrascht, als sie das Ausmass der Müdigkeit in seinen Augen sah.

«Hast du Zeit für einen Kaffee?», fragte sie. «Wenn wir hier fertig sind?»

«Ich glaube, ein Glas Champagner wäre angesagt», antwortete Hahn.

Regina runzelte die Stirn.

«Ich habe es heute in der Zeitung gelesen», fuhr Hahn fort. «Ich kann mir deine Erleichterung vorstellen.»

Ein Lächeln breitete sich auf Reginas Gesicht aus. «Du meinst Hofer. Ja, ich bin froh. Vor allem, dass ich endlich einen Schlussstrich ziehen kann.»

Hahn runzelte sorgenvoll die Stirn. «Ich hoffe, du machst dir keine Illusionen. So etwas ist nie vorbei. Nicht jeder wird dir verzeihen.»

«Damit kann ich leben.»

«Bist du sicher?»

«Habe ich eine Wahl? Ich habe getan, was ich für richtig hielt. Mühe würde es mir bereiten, wenn ich gegen meine Grundsätze verstossen hätte.»

Hahn nickte nachdenklich. «Manchmal muss das reichen.» Er spülte die Leiche mit kaltem Wasser ab und sammelte die Instrumente ein.

Regina zog ihre Latexhandschuhe aus und warf sie in den Abfalleimer. Während Hahn der Präparatorin Anweisungen gab, öffnete Regina die Tür, die von Sanität und Bestattern benutzt wurde. Sie führte direkt zur Zufahrtsstrasse. Als Regina ins Freie trat, empfing sie ein strahlend blauer Himmel. Es war, als habe sie mit einem einzigen Schritt die Schwelle vom Tod zum Leben überquert. Noch immer war das Gras saftig grün, doch auf der Wiese lagen bereits vereinzelt farbige Blätter. Im Schatten glänzte das Laub der Bäume feucht.

Sie atmete die frische Luft ein und schloss die Augen. An einem Morgen wie diesem erschien ihr das Leben nahezu perfekt. Vor ziemlich genau drei Jahren war sie auch hier gestanden. Damals hatte Hahn das erste Opfer des «Metzgers» obduziert. Regina war schwanger gewesen, Zukunftssorgen hatten sie gequält. Cavalli hatte sich gegen die Vorstellung gesträubt, noch einmal Vater zu werden. Gesprächen war er ausgewichen, als hätte er seine Vaterschaft rückgängig machen können, wenn er sie nur nicht zur Kenntnis nahm. Regina hatte fest damit gerechnet, er würde sich der Verantwortung entziehen. Sie kannte ihn seit 16 Jahren. Beziehungsprobleme hatte er immer gelöst, indem er ihnen ausgewichen war. Doch er war nicht davongelaufen. Im Gegenteil – nach und nach hatte er seine Sachen aus seiner Wohnung in Witikon nach Gockhausen gezügelt. Inzwischen hingen all seine Kleider in ihrem Schrank.

Eine konventionelle Familie waren sie trotzdem nicht. Cavalli verbrachte die Nächte weiterhin im Wald. Regina hatte sich daran gewöhnt, dass er wegschlich, nachdem sie eingeschlafen war. Mehr Mühe bereitete ihr die Tatsache, dass er an den Wochenenden Lily mitnahm. Ihre Tochter war zu fragil, um im Freien zu schlafen. In ihrem ersten Lebensjahr war sie unentwegt krank gewesen. Eine Bronchitis folgte der andern, Ohrenentzündungen wechselten sich mit Koliken ab. Seither hatte sich ihr Gesundheitszustand verbessert, noch immer litt sie aber überdurchschnittlich oft unter Erkältungen.

Cavalli war der Meinung, der Waldboden sei gesünder als der Spannteppich in der Wohnung. Da Lily in seinen Armen schlafe, habe sie warm genug, ohne dass sie die trockene Heizungsluft einatmen müsse. Regina seufzte. Wenn sie ehrlich war, so bereitete ihr diese Vorstellung fast genauso grosses Unbehagen wie der Gedanke an die Kälte im Freien und die Nässe im Wald. Obwohl sie sich dafür schämte, fühlte sie sich ausgeschlossen. Lily nahm einen Platz in Cavallis Herzen ein, der ihr verwehrt blieb. Cavalli liebte seine Tochter mit einer Intensität, die er für Regina nie aufbrächte. Dass Vater und Tochter zudem eine Sprache teilten, die Regina nicht verstand, verstärkte ihr Gefühl von Isolation. Heimlich hatte sie versucht, einige Brocken Tsalagi zu lernen, die Sprache der Cherokee-Indianer. Doch sie war bereits an der fremden Schrift gescheitert. Die ungewohnten Laute konnte sie gar nicht erst unterscheiden.

Über ihre Eifersucht sprach sie nicht. Sie kam ihr unangebracht und kleinlich vor. Als sie schwanger gewesen war, hatte sie befürchtet, ihre Tochter wachse ohne Vater auf. Nun hatte Lily einen Vater, der sie vergötterte. Welche Mutter wünschte sich nicht das Beste für ihr Kind? Sie spürte einen Schatten auf ihrem Gesicht und öffnete die Augen.

«Bei unserem Beruf gerät das Leben allzu schnell in Vergessenheit», sagte Hahn. «Ich stelle mich manchmal auch hierhin, um es mir in Erinnerung zu rufen.»

«Ich habe an meine Tochter gedacht», erwiderte Regina.

Ein Lächeln huschte über Hahns blasses Gesicht. Er hatte selbst vier Töchter. «Töchter sind das Leben in seiner konzentriertesten Form!»

5

Sie stand am Grab. Obwohl sie wusste, dass es leer war, kniete sie hin. Die Blume, die sie in die rote Erde steckte, war aus Plastik, das Holzkreuz darüber schlicht. Ihr Blick glitt zu den Steinmonumenten, die wohlhabende Familien für ihre Angehörigen errichtet hatten. Der Tod ist grösser als das Leben, dachte sie. Er ist vorher da gewesen und wird noch lange danach existieren. Sie hatte sich gewünscht, hier begraben zu werden. Seit sie wusste, dass sich der Tod davonstahl, hatte sich der Wunsch verflüchtigt.

Sie versuchte, ein Gebet zu sprechen, doch die Worte fehlten ihr. Sie wusste nicht, an wen sie sie richten sollte. Wohin ging der Tod, wenn er sich davonschlich? Bis vor kurzem war ihr die Grenze zwischen Leben und Tod klar erschienen. Sie hatte nicht gewusst, dass sich ein Fluss dazwischen befand. Sie, die an einem Fluss aufgewachsen war, hätte es ahnen müssen. Genauso, wie sie hätte wissen müssen, dass nicht jeder, der ans andere Ufer aufbrach, auch dort ankam. Manche spülte der Fluss weg. Sie hatte nie gefragt, wohin. Nun war sie es, die weggespült wurde. Ob sie den Tod einholen würde? Schwamm er schneller als die Strömung? Sie würde sich treiben lassen müssen, denn sie kannte ihr Ziel nicht. Sie kannte nicht einmal mehr sich selbst.

Langsam stand sie auf. Sie wischte sich den Staub von den Knien. Ein streunender Hund schlich auf sie zu, doch sie fürchtete sich nicht. Vorsichtig streckte sie die Hand nach dem mageren Tier aus. Der Hund beäugte den Glücksbringer misstrauisch, der an ihrem Handgelenk baumelte. Ihr Freund hatte ihr das vierblättrige Kleeblatt geschenkt, als er sie das erste Mal auf seinem Roller ausgeführt hatte. Noch heute spürte sie die Wärme seines Körpers, den sie fest umschlungen gehalten hatte. Sie hörte die Musik aus den Boxen, die der Pick-up vor ihnen auf der Ladefläche transportierte, und spürte die warme Nachtluft auf ihren nackten Armen. Dieser Augenblick war vollkommen gewesen. Sie ahnte nicht, dass es ein vorübergehender Zustand war.

Das Gold des Kleeblatts war inzwischen abgeblättert, doch sie nahm das Kettchen nicht ab. Das Glück brauchte sie mehr denn je, egal, ob es glänzte oder nicht. Der Hund tapste vorsichtig einen Schritt näher und beschnupperte ihre Finger. Auf einmal zog er den Schwanz ein und humpelte davon. Er hatte gemerkt, dass sie nicht mehr sie selbst war.

6

Vera Haas legte den Telefonhörer auf. Im Kanton Zürich gebe es 6000 Bootsplätze und 1500 Trockenplätze, hatte ihr der Abteilungsleiter Wasserbau beim Amt für Abfall, Wasser, Energie und Luft erklärt. Laut der Vereinigung der Schifffahrtsämter waren 11 163 Schiffe im Kanton registriert. Haas betrachtete die Zahlen. Irgendetwas stimmte da nicht. Am Schreibtisch gegenüber biss Tobias Fahrni in einen Schoggiriegel.

«Tobias?», fragte Haas. «Kannst du mir kurz helfen?»

Fahrni murmelte etwas, ohne vom Bildschirm aufzusehen.

«Wie verteilt man 11 163 Schiffe auf 7500 Plätze?», fragte Haas.

Als Fahrni schwieg, glaubte sie, er habe die Frage nicht verstanden. Sie holte Luft, um die Zahlen zu wiederholen.

«Indem sich 1,49 Schiffe einen Platz teilen», meinte er, immer noch auf den Bildschirm starrend. «Aufgerundet.»

Haas rechnete die Zahlen auf dem Taschenrechner nach. Sie kam auf 1,488. Verblüfft starrte sie ihren Bürokollegen an. Über eine Woche sass sie ihm bereits gegenüber, noch immer wurde sie nicht schlau aus ihm. Eines hatte sie jedoch gelernt: Ironie war ihm fremd. Er meinte immer genau das, was er sagte.

«Teilen?», fragte sie deshalb skeptisch. «Wie denn?»

Er antwortete nicht.

«Gurtner hat mir aufgetragen, eine Liste aller Anlegeplätze und Bootsbesitzer zusammenzustellen», fuhr Haas fort. «Meint er wirklich alle 11 000?»

«11 163», antwortete Fahrni.

«Sag mal», stiess Haas aus. «Hast du ein Problem mit mir?»

Endlich sah Fahrni auf. «Nein, warum?»

«Weil ... ich bin dir völlig gleichgültig!» Haas erkannte, wie lächerlich sich ihre Klage anhörte. «Merkst du überhaupt, dass ich hier bin?»

«Möchtest du einen Bissen?» Fahrni hielt ihr den Schoggiriegel hin.

Haas seufzte. «Nein, ich wollte nur ... vergiss es. Wer ist Paz?»

«Paz?»

«Ja, du hast sie am Freitag erwähnt. Du hast gesagt, sie könne selten ins Internet. Wer ist sie?»

Fahrni zog an seinem Ohrläppchen. «Ich weiss es nicht.»

Haas stellte die Frage anders: «Woher kommt sie?»

«Aus Paraguay.»

«Du schreibst einer Paz aus Paraguay, aber du kennst sie nicht?»

«Noch nicht.»

Haas richtete sich auf. «Kaufst du dir etwa eine Frau? Über eine dieser Vermittlungen?»

Fahrni zuckte zusammen.

«Genügen dir die Frauen in der Schweiz nicht? Sind wir dir zu wenig fügsam, oder was?» Haas' grüne Augen funkelten. «Vermutlich kann sie kein Wort Deutsch, oder? Aber das ist dir natürlich egal. Hauptsache, sie kann kochen und putzen und lässt dich in ihr Bett! Männer sind einfach zum Kotzen!»

Sie hatte nicht gemerkt, dass Martin Angst ins Büro getreten war. Der Kriminaltechniker mass 1.90 Meter und war stattlich gebaut. Doch als er Haas' schneidende Stimme hörte, zog er den Kopf ein. Er wechselte mit Fahrni einen Blick und räusperte sich.

«Martin! Ich habe dich gar nicht reinkommen hören.» Haas sah die Unterlagen in seiner Hand. «Hast du etwas für mich?»

«Ja und nein», antwortete Angst. «Keine Daktys. Nur ein Teilabdruck auf einer der Hanteln ist einigermassen brauchbar, doch eben nur einigermassen. Ohne Vergleichsabdrucke nützt er uns nichts. Hier sind noch die Fotos der Taucher. Ich habe sie dir und Gurtner gemailt, ebenso die Videoaufnahme.»

«Danke.» Haas stand auf. «Lust auf einen Kaffee? Ich könnte einen vertragen.»

Fahrni atmete auf. Endlich hatte er Platz für seine Gedanken. Wenn Vera ihm gegenüber sass, verkrochen sie sich in die hintersten Winkel seines Gehirns. Es war nicht ihre Lebendigkeit, die ihn in seiner Konzentration störte, sondern ihre Unberechenbarkeit. Ihre Launen wechselten so schnell, dass er sich nicht darauf einstellen konnte. Jasmin ist ganz anders gewesen, dachte er wehmütig. Auch sie hatte voller Energie gesteckt, doch diese hatte sich in Bewegungsdrang geäussert, nicht in emotionalen Ausbrüchen.

Obwohl er Bambi, wie er Jasmin in Gedanken immer noch nannte, seit über zwei Jahren nicht gesehen hatte, dachte er täglich an sie. Sie hatte ein Loch in sein Leben gerissen, als sie die Polizei verlassen hatte. Er glaubte nicht, dass es je wieder gefüllt würde. Dass sie auch privat keinen Kontakt mehr hatten, war jedoch einzig und allein seine Schuld. Er hatte ihre Grenzen nicht respektiert und büsste nun dafür. So hatte er nicht nur eine Arbeitskollegin verloren, sondern auch eine Freundin. Deshalb blieb ihm nichts anderes übrig, als nach vorne zu schauen. Was er dort sah, gefiel ihm nicht. Seine Eltern gingen auf die Achtzig zu. Noch immer warteten sie auf ein Enkelkind. Keine der Frauen, die Fahrni während der letzten zwanzig Jahre kennengelernt hatte, hatte sich eine Zukunft mit ihm vorstellen können.

Hatte Vera recht? Kaufte er sich eine Frau, weil er in der Schweiz keine fand? Er war vor drei Jahren auf die Vermittlung gestossen, als er eine schwere berufliche Krise durchgemacht hatte. Damals hatte er sich ernsthaft überlegt, den Polizeidienst zu verlassen, und deshalb Alternativen geprüft. Er hätte sich gut vorstellen können, mit Pferden zu arbeiten. Vorübergehend hatte er sogar eine Ausbildung zum Reittherapeuten erwogen. Auch einen Reithof zu führen, hätte ihn gereizt. Seine Internetrecherchen hatten ihn zu einigen Estancias in Paraguay geführt. Auf vielen Farmen wurde noch Viehzucht betrieben, daneben boten einige auch Reitferien für Touristen an. Die Weite der Landschaft hatte Fahrni sofort angezogen.

Als er sich durch die Seiten geklickt hatte, hatte sich ein Werbefenster geöffnet. Normalerweise beachtete Fahrni die Reklamen nicht, doch die braunen Augen einer dunkelhaarigen Schönheit hatten ihn fasziniert. Die Form der Augen hatte keine Ähnlichkeit mit Jasmins Augen gehabt, doch der Braunton war derselbe gewesen. Fahrni hatte den Link geöffnet und sich auf der Homepage einer Partnervermittlung wiedergefunden. Aus Neugier hatte er sich die Seite angeschaut. Verschiedene Frauen waren abgebildet gewesen. Alle hatten braune Augen. Besonders ein Bild war ihm in Erinnerung geblieben. Es zeigte eine lachende Reiterin mit langem Zopf. Sie hielt die Zügel entspannt in einer Hand und schaute direkt in die Kamera. Der Anblick hatte in Fahrni eine Sehnsucht geweckt. Nicht nur nach einer Partnerin, sondern auch nach der unberührten Landschaft. Noch am selben Tag hatte er sich ein Spanischlehrmittel gekauft.

Als er beschlossen hatte, einen letzten Anlauf zu nehmen, um eine Partnerin zu finden, war ihm sofort die Seite aus Paraguay in den Sinn gekommen. Er hatte sich nicht bewusst dafür entschieden, eine Frau im Ausland zu suchen. Vielleicht hatte ihm aber sein Unterbewusstsein die vergeblichen Versuche in der Schweiz in Erinnerung gerufen. Es war ihm klar, dass ihn sein Schweizerpass attraktiv machte. Trotzdem hatte er gehofft, eine Frau aus Paraguay gehe nicht allein des Passes oder des Geldes wegen eine Beziehung mit ihm ein. Er hatte ausdrücklich erwähnt, dass das Aussehen für ihn keine Rolle spiele. Wichtig sei, dass sie eine gute Ausbildung genossen habe, Pferde möge und in seinem Alter sei. Letzteres hatte sich als schwierig erwiesen, da die meisten Frauen in Paraguay früh heirateten.

Als die Vermittlung Paz vorgeschlagen hatte, glaubte Fahrni, den richtigen Weg gewählt zu haben. Paz Rubin de Fernandez war 32 Jahre alt, verwitwet und kinderlos. Nach dem Tod ihres

Mannes hatte sie begonnen, Literatur zu studieren. Sie sprach Spanisch, Englisch und das einheimische Guaraní. Auf die Frage, warum sie einen Mann im Ausland suche, hatte sie erklärt, sie habe in ihrem Alter kaum Chancen, in Paraguay einen Partner zu finden. Sie lebte zwar nicht auf einer Ranch, sondern in der Hauptstadt Asunción, doch sie mochte Pferde und ritt gern. Fahrni war sich im klaren, dass die Vermittlung lediglich an einem erfolgreichen Geschäft interessiert war. Doch wenn auch nur die Hälfte von dem stimmte, was er über Paz erfahren hatte, wäre eine gemeinsame Zukunft vielleicht möglich.

Das Telefon auf Veras Schreibtisch klingelte. Fahrni warf einen Blick aufs Display. Als er sah, dass Gurtner seine Anrufe umgeleitet hatte, nahm er ab. Interpol Bern meldete, dass Gurtners Anfrage vermutlich einen Treffer ergeben habe.

«Beim Vermissten könnte es sich um Ramón Penasso handeln», meinte der Sachbearbeiter. «Argentinischer Staatsangehöriger. Die Meldung kam via Buenos Aires über Lyon zu uns. Er wurde im vergangenen März zuletzt in Montevideo, Uruguay, gesehen. Nachfragen bei Fluggesellschaften ergaben, dass er am 26. März dieses Jahres von Buenos Aires via Madrid nach Zürich geflogen ist. In der Schweiz verliert sich seine Spur. Ich habe das ganze Dossier an Heinz Gurtner geschickt.»

Fahrni bedankte sich und legte auf. Er fand Vera Haas im Gang, wo sie angeregt mit Martin Angst diskutierte. Er berichtete ihr vom Anruf.

«Wo ist Gurtner?», fragte er.

«Keine Ahnung», antwortete sie. «Was muss ich jetzt tun?»

«Pilecki kennt sein Passwort», erwiderte Fahrni. «Bitte ihn, das Mail an dich weiterzuleiten, und informiere sofort Regina Flint. Der Häuptling ist an einer Sitzung. Gurtner soll ihn anrufen, sobald er zurück ist.»

Ramón Penasso. Der Tote hatte einen Namen. Als Regina das Foto betrachtete, war sie sicher, dass es sich um den Mann handelte, der im Kühlfach des IRM lag, auch wenn der wissenschaftliche Beweis noch nicht vorlag. Beim Foto handelte es sich um eine Studioaufnahme in hoher Auflösung. Selten hatte Regina es mit Bildern von so guter Qualität zu tun. Meist waren die Personen nur unscharf abgebildet, was die Suche nach ihnen erschwerte. Sie las, dass das Porträt vor einem Jahr in Buenos Aires aufgenommen worden war.

Endlich sah sie die Augen des Toten. Sie erinnerten Regina an die polierten Kastanien, die sie als Kind auf Zahnstocher gespiesst hatte, um Tiere zu basteln. Ramón Penasso wirkte intelligent. Sein Blick war einladend, als fordere er den Betrachter auf, ihm zu vertrauen. Regina vermutete, dass er ein guter Zuhörer gewesen war. Zu gut? Hatte er etwas gehört, das nicht für seine Ohren bestimmt war? Oder täuschte sein Äusseres? Hatte er Vertrauen geweckt und es später missbraucht?

Sie wandte sich den Fakten zu. Zum Zeitpunkt seines Verschwindens war Ramón Penasso 36jährig gewesen; ledig, keine Kinder, wohnhaft in Buenos Aires. Als Regina las, dass er seinen Lebensunterhalt als Journalist verdient hatte, beschlich sie ein ungutes Gefühl. Zwischen seinem Tod und seinem Beruf bestand möglicherweise kein Zusammenhang, doch auszuschliessen war er nicht. Ein Journalist wirbelt Staub auf. Dadurch verschafft er sich Feinde. Sie würden genau abklären müssen, womit er sich beschäftigt hatte. Der Fall drohte, heikel zu werden. Sie würde mit Cavalli reden müssen. Heinz Gurtner war eindeutig der falsche Sachbearbeiter, seine Welt hörte an der Schweizer Grenze auf.

Regina sah auf die Uhr. Eine halbe Stunde noch bis zur nächsten Einvernahme. Sie hatte sich vorgenommen, sich weiter mit dem Lernprogramm zu beschäftigen, das zur Einführung der eidgenössischen Strafprozessordnung entwickelt worden war. Sie hatte erst ein Drittel der Fragen beantwortet. Vor allem ihr Wissen über die neuen, abgekürzten Verfahren, die sogenannten vorprozessualen Deals, liess zu wünschen übrig. Auch die Rechte der Privatkläger warfen einige Fragen auf. Würde sie nun bereits zu Beginn jedes Verfahrens in Erfahrung bringen müssen, in welcher Form sich die Geschädigten beteiligen wollten? Schadensersatz- und Genugtuungsansprüche hatte sie schon jetzt jeweils ansprechen müssen, nicht aber, ob die Beteiligten eine Zivil- oder Strafklage erheben wollten. Sie startete das Programm «Everest», beendete es aber gleich wieder.

Ramón Penasso liess ihr keine Ruhe. Sie musste wissen, was auf sie zukam. Gurtner würde ausführliche Recherchen über den Journalisten anstellen. Um sich ein klareres Bild zu verschaffen, gab Regina den Namen in eine Internet-Suchmaschine ein. Als sie die vielen Treffer sah, verstärkte sich ihr Unbehagen. Ramón Penasso hatte für die Wochenzeitung «Noticias» gearbeitet. Regina las, die argentinische Regierung habe der Zeitung die Anzeigenwerbung entzogen, weil die Artikel den Machthabern nicht gefielen. Die Information stimmte sie nachdenklich. Dass Journalisten während der Militärdiktatur verfolgt worden waren, hatte sie gewusst. Doch die Diktatur lag 25 Jahre zurück. Hatte die Demokratisierung nicht auch Pressefreiheit mit sich gebracht? Bestand diese nur auf dem Papier?

Ramón Penassos Name tauchte auch in zahlreichen Fernseh- und Radiobeiträgen auf. Er schien in seiner Heimat eine Persönlichkeit gewesen zu sein. Häufig wurde er in Zusammenhang mit Wahlen und politischen Ereignissen zitiert. Er hatte aber auch einige Artikel über die Abholzung in der nordargentinischen Provinz Chaco verfasst, wo der Staat ein Reservat der Indígenas hinter deren Rücken verkauft hatte. Offenbar waren ausländische Investoren und Grossgrundbesitzer an den Johannisbrotbäumen interessiert. Regina hatte nicht gewusst, dass diese auf dem internationalen Holzmarkt begehrt waren.

Ihr Spanisch war zu dürftig, als dass sie jedes Detail der Texte hätte begreifen können. Doch sie ahnte, dass Ramón Penasso es verstanden hatte, den betroffenen Indígenas ein Gesicht zu geben. Sie stiess auch auf das Porträt eines Müllsammlers in Buenos Aires, für das der Journalist eine Auszeichnung erhalten hatte. Soweit sie sehen konnte, hatte er sich ausschliesslich mit nationalen Themen befasst. Was hatte ihn in die Schweiz geführt? Recherchen für einen Artikel? Private Gründe? Sobald seine Identität bestätigt wäre, würde Regina via Schweizer Botschaft mit der Staatsanwaltschaft in Buenos Aires Kontakt aufnehmen müssen.

«Regina?» Ihre Protokollführerin streckte den Kopf herein. «Der Beschuldigte ist da.»

Regina schnappte sich eine Packung Darvidas und verliess das Büro. Im Pausenraum stärkte sie sich für den Nachmittag. Die Einvernahme würde mindestens drei Stunden dauern. Der 20jährige Arbeitslose hatte einem Kontrahenten mehrmals mit einem Baseballschläger auf den Kopf geschlagen und ihm anschliessend ein Klappmesser in die Brust gerammt. Er behauptete, in Todesangst aus Notwehr gehandelt zu haben. Regina hingegen ging von einer brutalen Abrechnung aus, denn beim Geschädigten handelte es sich um den Freund einer Kollegin des Beschuldigten. Zum letzten Mal wollte sie den Tathergang mit diesem durchgehen. Wenn er die vielen Ungereimtheiten weiterhin nicht erklären konnte, würde sie ihn wegen versuchter vorsätzlicher Tötung anklagen. Hoffentlich reichte die Zeit. Spätestens um 18 Uhr musste Regina Lily in der Krippe abholen. Notfalls würde Cavalli einspringen, doch sie teilten sich die Tage so ein, dass immer eines früh beginnen und das andere länger im Büro bleiben konnte. Meist nutzte Cavalli die frühen Morgenstunden, um ungestört zu arbeiten. Vor dem Rapport musste er sich jeweils über alle polizeilichen Ereignisse ins Bild setzen, die während der vergangenen Nacht im Kanton stattgefunden hatten. Regina blieb stattdessen abends, bis die Arbeit erledigt war. Heute hatten sie wegen der Obduktion getauscht.

Sie hätte sich keine Sorgen machen müssen. Obwohl der Beschuldigte endlose, nichtssagende Sätze von sich gab, stellte ihm Regina schon nach zweieinhalb Stunden ihre letzten Fragen. Dass sie so rasch vorankam, hatte sie dem schweigsamen Verteidiger und ihrer schnellen Protokollführerin zu verdanken. Nina Dietz arbeitete seit zwei Monaten in ihrem Vorbüro. Wie viele Polizisten verbrachte sie im Rahmen ihrer Ausbildung nach der

Polizeischule zwei Jahre auf der Staatsanwaltschaft. Doch im Gegensatz zu ihren Vorgängern verstand sie nicht nur etwas von Rechtschreibung, sie dachte auch mit und nahm Regina dadurch viel Arbeit ab.

«Du bist ein Geschenk des Himmels», sagte Regina, nachdem der Transportdienst den Beschuldigten abgeholt hatte.

Dietz grinste. «So schlimm kann der letzte Protokollführer nicht gewesen sein.»

«Ich erspar dir die Details», sagte Regina lächelnd. «Ich weiss nicht, wie du es in der Polizeischule ausgehalten hast. Hat es nicht die ganze Zeit geknistert?»

«Es gab auch einige Polizeiaspiranten in meinem Alter.» Dietz hatte erst mit dreissig Jahren beschlossen, Polizistin zu werden. Davor hatte sie als Tiefbauzeichnerin gearbeitet. «Übrigens, zwei Gerichtsverhandlungen sind verschoben worden. Die Aktualisierung der Termine habe ich dir geschickt. Ich musste deshalb eine Einvernahme, die am gleichen Tag stattfinden sollte, auf den Nachmittag verlegen. Für den zuständigen Verteidiger war es kein Problem, die Geschädigtenvertreterin hat zwar gemurrt, doch sie wird es sich einrichten. Willst du die Zeiten überprüfen?»

«Nicht nötig», antwortete Regina. «Du hast die Termine besser im Griff als ich!»

«Wenn du mich nicht mehr brauchst, mache ich mich auf den Weg», meinte Dietz. «Ich gehe noch eine Runde schwimmen. Der See ist immer noch herrlich warm!»

Regina konnte sich nach dem Leichenfund nicht vorstellen, im See zu schwimmen. Obwohl sie immer gewusst hatte, dass Körper, die tiefer als 30 Meter unter der Wasseroberfläche lagen, selten gefunden wurden, war es doch etwas anderes, Bilder davon mit eigenen Augen gesehen zu haben. Sie unterdrückte ein Schaudern, um ihrer Protokollführerin nicht die Freude zu verderben. Nachdem sich Nina Dietz verabschiedet hatte, fuhr Regina ihren Computer herunter und packte einige Unterlagen zur eidgenössischen Strafprozessordnung ein. Sie würde sich darin vertiefen, wenn Lily schlief. Jetzt wollte sie mit ihrer Tochter den lauen Abend geniessen, vielleicht sogar den Grill anwerfen.

Die Sonne tauchte den Helvetiaplatz in goldenes Licht. Trotz Büroschluss waren die Strassen ungewöhnlich ruhig. Viele Leute waren in diesen letzten, warmen Tagen noch mit dem Velo unterwegs. Dafür waren die Cafés voll. Beim Volkshaus winkte Regina einer Auditorin zu, die vor einem Bier sass, dann bog sie in die Rotwandstrasse ein. Als sie die Krippe betrat, erfuhr sie, dass die Kinder einen Ausflug in die nahe gelegene Bäckeranlage unternommen hatten. Sie beschloss, Lily dort abzuholen, statt in der Krippe zu warten.

Schon von weitem hörte sie Kinderstimmen. Im Park wimmelte es von Menschen. Reginas Blick glitt vom überfüllten Sandkasten zu einigen braungebrannten Frisbeespielern, bis sie schliesslich die Krippenleiterin am Rand des Wasserbeckens erkannte. Jetzt sah sie auch die Kinderschar, die im Wasser spielte. Nur Lily befand sich nicht darunter. Regina schirmte ihre Augen vor der Sonne ab, um besser sehen zu können. Plötzlich entdeckte sie ihre Tochter. Sie stand etwas abseits, einen Behälter mit Seifenlauge in der Hand. Hochkonzentriert versuchte sie, Seifenblasen zu bilden. Ihr schwarzes Haar glänzte in der Sonne, die blauen Augen hatte sie zusammengekniffen.

Regina spürte etwas, das an Ehrfurcht grenzte. Wie hatten Cavalli und sie es geschafft, solch ein zauberhaftes Wesen hervorzubringen? Ihre Beziehung war alles andere als märchenhaft. Sie war geprägt von heftigen Auseinandersetzungen, Trennungen und Neuanfängen. Vor zwölf Jahren hatte Regina Cavalli verlassen, weil er sie immer wieder betrogen hatte. Als sie sich Jahre später wieder begegnet waren, hatten sie dort weitergemacht, wo sie aufgehört hatten. Regina hatte sich dagegen gewehrt. Sie hatte sich eingeredet, sie sei mit ihrem damaligen Lebenspartner, einem unkomplizierten, liebevollen Journalisten, glücklich. Doch Cavalli zog sie an wie ein Magnet. Und sie ihn. Auch beim zweiten Anlauf hatten sie es nicht geschafft, eine ausgeglichene Beziehung zu führen. Regina hatte Verbindlichkeit gefordert, aber Cavalli weigerte sich, Verpflichtungen einzugehen. Er hatte keinen Hehl daraus gemacht, dass Regina nicht die einzige Frau in seinem Leben war. Sie hatte sich eingeredet, dass er nur ein guter Freund sei, und die körperliche Anziehung geleugnet. Bis zu jener verhängnisvollen Nacht in Georgien, in der Lily entstanden war. Auf einmal waren alle Dämme gebrochen, sowohl bei ihr als auch bei ihm. Es war das einzige Mal gewesen, dass er sich ihr ganz geöffnet hatte. Wenige Stunden später waren sie verhaftet worden.

Die ersten Wochen ihrer Schwangerschaft war Regina verzweifelt gewesen. Noch heute fragte sie sich, wie stark sich die schlechte Ernährung und die mangelnde Hygiene im Gefängnis auf Lily ausgewirkt hatten. Vielleicht war sie deshalb so kränklich. Regina hätte alles dafür gegeben, die Zeit zurückdrehen zu können. Ihre Schuldgefühle waren ein Dauerthema für sie und ihre Therapeutin.

Langsam ging Regina auf Lily zu. Manchmal fürchtete sie, ihre Tochter könnte sich in Luft auflösen – wie die Seifenblasen, die sie voller Hingabe entstehen liess. Sie hatte etwas Flüchtiges, Ungreifbares, als habe sie nicht vor, lange zu bleiben. Regina spürte einen Kloss im Hals. Rasch verdrängte sie die düsteren Bilder. Wenn sie in dieser Richtung weitergrübelte, verlöre sie unweigerlich den Boden unter den Füssen.

Lily sah einer Seifenblase nach und entdeckte Regina. Ein Strahlen breitete sich auf ihrem schmalen Gesicht aus.

«Hallo, mein Engel.» Regina umarmte sie vorsichtig, um die Seifenlauge nicht zu verschütten. «Hast du den Park verzaubert? Überall glitzert es!»

Statt zu antworten, tauchte Lily den Plastiklöffel erneut in den Behälter. Als er mit Flüssigkeit getränkt war, hielt sie ihn Regina hin. Dass sie mit zweieinhalb Jahren kaum sprach, bereitete Regina ebenfalls Sorgen. Sie hatte sie abklären lassen, weil sie befürchtet hatte, mit Lilys Gehör stimme etwas nicht. Die Ärzte hatten keinen physischen Grund für Lilys Schweigen gefunden. Sie mahnten Regina zur Geduld. Cavalli teilte ihre

Ängste nicht. Seiner Meinung nach hatte Lily einfach nichts zu sagen.

Regina pustete. Eine grosse Seifenblase entstand, zitterte leicht, löste sich schliesslich vom Ring und schwebte davon. Lily rannte ihr nach, die Hände in die Höhe gestreckt. Regina schraubte den Deckel auf den klebrigen Behälter, wickelte ihn in ein Taschentuch und schob ihn in ihre Handtasche. Sie verabschiedete sich von der Krippenleiterin und holte Lily ein.

«Wir holen nur rasch den Autoschlüssel», sagte sie, «dann fahren wir nach Hause.»

Der Portier am Eingang des Kripogebäudes kannte Regina. Er liess sie herein, ohne Cavalli anzurufen. Regina nahm den Lift in den fünften Stock. Als die Tür aufging, rannte Lily sofort zu Cavallis Büro. Regina folgte ihr. Im Gang kam ihr Pilecki entgegen und begrüsste sie mit einem freundlichen Handschlag.

«Der Häuptling ist noch an einer Besprechung», teilte er ihr mit. «Soll ich ihn rufen?»

«Nicht nötig, ich hol mir nur den Autoschlüssel.» Regina hielt inne, einen Blick auf Lily werfend. Sie sass auf Cavallis Bürostuhl, das Kinn auf die Tischplatte gestützt. «Ist Gurtner noch hier? Ich würde ihn gern kurz sprechen.»

Pilecki zögerte. «Er ist vor einer halben Stunde gegangen. Ist es wichtig?»

Regina verneinte. «Wie geht es Irina?»

«Bestens, danke.» Pilecki lächelte verschmitzt. «Ausser, dass sie den Winter kaum erwarten kann.»

«Macht ihr die Wärme zu schaffen?»

«Nein, die vielen Biere, die ich am Feierabend trinke.» Er grinste, seinen flachen Bauch tätschelnd. «Sie behauptet, ich würde bald aussehen wie Gurtner!»

Regina lachte. «Da hast du noch einen weiten Weg vor dir!»

«Einen weiten Weg wohin?», hörte sie Cavallis Stimme.

Bevor Regina antworten konnte, schoss Lily aus dem Büro und warf sich in Cavallis ausgestreckte Arme. Er fing sie mit einer fliessenden Bewegung auf und wirbelte sie herum. Als er sie mit der Nase hinter dem Ohr kitzelte, quietschte sie vor Vergnügen. Aus dem Augenwinkel sah Regina, wie Pilecki zum Lift ging. Er drehte sich kurz um und hob die Hand zum Abschied.

Cavalli schaute über Lilys Kopf hinweg zu Regina. «Du bist früh dran.»

«Der Abend ist so schön. Ich wollte das Auto nehmen und mit Lily nach Hause fahren. Vielleicht sogar grillieren.»

Cavalli sah auf die Uhr. «Ich komme mit.»

Reginas Augen weiteten sich. Drei Tage Weiterbildung lagen vor ihm. Davor hatte er noch viel zu erledigen. Unter anderem musste er die nächsten Schritte im Fall Ramón Penasso mit Gurtner besprechen. Als sie ihn darauf ansprach, runzelte er die Stirn.

«Du weisst noch nichts davon?», fragte Regina.

«Ich war seit Mittag nicht mehr im Büro.»

«Es kann warten», sagte Regina. «Ich habe Hunger.»

Sie hatten vereinbart, nicht vor Lily über berufliche Angelegenheiten zu sprechen. Gewaltverbrechen sollten für ihre Tochter nicht zur Normalität werden.

Es war fast zehn, als sich Regina schliesslich auf die Terrasse setzte, eine Tasse Grüntee in der Hand. Sie hatten Pouletspiesschen und Gemüse auf den Grill gelegt, dazu hatte Cavalli Reis mit Erbsen gekocht, Lilys Lieblingsspeise. Die Holzkohle war verglüht, doch die Asche verströmte noch ein wenig Wärme. Kaum verschwand die Sonne, war die herbstliche Kühle deutlich zu spüren. Regina schlang ihre Finger um die warme Tasse.

Die Tür ging auf, und Cavalli trat hinaus. «Sie schläft, aber ich musste ihr versprechen, morgen Seifenlauge nachzufüllen.»

«Das nennt man Erpressung», lächelte Regina.

«Von schönen Frauen lasse ich mich gerne erpressen.»

«Gut zu wissen», antwortete Regina trocken.

«Ramón Penasso?», forderte Cavalli sie auf.

«Hat dich Gurtner nicht informiert?» Als sie sah, wie sich Cavallis Kiefermuskeln anspannten, überkam sie ein ungutes Gefühl. Es war nicht das erste Mal, dass Informationen nicht sofort an ihn weitergeleitet wurden. Regina berichtete vom Anruf aus Bern. Als sie die Situation in seinem Team anzusprechen versuchte, schnitt er ihr das Wort ab.

«Weisst du mehr über diesen Penasso?»

«Setz dich», bat Regina. «Ich rede nicht gern mit dir, wenn du herumtigerst.»

«Ich bin den ganzen Tag gesessen. Ich fühle mich steif wie ein Brett.»

Regina stand auf. «Dagegen weiss ich ein besseres Mittel.»

Nachdem sich Cavalli gesetzt hatte, stellte sie sich hinter ihn und legte ihm die Hände auf die Schultern. Mit den Daumen begann sie, seinen Nacken zu massieren. Währenddessen erzählte sie, was sie über Ramón Penasso in Erfahrung gebracht hatte.

«Argentinier», murmelte Cavalli. «Ich dachte, er stamme aus Osteuropa. Wegen des Handys.»

«Meine Infos habe ich alle aus dem Internet», fuhr Regina fort. «Mit Gurtner konnte ich noch nicht sprechen. Wobei wir beim Thema wären: Gurtner ist nicht der richtige Sachbearbeiter für diesen Fall. Wenn die Ermittlungen politische Dimensionen annehmen, wird das Interesse der Medien gross sein. Gurtner besitzt weder das nötige Taktgefühl, noch ist sein Horizont weit genug.»

«Du unterschätzt ihn», erwiderte Cavalli. «Er ist ein guter Ermittler. Er hat fast dreissig Jahre Erfahrung. Ramón Penasso mag Argentinier sein, doch er ist mit allergrösster Wahrscheinlichkeit in der Schweiz ermordet worden. Gurtners Aufgabe wird darin bestehen, seine letzten Schritte zu überprüfen, Zeugen zu suchen, Spuren auszuwerten. Dazu braucht er kein Diplom in Internationalen Beziehungen.»

«Er wird auch nach dem Motiv graben müssen», widersprach Regina. «Was, wenn die Geschichte ihren Anfang in Argentinien nahm? Gurtner weiss vermutlich nicht einmal, dass Argentinien in Südamerika liegt!»

«Ich werde ihm eine Landkarte schenken.»

«Das ist kein Witz, Cava!» Sie bohrte ihre Daumen in seine Schulterblätter. «Ramón Penasso verdient es, dass wir seriös ermitteln!»

«Und ich sage dir, Gurtner ist ein seriöser Ermittler!»

«Er ist ignorant und faul», beharrte Regina. «Er hat sich heute nicht ein einziges Mal bei mir gemeldet! Vera Haas hat mir die Interpolmeldung zukommen lassen. So kann ich keine Untersuchung führen! Ausserdem scheint er dich auch nicht auf dem laufenden zu halten.»

Cavalli stand abrupt auf. «Glaubst du, du könntest mir bereits jetzt Weisungen erteilen? Noch arbeiten wir nach der alten StPO! Du hast mir nicht dreinzureden in die Ermittlungen!»

Regina starrte ihn an. War das der Grund, dass Cavalli nicht mit sich reden liess? Focht er einen Machtkampf aus? Die neue Strafprozessordnung sah eine Kompetenzerweiterung der Staatsanwaltschaft vor, zumindest auf dem Papier; wie sie sich umsetzen liesse, war eine andere Frage. Viele Polizisten befürchteten, in Zukunft weniger Kompetenzen, dafür mehr Arbeit zu haben. Dies, weil sie auf Anordnung der Staatsanwaltschaft neu auch Zeugen befragen konnten – oder mussten. Auch darüber gingen die Meinungen auseinander. Doch die Zusammenarbeit mit den Sachbearbeitern beim Kapitalverbrechen würde sich kaum ändern. Bereits jetzt führten sie anspruchsvolle Einvernahmen durch und trafen Entscheidungen, die weitreichende Konsequenzen hatten.

Regina zwang sich, trotz der Wut, die Cavallis Worte in ihr ausgelöst hatten, einen versöhnlichen Tonfall anzuschlagen. Ein Streit würde das Problem nicht lösen. «Ich schreibe dir nicht vor, wie du deine Arbeit machen sollst. Das wäre eine Anmassung. Schliesslich bist du Polizist, nicht ich. Aber bitte mach dir Gedanken über die Dimensionen, die dieser Fall annehmen könnte.»

7

«DNA und Röntgenbilder stimmen überein», sagte Uwe Hahn. «Es besteht kein Zweifel, dass es sich um den Leichnam von Ramón Penasso handelt.»

Obwohl Regina nichts anderes erwartet hatte, umklammerte sie den Telefonhörer etwas fester. Während der letzten Tage hatte sie die Wasserleiche zwar nicht vergessen, doch ein Gerichtstermin und mehrere ablaufende Fristen hatten ihre volle Aufmerksamkeit beansprucht. Auch Cavallis Ausbruch beschäftigte sie. Vor allem die Frustration, die sich dahinter verbarg. Zwar hatte er sich gleich wieder gefasst, doch seine Sachlichkeit hatte nicht über seine Unzufriedenheit hinwegtäuschen können. Obwohl er selten über die Schwierigkeiten sprach, mit denen er als Dienstchef zu kämpfen hatte, wusste Regina, dass er es bis jetzt nicht geschafft hatte, sich die nötige Akzeptanz bei seinen Mitarbeitern zu verschaffen. Fachlich mochte er qualifiziert sein, doch er schien nicht zu realisieren, dass Führungskompetenz mehr beinhaltete, als Anweisungen zu geben. Regina hatte versucht, mit ihm darüber zu reden, er hatte jedoch eine Mauer um sich errichtet, die schwer zu durchbrechen war.

«Erste Resultate der chemisch-toxikologischen Untersuchung liegen ebenfalls vor», fuhr Hahn fort. «Sie waren negativ. Ich konnte aber keine krankhaften Veränderungen am Organismus feststellen. Einen natürlichen Tod schliesse ich deshalb weiterhin aus. Ich schlage eine umfangreiche Giftstoffanalyse vor.»

«Du glaubst, Ramón Penasso könnte vergiftet worden sein?», fragte Regina.

«Eine Vergiftung kann nie ausgeschlossen werden. Doch du weisst, dass der Nachweis oft problematisch ist. Vor allem, wenn es sich um eine Substanz handelt, die in körpereigene Stoffe metabolisiert wird. Hinzu kommt die lange Liegezeit des Leichnams im Wasser.»

Regina dachte an die Autopsie zurück. Hahn hatte nach Einstichstellen gesucht, aber nichts gefunden.

Als hätte er ihre Gedanken gelesen, erklärte der Rechtsmediziner, er wolle Ramón Penasso ein zweites Mal untersuchen. «Ich werde eine Rücken- und Extremitätensektion durchführen. Möchtest du dabei sein?»

Regina hatte den «Fledermausschnitt», wie er auch genannt wurde, erst einmal gesehen. Er hatte in ihr grosse Beklemmung ausgelöst. Der erste Schnitt wurde vom Nacken bis zu den Lenden geführt, zwei Verlängerungen reichten über die Gesässbacken an die Hinterseiten von Ober- und Unterschenkeln bis hinunter zu den Fesseln. Anschliessend wurde die Haut an der Fett-Muskulatur-Grenze abpräpariert, damit sie nach beiden Seiten weggeklappt werden konnte. Manche Staatsanwälte und Polizisten nannten den Schnitt auch «Massanzug». Er ermöglichte es, Blutaustritte im Hautfett oder in der Muskulatur zu entdecken, die von aussen nicht sichtbar waren – mögliche Hinweise auf Nadelstiche.

«Ich fürchte, ich schaffe es nicht», antwortete Regina. «Ich muss Kontakt mit der Schweizer Botschaft in Buenos Aires aufnehmen oder, noch besser, mit dem Verbindungsbeamten der Fedpol für Südamerika. Ich muss wissen, an wen ich mich in Argentinien wenden muss. Der Fall wird hohe Wellen werfen.»

«Natürlich», erwiderte Hahn. «Gurtner ist schon informiert.»

«Danke.»

Nachdem Regina aufgelegt hatte, blieb sie einen Moment lang reglos sitzen. Es war elf Uhr. In wenigen Stunden begann ihr Wochenende. In Gedanken schrieb sie ihren freien Freitag bereits ab. Der Nachmittag würde nicht ausreichen, um nebst ihren regulären Terminen den argentinischen Staatsanwalt ausfindig zu machen, das Bundesamt für Justiz zu informieren und die nächsten Schritte mit Gurtner zu besprechen. Ihr Vorgesetzter sowie die Medien mussten auch noch informiert werden.

Cavalli konnte sie nicht bitten, morgen auf Lily aufzupassen. Nach drei Tagen Weiterbildung erwartete ihn genauso viel Arbeit. Mit einem Seufzer griff Regina erneut zum Hörer und wählte die Nummer ihrer Mutter. Glücklicherweise sagte Marlene Flint sofort zu, als Regina sie bat, Lily einen zusätzlichen Tag zu hüten. Sie schlug sogar vor, sie über Nacht bei sich zu behalten. Regina musste ihr dafür versprechen, am Samstag zum Mittagessen zu bleiben.

Auf dem Gang hörte sie Theresa Hanisch fluchen. Die Kaffeemaschine surrte, kurz darauf wurde die Kühlschranktür geschlossen. Regina stand auf und stellte sich ans Fenster. Die klare Luft war angenehm mild. Auf dem Kanzleiareal gegenüber scharte sich eine Gruppe Kinder um drei junge Frauen, vermutlich Kleinkind-Erzieherinnen; sie wollten wohl die letzten warmen Herbsttage geniessen. Regina badete ihre Arme und ihr Gesicht in der Sonne. Sie wünschte, sie könnte die Wärme für die Wintermonate speichern. Ein Tram näherte sich vom Stauffacher her und riss sie aus ihren Gedanken. Es kam ruckelnd zum Stillstand. Genau wie das Leben von Ramón Penasso, dachte Regina.

Gurtner hatte die Gäste-Daten aller Zürcher Hotels überprüft. Die handschriftlich ausgefüllten Meldescheine wurden kaum mehr verwendet. Die meisten Hotels benutzten heute ein elektronisches System, das die Daten direkt der Polizei übermittelte. Neu wurden sie sogar automatisch mit dem nationalen Fahndungssystem Ripol verglichen. Weil die Umstellung erst im Laufe des Jahres beendet worden war, hatte Gurtner aber auch die Meldescheine in Papierform durchgesehen. Pro Tag sammelten sich 4000 bis 5000 Zettel an, die alle in Holzkisten im Kripo-Gebäude aufbewahrt wurden. Ramón Penassos Name war nirgends aufgetaucht.

Regina schloss das Fenster. Bevor sie das Bundesamt für Justiz anrief, wollte sie sich vergewissern, dass keine neuen Entwicklungen vorlagen. Sie wählte Gurtners Nummer.

«Hola», meldete sich Fahrni.

«Tobias?»

«Entschuldige, ja, hier spricht Tobias Fahrni.»

«Ist Gurtner weg?»

«Nein, er sitzt neben mir», antwortete Fahrni. «Ich erteile ihm seine erste Spanischlektion. Silla oder sello vielleicht.» Auf einmal schien Fahrni zu merken, dass er am Telefon war. «Es geht um den Kugelschreiber», erklärte er. «Die Kriminaltechnik konnte einige Buchstaben entziffern. Ein ‹S› und möglicherweise zwei ‹L›. Wir suchen passende Wörter auf Spanisch. Silla heisst Stuhl. ‹Der rote Stuhl› – das wäre doch ein guter Name für ein Restaurant, findest du nicht?»

Endlich begriff Regina. Auf dem Seeboden hatten die Taucher neben der Leiche von Ramón Penasso einen roten Kugelschreiber sichergestellt. Von blossem Auge war die Schrift nicht zu entziffern gewesen. Sie hörte Pilecki im Hintergrund. Er klang belustigt. Fahrnis Stimme verschwand.

«Hier Gurtner», meldete sich der Sachbearbeiter.

Regina erklärte, warum sie anrief.

«Angst ist an etwas dran», antwortete Gurtner. «Er wollte sich melden, musste aber ausrücken. Ich glaube, es geht um die Nylonschnur.»

«Und Vera Haas? Überprüft sie immer noch die Boote?»

«Alle 11 163. Ich glaube, sie ist inzwischen bei Nummer 14 angekommen.» Gurtner stiess einen Laut aus, der vermutlich ein Lachen sein sollte. «Im Moment hoppelt unser Häschen zum Hafen Tiefenbrunnen.»

Regina stand der Sinn nicht nach Gurtners Spässen. «Am späten Nachmittag muss eine Medienmitteilung verschickt werden. Den Zeitpunkt werde ich mit eurer Infostelle besprechen. Was den Inhalt betrifft: Bis ich mit dem zuständigen Staatsanwalt in Buenos Aires gesprochen habe, möchte ich vorsichtig sein. Im Moment soll die Öffentlichkeit nur wissen, dass es sich beim Toten um einen argentinischen Staatsbürger handelt. Ich will sofort informiert werden, wenn sich etwas Neues ergibt.»

Gurtner grunzte.

«Wir müssen so bald wie möglich eine Besprechung abhalten», fuhr Regina fort. «Würdest du dich bitte um einen Termin kümmern? Martin Angst und Vera Haas sollten dabei sein. Hahn und

Cavalli ebenfalls, wenn es sich einrichten lässt. Ich bin morgen den ganzen Tag im Büro. Das wäre im Moment alles. Gib mir Tobias bitte noch einmal.»

«Ja?», meldete sich Fahrni.

«Sprichst du Spanisch?», fragte Regina.

«Ich weiss es nicht», antwortete er. «Das wird sich erst herausstellen. Vor drei Jahren habe ich einen Intensivkurs gemacht. Aber Theorie und Praxis sind nie dasselbe. Vielleicht versteht Paz kein Wort. Das muss zwar nicht unbedingt an meinem Spanisch liegen. Viele Paraguayer sprechen besser Guaraní als Spanisch. Hoffentlich habe ich nicht die falsche Sprache gelernt.»

Regina mahnte sich zur Geduld. Gespräche mit Fahrni glichen Einvernahmen. Wenn sie zu Beginn die richtigen Fragen stellte, ergab sich die Logik wie von selbst.

«Reist du nach Paraguay?», fragte sie.

«Das weiss ich auch noch nicht. Vielleicht kommt Paz hierher. Oder wir brechen den Kontakt ab.»

«Du hast eine Frau aus Paraguay kennengelernt?», erriet Regina. «Und lernst deshalb Spanisch?»

«Sie spricht Englisch, doch sich in einer Fremdsprache mitzuteilen, ist nie so locker, wie sich in der Muttersprache zu unterhalten. Aber eigentlich habe ich nicht ihretwegen Spanisch gelernt, sondern wegen der Estancias.» Sorgenvoll fügte er hinzu: «Vielleicht müsste ich doch Guaraní lernen.»

«Verstehst du Spanisch?»

«Es kommt darauf an, wer spricht.»

Regina verabschiedete sich. Ein Sachbearbeiter mit Spanischkenntnissen würde ihre Arbeit erleichtern. Sie nahm sich vor, noch einmal mit Cavalli zu reden. Wenn sie Glück hatte, konnte der zuständige Staatsanwalt in Argentinien Englisch. Sonst würde sie sich mit einem Dolmetscher behelfen müssen. Sie schaute auf die Uhr. In Buenos Aires hatte der Arbeitstag noch nicht begonnen. Sie beschloss, zuerst den Leiter der Staatsanwaltschaft IV aufzusuchen, bevor sie sich mit dem Bundesamt für Justiz in Verbindung setzte. Max Landolt war ein geduldiger

Vorgesetzter. Hinter seiner Ruhe verbarg sich ein scharfer Verstand. Schon oft war Regina froh über seinen Rat gewesen, auch wenn sie sich manchmal wünschte, er ginge grössere Risiken ein. In brenzligen Situationen war er stets auf Sicherheit bedacht. Er setzte sich ungern Kritik aus und vermied Konfrontationen. Als sie ihm nun von der Identifizierung der Wasserleiche berichtete, strich er sich nachdenklich über das Kinn.

«Ein argentinischer Journalist?», wiederholte er leicht bekümmert. «Heikel. Sehr heikel. Überlass die Kontaktaufnahme mit der Schweizer Botschaft dem Bundesamt für Justiz», meinte er. «Hast du das Rechtshilfeersuchen schon geschrieben?»

«Noch nicht», erwiderte Regina. «Es ginge alles schneller, wenn ich über den Verbindungsbeamten Kontakt mit dem zuständigen Staatsanwalt aufnehmen würde.»

«Der Verbindungsbeamte der Fedpol sitzt in São Paulo», klärte Landolt sie auf. «Ich weiss nicht, ob er in Argentinien besser vernetzt ist als die Botschaft. Überlass die Entscheidung dem Bundesamt für Justiz.»

«Das dauert zu lange. Ich brauche Akteneinsicht in das laufende Verfahren in Argentinien. Ramón Penasso wird bereits seit einem halben Jahr vermisst. Vermutlich liegt umfangreiches Material vor.» Als Regina sah, dass Landolt zögerte, fügte sie hinzu: «Wir müssen die Ermittlungen vorantreiben. Sonst setzen wir uns dem Vorwurf aus, schlampig zu arbeiten.»

«Bis die Rechtshilfe bewilligt ist, werden Monate vergehen», erwiderte Landolt.

«Ich könnte versuchen, auf dem polizeilichen Weg Informationen zu beschaffen», schlug Regina vor.

«Die argentinische Polizei darf keine Akten herausgeben.»

«Ich habe eher an einen informellen Austausch gedacht. Cavalli hat Beziehungen im Ausland.»

Landolt schüttelte den Kopf. «Stell dir vor, dein Rechtshilfeersuchen wird abgelehnt! Dann sind alle Untersuchungshandlungen ungültig, die du aufgrund der Informationen der Polizei durchgeführt hast. Das ist zu riskant. Ausserdem wirst du höchstens Angaben zu Telefonabonnenten und Fahrzeughaltern oder Auszüge aus öffentlichen Registern erhalten. Für Zwangsmassnahmen und Einvernahmen ist auch in Argentinien die Staatsanwaltschaft zuständig.» Landolt lehnte sich zurück. «Uns sind die Hände gebunden. Konzentriere dich auf die Ermittlungen in der Schweiz.»

«Ich werde im Rechtshilfeersuchen die Dringlichkeit unterstreichen», schlug Regina vor.

«Ich glaube nicht, dass du damit durchkommst. Schliesslich haben wir es nicht mit einem Haftfall zu tun. Aber versuchen kannst du es.» Landolt sah auf die Uhr. «Um die Medien kümmere ich mich.»

Regina nickte erleichtert. Die Medienarbeit der Staatsanwaltschaft war kürzlich neu organisiert worden. Bisher hatte ein Staatsanwalt selbst Auskünfte über seine Fälle erteilt. Seit März galt die Weisung, dass die Oberstaatsanwaltschaft informiert werden musste, wenn ein Fall das Interesse der Öffentlichkeit weckte. Damit wollte der Justizdirektor die Medienarbeit professionalisieren und das Vertrauen der Öffentlichkeit in die Arbeit der Strafverfolgungsbehörden stärken. Wie viele Staatsanwälte stand Regina der Entwicklung skeptisch gegenüber. Einerseits war sie froh um die Entlastung, andererseits verlor sie ein wichtiges taktisches Mittel. Die Öffentlichkeit gezielt zu informieren, konnte eine Untersuchung vorantreiben.

Nach der Aufmerksamkeit, die ihr die Medien wegen Karl Hofer geschenkt hatten, war sie jetzt aber dankbar, im Hintergrund bleiben zu können. Sie versprach, alle Medienanfragen an Landolt weiterzuleiten. Mit der Oberstaatsanwaltschaft würde er sich direkt in Verbindung setzen. Gut, dachte Regina. Je weniger sie sich im Flurhof blicken liess, desto wohler war ihr. Sie stand nicht zuoberst auf der Beliebtheitsskala der drei Oberstaatsanwälte.

Vera Haas schmierte Senf auf ihre Bratwurst und biss hinein. Zum Teufel mit der Diät. Den ganzen Morgen war sie auf den Beinen gewesen, sie hatte sich eine Stärkung verdient. Während sie kaute, streifte sie ihre Schuhe ab. Die Wasseroberfläche kräuselte sich in der Brise. Haas kniff die Augen zusammen und versuchte, ihre Wohnung auf der gegenüberliegenden Seeseite auszumachen. Sie glaubte, unterhalb der Bahngleise von Thalwil den Block zu erkennen. Ihr Blick glitt über die zahlreichen Baukräne. Der Bauboom am linken Ufer hielt an. Bald wäre keine einzige Grünfläche mehr zu sehen.

Nachdenklich glitt Haas' Blick über die vielen Fenster. Dahinter verbargen sich Hunderte von Augenpaaren. Irgendwo hatte jemand vielleicht etwas gesehen, das die Ermittlung weiterbrächte. Doch wie sollte sie die Person finden? Vor allem, wenn diese selbst nicht wusste, dass sie eine wichtige Beobachtung gemacht hatte? Noch schwieriger war es am rechten Ufer, wo die Häuser hinter Hecken lagen und die Bewohner sich nicht blicken liessen. In keinem der Häfen, die Haas bisher abgeklappert hatte, hatte jemand während der letzten sechs Monate ein Boot vermisst. Niemandem war eine nächtliche Fahrt aufgefallen. Kein Fremder hatte sich herumgeschlichen, kein Schwimmer eines der Boote entwendet, die an Bojen entlang des Ufers festgemacht waren.

Haas quälte der Gedanke, dass Gurtner ihr diese Aufgabe übertragen hatte, um sich nicht länger mit ihr beschäftigen zu müssen. Bis sie die Tausende von Bootsbesitzern sowie die Hafenanlagen und Anlegeplätze überprüft hätte, wäre ihr Praktikum vorbei. Sie hatte sich ihre Monate beim Kapitalverbrechen anders vorgestellt. Das Untersuchen von Tötungsdelikten galt als Königsdisziplin der Polizeiarbeit. Wer beim KV arbeitete, besass Talent, Erfahrung und Fachwissen. Haas hatte gehofft, von den Sachbearbeitern zu lernen, ihnen über die Schulter schauen zu können. Stattdessen lief sie sich die Füsse wund.

Sie schob den Rest der Bratwurst in den Mund und zog die Schuhe wieder an. Der Hafen Tiefenbrunnen war der letzte, den sie heute besuchen würde. Sie hatte in Wollishofen begonnen und das Seebecken zu Fuss umrundet. Am Bürkliplatz hatte sie einen Abstecher an die Limmat gemacht, obwohl sie sich nicht vorstellen konnte, dass jemand mitten in der Stadt eine Leiche in ein Boot laden würde. Mit den Häfen auf Kantonsgebiet wollte sie telefonisch Kontakt aufnehmen, wenn nötig mit dem Auto hinfahren.

Am Zürichhorn wehte ihr aus dem Restaurant Fischstube der Duft von Bratöl entgegen. Haas spazierte über die grüne Wiese, den Blick aufs Wasser gerichtet. Das Kursschiff steuerte die Haltestelle Casino an. Hätte sie jetzt Feierabend, so hätte sie mit dem Schiff nach Thalwil fahren können. Während sie beobachtete, wie sich die Passagiere an die Reling stellten, fiel Haas ein Motorboot der Wasserschutzpolizei auf. Sachte schaukelte es rund 50 Meter vom Ufer entfernt in den Wellen. Haas glaubte, an Bord einen der Polizisten zu erkennen, die die Leiche vom Seegrund geborgen hatten. Einem Impuls folgend, winkte sie mit beiden Armen. Offenbar erkannte der Polizist sie. Er deutete auf einen Steg neben dem «Casino».

«Geniessen Sie die Sonne, oder sind Sie beruflich unterwegs?», fragte der Seepolizist, nachdem er das Boot längs an den Steg manövriert hatte.

«Beruflich.»

«Die Wasserleiche?»

Als Haas bejahte, reichte er ihr die Hand, damit sie an Bord steigen konnte. Sie stellte sich mit Vera vor und erklärte, wonach sie suchte.

«Schwierig», kommentierte Daniel Frey. «Seit den Bootsbränden kommen laufend Hinweise rein. Die Spreu vom Weizen zu trennen, ist eine Menge Arbeit. Die meisten Beobachtungen bringen uns nicht weiter. Wisst ihr schon, ob der Mann bereits tot war, als er hinausgefahren wurde?»

Haas starrte ihn an. Sie war automatisch davon ausgegangen, der Täter habe die Leiche an Bord geschleppt. Dass Ramón Penasso nicht ertrunken war, musste jedoch nicht bedeuten, dass er an Land gestorben war. Möglicherweise war er lebend hinausgefahren und im Boot getötet worden. Haas stöhnte innerlich. Sie hatte heute morgen nicht nach einem verschwundenen Beifahrer gefragt, nur nach einem vermissten Boot. Kein Wunder, trug

Gurtner ihr einfache Routinearbeiten auf! Sie würde noch einmal von vorne beginnen müssen.

«Ich würde mir gerne die Stelle ansehen, an der ihr die Leiche gefunden habt», sagte sie. «Liegt das drin?»

Erstmals meldete sich Gilles Buchmann. «Klar!»

Haas entging der Blick nicht, den Buchmann in ihren Ausschnitt warf. Sie betrachtete ihn. Mit seinem spitzbübischen Lächeln und den schmalen Hüften sah er nicht schlecht aus. Besser hätte er ihr gefallen, wenn er etwas mehr Haare auf dem Kopf gehabt hätte, doch immerhin war seine hohe Stirn gebräunt. Im Gegensatz zu Frey trug er keinen Ehering. Leider war er ihr zu jung.

Auf den Fotos war Haas die Distanz zwischen der Leichenfundstelle und dem Ufer gross vorgekommen. Als sie nun aus hundert Metern Entfernung die Spaziergänger am Zürichhorn betrachtete, merkte sie, dass sie sich getäuscht hatte. Sie beobachtete eine Mutter, die sich vor einem Kinderwagen niederkniete. Jede Bewegung war von hier aus sichtbar. Der Täter hätte kaum unbemerkt eine Leiche über Bord werfen können, zumindest nicht tagsüber.

«Wie gut ist ein Motorboot in der Nacht zu hören?», fragte sie.

«Wenn Fahrzeuge auf den Strassen unterwegs sind, geht das Geräusch unter», meinte Frey. «Ausser, man sitzt direkt am See. Unter Wasser klingt ein Bootsmotor hingegen erstaunlich laut. Ein Taucher würde sich bestimmt daran erinnern. Allerdings sind Tauchgänge in der Nacht selten. Ein Ruderboot oder ein Segelschiff könnte sich natürlich geräuschlos fortbewegen.»

Haas liess ihren Blick über die Küste schweifen. «Warum hat der Täter die Leiche gerade hier versenkt?» Sie wandte sich an Gilles Buchmann. «Warum nicht weiter weg von der Stadt?»

Buchmann kratzte sich. «Vielleicht hatte er keine Wahl.»

Frey nickte. «Zum Beispiel, weil sein Boot hier liegt.»

Am 10. Oktober 2009 war das erste Boot in Stäfa in Brand gesetzt worden. Das Sportboot der Marke Marex war zum Verkauf ausgeschrieben gewesen. Der Verdacht, der Besitzer habe seine Finger mit im Spiel gehabt, hatte sich später nicht erhärtet. Zehn Tage später brannte eine Segeljacht in Meilen vollständig aus. Zwischen den Brandstiftungen ergab sich zunächst kein Tatzusammenhang. Das dritte Boot, wieder ein Motorboot, diesmal ein Klassiker aus Holz der Firma Boesch, brannte in Zollikon. Die Brandermittler fanden am Tatort eine Brennpastendose. Da der Täter sie nur teilweise geöffnet hatte, konnte der Deckel mit der eingestanzten Produktionsnummer sichergestellt werden. Nachforschungen ergaben, dass das Herstellerwerk in Einsiedeln die Dose kurz nach dem 15. September 2008 verkauft hatte. Dort endete jedoch die Spur. Weitere Brandstiftungen ließen nicht lange auf sich warten. Kaum ein Hafen oder eine Anlegestelle am rechten Zürichseeufer blieb verschont. Über hundert Personen waren befragt worden, niemand hatte einen Hinweis liefern können, der zum Täter geführt hätte.

Juri Pilecki schob seine Kaffeetasse zur Seite und suchte das Einsatzkonzept hervor. Im Mai hatten die Brandermittler Unterstützung von weiteren Diensten erhalten. Der Personalaufwand war erheblich gewesen. Bei sechs Bränden waren zusätzliche Polizisten in Zivil ausgerückt, um sich unter die Zuschauer zu mischen und unauffällig Beobachtungen anzustellen. Weitere hatten Personalien aufgenommen. Jeder Name war überprüft und die Branddaten waren mit den Ereignissen im Leben der Verdächtigen verglichen worden. Keine Auffälligkeiten. Pilecki überflog die Liste. Ramón Penassos Name stand nicht darauf.

Vier Brände hoben sich von den anderen ab, da der Brandstifter keine Brennpaste verwendet hatte: der erste in Stäfa, ein weiterer ein halbes Jahr später in Zollikon sowie die letzten zwei in Meilen und Wollishofen. 23mal hatte der «Feuerteufel», wie die Medien ihn unterdessen nannten, zwischen Mitternacht und vier Uhr morgens zugeschlagen. Sechsmal war er zwischen 22 Uhr und Mitternacht aktiv gewesen: viermal in Feldmeilen, einmal in Obermeilen und einmal in Herrliberg. Betroffen waren Segelboote, Motorboote, zwei Ruderboote und ein Kanu. Die Besitzer wiesen keine Gemeinsamkeiten auf. Pilecki studierte die Namen. Keiner sagte ihm etwas.

Ramón Penasso war am 27. März in Zürich gelandet. Am 28. März war eine Segeljacht in Stäfa niedergebrannt, am 8. April in Zollikon ein 200 000 Franken teures Sportboot des Herstellers Windy, das der Besitzer erst im vergangenen Sommer gekauft hatte. Zwei Wochen später erwischte es in Tiefenbrunnen ein Kajütboot. Bis Ende April kam es zu drei weiteren Brandstiftungen in Meilen. Pilecki beschloss, diese sechs Brände genau unter die Lupe zu nehmen. Vielleicht stiesse er in einem der Befragungsprotokolle auf Ungereimtheiten oder sogar auf eine Spur von Ramón Penasso. Bis jetzt hatte Gurtner keine Hinweise gefunden, wo sich der Journalist nach seiner Ankunft am Flughafen aufgehalten hatte. Möglicherweise deuteten die fehlenden Spuren darauf hin, dass er kurz nach seiner Ankunft ermordet worden war. Je weniger lang er sich in der Schweiz aufgehalten hatte, desto weniger Spuren hatte er hinterlassen können.

180 Namen hatten die Brandermittler im Zusammenhang mit den sechs Fällen zwischen dem 28. März und Ende April notiert. Vier Tatorte kamen in Frage: Stäfa, Zollikon, Tiefenbrunnen und Meilen. Pilecki stand auf. Gurtner war noch nicht zurück aus Kloten, wo er sich mit den Kollegen am Flughafen besprach. Womöglich konnte ihm die Praktikantin aber weiterhelfen.

«Wo ist Haas?», fragte er Fahrni, als er sah, dass sie nicht an ihrem Schreibtisch sass.

«Immer noch unterwegs.» Pilecki hatte sich bereits abgewandt, als Fahrni weitersprach. «Hast du Irina gekauft?»

«Was?», stiess Pilecki aus.

«Ich meine nicht unbedingt mit Geld», antwortete Fahrni unbeholfen. «Vielleicht hat sie dich aber wegen der Aufenthaltsbewilligung geheiratet.»

Hätte nicht Fahrni die Frage gestellt, sondern ein anderer Kollege, wäre Pilecki augenblicklich gegangen. Doch er sah Fahrni an, dass ihn etwas beschäftigte. Er schloss die Bürotür und öffnete das Fenster. Anschliessend setzte er sich auf die Kante des Schreibtisches und zündete sich eine Zigarette an.

«Wahrscheinlich hätten wir nicht so rasch geheiratet», antwortete er ehrlich. «Vielleicht wären wir zusammengezogen, vielleicht hätten wir uns einfach nur regelmässig getroffen. Aber diese Möglichkeit hatten wir nicht, weil ihre Bewilligung abgelaufen war.»

«Liebt sie dich?»

Pilecki zuckte die Schultern. «Zu Beginn hat sie mich nicht geliebt, nein. Ich mache mir da nichts vor.» Er breitete die Arme aus. «Schau mich an. Ich bin kein Adonis. Doch Irina war nicht auf der Suche nach der grossen Liebe. Sie brauchte einen Freund. Und eine Arbeitsbewilligung. Für beides taugte ich wohl nicht schlecht. Mit der Zeit wurde aus der Freundschaft mehr. Ich glaube, heute bedeute ich ihr genauso viel wie sie mir. Wir haben uns nie etwas vorgemacht. Das war uns wichtig.» Er zog an seiner Zigarette. «Fragst du wegen der Frau aus Paraguay? Paz heisst sie, oder?»

Fahrni zupfte an seinem Ohrläppchen. «Vor Jahren rückte ich in einem Fall von häuslicher Gewalt aus. Er war Schweizer, sie Thailänderin. Es kam regelmässig zu heftigen Streitereien. Die Frau sprach kein Wort Deutsch, das Englisch des Mannes war kaum besser. Ich habe mich für ihn geschämt. Er stand da in seinem Unterhemd, der Bierbauch hing ihm über den Hosenbund. Er war der Inbegriff eines Mannes, mit dem sich keine Frau freiwillig einlassen würde. Ich erinnere mich, dass ich mich fragte, wie schlimm das Leben in Thailand sein müsse.»

«Erzähl mir von Paz.»

«Es gibt nichts zu erzählen», gestand Fahrni. «Ich kenne sie nicht. Ich frage mich, warum sie ausgerechnet an mir interessiert ist.»

«Hatte sie denn eine Wahl?», fragte Pilecki. «Wurden ihr andere Männer vorgestellt?»

Fahrni senkte den Blick. «Vermutlich nicht.»

«Lass es auf dich zukommen», riet Pilecki. «Jede Frau will etwas, wenn sie eine Beziehung eingeht. Auch eine Schweizerin.

Deine Paz wird da nicht anders sein. Aber vergiss nicht: Du willst auch etwas von ihr. Lerne sie kennen und versuche, dich selbst nicht zu belügen. Mehr kannst du nicht tun.»

«Mache ich mich lächerlich?»

«Nicht so lächerlich, wie ich mich gemacht habe», grinste Pilecki. «Wer heiratet schon eine Prostituierte?»

«Die meisten Kollegen beneiden dich um Irina.»

«Siehst du», meinte Pilecki. «Leg dir eine dicke Haut zu und spring ins kalte Wasser.»

«Wer geht hier schwimmen?», fragte Vera Haas, die in diesem Moment ins Büro trat. «Verdammt, das ist ein Nichtraucherbüro!»

Pilecki rollte die Augen. Fahrnis Mundwinkel zuckten.

Haas stemmte die Hände in die Seiten. «Ich finde es überhaupt nicht lustig! Es reicht, wenn du dein eigenes Büro vollqualmst. Ich habe keine Lust, mit fünfzig an Lungenkrebs zu sterben!»

«Keine Sorge», sagte Pilecki gelassen. «Wenn du dich bei allem so aufregst, wirst du vorher einen Nervenzusammenbruch haben.»

Fahrni prustete los.

«Wie weit bist du mit den Anlegeplätzen?», fragte Pilecki, bevor Haas wieder Luft holen konnte. «Hast du dir ein Bild von Tiefenbrunnen, Zollikon, Meilen oder Stäfa gemacht? Hast du mit den Leuten dort gesprochen?»

Haas presste die Lippen zusammen. Pilecki glaubte, sie würde seine Frage nicht beantworten, da seufzte sie laut. «Was willst du wissen?»

«Mit welchem der vier Häfen ich beginnen soll», erwiderte Pilecki. «Vielleicht kann eine der Personen, die zum Bootsbrand befragt wurden, Licht auf Ramón Penassos Verschwinden werfen.»

«Tiefenbrunnen, dann Zollikon», kam Haas' Antwort postwendend. «Meilen und Stäfa sind zu weit weg von der Leichenfundstelle. Eventuell Goldbach.»

Pilecki schüttelte den Kopf. «Zwischen März und Mai brannte dort kein Boot.»

«Lies zuerst die Aussagen der Personen, die in der Nacht unterwegs waren», riet Haas. «Ich vermute, die Leiche wurde in der Dunkelheit über Bord geworfen.»

«Mach ich.» Pilecki verabschiedete sich und verliess das Büro. Als er an Cavallis angelehnter Tür vorbeikam, zögerte er. Sein Pflichtgefühl sagte ihm, dass er kurz Bericht erstatten sollte. Er brachte es aber nicht über sich anzuklopfen. Die Vorstellung, in Cavallis ausdruckslose Miene zu blicken und die Kälte zu spüren, mit der er Menschen auf Distanz hielt, war ihm zuwider. Wenn er doch wenigstens einmal die Beherrschung verlöre! Doch je stärker er unter Beschuss geriet, desto unnahbarer wurde er. Pilecki wusste, dass es seinem Chef nie leicht gefallen war, Vertrauen zu fassen. Als einziger Sachbearbeiter kannte er auch die Gründe dafür. Die ständig wechselnden Bezugspersonen während seiner Kindheit, die langen Nächte, die er in Hinterräumen von Nachtlokalen verbracht hatte, während seine Mutter Freier bediente, hatten ihre Spuren hinterlassen. Jahrelang hatte Pilecki deshalb Verständnis für ihn aufgebracht. Als Cavalli aber anderen den gleichen Schmerz zufügte, den er offenbar selbst so fürchtete, begann Pileckis Verständnis zu bröckeln. Nie würde er vergessen, wie rücksichtslos Cavalli vorgegangen war, als er Uwe Hahn an Weihnachten vor den Augen seiner Familie verhaftet hatte. Das war unnötig, geradezu unmenschlich gewesen. An diesem Tag war etwas zwischen Pilecki und seinem Chef zerbrochen. Mit einem Seufzer wandte sich Pilecki ab und kehrte in sein Büro zurück.

8

Die Sonne war noch nicht aufgegangen, als der erste Bus ankam. Es war die Nachtlinie aus der Hauptstadt. Der Terminal erwachte zum Leben. Die Strassenhändler, die soeben noch verschlafen an ihrem Tereré genippt hatten, stellten ihre Becher hin. Der kalte Tee wirkte belebend, richtig wach wurden die Händler jedoch erst, wenn die Busse kamen. Sie packten ihre Körbe und Kühlboxen und drängten sich um die Tür. Kaum stieg der erste Passagier aus, boten sie ihm Coca-Cola, Nähfaden, Kaugummi, Lotteriescheine, Glace und Imbisse an.

Sie hob ihren Korb auf. Er enthielt frischgebackene Chipa. Einige Brötchen waren noch warm. Im Scheinwerferlicht des Busses schimmerte die Feuchtigkeit der Nacht. Noch hatte sich die Hitze nicht über den Terminal gelegt. Von hier aus sah sie den Fluss nicht, doch sie spürte ihn. Träge floss er vorbei, scheinbar mühelos trug er Äste, Blätter, manchmal ganze grüne Inseln aus dem Norden weiter nach Süden in die Hauptstadt. Trotz seiner Kraft bewegte er sich anmutig. Wie anders war da der Bus. Ächzend holperte er über die Schotterpisten, dicke Staubwolken hinter sich lassend. Der Motor heulte, der Auspuff klirrte, der Wagenkasten schaukelte.

Sie war damals mit dem Bus weggefahren. Vielleicht hätte ihr Leben eine andere Wende genommen, wenn sie auf das Schiff gewartet hätte. Der Fluss folgte seinem Bett. Der Bus fuhr einen künstlichen Weg. Sie wusste nicht, wer ihn angelegt hatte. Sie hatte nicht gefragt, wohin er führte. Sie hatte sich forttragen lassen, über eine Strasse, die sie nicht gekannt hatte. Als sie schliesslich am Ziel angekommen war, hatte es kein Zurück mehr gegeben. Auch nicht, als sie gemerkt hatte, dass sie sich am falschen Ort befand. Von da an hatte sie ihren Weg selber suchen müssen. Seither folgte sie keiner Strasse, keinem Flussbett, sondern einer inneren Stimme. Es war die einzige, die sie hörte.

«Chipa!», rief sie laut, damit die Passagiere sie neben dem Motorenlärm und den Rufen der anderen Händler wahrnahmen. Den Korb hielt sie so, dass der Duft des warmen Brotes an den Fahrgästen vorbeizog, wenn sie ausstiegen. «Frische Chipa!» Eine Hand streckte ihr einen Schein entgegen. Sie nahm zwei Brötchen aus dem Korb und reichte sie dem Passagier. Sein Gesicht war verquollen. Hinter ihr wurde Gepäck aus dem Bauch des

Busses geladen. Ein Taxifahrer pries seine Dienste an. Die Menge löste sich langsam auf. Der Busmotor brummte. Abgasgeruch mischte sich in den Duft des Brotes.

Langsam leerte sich der Terminal. Die Händler setzten sich wieder. Auf einem Grill wendete ein Mann Pouletstücke. Ein Junge schlich um ihn herum, die Nase in die Höhe gestreckt. Eine Staubschicht bedeckte seine dunkle Haut, die Haare waren verfilzt. Sein Blick wirkte dumpf, doch sie konnte nicht einschätzen, ob es Müdigkeit war oder Abstumpfung. Sie fragte sich, was er sah, wenn er sie betrachtete. Nur die weisse Bluse, den vollen Brotkorb? Oder erkannte er, dass sie sich genauso leer fühlte wie er?

9

Regina betrat das Kripo-Gebäude gleichzeitig mit Uwe Hahn. Seine wässrigen Augen flackerten unruhig, seine knochigen Finger strichen über seine Krawatte, als versuche er, das Herz darunter zu beruhigen. Regina schenkte ihm ein Lächeln, doch er erwiderte es nicht. Er ging direkt zum Lift und drückte den Knopf. Als die Tür aufging, stieg er schweigend ein. Regina folgte ihm. Sie war dankbar, dass der Rechtsmediziner gekommen war. Er hätte Gurtners Einladung auch ablehnen können. Martin Angst hatte ebenfalls versprochen, sich um 15 Uhr in der Kripoleitstelle einzufinden, der Kriminaltechniker hatte sogar einen Termin verschoben.

Ob Cavalli an der Besprechung teilnahm, wusste Regina nicht. Sie hatte bereits geschlafen, als er gestern nach seiner dreitägigen Weiterbildung nach Hause gekommen war. Er war kurz zu ihr ans Bett getreten, um sie zu begrüssen, doch sie konnte sich nur vage an die Berührung seiner Lippen an ihrer Schläfe erinnern. Wie immer hatte er im Wald übernachtet. Als sie aufgestanden war, war die Dusche noch feucht gewesen, sein Volvo aber bereits weg.

Der Lift hielt im fünften Stock. Regina spürte Hahns Unbehagen, als sie ihm die Tür zum Dienst Kapitalverbrechen aufhielt. Das Quietschen von Hahns Gummisohlen auf dem blauen Linoleum klang in ihren Ohren wie ein Protest. Als sie an Cavallis Büro vorbeikamen, ging Hahn weiter, ohne Cavalli eines Blickes zu würdigen. Regina blieb stehen. Cavalli sass am Schreibtisch, vor sich eine geschlossene Akte. Seine Hand ruhte auf der Computertastatur, doch er bewegte sie nicht. Er schien auf etwas zu starren, das sich irgendwo zwischen seinem Arbeitsplatz und dem Boxsack in der Ecke des Raumes befand. Seine Schultern hingen herab, als habe er nicht die Energie, sich aufzurichten.

Plötzlich hob er den Kopf. Als er Regina sah, kehrte Leben in seinen Körper zurück. Fast meinte sie, sie habe sich seine Trägheit nur eingebildet. Lediglich die Falten um seine Mundwinkel kamen ihr tiefer vor. Sie glättete sie mit den Daumen und beugte sich vor, um ihn zu küssen.

«Du siehst aus, als hättest du Sorgen», sagte sie.

«Es geht mir gut.»

«Wie war die Weiterbildung?»

«Wie Führungsseminare so sind.»

Regina blickte auf die Akte. Sie war mit Pileckis Namen beschriftet. «Qualifikationsgespräch?», fragte sie.

Cavalli ignorierte die Frage. «Wie geht es Junebug?»

«Sie vermisst dich.»

«Es gefällt mir nicht, dass sie schon wieder bei deiner Mutter ist.»

Regina hörte den Vorwurf in seiner Stimme. Sie hatte ihm eine Notiz auf den Küchentisch gelegt und erklärt, dass sie heute arbeiten müsse. Gründe hatte sie keine genannt. Widerstand regte sich in ihr. Sie wollte sich nicht rechtfertigen. Cavalli wusste, wie wichtig ihr der Freitag mit Lily war. Leichtfertig verzichtete sie nicht auf diesen Tag. Sie zwang sich, seine Bemerkung zu ignorieren.

«Die Besprechung beginnt in fünf Minuten», sagte sie. «Gehen wir?»

«Ich muss noch einiges erledigen.» Cavalli deutete auf seinen Schreibtisch.

Regina glaubte, sich verhört zu haben. «Du nimmst nicht teil?»

«Gurtner wird mich ins Bild setzen.»

Regina setzte sich. «Was beschäftigt dich?»

Ein verärgerter Ausdruck huschte über Cavallis Gesicht.

«Stört dich Hahns Anwesenheit?», bohrte Regina.

«Natürlich nicht!» Cavalli schob Pileckis Akte unsanft zur Seite. «Ich kann nicht an jeder Besprechung teilnehmen. Ich habe noch andere Aufgaben, muss Prioritäten setzen.»

Regina warf einen vielsagenden Blick auf die Personalakte.

Cavalli verschränkte die Arme. «Gibt es etwas, das ich wissen muss?»

«Wie gründlich hat dich Gurtner informiert?»

«Noch gar nicht.»

«Cava», begann Regina kopfschüttelnd. Als sie seinen düsteren Ausdruck sah, schluckte sie ihre Kritik hinunter. «Sagt dir der Name ‹SIDE› etwas?», lenkte sie das Gespräch stattdessen in sachliche Bahnen.

«Der argentinische Geheimdienst?»

Regina nickte. «‹Secretaría de Inteligencia del Estado›. Ich habe mit dem Staatsanwalt gesprochen, der in Buenos Aires Ramón Penassos Verschwinden untersucht.» Zu ihrer Überraschung war es der Botschaft verhältnismässig rasch gelungen, den Namen ausfindig zu machen.

«Staatsanwalt?», wiederholte Cavalli. «Läuft in Argentinien bereits ein Verfahren?»

«Gegen unbekannt», bestätigte Regina. «Wegen Mordes. Offenbar gehen die Behörden von einem Verbrechen aus. Immerhin ist Ramón Penasso bereits seit einem halben Jahr verschwunden. Glücklicherweise spricht Esteban Salazar Englisch. Wir haben über eine halbe Stunde telefoniert. Erfahren habe ich aber so gut wie gar nichts. Zumindest nicht direkt. Als Salazar jedoch über die polizeilichen Ermittlungen sprach, erwähnte er nebenbei die SIDE. In Argentinien ist es nicht unüblich, dass der Geheimdienst die Polizei unterstützt. Doch die Sache ist heikel: Die SIDE untersteht direkt Präsidentin Kirchner.» Als sie sah, dass sie Cavallis volle Aufmerksamkeit hatte, fuhr sie fort. «In Buenos Aires hat der Gouverneur vor kurzem eine eigene Stadtpolizei ins Leben gerufen, die sogenannte ‹Metropolitana›. Kirchner ist nicht gut auf den Gouverneur zu sprechen. Sie legt ihm, wo immer möglich, Steine in den Weg. Gemäss Salazar ist die Metropolitana offiziell zuständig für die polizeiliche Ermittlung im Fall Ramón Penasso. Doch wenn ich mich nicht täusche, mischt die SIDE kräftig mit. Gut möglich, dass sie den Staatsanwalt in der Hand hat. Ich frage mich natürlich, warum der Staat sich für das Verschwinden eines Journalisten interessiert. Soll die SIDE die Untersuchung vorantreiben oder behindern? Welche Rolle spielt die Schweiz? Was hat Ramón Penasso hierhergeführt?»

Cavallis Ärger war wie weggeblasen. Er strahlte eine tiefe Konzentration aus. Regina spürte die Energie, die von ihm ausging.

«Auf dem Rechtshilfeweg wird es Monate dauern, bis ich Akteneinsicht erhalte», fuhr Regina fort.

«Was ist mit dem polizeilichen Austausch? Ich kann mir vorstellen, dass der Gouverneur der Präsidentin ganz gerne seine Unabhängigkeit beweisen würde.»

Regina schilderte Landolts Bedenken. Sie beugte sich vor. «Das ist kein Sachbearbeiter-Fall mehr, Cava. Du musst die Leitung übernehmen.»

Cavalli stand auf. «Ich bin in fünf Minuten bei euch. Fangt schon mal an.»

Als Regina die Entschlossenheit in seiner Stimme hörte, wusste sie, dass sie ihn von der Brisanz des Falles überzeugt hatte. Trotzdem gefiel ihr sein anfängliches Zögern nicht. Aus der Kripoleitstelle vernahm sie Stimmen. Ein Blick auf die Uhr zeigte ihr, dass sie zehn Minuten zu spät war. Sie eilte den Gang hinunter. Als sie den Raum betrat, stellte sie überrascht fest, dass nicht nur Gurtner, Haas, Angst und Hahn auf sie warteten, sondern auch Pilecki und Fahrni.

«Juri hat einige Infos aus seinem eigenen Fall», erklärte Gurtner. Mit dem Kopf deutete er auf Fahrni. «Und das Hirn ist da, um zu übersetzen.» Er wedelte mit einem Blatt Papier herum. «Spanisch. Der Häuptling kommt nicht. Keine Zeit.»

«Er wird in fünf Minuten hier sein», klärte Regina ihn auf. Sie wiederholte, was sie soeben Cavalli erzählt hatte.

«Geheimdienst?», grunzte Gurtner. «Hat der Journalist etwa die Formel für argentinisches Rindfleisch aus dem Land geschmuggelt?»

Pilecki hielt seinen Daumen in die Höhe. «Gut kombiniert!»

«Es gibt keine Formel für Rindfleisch», berichtigte Fahrni. «Die Qualität des Fleisches ist auf die Tierhaltung zurückzuführen. Die Rinder verbringen ihr ganzes Leben im Freien. In Argentinien steht jedem Tier eine ganze Hektare Weidefläche zur Verfügung.»

Gurtner griff sich an den Kopf.

Haas prustete los. «Machst du Witze?»

«Wer macht Witze?», fragte Cavalli in der Tür.

Sofort verstummte Haas. Die Temperatur im Raum schien um mehrere Grad zu fallen. Mit einem mulmigen Gefühl beobachtete Regina, wie Hahn sich auf seinem Stuhl duckte und wie Pileckis Blick hart wurde. Lediglich Angst strahlte Gelassenheit aus.

«Nur Aufwärmübungen», erklärte er mit einem Augenzwinkern. «Wir versuchen, unsere Gedanken in Schwung zu bringen.»

«Dann lasst mal hören.» Cavalli setzte sich.

Angst breitete Fotos der gefundenen Gegenstände auf dem Tisch aus. «Daktys und DNA können wir vergessen. Der Teilabdruck, den wir gefunden haben, bringt uns ohne Vergleichsdaten nicht weiter. Wir müssen uns auf die Gegenstände als solche konzentrieren. Beginnen wir mit dem Kugelschreiber.» Er deutete auf das Foto eines roten Stifts. «Die Aufschrift beginnt mit S und besteht aus fünf Buchstaben. Möglicherweise handelt es sich um zwei L an dritter und vierter Stelle.»

Gurtner wedelte erneut mit dem Blatt Papier. «Das Hirn hat eine Liste der in Frage kommenden Wörter auf Spanisch und Deutsch zusammengestellt. Es könnte aber auch ein Firmenname sein.»

«Wo wird das Modell hergestellt?», fragte Cavalli. «Und verkauft?»

«Es ist kein Schweizer Fabrikat, so viel steht fest», fuhr Angst fort. «Aber das ist nicht weiter erstaunlich. Ein Grossteil der Kugelschreiber wird im Fernen Osten produziert und weltweit vertrieben. Die Grossverteiler in der Schweiz habe ich überprüft. Ein ähnliches Modell befindet sich nicht in ihrem Sortiment. Ihr werdet mit Firmen Kontakt aufnehmen müssen, die Aufdrucke für Werbezwecke anbieten. Vielleicht erkennt jemand den Stift. Natürlich könnte er auch aus Argentinien stammen. Aber dann wird er uns sowieso nicht weiterführen.»

«Ausser, der Täter stammt ebenfalls aus Argentinien», warf Haas ein. «Vielleicht ist er Ramón Penasso in die Schweiz gefolgt. Das können wir nicht ausschliessen, oder?»

Cavalli nickte anerkennend. «Die Möglichkeit besteht.»

Angst schob die Fotos zur Seite und breitete neue daneben aus. «Bei den Münzen handelt es sich um zwei Zweifränkler, einen Einfränkler und ein Zwanzigrappenstück. Die Vermutung liegt nahe, dass Ramón Penasso auch ein Portemonnaie auf sich getragen hat, doch die Taucher haben nichts gefunden. Auch sein Pass fehlt. Dafür», Angst griff nach einem Ausdruck, «haben wir das hier. Das Labor hat soeben bestätigt, dass es sich um ein Zugbillett handelt. Es war in der Gesässtasche des Toten. Es ist dem Techniker sogar gelungen, die Schrift zu entziffern. Das Billett wurde am 7. April am Zürcher Hauptbahnhof gelöst. Leider steht kein Zielort darauf, sondern nur, dass es für 4 Zonen gültig ist.»

«Ist die Zeit zu erkennen?», fragte Regina.

«17.15 Uhr», antwortete Angst. «Es ist eine Tageskarte.»

«Vier Zonen sind ein grosses Gebiet», gab Pilecki zu bedenken. «Aber wenn wir uns auf die Seeufer konzentrieren, können wir es eingrenzen.»

«Wir wissen nicht, wo der Journalist getötet wurde», widersprach Cavalli. Er wandte sich an Hahn. «Kannst du ausschliessen, dass das Tötungsdelikt an Land geschah?»

«Nein», antwortete der Rechtsmediziner. Er machte sich daran, seine Unterlagen auszubreiten.

«Bevor wir uns dem Medizinischen zuwenden, habe ich noch etwas», unterbrach Angst. «Und zwar das Seil, mit dem die Hanteln festgebunden wurden. Es handelt sich um eine Ankerleine, dreischäftig geschlagen, mit einem Durchmesser von 12 mm. Leider auch ein übliches Produkt, ähnliche Leinen werden in jedem Nautik-Fachgeschäft verkauft. Interessant dürfte aber die Tatsache sein, dass der Täter entweder eine Ankerleine zu Hause hatte, oder aber sicher war, eine auf dem Boot vorzufinden.»

«Vielleicht stiess er zufällig darauf», meinte Haas.

Angst schüttelte den Kopf. «Das glaube ich nicht. Ausser, er stiess auch zufällig auf die Hanteln. Doch auf wie vielen Booten werden Hanteln gelagert? Viel wahrscheinlicher ist, dass er die Hanteln mitgenommen hat, weil er bereits wusste, dass er die Leiche beschweren wollte. Also wusste er auch, dass er ein Seil benötigen würde. Entweder kannte er das Boot, mit dem er hinausfuhr, oder er hatte wie gesagt eine Ankerleine zu Hause.»

Cavalli hob die Hand. «Keine Schlüsse. Lasst uns bei den Fakten bleiben. Was weisst du über die Hanteln?»

«Sie werden in fast jeder Sportabteilung verkauft, und zwar schweizweit.» Angst lehnte sich zurück. «Mehr habe ich im Moment nicht. Wir stellen noch einige Versuche an, die uns zeigen werden, ob die gefundenen Gegenstände ins Wasser geworfen wurden oder aus den Taschen des Toten gefallen sind. Die Resultate sollten wir nächste Woche haben.»

Cavalli wandte sich Hahn zu. «Kannst du etwas zur Todesursache sagen?»

Der Rechtsmediziner fasste das Wesentliche noch einmal zusammen. Anschliessend kam er auf die Rücken- und Extremitätensektion zu sprechen. «Ich habe die Rücken-, Gesäss- und Beinmuskeln schichtweise präpariert, um Blutaustritte im Hautfett oder in der Muskulatur sichtbar zu machen. Dabei habe ich am Gesäss eine haselnussgrosse Blutansammlung entdeckt. Als ich wusste, wonach ich suchte, fand ich auch im Unterhautfettgewebe eine entsprechende Verletzung. Sie passt zu einem Nadelstich.»

Regina beugte sich vor. «Was hat die Giftstoff-Untersuchung ergeben? Hast du die Resultate schon?»

«Ein chemischer Giftnachweis ist äusserst schwierig», wich Hahn aus. «Der Grossteil der Vergiftungen hat keine typischen Veränderungen am Verstorbenen zur Folge. Bei einer Kohlendioxidvergiftung beispielsweise gibt es keine speziellen Symptome, genauso wenig wie bei vielen Vergiftungen durch pflanzliche Stoffe. Grundsätzlich kann fast jede Substanz mit dem Körper in Wechselwirkung treten. Die Schädigung ist in der Regel auf die Konzentration im Organismus zurückzuführen.»

«Komm bitte zur Sache», bat Cavalli. «Woran ist Ramón Penasso gestorben?»

Hahns Blick flackerte. «Als Todesursache habe ich ‹Atemstillstand› angegeben.»

Cavalli fixierte ihn. «Auf gut Deutsch, du weisst es nicht.»

Schweissperlen bildeten sich auf Hahns Stirn.

«Wäre ein Gift nach der langen Liegezeit im Wasser überhaupt nachweisbar?», fragte Regina rasch.

«Wenn ein Stoff durch gewöhnliche Hydrolyse abgebaut wird, kaum.»

«Kannst du uns eine Liste der Gifte zusammenstellen, die grundsätzlich nicht nachweisbar sind?», bat Regina. «Und auch, wo diese Gifte erhältlich sind? Das wird uns weiterhelfen, falls wir den Täterkreis einengen können.»

Hahn nickte. Ohne ein weiteres Wort packte er seine Unterlagen zusammen und verliess den Raum. Die Stille, die sein abrupter Abgang hinterliess, war beklemmend.

«Gut gemacht, Häuptling.» Pileckis Stimme triefte vor Ironie.

Cavalli ignorierte die Provokation. «Haas, du bist dran.»

Haas räusperte sich. Sie fasste zusammen, welche Anlegestellen sie besucht und mit wem sie gesprochen hatte. «Niemand erinnert sich an ein gestohlenes Boot oder einen aussergewöhnlichen Vorfall. Auch nicht daran, dass zwei Personen auf den See hinausgefahren sind und eine alleine zurückgekehrt ist. Ich werde noch einmal gezielt nach dem 7. April fragen.»

«Was ist mit den Booten am Schanzengraben?»

«Dort war ich nicht.» Haas wurde rot. «Ich habe nicht daran gedacht.»

«Hol es nach», befahl Cavalli. «Pilecki?»

Regina fragte sich, wann ihr die Leitung der Besprechung entglitten war. Sie hatte es einfach zugelassen, dass Cavalli die Führung übernommen hatte. Da er sich einen Gesichtsverlust nicht leisten konnte, liess sie ihn gewähren. Sie war erschüttert über das Ausmass der Zerrüttung zwischen ihm und seinen Mitarbeitern. Kein Wunder, verkroch er sich lieber in seinem Büro. Sie beschloss, ihn am Wochenende erneut darauf anzusprechen. Wenn die Leistung der Sachbearbeiter unter der Stimmung litt, wirkte sich das auch auf ihre Untersuchung aus.

«Sechs Boote brannten zwischen dem 28. März und Ende April», ratterte Pilecki mit monotoner Stimme herunter. «Den ersten Brand könnt ihr weglassen, da wir jetzt wissen, dass Ramón Penasso am 7. April noch lebte. Am 8. April brannte ein Sportboot in Zollikon. Der Besitzer heisst Alois Ehm. Er war während der fraglichen Nacht zu Hause, konnte also nichts zum Brand sagen. Ein Spaziergänger behauptet, kurz nach Mitternacht das Zuschlagen einer Autotür in der Nähe des Hafens gehört zu haben.

Zwei Wochen später brannte in Tiefenbrunnen ein Kajütboot. Auch hier liegen Zeugenaussagen vor. Zwei Jugendliche wollen um 23 Uhr gesehen haben, wie ein Mann etwas Schweres auf der Schulter trug. Da das Kajütboot erst in den frühen Morgenstunden brannte, ist auch diese Aussage für euch interessant. Zu den drei Bränden in Meilen konnte niemand etwas Aussagekräftiges beitragen. Ich habe euch Namen und Adressen der Auskunftspersonen sowie der Bootsbesitzer zusammengestellt. Das wär's.» Er stand abrupt auf, um zu gehen.

«Was ist mit den Sprayereien in Wollishofen?», hielt Cavalli ihn zurück.

«Sie waren schon vor dem Brand dort. Sackgasse.» Pilecki verliess den Raum.

Cavalli wandte sich an Angst. «Weisst du mehr über das Handy? Du hast es nicht erwähnt.»

Bedauernd schüttelte Angst den Kopf. «Sieht schlecht aus. Die IMEI-Nummer ist nicht mehr lesbar.»

«Gut, dann wären wir bei dir, Gurtner.»

«Einen Moment», unterbrach Regina. «Ich habe noch Informationen zum Handy beziehungsweise zur Handynummer. Esteban Salazar wollte mir Ramón Penassos Handynummer nicht mitteilen. Nicht, bevor der Richter mein Rechtshilfeersuchen bewilligt hat. Da eine rückwirkende Teilnehmeridentifikation aber nur die letzten sechs Monate vor der Anordnung umfasst, haben wir ein Problem. Uns läuft die Zeit davon. Wir müssen die Nummer so rasch wie möglich in Erfahrung bringen.»

«Kannst du nicht eine rückwirkende Teilnehmeridentifikation für alle Nummern mit argentinischer Vorwahl beantragen?», schlug Haas vor. «Ich meine alle, die sich bei einer Schweizer Antenne angemeldet haben.»

«Keine Chance», antwortete Regina. «Das würde als ‹Fishing expedition› gelten. Unsere einzige Hoffnung ist im Moment der informelle polizeiliche Nachrichtenaustausch, doch die Sache ist sehr heikel.» Sie schilderte Landolts Bedenken. «Auch wenn ich die Möglichkeit als gering einschätze, müssen wir damit rechnen, dass mein Rechtshilfeersuchen abgelehnt wird. Wenn das geschieht, dürfen wir die Informationen der Polizei nicht verwerten. Trotzdem möchte ich, dass ihr versucht, Kontakt zur Metropolitana aufzunehmen.»

«Warum eigentlich Argentinien?», fragte Gurtner. «Ist die Polizei in Paraguay gar nicht involviert?»

Regina runzelte die Stirn. «Nein, weshalb?»

«Der Journalist wurde zuletzt in Montevideo gesehen.»

«Das liegt in Uruguay», korrigierte Regina mit einem Seitenblick zu Cavalli.

«Meinetwegen», brummte Gurtner. «Welche Rolle spielt also Uruguay?»

«Das weiss ich nicht. Viele Fragen bleiben im Moment offen. Zu viele. Ich wüsste zum Beispiel gern, was Ramón Penasso in der Schweiz gemacht hat. Hat einer der eingegangenen Hinweise weitergeführt?» Sie hatten Anfang Woche ein Foto des Journalisten in verschiedenen Tageszeitungen veröffentlicht. Daraufhin waren zahlreiche Anrufe eingegangen.

«Bis jetzt nicht, aber ich bin noch nicht mit allen durch.» Gurtner schüttelte den Kopf. «Es ist, als sei Penasso nie hier gewesen. Am Flughafen erinnert sich niemand an ihn. Er hat sich in keinem Hotel angemeldet, weder seine Sachen noch sein Pass sind irgendwo aufgetaucht. Hätte ich seine Bankauszüge, könnte ich die Bargeldbezüge und Kreditkartenzahlungen verfolgen.»

Regina zuckte hilflos die Schultern.

«Vielleicht hat er bei Freunden übernachtet», meinte Fahrni. «Hast du Kontakt zu anderen Argentiniern aufgenommen? Es gibt sicher einen Argentinierverein in der Schweiz.»

Gurtner machte sich eine Notiz.

Cavalli sah auf die Uhr und stand auf. «Ich muss weitermachen. Fahrni, versuch, die Metropolitana zu erreichen. Jetzt gleich. In Argentinien ist es erst später Vormittag. Schau, ob du herausfinden kannst, wer den Fall bearbeitet. Streck die Fühler ein wenig aus.»

«Aber vorsichtig!», mahnte Regina.

«Claro.»

«Gurtner, ich will über das weitere Vorgehen informiert werden, bevor du gehst.»

Nachdem Cavalli und Fahrni den Raum verlassen hatten, besprach Regina die nächsten Schritte mit Gurtner, Haas und Angst. Sie war angenehm überrascht über das Engagement der Praktikantin. Haas arbeitete gründlich und nahm Anweisungen ernst. Sie schien sich nicht einmal daran zu stören, dass Gurtner ihr dauernd in den Ausschnitt linste, stellte Regina trocken fest. Sie fragte sich, woher Cavallis Vorbehalte ihr gegenüber stammten. Kaum hatte sie sich die Frage gestellt, wusste sie auch schon die Antwort: Vera Haas war nicht Jasmin Meyer. Wie lange würde der Schatten des «Metzgers» noch über dem Kapitalverbrechen liegen? Regina schaute sich in der fensterlosen Kripoleitstelle um. Obwohl der Raum zu den moderneren im Stock gehörte, verspürte sie das Bedürfnis, Licht und Luft hereinzulassen. Ihr war, als lauerten die Erinnerungen an den verheerenden Fall in allen Ecken. Einen Neuanfang hätte eventuell das Polizei- und Justizzentrum ermöglicht, welches die Zürcher 2003 in einer kantonalen Volksabstimmung angenommen hatten. Als sich aber herausstellte, dass der Bau massive Kostenüberschreitungen zur Folge hätte, lehnte das Parlament einen erneuten Kredit ab. Nun sah es nicht danach aus, als würde das Zentrum je realisiert. Regina war enttäuscht. Das Projekt hätte über 30 Standorte von Polizei und Justiz vereint und damit die Zusammenarbeit im Alltag wesentlich vereinfacht. Über ihr eigenes Büro konnte sie sich nicht beklagen, aber die Zustände im Kripo-Gebäude waren bedenklich. Befragungen waren in den Zweierbüros schwierig, ab 1. Januar wären sie beinahe unmöglich. Denn die neue Strafprozessordnung sah vor, dass ein Beschuldigter bereits bei der ersten polizeilichen Einvernahme einen Verteidiger verlangen konnte. Kamen noch Übersetzer hinzu, würde es mehr als eng. Bereits jetzt wichen die Sachbearbeiter regelmässig auf die wenigen Einvernahmeräume aus, die sich zwar beim Kapitalverbrechen befanden, doch allen Diensten zur Verfügung standen.

Vera Haas' Stimme holte sie in die Gegenwart zurück. «Du hast vorhin Versuche erwähnt», sagte sie zu Martin Angst. «Was habt ihr vor?»

Die bernsteinfarbenen Augen des Physikers leuchteten auf. «Wir möchten die Streuung der Münzen berechnen. Dazu müssen wir wissen, wie sich eine Münze verhält, wenn man sie an der Wasseroberfläche 30 Meter über dem Seeboden loslässt. Die Münze wird nicht senkrecht nach unten fallen, es wird eine Abweichung feststellbar sein. Wenn wir die durchschnittliche Streuung berechnet haben, können wir sagen, ob die Münzen aus den Taschen des Toten gefallen sind, ob der Täter sie fallengelassen oder sie ins Wasser geworfen hat.»

Gurtner zog eine Grimasse. «Wie wird uns das weiterhelfen?»

Angst zuckte die Schultern. «Es ist mehr, als ihr bis jetzt habt.»

Gurtner schob seinen Stuhl zurück und stand schwerfällig auf. «Also dann, bis Montag.»

«Du gehst?», fragte Regina verblüfft.

«Es ist 17 Uhr.»

«Kannst du nicht warten, bis Fahrni zurückkommt? Vielleicht gelingt es ihm, mit dem zuständigen Sachbearbeiter der Metropolitana zu sprechen.»

«Ich werde ihn am Montag als Erstes danach fragen», sagte Gurtner über die Schulter.

Fassungslos sah Regina ihm nach. War Gurtners Abgang auch eine Form von Protest gegen Cavalli? Gerne hätte sie Martin Angst nach seiner Meinung gefragt, doch es kam ihr wie ein Verrat an Cavalli vor. Als sie Haas' neugierigen Blick sah, beschloss sie, die Situation mit einer Notlüge zu retten.

«Es macht tatsächlich keinen Sinn, wenn wir alle warten», sagte sie. «Ich habe hier noch einiges zu erledigen. Du brauchst nicht zu bleiben, Vera. Es ist doch in Ordnung, wenn wir uns duzen?»

«Klar, gerne!» Haas wandte sich an ihren Ex-Freund. «Lust auf ein Bier?»

Angst lächelte. «Und wie.»

Alleine in der Kripoleitstelle zurückgelassen, holte Regina die Unterlagen über die Strafprozessordnung hervor. Landolt würde sich nicht freuen, dass sie seine Ratschläge nicht beherzigt hatte. Doch wenn sie die Ermittlungen vorantreiben wollte, blieb ihr nichts anderes übrig, als Kontakt mit der Polizei in Buenos Aires aufzunehmen. Eine Stunde wollte sie Fahrni geben. Wenn er kein Glück hatte, würde Regina sich auch auf den Weg machen. Hoffentlich war Cavalli bis dann fertig mit der Arbeit. Sie hatten unerwartet einen freien Abend vor sich. Vielleicht ergäbe sich die Gelegenheit zu einem ausführlichen Gespräch.

Sie hatte nicht geglaubt, sich konzentrieren zu können, doch schon bald war sie so vertieft in die neue Regelung über rechtswidrig erhobene Beweise, dass sie Fahrni gar nicht hörte, als er den Raum betrat. Erst als sie seinen Atem im Nacken spürte, sah sie auf.

«Glaubst du, die Regelung wird tatsächlich in die Praxis umgesetzt?», fragte er. Neu sollten rechtswidrig erhobene Beweise bei schweren Delikten verwertet werden können.

«Ich kann es mir nicht vorstellen», antwortete Regina. «Wenn die Beweise mangelhaft sind, kann der relevante Sachverhalt gar nicht erst festgestellt werden. Ausserdem sehe ich nicht ein, warum sie ausgerechnet bei schweren Delikten zugelassen werden sollen. Die Auswirkungen sind gravierender als bei leichten.» Sie schob ihre Unterlagen zur Seite. «Hattest du Erfolg? Hast du den zuständigen Sachbearbeiter erreicht?»

Fahrni setzte sich. «Irgendeinen Vorgesetzten, aber es hat nicht viel gebracht. Ich wurde gebeten, den Rechtshilfeweg einzuhalten.»

Regina liess sich frustriert gegen die Rücklehne sinken. Egal, welchen Weg sie einschlugen, sie landeten in einer Sackgasse. War überhaupt jemand daran interessiert, das Verbrechen aufzuklären? Plötzlich hatte sie genug. Sie packte ihre Sachen zusammen und stand auf. Es war kurz vor sieben. Ihr Magen knurrte. Und sie wusste, wie sie sich Cavallis Aufmerksamkeit sichern konnte.

Cavalli sah überrascht auf, als sie sein Büro betrat. «Immer noch da?»

«Wann warst du zum letzten Mal im ‹Greulich›?», fragte Regina.

Cavallis Sohn Christopher hatte im Hotel Greulich eine Kochlehre absolviert. Im vergangenen August hatte er sie abgeschlossen. Seine schulischen Leistungen an der Lehrabschlussprüfung waren zwar nur mittelmässig gewesen, doch an der praktischen Prüfung hatte er zum Erstaunen aller überdurchschnittlich gute Noten erhalten. Das Restaurant hatte ihn daraufhin weiterbeschäftigt.

«Willst du auswärts essen gehen?», fragte Cavalli. «Was ist mit Junebug?» Plötzlich erinnerte er sich daran, dass Lily bei ihrer Grossmutter war.

«Ich habe einen Bärenhunger. Vielleicht arbeitet Chris heute.»

Cavalli zögerte einen Augenblick. Dann schloss er die Akten vor sich. Eine Viertelstunde später machten sie sich zu Fuss auf den Weg durch den Kreis vier. Sie wählten kleine Seitengassen mit wenig Verkehr, kamen an Spezialitätenläden vorbei, in denen Einwanderer Lebensmittel aus der Heimat kauften und Schweizer exotische Zutaten für ihre Gerichte suchten. Die Stimmung war entspannt, der unerwartet milde Abend schien die Menschen dazu zu verleiten, sich von ihrer besten Seite zu zeigen.

Das «Greulich» lag in der Nähe der Bahngleise. Der moderne Bau fügte sich in die Umgebung ein, ohne gross aufzufallen. Die schlichte Fassade und die grossen Fenster gefielen Regina. Als sie sich ins Restaurant setzten, strich sie über das Silberbesteck. Ästhetik hatte seit Lilys Geburt wenig Platz in ihrem Leben. Weisse Tischtücher waren aus ihrem Alltag verschwunden, teure Weingläser liess sie im Schrank stehen. Umso mehr freute sie sich nun über das edle Gedeck.

Der Kellner brachte ihnen die Speisekarten. Als sie erfuhren, dass Chris Spätschicht hatte, beschlossen sie, sich von ihm mit einem Spezialmenü überraschen zu lassen.

«Sagen Sie ihm, sein Vater und Regina seien hier», wies Cavalli den Kellner an. «Er soll uns etwas zusammenstellen.»

Bald sassen sie vor einem Amuse-Bouche, das einem Würfel mit Pfauenfedern glich und entfernt nach Sellerie und Sesam schmeckte. Regina staunte über die phantasievollen Kreationen, die Chris auf den Tisch zauberte. Wenn sie ihn durch die Gegend schlurfen sah, die Kopfhörer über die Ohren gestülpt, traute sie ihm kaum zu, die Strasse ohne Zwischenfälle zu überqueren.

«Du kannst stolz auf deinen Sohn sein», sagte sie.

«Im Moment bin ich einfach nur froh darüber, dass er seine Ausbildung abgeschlossen hat.» Die Erleichterung war Cavalli anzuhören. «Vor einigen Jahren hätte ich nicht geglaubt, dass er es schaffen würde.»

Chris hatte mit 16 Jahren seine Malerlehre abgebrochen und sich mit einem Kollegen angefreundet, der ihn zu einer Einbruchstour überredete. Seine Mutter war der Situation nicht gewachsen gewesen. Plötzlich hatte sich Cavalli um einen Sohn kümmern müssen, den er überhaupt nicht kannte. Seit der Scheidung hatte er Chris zunächst nur einmal im Monat, später fast gar nicht mehr gesehen. Dass er dann, von einem Tag auf den anderen, seine 2-Zimmer-Wohnung mit einem Jugendlichen teilen musste, hatte Cavalli oft an seine Grenzen gebracht.

«Weisst du noch, wie Jasmin Meyer ihm die Aushilfsstelle in der Pizzeria verschafft hat?», fragte Regina, um das Gespräch in Richtung Mitarbeiter zu lenken. «Das war ein Wendepunkt in seinem Leben.»

«Bambi hat nie gezögert», stellte Cavalli nachdenklich fest. «Sie hat einfach zugepackt, wenn es nötig war. Genau das hat sie beinahe das Leben gekostet.»

«Du vermisst sie immer noch.»

«Sie ist unersetzbar.»

«Sie wird aber nicht zurückkommen», sagte Regina sanft. «Sie hat nie mehr einen Fuss ins Kripo-Gebäude gesetzt.»

«Sie kann nicht. Ihre Scham lässt es nicht zu. Dass sie Opfer eines Verbrechens geworden ist, passt nicht in ihr Selbstbild. Hinzu kommt, dass wir im Laufe der Ermittlungen ihr Leben auseinandergenommen haben, jedes intime Detail.»

«Insgeheim hoffst du trotzdem, dass sie damit fertig wird. Du wartest auf sie. Sonst hättest du ihre Stelle schon längst ausgeschrieben.»

«Ich gebe Praktikanten eine Chance!», wehrte sich Cavalli. «Es ist wichtig, Polizisten aus anderen Bereichen Einsicht in unsere Arbeit zu gewähren. Das gehört zu meinen Aufgaben. Ausserdem ist es nicht einfach, die Stelle definitiv zu besetzen. Ich wünsche mir eine Frau im Team.»

«Vera Haas ist eine Frau.»

Cavalli machte eine Handbewegung, als verscheuche er ein lästiges Insekt. «Haas ist zu impulsiv. Sie tritt von einem Fettnäpfchen ins andere.»

«Sie ist sich nicht zu schade, Routinearbeiten zu erledigen», entgegnete Regina. «Und wenn sie Fehler macht, gibt sie es zu. Du hast einmal gesagt, Fleiss, Hartnäckigkeit und Lernbereitschaft seien die wichtigsten Voraussetzungen für eine Stelle beim KV.»

«Ein bisschen Taktgefühl kann auch nicht schaden.»

Regina sah ihn vielsagend an. «Das sagst ausgerechnet du.»

«Dass ich die Augen nicht vor der Wahrheit verschliesse, bedeutet nicht, dass es mir an Taktgefühl mangelt», sagte Cavalli scharf. «Die Wahrheit kann wichtiger sein.»

Regina begab sich auf Glatteis. «War es wichtig, Uwe heute an der Sitzung zu bedrängen?»

«Wenn Hahn seinen Aufgaben nicht mehr gewachsen ist, muss er die Konsequenzen ziehen. Ich werde nicht zulassen, dass die Ermittlungen von persönlichen Problemen beeinträchtigt werden.»

«Aber genau das werden sie!»

Der Kellner näherte sich vorsichtig. Auf ein Nicken von Cavalli räumte er ihre Teller ab. Kurz darauf brachte er eine Kürbissuppe mit Spiralen aus Orangenschalen. Daneben stellte er zwei rechteckige Plättchen mit Orangenbutter und geröstetem Kürbiskernbrot.

«Cava, ich kritisiere dich nicht», sagte Regina. «Ich versuche nur zu helfen. Ich weiss, dass du damals getan hast, was du für richtig hieltest.» Dass sie vom «Metzger» sprach, brauchte sie nicht auszuformulieren.

«Nicht, was ich für richtig hielt», widersprach Cavalli, «sondern was richtig war. Es war meine Pflicht, jedem Verdacht nachzugehen. Von einem Rechtsmediziner erwarte ich, dass er das versteht. Auch von einem KV-Sachbearbeiter, wenn wir schon dabei sind. Gurtner ist gelernter Metzger. Natürlich habe ich sein Alibi überprüft. Auch Martin Angst habe ich unter die Lupe genommen. Er ist offenbar der Einzige, der damit umgehen kann.»

«Es geht nicht um richtig oder falsch», wiederholte Regina. «Es geht um die Art und Weise, wie du es getan hast. Und darum, wie du Hahn heute behandelt hast. Ich brauche dich nicht daran zu erinnern, in welchem Zustand du nach dem dreiwöchigen Gefängnisaufenthalt in Georgien warst. Deine Mitarbeiter haben Rücksicht genommen. Sie haben dir geholfen, wieder Fuss zu fassen. Hahn war zwei Monate in Untersuchungshaft! Der Herzinfarkt hätte ihn fast das Leben gekostet.»

«Genau deshalb ist er möglicherweise nicht mehr in der Lage, seinen Beruf auszuüben», gab Cavalli zurück.

«Und du?», fragte Regina. «Bist du in der Lage, ein Team zu führen?»

Als sich Cavalli versteifte, fürchtete sie, zu weit gegangen zu sein. Doch dann holte er tief Luft. Auf einmal wirkte er müde.

«Pilecki kann nicht ewig so weitermachen», sagte er. «Irgendwann wird er einsehen, dass sein kindisches Benehmen die Situation nicht besser macht.»

Regina beschloss, das Thema im Moment ruhen zu lassen. Sie wertete es als Erfolg, dass sich Cavalli überhaupt darauf eingelassen hatte. Früher wäre er aufgestanden und gegangen. Lilys Geburt hatte sie beide verändert. Während Cavalli sich bemühte, Konflikte auszutragen, statt ihnen auszuweichen, hatte Regina gelernt, dass es manchmal Zeit brauchte, bis ihre Worte Wirkung zeigten.

«Mich würde deine Meinung über Ramón Penasso interessieren», sagte sie. «Was ist dir heute an der Sitzung durch den Kopf gegangen?»

10

Leistungen entfalten bei Leistungsempfängern bestimmte Wirkungen. Sowohl für Leistungen als auch für diese Wirkungen sind Ziele zu definieren. Die Leistungsziele beziehen sich auf Quantität und Qualität, die Wirkungsziele sagen aus, was mit den Produkten bei den Leistungsempfängern ausgelöst werden soll. Die Zielerreichung wird mit Leistungs- beziehungsweise Wirkungsindikatoren beurteilt – Cavalli gähnte. Bei den Wirkungszielen, also bei der Senkung der Kriminalitätsrate und der Anzahl Straftaten, waren sich die Dienstchefs einig. Bei den Leistungszielen weniger. Ganz schwierig wurde es bei den Indikatoren. Das Ermitteln strafbarer Handlungen und ihrer Urheber reichte Cavallis Meinung nach nicht als Indikator. Denn schlecht erhobene Beweise führten beispielsweise dazu, dass ein Verfahren eingestellt werden musste. In der Statistik wurde der Fall dann trotzdem als Erfolg verbucht. Über einen halben Tag hatte das Kader darüber diskutiert, welche Leistungsziele aufzunehmen und welche zu verwerfen seien. Cavalli hatte sich anerboten, den Bericht für die Universität St. Gallen zu schreiben. Immer lieber vertiefte er sich in Schreibarbeiten. Am Morgen hatte er erfahren, dass Barduff seinen Dienst getauscht hatte, ohne ihn zu informieren. Gurtner war erneut zu spät gekommen, Mullis hatte ohne Rücksprache Entscheidungen gefällt, die seine Kompetenzen eindeutig überschritten.

Cavalli stand auf und stellte sich ans Fenster. Die Kasernenwiese leuchtete trotz der späten Jahreszeit in einem satten Grün. Ein Zirkus hatte sein Zelt aufgebaut, wie jedes Jahr um diese Zeit. Im vergangenen Winter hatte Marlene Flint mit Lily einen Weihnachtszirkus besucht, doch Cavalli bezweifelte, dass Junebug mit ihren zwei Jahren viel davon gehabt hatte – im Gegensatz zu ihrer Grossmutter. Cavalli schmunzelte, als er an den Stern dachte, der Marlene Flint auf die Wange geklebt worden war und der ganz und gar nicht zu ihrer strengen, farblosen Gestalt passte. Er hätte seine Schwiegermutter gerne daran erinnert, als sie am Wochenende Lily gescholten hatte, weil sie sich mit Filzstift angemalt hatte. Regina zuliebe hatte er geschwiegen.

Er hatte nicht vorgehabt, am Samstag mit nach Uitikon zu fahren, um Lily abzuholen. Auf ein Mittagessen bei Flints konnte er gut verzichten. Doch er hatte sich nach seiner Tochter gesehnt. Wegen der Weiterbildung hatte er sie seit Montag nicht gesehen. Die Vorstellung, einen halben Tag länger zu warten, war ihm plötzlich zu viel gewesen. Regina hatte sich über seine Begleitung gefreut, auch wenn sie gewusst hatte, dass er nicht wegen des Familienessens mitkam. Als er am Tisch sass, bereute er seinen Entschluss fast. Walter Flint schwieg, während seine Frau versteckte Vorwürfe an Cavalli und Regina richtete. Wie Regina es nach einem langen, ermüdenden Arbeitstag noch schaffe, Energie für Lily aufzubringen? Was Cavalli Lily sagen werde, wenn sie frage, warum ihre Eltern nicht verheiratet seien? Ob sie sich ausreichend über Frühförderungsprogramme informiert hätten? Vielleicht könne Lily ihren Entwicklungsrückstand aufholen.

Stoisch hatte Cavalli den Redeschwall über sich ergehen lassen. Solange Lily ihre Grossmutter mochte, würde er sich mit ihr arrangieren. Kaum hatte er jedoch seine Kaffeetasse geleert, hatte er sich verabschiedet. Er hatte Lily gepackt und Regina erklärt, er werde zu Fuss in die Stadt zurückkehren. Zwei Stunden hatten sie für den Abstieg vom Uetliberg gebraucht. Lily hatte jede Schnecke beobachtet, in jedem Erdloch Füchse gesucht und einen Strauss bunter Blätter gesammelt. Als sie im Triemli angekommen waren, waren ihre Hände braun, die Wangen rot, und Cavalli war von einem Glücksgefühl erfüllt gewesen, das nur Junebug in ihm auszulösen vermochte.

«Fragst du dich, wo wir in Zukunft unsere Verhafteten unterbringen?», fragte ihn Mullis, ins Büro tretend.

«Unsere Verhafteten?»

Mullis deutete auf das provisorische Polizeigefängnis auf dem Kasernenareal. «Das Propog muss bis Ende 2011 weg. Nach dem Aus fürs Polizei- und Justizzentrum werden die Plätze knapp.»

Das provisorische Polizeigefängnis war 1995 eröffnet worden und für die Dauer von fünf Jahren vorgesehen gewesen. Es stockte die 67 Plätze in der Kaserne um 100 auf. Zweimal hatte der Stadtrat eine Verlängerung des Betriebs bewilligt. Das erste Mal, weil ein Umbauprojekt für die Kaserne geplant war, das zweite Mal wegen des vorgesehenen Polizei- und Justizzentrums mit 310 Gefängnisplätzen. Beide Projekte waren gescheitert. Der abtretende Justizdirektor sprach von einem «Riesenproblem».

«Wir werden die Anzahl Verhaftungen senken müssen», sagte Cavalli, nur halb im Scherz. «So können wir gleich noch Kosten sparen.»

Mullis zog eine Grimasse. «Willst du nicht in die Politik gehen?»

«Mir reichen die Kompromisse hier, danke.» Cavalli nahm wieder Platz.

«Bist du so weit?», fragte Mullis. «Für das Mitarbeitergespräch?»

Cavalli sah auf die Uhr. Es war kurz vor zehn. Er wartete immer noch auf einen Bericht über die Argentiniervereine in der Schweiz. Hatte Gurtner noch keine Resultate vorzuweisen oder den Bericht einfach nicht weitergeleitet? Das längst fällige Gespräch hatte Cavalli immer noch nicht geführt. Er griff nach einem Sack der St. Jakobs-Bäckerei. Wenigstens seinen Vorsatz, ein Znüni mitzubringen, hatte er in die Tat umgesetzt, auch wenn sich ausser Fahrni und Haas niemand für die Gipfel interessierte.

«Machen wir zuerst eine kurze Pause», schlug er vor.

«Klar, ich hol dir einen Kaffee. Schwarz, ohne Zucker, richtig?», fragte Mullis.

Cavalli nickte. «Trommelst du die Kollegen zusammen? Wir treffen uns in fünf Minuten in der Kripoleitstelle.»

Kurz darauf kehrte Mullis mit zwei Tassen Kaffee zurück. «Ausser Vera Haas sind alle besetzt.»

Cavalli setzte sich und hielt Mullis den Sack hin. «Lass uns beginnen.»

Nach dem Gespräch suchte Cavalli Haas in ihrem Büro auf. Sie studierte ein Befragungsprotokoll der Brandermittler. Cavalli sah, dass es sich um die Einvernahme eines der Jugendlichen handelte, die in Tiefenbrunnen einen Mann mit etwas Schwerem über der Schulter gesehen hatten. Haas erklärte, Gurtner habe den 16-Jährigen für eine erneute Befragung vorgeladen.

«Wer bereitet die Fragen vor?», fragte Cavalli. «Du oder Gurtner?»

Haas sah auf. «Gurtner natürlich. Aber ich werde zuhören. Deshalb lese ich die Aussagen vom vergangenen April durch. Es interessiert mich, ob sich der Jugendliche an seine Antworten erinnert.»

«Du würdest mehr lernen, wenn du die Befragung selbst durchführen würdest.»

«Schon, aber … die Aussagen des Jugendlichen könnten wichtig sein.»

«Genau deshalb.»

Cavalli betrachtete Haas. Ihr herzförmiges Gesicht verlieh ihr einen lieblichen Ausdruck, doch der Schein trog. Reginas Worte hallten in seinem Kopf wider. Vera Haas war nicht Jasmin Meyer. Bambi hatte das Talent besessen, die richtigen Fragen zum richtigen Zeitpunkt zu stellen. Sie hatte sich in Situationen hineinversetzen können und mit untrüglichem Instinkt erkannt, wo sie nachhaken musste. Doch Bambis Fähigkeiten waren nicht angeboren gewesen. Die meisten hatte sie sich erarbeitet. So versuchte auch Vera Haas von Gurtner zu lernen.

«Hast du heute abend etwas vor?», fragte Cavalli zu seiner eigenen Überraschung.

Haas sah ihn neugierig an. «Nein, warum?»

«Kannst du um elf Uhr beim Wassersportzentrum Tiefenbrunnen sein?»

Haas starrte ihn an.

«Die Jugendlichen haben den Mann um 23 Uhr gesehen, oder?»

«Was hat das mit heute abend zu tun?», fragte Haas stockend.

«Um die richtigen Fragen zu stellen, musst du dir die Situation vorstellen können», erklärte Cavalli. «Ich werde mit Gurtner sprechen. Die Befragung wirst du leiten.» Er wartete ihre Zustimmung nicht ab, sondern hielt ihr den Sack hin. «Nimm, es hat genug. Ich muss los. Wir sehen uns um 23 Uhr neben dem Wassersportzentrum.»

Vera Haas wartete schon, als Cavalli auf den Parkplatz einbog. Die Nacht war klar, doch der aufkommende Wind wies auf einen Wetterumschwung hin. Als Cavalli aus seinem Volvo stieg, hielt er kurz inne, um die Stimmung in sich aufzunehmen. Er hörte eine S-Bahn, die am Bahnhof Tiefenbrunnen vorbeifuhr. Auf der Brücke nach Zollikon schaltete ein Autofahrer in einen tieferen Gang. Vom See her wehte der leichte Duft von Algen und Gras, er weckte in Cavalli ein Gefühl von Weite. Die Luft am Wasser war kühler als im Stadtzentrum, noch schien sie einen Hauch von Sommer in sich zu tragen.

Trotzdem trug Haas eine Fleecejacke und Stiefel, vermutlich Teile ihrer Uniform bei der Regionalpolizei. Sie sah aus, als wolle sie für alle Fälle gerüstet sein, stellte Cavalli erfreut fest. Er nickte ihr zu und bedeutete ihr, ihm zu folgen. Der Weg zum Hafen führte an einem Kieswerk vorbei. Zu dieser Zeit ruhten die Betonmischer, doch tagsüber war es vermutlich laut. Hohe Gebüsche säumten den beleuchteten Weg.

Als sie zur Stelle kamen, von der aus die Jugendlichen ihre Beobachtungen gemacht hatten, bat Cavalli Haas, die Aussagen der Zeugen zu wiederholen. Haas schilderte, dass die beiden einen Mann gesehen hätten, der einen schweren Gegenstand den Steg entlanggetragen habe.

«Wenn du eine Leiche im Auto hierherbringen würdest, wo würdest du parkieren?», fragte Cavalli.

Haas sah sich um. «Am einfachsten wäre es, direkt zum Steg zu fahren. Aber da es sonst keine Autos hier im Hafen hat, würde das ziemlich auffallen. Der Parkplatz des Wassersportzentrums ist zu exponiert. Um diese Zeit sind noch viele Leute unterwegs.» Sie drehte sich um die eigene Achse. «Vielleicht unter der Brücke?»

Cavalli reichte ihr seinen Autoschlüssel. «Versuche es.»
«Was?»
«Suche eine geeignete Stelle.»
Cavalli stieg auf der Beifahrerseite ein. Haas zögerte einen Augenblick, bevor sie sich ans Steuer setzte. Als sie den Motor startete, lächelte sie unsicher.
«Ich komme mir vor wie an der Fahrprüfung», gestand sie.
Cavalli schwieg. Er versuchte absichtlich nicht, die Stimmung zu lockern. Je nervöser Haas wurde, desto besser konnte sie sich in die Lage des Täters versetzen.
«Welchen Weg soll ich nehmen?», fragte sie. «Komme ich aus der Stadt oder von der Goldküste?»
Cavalli verschränkte die Arme.
Haas räusperte sich, fragte aber nichts mehr. Trotz Anspannung fuhr sie sicher. Sie wählte die Anfahrt vom Seefeld her und rollte langsam an der Wasserschutzpolizei vorbei. Sie wartete, bis ein Autofahrer sie überholt hatte, bevor sie das Wassersportzentrum hinter sich liess und auf die Brücke nach Zollikon zusteuerte. Ohne Probleme fand sie darunter einen Parkplatz. Nachdem sie den Motor abgestellt hatte, sah sie Cavalli erwartungsvoll an.
«Öffne den Kofferraum», befahl er.
Sie fand den entsprechenden Schalter auf Anhieb und stieg aus. Cavalli folgte ihr. Im Kofferraum lag ein Sandsack, der 88 kg wog, genau so viel, wie Ramón Penasso gewogen hatte. Auf einmal erinnerte sich Cavalli, wie er vor Jahren die gleiche Übung mit Jasmin Meyer gemacht hatte. Damals hatten sie nach Blutspuren gesucht. Bambi hatte es geschafft, den Sandsack alleine aus dem Kofferraum zu heben. Allerdings war er rund zwanzig Kilogramm leichter gewesen. Ramón Penasso war um einiges schwerer als der junge Sudanese, dessen Leiche in einem abgebrannten Asylzentrum entdeckt worden war.
«Nimm den Sack und trag ihn zum Steg», wies Cavalli Haas an.
Haas verzog skeptisch das Gesicht. Trotzdem versuchte sie es. Es gelang ihr kaum, ihn auf den Rand des Kofferraums zu zerren.

Nach einigen Versuchen gab sie schwer atmend auf. Cavalli nahm ihren Platz ein. Mit beiden Händen zog er an den Ecken des Sacks, bis die Mitte genau über dem Rand des Kofferraums lag. Dann drehte er sich um und ging in die Knie. Langsam hievte er sich den Sack auf den Rücken. Als er sich aufzurichten versuchte, fluchte er innerlich. Seit er mit dem Kickboxen aufgehört hatte, bewegte er sich schwerfälliger. Zwar trainierte er regelmässig an Geräten und joggte täglich, doch er schien trotzdem weniger Kraft zu haben. *Vielleicht ist meine Schwäche gar nicht auf mangelndes Training zurückzuführen*, schoss es ihm durch den Kopf, *sondern auf das Alter.* Der Gedanke verlieh ihm genug Energie, um aufzustehen. Er rückte den Sandsack so zurecht, dass er nicht hinunterrutschen konnte.

«Wie viele Autos sind an uns vorbeigefahren, seit wir hier stehen?», fragte er.

«Neunzehn auf der Hauptstrasse, fünf auf der Brücke», antwortete Haas prompt.

Cavalli nickte anerkennend. «Geh dorthin zurück, wo die Jugendlichen standen.»

Nachdem Haas verschwunden war, begab sich Cavalli langsam zum Steg. Das Gewicht des Sandsacks trieb ihm den Schweiss aus den Poren. Er dachte daran, dass ein Sandsack einfacher zu tragen war als eine Leiche. Wenn die Jugendlichen tatsächlich den Täter gesehen hatten, so musste es sich um einen Mann mit ausserordentlicher Kraft und starken Nerven handeln.

Als Cavalli den Steg betrat, schwankte er leicht. Er wartete einen Moment, um zu Atem zu kommen und sein Gleichgewicht wiederzuerlangen. Neben ihm schaukelten gelbe Bojen auf und ab. Sie markierten den Bereich, der für Schwimmer reserviert war. Obwohl es im April zu kalt für ein Bad im See war, hätte der Täter die Leiche vermutlich nicht an dieser Stelle ins Boot geladen. Schwerfällig setzte Cavalli seinen Weg fort. Er hielt nach einem Boot Ausschau, das nicht abgedeckt war. Sein Blick streifte ein Ruderboot. Langsam ging er darauf zu. Als er sich auf der Höhe des Taus befand, blieb er stehen. Um den Sandsack ins Boot fallen zu lassen, musste er es wenden. Er versuchte, mit dem Fuss am Tau zu ziehen, doch es gelang ihm nicht. Ihm blieb nichts anderes übrig, als den Sandsack fallenzulassen. Er landete mit einem dumpfen Geräusch auf den Holzplanken. Mit beiden Händen zog Cavalli das Boot an den Steg zu sich heran. Als es längs lag, rollte er den Sandsack über den Rand.

Nachdem er sich ins Boot gesetzt hatte, griff er nach den Rudern. Mit ausgreifenden Schlägen entfernte er sich von der Anlegestelle. Am Ufer sah er Haas. Neben ihr stand eine zweite Gestalt, offenbar hatte Cavallis Manöver mit dem Sandsack Aufmerksamkeit erregt. Er ruderte weiter. Der See dämpfte die Geräusche vom Land, nur das Wasser gluckste leise. Die Stille schärfte seine Sinne und liess seine Gedanken klare Formen annehmen. Er versuchte, sich in die Lage des Täters zu versetzen. Warum war er genau hundert Meter hinausgefahren, um die Leiche über Bord zu werfen? Wusste er, dass die Tiefe dort dreissig Meter betrug? Kannte er sich auf dem See aus? Weil er selbst ein Boot besass? Weil er tauchte? Fest stand, dass er entweder ausserordentlich Glück gehabt hatte oder aber fähig war, unter Druck zu planen. Dass Gurtner bis jetzt keine Spur von Ramón Penasso entdeckt hatte, deutete auf Letzteres hin. Hätte sich die Halterung des Aussenbordmotors nicht gelöst, wäre die Leiche vermutlich nie entdeckt worden.

Ein perfekter Mord.

Warum war der argentinische Geheimdienst in die Ermittlungen involviert? Um das Verbrechen aufzuklären oder um es zu vertuschen? Cavalli wusste, dass die SIDE sowohl im eigenen Land als auch ausserhalb aktiv war. Wo genau die operativen Basen im Ausland lagen, war ihm aber nicht bekannt. Während des Kalten Krieges hatten die USA grosses Interesse am Geheimdienst gezeigt. Grund dafür war die zunehmende Aktivität kommunistischer Gruppierungen in Lateinamerika gewesen. Die SIDE hatte die CIA unterstützt, indem sie Verdächtige beobachtet hatte, darunter auch Botschaften und Delegationen aus kommunistischen Ländern. Während der Siebzigerjahre hatte sich der Geheimdienst jedoch zunehmend in eine geheime Polizei verwandelt. Er hatte Personen überwacht, die als subversiv galten, sowie verdächtige Organisationen und Gewerkschaften im Auge behalten. Erst mit der Rückkehr zur Demokratie in den Achtzigerjahren hatte die SIDE den Fokus wieder auf die nationalen Interessen gerichtet. 2001 waren Reformen umgesetzt worden, die eine Kürzung des Budgets zur Folge gehabt hatten. Rund 1300 Mitglieder des Geheimdienstes hatten ihre Stelle verloren; viele hatten während der Diktatur Menschrechtsverletzungen begangen. Unter Néstor Kirchner waren weitere Personen entlassen worden, offenbar wegen Korruption, Diebstahls und Verstössen gegen interne Regeln. Cavalli fragte sich, wovon die Entlassenen lebten. Davon, dass sie private Aufträge erledigten? Und welche Rolle spielte der Geheimdienst heute? Was hatte die Tatsache zu bedeuten, dass er direkt der Präsidentin unterstellt war? Wo lagen die Berührungspunkte zwischen Argentinien und der Schweiz? Gab es überhaupt welche? Oder war Ramón Penasso nur zufällig nach Zürich gereist? Wie in Trance ruderte Cavalli weiter. An Zufälle glaubte er nicht. Die meisten Ereignisse hingen irgendwie zusammen, wenn auch nicht unbedingt als Ursache und Wirkung. Die Verknüpfungen waren in der Regel viel komplexer. Im Moment sah er aber nur die losen Enden.

Cavalli schätzte, dass er die Stelle erreicht hatte, an der die Taucher die Leiche geborgen hatten. Er legte die Ruder ins Boot und atmete tief ein. Schon lange hatte er sich nicht mehr so lebendig gefühlt. In den letzten Monaten war kein Fall so wichtig gewesen, dass er Cavallis Leitung erfordert hätte. Cavalli realisierte, wie sehr er die Arbeit an der Front vermisste. Bei Führungsaufgaben setzte er seine Erfahrung und sein Wissen ein, nicht aber seine intellektuellen Fähigkeiten. Die Fallaufsicht beschränkte sich darauf, die Arbeit der Sachbearbeiter vom Schreibtisch aus zu verfolgen. Hier im Boot zogen die Asservate, die die Taucher geborgen hatten, an seinem inneren Auge vorbei: Er hörte in Gedanken Hahns Zusammenfassung über den Leichenbefund, seine Erklärung, dass Ramón Penasso nicht ertrunken sei. Sondern? War er tatsächlich vergiftet worden? Oder hatte er aus einem anderen Grund aufgehört zu atmen? Wo war er gestorben? Wo hatte er gelebt?

Am rechten Seeufer schlug eine Kirchturmuhr. Cavalli stellte fest, dass er seit einer Dreiviertelstunde auf dem See war. Eine letzte Aufgabe stand ihm noch bevor. Der Sandsack musste ins Wasser. Da er die Fundstelle der Leiche nicht verändern wollte, ruderte er weitere hundert Meter stadtauswärts. Als er den Sack an den Rand zog, schaukelte das Boot bedenklich. Nur mit Mühe gelang es Cavalli, ihn über Bord zu werfen, ohne selbst ein Bad zu nehmen. Fast widerwillig trat er anschliessend den Rückweg an.

Vera Haas stand immer noch an derselben Stelle. Sie kam ihm nicht entgegen, als er ausstieg und das Ruderboot befestigte. Erst als er ihr ein Zeichen gab, setzte sie sich in Bewegung. Auf seine Frage hin erklärte sie, dass sie die Aufmerksamkeit zweier Spaziergänger sowie eines Mitglieds des Seesportfischervereins auf sich gezogen habe. Der Verein hatte sein Lokal gleich neben dem Hafen.

«Und jemand vom Wassersportclub hat den Notruf gewählt», berichtete sie weiter.

Cavalli hatte damit gerechnet und sein Vorhaben deshalb bei der Einsatzzentrale angekündigt. «Vier Personen haben mich also beobachtet», stellte er fest. «Überrascht dich das?»

Sie schüttelte den Kopf. «Ich bin erstaunt, dass es nicht mehr waren!»

«Lass hören.»

«24 Autos sind an dir vorbeigefahren, während du versucht hast, den Sandsack aus dem Kofferraum zu hieven», begann Haas. «Und Wohnhäuser hat es ebenfalls genug in der Umgebung, auch wenn man von den Fenstern aus nicht unter die Brücke sieht. Dazu das Wassersportzentrum, die Fischer und die Polizeiwache. Es gibt eindeutig ruhigere Orte. Und man darf nicht vergessen, dass eine Leiche auffälliger ist als ein Sandsack, schon alleine aufgrund der Grösse. Ich frage mich, ob der Täter den Toten in eine Plane eingewickelt und ob die Leichenstarre schon eingesetzt hat, als er ihn zum See brachte.» Sie richtete den Blick auf den Steg. «Deine Silhouette war deutlich erkennbar. Der Mond hat dich von hinten beleuchtet. Dein Gang war schwankend, es war offensichtlich, dass du etwas Schweres getragen hast. Der Steg ist exponiert, weil er ins Wasser hinausragt.» Sie drehte sich wieder zu Cavalli hin. «Geräusche sind in der Nacht auch viel besser zu hören als tagsüber. Als du den Sack ins Boot fallengelassen hast, bin ich richtig zusammengezuckt. Sogar das Spritzgeräusch war deutlich, als du die Attrappe am Schluss über Bord gleiten liessest. Ich frage mich, warum jemand so ein hohes Risiko eingehen würde», schloss sie.

«Was möchtest du von den Jugendlichen erfahren?»

«Sie sollen genau beschreiben, was sie gesehen haben», antwortete Haas. «Vor allem die Gangart des Unbekannten. Seine Grösse interessiert mich ebenfalls. Der Täter muss ziemlich stark sein, um eine Leiche alleine tragen zu können.» Sie dachte nach. «Du hast ein Ruderboot benutzt. Es erstaunt mich, dass hier eines liegt. Bootsplätze sind begehrt. Vermutlich findest du während der Sommersaison nur Motorboote vor. Im Gegensatz zu einem Ruderboot ist ein Motorboot in der Regel abgedeckt. Der Täter hätte die Leiche also auf den Steg legen müssen, um die Abdeckung zu entfernen. Hätte er die Leiche überhaupt ohne Hilfe wieder anheben können?»

«Versuchen wir es.»

Cavalli schritt zum Steg. Sie wählten ein durchschnittliches Sportboot, das wie alle anderen mit einer Abdeckung geschützt war.

Haas untersuchte sie. «Wenn er alleine war, hätte er das Boot zuerst startklar machen müssen und erst anschliessend die Leiche holen können. Das bedeutet, zweimal zum Auto und zurück zu gehen. Die Hanteln musste er auch noch herbringen. Sie gleichzeitig mit der Leiche zu tragen, setzt fast übermenschliche Kräfte voraus.» Sie schüttelte den Kopf. «Ich weiss nicht. Mir scheint das kein geeigneter Platz zu sein, um eine Leiche zu entsorgen.» Sie stützte die Hände in die Seiten. «Ausser, man hat hier ein eigenes Boot!»

«Wenn der Täter hier ein Boot hätte, würde er nicht woanders hinfahren, um die Leiche aufzuladen?», provozierte Cavalli.

«Im April?» Haas schüttelte den Kopf. «Es hat zu wenige Boote auf dem See. Der Täter würde keine unnötige Fahrt unternehmen. Damit riskiert er erst recht, Aufmerksamkeit auf sich zu ziehen.»

Bevor Cavalli etwas erwidern konnte, klingelte sein Handy. Als er sah, dass es Regina war, entfernte er sich einige Schritte von Haas. Warum rief sie so spät an? Um Mitternacht schlief sie in der Regel. War Lily etwas geschehen? Cavallis Atem stockte.

«Ist etwas passiert?», fragte er schroff.

«Ich habe vor zehn Minuten einen Anruf aus Argentinien erhalten», berichtete Regina. «Salazar scheint nicht zu realisieren, dass wir hier in einer anderen Zeitzone leben.» Sie holte Luft. «Der Staatsanwalt hat soeben die Verhaftung eines Bankiers aus Uruguay veranlasst. Der Mann soll Ramón Penasso ermordet haben.»

Teil 2

Dezember

1

Schnee bedeckte das Zürcher Unterland. Regina versuchte, die einzelnen Dörfer zu erkennen, doch schon nach wenigen Flugminuten verlor sie die Orientierung. Irgendwo weit unter ihr fuhr Cavalli mit Lily nach Hause. Zum ersten Mal hatte Regina ihre Wohnung weihnächtlich geschmückt. An der Tür hing ein Kranz, im Wohnzimmerfenster leuchteten Sterne in unterschiedlichen Grössen. Drei Schneefiguren, von Lily in der Krippe gebastelt, hatte Regina stolz auf dem Fenstersims aufgereiht. Sogar Cavalli hatte versucht, einen Beitrag zu leisten. Mit Lily hatte er Tannenzapfen im Wald gesammelt, als Regina jedoch vorgeschlagen hatte, sie zu bemalen, hatte er abgewinkt. Nun lagen sie verstreut im Kinderzimmer. Regina hatte sich deswegen fast mit ihm gestritten.

Im nachhinein begriff sie nicht, wie sie sich so über den Schmutz auf dem Teppich hatte ärgern können. Als sie sich vor der Passkontrolle von ihrer Familie verabschiedet hatte, war es ihr nur mit Mühe gelungen, die Tränen zurückzuhalten. Lily hatte sie mit runden Augen angesehen, unfähig, die heftigen Gefühle ihrer Mutter zu begreifen. Regina war selbst erstaunt über ihre Reaktion. In weniger als einer Woche würde sie wieder in Kloten landen. Keinen Moment zweifelte sie daran, dass Lily bei Cavalli gut aufgehoben war. Trotzdem kam es ihr vor, als trennten sie sich für immer.

Sie versuchte, ihre trübe Stimmung nicht als Vorahnung zu interpretieren. Liesse sie ihre Ängste zu, ginge die Phantasie mit ihr durch. Um sich auf andere Gedanken zu bringen, holte sie ihre Unterlagen hervor. Sie wollte die Berichte noch einmal überfliegen, bevor sie am nächsten Tag der Einvernahme von Gonzalo Campos beiwohnte. Im Gegensatz zu Esteban Salazar war Regina nicht von der Schuld des Bankiers überzeugt. Da sie aber immer noch keine Akteneinsicht erhalten hatte, basierte ihre Meinung auf dem Resultat der Ermittlungen in der Schweiz. Immerhin war der Staatsanwalt ihrer Bitte nachgekommen, bei der Einvernahme dabei zu sein. Vermutlich hatte die zeitliche Dringlichkeit eine Rolle gespielt. Warum ihr erstes Rechtshilfeersuchen noch hängig war, begriff Regina nicht; genauso wenig verstand sie, warum Salazar kein Strafübernahmebegehren gestellt hatte. Noch sinnvoller wäre es gewesen, Regina die Leitung ganz zu übertragen, als zwei separate Verfahren zu führen. Doch davon wollten die argentinischen Behörden nichts wissen.

Regina seufzte. Die internationale Rechtshilfe war kompliziert. In den letzten Wochen hatte sie sich mehr damit als mit dem Fall als solchem befasst. Als Zürcher Staatsanwältin war sie erst wenige Male mit grenzüberschreitenden Verfahren konfrontiert worden. Glücklicherweise hatte Cavalli Erfahrung. Allerdings beschränkte sich sein Wissen auf die polizeiliche Zusammenarbeit. Wie Regina war er der Meinung, die argentinischen Behörden wollten die Fäden in der Hand behalten. Auf die Frage nach dem Grund wussten sie beide keine Antwort. Verbarg sich hinter Ramón Penassos Tod mehr als ein gewöhnliches Tötungsdelikt? Das würde erklären, warum ihr Salazar Informationen hatte zukommen lassen, die sie selbst am Telefon nie weitergegeben hätte. Es kam ihr vor, als versuche er, sie auf Campos' Schuld einzustimmen.

Gonzalo Campos war am Montag, dem 26. April, von Montevideo nach Zürich geflogen, um einen Tag später, am 27. April, an einer Sitzung über die Lancierung eines neuen Fonds teilzunehmen. Gurtner hatte bei der Bank angerufen und erfahren, dass der Termin schon im Februar vereinbart worden war. Die weiteren Sitzungsteilnehmer hatten Campos' Anwesenheit bestätigt. Die Bank hatte seine Unterkunft im Hotel Schweizerhof organisiert, die Abende hatte Campos an Geschäftsessen verbracht. Zu keinem Zeitpunkt war er aus unerklärlichen Gründen abwesend gewesen. Nie hatte er von einer privaten Verabredung gesprochen. Am Donnerstag, dem 29. April, war Gonzalo Campos nach Uruguay zurückgeflogen, wo ihn seine Frau am Flughafen abgeholt hatte.

Zufälligerweise war Elena Alvarez de Campos während ihrer Studienzeit die Geliebte von Ramón Penasso gewesen. Schlimmer noch: Sie hatte Ramón Penasso im vergangenen Frühling als vermisst gemeldet. Dies, obwohl Gonzalo Campos behauptete, seine Frau habe seit dem Studium keinen Kontakt mehr zu Ramón Penasso gehabt. Mehr wusste Regina nicht. Offenbar vermutete Salazar, Campos habe Ramón Penasso aus Eifersucht getötet. Ob konkrete Beweise vorlagen, wollte er am Telefon nicht sagen.

Wenn Gonzalo Campos tatsächlich für Ramón Penassos Tod verantwortlich war, so hatte Ramón Penasso einen ganzen Monat in der Schweiz verbracht, ohne Spuren zu hinterlassen. Am 27. März war er in Zürich gelandet, Gonzalo Campos erst einen Monat später. Gurtner hatte alle Hinweise überprüft, die nach der Veröffentlichung des Fotos von Ramón Penasso eingegangen waren. Keiner hatte weitergeführt. Kontakt zu anderen Argentiniern hatte der Journalist offenbar nicht aufgenommen. Auch die Auswertung der Spuren hatte zu keinen neuen Erkenntnissen geführt. Das Handy war zu stark beschädigt gewesen, als dass man noch Daten hätte retten können. Die Nummer hatte Regina schliesslich Mitte Oktober erfahren. Fahrni hatte sich an den Schweizer Polizeiattaché in Buenos Aires gewandt und um Unterstützung gebeten. Auf inoffiziellem Weg hatte dieser seine Beziehungen zur Metropolitana spielen lassen. Gleichzeitig hatte Cavalli über einen Bekannten bei Interpol Lyon Druck ausgeübt. Als der Richter die rückwirkende Teilnehmeridentifikation schliesslich bewilligt hatte, hatte Regina nur noch Zugang zu den Daten zwischen dem 15. April und dem 14. Oktober. Während dieser Zeit hatte das Handy mit keiner Antenne Kontakt aufgenommen. Vermutlich hatte es bereits auf dem Grund des Zürichsees gelegen. Traf diese Annahme zu, so kam Gonzalo Campos unmöglich als Täter in Frage.

«Wenn Campos wirklich unschuldig ist», stellte Fahrni fest, als hätte er ihre Gedanken gelesen, «hat jemand mächtig Interesse daran, den wahren Täter zu schützen.»

«Oder die ganze Sache rasch zu erledigen», meinte Regina. «Vielleicht, um zu verhindern, dass wir tiefer graben.»
«Es wird nicht einfach werden, die Wahrheit aufzudecken.»
Mit Fahrni an meiner Seite habe ich aber zumindest eine Chance, dachte Regina. Während der letzten zwei Monate hatte er Gurtner punktuell unterstützt, vor allem, wenn Spanischkenntnisse erforderlich gewesen waren. Als Regina sich damit abgefunden hatte, dass die Dienstreise nach Buenos Aires nicht zu vermeiden war, hatte Gurtner von Anfang an klargestellt, dass er nicht mitkommen werde. Regina hätte ihm vor Erleichterung um den Hals fallen können, obwohl sie zugeben musste, dass der Sachbearbeiter während der letzten zwei Monate gute Arbeit geleistet hatte. Wenn sie schon den Aufwand einer Dienstreise auf sich nehmen musste, dann wenigstens mit jemandem, der ihr sympathisch war. Die Vorbereitungen hatten sie fast zwei Wochen gekostet. Sie hatte Termine verschieben und Einvernahmen vorverlegen müssen, bis spät in die Nacht hatte sie am Computer gesessen, um möglichst viel vor der Abreise zu erledigen. Weniger Fälle betreute sie wegen ihrer Abwesenheit nicht. Landolt hatte ihr unmissverständlich zu verstehen gegeben, für wie wichtig er die Einvernahme von Gonzalo Campos hielt. Gleichzeitig hatte er seine Zweifel durchblicken lassen, ob Regina trotz ihrer familiären Situation ihren Verpflichtungen als Staatsanwältin nachkommen könne. Ihr war schliesslich keine andere Wahl geblieben, als den Mehraufwand auf sich zu nehmen.

Cavalli hatte Gurtners Weigerung, Regina zu begleiten, als persönlichen Affront betrachtet. Das längst fällige Gespräch schob er aber immer noch vor sich her. Im Moment beschäftigte ihn die kritische Mitarbeiterbeurteilung, die er über Pilecki abgegeben hatte. Der Sachbearbeiter hatte sie angefochten, erstmals hatte sich Cavallis Vorgesetzter in Personalbelange einmischen müssen.

Regina holte die Berichte des Forensischen Instituts hervor. Sie waren ungewöhnlich kurz, da es kaum Spuren auszuwerten gegeben hatte. Über die Herkunft des Kugelschreibers, der neben Ramón Penasso im Wasser gelegen hatte, hatten weder Martin

Angst noch Heinz Gurtner mehr in Erfahrung bringen können. Regina wusste lediglich, dass er ins Wasser geworfen worden und nicht aus Ramón Penassos Tasche gefallen war, genauso wie die Münzen auch. Angst hatte dazu ausführliche Berechnungen angestellt. Was Regina mit dieser Erkenntnis anfangen sollte, war ihr schleierhaft. Daraus schliessen, dass der Täter besonders gründlich war? Oder überdurchschnittlich wütend? Vielleicht hatte Ramón Penasso die Gegenstände im Boot verloren, und der Täter hatte nur die Spuren beseitigen wollen.

Auch die Giftliste von Uwe Hahn hatte nicht weitergeführt. Wo die einzelnen Stoffe zur Anwendung kamen oder beschafft werden konnten, würde erst relevant, wenn sie einen Verdächtigen überprüften. Noch immer befürchtete Cavalli, Hahn könnte etwas übersehen haben. Er hatte sich deswegen sogar an den Leiter des Instituts für Rechtsmedizin gewandt und um eine Überprüfung von Hahns Resultaten gebeten. Seine Anfrage war abgelehnt worden. Die folgende Besprechung hatte Hahn im Institut für Rechtsmedizin abgehalten. Regina zweifelte, ob er Cavalli je wieder freiwillig gegenüberträte.

Aufschlussreicher waren die Befragungen im Zusammenhang mit den Bootsbränden gewesen. Den Brandermittlern war es gelungen, gemeinsam mit Pilecki den Brand in Wollishofen aufzuklären, der einen Mann das Leben gekostet hatte. Die Tat ging auf das Konto einiger Jugendlicher. Als Grund gaben sie eine Mutprobe an. Dass der Besitzer der Segeljacht seinen Drogenrausch an Bord ausgeschlafen hatte, hatten sie erst am folgenden Tag aus den Medien erfahren. Nachdem klargeworden war, dass der Brand in Wollishofen nicht zur Serie gehörte, hatten die Brandermittler den Kreis der Verdächtigen einengen können. Dies hatte zu weiteren Befragungen geführt. Dabei waren sie auf eine 78jährige Frau gestossen, die behauptete, Anfang April ein Geisterauto am Hafen Zollikon gesehen zu haben.

Vera Haas hatte die Befragung geleitet. Erneut staunte Regina, als sie nun das Protokoll durchlas. Die Fragen der Sachbearbeiterin waren strukturiert, logisch und sorgfältig durchdacht. Sie passten nicht zu ihrem impulsiven, manchmal gedankenlosen Auftritt im Alltag. Schritt für Schritt hatte sie die alte Frau an ihre Beobachtung herangeführt. Leider war dabei nicht klargeworden, ob Roswitha Wirz noch ganz im Besitz ihrer geistigen Fähigkeiten war. Sie behauptete, sie habe in der ersten – oder vielleicht in der zweiten, aber ganz sicher nicht in der dritten – Aprilwoche ein oranges Auto vorbeifliegen sehen. Es sei im Hafen Zollikon gelandet, kurz darauf habe ein Boot gebrannt. Vielleicht habe das Boot aber auch vorher gebrannt, und das Auto habe die Seelen abgeholt. Regina hatte einmal den Fehler begangen, die Aussage eines verwirrten 83jährigen Mannes als Unsinn abzustempeln. Nachträglich hatte sie sich als zentral erwiesen. Roswitha Wirz hatte mit Sicherheit kein fliegendes Auto gesehen, aber irgendetwas Ungewöhnliches hatte ihre Aufmerksamkeit erregt. Das war auch Haas klar gewesen.

Auch Haas' Befragung der beiden Jugendlichen, die im Hafen Tiefenbrunnen einen Mann mit einer schweren Last auf der Schulter beobachtet hatten, war aufschlussreich gewesen. Es hatte sich herausgestellt, dass es sich unmöglich um eine Leiche gehandelt haben konnte. Nach mehrmaligem Nachhaken hatten sich die Burschen daran erinnert, dass der Unbekannte zügigen Schrittes den Steg entlanggegangen war und die Last dabei scheinbar mühelos von einer Schulter auf die andere verlagert hatte. Die Befragung aller Bootsbesitzer hatte ergeben, dass zum betreffenden Zeitpunkt eine Geburtstagsfeier auf einer der Jachten stattgefunden hatte. Der Gastgeber hatte im Vorfeld zweimal Waren aufs Boot geschafft. An die genaue Zeit konnte er sich nicht mehr erinnern, er gab aber an, dass es gegen 23 Uhr gewesen sein könnte, da er ein ausgesprochener Nachtmensch sei.

Regina schob die Unterlagen zusammen, als die Flugbegleiterin mit dem Getränkewagen vorbeikam. Sie bestellte einen Orangensaft und holte eine Packung Bärentatzen aus ihrem Handgepäck.

«Bediene dich», sagte sie zu Fahrni, der sich nicht zweimal bitten liess. «Ich habe die Befragungsprotokolle von Vera Haas durchgelesen. Ich finde sie beeindruckend.»

«Mmh», bestätigte Fahrni mit vollem Mund. «Sie überhört nichts.»

Täuschte sie sich, oder wollte Fahrni damit andeuten, Haas mische sich in Dinge ein, die sie nichts angingen? Regina wartete, doch er lieferte keine weitere Erklärung.

«Die wievielte Praktikantin ist sie? Die vierte? Fünfte?»

«Sechste», antwortete Fahrni.

«Deine Bürokolleginnen wechseln rascher als meine Protokollführer», stellte Regina fest. «Das stelle ich mir stressig vor.»

Fahrni zuckte die Schultern. «Ob der Platz leer ist oder ob jemand anders dort sitzt, ist egal.»

Diesmal war Regina auf Anhieb klar, was er meinte: Jasmin Meyer war nicht ersetzbar. Haas trat ein schweres Erbe an. Auf einmal tat sie ihr leid. Vielleicht rutschte Regina deshalb eine Frage heraus, die sie schon lange hatte stellen wollen. Möglicherweise war es auch nur die ungewohnte Umgebung, die Raum für Intimes schuf.

«Was ist eigentlich zwischen euch passiert?», fragte sie behutsam. «Damals, nachdem Bambi gefunden worden war?»

Fahrni hörte auf zu kauen. Vom Hals her kroch eine Röte über sein Gesicht. Während er die Krümel auf seinem Tischchen musterte, zwang sich Regina zu schweigen. Es fiel ihr schwer, die angespannte Stille nicht zu durchbrechen. Zweifel beschlichen sie. Hatte sie soeben eine Grenze überschritten? Sie wollte sich schon entschuldigen, als Fahrni sich plötzlich räusperte.

«Ich habe mit ihr geschlafen», platzte er heraus. Die nächsten Worte folgten, als bräche ein Damm. «Es war nach ihrer Entlassung aus dem Spital. Sie kam nach Bonstetten, um ihre Ducati zu holen. In der Nacht, in der sie verschwand, waren wir mit meinem Auto unterwegs gewesen. Sie hatte das Motorrad bei mir stehen lassen.» Er holte tief Luft. «Sie schien beinahe die Alte, aber ich wusste, dass es nur eine Maske war. Sie hasste es, Schwäche zu zeigen. Sie scherzte, dass ich während der vergangenen drei Monate bestimmt heimlich Ausflüge mit ihrer Duc gemacht hätte. Ihr Lachen klang wie immer, doch ihre Augen waren nicht mehr die gleichen. Darin lag ein Ausdruck, den ich nicht kannte. Es war, als habe sie in Abgründe geblickt, für die es keine Worte gab. Plötzlich konnte ich nicht anders, als sie in die Arme zu nehmen. Als sie sich nicht wehrte, führte eines zum anderen. Irgendwann gab es kein Zurück mehr. Sie war ... wie ausgehungert.» Er sah auf. «Ich will damit nicht sagen, dass sie es wollte. Sie hat mir mehr als einmal klar gemacht, dass sie nicht das Gleiche für mich empfindet wie ich für sie. Ich glaube, sie fühlte sich einfach leer. Sie war wie eine Ertrinkende, die nach einem Rettungsring griff. Zufälligerweise war ich gerade dort.» Fahrnis Blick wirkte gequält. «Ich habe ihre Hilflosigkeit ausgenützt. Statt ihr der Freund zu sein, den sie so dringend brauchte, habe ich sie missbraucht. Genau wie der ‹Metzger›.»

Regina verspürte das Bedürfnis, ihm die Hand zu drücken, doch sie fürchtete, ihm zu nahe zu treten. Stattdessen hielt sie ihm den Sack mit den Bärentatzen hin.

Dankbar griff er hinein. «Seither habe ich sie nicht mehr gesehen.»

«Habt ihr darüber gesprochen?», fragte Regina.

Fahrni schüttelte den Kopf. «Nachdem wir ... danach stieg sie auf ihre Duc und raste davon. Sie hat sich nie mehr gemeldet.»

«Es tut mir leid.»

«Sie fehlt mir», sagte er schlicht. «Jeden Tag, wenn ich ins Büro komme, denke ich daran, wie es früher war. Aber es wird nie mehr so sein. Sie kommt nicht zurück.»

Esteban Salazar hatte angekündigt, sie am Flughafen abzuholen, obwohl es weder zu seinen Aufgaben gehörte, noch üblich war. Regina hatte ihm versichert, es sei nicht nötig. Lieber hätte sie das Angebot der Schweizer Botschaft angenommen, sie ins Hotel zu begleiten. Doch Salazar hatte insistiert. Warum, begriff Regina nicht. Nach dem langen Flug wäre sie sogar lieber mit dem Taxi ins Hotel gefahren. In Gegenwart des Staatsanwaltes würde sie sich nicht entspannen können. Sie unterdrückte ein Gähnen und fuhr sich mit der Hand durchs Haar. Zwar hatte sie sich vor der

Landung frisch geschminkt, doch fühlte sie sich bereits wieder unansehnlich. Die Sommersprossen traten auf der bleichen Haut stärker hervor als sonst, die geschwollenen Augenlider waren auch mit Mascara nicht zu verbergen. Ihre weisse Bluse war zerknittert, auf ihrer Hose prangte ein Kaffeefleck. Zum Glück war er auf dem schwarzen Stoff kaum sichtbar. Die Flugbegleiterin hatte sich mehrmals für das Versehen entschuldigt und Regina sogar einen Likör als Entschädigung offeriert. Regina hatte abgelehnt.

Nun bereute sie, das Angebot ausgeschlagen zu haben. Sie konnte sich ihre Nervosität nicht erklären. Sie war sich aggressive Verteidiger, arrogante Richter und fordernde Opferanwälte gewohnt. Sie hatte schon Beschuldigte einvernommen, die ihr am liebsten an die Gurgel gesprungen wären, und sich gegenüber Angehörigen gewehrt, die nicht begriffen hatten, warum sie ein Verfahren hatte einstellen müssen. Zugegeben, sie hatte noch nie einer Zeugeneinvernahme im Ausland beigewohnt, doch Salazar hatte ihr den Ablauf erklärt. Das Vorgehen stimmte in den wesentlichen Punkten mit dem schweizerischen überein.

Etwas weiter vorne unterhielt sich Fahrni mit dem Beamten der Passkontrolle. Seine Wangen waren vom langen Schlafen immer noch gerötet, die blonden Haare am Hinterkopf plattgedrückt. Obwohl Regina froh war über die Spanischkenntnisse des Sachbearbeiters, wünschte sie sich Cavalli an ihre Seite. Cavalli beeindruckte alleine schon durch seine Erscheinung. Er strahlte eine natürliche Autorität aus, die nichts mit seiner Kraft zu tun hatte, sondern mit seinem Auftreten. Er signalisierte, dass er Achtung erwartete. Seine Gelassenheit unterstrich dies noch. Ein Blick genügte, um sein Gegenüber aus der Ruhe zu bringen. Hatte genügt, korrigierte sich Regina in Gedanken. Sie gab es ungern zu, doch seine Ausstrahlung war verblasst. Die mangelnde Akzeptanz bei seinen Mitarbeitenden hatte dazu geführt, dass er sich immer mehr zurückgezogen hatte. Die Meinung anderer hatte ihn zwar nie gross interessiert, doch nun schien er des ewigen Kämpfens müde zu sein. Nicht nur die Beziehungen litten unter der Missstimmung im Team, sondern auch die Fallarbeit, und diese Tatsache machte Cavalli weit mehr zu schaffen. Regina vermutete, er hätte seine Führungsaufgaben am liebsten abgegeben, um sich wieder ausschliesslich der Ermittlungsarbeit zu widmen. Doch sein Stolz liess eine Zurückstufung nicht zu.

Wir sind ein gutes Ermittlungsteam gewesen, dachte Regina. Obwohl sie oft heftige Auseinandersetzungen geführt hatten, ergänzten sie sich hervorragend. Regina hatte zwar immer wieder dafür sorgen müssen, dass Cavalli die Grenzen des Erlaubten nicht überschritt, dafür hatte er Antworten auf Fragen bekommen, die sie nicht einmal gestellt hatte. Einen Ermittler wie Cavalli im Büro zu versenken, war eine Verschwendung von Ressourcen, auch wenn er die grossen Fälle nach wie vor selbst leitete. Doch er ist nicht zum Stellenwechsel gezwungen worden, rief sich Regina in Erinnerung. Er hat sich freiwillig als Dienstchef beworben. Zu Beginn hatte sie geglaubt, sein Streben nach Macht, das Bedürfnis nach Kontrolle oder der höhere Lohn hätten ihn zu diesem Schritt bewogen. Erst mit der Zeit hatte sie realisiert, dass er nur Interesse gezeigt hatte, weil es von ihm erwartet worden war. Sich nicht zu bewerben, wäre dem Eingeständnis gleichgekommen, der Herausforderung nicht gewachsen zu sein. Diese Vorstellung war Regina so absurd vorgekommen, dass sie eine Weile gebraucht hatte, um die Wahrheit zu erkennen. Die Schussverletzung, der Gefängnisaufenthalt und der «Metzger»-Fall hatten das angekratzt, was sie als selbstverständlich betrachtet hatte: Cavallis Selbstvertrauen.

Dass er sich während der letzten Jahre trotz aller Schwierigkeiten langsam von den Ereignissen erholt hatte, lag zum grossen Teil an Lily. Von ihr fühlte er sich akzeptiert und geliebt. Durch Lily hatte Regina eine Seite von Cavalli kennengelernt, die ihr neu war. Manchmal, wenn sie die beiden zusammen beobachtete, glaubte sie, einen Blick in Cavallis Vergangenheit zu werfen. So, wie er mit Lily durch den Wald streifte, stellte sich Regina ihn als Jungen vor. Er hatte ihr nie viel über seine Kindheit im Reservat erzählt und noch weniger über die Zeit, die er anschliessend in

Strassburg bei seiner Mutter verbracht hatte. Doch Regina wusste, dass die Jahre in den USA zu den glücklichsten seines Lebens gezählt hatten.

Genauso wusste sie, dass sie für Cavalli nie den gleichen Stellenwert hatte wie Lily. Dazu war sein Misstrauen Frauen gegenüber zu gross. Die Erkenntnis war immer noch schmerzhaft. Oft fragte sie sich, was sie mit Cavalli verband. War sie wirklich reifer geworden, wie sie sich gerne sagte, oder hatte sie ihre Erwartungen heruntergeschraubt, um die Enttäuschung zu mindern? Während sie Cavalli immer besser verstand, fand sie ihr eigenes Verhalten je länger, desto rätselhafter. Warum hatte sie sich nicht in jemanden wie Tobias Fahrni verliebt? Einen Mann, der ihre Gefühle erwidern konnte, ohne dass sich Abgründe in ihm auftaten? Der eine Frau auf Händen trüge, wenn er nur die Chance dazu bekäme?

Der Passagier vor ihr gab den Weg zur Passkontrolle frei. Während Regina ihre Dokumente vorlegte, versuchte sie, ihre Gedanken an Cavalli beiseitezuschieben. Er war nicht hier. Dafür hatte er selbst gesorgt. Seine Beförderung zum Dienstchef hatte er als Anerkennung seiner Fähigkeiten betrachtet, inzwischen war die neue Position zu seinem Gefängnis geworden. Sie hatten beide Entscheidungen getroffen; nun galt es, das Beste aus der Situation zu machen.

«Hoffentlich erkennen wir Salazar», sagte sie.

Fahrni kramte ein gefaltetes A4-Blatt aus der Tasche. «Ich habe ihn gegoogelt. Das Foto ist nicht mehr das neuste, aber es wird uns trotzdem weiterhelfen.»

«Tobias, du bist einfach grossartig!», lobte Regina. «Zeig her.»

Esteban Salazar kam Regina vor wie das Klischee eines Argentiniers. Mit seinem dunklen, nach hinten gekämmten Haar, den tiefliegenden, ernsten Augen und der römischen Nase hätte er in einem Tangofilm auftreten können. Obwohl nur Kopf und Hals zu sehen waren, wirkte er schlank, beinahe knochig. Der Gegensatz zu Ramón Penasso hätte nicht grösser sein können. Ein Windhund und ein Berner Sennenhund, schoss es Regina durch den Kopf. Sie hoffte, dass der Staatsanwalt in Wirklichkeit weniger imposant war, als er auf dem Foto erschien.

Ihre Hoffnung schwand, als sie die Ankunftshalle betrat. Obwohl Dutzende von Personen hinter der Zollkontrolle warteten, fiel ihr Blick sofort auf Salazar. Er stach nicht nur aufgrund seiner Grösse hervor, sondern auch aufgrund seiner Eleganz. Sein Haar war inzwischen an den Schläfen ergraut, dadurch wirkte er jedoch nicht weniger beeindruckend. Im Gegenteil. Regina entging nicht, wie einige vorbeigehende Frauen ihn interessiert musterten.

Der Staatsanwalt hatte sich offenbar auch vorbereitet. Er erkannte Regina und Fahrni sofort. Mit erhobenem Arm kam er auf sie zu. Er legte Regina eine Hand an den Oberarm und beugte sich vor, um sie auf die Wange zu küssen.

«Frau Flint, es ist mir eine Ehre», sagte er auf Englisch. «Willkommen in Buenos Aires.»

Er drehte sich zu Fahrni um. Als Fahrni klar wurde, dass auch ihn ein Kuss erwartete, trat er rasch einen Schritt zurück. Ein verständnisvolles Lächeln trat auf Salazars Gesicht. Er streckte Fahrni die Hand entgegen und stellte sich vor. Anschliessend nahm er Regina den Koffer ab und deutete zum Ausgang. Warme Luft schlug ihnen entgegen, als sie ins Freie traten. Sie waren vom Schweizer Winter direkt in den argentinischen Sommer gereist.

Auf der Fahrt in die Stadt zählte Salazar die Sehenswürdigkeiten von Buenos Aires auf. Offenbar hatte er nicht vor, Berufliches anzusprechen. Regina war froh darüber. Sie war zu müde, um klar zu denken. Sie richtete ihre Aufmerksamkeit auf die Vororte, die in der Dunkelheit vorbeizogen. Viel gab es von der Autobahn aus nicht zu sehen, doch die Namen auf den Schildern klangen verheissungsvoll. Sie freute sich auf das Wochenende. Da ihr nicht nur die Teilnahme an der Einvernahme von Gonzalo Campos am folgenden Tag – einem Donnerstag – bewilligt worden war, sondern sie auch der Befragung seiner Frau Elena am nächsten Montag beiwohnen durfte, verlängerte sich ihr Aufenthalt in Argentinien um drei Tage. Den Freitag wollte sie dazu nutzen, Informationen einzuholen, die ihr Salazar bisher verwehrt hatte. Samstag und Sonntag würde sie sich die Stadt ansehen.

«Es tut mir leid, dass ich die Termine nicht günstiger legen konnte», sagte Salazar, als hätte er ihre Gedanken erraten. «Ich kann Ihnen aber versichern, dass es Ihnen in Buenos Aires nicht langweilig werden wird.»

«Daran zweifle ich nicht», antwortete Regina mit einem Lächeln. «Ich freue mich darauf, die Stadt kennenzulernen.»

«Ist dies Ihr erster Aufenthalt in Argentinien?»

«Meine erste Reise nach Südamerika überhaupt. Leider sind meine Spanischkenntnisse miserabel.» Sie blickte über die Schulter. Auf dem Rücksitz schlief Fahrni tief. «Mein Kollege beherrscht die Sprache ganz gut, soweit ich es beurteilen kann.»

«Für die Einvernahmen haben wir einen Dolmetscher organisiert», erklärte der Staatsanwalt. Regina betrachtete sein Profil. Obwohl er sich auf die Strasse konzentrierte, hatte sie das Gefühl, er registriere jede ihrer Bewegungen. Sie verfielen in Schweigen. Eine Viertelstunde später verliessen sie die Autobahn und bogen in eine breite Strasse ein, die von imposanten Häusern gesäumt war. Kurz darauf hielt Salazar vor dem Hotel. Regina drehte sich um, um Fahrni zu wecken. Verschlafen kroch er aus dem Wagen. Salazar hatte ihre Koffer bereits dem Portier übergeben.

«Ich werde Sie um acht Uhr hier abholen», sagte der Staatsanwalt. «Wenn Sie irgendetwas brauchen, lassen Sie es mich wissen.»

Acht Uhr?, dachte Regina entsetzt. Das war nach Schweizer Zeit mitten in der Nacht. Sie versuchte, sich ihren Schrecken nicht anmerken zu lassen. Hatte Salazar den Termin absichtlich so früh angesetzt? Versuchte er, von Reginas Müdigkeit zu profitieren? Sie schüttelte den Kopf beim Gedanken. Langsam wurde sie paranoid. Dass die SIDE involviert war, musste nichts bedeuten. Mit grosser Wahrscheinlichkeit war Salazar genauso interessiert daran, den Fall aufzuklären, wie sie. Vermutlich ärgerte er sich über das Misstrauen, das sie ihm entgegenbrachte. Sie holte tief Luft und bedankte sich herzlich für seine Mühe. Er verabschiedete sich mit einer galanten Armbewegung. Regina blickte seinem Honda nach, bis er um die Ecke verschwunden war. Dass Fahrni neben ihr stand, hatte sie ganz vergessen. Erst als er gähnte, nahm sie ihn wieder wahr.

2

Sie hatte immer gern getanzt, schon als kleines Mädchen. Wenn die Hitze nachliess und sich die Strassen mit Musik füllten, konnte sie nicht anders, als sich zu bewegen. Die Klänge kamen aus Restaurants, Läden und Bars; sie schwebten in der Abendluft, legten sich über die Strassen. Auch am Fluss drehte immer jemand ein Autoradio auf, manchmal wehte sogar eine Melodie aus einem vorbeifahrenden Schiff zu ihr herüber.

Es ist wie tanzen, lass dich einfach führen, wurde sie angewiesen.

Sie wusste nicht wie. Zum Tanzen brauchte sie festen Boden unter den Füssen.

Ich bin der Boden. Schau mich an, ich gebe dir den Einsatz.

Sie dachte an die grünen Inseln, die flussabwärts trieben. An die Tiere, die auf dem schwimmenden Land ins Unbekannte getragen wurden. Was, wenn sie einen falschen Schritt machte?

Wenn du dich an meine Anweisungen hältst, wird alles klappen.

Die Anweisungen. Es waren so viele. Alle zu befolgen, war wie ein Kleid zu tragen, das zu eng geworden war. Wie sollte sie sich bewegen? Vielleicht war es besser, sich gar nicht zu regen. Nicht von sich aus. Sie würde sich durch ihn aufwirbeln lassen, wie der rote Sand auf der Strasse, wenn ein Auto darüberfuhr. Am anderen Ufer war der Sand grau. Wohin war die Farbe geflossen? Würde auch sie verblassen, wenn sie wegfuhr?

Du musst leuchten! Das wird erwartet.

Täuschte die aufgetragene Farbe über die Blässe hinweg? Fragen über Fragen. Sie betrachtete ihre Fingernägel. Das künstliche Rosa erinnerte sie an das Fleisch einer Wassermelone. Sie mochte Wassermelonen nicht. Genauso wenig wie lange Fingernägel. Der Teig blieb darunter kleben, wenn sie Chipa backte. Später trocknete er und spannte. Sie führte einen Finger an den Mund und reinigte mit dem Eckzahn den Nagel. Dafür kassierte sie einen strengen Blick. Sie liess die Hand wieder fallen.

Bald wirst du nicht mehr backen müssen.

Sie musste schon lange nicht mehr backen. Sie wollte es. Das Mehl, die Stärke, das Schmalz, das Wasser und das Salz waren die Töne, die ihre Tagesmelodie ausmachten. Sie orientierte sich am Geruch des Brotes. Er führte sie von einer Stunde zur nächsten. Woran sollte sie sich festhalten, wenn sie aufhörte zu backen?

Chipa waren der Boden, auf dem sie tanzte.

Du darfst keine Bäckerin sein.

Wenn sie nicht sich selbst sein durfte, wer dann? Wer war die Frau mit den rosa Fingernägeln und dem engen, weissen Top? Sie betrachtete sich im Spiegel. Ihr Haar, das sie immer locker im Nacken zusammengebunden hatte, steckte in einem dicken Knoten fest. Ihre dunkle Haut war mit einer Schicht Make-up bedeckt, das sie heller erscheinen liess. Sie traute sich kaum zu lächeln, aus Angst, ihre Schönheit bekäme Risse.

Es ist sowieso besser, du zeigst deine Zähne nicht.

Sie war immer stolz auf ihre Zähne gewesen. Sie waren kräftig und gesund. Doch sie standen nicht so, wie sie stehen sollten. Nichts an ihr war so, wie es sein sollte. Deshalb wurde sie jetzt eine andere. Hoffentlich würde sie unterwegs nicht vergessen, wer sie geworden war. Auch nicht, wer sie gewesen war. Sie schloss die Augen. Sie hatte es sich einfacher vorgestellt. Manchmal wünschte sie sich umzukehren. Doch es gab kein Zurück mehr. Sie war von der Strömung mitgerissen worden. Es blieb ihr nichts anderes übrig, als zu schwimmen.

3

Gonzalo Campos war in jeder Hinsicht durchschnittlich. Weder gross noch klein, dick noch dünn, markant noch fade. Er trug eine Nickelbrille, die ihm schief auf der Nase sass. Sein Haar hatte die Farbe von Baumnüssen und dringend einen Schnitt nötig. Sein Blick erinnerte Regina an den eines Bluthundes. Sie fragte sich, warum ihr immer wieder Analogien zu Hunden durch den Kopf schossen. Vielleicht war sie zu müde, um originellere Vergleiche anzustellen. Der Wecker hatte sie um 7 Uhr aus dem Tiefschlaf gerissen. Sie konnte sich nicht einmal daran erinnern, was sie geträumt hatte. Sie hatte am Morgen mit Cavalli telefonieren wollen, doch plötzlich hatte sie sich beeilen müssen.

Seit drei Stunden sass sie nun neben Esteban Salazar und verfolgte Gonzalo Campos' Einvernahme. An der Tür standen zwei Polizisten Wache, doch die Stimmung war alles andere als bedrohlich. Der Beschuldigte wirkte resigniert, die Einwände, die sein Verteidiger ab und zu erhob, schienen Regina nicht besonders energisch zu sein. Es war, als habe sich Campos damit abgefunden, den Kopf für Ramón Penassos Tod herhalten zu müssen. Vielleicht, weil er tatsächlich schuldig war?

Bis jetzt hatte Salazar die aktuellen Ereignisse noch nicht angesprochen. Sorgfältig hatte er die Beziehung zwischen Gonzalo Campos und Ramón Penasso aufgerollt. Regina bewunderte seine Gründlichkeit, gleichzeitig entging ihr nicht, dass der Staatsanwalt den entlastenden Momenten wenig Beachtung schenkte. Er konzentrierte sich hauptsächlich auf die Rivalität zwischen den Studienkollegen. Sie hatten sich vor 17 Jahren im ersten Semester an der Universität kennengelernt. Ramón Penasso hatte im Hauptfach Politikwissenschaft und im Nebenfach Volkswirtschaft studiert. Gonzalo Campos Betriebs- und Volkswirtschaft. Zufälligerweise waren sie in einer Vorlesung nebeneinandergesessen. Beide hatten dem Professor nur halbherzig zugehört. Vielmehr hatten sie sich für Elena Alvarez interessiert, die eine Reihe vor ihnen sass.

Es war Ramón Penasso gewesen, der den Mut aufgebracht hatte, die attraktive Studentin anzusprechen. Schon bald verbrachten die beiden auch ausserhalb der Vorlesungen die Zeit zusammen. Ramón Penasso führte Elena Alvarez in die politischen Diskussionsrunden ein, an denen er regelmässig teilnahm. Er schleppte sie an die Treffen der Studentenbewegung und nahm sie mit an die Protestaktionen, die er mitorganisierte. Gonzalo Campos schloss sich den beiden widerwillig an. Politik interessierte ihn wenig. Elena Alvarez hingegen sehr. Ramón Penasso entgingen Campos' Gefühle nicht. Offenbar war er selbstsicher genug gewesen, um seinen Kollegen nicht als Bedrohung zu empfinden.

«Beschreiben Sie Ihre Gefühle gegenüber Ramón Penasso», bat Esteban Salazar.

Gonzalo Campos zuckte die Schultern. «Ich wusste, dass Elena nur Augen für Ramón hatte. Ich habe mich damit abgefunden. Ramón hatte etwas, worum wir ihn alle beneideten: Charisma. Er sprühte vor Ideen und schaffte es, andere zu begeistern. Er war der geborene Anführer.»

«Was löste das in Ihnen aus?»

«Wie gesagt, ich habe es akzeptiert.»

«Waren Sie eifersüchtig?»

«Natürlich.»

«Haben Sie davon geträumt, ihm die Freundin auszuspannen?»

Gonzalo Campos lachte müde. «Elena ist keine Frau, die man einfach ‹ausspannt›. Sie weiss genau, was sie will – und was sie nicht will.»

«Elena Alvarez und Ramón Penasso haben sich fünf Jahre später getrennt. Warum?»

«Ramón ist… war kein Familienmensch. Er lebte für seine Ideale. Das war auch Elena klar. Während des Studiums bewunderte sie ihn dafür. Aber irgendwann merkte sie, dass ihr das nicht genügte. Sie sah das Leben nicht als Kampf, so wie Ramón. Er hat sich mit Leib und Seele eingesetzt, vielleicht, weil er selbst ein

Opfer von Machtmissbrauch geworden war. Elena hingegen hat sich bloss mitreissen lassen. Nach dem Studium war ihr Kinderwunsch grösser als ihr Drang, die Welt zu verändern.»

«Und da wandte sie sich Ihnen zu», stellte Salazar fest.

Campos knetete seine Finger. «Unsere Freundschaft hatte während des ganzen Studiums Bestand. Ich wusste, dass sie für mich nie das Gleiche empfinden würde wie für Ramón. Aber Gefühle sind nicht alles. Ich konnte ihr das bieten, was sie suchte. Vielleicht war ich als Mann nur zweite Wahl, doch das Leben, das ich ihr schenkte, hat sie sich gewünscht. Wir haben die Entscheidung nie bereut.»

«Sowohl Sie als auch Ihre Frau haben den Kontakt zu Ramón Penasso abgebrochen», stellte Salazar fest. «Warum?»

«Wir wollten die Vergangenheit hinter uns lassen.»

Salazar beugte sich vor. «War es nicht eher so, dass Sie Ihrer Frau den Kontakt zu ihrem Liebhaber untersagt haben?»

Zum ersten Mal wirkte Campos unsicher. «Nein, so war es nicht.»

«Nicht?» Salazar blätterte in seinen Unterlagen, als suche er nach etwas. Regina hatte den Eindruck, dass er den nächsten Schritt genau geplant hatte. Mit dem Finger deutete er auf eine Stelle in einem der Protokolle. «Eine Freundin Ihrer Frau behauptet, ich zitiere, ‹Gonzo hat ihr› – gemeint ist Elena Alvarez – ‹verboten, sich mit Ramón zu treffen.› Das scheint mir eine eindeutige Aussage zu sein.»

Campos fühlte sich sichtlich unwohl. «Elena lässt sich nichts verbieten. Aber sie wusste, dass ich es nicht schätzte, wenn sie Kontakt zu Ramón aufnähme.»

«Weil das Feuer zwischen den beiden nie erloschen war. Sie haben befürchtet, Ihre Frau könnte Sie für Ramón Penasso verlassen. Deshalb haben Sie ihr gedroht.»

«Nein! Ich ... wir haben ein glückliches Leben geführt. Wir interessierten uns beide nicht dafür, was Ramón trieb. Natürlich hörten wir ab und zu etwas über ihn. Schliesslich war er eine öffentliche Person geworden. Aber er bedeutete Elena nichts!»

«Dann hat sie ihn im vergangenen März also nur zufällig in Montevideo getroffen?»

«Ich habe Ihnen bereits erklärt, dass ich nichts von diesem Treffen wusste.»

«Auch nicht davon, dass er im Café ihr Gesicht berührt hat?», fragte Salazar. «Der Kellner hat die Szene als ‹sehr intim› bezeichnet.»

Campos nahm die Brille von der Nase und rieb sich die Augen.

«Soll ich Ihnen sagen, wie ich das sehe?», fragte Salazar. «Ich glaube, Sie wussten sehr wohl davon. Sie waren Ihrer Frau zehn Jahre lang ein treuer Ehemann. Sie haben mit ihr eine Familie gegründet, eine Existenz aufgebaut. Auf einmal tauchte Ramón Penasso wieder in ihrem Leben auf – diesmal eine ältere, reifere Version des hitzigen Studenten. Vielleicht war er mit 36 zu dem bereit, was er Elena Alvarez mit 26 verweigert hatte. Sie wussten, dass Ihre Frau ihn immer noch liebte.» Salazar liess seine Worte wirken. «Alles, was Ihnen wichtig war, geriet plötzlich ins Wanken. Ramón Penasso war im Begriff, Ihr Leben zu zerstören. Da kamen Sie ihm zuvor. Damit er Ihr Leben nicht ruinierte, haben Sie ihm seines genommen.»

Gonzalo Campos hatte das Gesicht in den Händen vergraben. Unentwegt schüttelte er den Kopf. «Nein, so war es nicht, ich schwöre es.»

«Herr Campos», begann Regina. «Heute morgen haben Sie gesagt, Ramón Penasso sei selbst ein Opfer von Machtmissbrauch gewesen. Können Sie mir bitte erklären, was Sie damit gemeint haben?»

Aus dem Augenwinkel nahm Regina wahr, wie sich Esteban Salazar aufrichtete. Sie war erstaunt, dass er ihr die Möglichkeit gegeben hatte, Ergänzungsfragen zu stellen. Schliesslich war sie nur Gast. Sie drehte sich so, dass sie nur den Beschuldigten und seinen Verteidiger im Blickfeld hatte. Sie hatte Fahrni damit beauftragt, den Staatsanwalt zu beobachten, damit sie sich ganz auf Gonzalo Campos konzentrieren konnte. Trotzdem gelang es ihr nicht, Salazar völlig auszublenden. Sie war von seiner Einvernahme beeindruckt. Sechs Stunden lang hatte er Gonzalo Campos auseinandergenommen. Als er um 14 Uhr endlich eine kurze Mittagspause vorgeschlagen hatte, war Regina klar gewesen, dass es ein grosser Fehler wäre, den Staatsanwalt zu unterschätzen.

Kaum war Campos abgeführt worden, hatte Salazar ein Lächeln aufgesetzt und höflich gefragt, ob er ihnen ein Sandwich holen dürfe. Regina war es vor Hunger schwindlig gewesen. Dankbar hatte sie zugesagt, obwohl sie lieber kurz an die frische Luft gegangen wäre. Auf der Hinfahrt hatte sie einen kleinen Park gegenüber dem Justizgebäude entdeckt. Eine dreispurige Strasse führte zwar am schmalen, grünen Streifen vorbei, doch die Bänke im Schatten einiger Palmen wirkten einladender als Salazars staubiges Büro. Denn wohin sie auch sah, überall stapelten sich Akten, die mit Bändern zu dicken Paketen verschnürt waren. Regina fühlte sich in ein anderes Jahrhundert zurückversetzt. Der mit einem Portier besetzte Lift war gegen das Treppenhaus hin durch ein verziertes Maschengitter geschützt; ein Sekretär transportierte bestellte Unterlagen auf einem Handwagen. Regina hatte geglaubt, er entsorge Altpapier, bis sie ähnliche Akten auf Salazars Schreibtisch erblickt hatte.

Die Mittagspause hatte nur eine halbe Stunde gedauert. Als sie nun Gonzalo Campos' hängende Schultern betrachtete, fragte sich Regina, ob er auch etwas zu essen bekommen hatte. Sie versuchte, das Mitleid, das in ihr aufstieg, zu unterdrücken. Es gelang ihr nicht. Der Bankier war von einem Tag auf den anderen aus einem Leben gerissen worden, das er als glücklich bezeichnete. Seit zwei Monaten sass er in einer Zelle. Während dieser Zeit hatte er weder seine Frau noch seine Kinder sehen dürfen. Seine Arbeitsstelle war vermutlich längst neu besetzt worden.

Je mehr Regina hörte, desto stärker zweifelte sie an seiner Schuld. Sogar wenn er Ramón Penasso tatsächlich den Tod gewünscht hatte, glaubte sie nicht, dass Gonzalo Campos zu einem Tötungsdelikt fähig wäre. Dazu war er zu passiv. Dass er die Tat auch noch geplant haben sollte, kam ihr höchst unwahrscheinlich vor. Hingegen stellte er den perfekten Sündenbock dar. Die Frage, wer ein Interesse an seiner Verurteilung haben könnte, wollte sie sich im Moment nicht stellen. Sie hatte sich schon mehr als einmal in Menschen getäuscht. Wozu jemand fähig war, zeigte sich erst in Extremsituationen. Um Gonzalo Campos einschätzen zu können, fehlten ihr zu viele Informationen. Nicht nur über ihn, sondern auch über die Lebensumstände in Argentinien und Uruguay. Salazars Reaktion auf ihre Frage deutete jedoch darauf hin, dass er genau dieses Thema meiden wollte. Damit weckte er Reginas Neugier.

Campos beantwortete ihre Frage erst auf ein Nicken seines Verteidigers hin. «Ramóns Eltern wurden von Militärs in ein Folterlager verschleppt, als er knapp zwei Jahre alt war. Sie tauchten nie mehr auf. Ramón war an jenem Tag zufällig bei seiner Grossmutter gewesen, sonst hätte ihn das gleiche Schicksal ereilt. Seine Mutter war im sechsten Monat schwanger. Ramón hat nie herausgefunden, was aus dem Kind geworden ist. Seine Grossmutter hat sich den ‹Grossmüttern der Plaza de Mayo› angeschlossen.» Campos betrachtete Regina, als nehme er sie zum ersten Mal richtig wahr. «Sagt Ihnen der Name etwas?»

«Das ist eine Menschenrechtsorganisation, die verschwundene Kinder sucht, richtig?»

«Und sich bemüht, die Täter vor Gericht zu bringen», bestätigte Campos. «Ramón ist sozusagen im Büro der ‹Grossmütter› aufgewachsen. Er hat sich von klein auf in einem politischen Umfeld bewegt. In seinem Leben drehte sich alles um die Verbrechen der Militärs. Das meinte ich, als ich sagte, er sei selbst ein Opfer von Machtmissbrauch geworden. Elena hingegen stammt aus einer bürgerlichen Familie, die weitgehend von den Geschehnissen während der Diktatur verschont blieb.»

«Hat Ramón nie versucht, sein Geschwister zu finden?»

«Können wir bitte beim Thema bleiben?», unterbrach Salazar.

«Ich versuche, mir ein Bild des Opfers zu machen», entgegnete Regina bestimmt. «Für mich gehört das sehr wohl zum Thema.»

Campos zögerte, bevor er antwortete. Erst als er sich vergewissert hatte, dass Salazar keinen weiteren Einwand erheben würde, befeuchtete er seine Lippen. «Seit ich Ramón kenne, ist er davon besessen, seine Schwester zu finden – er hat Hinweise, dass es sich um ein Mädchen handelt. Kurz vor Ende seines Studiums ist er bei seinen Recherchen auf einen Oberstleutnant gestossen, der das Kind vermutlich an Adoptiveltern vermittelt hat. Ich weiss nicht, ob er die Spur weiterverfolgt hat.»

«Wie hat dieser Oberstleutnant auf Ramón Penassos Recherchen reagiert?»

«Frau Flint», meldete sich Salazar erneut. «Ich muss Sie bitten, Ihre Fragen auf den Gegenstand dieser Untersuchung zu beschränken.»

Regina betrachtete den Staatsanwalt. Sein milder Tonfall passte nicht zur Schärfe seiner Worte. Täuschte sie sich, oder wies er sie nur zurecht, weil es von ihm erwartet wurde? Sie versuchte, Fahrnis Ausdruck zu deuten, wurde aus dem abwesenden Blick des Sachbearbeiters aber auch nicht schlau. Bevor sie auf Salazars Einwand reagieren konnte, räusperte sich Campos. Schweissflecken hatten sich unter seinen Armen gebildet. Ob aus Nervosität oder wegen der Hitze, konnte Regina nicht erkennen. Über ihnen drehten Ventilatorenflügel langsam ihre Runden. Das Klimagerät gab keinen Ton von sich.

Campos warf einen Blick in Salazars Richtung und beugte sich dann zu Regina vor. «Doctora!», sagte er mit eindringlicher Stimme. «Ramón hatte viele Feinde! Nicht nur ehemalige Militärs, auch die Leute, die heute an der Macht...»

«Herr Campos!», unterbrach Salazar. «Sie sind hier, um Fragen zu beantworten, nicht um Vermutungen anzustellen!»

Campos verstummte, als sei er geohrfeigt worden. Die Energie, die ihn kurz erfasst hatte, wich aus seinem Körper. Er bot ein Bild totaler Resignation. Reginas Gedanken überschlugen sich. Die Militärdiktatur lag fast dreissig Jahre zurück. Argentinien war ein moderner Rechtsstaat. Oder doch nicht? War Campos' offensichtliche Angst vor der Justiz begründet?

Sie beschloss, das Thema im Moment ruhen zu lassen. Stattdessen kam sie auf Campos' Reise in die Schweiz zu sprechen.

Schritt für Schritt ging sie den Aufenthalt mit ihm durch. Die Aussagen des Beschuldigten stimmten mit Gurtners Nachforschungen überein. Campos war in Zürich rund um die Uhr beschäftigt gewesen. Zweimal hatte er vom Hotel aus mit seiner Frau telefoniert. Beide Gespräche erwähnte er von sich aus. Als er von seinen Aufgaben als Fondsmanager berichtete, wurde sein Tonfall sachlich. Fast hätte man meinen können, er führe ein Beratungsgespräch. Regina holte ihn ungern in die Realität zurück. Doch ein Thema musste sie noch anschneiden.

«Haben Sie je im Medizinsektor gearbeitet?»

Ein verwirrter Ausdruck trat auf Campos' Gesicht. «Sie meinen, in einem Spital?»

«In einem Spital, einem Pflegeheim oder einem Labor zum Beispiel», zählte Regina auf.

«Nein, warum?» Die Verwunderung in seiner Stimme klang echt.

«Haben Sie Angehörige gepflegt?»

Campos schüttelte den Kopf. «Meine Eltern sind gesund.»

«Haben Sie medizinische Produkte verkauft?»

«Nein.»

«Haben Sie je einem Menschen eine Spritze verabreicht?»

Plötzlich ahnte Campos, worauf ihre Fragen abzielten. «Ist er ... hat man Ramón ... vergiftet?»

«Bitte beantworten Sie meine Frage.»

«Nein, ich meine, ich stelle es mir nicht schwierig vor, aber ich habe es nie gemacht. Mein Gott!» Er schüttelte den Kopf. «Hat er gelitten?»

«Vergiftungen sind nie angenehm.»

«Das hat er nicht verdient», murmelte Campos.

Um 18 Uhr schloss Regina ihre Ergänzungsfragen ab. Campos' Antworten waren kohärent und stimmig, weder warfen sie neue Fragen auf, noch wirkten sie konstruiert. Sein Verteidiger zögerte nicht, Salazar darauf hinzuweisen. Das Gespräch zwischen den beiden Juristen übersetzte der Dolmetscher nicht, doch es war offensichtlich, dass ihre Meinungen weit auseinandergingen. Ein Schweizer Haftrichter hätte den Antrag abgelehnt, Gonzalo Campos in Untersuchungshaft zu belassen. Ein Motiv allein genügte nicht als Haftgrund. Salazar war anscheinend anderer Ansicht. Er gab den Polizisten an der Tür das Zeichen, Campos abzuführen. Als Regina das Einrasten der Handschellen vernahm, regte sich in ihr Widerstand. Sie zwang sich zu schweigen. Was immer hier gespielt wurde, sich Salazar zum Feind zu machen, würde die Wahrheitssuche erschweren.

Nachdem sich auch der Verteidiger und der Dolmetscher verabschiedet hatten, schaute der Staatsanwalt auf die Uhr. «Ich muss Sie kurz allein lassen. Ich bin in zwanzig, dreissig Minuten zurück. Dann können wir die nächsten Schritte besprechen.»

Regina versuchte, sich ihr Entsetzen nicht anmerken zu lassen. Sie war vor Müdigkeit kaum mehr fähig, klar zu denken. Ihr Magen hatte das Sandwich längst verdaut und knurrte laut. Salazar schien ihr Schweigen als Zustimmung aufzufassen. Mit einem kurzen Nicken trat er an seinen Schreibtisch und schlug eine Akte auf.

«Ihrer Bitte um Akteneinsicht habe ich bereits vor Wochen zugestimmt. Noch liegt das Rechtshilfeersuchen aber beim Richter. Bis er es bewilligt, darf ich Ihnen keine Kopien aushändigen. Doch wenn Sie die Wartezeit nutzen möchten...» Salazar schaute sie vielsagend an.

Regina war sprachlos. Leise zog er die Tür hinter sich zu.

Wie in Zeitlupe setzte sich Fahrni an den Schreibtisch des Staatsanwalts, den Blick auf die aufgeschlagenen Akten geheftet. Weder die stickige Luft noch die Zeitverschiebung schienen ihn zu beeinträchtigen. Seine Aufmerksamkeit war ganz auf die Unterlagen vor sich gerichtet. Ohne aufzusehen, winkte er Regina zu sich.

Ihr Blick fiel auf einen Kontoauszug des Banco de la Plata. Er lautete auf den Namen Ramón Penasso und umfasste die Monate Januar bis April. Viele Kontobewegungen waren darauf nicht verzeichnet. Die Einzahlungen stammten zum Grossteil von Verlagen. Circa einmal pro Woche waren an unterschiedlichen Bancomaten in Buenos Aires Beträge in der Höhe von 600 bis 800 Pesos abgehoben worden, umgerechnet rund 150 bis 200 Franken. Am 16. März hatte Ramón Penasso 2100 Franken an die Fluggesellschaft Iberia überwiesen.

Regina deutete auf das Datum. «Gonzalo Campos hatte seinen Flug zu diesem Zeitpunkt bereits gebucht!»

«Schau dir den letzten Eintrag an», sagte Fahrni, mit dem Zeigefinger auf den 23. März tippend. «Eine Barauszahlung von 19 000 Franken! Ramón Penasso hat sein Konto geleert, bevor er in die Schweiz flog.» Er blätterte zurück. «Eine Kreditkarte scheint er nicht besessen zu haben. Brauchte er wohl auch nicht, mit so wenig Vermögen.»

«Vielleicht hatte er weitere Konten.»

Fahrni blätterte um. Zum Vorschein kam eine Abrechnung der argentinischen Telecomgesellschaft Movistar. Der letzte verzeichnete Anruf war am 7. April erfolgt. Aufregung erfasste Regina. Das Zugbillett, das die Kriminaltechnik in Ramón Penassos Hosentasche gefunden hatte, stammte ebenfalls vom 7. April. Ein kurzer Blick auf die Akte zeigte ihr, dass sie in einer halben Stunde unmöglich alles durchsehen konnten. Kurzentschlossen holte sie ihr iPhone hervor und schaltete die Kamera ein.

Fahrni lockerte seine Krawatte. «Darfst du die Unterlagen fotografieren? Verstösst du damit nicht gegen das Gesetz?»

«Ich darf keine Untersuchungshandlungen aufgrund von Informationen einleiten, die ich ohne richterliche Genehmigung erhalten habe. Das habe ich auch nicht vor. Aber bis ich via Schweizer Botschaft Kopien dieser Akten erhalte, werden noch mindestens zwei, drei Monate vergehen. Bis dahin tappen wir im dunkeln. Wir brauchen jetzt Fakten. Damit können wir verhindern, dass wir in eine falsche Richtung ermitteln.»

«Du stiehlst Daten», beharrte Fahrni.

Regina hielt ihm eine Liste hin. «Bedeutet ‹Registro domiciliario› Hausdurchsuchung?»

Fahrni nickte. «Das ist ein Inventar der Gegenstände, die die Polizei aus Ramón Penassos Wohnung mitgenommen hat.»

Regina fotografierte sie und zeigte auf die Kopie einer Quittung. «Und das?»

Fahrni runzelte die Stirn. «Laboratorio de analisis? Hat er etwas analysieren lassen?»

«Egal, denken können wir später.» Regina lichtete Seite für Seite ab. Die Zeit rannte ihr davon. Ihr war, als würde sie wertvolle Gegenstände aus einem brennenden Haus tragen. Kam ihr etwas unbedeutend vor, so übersprang sie die Seite. Dabei liess sie sich von ihrer Intuition leiten. Fahrni hätte mit seinen Spanischkenntnissen rascher entscheiden können, welche Informationen sie weiterbrächten, doch Skrupel lähmten ihn. Regina hatte zwar Verständnis dafür, doch sie teilte sie nicht. Was immer hier gespielt wurde, es galten andere Regeln, als sie sich gewohnt waren. Wenn sie sich an die Vorschriften hielten, würde ein unschuldiger Mann für ein Verbrechen verurteilt, das er nicht begangen hatte. Und ein Mörder auf freiem Fuss bleiben.

Reginas Zweifel waren verflogen. Sie war überzeugt, dass Ramón Penasso am 7. April oder kurz danach seinem Mörder begegnet war. Zu dieser Zeit hatte sich Campos in Montevideo aufgehalten. Das musste auch Salazar klar sein. Gewährte er ihnen deshalb unerlaubterweise Akteneinsicht? Warum wurde der Bankier überhaupt geopfert? Um vom wahren Täter abzulenken? Oder weil Salazar, beziehungsweise sein Vorgesetzter, einen Erfolg vorweisen musste? Wurde politischer Druck auf die Staatsanwaltschaft ausgeübt? War Salazar nur eine Marionette? Wusste er, wer die Fäden in der Hand hielt? Die Fragen überschlugen sich in Reginas Kopf. Das Display ihres iPhones zeigte ihr, dass bereits 35 Minuten vergangen waren, seit Salazar das Büro verlassen hatte. Er würde jeden Moment zurückkehren. Rasch fotografierte sie die nächste Seite.

«Regina!», zischte Fahrni im selben Augenblick. «Ich höre Schritte!»

Sie wollte die Akte zuschlagen, als sich ein Blatt löste. Der Name Eva Ana Ovieda de Penasso sprang Regina ins Auge. Darunter war ein Datum vermerkt. Regina realisierte, dass es sich um eine Todesanzeige handelte. Dem Alter nach musste Eva Ana Ovieda de Penasso die Grossmutter von Ramón Penasso gewesen sein. Sie war im vergangenen August gestorben. Sie hat bereits ihren Sohn und ihre schwangere Schwiegertochter verloren, dachte Regina betroffen. Und dann Ramón, den Enkel, den sie wie ein eigenes Kind aufgezogen hatte. War dieser erneute Schlag zu viel gewesen? Vor Reginas innerem Auge tauchte das Bild von Lily auf. Im Laufe des Herbstes war ihre Haut fast durchsichtig geworden. An ihren Schläfen schimmerte das feine Netz von Äderchen bläulich. Sie wirkte noch fragiler als im Sommer, als die Sonne ihr Gesicht mit Sommersprossen überzogen hatte. Die Vorstellung, Lily zu verlieren, war unfassbar. Wie kam eine Mutter über den Tod eines Kindes hinweg? Regina spürte, wie Fahrni ihr das iPhone aus der Hand nahm. Fast gleichzeitig ging die Tür auf.

«Entschuldigung, es hat etwas länger gedauert», sagte Salazar. «Ich hoffe, Sie haben sich nicht gelangweilt.»

«Überhaupt nicht», erwiderte Regina. «Doch ich habe eine Menge Fragen, die ich …»

«Hervorragend», unterbrach Salazar. Er schaute auf die Uhr. «Ich werde Sie nun ins Hotel zurückbringen, damit Sie sich vor dem Abendessen etwas ausruhen können.»

Trotz der Hitze wurde Regina kalt. Abendessen? Stand ihnen noch ein gesellschaftlicher Anlass bevor? Obwohl sie Hunger hatte, wünschte sie sich nichts sehnlicher, als ins Bett zu kriechen. Dafür hätte sie sogar das Essen ausfallen lassen oder sich mit einem weiteren Sandwich begnügt. Ein leises Pochen machte sich an ihren Schläfen bemerkbar. Sie überlegte, ob sie höflich ablehnen durfte, als Salazar fortfuhr.

«Mein Vorgesetzter freut sich, Sie kennenzulernen», sagte er. «Ebenso der Subsecretario der Dirección de Comunicació Social und der Comisario Mayor der Policia Federal. Sogar ein IDIS-Vertreter wird uns die Ehre erweisen.»

«IDIS?», wiederholte Fahrni. «Instituto de Investigaciones y Servicios?»

Täuschte sich Regina, oder wurde Salazar eine Spur bleicher? Er holte ein Taschentuch hervor und putzte sich die Nase. Anschliessend schloss er einige Akten in einem Schrank ein und fuhr seinen Computer herunter. Regina kam es vor, als wolle er möglichst viel Lärm verursachen.

«Am Wochenende soll es über dreissig Grad warm werden», berichtete er. «Die Hitze in der Stadt kann sehr unangenehm sein. Gerne würde ich Sie ins Tigre Delta einladen. Meine Familie besitzt dort ein Wochenendhaus. Im Sommer fahren wir regelmässig hin.»

Regina hatte einiges über das Naherholungsgebiet eine knappe Stunde von Buenos Aires entfernt gelesen. Das Delta bestand aus Hunderten von kleinen Inseln. Alle Wasserwege waren befahrbar, was sie zu einem beliebten Ausflugsziel machte. Wer es sich leisten konnte, baute sich dort ein Zweitheim. Sie wusste nicht, was sie von der Einladung halten sollte. Wollte Salazar sie im Auge behalten? Oder bot er ihr eine Gelegenheit, damit sie sich ungestört unterhalten könnten? Sie zögerte.

«Wir möchten Ihnen nicht zur Last fallen», wich sie aus.

Salazar betrachtete sie eindringlich. «Es wäre mir ein grosses Vergnügen.»

«In diesem Fall gerne. Danke für die Einladung.»

Fahrni räusperte sich verlegen. «Ich habe leider schon andere Pläne.»

Regina sah ihn überrascht an. Führte er etwas im Schilde? Hatte sie voreilig zugesagt? Vielleicht rechnete Fahrni mit ihrer Unterstützung. Warum hatte er ihr nichts gesagt, als sie alleine gewesen waren?

Kaum wahrnehmbar schüttelte er den Kopf. «Ich fliege am Samstagmorgen nach Asunción», gestand er.

Regina begriff. Dem verlegenen Tonfall nach zu schliessen, war er in eigener Sache unterwegs. Was er in seiner Freizeit machte, ging sie nichts an. Das Wochenende durfte er verbringen, wie er wollte. Hauptsache, er war am Sonntagabend zurück in Buenos Aires.

Sie setzte ein Lächeln auf und wandte sich an Salazar. «Ich komme trotzdem gerne mit, wenn ich wirklich nicht störe.»

«Überhaupt nicht», versicherte der Staatsanwalt. «Meine Familie wird sich freuen, Sie kennenzulernen.» Er klemmte sich eine Mappe unter den Arm und hielt ihnen die Tür auf.

4

Der Mond schien zwischen den kahlen Ästen hindurch und tauchte den Wald in kaltes Licht. Hinter einem Holzstapel vernahm Cavalli ein Knirschen, als sich ein Reh seinen Weg über die gefrorene Schneedecke bahnte. Fürs Wochenende waren weitere Schneefälle angesagt, vielleicht könnte er endlich das Iglu bauen, das er Lily versprochen hatte. Noch war der Himmel aber klar. Dadurch fielen die Temperaturen nachts weit unter den Gefrierpunkt. Bevor Cavalli am Vorabend seine Schlafmatte ausgerollt hatte, hatte er eine Bodenheizung gebastelt, indem er Steine im Feuer gewärmt und in der Erde vergraben hatte. Er selbst war nicht kälteempfindlich, doch mit Lily wollte er keine Risiken eingehen. Behutsam legte er zwei Finger an ihren Nacken, um sich zu vergewissern, dass sie nicht fror. Der feine Puls erinnerte ihn an den Herzschlag eines Vogels. Als Kind hatte er ein verletztes Rotkehlchen gefunden, das er seiner Grossmutter gebracht hatte. Sie hatte den gebrochenen Flügel gerichtet und mit Arnika eingerieben. Einige Tage später war das Tier gestorben. Cavalli hatte nicht verstanden warum. Er hatte geglaubt, seine Grossmutter könne jede Verletzung heilen, jedes Problem lösen. Dass der Tod mächtiger war als sie, hatte ihn enttäuscht. Irgendwann würde auch Lily realisieren, dass ihre Eltern nur Menschen waren. Noch waren ihre Probleme jedoch lösbar. Beim Abendessen war ihr ein Teller mit Maisgrütze vom Tisch gefallen. Ihre Tränen waren augenblicklich versiegt, als Cavalli ihr einen neuen hingestellt hatte. Nun rieb er seine Nase an ihrem Kopf und wünschte sich, ihre Sorgen würden nie grösser.

Als er den Schrei eines Pfaus aus dem nahe gelegenen Zoo vernahm, wurde ihm bewusst, dass die Nacht zu Ende ging. Bald würden die ersten Langstreckenflugzeuge auf ihrem Weg nach Kloten über Gockhausen hinwegdonnern und die Idylle zerstören. Mit einem Seufzer dachte Cavalli daran, dass er um acht Uhr eine Besprechung mit dem Kommandanten hatte. Bei der Abgabe von Pileckis Mitarbeiterbeurteilung hatte er den Antrag gestellt, seine Stellvertretung neu zu regeln. Pilecki war für ihn nicht mehr tragbar. Von einem Stellvertreter erwartete Cavalli Unterstützung. Der Informationsfluss musste gewährleistet sein, ohne dass sich Cavalli ständig darum zu kümmern brauchte. Pilecki ging ihm nicht nur aus dem Weg, er verschwieg ihm auch Wesentliches aus seinen Ermittlungen. Cavalli unterstellte ihm nicht, dass er aus Bosheit handelte. Offenbar war dem Sachbearbeiter die Zusammenarbeit so zuwider, dass er es vorzog, Cavalli im Dunkeln zu lassen. So konnte Cavalli seine Aufgaben als Dienstchef nicht wahrnehmen. Als der Kommandant von Cavallis Antrag erfuhr, bat er ihn um ein persönliches Gespräch.

Die Versuchung, die Augen zu schliessen und weiterzuschlafen, war gross. Statt Lily in die Krippe zu bringen, würde er mit ihr Spuren im Schnee suchen. Gestern abend waren sie einem Fuchs quer durch den Wald gefolgt. Die Dunkelheit hatte ihrem Abenteuer ein Ende gesetzt, bevor sie den Bau des Tieres gefunden hatten. Lilys Enttäuschung war gross gewesen.

Das Vibrieren seines Handys riss Cavalli aus den Gedanken. Er sah, dass es Regina war, und nahm den Anruf erleichtert entgegen. Er hatte ihn bereits gestern erwartet.

«Habe ich dich geweckt?», fragte sie.

Er verneinte. «Ist es bei dir nicht mitten in der Nacht?»

«Ich bin soeben ins Hotel zurückgekommen.» Sie klang erschöpft. «Pflichtessen. Mit Salazar, seinem Vorgesetzten, einem Mitarbeiter des Innenministeriums, einem Vertreter der Bundespolizei und, das weiss ich nur dank Tobias, einem Agenten des Geheimdienstes.» Sie erklärte, dass das Instituto de Investigaciones y Servicios ein inoffizieller Zweig der SIDE sei. «Offenbar agiert die SIDE oft unter dem Deckmantel von Scheinorganisationen.»

«Warum die Bundespolizei?», fragte Cavalli. «Ich dachte, die Metropolitana sei für den Fall zuständig?»

Regina berichtete von Gonzalo Campos' Einvernahme. «Seit dem Essen bin ich erst recht davon überzeugt, dass gewaltig Druck auf Salazar ausgeübt wird. Die Regierung will, dass er gegen Campos Anklage erhebt. Der Bankier ist unschuldig, Cava! Er muss seinen Kopf herhalten, um den wahren Täter zu schützen, oder damit der Fall möglichst rasch gelöst wird. Gut möglich, dass die Metropolitana da einfach nicht mitspielt und deshalb aussen vor steht.»

«Und Salazar lässt das zu?»

Sie erzählte, er habe ihr Akteneinsicht gewährt, obwohl das Rechtshilfeersuchen noch nicht vom Richter genehmigt worden war. «Vielleicht hofft er, dass wir nicht locker lassen. Alleine ist er machtlos, aber wenn die Schweiz interveniert, muss die SIDE zurückkrebsen. Argentinien kann es sich nicht leisten, der Willkür bezichtigt zu werden.»

Cavalli folgte Reginas Bericht mit wachsendem Unbehagen. Was, wenn die Machtinhaber sie als Bedrohung empfanden? Ein Unfall war leicht zu inszenieren. Er hatte Fahrni gebeten, auf Regina aufzupassen, aber viel könnte der Sachbearbeiter nicht ausrichten, wenn die Situation gefährlich wurde. In Gedanken verfluchte Cavalli seine Ohnmacht. Er gehörte nicht auf einen Chefsessel, sondern an Reginas Seite. Während er über Budgetkürzungen und Mitarbeiter diskutierte, grub sie ungeschützt in einem Minenfeld.

«Salazar hat mich übers Wochenende in sein Ferienhaus eingeladen», fuhr Regina fort. «Vielleicht können wir dort ungestört reden.»

«Ist er verheiratet?», fragte Cavalli beiläufig.

«Ich nehme es an. Er hat gesagt, das Haus gehöre seiner Familie.» Sie schien seine Eifersucht nicht zu bemerken. «Hör zu, da wäre noch was.» Sie schilderte, wie sie die Akten fotografiert hatte und fasste den Inhalt kurz zusammen.

Cavalli traute seinen Ohren nicht. Regina überschritt nie die Grenze des Erlaubten. Sie hatten sich oft darüber gestritten, wann der Zweck die Mittel heilige. Regina hatte immer die Ansicht vertreten, dass Gesetzeshüter Vorbilder sein müssten. Offenbar verletzte das Vorgehen der Argentinier ihren Gerechtigkeitssinn derart, dass sie bereit war, ein Auge zuzudrücken. Cavalli hoffte, ihr Unmut liesse sie nicht unvorsichtig werden.

«Mail mir die Fotos nicht!», wies er sie an. «Und lass dein iPhone keine Sekunde aus den Augen!»

«Das habe ich nicht vor. Ich möchte, dass du eine Telefonnummer überprüfst. Bis ich offiziell Akteneinsicht erhalte, muss niemand wissen, woher sie stammt.» Sie nannte die Nummer, die Ramón Penasso zuletzt gewählt hatte. «Es handelt sich um einen Festnetzanschluss in Zürich.»

Die Müdigkeit war aus ihrer Stimme verschwunden. Auch ihn erfasste Aufregung. Nach monatelangem Leerlauf endlich Witterung aufzunehmen, war mit keinem anderen Gefühl vergleichbar. Manchmal genügte es, ein einziges fehlendes Puzzleteil zu finden, um eine Ermittlung in Gang zu bringen. Plötzlich passten Teile ins Bild, die die ganze Zeit dagelegen, jedoch keinen Sinn ergeben hatten.

Der erste Südanflug übertönte seine Antwort.

«Cava? Bist du noch da?»

«Sorry, ich glaube, das war der Airbus aus Bangkok», scherzte er. Im Gegensatz zu Regina kannte er die Südanflüge nicht auswendig.

«Du bist nicht etwa draussen?»

Er schwieg.

«Wo ist Lily?», fragte sie scharf.

«Junebug geht es gut.»

«Habt ihr im Wald geschlafen?» Sie holte Luft. «Du hast versprochen, mit ihr im Haus zu bleiben! Es ist mitten im Winter!»

«Sie trägt einen Schneeanzug. Und liegt erst noch auf mir. Es ist wärmer als in der Wohnung. Ausserdem ist die Luft gesünder.»

«Darum geht es nicht!»

«Du hast recht», antwortete Cavalli. «Darum geht es nicht. Dein Problem ist, dass du nicht loslassen kannst. Du willst überall das Sagen haben!»

«Cava, hör auf! Ich bin zu müde, um zu streiten.»

«Wenn dir deine anspruchsvolle Arbeit zu viel ist, solltest du vielleicht zu Hause bleiben und auf Lily aufpassen.»

Die Worte waren ihm herausgerutscht, bevor er sie zurückhalten konnte. Fluchend schloss er die Augen. Er klang genau wie Marlene Flint. Nie hatte er sich eine Frau gewünscht, die ihren Beruf aufgab, um Hausfrau und Mutter zu sein. Er hatte Regina immer bewundert, dass sie auch nach der Geburt ihren Grundsätzen treu geblieben war. Sie erledigte ihre Arbeit genauso gründlich und konzentriert wie zuvor, egal, ob sie wenig geschlafen hatte oder sich Sorgen um Lily machte. Es war seine eigene Unzufriedenheit, die ihn zu dieser Bemerkung verleitet hatte. Er gab es ungern zu, doch er war frustriert und fühlte sich nutzlos. Eigentlich sollte er jetzt in Buenos Aires sein, um mit Regina zusammen die nächsten Ermittlungsschritte zu besprechen. Stattdessen musste er sich mit dem Kommandanten über Personalprobleme unterhalten.

Ein Piepton riss ihn aus seinen Gedanken. Regina hatte das Gespräch beendet. Er öffnete die Augen und sah, dass Lily ihn anstarrte. Wie viel hatte sie mitbekommen? Verstand sie, dass sich ihre Eltern wegen ihr stritten? Ein schlechtes Gewissen packte Cavalli. Er schlang die Arme um seine Tochter und zog sie näher zu sich heran. Junebug zappelte und versuchte, aus dem Schlafsack zu kriechen. Mit einem Seufzer griff Cavalli nach ihren Stiefeln. Es hatte keinen Sinn, das Aufstehen hinauszuzögern. Verspätet beim Kommandanten zu erscheinen, würde den Tag nicht retten.

Nachdem er Schlafsack und Matte zusammengerollt hatte, ging er in die Knie. Lily kletterte auf seinen Rücken und schlang die Arme um seinen Hals. In leichtem Joggingschritt machte sich Cavalli auf den Weg. Die kalte Luft prickelte in seiner Nase, der Wald erschien ihm merkwürdig geruchlos. Unter seinen Füssen knackten Zweige. Lily summte leise vor sich hin, alle paar Minuten übertönte ein herannahendes Flugzeug ihre Stimme. Zu Hause rannte sie direkt in Reginas Zimmer. Als sie sah, dass das Bett leer war, liess sie den Kopf hängen. Cavalli hob sie hoch und trug sie in die Küche. Er setzte sie auf die Ablage und holte eine Packung Hirse aus dem Schrank.

«Weisst du, wer Tsisdu ist?», fragte er.

Sie nickte.

«Und weisst du auch, warum Tsisdu einen kurzen Schwanz hat?»

Als Lily den Kopf schüttelte, erzählte Cavalli ihr die Geschichte vom Hasen. Er war mit den Mythen der Cherokee-Indianer gross geworden. Sie weiterzugeben, erlaubte ihm, wieder in seine Kindheit abzutauchen. Seine Grossmutter hatte grossen Wert auf die alten Traditionen gelegt. Während Jahren hatte sie an der «Western Carolina University» neben Englischer Literatur Tsalagi unterrichtet. Noch heute wurde sie von Primarschulen eingeladen, um Geschichten zu erzählen. Rheumabeschwerden machten ihr allerdings immer mehr zu schaffen. Während Cavalli im Hirsebrei rührte, stieg in ihm der Wunsch auf, sie zu besuchen. Elisi hatte ihre Urenkelin noch nie gesehen. Früher war er regelmässig ins Reservat gefahren; seit seine Mutter aber dorthin zurückgekehrt war, hatte er den Ort gemieden. Cavalli hatte seine Mutter zum letzten Mal gesehen, als er 15 Jahre alt gewesen war. Der Hass, den er ihr gegenüber empfand, seit sie ihn aus seinem Leben im Reservat herausgerissen und zu sich nach Frankreich geholt hatte, war nie verebbt. Doch seine Grossmutter würde nicht ewig leben. Wenn er den Besuch zu lange hinausschob, riskierte er, sie nie wieder zu sehen.

Er füllte zwei Schüsseln mit Hirsebrei und stellte sie auf den Tisch. Schweigend ass er. Lily liess ihn nicht aus den Augen. Vielleicht war sie durch Reginas Abwesenheit verunsichert. Die

Wohnung war merkwürdig still. Aus dem Bad erklang kein Föhn, aus dem Schlafzimmer kein Radio. Vor allem aber fehlte Reginas Duft. Cavalli hatte sich während der letzten Jahre so an die Mischung aus Rosenblüten, Seife und, seit sie regelmässig schwimmen ging, Chlor gewöhnt, dass er erst jetzt merkte, wie sehr Regina der Wohnung Leben eingehaucht hatte. Kein Feuer im Schwedenofen verströmte Wärme, kein offenes Buch lag auf dem Tisch. Jetzt, da seine Eifersucht langsam verebbte, merkte Cavalli, dass er Regina vermisste.

Die Telefonnummer gehörte der Schweizerischen Fachstelle für Adoption. Ein kurzer Blick auf die Homepage der Organisation zeigte, dass sie eine Fundgrube für Informationen rund um das Thema Adoptionen war. Während Cavalli die Unterlagen für den bevorstehenden Kripo-Rapport zusammensuchte, liess er sich das Gespräch mit Regina durch den Kopf gehen. War Ramón Penasso auf der Spur einer Adoption in die Schweiz gewesen? Gemäss Gonzalo Campos war der Journalist davon besessen gewesen, seine Schwester zu finden. Hatte er einen Hinweis entdeckt, dass sie sich in der Schweiz aufhielt?

Cavalli führte sich vor Augen, dass die Frau heute 34 Jahre alt wäre. Ramón Penasso stellte kaum eine Bedrohung für sie oder für ihre Adoptiveltern dar, ausser, die Eltern wollten die wahre Herkunft ihres Kindes weiterhin verschleiern. Doch was war mit den Vermittlern? In der Schweiz war die Tat vermutlich längst verjährt. In Argentinien hingegen sah die Lage vielleicht anders aus. Soweit Cavalli wusste, wurden die Verbrechen, die während der Militärdiktatur begangen worden waren, heute verfolgt. Er beschloss, nach dem Rapport mit der Fachstelle Kontakt aufzunehmen. Vielleicht konnte sich jemand an Ramón Penasso erinnern. Den Anruf im vergangenen April würde er nicht erwähnen. Es genügte, wenn er erklärte, der Journalist habe sich für das Thema interessiert.

Mit einem Stapel Mappen unter dem Arm verliess Cavalli das Büro. Gurtner war nicht an seinem Platz, doch aus Vera Haas' Büro drangen Stimmen. Cavalli klopfte gegen die angelehnte Tür und trat ein. Pilecki sass an Fahrnis Schreibtisch und durchsuchte die Schubladen. Die dunklen Ringe unter seinen Augen zeugten von wenig Schlaf. Mit seiner verbeulten Lederjacke, den zerschlissenen Turnschuhen und dem unrasierten Kinn erinnerte er Cavalli an die Klienten, die in den Abstandzellen ihren Rausch ausschliefen. Der Kommandant war Cavallis Bitte betreffend einen Stellvertreterwechsel nicht nachgekommen. Stattdessen hatte er eine Supervision vorgeschlagen. Cavalli hatte dankend abgelehnt.

«Er muss noch welche haben!», beharrte Pilecki.

Haas schüttelte den Kopf. «Ich sag dir doch, er hat alle gegessen.»

«Es war ein Fünfzigerpack!» Pilecki nahm einen Wecker aus der Schublade und betrachtete ihn verwundert. «Nicht einmal Fahrni frisst fünfzig Schoggistengel. Und wozu braucht er einen Wecker im Büro?»

Haas beugte sich vor, eine Banane in der Hand. «Nimm sie. Ich habe die Nase voll von Bananen. Ich esse seit Tagen nichts anderes, abgenommen habe ich trotzdem nicht.»

«Ist auch nicht nötig», stellte Pilecki fest, den Blick auf ihren Ausschnitt geheftet.

Als er Cavalli bemerkte, zwinkerte er. Plötzlich schien er zu realisieren, wer vor ihm stand. So schnell, wie das Licht in seinen Augen aufgeblitzt war, erlosch es wieder.

«Hast du's schon gehört?», fragte Haas Cavalli. «Der Feuerteufel ist den Brändlern ins Netz gegangen. Auf frischer Tat ertappt!»

Cavalli wandte sich an Pilecki. «Wann?»

«Heute nacht», antwortete dieser mit ausdrucksloser Stimme.

«Warst du dabei?»

«Die Kollegen haben mich angerufen», antwortete er. «Dachten, ich würde das Fest nicht verpassen wollen.»

«Wer ist es?»

«Ein 43jähriger Spengler, ledig, Einzelgänger. Gehörte zum engeren Kreis der Verdächtigen, es lag aber nie genug gegen ihn vor.»

«Motiv?»

«Keine Ahnung.» Pilecki zuckte die Schultern. «Vermutlich eine unglückliche Kindheit. Das behaupten sie doch alle. Vielleicht war seine Mutter Prostituierte.»

Seine Worte trafen Cavalli wie eine Ohrfeige.

Pilecki nahm die Banane. «Danke, Häschen, hast etwas zugute.»

Nach seinem Abgang blieb Cavalli einige Sekunden reglos stehen, unfähig, einen klaren Gedanken zu fassen. Er zweifelte nicht daran, dass Pilecki den Hieb gezielt ausgeteilt hatte. Dass der Gedanke an seine Mutter ihn immer noch mit Scham erfüllte, ärgerte Cavalli. Dadurch machte er sich angreifbar.

«Alles in Ordnung?», fragte Haas.

«Hast du Zeit für eine kurze Internetrecherche?», fragte Cavalli. «Ich muss zum Kripo-Rapport.»

«Klar. Worum geht es?»

«Um die Kinder, die während der Militärdiktatur in Argentinien verschwunden sind. Mich interessiert, ob die Verbrecher verfolgt wurden, ob Schweizer involviert waren, ob es je zu Verurteilungen kam. Und ob das Thema heute noch aktuell ist.»

«Bis wann brauchst du die Infos?»

«Mittag.»

Um zwölf Uhr lagen etliche Computerausdrucke auf Cavallis Schreibtisch. Er holte sich einen Becher Kaffee und machte sich ans Lesen. Schätzungsweise 300 000 Argentinier waren während der Militärdiktatur verschwunden. Darunter hatten sich gemäss den «Grossmüttern der Plaza de Mayo» 500 Kinder befunden. Seit über dreissig Jahren versuchten die Mitglieder der Organisation, das Schicksal ihrer Angehörigen aufzuklären sowie ihre entführten Enkelkinder zu finden. Offenbar zeigte ihr Engagement Wirkung. Die erste Gerichtsverhandlung stand kurz bevor. Angeklagt waren zwei Ex-Präsidenten, fünf ehemalige Militärs und ein Arzt, der in einem der Folterzentren Geburtshilfe geleistet hatte. Ihnen wurde vorgeworfen, 34 Kinder ihren Müttern weggenommen zu haben. Haas hatte einen Artikel über den argentinischen Straftatbestand der illegalen Aneignung von Minderjährigen gefunden. Cavalli las, dass in den Achtzigerjahren ein Amnestiegesetz eingeführt worden war, das Armeeangehörige vor einer strafrechtlichen Verfolgung schützte. Die illegale Aneignung von Minderjährigen fiel jedoch nicht darunter, da Kinderraub als Verbrechen gegen die Menschlichkeit galt.

Informationen über involvierte Schweizer hatte Haas keine gefunden. Aber sie war auf einen Bericht über deutsche Unternehmen gestossen, die in Zwangsadoptionen verwickelt gewesen waren. Angeblich hatte der Sicherheitschef von «Mercedes Benz Argentina» seine Tochter illegal adoptiert. Auch gegen den Produktionschef der Firma waren Verfahren hängig. Weiter erfuhr Cavalli, dass «Mercedes Benz Argentina» Geräte für die Wöchnerinnenstation im berüchtigten «Campo de Mayo» spendiert hatte.

Ebenfalls des Kinderraubs bezichtigt wurde ein ehemaliger Mitarbeiter der Firma Bayer aus Leverkusen. Der Manager hatte in den Siebzigerjahren einen Jungen mit nach Deutschland genommen, dessen Herkunft ungewiss war. Die argentinischen Ermittler gingen davon aus, die Adoption sei nicht rechtmässig erfolgt. Als Beweis nannten sie den Umstand, die Adoptiveltern hätten nicht über eine unbefristete Aufenthaltsbewilligung in Argentinien verfügt. Diese war damals Voraussetzung für eine Adoption gewesen. Sowohl im Fall der «Mercedes»-Mitarbeiter als auch im Fall des «Bayer»-Managers waren Untersuchungen eingeleitet worden. Wegen angeblicher Verjährung hatte die Berliner Justiz jedoch ein Verfahren gegen die «Mercedes»-Mitarbeiter abgelehnt. Die Suche nach dem «Bayer»-Manager war erfolglos verlaufen. Die argentinischen Richter hatten sich an die Deutsche Botschaft gewandt und um Unterstützung gebeten, mussten aber erfahren, dass die Firma Bayer den Aufenthaltsort des ehemaligen Mitarbeiters nicht kannte oder nicht nennen wollte.

Cavalli nahm einen Schluck Kaffee. Keiner der Berichte war mit Ramón Penasso gezeichnet. Trotzdem konnte er nicht ausschliessen, dass sich der Journalist nicht nur privat, sondern auch beruflich für das Thema Adoptionen interessiert hatte. Hatte er deshalb Kontakt zur Schweizerischen Fachstelle aufgenommen? Cavalli griff nach dem Telefonhörer. Wie erwartet, war das Büro über Mittag nicht besetzt. Er beschloss, sich in der Kantine ein Sandwich zu holen und anschliessend einen Abstecher in den Kraftraum zu machen, bevor er es erneut versuchte.

Vera Haas betrachtete die klebrige Serviette mit Abscheu. Hatte sie wirklich soeben einen Nussgipfel verschlungen? Fünf Tage Diät in zwei Minuten zunichtegemacht? Sie stöhnte. Nicht einmal satt geworden war sie davon. Warum fehlte es ihr immer an Durchhaltevermögen, wenn es ums Abnehmen ging? Sonst gab sie auch nicht so rasch auf. Nun habe ich zwei Möglichkeiten, dachte sie. Entweder hole ich mir einen zweiten Nussgipfel, um meinen Hunger zu stillen, und finde mich damit ab, dass meine Hose spannt. Oder ich fische die Trainerhose und das T-Shirt aus dem Plastiksack, der seit einer Woche unter meinem Schreibtisch liegt, und gehe in den Kraftraum. Nach langem Hin und Her entschied sie sich für Letzteres.

Die Damengarderobe war fast leer. Aus dem Kraftraum vernahm sie Männerstimmen und das Geräusch von Metall, das auf Metall schlug. Haas war es nicht wohl. Obwohl sie lange Zeit die einzige Frau auf der Regionalwache in Bülach gewesen war, hatte sie dort dazugehört. Im Kripo-Gebäude hingegen war sie Gast. Nie war ihr das stärker bewusst als jetzt. Sie schalt sich eine Idiotin. Es konnte ihr egal sein, was man von ihr hielt. Sie trieb Sport, um ihr Wohlbefinden zu stärken, nicht, um den gestählten Polizisten an den Geräten zu gefallen. Mit erhobenem Kopf marschierte sie in den Kraftraum. Von einem Moment auf den anderen wurde es wesentlich ruhiger. Sie spürte die Blicke auf sich, als sie zu einem der Laufbänder schritt. Konzentriert studierte sie die Einstellungen. Vernünftig wäre es gewesen, im Walkingmodus zu beginnen, doch sie wäre sich lächerlich vorgekommen. Vor ihr radelte ein Kriminaltechniker, als trainiere er für den Ironman. Neben sich nahm Haas aus dem Augenwinkel muskulöse Beine wahr, die sich scheinbar mühelos bewegten, trotz der Steigung des Laufbands.

Erst als sie einen leichten Joggingschritt eingestellt hatte, merkte sie, dass der Läufer neben ihr Cavalli war. Ihr Puls schnellte in die Höhe. Sie verfluchte ihr Pech. Nur einmal war ihr etwas Unangenehmeres passiert: In der Sauna war sie einem Parksünder begegnet, den sie verhaftet hatte, weil er ausfällig geworden war. Neben dem Chef zu trainieren, war kaum besser. Obwohl sie sich an Cavallis distanzierte Art gewöhnt hatte, wurde sie unter seinem stechenden Blick immer noch nervös. Er gab ihr stets das Gefühl, etwas übersehen oder einen Fehler begangen zu haben. Dass er es nicht nötig hatte, mit Smalltalk die Stimmung aufzulockern, verleitete sie meist dazu, das Schweigen mit gedankenlosen Sprüchen zu brechen. Auch jetzt lag ihr eine Bemerkung auf der Zunge, doch sie zwang sich, den Mund zu halten. Cavallis Aufmerksamkeit war auf einen Punkt an der gegenüberliegenden Wand gerichtet; Haas wusste nicht, ob er sie überhaupt gesehen hatte.

Unauffällig schielte sie zu ihm hinüber. Die Geschmeidigkeit, mit der er sich bewegte, zeugte von jahrelangem Training. Wäre der Schweissfleck auf seinem Rücken nicht gewesen, Haas hätte geglaubt, er strenge sich überhaupt nicht an. Ihr eigener Atem kam bereits jetzt in unregelmässigen Stössen. Sie versuchte, Cavalli auszublenden, doch es gelang ihr nicht. Sie überlegte schon, ob sie die Übung abbrechen sollte, als er die Geschwindigkeit plötzlich reduzierte.

«Nächste Woche wird eine Stelle beim KV ausgeschrieben», sagte er, ohne den Kopf in ihre Richtung zu drehen.

Haas wusste nicht, was sie darauf antworten sollte.

«Wirst du dich bewerben?», fragte Cavalli.

«Habe ich denn eine Chance?»

«Ich würde ein gutes Wort für dich einlegen.»

Das Laufband trug Haas nach hinten, ohne dass sie es schaffte, den Fuss zu heben. Es gelang ihr, sich am Handlauf festzuhalten, bevor sie über den Rand fiel. Hatte Cavalli ihr soeben zu verstehen gegeben, dass er mit ihrer Arbeitsleistung zufrieden war? Das Kompliment löste einen Energieschub in ihr aus. Beschwingt joggte sie weiter.

«Dann bewerbe ich mich auf jeden Fall!», sagte sie atemlos. «Konntest du mit den Zeitungsartikeln, die ich dir herausgesucht habe, etwas anfangen? Ich nehme an, du hast neue Informationen aus Argentinien erhalten. Von Regina?»

«Nichts Konkretes», wich er aus. «Aber es deutet einiges darauf hin, dass sich Ramón Penasso für das Thema Adoptionen interessiert hat. Vielleicht hat ihn das sogar in die Schweiz geführt.»

«Woher weisst du das? Hat sich der Staatsanwalt endlich in die Karten blicken lassen?»

«Alles nur Vermutungen.» Cavalli schaltete das Laufband aus. Er rieb sich mit einem Handtuch den Schweiss von der Stirn, stieg vom Laufband und verschwand in der Garderobe.

Die Mitarbeiterin der Schweizerischen Fachstelle für Adoption wollte am Telefon keine Auskunft erteilen. Sie war aber zu einem Gespräch um 17 Uhr bereit. Früher sei es ihr nicht möglich, erklärte sie. Cavalli rang mit sich. Spätestens um 18 Uhr musste er Lily in der Krippe abholen. Das würde er nie schaffen. Vom Schaffhauserplatz aus, wo die Fachstelle ihr Büro hatte, bis zur Rotwandstrasse brauchte er im Feierabendverkehr mindestens 20 Minuten, möglicherweise länger. Er würde nicht darum herum kommen, Gurtner die Aufgabe zu übertragen. Regina benötigte die Informationen sofort. Solange sie in Buenos Aires war, hatte sie die Möglichkeit, Fragen nachzugehen, auf die sie aus der Schweiz keine Auskunft erhielte.

Gurtner nutzte den Nachmittag offenbar, um Büroarbeiten zu erledigen. Auf seinem Schreibtisch lagen Spesenformulare, Quittungen und eine Glückwunschkarte, die die meisten Kollegen schon unterschrieben hatten, wie Cavalli feststellte. Er wusste nicht, für wen sie war. Als er nähertrat, steckte Gurtner die Karte und eine Zehnernote in einen Umschlag.

«Hat jemand Geburtstag?», fragte Cavalli.

Gurtner schüttelte den Kopf. «Hochzeit.» Anscheinend hatte er nicht vor, Cavalli einzuweihen. «Brauchst du etwas?», fragte er stattdessen.

Cavalli wiederholte, was er bereits Haas erzählt hatte, und reichte Gurtner die Hintergrundinformationen über die verschwundenen argentinischen Kinder.

Gurtners Augen verengten sich. «Eine Vermutung? Einfach so, aus dem Blauen heraus?»

Cavalli zuckte die Schultern.

Gurtner schnaubte. «Für wie dumm hältst du mich?»

Cavalli sah ihn schweigend an.

«Hat Regina angerufen?», fragte Gurtner weiter.

«Das muss dich nicht kümmern», erwiderte Cavalli. «Hauptsache, wir gehen dem Verdacht nach.»

«Nicht kümmern?» Gurtner sah ihn mit hochrotem Kopf an. «Wenn du mir so wenig vertraust, kannst du der Sache selbst nachgehen.»

«Ich weiss nur, dass sich Ramón Penasso für das Thema interessiert hat. Du wirst um 17 Uhr von der Mitarbeiterin der Fachstelle erwartet.»

«Ich habe bereits etwas vor.»

«Dann verschiebe es.»

Gurtner verschränkte die Arme. «Wenn du willst, dass ich mich darum kümmere, brauche ich mehr Informationen. Nächste Woche werde ich einen Termin mit der Fachstelle vereinbaren, der mir passt.»

Cavalli stützte sich mit beiden Händen auf den Schreibtisch und beugte sich vor. «Regina ist nur noch bis Mittwoch in Argentinien! Sie braucht so viele Informationen wie möglich. Und zwar jetzt!»

«Dann fahr selber hin.»

Wütend holte Cavalli Luft. Bevor er seinem Ärger Ausdruck verleihen konnte, hörte er, wie Pilecki hinter ihm den Raum betrat.

«Wir haben hohen Besuch», stellte der Tscheche ironisch fest. Mit einer Verbeugung bot er Cavalli seinen Stuhl an.

Cavalli nahm einen Alkoholgeruch wahr. «Hast du getrunken?», fragte er scharf.

«Gefeiert», korrigierte Pilecki. Er hob ein imaginäres Glas. «Auf die Brändler! Möge nie wieder ein Boot in Flammen aufgehen! Und nein», fügte er hinzu, als er Cavallis strengen Blick sah, «ich bin nicht im Dienst. Ich hole nur meine Jacke, dann verschwinde ich.» Er nahm seine Lederjacke vom Stuhl und stülpte sich eine Wollmütze über den Kopf. Bevor er ging, gab er Gurtner einen Klaps auf den Rücken. «Wir sehen uns Sonntag. Irina bringt das Sauerkraut mit.»

Cavalli spürte, wie ihn die Energie verliess. Er durfte sich nicht so einfach geschlagen geben, doch er hatte nicht die Kraft für eine weitere Auseinandersetzung. Aus Erfahrung wusste er, dass Gurtner nicht nachgeben würde. Früher hatten sie über die Sturheit des Sachbearbeiters gewitzelt. Doch es war lange her, seit Cavalli bei der Arbeit etwas zum Lachen gefunden hatte. Wortlos wandte er sich ab, um zu gehen.

«Das Häschen hat übrigens um 18 Uhr Probe», rief ihm Gurtner nach. «Es hat also keinen Zweck, sie zu fragen.»

Vage erinnerte sich Cavalli daran, dass Haas in der Korpsmusik spielte. Klarinette? Querflöte? Er wusste es nicht mehr. Blasmusik interessierte ihn nicht. Obwohl er sicher war, dass Haas die Probe absagen würde, wenn er sie darum bäte, beschloss er, es bleiben zu lassen. Ausser Fahrni war sie die Einzige, die keine Ressentiments gegen ihn hegte. Dass sein Ego die Bewunderung einer Praktikantin brauchte, bedrückte Cavalli. Er holte sich einen Kaffee und kehrte in sein Büro zurück. Statt sich vor den Computer zu setzen, betrachtete er die Fotos an der Wand. Die Schwarzweissaufnahmen des Atlantiks begleiteten ihn seit er bei der Kapo arbeitete. Oft ruhte sein Blick auf den Bildern, während er über einem Fall brütete. Sie beruhigten ihn und führten ihm vor Augen, wie viel unter der Oberfläche verborgen lag. Jetzt aber weckten sie in ihm das Verlangen nach

Weite und Einsamkeit. Er stellte sich vor, wie es wäre, ihm nachzugeben, das Korsett des Alltags abzustreifen, sich den Erwartungen zu entziehen und den Zwängen zu entfliehen. Wenn er die Augen schloss, konnte er die salzige, feuchte Luft an der Küste North Carolinas riechen.

Einen Moment lang spürte er den Drang, alles hinter sich zu lassen. Er war noch nicht zu alt, um von vorne zu beginnen. Er könnte sich beim FBI bewerben, wo er bereits einmal ein Jahr verbracht hatte. Oder bei der Cherokee Police, als einfacher Reservatspolizist. Er könnte seinen Beruf sogar an den Nagel hängen und sich als Einsiedler in den Wald zurückziehen. Oder sich um seine Grossmutter kümmern. Möglichkeiten gab es viele. Doch er konnte sich ein Leben ohne Lily nicht vorstellen. Und Regina liesse sie nie mit ihm fortgehen. Mit einem Seufzer setzte er sich an seinen Schreibtisch und öffnete seine Mailbox.

Monika Schenker war eine robuste Endvierzigerin mit kurzen, rotgefärbten Haaren und selbstsicherem Auftreten. Als Cavalli sich ihr gegenübersetzte, gab sie ihm sofort zu verstehen, dass sie ans Datenschutzgesetz gebunden war. Er versicherte ihr, er wolle sich nicht über tatsächlich erfolgte Adoptionen informieren.

«Ich möchte wissen, ob sich ein Journalist bei Ihnen gemeldet hat.» Er erklärte, dass Ramón Penasso im vergangenen April verschwunden sei.

«Und warum glauben Sie, dass er uns kontaktiert haben könnte?»

«Weil er sich fürs Thema Adoptionen interessierte», erklärte Cavalli. Den Anruf erwähnte er nicht.

Schenker nickte. «Dann wäre er bei uns richtig. Es ist aber auch möglich, dass er sich die Informationen übers Internet heruntergeladen hat. Der Name Ramón Penasso sagt mir nichts. Allerdings bekommen wir viele Medienanfragen. Adoption ist ein beliebtes Thema.»

Cavalli zeigte ihr ein Foto.

Sie schüttelte den Kopf. «Ich glaube nicht, dass ich ihn schon einmal gesehen habe. Vielleicht war er bei einer Kollegin. Ich arbeite nur 80 Prozent.»

Frustriert lehnte sich Cavalli zurück. «Wissen Sie, dass in Argentinien während der Militärdiktatur Kinder von Inhaftierten illegal adoptiert wurden?»

«Natürlich, ein schreckliches Kapitel der argentinischen Geschichte. Noch heute versuchen Angehörige, sie zu finden. Dafür wurde eigens eine DNA-Datenbank eingerichtet. Glauben Sie, dass dieser Journalist ein bestimmtes Kind aufzuspüren versucht?»

«Möglicherweise. Sind Ihnen Schweizer bekannt, die Kinder aus Argentinien adoptiert haben? Vielleicht über illegale Kanäle?»

Schenker schlug die Beine übereinander. «Soviel ich weiss, wurden die Säuglinge hauptsächlich an kinderlose Militärs in Argentinien vermittelt. Aber ich bin keine Spezialistin auf dem Gebiet. Ermitteln Sie auch in Argentinien?»

Cavalli beugte sich vor. «Nehmen wir an, ein Kind wurde an ein Schweizer Paar vermittelt. Wie wäre eine illegale Adoption abgelaufen?»

Schenker blähte die Backen und liess die Luft langsam entweichen. «Vermutlich nicht viel anders als heute. Die Kinder werden mit falschen Papieren ausgestattet. Das beginnt oft schon bei der Geburt. Entweder gebärt die Mutter bereits unter falschem Namen, oder auf der Geburtsurkunde werden die Angaben der zukünftigen Adoptiveltern eingetragen statt der leiblichen Eltern. Das Krankenhauspersonal zu schmieren, ist in armen Ländern einfach. In einer Militärdiktatur müsste vermutlich nicht einmal Geld fliessen. Ich nehme an, Drohungen reichen. Den Angehörigen wird dann erzählt, das Kind sei bei der Geburt gestorben. In Argentinien erfuhren sie oft überhaupt nichts, da sie nicht wussten, in welche Gefängnisse die Schwangeren verschleppt worden waren.»

«Haben die Schweizer Behörden damals die Herkunft von adoptierten Kindern überprüft?»

«Ende Siebziger-, Anfang Achtzigerjahre?» Schenker schüttelte den Kopf. «Das kann ich Ihnen nicht sagen. Ich müsste dem nachgehen. Vermutlich nicht, wenn die nötigen Papiere vorhanden waren. Ausser, es bestand ein konkreter Verdacht. Das Haager Übereinkommen trat erst 1993 in Kraft.» Als sie Cavallis fragenden Blick bemerkte, erklärte sie: «Das ist das Übereinkommen über den Schutz von Kindern und die Zusammenarbeit auf dem Gebiet der internationalen Adoption. Die Vertragsstaaten mussten sich unter anderem verpflichten, Schutzvorschriften zum Wohl der Kinder einzuführen und ein System der Zusammenarbeit einzurichten, das die Einhaltung dieser Vorschriften gewährleistet. Damit soll unter anderem der Kinderhandel verhindert werden. Es ist viel geschehen während der letzten zwanzig Jahre. Aber so, wie ich Sie verstehe, interessieren Sie sich ausschliesslich für frühere Adoptionen, richtig?»

«Im Moment, ja.»

«Es tut mir leid, dass ich Ihnen nicht weiterhelfen kann. Wenn das Adoptivkind nicht selbst misstrauisch wird, wird es schwierig werden, es zu finden. Wissen Sie wenigstens, ob die Adoptiveltern Argentinier oder Schweizer waren?»

In Gedanken schlug sich Cavalli gegen die Stirn. Er hatte sich automatisch ein Schweizer Paar mit Kontakten in Argentinien vorgestellt, analog den deutschen «Mercedes Benz»- und «Bayer»-Managern. Viel näherliegend war der umgekehrte Fall: dass ein argentinisches Paar mit einem Adoptivkind in die Schweiz ausgewandert war. Erst recht, wenn es sich um Militärs handelte. Möglicherweise hatte die Familie nach dem Putsch befürchtet, zur Rechenschaft gezogen zu werden. Cavalli ärgerte sich, Schlussfolgerungen gezogen zu haben, ohne es zu merken. Liess er sich durch die Schwierigkeiten im Team ablenken? Verlor er langsam das Gespür für die Ermittlungen? Er hatte sowohl Sachverhalte als auch Hypothesen immer von allen Seiten zu beleuchten versucht. Auf einmal blitzte ein Gedanke auf.

«Eine letzte Frage noch», sagte er langsam. «Können Sie mir sagen, ob jemand Anfang April einen Termin mit Ihnen vereinbart hat und nie erschienen ist?»

Schenker zögerte. Cavalli sah sie eindringlich an. Schliesslich stand sie auf und setzte sich an ihren Computer. Nach einigen Minuten schaute sie auf. «Am Freitag, dem 9. April, hatte ich eine Stunde für ein Gespräch reserviert. Der Mann ist nie erschienen. Das kommt zwar häufig vor, aber...» Sie kämpfte mit sich.

Cavalli wartete.

«Er hatte sich mit Ovieda vorgestellt», sagte sie endlich.

«R. Ovieda. Ein spanischer Name.»

Der Name der Grossmutter, dachte Cavalli. Ein Lächeln stahl sich auf sein Gesicht.

Lily sass reglos auf dem Schoss der Krippenleiterin, den Daumen im Mund. Seit Monaten hatte sie nicht mehr am Daumen gelutscht. Sie erinnerte Cavalli an das gestrandete Treibholz auf seinen Atlantikbildern. Als sie ihn erblickte, wand sie sich aus den Armen der Deutschen. Cavalli ging auf sie zu und hob sie hoch. Den wütenden Blick der Krippenleiterin ignorierte er. Lily legte den Kopf auf seine Schulter und steckte den Daumen wieder in den Mund. Sie kam Cavalli seltsam energielos vor. Ein schlechtes Gewissen beschlich ihn. Der zusätzliche Krippentag war zu viel gewesen. Er hätte Marlenes Angebot annehmen sollen, Lily zu Hause zu betreuen. Die Vorstellung, überall Spuren seiner Schwiegermutter zu begegnen, war ihm zuwider gewesen.

«Morgen nehmen wir es ruhig, Junebug», flüsterte er Lily ins Ohr. «Wir machen ein grosses Feuer, und ich erzähle dir so viele Geschichten, wie du willst.»

«Es ist 18.30 Uhr!» Die Krippenleiterin stützte die Hände in die Hüften. «Wir schliessen um sechs.»

Cavalli setzte eine zerknirschte Miene auf. «Ein polizeilicher Notfall. Verbrecher schlagen leider nie dann zu, wenn es uns passt. Ich bin gekommen, so schnell ich konnte.»

«Ich habe versucht, Sie zu erreichen», warf ihm die Deutsche vor.

«Das ist mir im Trubel wohl entgangen.» Cavalli lächelte entschuldigend. «Lilys Mutter ist verreist. Ich fürchte, ich habe noch nicht alles im Griff.»

Die Krippenleiterin seufzte tief.

«Ihr Frauen scheint keine Probleme damit zu haben, Kinder und Beruf unter einen Hut zu bringen», fuhr er fort. «Uns Männern fällt das manchmal schwer.»

Langsam wich der Ärger aus ihrem Gesicht. «Sie versuchen es zumindest. Andere Väter kümmern sich gar nicht um ihre Kinder.»

Sie schob sich eine blonde Haarsträhne hinters Ohr. Ihr Hals war schmal und lang, die Haut fast so hell wie Lilys. Cavalli versuchte, sich an ihren Namen zu erinnern. Anke? Anja? Sie hatte die Leitung der Krippe erst vor einigen Monaten übernommen. Cavalli schätzte sie auf Anfang dreissig. Im Gegensatz zu ihrer Vorgängerin, die kaum älter als zwanzig gewesen war, schien die Deutsche der Aufgabe gewachsen zu sein.

«Ich tue mein Bestes», lächelte Cavalli. «In Zukunft werde ich pünktlich sein.»

«Wenn Sie wieder einen Notfall haben, geben Sie mir wenigstens kurz Bescheid. Das ist auch für Lily wichtig. Dann kann ich sie darauf vorbereiten, dass sie noch eine Weile alleine hierbleiben wird.»

«Das werde ich tun.» Plötzlich kam ihm ihr Name wieder in den Sinn. «Danke, Annika. Sie haben etwas zugut. Auch für die tolle Arbeit, die Sie hier leisten. Lily mag Sie sehr.»

Annika errötete leicht. «Sie ist ein wunderbares Kind.»

Sie trat einen Schritt näher, um Lily über den Kopf zu streichen. Cavalli nahm einen dezenten Geruch von Malfarben und Mandarinen wahr. Zwei silberne Anhänger in Form von Schneekristallen baumelten an Annikas Ohren. Ein Haar hatte sich in einem der Spitzen verfangen. Cavalli verspürte den Drang, es zu lösen. Er malte sich aus, wie es sich anfühlen würde, die weiche Haut an Annikas Ohr zu berühren. Seit Reginas Schwangerschaft hatte er keine andere Frau mehr geliebt. Nicht nur, weil Regina seine Seitensprünge nicht duldete, sondern auch, weil er keine Lust dazu verspürt hatte. Als Säugling hatte Lily einen Grossteil seiner Energie beansprucht. Gleichzeitig hatte Cavalli darum gekämpft, im Beruf wieder Fuss zu fassen. Gedanken an andere Frauen hatten selten Platz gehabt. Als er nun aber die feine Wölbung von Annikas Brüsten musterte, begann sein Herz schneller zu schlagen. Sie drehte den Kopf und sah ihn aus klaren, grauen Augen an. Ihre Hand schwebte nur wenige Millimeter über seiner Schulter. Sie trug keinen Ehering.

«Fast hätte ich es vergessen», sagte sie. «Lily hat Ihnen ein Bild gemalt.»

Sie trat zurück. Von einer Wäscheleine holte sie ein Blatt Papier, das mit weissen, grünen und braunen Klecksen bedeckt war.

«Ein Fuchsbau im verschneiten Wald! Oder ein Reh?» Cavalli küsste Lily. «Danke, Junebug.»

Während Annika ihre Jacke aus dem Büro holte, zog Cavalli Lily Stiefel und Schneeanzug an. Zu dritt verliessen sie die Krippe.

«Kann ich Sie irgendwohin mitnehmen?», fragte Cavalli. «Schliesslich sind Sie wegen mir spät dran.»

«Nicht nötig, danke.»

Cavalli setzte Lily in ihren Kindersitz und befestigte die Gurten. Als er aufsah, war Annika verschwunden. Er verspürte eine Mischung aus Enttäuschung und Erleichterung. Während der Heimfahrt fragte er sich, ob Regina immer noch wütend auf ihn war. Gerne hätte er sie angerufen, doch zuerst wollte er Lily ins Bett bringen. Ein Blick in den Rückspiegel zeigte ihm, dass sie bereits eingeschlafen war. Er schaltete das Radio ein und suchte nach einem Nachrichtensender. Während er dem Weltgeschehen lauschte, brauste er den Berg hoch. Die bevorstehenden Festtage waren allgegenwärtig. In Vorgärten zogen Rentiere Schlitten; Chläuse kletterten Hauswände hoch; Engel schwebten über Schneematsch und braunem Gras. Der Himmel erschien Cavalli noch heller als sonst. Die Sterne liessen sich nur erahnen.

Zu Hause legte er Lily in Reginas Bett und zog sie behutsam aus. Als er sich vergewissert hatte, dass sie weiterhin tief schlief, suchte er die Reste aus dem Kühlschrank zusammen und setzte sich damit auf die Terrasse. Sein Handy nahm er mit. Während er ass, überlegte er, was Regina wohl machte. Speiste sie gerade mit Salazar in einem Restaurant? Cavalli stellte sich vor, wie die beiden über einer Flasche Rotwein juristische Diskussionen führten. Regina liesse sich die Gelegenheit nicht entgehen, mehr über die Gesetze und Abläufe in Argentinien zu erfahren. War das wirklich alles, was sie interessierte? Oder hatte Salazar mehr zu bieten als Fachkenntnisse? Plötzlich hatte Cavalli keinen Appetit mehr. Er wählte Reginas Nummer. Die Combox schaltete sich sofort ein. Er hinterliess keine Nachricht.

Cavalli stellte den halbvollen Teller in den Kühlschrank und putzte sich die Zähne. Sehnsüchtig schaute er aus dem Fenster. Bereits jetzt fühlte er sich eingesperrt. Es würde eine lange Nacht werden. Doch er wollte nicht auf der Terrasse schlafen, falls Lily erwachte. Er legte sich zu ihr ins Bett. Bevor er das Licht löschte, schrieb er Regina eine SMS: «Lily schläft drinnen.»

5

Regina unterdrückte ein Husten. Die Abgase erschwerten ihr das Atmen. Ihr Blick folgte einer dichten, dunkelgrauen Wolke hinter einem der Stadtbusse. Sie verstand, warum die Porteños der Stadt wenn immer möglich zu entfliehen suchten. Viele Gebäude waren mit einer Schmutzschicht bedeckt. Trotzdem strahlte Buenos Aires eine Würde aus, die Regina anzog. Sie bereute, nicht mehr Zeit zur Verfügung zu haben. Irgendwann würde sie zurückkehren und sich die Sehenswürdigkeiten in Ruhe anschauen.

Als sie die Uhrzeit auf dem Handy nachschaute, sah sie, dass Cavalli angerufen hatte. Da er selten vor Mitternacht schlief, beschloss sie, später zurückzurufen. Obwohl er es zu verbergen versuchte, wirkte Fahrni ungeduldig. Landolts Anruf hatte Regina genau dann erreicht, als sie vor dem «Laboratorio de analisis» angekommen waren. Wie Fahrni war Regina gespannt, was sie erwartete. Er wippte auf und ab, die Hände hinter dem Rücken verschränkt. Seine Augen waren vom Schirm einer blauen Rivellakappe verdeckt.

Regina hatte Esteban Salazar nicht erzählt, dass sie das Labor aufsuchen wollten. Sie vermutete jedoch, dass der Staatsanwalt ihr heutiges Programm erahnte. Schliesslich war es ihm zu verdanken, dass sie überhaupt von der Quittung erfahren hatten, die in Ramón Penassos Wohnung sichergestellt worden war. Noch immer beschäftigte Regina die Frage, welche Rolle Salazar bei der Untersuchung des Tötungsdelikts spielte. Obwohl sie nach dem Abendessen mit den Vertretern von Regierung, Justiz und Polizei hundemüde gewesen war, hatte sie lange nicht einschlafen können. Der ganze Tag war noch einmal an ihr vorbeigezogen. Bis zu Cavallis Bemerkung über ihre Fähigkeiten als Mutter.

Seine Worte hatten sie hart getroffen. Sie hatte ihn zurechtgewiesen, weil sie sich Sorgen um ihre Tochter machte, nicht, weil sie alles kontrollieren wollte. Stände nicht Lilys Gesundheit auf dem Spiel, hätte Regina geschwiegen. Schon oft hatte sie Vorwürfe heruntergeschluckt. Weder beschwerte sie sich über die unpassenden Kleider, die Cavalli Lily anzog, noch über seine Angewohnheit, nur dann Zeit mit ihr zu verbringen, wenn es ihm gerade passte. War Lily krank, lag es meist an ihr, die Betreuung zu organisieren oder frei zu nehmen.

Fahrni nahm die Kappe vom Kopf. «Bist du so weit?»

Regina nickte. «Hoffentlich haben wir Glück.»

Sie hatten beschlossen, ohne Vorankündigung vorbeizuschauen, in der Hoffnung, dass Fahrnis Polizeiausweis auch in Buenos Aires beeindruckte. Durch die braungetönte Scheibe konnte Regina nicht erkennen, wer sich um ihr Anliegen kümmern würde. Als sie die Tür aufstiess, schaute eine junge Laborantin hinter einer Theke auf. Fahrni ging auf sie zu und stellte sich vor. In beeindruckendem Spanisch erklärte er, warum sie gekommen seien. Regina verstand die Antwort der Laborantin nicht, doch ihrem Gesichtsausdruck nach zu schliessen, war sie verunsichert.

«Der Chef ist nicht hier», übersetzte Fahrni. «Sie möchte ihn fragen, ob sie Auskunft geben darf.»

Er wandte sich wieder an die Laborantin und erklärte, die argentinische Regierung habe ihnen volle Unterstützung zugesichert. Regina unterdrückte ein Schmunzeln, als Fahrni verschiedene Namen aufzählte. Zum Schluss zog er eine Kopie ihres Rechtshilfeersuchens hervor. Die Laborantin musterte den Briefkopf der Staatsanwaltschaft IV. Als Fahrni ihr auch noch ein Schreiben der argentinischen Behörden zeigte, in dem stand, dass ihr Gesuch in Bearbeitung sei, gab sie nach. Sie verschwand in einem der hinteren Räume und kehrte knapp zehn Minuten später mit einem Papierausdruck zurück.

«Der Kunde hat eine feinkörnige Substanz untersuchen lassen», erklärte sie. «Er wollte wissen, woraus sie bestand.»

«Handelte es sich um organisches Material?», fragte Fahrni.

«20% Holzkohlenasche und 80% gewöhnlicher Sand.»

«Woher stammte der Sand?»

«Die Analyse des Sandes war nicht in Auftrag gegeben worden.»

«Wissen Sie, woher der Kunde die Substanz hatte?»

«Nein, wir erhielten sie zugeschickt.»

«Sie haben Ramón Penasso nie persönlich gesehen?»

Die Laborantin schüttelte den Kopf. «Das ist aber nicht aussergewöhnlich. Die meisten Aufträge kommen per Kurier.»

Regina legte Fahrni eine Hand auf den Arm. «Frag sie, ob sich jemand nach diesem Auftrag erkundigt hat.»

Die Laborantin nickte. «Ein Polizist der Metropolitana war vor einigen Monaten hier. Wir haben ihm das Gleiche erzählt.»

Regina hatte sich also nicht getäuscht. Die Metropolitana versuchte tatsächlich, den Fall aufzuklären. Dass der Vorgesetzte des zuständigen Sachbearbeiters am Vorabend nicht am Essen teilgenommen hatte, konnte nur bedeuten, dass zwischen der Stadtpolizei und der Regierung Differenzen bestanden. Nachdem sie das Labor verlassen hatten, sprach sie Fahrni darauf an.

«Das vermute ich auch», bestätigte er. «Die Metropolitana beantwortet meine Anfragen nicht. Um vier habe ich einen Termin bei Interpol Argentinien. Der Häuptling hat via Hauptsitz in

Lyon seinen Einfluss geltend gemacht. Vielleicht komme ich so an den Polizisten heran. Nicht einmal seinen Namen weiss ich. In Salazars Unterlagen steht nur das Kürzel, ‹jl›.» Er schaute auf die Uhr. «Wollen wir einen Abstecher nach Charlone machen?»

«Charlone?», wiederholte Regina. «Warum?»

«Es liegt gleich um die Ecke.»

Auf einmal wünschte sich Regina, Cavalli wäre hier. Obwohl Fahrni hervorragende Arbeit leistete, funktionierten sie nicht wie ein eingespieltes Team. Sie wusste nie, was er als Nächstes vorhatte oder was er bereits organisiert hatte. Nicht, dass Fahrni absichtlich Informationen zurückhielt. Er lebte einfach in seiner eigenen Welt. Cavalli war nicht anders, doch Regina verstand seine Denkweise. Seine Schlussfolgerungen wiesen eine strenge Logik auf, die jene von Fahrni vermissen liessen.

«Was ist in Charlone?», fragte sie.

«Ramón Penassos Grossmutter hat dort gewohnt», erklärte Fahrni. «Grossmütter reden viel über ihre Enkel. Vielleicht finden wir eine gesprächige Nachbarin.»

Endlich begriff Regina. «Zuerst möchte ich Cavalli anrufen. Er hat versucht, mich zu erreichen. Vielleicht hat er die Nummer ausfindig machen können, die Ramón Penasso von seinem Handy aus zuletzt gewählt hat. Hast du noch so viel Geduld?»

«Klar.» Fahrni setzte seine Kappe auf und verschränkte die Hände wieder hinter dem Rücken.

Regina deutete auf ein Café auf der gegenüberliegenden Strassenseite. «Magst du dort auf mich warten? Ich könnte etwas zu trinken vertragen.»

«Ok.» Er trottete davon.

Als Regina ihr Handy hervorkramte, entdeckte sie Cavallis SMS. Sie las es dreimal. So nah war er einer Entschuldigung noch nie gekommen. Die Vorstellung, dass Lily im warmen Bett schlief, stimmte sie versöhnlich. Als Cavalli abnahm, erwähnte sie ihre Auseinandersetzung nicht. Stattdessen erzählte sie ihm von der Untersuchung, die Ramón Penasso in Auftrag gegeben hatte. Genau wie Regina konnte sich Cavalli keinen Reim darauf machen.

«Mehr Sinn hätte eine DNA-Analyse ergeben», stellte Cavalli fest. Er berichtete von seinem Besuch bei der Fachstelle für Adoption.

«Cava!», stiess Regina aus. «Da könnte wirklich etwas dran sein! Vielleicht hat Ramón Penasso seine Schwester aufgespürt!»

Cavalli zögerte. «Die Teile passen, aber das Bild gefällt mir nicht. Auch wenn Penasso herausgefunden hat, wer seine Schwester raubte, hatte der Täter kaum etwas zu befürchten. Bis er vor Gericht gestellt würde, vergingen Jahre. Bereits jetzt müsste er ziemlich alt sein. Die Wahrscheinlichkeit, dass er seine Strafe absitzen müsste, ist also gering.» Er erzählte vom bevorstehenden Prozess in Argentinien. «Neben den Diktatoren Videla und Bignone stehen zwei Generäle, ein Korvettenkapitän, ein Militärpräfekt, ein Marineoffizier und ein Arzt vor Gericht. Vier weitere Mitverantwortliche sind bereits gestorben: ein Admiral, der vormalige Polizeichef, noch ein Präfekt und der damalige Heereschef. Jorge Rafael Videla ist schon 85, Reynaldo Bignone 83 Jahre alt.»

Regina war beeindruckt von seinen Recherchen. «Woher hast du die Informationen?»

«Internet», meinte er. «Die Argentinier machen kein grosses Geheimnis daraus. Sie scheinen ihre Vergangenheit aufarbeiten zu wollen. Deshalb verstehe ich nicht, warum die Regierung Ramón Penasso Steine in den Weg legen oder ihn sogar aus dem Weg räumen würde, falls er tatsächlich seiner verschwundenen Schwester oder anderen geraubten Kindern auf der Spur war. Ebenso wenig ergäbe es einen Sinn, wenn sie die Aufklärung seines Todes behindern würde.»

«Vielleicht ist er bei seinen Recherchen auf etwas Neues gestossen. Weitere Greueltaten oder andere Namen zum Beispiel.»

Sie diskutierten noch eine Weile weiter. Als Regina an ihre Handyrechnung dachte, machte sie widerwillig Schluss. Fahrni hatte für sie bereits ein Mineralwasser bestellt. Obwohl sie lieber ein Cola light getrunken hätte, bedankte sie sich. Sie berichtete, was Cavalli erfahren hatte. Fahrni nippte an seiner Limonade, den Blick auf einen Strassenverkäufer gerichtet, der Süssigkeiten anbot. Regina vermutete, dass er in Gedanken woanders war. Bei seinem bevorstehenden Treffen in Paraguay? Als sie zu Ende erzählt hatte, war sie erstaunt, dass Fahrni langsam nickte. Offenbar hatte er doch zugehört.

«Ich verstehe die Einwände des Häuptlings», räumte er ein. «Aber er vergisst, dass Befürchtungen keine Gewissheit voraussetzen. Deshalb heissen sie Befürchtungen und nicht Bewahrheitungen.»

Regina sah ihn verständnislos an.

Unbeirrt fuhr Fahrni fort. «Es genügt, wenn jemand befürchtet, Ramón Penasso könnte etwas entdeckt haben. Politiker haben viele Geheimnisse, das letzte, was sie möchten, ist, in eine laufende Ermittlung hineingezogen zu werden. Dass die Regierung unsere Arbeit behindert, muss aber nicht heissen, dass Penasso tatsächlich etwas entdeckt hat. Und auch nicht, dass die Regierung etwas mit dem Mord zu tun hat, sondern nur, dass sie befürchtet, ein Regierungsmitglied könnte die Finger mit im Spiel haben. Weisst du, was ich meine?» Plötzlich lächelte er. «Es zeigt, dass jeder Politiker dem anderen ein Verbrechen zutraut.»

Regina wusste nicht, was sie von Fahrnis Überlegung halten sollte. Von der Hand zu weisen war sie nicht. Doch wenn nicht die Regierung oder ehemalige Militärs hinter dem Tötungsdelikt standen, wer dann? Wem war Ramón Penasso gefährlich geworden? Oder hatte der Mord gar nichts mit seinem Beruf zu tun? Vielleicht war der Journalist einfach zur falschen Zeit am falschen Ort gewesen. Diese Möglichkeit bestand, doch Regina glaubte nicht wirklich daran. Ihre Erfahrung hatte sie gelehrt, dass einer Häufung von Zufällen meist ein Muster zugrunde lag.

Sie beglichen die Rechnung und verliessen das Café. Fahrni winkte ein Taxi heran, eine Viertelstunde später stiegen sie in Charlone aus. Im Wohnquartier lebten hauptsächlich Familien. Der Hundekot auf den Trottoirs deutete darauf hin, dass viele Haustiere besassen. Die meisten Eingänge waren vergittert, auch der Block, in dem Ramón Penassos Grossmutter gewohnt hatte.

Fahrni liess sich dadurch nicht beirren. Er klingelte im ersten Stock und trat einen Schritt zurück, um die Fenster zu beobachten. Die Gegensprechanlage schaltete sich ein. Fahrni erzählte, dass sie zu Eva Ana Ovieda de Penasso wollten, diese aber nicht öffne. Kurz darauf kam eine untersetzte Frau in einem Wickelrock zur Glastür. Als sie Fahrnis Polizeiausweis sah, schloss sie auf.

Mit aufrichtiger Betroffenheit erklärte sie, dass ihre Nachbarin gestorben sei. Geschickt lenkte Fahrni das Gespräch auf Ramón Penasso.

«Ein wunderbarer Junge», schwärmte die Nachbarin. «Eva hat ihn vergöttert. Er war alles, was ihr geblieben war.» Sie erzählte, wie Ramón Penassos Eltern verschwunden waren. «Eva hat Ramón grossgezogen. Ich habe ihn erst als jungen Mann kennengelernt, aber er muss schon immer etwas Besonderes gewesen sein. Wir konnten es nicht fassen, als er verschwand. Man sagt, der Blitz schlage nie zweimal an derselben Stelle ein. Es war, als hätte der Teufel seine Hände im Spiel gehabt. Eva hat den Verlust nicht verkraftet. Sie wusste, dass sie Ramón nie wiedersehen würde. Sie hat gemeint, sie habe ein Gespür dafür entwickelt. Es war, als würde sich die Geschichte wiederholen.»

Fahrni fragte sie nach Ramón Penassos Arbeit, doch Regina wurde rasch klar, dass die Nachbarin wenig darüber wusste. Auch über sein Privatleben konnte sie nichts sagen. Sie bestätigte lediglich den Eindruck, den Regina bereits von Ramón Penasso hatte: Er war ein guter Freund, ein engagierter Journalist und liebevoller Enkel gewesen. Auch die weiteren Hausbewohner hatten nichts Neues beizutragen. Die Einzige, die nicht ausschliesslich Positives über ihn zu berichten hatte, war die Witwe im Stockwerk über Eva Ana Ovieda de Penasso. Offenbar hatte sie versucht, ihre Tochter mit ihm zu verkuppeln. Ramón Penasso hatte kein Interesse gezeigt.

Das Departemento Interpol lag in der Nähe des japanischen Gartens, gleich neben dem «Cuartel de Policia Montado», der berittenen Polizei. Fasziniert blieb Fahrni vor dem Eingangstor stehen und versuchte, einen Blick auf die Pferde zu werfen. Die Anlage war im spanischen Kolonialstil gebaut. Lange, flache Gebäude säumten gepflegte Wege und schmale Rasenstreifen. Eine Mauer schirmte den Komplex gegen aussen ab; Eisenstangen mit Goldspitzen hielten allfällige Eindringlinge fern.

Das «Oficina Central Nacional» von Interpol hingegen war in einem einfachen Betonbau untergebracht. Fahrni stand vor einer fensterlosen Wand und studierte die Aufschrift auf dem Schild. Der ohrenbetäubende Lärm eines Presslufthammers hinter ihm verunmöglichte ein Gespräch mit der Wache. Als er seinen Polizeiausweis hochhielt, wurde er ins Gebäude gebeten, wo er sein Anliegen vorbrachte. Miguel Herrera erwartete ihn schon. Der kräftige Händedruck passte nicht zu den langsamen Bewegungen und den halb gesenkten Augenlidern des Polizisten. Herrera glich einem Krokodil auf der Lauer. Vorsichtig setzte sich Fahrni. Er war absichtlich ohne Regina hergekommen, da er sich von einem informellen Gespräch unter Polizisten mehr Resultate erhoffte. Nun überkamen ihn Zweifel.

«Was kann ich für Sie tun?», fragte Herrera.

Fahrni lächelte gewinnend. «Schön haben Sie es hier!» Er deutete auf das geräumige Büro. «Von so viel Platz können wir in Zürich nur träumen! Arbeiten Sie schon lange bei Interpol?»

Herrera verzog keine Miene. «Zwölf Jahre.»

Fahrni nickte beeindruckt. «Die Stellen sind bestimmt begehrt. Sie müssen ein guter Polizist sein. Haben Sie davor in Buenos Aires gearbeitet?»

«Bei der PFA, der ‹Policia Federal Argentina›, im Rang eines Sargento primero.»

Enttäuschung überkam Fahrni. Die «Policia Federal» unterstand dem Innenministerium. Demnach war die Wahrscheinlichkeit gross, dass Herrera regimetreu war. Vermutlich würde er keine Informationen preisgeben. Statt direkte Fragen zu stellen, verwickelte Fahrni ihn deshalb in ein Gespräch über Organisation und Aufgaben der Polizei. Er gab sich bewusst naiv, in der

Hoffnung, Herrera würde ihn unterschätzen. Immer wieder stellte er Vergleiche mit der Schweiz an. Dabei achtete er darauf, die argentinischen Verhältnisse positiv darzustellen. Erleichtert beobachtete er, wie sich Herrera langsam entspannte.

«Schweizer Polizisten haben einen guten Ruf», meinte der Argentinier. «Mein Bruder hat in Guinea-Bissau mit einem eurer Spezialisten zusammengearbeitet. Er war für die Schiessausbildung zuständig.»

«Bei der UNO?» Schweizer Polizeiexperten waren hauptsächlich im Rahmen von Friedensprogrammen tätig, nicht nur in Guinea-Bissau, sondern auch in weiteren westafrikanischen Staaten sowie in Bosnien und Kosovo. Fahrni hatte vor Jahren selbst einen Einsatz in Erwägung gezogen, hatte aber feststellen müssen, dass seine Idee nicht auf Begeisterung stiess. Es fehlten in der Schweiz rund 1500 Polizisten. Die Polizeikommandanten waren deshalb zurückhaltend, wenn es darum ging, erfahrene Spezialisten freizustellen. Obwohl die Modalitäten in einer Vereinbarung zwischen den Kantonen und dem Aussendepartement geregelt waren, sah es in der Praxis meist so aus, dass der einzige Weg ins Ausland über eine Kündigung führte.

Herrera nickte. «Er hat an einer Friedensmission teilgenommen. Davor war er wie ich bei der PFA gewesen. Familientradition.»

«Keine schlechte», stellte Fahrni fest. «Unterhält die ‹Policia Federal› nicht eine eigene Universität?»

«Ich habe dort Kriminologie studiert», bestätigte Herrera stolz. «Wir arbeiten eng mit dem ‹Los Angeles Police Department› zusammen. Unsere Spezialeinheiten nehmen sogar an den Trainingsprogrammen teil.»

Fahrni entging nicht, dass er plötzlich von «wir» sprach. Herrera fühlte sich dem Korps immer noch zugehörig. Trotzdem lenkte Fahrni das Gespräch auf Ramón Penasso. «Ohne Interpol hätten wir die Identität des Toten nie klären können.»

Herrera lehnte sich zurück, einen wohlwollenden Ausdruck auf dem Gesicht.

«Es tut zwar nichts zur Sache», fuhr Fahrni fort, «aber mich würde interessieren, wer Ramón Penasso als vermisst gemeldet hat.»

«Wir haben die Daten von der Metropolitana erhalten. Selber ermitteln wir bei Interpol nicht.»

Fahrni kannte die Arbeitsweise bei Interpol, trotzdem fragte er: «Überprüfen Sie jeweils die Informationen, die Sie bekommen?»

«Es gehört nicht zu unseren Aufgaben», erklärte Herrera. «Doch in diesem Fall haben wir die eine oder andere Angabe kontrolliert. Schliesslich war der Vermisste eine öffentliche Person.»

«Wem fiel sein Verschwinden zuerst auf?»

«Der Grossmutter. Sie hat sich Sorgen gemacht, weil Penasso sich nicht meldete. Offenbar hatte er die Angewohnheit, jeden Sonntagabend bei ihr zu essen. Wir wurden aber erst eingeschaltet, als eine gewisse Elena Alvarez eine Vermisstenanzeige aufgab.»

«Kam sie direkt zu Ihnen?», fragte Fahrni, obschon er wusste, dass dies nicht möglich war.

«Nein, sie hat sich auf der Wache der Metropolitana in La Boca – dem Wohnort des Vermissten – gemeldet. Sind Sie mit unserem System vertraut?» Herrera wartete Fahrnis Antwort nicht ab, sondern erklärte die Zuständigkeiten von «Policia Federal» und Metropolitana.

«In Zürich haben wir eine Stadt- und eine Kantonspolizei», unterstrich Fahrni die Gemeinsamkeiten. «Es ist manchmal nicht einfach, die Kompetenzen zu regeln.»

«Und Sie sind…?»

«Beim Kanton.»

Herrera nickte zufrieden. «Dann verstehen Sie vielleicht, dass ein städtisches Korps nicht das gleiche Niveau haben kann. Meist fehlt es an Wissen und Erfahrung.»

Fahrni hatte seine Ausbildung ursprünglich bei der Stadtpolizei absolviert. Er war erst im Rahmen der Umstrukturierungen zum Kanton gegangen. Trotzdem stimmte er Herrera zu.

«Lassen Sie sich also nicht von den teilweise abstrusen Vermutungen des zuständigen Sachbearbeiters in die Irre führen. Die Metropolitana versucht, sich zu profilieren, indem sie die unglaublichsten Theorien aufstellt.»

«Kennen Sie den Sachbearbeiter in La Boca persönlich?»

Herrera verneinte. «Aber Lercher ist bekannt dafür, dass er ab und zu übers Ziel hinausschiesst.»

Endlich hatte der Sachbearbeiter einen Namen. Fahrni dachte an das Kürzel in Salazars Akten: jl: J. Lercher. Unauffällig schielte er zur Uhr. Es war bereits kurz vor fünf. Um acht Uhr musste er mit Regina an einem Essen in der Schweizer Botschaft teilnehmen. Ob es noch für einen Abstecher nach La Boca reichte? Argentinier arbeiteten in der Regel bis spät abends.

Die Fahrt nach La Boca führte dem Río de la Plata entlang. Auf der mehrspurigen Strasse krochen die Autos Stossstange an Stossstange voran. Fahrni hatte seine Krawatte ausgezogen und die obersten Knöpfe seines Hemdes geöffnet, trotzdem lief ihm der Schweiss hinunter. Der peruanische Taxifahrer erklärte, um diese Zeit herrsche immer Stau, und entschuldigte sich für die defekte Klimaanlage. Da er davon ausging, dass Fahrni als Tourist unterwegs war, wies er ihn auf die Sehenswürdigkeiten hin. Als sie sich der Bucht bei La Boca näherten, zeigte er auf die bunten Häuser, die dem Quartier zur Berühmtheit verholfen hatten. In den gepflasterten Gassen wimmelte es von Touristen. Fahrni schenkte dem Freilichtmuseum kaum Beachtung. Erst ein Schild mit der Aufschrift «C. Hernandarias» weckte seine Aufmerksamkeit. An dieser Strasse hatte Ramón Penasso gewohnt. Sie grenzte an einen Platz, der offenbar ein beliebter Treffpunkt unter Einheimischen war. Auf dem Sand jagten Kinder hinter einem Fussball her, unter den schattigen Bäumen sassen alte Männer und diskutierten. Hier spielte sich das wahre Leben von La Boca ab.

Als Fahrni vor der Polizeiwache ausstieg, zeigte seine Uhr Viertel vor sechs. Zu seiner Erleichterung war der Empfang noch besetzt. Er fragte nach Lercher und wurde gebeten, einen Moment zu warten. Kurz darauf wurde er in ein kleines Büro geführt, in dem es trotz des offenen Fensters stark nach Rauch roch. Auf einem überfüllten Pult stand ein Namensschild mit der Aufschrift «Johann Lercher». Dahinter sass ein Mann um die vierzig mit angegrautem Haar und der gelblichen Haut eines Kettenrauchers. Er bat Fahrni, Platz zu nehmen.

«Sie kommen wegen Ramón Penasso.» Es war eine Feststellung, keine Frage.

Fahrni bestätigte. «Ich habe versucht, Sie von der Schweiz aus zu erreichen, leider gelang es mir nicht.»

Lercher grunzte. «Erstaunt mich nicht.»

«Warum nicht?»

«Politik.» Lercher zündete sich eine Zigarette an und hielt Fahrni die Schachtel hin.

Fahrni lehnte ab. «Politik?», wiederholte er.

«Wir sind hier in Argentinien.» Lercher zuckte die Schultern. «Die Politiker vertreten nicht die Interessen des Volkes. Was erwarten Sie von einem Land, dessen Führung nur in die eigenen Taschen wirtschaftet? Aber Sie sind bestimmt nicht hier, um über Politik zu diskutieren. Was wollen Sie wissen?»

Fahrni fühlte sich von Lerchers Direktheit überrumpelt.

«Oder lassen Sie mich die Frage so stellen: Was wissen Sie?»

Fahrni fasste zusammen, was sie über Ramón Penasso in Erfahrung gebracht hatten. Es war nicht viel, stellte er ernüchtert fest. Lercher hörte konzentriert zu. Ab und zu unterbrach er Fahrnis Ausführungen, um eine Rückfrage zu stellen, oder bestätigte mit einem Nicken eine Feststellung oder eine Vermutung. Als Fahrni zum Schluss kam, steckte sich der Polizist eine weitere Zigarette an und lehnte sich zurück.

«Sie glauben also, Penasso sei in die Schweiz gereist, um ein adoptiertes Kind zu suchen?» Lercher kniff die Augen zusammen. «Möglich. Alles ist möglich. Allerdings deutete in seinen Unterlagen nichts darauf hin. Doch ich muss dazu sagen, dass wir weder in seiner Wohnung noch an seinem Arbeitsplatz viel Material gefunden haben. Zumindest nichts, das auf seine laufenden Recherchen hinwies. Die meisten Unterlagen waren alt. Er hat ein gut strukturiertes Archiv angelegt, falls er wegen eines Artikels in Schwierigkeiten geraten sollte. Ein merkwürdiger Kerl. Auf den ersten Blick ein Chaot, der sich nicht um Äusserlichkeiten kümmerte. Seine Wohnung glich einem Flohmarkt. Ging es aber um seine Arbeit, war er ein Pedant.»

Fahrni musterte die unordentlichen Stapel auf Lerchers Schreibtisch. Er vermutete, dass Ramón Penasso und Johann Lercher einiges gemeinsam gehabt hatten. Der Polizist zündete sich eine dritte Zigarette an. Er merkte nicht, dass die zweite noch auf dem Rand des Aschenbechers glomm.

«Penassos Laptop ist bis heute nicht aufgetaucht», fuhr Lercher fort. «Wir gehen davon aus, dass er ihn mit in die Schweiz genommen hat. Vermutlich befindet sich sein aktuelles Material auf der Harddisk. Habt ihr etwas gefunden?»

Fahrni schüttelte den Kopf und zählte auf, was die Taucher sichergestellt hatten.

«Einen Kugelschreiber? Sagt mir nichts.» Lercher notierte sich das S und die zwei L, die im Schriftzug vorkamen. «Zurück zum Laptop. So, wie ich Penasso einschätze, hat er irgendwo eine Sicherheitskopie gelagert. Er ging keine Risiken ein. Doch er besitzt weder ein Bankfach noch einen Safe. Bei seiner Grossmutter haben wir auch nichts gefunden. Ich kann natürlich nicht ausschliessen, dass die Unterlagen bereits weggeschafft wurden.»

«Von wem?», fragte Fahrni.

Lercher breitete die Arme aus. «Da gibt es viele Möglichkeiten! Policia Federal, Staatsanwaltschaft...»

«SIDE?», fügte Fahrni hinzu.

Ein Grinsen schlich sich auf Lerchers Gesicht. «Gut, sehr gut. Ich sehe, Sie lassen sich nicht mit gutem Essen und teurem Wein ablenken. Ich nehme an, Sie wurden gebührend ausgeführt?» Er wartete Fahrnis Antwort nicht ab. «Ihre Masche gefällt mir. Babyblaue Augen, rote Pausbäckchen und ein unschuldiges Lächeln!

Wenn die Kollegen vom Geheimdienst wüssten...» Er lachte heiser. «Wie haben Sie mich eigentlich gefunden? Mein Name steht nicht in den Unterlagen.»

Fahrni schilderte seinen Besuch bei Interpol. Lercher schien sich köstlich zu amüsieren. Als Fahrni aber die abstrusen Theorien erwähnte, vor denen er gewarnt worden war, schüttelte der Polizist sichtbar verärgert den Kopf.

«Ich habe keine Theorien», berichtigte er. «Ich stelle lediglich fest, dass die Regierung nicht an der Aufklärung des Falles interessiert ist. Sie sind nicht auf den Kopf gefallen, Tobias Fahrni, Sie können sich die Gründe bestimmt ausmalen. Vor Jahren ist ein unbequemer Journalist von einem Balkon gestürzt. Suizid, hiess es offiziell. Es entging aber weder uns noch der Öffentlichkeit, dass sich die gleichen Herren in Anzug, Krawatte und Sonnenbrille sowohl am Tatort – entschuldigen Sie – am Unfallort, als auch bei der Beerdigung einfanden. Ich will damit nicht behaupten, dass die Regierung auch diesmal die Finger im Spiel haben muss, doch möglich wäre es. Sogar wenn sie nichts mit Penassos Tod zu tun hat, sagt ihr Verhalten viel aus.»

«Die linke Hand weiss nicht, was die rechte tut», stimmte Fahrni zu. «Beziehungsweise traut ihr alles zu.»

Lercher zeigte mit dem Finger auf ihn. «Sie gefallen mir! Zurück zu Penasso. Im vergangenen Winter hat er einen Einbruch bei uns gemeldet. An sich nichts Besonderes. Doch die Gegenstände, die gestohlen wurden, weckten unser Misstrauen: ein Bilderrahmen, ein Akku und eine wertlose Uhr. Es sah ganz danach aus, als versuche jemand, Interesse an Wertsachen vorzutäuschen. Im nachhinein bin ich mir sicher, dass die Einbrecher nach etwas gesucht haben. Die Wohnung war auf den Kopf gestellt worden. Leider habe ich die Anzeige nicht persönlich entgegengenommen. Ich habe Penasso nie kennengelernt. Schade. Scheint ein aufrichtiger Kerl gewesen zu sein.»

«Gingen Sie der Sache nach?»

«Sehen Sie, La Boca ist nicht Belgrano, wenn Sie verstehen, was ich meine. Wer hier wohnt, kennt die Risiken. Wenn wir jeden Einbruch detailliert untersuchen würden, bräuchten wir eine Armee, nicht ein Polizeikorps.»

«Die Täter wurden also nie gefasst?»

«Nach Penassos Verschwinden haben wir uns die Sache genauer angeschaut. Niemand will etwas gesehen haben. Ich vermute, dass es sich beim Einbrecher – oder den Einbrechern – um Typen handelt, denen keiner in die Quere kommen will. Ein schlechtes Zeichen.»

Fahrni teilte seine Meinung. Wenn Profis hinter dem Einbruch steckten, war die Wahrscheinlichkeit gross, dass die Pläne, Ramón Penasso zu ermorden, bereits in Buenos Aires geschmiedet worden waren. Waren ihm die Täter in die Schweiz gefolgt? Oder hatten sie dort jemanden mit dem Mord beauftragt?

«Können Sie überprüfen, wer zur gleichen Zeit wie Ramón Penasso in die Schweiz geflogen ist?»

Kommentarlos griff Lercher nach einer Akte und zog eine dicke Mappe heraus, die er Fahrni reichte. Sie enthielt Namenslisten von verschiedenen Fluggesellschaften.

«Buenos Aires – Madrid – Zürich, alle Flüge zwischen dem 25. und 28. März. Aber vergessen Sie nicht: Sein Mörder könnte auch von Montevideo aus geflogen sein. Dort wurde Penasso zum letzten Mal gesehen. Wir haben die Passagierlisten von den Kollegen in Uruguay beantragt, leider noch nicht erhalten. Soviel ich weiss», fügte er mit Nachdruck hinzu. «Vielleicht liegen sie auch im Justizgebäude.»

«Wie schätzen Sie Esteban Salazar ein?»

Lerchers Blick folgte dem Rauch seiner Zigarette. «Ehrgeizig», sagte er nach einer Weile. «Aber wie weit er gehen würde, um seine beruflichen Ziele zu erreichen, weiss ich nicht.»

Fahrni beschloss, die unerlaubte Akteneinsicht zu verschweigen. Stattdessen berichtete er von seinem Besuch im Labor. Lercher bestätigte, er sei der Sache nachgegangen.

«Niemand wusste, warum Penasso Sand untersuchen liess. Ich habe den Chefredaktor von ‹Noticias› befragt, er hat Penasso keinen entsprechenden Auftrag erteilt. Was allerdings nichts heissen will, denn Penasso hat sich seine Stories meist selbst ausgesucht.» Er hustete. «Unser Chemiker hat mit dem Labor gesprochen. Dort vermutet man, der Sand stamme aus dem Norden, aus Missiones, nahe der Grenze zu Paraguay. Er hatte eine rote Farbe, die hier in der Region nicht vorkommt. Leider hat das Labor die Probe an Penasso zurückgeschickt. Wir haben sie nirgends gefunden. Die Herkunft von Holzkohlenasche zu bestimmen, sei nicht möglich, hiess es.»

Fahrni wurde sich bewusst, dass ihm die Zeit davonrann. «Eine letzte Frage noch: Was halten Sie von Elena und Gonzalo Campos?»

Lercher lehnte sich zurück. «Elena Alvarez de Campos», sagte er langsam, «ist eine beeindruckende Frau! Nicht nur wegen ihres Aussehens. Es war mutig von ihr, die Vermisstenanzeige aufzugeben. Und noch mutiger, alle vierzehn Tage hier anzurufen und sich nach dem Stand der Ermittlungen zu erkundigen. Sie ist eine verheiratete Frau mit zwei Kindern. Das Letzte, was sie wollte, war, in die Geschichte hineingezogen zu werden. Trotzdem hat sie nicht locker gelassen. Und was hat es ihr gebracht? Ihr Mann wurde verhaftet.»

«Glauben Sie, dass Gonzalo Campos etwas mit Ramón Penassos Verschwinden zu tun hat?»

Lercher schnaubte. «Campos ist ein Waschlappen. Den können Sie getrost vergessen. Er ist nicht zu einer solchen Tat fähig. Doch es muss ein Schuldiger her. In den Augen des Volkes war Penasso eine Art moderner Robin Hood. Er hat stets an der Seite der Schwächeren gekämpft. Sein Tod hat grossen Aufruhr verursacht. Nun muss jemand den Kopf hinhalten. Campos ist das ideale Opfer. Der Mann weckt keine Sympathien, er hat weder Rückgrat noch Charisma. Zudem ist er Uruguayo. Doch ich bin mir sicher, er hat von nichts eine Ahnung.» Er hob den Zeigefinger. «Seine Frau hingegen, die schöne Elena, die weiss mehr, als sie sagt. Da mache ich mit Ihnen jede Wette!»

Sie vereinbarten, in Kontakt zu bleiben. Als Fahrni die Wache verliess, zeigte seine Uhr bereits halb acht. Zu spät, um ins Hotel zu fahren und zu duschen. Kurz erwog er, das Essen in der Botschaft abzusagen, doch es fiel ihm keine Ausrede ein. Ausserdem wollte er Regina nicht im Stich lassen. Im Taxi zog er die zerknitterte Krawatte aus seiner Gesässtasche und band sie sich um. Mit einem Taschentuch wischte er sich den Schweiss von Stirn und Oberlippe. Die vielen Informationen, die er erhalten hatte, schwirrten ihm im Kopf herum. Wäre er zu Hause gewesen, hätte er sein Pferd gesattelt und bei einem langen Ausritt seine Gedanken sortiert. Er vermisste Lisa. Da er seine Ferien stets für Reittouren nutzte, war er nie längere Zeit von der Stute getrennt gewesen. Dass sie während seines Argentinienaufenthaltes von einer Stallhilfe geritten wurde, bereitete ihm Sorgen. Ihr Maul war empfindlich, sie scheute beim kleinsten Druck. Er schloss die Augen. Das Bild der Reiterin, das ihn dazu bewogen hatte, sich bei der Partnervermittlung in Paraguay zu melden, stieg in ihm auf. Morgen würde er Paz kennenlernen. Beim Gedanken daran begann er, noch mehr zu schwitzen. Welche Vorstellung hatte sie von ihm? Wäre sie enttäuscht, wenn sie ihn zu Gesicht bekam? Während der letzten Monate hatten sie sich regelmässig geschrieben. Sie hatte ihm von den Büchern erzählt, die sie gelesen hatte, von ihren Träumen, Hoffnungen und ihrem Leben in Paraguay. Trotzdem konnte Fahrni sie nicht fassen.

Er merkte erst, dass er eingenickt war, als das Taxi vor der Schweizer Botschaft hielt. Leicht verwirrt bezahlte er die Fahrt und stieg aus. Der Apéro war bereits im Gang, als er das Gebäude betrat. Gerne hätte er eine Toilette aufgesucht, um sich etwas Wasser ins Gesicht zu spritzen, doch Regina hatte ihn bereits entdeckt. Mit aufgerissenen Augen kam sie auf ihn zu, den Konsul an ihrer Seite. Sie deutete auf ihren Kopf, doch Fahrni verstand nicht, was sie ihm zu sagen versuchte.

«Sie müssen Herr Fahrni sein», begrüsste ihn der Konsul. «Nehmen Sie auch ein Glas Weisswein? Oder lieber ein Rivella?»

Plötzlich begriff Fahrni. Mit einem verlegenen Lächeln nahm er seine Kappe vom Kopf und schob sie unter sein Hemd.

6

Das Tigre Delta bestand aus unzähligen Wasserwegen, die sich labyrinthartig durch die grüne Landschaft wanden. Kommerzielle Wassertaxis und private Motorboote brachten die Bewohner zu ihren Häusern, die von Holzbaracken bis zu stattlichen Bauten reichten. Viele Grundstücke waren entlang des Wassers mit hölzernen Befestigungen versehen. Trotzdem frass sich der Fluss ins Land hinein. Mehr als einmal erblickte Regina Stellen, an denen der Rasen abgerutscht war. Sie glichen klaffenden Wunden, vermochten die Schönheit des Deltas jedoch nicht zu trüben. Hohe Palmen wiegten sich im Wind, Pappeln und Eschen grenzten die Grundstücke voneinander ab. Als Esteban Salazar den Motor abstellte, vernahm Regina Vogelgezwitscher und Kinderstimmen.

Trotzdem war ihr nicht wohl. Als Salazar sie am Morgen im Hotel abgeholt hatte, hatte sie überrascht festgestellt, dass er alleine war. Auf ihre Frage, ob seine Familie nicht mitkomme, hatte er erklärt, seine Schwester sei schon am Vorabend losgefahren.

«Und Ihre Frau?», hatte Regina gefragt.

«Ich bin seit zwei Jahren geschieden.»

Plötzlich war ihr der Ausflug in einem ganz anderen Licht erschienen. Sie dachte an Cavallis Eifersucht und fragte sich, ob sie begründet sei. War sie naiv gewesen zu glauben, Salazar wolle sich nur ungestört mit ihr unterhalten? Sie betrachtete den Staatsanwalt. Er trug eine helle Baumwollhose und ein Poloshirt, dazu Tennisschuhe. Auch in Freizeitbekleidung hatte er nichts von seiner Eleganz eingebüsst. Eine Hand ruhte entspannt auf dem Steuerknüppel, mit der anderen winkte er einem langbeinigen Mädchen zu, das den Steg hinunterrannte. Hinter ihm erschien eine grosse, schlanke Frau, die nur Salazars Schwester sein konnte. Sie hatte die gleiche römische Nase, doch ihre Wangen waren etwas voller, und das Kinn war runder. Das dunkle Haar hatte sie im Nacken zu einem lockeren Knoten zusammengefasst. Geübt fing sie das Tau auf, das Salazar ihr zuwarf.

Salazar begrüsste sie mit ausgebreiteten Armen. Bevor er ihr einen Kuss auf die Wange drücken konnte, schob sich das Mädchen dazwischen. Es sprach so schnell, dass Regina kein Wort verstand. Salazar schnalzte mit der Zunge und wies es auf Englisch darauf hin, dass sie einen Gast hätten. Sofort trat das Mädchen einen Schritt zurück und hiess Regina in gebrochenem Englisch willkommen.

Salazar legte den Arm um seine Nichte. «Frau Flint, das ist Claudia.»

«Und ich bin Isabella», stellte sich seine Schwester vor.

Regina reichte ihr die Hand. «Regina.»

Sie wusste, dass es in Argentinien üblich war, sich zu duzen. Trotzdem trat ein verunsicherter Ausdruck auf Esteban Salazars Gesicht. Da sie ihn nicht gut mit seinem Nachnamen ansprechen konnte, während sie seine Schwester Isabella nannte, bot sie ihm ebenfalls das Du an.

«Hoppla, bin ich in ein Fettnäpfchen getreten?», fragte Isabella lachend.

Regina mochte sie auf Anhieb. Während Salazar ihr Gepäck zum Haus trug, erklärte er, dass Isabella als Augenärztin arbeite. Da sie eine eigene Praxis führe, könne sie ihre Patienten so aufbieten, dass der Freitagnachmittag frei bleibe. Meist fahre sie direkt nach der Arbeit mit ihrer Tochter nach Tigre. Ihr Mann Matías, der als Elektroingenieur bei der Stadt angestellt sei, folge in der Regel einen Tag später. Heute treffe er gegen Abend ein.

Das Haus bestand aus zwei Stockwerken. Im Erdgeschoss befand sich ein einziger, karger Raum mit Betonboden. Das Küchenmobiliar wirkte heruntergekommen, die Wände waren voller Flecken. Bevor sich Regina über den schlechten Zustand wundern konnte, erklärte Salazar, es komme immer wieder zu Überschwemmungen. Manchmal stünden ganze Inseln unter Wasser. Das Obergeschoss war gemütlich eingerichtet. Die vielen Betten deuteten auf häufigen Besuch hin. Salazar wies Regina in einen kleinen Raum mit altmodischen Holzmöbeln und einer mit Spitzen verzierten Bettdecke. An der Wand hing ein altes Schwarzweissfoto eines Ehepaars. Vermutlich gehörte das Zimmer Salazars Eltern.

Er legte ihre Tasche aufs Bett. «Ich hoffe, Sie … du fühlst dich wohl.»

«Es ist traumhaft hier! Vielen Dank für die Einladung.»

«Wenn du etwas brauchst, ich bin in der Küche. Isabella hat Gurken und Tomaten mitgebracht. Normalerweise essen wir mittags nur eine Kleinigkeit. Am Abend wird gegrillt. Matías ist ein hervorragender Asador. Hast du schon mal ein argentinisches Asado gegessen?»

«Nein», gestand Regina, «aber ich habe gelesen, dass ein Grillabend ein gesellschaftliches Ereignis ist.»

Salazar lächelte. «So kann man es auch nennen. Es wird dir bestimmt schmecken!»

Nachdem er das Zimmer verlassen hatte, packte Regina ihre Sachen aus. Sie hatte nicht gewusst, was sie benötigen würde, und deshalb viel zu viel mitgenommen. Sie schlüpfte in eine kurzärmlige Bluse und trug grosszügig Sonnencreme auf. Aus der Küche hörte sie Salazar und Isabella lachen. Es klang vertraut, als verbrächten die Geschwister viel Zeit zusammen. Um sie nicht zu stören, begab sie sich in den Garten.

Im Gegensatz zu den angrenzenden Grundstücken trennte kein Zaun den Rasen vom Wasser. Die Wellen eines vorbeifahrenden Boots schwappten an Land und versickerten im Gras. Ein schwarzer Vogel mit langem Schwanz und krummem Schnabel schoss an Regina vorbei. Sie sah ihm nach, bis er zwischen den Blättern einer Esche verschwand.

«Eine Stahlkassike», erklang Salazars Stimme plötzlich neben ihr. «Sie kommen häufig vor.» Er legte den Kopf schräg. «Hörst du das ‹biwi, biwi›? Das ist der Ruf eines Schwefeltyranns.» Er zeigte auf einen Maulbeerbaum. «Dort sitzt er. Der Vogel mit der gelben Brust.»

«Interessierst du dich für Vögel?», fragte Regina.

«Ich habe so viele Sommer hier verbracht, dass mir die Tiere und Pflanzen vertraut sind. Viel spannender finde ich jedoch die Geschichte des Deltas. Früher haben sich hier Kriminelle und politische Flüchtlinge versteckt. Die dichte Vegetation bot idealen Schutz. Die Verbrecher jagten Jaguare, Wild oder Füchse und verkauften die Felle den wenigen Händlern, die es wagten, in das gefährliche Gebiet vorzudringen. Manche Banditen schlossen sich zu Gruppen zusammen und überfielen Segelschiffe. Weil sie meistens die ganze Besatzung töteten, wurden sie ‹die Furchtbaren› genannt. Die Delta-Piraten waren berüchtigt. Niemand segelte freiwillig flussaufwärts. Man sagt, die Geister der Getöteten spuken immer noch.»

Regina lachte. «Vor Geistern habe ich keine Angst. Nicht, seit ich weiss, wozu lebende Menschen fähig sind.»

«Das kann ich verstehen. Wie kommt eine so zerbrechliche Person eigentlich dazu, Verbrecher zu jagen?» Er betrachtete sie eindringlich.

Sie zuckte die Schultern. «Mitleid mit den Opfern? Vielleicht die naive Hoffnung, die Welt ein kleines bisschen besser zu machen? Ich habe aber rasch gelernt, dass Gesetze nicht unbedingt Gerechtigkeit schaffen.»

Salazar drehte ein Blatt zwischen den Fingern. «Schön ausgedrückt.»

«Und wie war es bei dir?»

«Ich fürchte, mich haben nicht so hehre Ziele dazu bewogen, Jurisprudenz zu studieren. Mich faszinierte schlicht die Logik. Dass ich nicht nur mit Paragraphen, sondern auch mit Menschen arbeiten würde, wurde mir erst viel später bewusst. Vielleicht hätte ich besser Mathematik als Studienfach gewählt.»

«Magst du die Menschen nicht?»

«Mit Zahlen zu jonglieren, ist einfacher. Sie zerbrechen nicht, wenn sie hinunterfallen.»

Regina schwieg erwartungsvoll. Versuchte er, ihr etwas zu sagen? Als er nicht weitersprach, hob sie den Kopf. Die Art und

Weise, wie er sie musterte, weckte ihr Misstrauen. Kam es ihr nur so vor, oder war er unbemerkt nähergerückt? Sie nahm das dunkle Brusthaar wahr, das sich im Ausschnitt seines Poloshirts kräuselte. Der Hals darüber war sehnig und lang und mündete in ein markantes Kinn. Obwohl sich Salazar am Morgen offenbar rasiert hatte, zeigte sich bereits die Andeutung eines Schattens. Der Anblick löste ein unwillkommenes Flattern in ihrem Bauch aus.

Ihre Reaktion erschreckte sie. Nicht, weil sie fürchtete, die Kontrolle über sich zu verlieren, sondern weil sie realisierte, dass es lange her war, seit sie die Nähe eines Mannes körperlich wahrgenommen hatte. Früher hatte allein der Gedanke an Cavalli genügt, um ihre Knie weich werden zu lassen. Als sie nun Salazar betrachtete, wurde ihr klar, wie sehr sich ihre Beziehung zu Cavalli mit Lilys Geburt verändert hatte.

Sie trat einen Schritt zurück. «Wie ist es heute?», versuchte sie, das Gespräch wieder aufzunehmen. «Verstecken sich noch Kriminelle hier?»

Salazar schob die Hände in die Hosentaschen. «Das Delta bietet weiterhin ein ideales Versteck. Nicht nur für Kriminelle. Es ist ein guter Ort, um sich ungestört zu treffen.»

Erneut wartete Regina auf eine Erklärung, die nicht kam. Stattdessen zeigte Salazar ihr eine Wasserhyazinthe. Als Isabella sie zum Essen rief, war Regina verwirrter als vor dem Gespräch.

Fahrni stand vor einem dreistöckigen Betonbau, der schon bessere Zeiten gesehen hatte. Der Eingang roch modrig, an der Fassade blätterte die Farbe ab. Hinter ihm staute sich der Verkehr auf der schmalen Strasse. Obwohl Fahrni im Hotel geduscht hatte, war er bereits wieder klatschnass. Das Thermometer zeigte 36 Grad an, die Luftfeuchtigkeit schätzte er auf über 90 Prozent. Asunción war wie eine Sauna. Am Himmel brauten sich dunkle Wolken zusammen, noch war aber kein Tropfen Regen gefallen.

Nervös betrachtete Fahrni sein Spiegelbild in der Glastür. Vielleicht hätte er doch lange Hosen anziehen sollen. Die Salzflecken, die sein Schweiss auf dem Stoff hinterlassen hatte, hatten ihn dazu bewogen, sich umzuziehen. In den kurzen Hosen, die er nun trug, fühlte er sich jedoch genauso unwohl. Daran konnte er aber nichts mehr ändern. Er nahm ein Taschentuch hervor und wischte sich Gesicht und Hals ab. Das Büro der Partnervermittlung lag im ersten Stock. Ob Paz seine Ankunft vom Fenster aus beobachtet hatte? Entsprach er ihren Erwartungen? Was erhoffte sie sich von ihm? Plötzlich zweifelte Fahrni an seinem Vorhaben. Er drehte sich um und musterte die dunkelhaarigen Menschen, die an ihm vorbeigingen. In einigen Gesichtern glaubte Fahrni, einen indigenen Einschlag zu erkennen. Im Hotel hatte er zwei Zimmermädchen zugehört, die sich auf Guaraní unterhalten hatten. Obwohl er sich ein wenig mit der Sprache befasst hatte, hatte er kein Wort verstanden.

Während der letzten Monate hatte er Bücher über Paraguay gelesen, sich Filme angesehen und Fotos im Internet betrachtet. Er wusste über die Jesuiten Bescheid, die im Süden ihre Missionen aufgebaut hatten, und verstand, wie es zum Krieg gegen Bolivien gekommen war. Er hatte eine Vorstellung der Sümpfe an der Grenze zu Brasilien und des Busches im Westen, wo Mennoniten Rinder züchteten und Milchwirtschaft betrieben. Er konnte die Nationalgerichte, die Einwohnerzahl und die Fussballmannschaften des Landes nennen. Trotzdem hatte er keine Ahnung, was ihn jetzt erwartete. Nichts hatte ihn auf diesen Moment vorbereitet.

Es hatte keinen Zweck, das Treffen länger hinauszuschieben. Das Warten trug nicht dazu bei, ihn zu beruhigen. Er fasste sich ein Herz und drückte auf die Klingel. Lange Zeit geschah nichts. Dann hörte er Schritte. Wenig später wurde die Tür aufgezogen. Er stand einer Frau um die fünfzig gegenüber, die ihn in gepflegtem Englisch begrüsste. Sie war über einen Kopf kleiner als Fahrni, brachte vermutlich aber einige Kilogramm mehr auf die Waage. Ihre elegante Kleidung und ihr selbstsicherer Auftritt liessen darauf schliessen, dass sie die Inhaberin der Partnervermittlung war. Während sie die Treppe hochstiegen, erklärte sie Fahrni, was ihn erwartete.

«Bei der ersten Begegnung bin ich immer dabei. Das Gespräch dauert in der Regel eine halbe Stunde.» Sie hielt kurz inne, um zu Atem zu kommen. «Anschliessend werden wir uns ohne Paz unterhalten. Sie haben dann Gelegenheit, Fragen zu klären und das weitere Vorgehen mit mir zu besprechen.»

Fahrnis Mund war so trocken, dass er nur ein Nicken zustande brachte.

«Wenn Sie Paz wiedersehen möchten, wird die zweite Tranche der Vermittlungsgebühr fällig. Danach liegt die Koordination der Treffen bei Ihnen. Ich stehe aber bei Problemen immer zur Verfügung.»

«Was ist, wenn ich Paz nicht gefalle?», fragte er.

Die Vermittlerin sah ihn verständnislos an. «Paz ist froh, dass Sie sich für sie interessieren. Sie wird Ihnen keine Schwierigkeiten machen.»

Die Wortwahl der Frau gefiel Fahrni nicht. Doch er beschloss, seine Zweifel beiseitezuschieben und sich ein Problem nach dem anderen vorzunehmen. Im Moment musste er sich darauf konzentrieren, regelmässig zu atmen. Er glaubte, in der Stille des Treppenhauses seinen eigenen Herzschlag zu hören. Langsam stieg er die Stufen hoch. Er rief sich die Mails in Erinnerung, die ihm Paz geschrieben hatte. Ihr Tonfall war stets zurückhaltend und höflich gewesen, das Englisch tadellos. Meist hatte er auf Spanisch geantwortet und sie gebeten, seine Fehler zu korrigieren. Nie hatte sie es gewagt, ihn auf ein falsches Wort oder eine fehlerhafte Formulierung hinzuweisen.

Die Vermittlerin war vor einer angelehnten Tür stehengeblieben. Sie bat Fahrni einzutreten. Vorsichtig setzte er einen Fuss vor den andern, als fürchte er, der Boden könne unter seinem Gewicht nachgeben. Er betrat einen Gang, an dessen Ende sich eine weitere Tür befand. Sie war geschlossen. Die Vermittlerin deutete auf eine Toilette zu seiner Rechten, doch Fahrni schüttelte den Kopf. Er wollte die erste Begegnung endlich hinter sich bringen. Er streifte seinen Rucksack ab und kramte das in Geschenkpapier eingepackte Buch hervor, das er Paz mitgebracht hatte. Es handelte sich um eine Neuauflage des britischen Klassikers «Wuthering Heights». Die Buchhändlerin hatte ihm versichert, dass eine Frau, die Englische Literatur studiere, sich darüber freuen würde.

«Sind Sie bereit?», fragte die Vermittlerin.

Fahrni wischte sich die freie Hand an der Hose ab. «Ich glaube schon.»

Hinter der geschlossenen Tür befand sich ein kleiner Raum, der mit einem Sofa, zwei Sesseln und einem niedrigen Glastisch ausgestattet war. Ein Tablett mit Mineralwasser und drei Gläsern stand bereit. Das Mobiliar wirkte abgenützt, aber sauber. Fahrni betrachtete das Blumenmuster auf dem Teppich, den Läufer auf dem Tisch. Durch die Glasplatte nahm er zwei braune Füsse wahr, die in silbrigen Sandalen mit hohen Absätzen steckten. Darüber sah er enganliegende Jeans, an deren Seite etwas glitzerte. Sein Blick fiel auf gefaltete Frauenhände. Die Nägel waren rosa lackiert und so lang, dass Fahrni an ihrer Echtheit zweifelte. Vom linken Handgelenk baumelte ein goldener Anhänger in der Form eines vierblättrigen Kleeblatts. Ein mulmiges Gefühl überkam Fahrni. Zwar hatte er absichtlich auf den Austausch von Fotos verzichtet, trotzdem hatte er gehofft, Paz würde ihm gefallen. An Frauen schätzte er Natürlichkeit. Auf Kleidung, Schminke und Statussymbole hatte er nie Wert gelegt. Er wünschte sich kein Ausstellungsobjekt, sondern eine Partnerin, mit der er durchs Leben gehen konnte.

«Darf ich vorstellen?», sagte die Vermittlerin. «Herr Fahrni, das ist Paz.»

Er sah auf. Als Erstes fielen ihm die dunklen Haare auf, die zu einer kunstvollen Frisur hochgesteckt waren. Eine glitzernde Spange hielt die Strähnen zusammen. Das Gesicht darunter war sorgfältig geschminkt, die Haut heller, als er erwartet hatte. Erst als er Paz' dunkle Arme betrachtete, merkte Fahrni, dass ihr Gesicht mit Make-up bedeckt war. Ihre Züge waren zu unregelmässig, um als schön zu gelten. Ihre Nase stand leicht schief, ihr Kiefer war kräftig, was ihr einen trotzigen Ausdruck verlieh.

Über der engen Jeans wölbte sich ein kleiner Bauch, den sie nicht zu verbergen versuchte.

Fahrni nahm seinen Mut zusammen und blickte ihr in die Augen. Paz starrte ihn unverblümt an. Im dunklen Braun ihrer Iris waren die Pupillen fast nicht zu erkennen. Er hatte erwartet, Unsicherheit oder Verlegenheit zu sehen, stattdessen schien ihn Paz herauszufordern. Überrascht senkte er den Blick. Er entdeckte das Geschenk in seiner Hand und reichte es ihr. Sie nahm es entgegen und legte es vor sich hin. Die Vermittlerin bedankte sich auf Englisch. Auf Spanisch wies sie Paz an, das Päckchen zu öffnen.

«Wuthering Heights!», stiess die Vermittlerin aus. «Paz, ist das nicht ein wunderbares Geschenk? Herr Fahrni hat sich daran erinnert, dass du Englische Literatur studierst.»

Paz verzog keine Miene. «Yes.»

Fahrni scharrte mit den Füssen. «Die Buchhändlerin hat gemeint, es würde dir gefallen.»

«Yes», erwiderte Paz ernst.

«Paz liebt Bücher», meinte die Vermittlerin. «Lesen Sie selbst auch?»

«Eher Sachbücher oder Biographien», antwortete Fahrni. «In letzter Zeit habe ich viel über Paraguay gelesen.»

«Wie schön!» Sie wandte sich an Paz. «Herr Fahrni ist an unserem Land interessiert. Das sind gute Voraussetzungen für eine Partnerschaft.» Sie drehte sich wieder zu Fahrni. «Paz hat sich auch mit der Schweiz auseinandergesetzt, nicht wahr, Paz?»

«Yes.»

«Sie hat gelesen, dass es zurzeit bei Ihnen schneit.»

Fahrni nickte. «Hast du schon einmal Schnee gesehen?», fragte er Paz.

«Yes», antwortete sie.

«Aber nur auf Bildern», fügte die Vermittlerin rasch hinzu.

Sie unterhielten sich eine Weile über das Wetter, dann schaute die Vermittlerin auf die Uhr. Sie verkündete, dass die halbe Stunde fast um sei, und fragte Fahrni, ob er mehr von Paz wissen wolle. Fahrni schüttelte den Kopf. Er hatte so viele Fragen an sie, dass er keine einzige über die Lippen brachte. Warum lächelte Paz nie? Gab es nichts, worüber sie sich freute, oder fürchtete sie, ihr Make-up würde bröckeln? Warum stellte sie keine Fragen? Hatte sie kein Interesse an ihm, oder war sie genauso überwältigt? Vielleicht war sie enttäuscht über sein Aussehen. Würde sie ihn wiedersehen wollen?

Und er? Wollte er ein zweites Treffen? Monatelang hatte er diesem Moment entgegengefiebert. Er hatte geglaubt, Paz während des E-Mail-Verkehrs ein bisschen näher gekommen zu sein. Nun betrachtete er sie, und sie war ihm völlig fremd. Hatte er zu hohe Erwartungen gehabt? Als er sich am Morgen von Regina verabschiedet hatte, hatte sie in einer ungewohnt vertraulichen Geste seine Hand zwischen ihre Hände genommen und ihn gebeten, vorsichtig zu sein. Zuerst hatte er geglaubt, sie wolle ihn vor den Gefahren in Asunción warnen. Doch sie hatte auf sein Herz gezeigt.

Vielleicht ist die Distanz, die zwischen Paz und mir herrscht, gar nicht schlecht, dachte er plötzlich. Es fiele ihm leichter, einen klaren Kopf zu bewahren, wenn er sich nicht gleich in sie verliebte. Auch die fehlende Anziehung war möglicherweise ein Vorteil. Gefühle konnten wachsen, Schönheit konnte entdeckt werden. Diese Vorstellung hob seine Stimmung ein wenig. Als die Vermittlerin ihn bat, ihr ins Büro zu folgen, stand er bereitwillig auf. Paz blieb reglos auf dem Sofa sitzen.

«Ich weiss, erste Treffen sind immer schwierig», sagte die Vermittlerin, nachdem sie in ihrem Büro Platz genommen hatten. «Glauben Sie mir, da geht es Ihnen nicht anders als den meisten Männern. Doch es ist ganz gut gelaufen, finden Sie nicht? Gefällt Ihnen Paz?»

«Das ist nicht wichtig», antwortete Fahrni. «Ich möchte sie kennenlernen.»

Die Vermittlerin schien ihn nicht zu verstehen. «Paz legt grossen Wert auf eine gepflegte Erscheinung. Sie wird sich in Europa gut zurechtfinden. Ich kann Ihnen versichern, dass Sie die richtige Wahl getroffen haben.»

Fahrni konnte sich nicht daran erinnern, überhaupt eine Wahl getroffen zu haben. Paz war ihm einfach vorgeschlagen worden. Bevor er eine entsprechende Bemerkung fallen lassen konnte, fuhr die Vermittlerin fort: «Ich weiss nicht, wie viel Sie über Paraguay gelesen haben, aber glauben Sie mir, unsere Frauen sind sehr beliebt. Weil im Dreiländerkrieg so viele Soldaten fielen – über 90 Prozent aller Männer, stellen Sie sich das einmal vor! –, herrschte lange Zeit ein akuter Männermangel. Das hat die Mentalität der Frauen geprägt. Eine Paraguayerin wird Ihnen jeden Wunsch erfüllen. Sie wird es als ihre Aufgabe betrachten, Sie glücklich zu machen.»

«Was ist, wenn ich mich gegen Paz entscheide?», fragte er. «Wird sie einen anderen Mann finden?»

«Paz ist nur an Ihnen interessiert.»

Betroffen schwieg Fahrni. Er stellte sich vor, wie Paz im Zimmer nebenan sass und auf seine Entscheidung wartete. Sie musste sich vorkommen wie eine Ware. Kein Wunder, war sie wie erstarrt. Er schuldete es ihr, einem zweiten Treffen zuzustimmen. Die Gebühr konnte er sich leisten, und Zeit hatte er bis Sonntagabend. Er dachte an die Befragungen, die er als Polizist durchgeführt hatte. Selten zeigte eine Person ihr wahres Gesicht gleich von Anfang an. Manchmal dauerte es Stunden, oft viel länger, bis allein der Sachverhalt geklärt werden konnte, von den Beweggründen eines Menschen ganz zu schweigen. Wie sollte er in dreissig Minuten einschätzen, ob ihm eine Frau gefiel oder nicht?

Als er der Vermittlerin seine Zusage gab, breitete sich ein Strahlen auf ihrem Gesicht aus. «Sie werden es nicht bereuen!», versicherte sie. «Ich werde uns einen Tisch in einem guten Restaurant reservieren. Wir erwarten Sie um 20 Uhr hier im Büro.»

«Sie kommen mit?», fragte Fahrni erstaunt. «Ich dachte, das zweite Treffen müsste ich alleine…»

Sie unterbrach ihn mit einer Handbewegung. «Ich habe die Erfahrung gemacht, dass meine Anwesenheit eine grosse Stütze ist.»

Fahrni begriff nicht, was sie damit meinte. Eine Stütze für ihn? Für Paz? Lieber hätte er Paz unter vier Augen getroffen, vielleicht wollte sie das aber nicht. Fürchtete sie sich möglicherweise vor ihm? Schliesslich war er ein fremder Mann. Ihre Bedenken konnte er nachvollziehen, trotzdem kämpfte er gegen ein Gefühl der Enttäuschung an. Bevor er die Vermittlungsstelle verliess, bestand er darauf, sich bei ihr zu verabschieden. Sie sass immer noch in der gleichen Haltung auf dem Sofa. Als er eintrat, stand sie auf. Fahrni suchte in ihrem Blick nach Zeichen von Angst oder Unsicherheit, doch sie betrachtete ihn mit neutralem Ausdruck.

Er reichte ihr die Hand. «Wir sehen uns am Abend.»

«Yes.» Eine Haarsträhne hatte sich aus der Spange gelöst und fiel ihr ins Gesicht. Sie blies sie weg.

7

Als Erstes zog sie die Schuhe aus. Sie war sich hohe Absätze nicht gewohnt. Ihre Zehen schmerzten. Barfuss ging sie ans Fenster. Da war er. Er stand am Strassenrand, die Beine fast so weiss wie ihre Zähne. Er erinnerte sie an die Missionare, die ihre Pamphlete auf den Strassen verteilten. In seinen Augen lag der gleiche hoffnungsvolle Ausdruck, sein Lächeln wirkte genauso eifrig. Als sei er begierig darauf zu gefallen. Sie wusste nicht, was sie davon halten sollte. Sie war es, die gefallen musste. Sie spielte mit dem Kleeblatt an ihrem Handgelenk. Die Pamphlete der Missionare versprachen Glück. Sie hatte keine gelesen, doch sie hatte es in der Art und Weise erkannt, wie sie verteilt wurden. Was stand im Buch, das er ihr geschenkt hatte? Wollte er sie auch von etwas überzeugen?

Die Tür ging auf, und die Vermittlerin trat ein. Als Paz das Lächeln auf dem runden Gesicht sah, wusste sie, dass sie sich richtig verhalten hatte. Sie wurde mit Lob überschüttet. Er hatte also bezahlt. Nur Geld zauberte solche Freude auf das Gesicht der Vermittlerin. Die Scheine lösten Glück in ihr aus, wie die Pamphlete bei den Missionaren. Das gleiche Glück sollte sie nun dem Polizisten bringen. Seit sie sich für ihn entschieden hatte, nannte sie ihn in Gedanken ‹den Polizisten›. Es hatte wenig Schweizer zur Auswahl gehabt. Einen Briefträger, einen Büroangestellten, einen Bauern und ihn. Den Polizisten.

Sie hatte sich ihn anders vorgestellt. Seine Augen hatten dieselbe Farbe wie der Himmel ihrer Heimat. Hier in der Hauptstadt war das Leben in einen grauen Schleier gehüllt. Im Norden hingegen war der Himmel immer zu sehen, auch wenn sich ab und zu Wolken vor das Blau schoben. Manchmal spiegelte er sich im Fluss. Vielleicht würde sie in den Augen des Polizisten ihr eigenes Spiegelbild entdecken, wenn sie genau hinschaute. Heute hatte sie nur Erwartungen darin gesehen.

Er will dich wieder treffen. Du hast es geschafft.

Paz starrte weiterhin auf den Polizisten. Gar nichts hatte sie geschafft. Sie stand immer noch am Anfang der Reise, die sie vor Monaten angetreten hatte. Ein weiter Weg lag vor ihr. Plötzlich gefiel ihr die Vorstellung, dass sie nicht die ganze Strecke alleine zurücklegen musste. Sie wusste nicht, ob sie dem Polizisten das erhoffte Glück brächte. Sie hoffte, dass sie wenigstens in die gleiche Richtung unterwegs waren.

8

Der Duft von warmen Äpfeln schlug Cavalli entgegen, als er die Tür öffnete. Aus dem Wohnzimmer hörte er Lily quietschen. Erleichtert schlüpfte er aus seiner Jacke. Er hatte sich auf dem Heimweg das Schlimmste ausgemalt. Als Lily am Morgen kaum gegessen hatte, hatte er sein Vorhaben, mit ihr den Fuchsbau im Wald zu suchen, verworfen. Stattdessen hatte er ein Feuer im Schwedenofen entfacht, eine Decke davor ausgebreitet und sich mit ihr auf den Boden gelegt. Wie er es am Vorabend versprochen hatte, hatte er ihr eine lange Geschichte erzählt. Danach hatte er sie in ein Kräuterbad gesetzt, um ihre Atemwege vom Schleim zu lösen. Bei der anschliessenden Massage war sie sofort eingeschlafen. Am Mittag hatte sie immerhin etwas Teigwaren zu sich genommen. Den Nachmittag hatten sie mit Schattenspielen verbracht. Als um 16 Uhr die Dämmerung eingesetzt hatte, war es Cavalli gewesen, dem das Atmen schwergefallen war. Einen Tag lang die Wohnung nicht zu verlassen, löste in ihm klaustrophobische Gefühle aus.

Ohne grosse Hoffnung hatte er Chris angerufen. Er kannte den Arbeitsplan seines Sohnes nicht, die Wahrscheinlichkeit, dass er an einem Samstagabend frei hatte, war gering. Zu seiner Überraschung war Chris nicht nur zu Hause gewesen, er hatte auch sofort eingewilligt, Lily für einige Stunden zu hüten. Über die enge Beziehung zwischen den Halbgeschwistern wunderte sich Cavalli immer noch. Als Lily zur Welt gekommen war, hatte Chris kaum einen Blick für sie übriggehabt. Irgendwann war sein Interesse an ihr plötzlich erwacht. Cavalli wusste nicht, was der Auslöser gewesen war. Mit Erstaunen hatte er die wachsende Nähe zwischen den beiden beobachtet. Wenn Chris anwesend war, hatte Lily nur Augen für ihn. Chris schien sich nicht daran zu stören, im Gegenteil, er schenkte ihr meistens seine ganze Aufmerksamkeit. Trotzdem hatte Cavalli ein schlechtes Gewissen gehabt, als er sich auf den Weg ins Kripo-Gebäude gemacht hatte. Wenn Lily kränkelte, würde sie sich vielleicht in seiner Gegenwart wohler fühlen. Dass er sich getäuscht hatte, bewies der Freudenschrei aus dem Wohnzimmer.

Er warf seine Jacke über eine Stuhllehne und trat ein. Das Bild, das sich ihm bot, löste gleichzeitig Entsetzen und Heiterkeit in ihm aus. Chris und Lily lagen bäuchlings auf dem Teppich, zwischen ihnen stand ein Teller mit dampfendem Apfelmus. Als Lily den Löffel hob, öffnete Chris den Mund. Mit Unbehagen beobachtete Cavalli, wie sich der Löffel voller Apfelmus langsam drehte. Cavallis Blick glitt über den Teppich. Von der Tür aus sah er nicht, ob sich Flecken darauf befanden. Er konnte sich ausmalen, was Regina dazu sagen würde.

Er wollte Chris bitten, die Mahlzeit in der Küche fortzusetzen, als plötzlich Lilys Stimme erklang.

«Kiss», sagte sie und schob ihm den Löffel zwischen die Lippen.

Chris schluckte das Apfelmus und tauchte seinerseits den Löffel in den Brei. «Lily», sagte er. Sie öffnete den Mund.

Cavalli war so überrascht, dass er keinen Ton hervorbrachte. Lily redete! Ihm war, als sei plötzlich ein Licht angegangen. Er war zwar dagegen gewesen, sie abklären zu lassen; Gedanken über ihr anhaltendes Schweigen hatte er sich dennoch gemacht. Ihre helle Stimme zu hören, erfüllte ihn mit Freude. Immer noch unfähig, sich zu rühren, starrte er auf seine Kinder. Mit seinen 1,84 Metern wirkte Chris neben Lily wie ein Baumstamm. Trotzdem empfand Cavalli einen seltenen Anflug von Rührung, als er seinen Sohn betrachtete. Es kam ihm vor, als sei Chris erst gestern ein Kleinkind gewesen. Nie hatte er den offenen Blick und das grenzenlose Vertrauen in Menschen gehabt, die Lily eigen waren. Chris hatte sich geduckt bewegt, als hoffe er, nicht wahrgenommen zu werden. Als Cavalli nun die Hingabe sah, mit der sich Chris Lily widmete, wünschte er, die Zeit zurückdrehen zu können. Vor zwanzig Jahren war er noch nicht in der Lage gewesen, einem Kind jene uneingeschränkte Liebe zu geben, die es verdiente. Chris war zu kurz gekommen. Dieses Gefühl der Reue war Cavalli fremd. Bevor er sich weiter Gedanken darüber machen konnte, entdeckte Lily ihn und liess den Löffel fallen. Cavalli ging auf sie zu und drückte ihr einen Kuss auf die verschmierte Wange. Dann setzte er sich im Schneidersitz auf den Boden und legte Chris die Hand auf die Schulter.

«Danke», sagte er.

«Easy», murmelte Chris und rutschte weg.

«Lily hat deinen Namen gesagt», stellte Cavalli erstaunt fest.

Chris zuckte die Schultern. «Und?»

«Ich habe sie noch nie sprechen gehört.»

«Jeder beginnt irgendwann damit.» Chris drehte sich auf die Seite und stützte den Kopf in die Hand. «Hey, was hältst du davon, mir die Wohnung in Witikon ganz zu überlassen?»

«De facto wohnst du schon alleine dort», erwiderte Cavalli. «Ich bin nur noch auf dem Papier der Mieter.»

«Schon, aber ich meine, so richtig.»

Cavalli hob eine Augenbraue. «Korrigier mich, wenn ich dich falsch verstehe: Du willst die Miete alleine bezahlen?»
«Nö, nicht alleine.»
«Will Debbie einziehen?»
«Yep.»
Die Hotelfachangestellte aus Madagaskar arbeitete im selben Betrieb wie Chris. Cavalli mochte ihre unkomplizierte, offene Art, auch wenn er manchmal verblüfft war, wie stark sich Chris' Frauengeschmack von seinem eigenen unterschied. Debbie bestand fast nur aus bunten Tüchern, drahtigem, aufstehendem Haar und Kurven. Meinem Sohn gefallen vor allem die Kurven, dachte Cavalli mit einem Schmunzeln. Chris hob fragend eine Augenbraue, wie ein Spiegelbild von Cavalli. Die Flammen beleuchteten seine hohen Wangenknochen und liessen sie noch markanter erscheinen. Cavalli registrierte, dass er alle kindlichen Züge verloren hatte. Die Arbeit in der Küche hatte den einst schmächtigen Burschen zudem breiter und kräftiger werden lassen. Er war zu einem Mann geworden, stellte Cavalli ehrfürchtig fest.
«Warum nicht?» Cavalli stand auf und holte seinen Wohnungsschlüssel. «Den wird Debbie brauchen.»
«Cool!»
«Kiss!», brachte sich Lily ins Gespräch ein.

Nachdem Chris gegangen war, hing Cavalli eine Weile seinen Gedanken nach. Wie war die Zeit vergangen? Nicht lang, und Lily würde ihn um eine eigene Wohnung bitten. Die Vorstellung, dass sie irgendwann mit einem Mann zusammenzöge, versetzte ihm einen Stich. Und er? Wo stünde er dann? Vermutlich würde er an Sitzungen vor sich hindösen und den jungen Kollegen Anekdoten über seine Jahre an der Front erzählen. Missmutig leerte er den Teller Apfelmus. Anschliessend machte er sich ans Aufräumen. In der Küche sah es aus, als habe Chris ein Mehrgangmenü gekocht. In der Spüle lag ein mit Apfelschalen verklebtes Passevite, daneben eine leere Dose Zimt. Eine eingeweichte Pfanne stand inmitten eines Haufens Apfelgehäuse. Lily, die mithelfen wollte, fand unter dem Küchentisch eine ausgepresste Zitrone. Zum Glück scheint sich ihr Wortschatz im Moment auf den Namen ihres Bruders zu beschränken, dachte Cavalli. Könnte sie erzählen, wie es in der Wohnung aussah, träfe Regina der Schlag.

Cavalli sah auf die Uhr. Sobald Lily schlief, wollte er Regina anrufen. Er hatte die freie Zeit dazu genutzt, im Büro die Hotelmeldungen durchzusehen. Eigentlich hätte Gurtner diese Aufgabe am Montag erledigen können, doch Cavalli wollte Regina rasch so viele Informationen wie möglich zukommen lassen. Bereits nach einer Stunde war er fündig geworden. Ramón Penasso hatte nach seiner Ankunft in Kloten zwei Nächte in einer günstigen Pension in Zürich verbracht – unter dem Namen seiner Grossmutter. Offensichtlich hatte die Réception seinen Reisepass nicht kontrolliert. Cavalli war sofort hingefahren. Keiner der Angestellten konnte sich an den Journalisten erinnern. Da die Zimmer nicht mit Telefonen ausgestattet waren, gab es keine Möglichkeit, die Anrufe der Gäste zurückzuverfolgen. In unmittelbarer Umgebung des Hotels befanden sich ein Kiosk, ein Bistro und ein DVD-Verleih. Auch dort hatte niemand Ramón Penasso auf dem Foto erkannt.

Trotzdem war Cavalli zufrieden. Ramón Penasso hatte Spuren hinterlassen. Sie hatten nur nicht gründlich genug gesucht. Offensichtlich hatte sich der Journalist versteckt. Weil er wusste, dass er in Gefahr war? Oder weil er das Überraschungsmoment nutzen wollte? Wozu? Um jemanden mit seinen Fakten zu konfrontieren? Hatte er während seines Aufenthalts in der Schweiz immer den Namen Ovieda benutzt? War er nach den zwei Nächten in Zürich unter falschem Namen bei Landsleuten untergekommen, denen er den wahren Grund für seinen Aufenthalt in der Schweiz nicht nennen wollte? Oder hatte er Bekannte, die ihn in seinem Vorhaben unterstützten? In diesem Fall hätte er seine Identität nicht verbergen müssen. In einem Zwischenbericht hatte Gurtner festgehalten, dass seit der Wirtschaftskrise viele Nachfahren von ehemaligen Schweizer Auswanderern Argentinien verlassen hätten. Laut der Schweizer Botschaft gingen an gewissen Tagen bis zu 40 Beratungsgesuche ein. Gut möglich, dass Ramón Penasso also Freunde in der Schweiz hatte. Oder sogar Verwandte? Gurtner hatte erwähnt, dass Ende des 19. Jahrhunderts über 30 000 Schweizer nach Argentinien ausgewandert seien. Viele stammten aus dem Wallis.

Mit einem Blick ins Schlafzimmer vergewisserte sich Cavalli, dass Lily tief schlief. Er nahm sein Handy und ging auf die Terrasse. Als er Reginas Nummer wählte, meldete sich wie letztes Mal die Combox. Unruhig tigerte Cavalli hin und her. Obwohl er seine Phantasie zu zügeln versuchte, tauchten Bilder von Esteban Salazar vor seinem inneren Auge auf. Keinen Moment zweifelte Cavalli daran, dass Regina dem Staatsanwalt gefiel. Vermutlich trug sie bei den sommerlichen Temperaturen lediglich eine leichte Bluse oder ein enges T-Shirt. Glücklicherweise verbrannte sie sich leicht, so dass sie nie viel Haut zeigte. Trotzdem wäre ihre Figur deutlich zu erkennen. Wusste Salazar, dass sie in einer festen Beziehung lebte?

Cavallis Handy klingelte.

«Entschuldige», meldete sich Regina. «Ich konnte vorhin nicht ans Telefon. Wie geht es Lily?»

«Gut», antwortete Cavalli. «Mir übrigens auch, danke der Nachfrage.»

«Täusche ich mich, oder klingst du beleidigt?», frotzelte sie.

Cavalli zwang sich, einen leichten Tonfall anzuschlagen. «Natürlich bin ich beleidigt. Schliesslich schmeiss ich hier den Haushalt, während du dich in der Sonne räkelst.»

«Selber schuld», konterte Regina. «Hättest du meine Mutter am Freitag hüten lassen, statt Lily in die Krippe zu bringen, hätte sie gleich noch geputzt. Mit etwas Glück sogar deine Hemden gebügelt.»

«Kaum», entgegnete Cavalli. «Aber deshalb wollte ich dich nicht anrufen.» Er berichtete, was er entdeckt hatte. «Kannst du abklären, ob Ramón Penasso Verwandte in der Schweiz hat?»

«Soviel ich weiss, stammt sein Grossvater aus Italien, aber ich werde Salazar fragen.»

Cavalli räusperte sich. «Wie läuft es mit ihm?»

Regina zögerte einen Moment. «Er ist sehr zuvorkommend.»

«Was soll das heissen?»
«Ehrlich gesagt, ich weiss es selber nicht.»
«Zuvorkommend im beruflichen oder privaten Sinn?»
«Beruflich natürlich.» Ihre Stimme klang defensiv.
«Und privat?»
«Sag mal, was sollen diese Fragen?»
«Du weichst mir aus.»
«Nein, ich weiche dir nicht aus. Aber es gibt dazu nichts zu sagen. Salazar ist freundlich, aber distanziert. Er kommt mir in keiner Weise zu nahe, falls es das ist, was du wissen willst.»
«Gefällt er dir?» Cavalli hätte sich die Zunge abbeissen können, doch die Worte waren draussen.
«Cava», sagte Regina sanft, «du bist der einzige Mann in meinem Leben, und das wird auch so bleiben.»
Cavalli rieb sich die Augen. Was war nur mit ihm los? Er verhielt sich wie eine nörgelnde Hausfrau. Seine Eifersucht machte ihn nicht gerade attraktiv. Rasch wechselte er das Thema.
«Lily hat geredet», erzählte er.
«Was?», entfuhr es Regina. «Und das sagst du mir erst jetzt?»
«Nur ein einziges Wort.»
«Welches?», fragte Regina atemlos.
«Chris.»
«Das ist nicht dein Ernst, oder?»
«Doch. Es klang allerdings mehr nach ‹Kiss›.»
Am anderen Ende wurde es still.
«Bist du noch dran?», fragte er.
«Meine Tochter hat ihr erstes Wort gesagt, und ich war nicht dort», sagte Regina leise.
«So, wie ich Mädchen kenne, werden noch viele Wörter folgen», beruhigte Cavalli sie.
«Ich war auch nicht dabei, als sie ihre ersten Schritte gemacht hat», stellte Regina fest.
«Du kannst dich nicht zweiteilen.» Als Regina schwieg, fuhr er fort. «Du bist ihr ein Vorbild. Das ist wichtiger, als immer anwesend zu sein.»

«Vielleicht hast du recht.» Sie klang nicht überzeugt. «Ich vermisse euch.»
«Wir dich auch.»

Nachdem Regina das Gespräch beendet hatte, setzte sie sich ans Wasser. Die Sonne glitzerte auf dem Kanal; einige Wassersalate schaukelten entlang des Ufers auf und ab. In der Schweiz ist es jetzt dunkel, dachte sie. Auf der anderen Hälfte der Erdkugel lag ihre Tochter unter einer dicken Daunendecke und schlief. Die Vorstellung weckte in Regina Sehnsucht. In der Ferne hörte sie einen Motor und hob den Kopf. Ein Boot fuhr den Kanal hinauf. Als Regina realisierte, dass es den Steg der Salazars ansteuerte, stand sie auf. Hinter sich vernahm sie ein Poltern, dann die Stimme von Salazars Nichte, die laut «Papa» rief. Winkend rannte Claudia zur Anlegestelle. Regina zog sich zurück, um die Ankunft von Matías vom Garten aus zu beobachten. Er war nicht alleine. Nach ihm stieg ein Enddreissiger mit Dreitagebart und Sonnenbrille aus. Unsicher blieb der Begleiter auf dem Steg stehen, bis Salazar auf ihn zuging und ihm die Hand reichte. Während Claudia ihrem Vater half, das mitgebrachte Fleisch ins Haus zu tragen, sprach Salazar leise mit dem Unbekannten. Aus dem Haus hörte Regina, wie Isabella Anweisungen erteilte.

Sie überlegte, ob sie ihre Hilfe anbieten sollte, als Salazar auf sie zukam. «Regina, darf ich vorstellen? Das ist Paco. Er hat in den USA studiert, sein Englisch ist hervorragend.»

Regina reichte Paco die Hand. «Freut mich.»

Paco erwiderte den Händedruck.

«Bis Matías den Grill und das Fleisch vorbereitet hat, vergehen mindestens zwei Stunden», fuhr Salazar fort. «Was haltet ihr von einer Kanufahrt? Die schmalen Wasserstrassen sind wunderschön.»

Unsicher betrachtete Regina das trübe Wasser. Wenn sie sich nicht täuschte, lebten im Delta Piranhas. «Ich habe keine Erfahrung mit Kanus», sagte sie zögerlich.

Salazar wischte ihre Bedenken weg. «Paddeln ist nicht schwierig.»

Das Paddeln machte Regina weniger Sorge als das Halten des Gleichgewichts.

«Glaub mir, am Abend ist es auf dem Wasser am schönsten», meinte Salazar. «Du darfst nur nicht vergessen, dich mit Mückenschutzmittel einzusprayen.»

«Ich habe keines dabei.»

«Kein Problem», lächelte Salazar. «Wir haben einen ganzen Vorrat im Haus.»

Es glich ihm nicht, sie zu drängen. Brauchte Isabella ein wenig Zeit alleine mit ihrer Familie? Regina überlegte, ob sie einen Spaziergang vorschlagen sollte. Als sie sich umsah, realisierte sie, dass es kaum öffentliche Wege entlang des Wassers gab. Widerwillig stimmte sie der Kanufahrt zu. Sichtbar erleichtert holte Salazar das Mückenschutzmittel. Paco zog die Schuhe aus.

«Ist das Boot undicht?», fragte Regina unsicher.

«Nein, aber Wasser könnte über den Rand schwappen.»

Da Regina nur ein einziges Paar Schuhe dabei hatte, zog sie ihre ebenfalls aus. Als Salazar mit dem Spray zurückkam, trug sie das Mittel grosszügig auf. Anschliessend folgte sie den Männern zum Steg, wo ein kleines Kanu befestigt war. Es schwankte bedenklich, als Paco einstieg. Er streckte ihr die Hand entgegen. Regina ergriff sie und setzte vorsichtig einen Fuss ins Boot. Das Kanu kam ihr vor wie eine Nussschale. Sie nahm rasch Platz, bevor sie das Gleichgewicht verlor. Salazar reichte ihnen je ein Paddel.

«Kommst du nicht mit?», fragte Regina überrascht.

«Ich werde bei den Essensvorbereitungen helfen», erklärte er.

Bevor Regina reagieren konnte, drehte er sich um und kehrte in den Garten zurück. Paco stiess das Kanu mit der Hand vom Steg ab. Er erklärte Regina, wie sie am besten vorankämen. Nach einigen Versuchen gelang es ihnen, ihre Bewegungen aufeinander abzustimmen. Schweigend paddelten sie den Kanal hinauf und bogen in einen Seitenarm, wo die Strömung schwächer war.

Als Regina das überwucherte Ufer betrachtete, fragte sie sich, ob Kaimane im Delta hausten. Sofort schoss ihr Puls in die Höhe. Ramón Penassos Leiche war auf dem Grund eines Sees gefunden worden. War es Zufall, dass sie sich so unerwartet in einem Boot befand? Vielleicht waren ihre Fragen auch jemandem lästig geworden. Sie schluckte trocken.

Hatte Esteban Salazar jemandem erzählt, dass sie das Wochenende im Tigre Delta verbringe? Oder würde er am Montag zur Arbeit erscheinen und behaupten, Regina seit dem gemeinsamen Nachtessen am vergangenen Donnerstag nicht mehr gesehen zu haben? Der Einzige, dem Regina ihren Aufenthaltsort genannt hatte, war Cavalli. Und Fahrni, schoss es ihr durch den Kopf. Erleichterung durchflutete sie. Doch diese war von kurzer Dauer. Wenn Paco einen Unfall vortäuschte, würde kein Verdacht auf Salazar fallen. Wie konnte sie nur so leichtsinnig sein, mit einem Unbekannten in ein Kanu zu steigen.

«Ich möchte zurück!», platzte sie heraus.

Paco hörte auf zu paddeln. «Wir können eine Pause einlegen.»

«Ich fühle mich auf dem Wasser nicht wohl», drängte Regina.

«Vielleicht können wir irgendwo an Land.» Paco sah sich um.

Panik drohte Regina zu überwältigen. Sie dachte an Lily, die ahnungslos schlief, an Cavallis Eifersucht, die bewies, dass sie ihm doch etwas bedeutete.

Paco zeigte auf einen Steg. «Wollen wir uns dorthin setzen? Das Haus wirkt unbewohnt.»

Obwohl weit und breit niemand zu sehen war, stimmte Regina zu. Auf festem Grund hatte sie wenigstens eine Chance, Paco zu entkommen. Sie wollte gerade die Richtung ändern, als die Wellen eines Motorboots, das auf dem Hauptkanal vorbeifuhr, das Kanu heftig hin und her warfen. Reflexartig liess Regina ihr Paddel los, um sich festzuhalten. Es fiel ins Wasser. Paco reagierte blitzschnell. Er streckte sich, um das Paddel zu ergreifen, dadurch geriet das Kanu jedoch in Schieflage. Bevor Regina wusste, wie ihr geschah, kippte das Boot. Nun erfasste sie die Panik, die sie zu unterdrücken versucht hatte. Die nassen Kleider zogen sie in die Tiefe. Hinter sich hörte sie Paco rufen, verstand aber nicht, was er sagte. Er brauchte nur die Hand auf ihren Kopf zu legen und sie mit seinem Körpergewicht nach unten zu drücken. Sie hätte keine Chance.

Regina blickte zum Steg. Sie war eine geübte Schwimmerin, was sich darin äusserte, dass ihr Körper trotz ihrer Angst automatisch die richtigen Bewegungen ausführte. Ohne nach hinten zu schauen, schwamm sie davon. Sie war noch nicht weit gekommen, als sie etwas Hartes im Rücken spürte. Neben ihr tauchte der Griff eines Paddels auf. Versuchte Paco, sie zu treffen? Sie tauchte unter. Weder dachte sie an die Piranhas noch an mögliche Kaimane. Ihr Überlebensinstinkt hatte von ihr Besitz ergriffen.

Trotz der gefährlichen Situation überschlugen sich ihre Gedanken. Sie ärgerte sich über ihre Leichtgläubigkeit. Jemand war nicht davor zurückgeschreckt, einen bekannten Journalisten zu ermorden. Warum hatte sie angenommen, als Staatsanwältin sicher zu sein? Salazars Verhalten hatte ihr deutlich gemacht, dass irgendetwas nicht stimmte. Es war offensichtlich, dass er unter Druck gesetzt wurde. Doch Regina hatte nicht geglaubt, dass sie selbst eine Bedrohung darstellte. Sie hatte sich auf ihren Instinkt verlassen, der ihr gesagt hatte, der Staatsanwalt sei in erster Linie an der Wahrheitsfindung interessiert. So viel zu ihrem Bauchgefühl.

Langsam ging ihr der Sauerstoff aus. Sie schwamm an die Oberfläche, um Luft zu holen. Plötzlich packte eine Hand sie an den Haaren. Regina wehrte sich heftig, doch Paco war stärker. Er liess nicht los.

«Halt dich am Paddel fest!», schrie er. «Du hast es gleich geschafft!»

Geschafft? Regina hörte auf zu strampeln. Sofort legte ihr Paco den Arm um den Hals und drehte sie auf den Rücken. Verblüfft liess sie sich von ihm zum Steg ziehen. Er half ihr, sich an der Leiter festzuhalten und aus dem Wasser zu steigen, dann schwamm er zurück zum Kanu. Er drehte es wieder um, warf beide Paddel hinein und schob es vor sich her. Als er beim Steg ankam, befestigte er das Boot an der Leiter.

«Es tut mir furchtbar leid!», keuchte er, sich neben Regina setzend. «Ich wusste nicht, dass du nicht schwimmen kannst!»

Ein Lachen stieg in Regina auf. Die Situation war so absurd, dass sie sich nicht mehr beherrschen konnte. Vermutlich ist es die Anspannung, die aus meinem Körper weicht, dachte sie, während es sie schüttelte. Paco starrte sie mit offenem Mund an.

«Ich muss mich entschuldigen», japste sie. «Meine Phantasie ist mit mir durchgegangen. Ich dachte ... egal.» Sie wischte sich mit dem nassen Ärmel übers Gesicht. «Wer bist du eigentlich?»

Paco hatte sich noch nicht erholt. Erst als Regina versicherte, sie sei nicht beinahe ertrunken, liess er sich nach hinten fallen, die Arme über den Kopf gestreckt. Auf dem Rücken liegend schloss er die Augen. Einige Minuten später öffnete er sie wieder, stemmte sich hoch und sah sie an. «Salazar hat dir nicht gesagt, dass er mich eingeladen hat.» Es war eine Feststellung, keine Frage.

«Nein», bestätigte Regina.

«Ich bin Redaktor bei der Wochenzeitung Noticias.»

Regina riss die Augen auf. «Ramón Penasso hat für Noticias gearbeitet!»

«Esteban hat gemeint, du würdest mich gerne treffen.» Er sah sie bedeutungsvoll an. «Irgendwo, wo wir ungestört reden können.»

Regina vergass, dass sie tropfnass war. «Du hast Ramón Penasso gekannt?»

Pacos Blick trübte sich. «Er war ein guter Freund von mir.»

Regina drückte ihm ihr Beileid aus. «Es ist mir wichtig herauszufinden, was in Zürich geschehen ist.»

«Rancho war ein verdammt anständiger Kerl.» Pacos Blick schweifte in die Ferne. «Sein Erfolg ist ihm nie zu Kopf gestiegen. Er war sich nicht zu fein, jüngeren Kollegen Artikel gegenzulesen oder seine Kontakte spielen zu lassen, wenn er darum gebeten wurde. Und wenn es etwas zu feiern gab, war er immer als Erster dabei. Davon verstand er wirklich etwas. Vom Feiern, meine ich. Scheisse.» Er sah Regina an. «Vielleicht hilft dir, was ich über sein Projekt weiss. Es ist leider nicht viel, aber vermutlich besser als nichts. Er hat selten über seine Arbeit gesprochen, ich glaube, er wollte uns schützen. Rancho war...»

Regina hob verwirrt die Hand. «Langsam, bitte. Rancho ist Ramón?»

«Seine engen Freunde nennen... nannten ihn Rancho.»

«Und er hat an einem Projekt gearbeitet?», fragte Regina weiter. «Einem grösseren?»

«Er wollte eine Reihe Porträts veröffentlichen. Ich weiss nicht, wie viel du über seine Vergangenheit weisst.» Paco schilderte, wie Ramón Penasso seine Eltern verloren hatte. «Das Schicksal der verschwundenen Kinder hat ihn immer beschäftigt. Auf der Suche nach seiner Schwester hat er viele Opfer aufgespürt. Irgendwann entstand die Idee, die Adoptivkinder zu porträtieren. Er wollte aufzeigen, wie sie damit umgingen, von einem Tag auf den andern zu erfahren, dass ihr Leben eine einzige grosse Lüge gewesen war.»

«Hatte jemand etwas gegen das Projekt?»

«Namen hat Rancho keine genannt, aber ich weiss, dass die Eltern der Betroffenen einiges zu verlieren hatten. Nicht zuletzt den Respekt oder sogar die Liebe ihrer Adoptivkinder – auf politischer Ebene? Kaum.»

Regina beäugte ihn kritisch. «Warum triffst du mich heimlich, wenn du nicht glaubst, dass der Mord politisch motiviert ist?»

Paco nickte anerkennend. «Ich habe natürlich eigene Nachforschungen angestellt, als Rancho nicht mehr zurückgekehrt ist. Mir wurde ziemlich rasch klar, dass sein Verschwinden auf Regierungsebene hohe Wellen warf.» Er lachte trocken, als ihm die Ironie des Vergleiches bewusst wurde. «Ich glaube nicht, dass der Mord politisch motiviert ist. Aber unsere Regierung sitzt in einem sehr wacklRegen Boot.» Die Andeutung eines Lächelns huschte über sein Gesicht. «Im nächsten Herbst sind Wahlen. Wellen kommen der Kirchner gar nicht gelegen.»

«Und deshalb behindert sie die Suche nach der Wahrheit?»

«Ein Schuldiger muss her», erklärte Paco. «Damit die Regierung nicht in Verdacht gerät. Schliesslich war Rancho bekannt für seine kritische Haltung gegenüber dem Staat. Im Hintergrund stellt die SIDE natürlich eigene Ermittlungen an.»

Pacos Erklärung deckt sich mit Fahrnis Vermutung, dachte Regina. Also hatte sie sich doch nicht in Salazar getäuscht. Vom Staatsanwalt wurde erwartet, dass er Regina von Gonzalo Campos' Schuld überzeugte. Dagegen wehrte er sich, so gut er konnte. Er wusste, dass er nur Zweifel in Regina zu wecken brauchte. Sie würde darüber entscheiden, ob das Verfahren in der Schweiz weitergeführt oder eingestellt würde.

«Hast du eine Ahnung, ob Ramón Penassos Suche nach seiner Schwester erfolgreich war?», fragte Regina.

«Vor gut einem Jahr kam Rancho einem ehemaligen Korvettenkapitän auf die Spur, der heute in Punta del Este lebt. Vieles deutete darauf hin, dass die Tochter des Militärs Ranchos Schwester war. Die Vermutung stellte sich aber schliesslich als falsch heraus. Was mich damals erstaunt hat, war Ranchos Reaktion. Er steckte die Enttäuschung einfach weg. Ich glaube, etwas anderes hat ihn viel stärker beschäftigt. Wenig später fuhr er erneut nach Punta del Este.»

«Das liegt in Uruguay, oder?»

«Es ist ein Badeort nördlich von Montevideo», erklärte Paco. «Uruguays Schickeria trifft sich dort. Viele reiche Argentinier verbringen ihre Ferien ebenfalls in Punta del Este. In Buenos Aires können sie ihren teuren Schmuck nicht öffentlich tragen. Seit der Wirtschaftskrise ist es zu riskant, Reichtum zur Schau zu stellen. In Punta del Este lassen sie richtig – entschuldige – die Sau raus.» Paco verzog das Gesicht. «Nicht unbedingt Ranchos bevorzugte Feriendestination. Er muss aus beruflichen Gründen dort gewesen sein. Aber wie gesagt, er hat nie etwas über seine Recherchen erzählt. Er weihte andere erst ein, wenn er einen Verdacht beweisen konnte.»

«Hast du keine Ahnung, was er dort entdeckt haben könnte?»

Paco schüttelte grimmig den Kopf. «Es lässt mir keine Ruhe. Ich bin in Gedanken jedes Gespräch durchgegangen, das wir letzten Herbst geführt haben. Ich weiss nur, dass er nach der Reise die Suche nach seiner Schwester vorübergehend auf Eis gelegt hat. Das deutet darauf hin, dass er einer grossen Sache auf der Spur war. In dieser Beziehung war er unglaublich. Wenn er sich in ein Thema verbiss, liess er nicht mehr locker. Manchmal verschwand er regelrecht von der Bildfläche.»

«Hat er dir nicht erzählt, warum er in die Schweiz geflogen ist?»

Paco verneinte. «Ich wusste nur, dass er einen Monat Urlaub genommen hatte.»

«Hinterliess er im Büro Unterlagen?»

«Er arbeitete nur am eigenen Laptop. Rancho war paranoid. Er traute niemandem. Wichtige Unterlagen nahm er immer mit nach Hause.»

«Dort wurde nichts gefunden.»

«Dann sind sie vermutlich in der Schweiz.»

Regina schob sich eine nasse Haarsträhne aus dem Gesicht. Sie versuchte, sich vorzustellen, was Ramón Penasso in Uruguay entdeckt haben könnte. Sie dachte an den Sand, den er hatte analysieren lassen. Fahrni hatte erklärt, die Probe stamme vermutlich aus Missiones. Die Provinz grenzte jedoch nicht an Uruguay, sondern an Paraguay und Brasilien. Bestand überhaupt ein Zusammenhang zu Ramón Penassos Recherchen in Uruguay? Regina fragte Paco danach, doch er konnte ihr nicht weiterhelfen.

Langsam ging die Sonne unter. Paco schlug vor zurückzufahren. Widerwillig setzte sich Regina ins Kanu. Ohne Zwischenfälle erreichten sie das Wochenendhaus der Salazars. Als der Staatsanwalt seine nassen Gäste sah, umspielte ein Lächeln seine Lippen. Isabella warf ihm einen bösen Blick zu und bot Regina Ersatzkleider an. Sie lehnte dankend ab, froh darüber, dass sie so viel eingepackt hatte. Vom Grillplatz wehte der Duft von Fleisch und verbranntem Holz zu ihr herüber. Als ihr Magen knurrte, realisierte sie, wie hungrig sie war. Einige Nachbarn hatten sich zum Essen eingefunden und Rotwein mitgebracht. Eine Flasche wurde entkorkt, bald darauf kam Salazar mit einem Glas auf sie zu.

«Wein?», fragte er. «Oder lieber ein Bier?»

Entgegen ihren Gewohnheiten ergriff Regina das Weinglas. «Auf deinen Mut», prostete sie ihm zu. «Danke.»

Salazar sah sie mit undurchdringlichem Blick an. «Der Ausflug war also trotz des Missgeschicks ein Erfolg?»

«Auf jeden Fall», versicherte Regina. «Doch eine Frage habe ich noch. Wo sind die Passagierlisten aus Uruguay? Die Metropolitana wollte überprüfen, wer im selben Zeitraum wie Ramón Penasso nach Zürich geflogen ist.»

Salazar drehte sich zum Wasser hin und nahm einen Schluck Wein. «Unterwegs, vermute ich.»

Also bei der SIDE, dachte Regina. Der Geheimdienst will vermutlich sichergehen, dass kein eigener Agent an Bord einer der Flüge nach Zürich gewesen ist, bevor er die Liste freigibt. «Die linke Hand weiss nicht, was die rechte tut», hatte Fahrni gesagt. Wie recht er doch gehabt hatte.

9

Die Aussicht vom Cabildo, wo früher der Senat untergebracht gewesen war, weckte in Fahrni Erinnerungen an den Mississippi. Zwar war er nie in den Südstaaten der USA gewesen, doch als Kind hatte er die Abenteuer von Tom Sawyer und Huckleberry Finn geliebt. Er hatte sich vorgestellt, selbst auf einem Floss den mächtigen Fluss hinunterzutreiben, auf dem Rücken liegend, die Arme hinter dem Kopf verschränkt. Der Rio Paraguay floss genauso träge an Asunción vorbei, wie sich der Mississippi durch die Landschaft seiner Helden schlängelte. Er trug grüne Inseln aus Lianen und Gestrüpp mit sich, die sich irgendwo im Norden Paraguays gelöst hatten und nun eine Reise zum Atlantik unternahmen. Vorher würden sie in den Río de la Plata fliessen, vielleicht sogar an Regina vorbeitreiben, die das Wochenende im Tigre Delta verbrachte.

Buenos Aires erschien Fahrni so weit weg wie die Schweiz. Im Gegensatz zu Argentinien war Paraguay ein Entwicklungsland.

Im Zentrum der Hauptstadt war die Armut weniger sichtbar, doch Fahrni hatte gelesen, dass das Pro-Kopf-Einkommen zu den tiefsten Südamerikas gehöre. Viele Familien seien auf das Geld angewiesen, das Angehörige aus dem Ausland nach Hause schickten. Am Vorabend hatte er versucht herauszufinden, ob Paz ohne ihn eine Zukunft hätte. Suchte sie wirklich einen Partner aus Europa, weil sie als Witwe für einen Paraguayer unattraktiv war? Oder steckten doch wirtschaftliche Gründe hinter ihrem Wunsch? Egal, wie er das Thema angeschnitten hatte, sie war nicht auf seine Fragen eingegangen.

Überhaupt war der Abend eine einzige Katastrophe gewesen. Obwohl er versucht hatte, seine Aufmerksamkeit auf Paz zu richten, hatte sich die Vermittlerin immer wieder in den Vordergrund gedrängt. Sie hatte Paz kaum reden lassen, stattdessen hatte sie Fahrnis Fragen selber beantwortet oder das Gespräch auf Themen gelenkt, die ihn nicht interessierten. Paz war mit unergründlichen Augen am Tisch gesessen, ihr Gesicht eine Maske aus Make-up und Gleichgültigkeit. Trotzdem hatte Fahrni sich entschlossen, sie ein drittes Mal zu treffen. Schliesslich hatte er noch einen ganzen Tag zur Verfügung, bevor er nach Argentinien zurückflog. Er hatte aber darauf bestanden, Paz alleine zu sehen. Statt sich darüber zu freuen, hatte Paz nur schweigend genickt.

Fahrni liess seinen Blick über die Hüttensiedlung schweifen, die sich entlang des Flusses erstreckte. Zwischen den Wellblechdächern hing nasse Wäsche, auf der ungeteerten Strasse rannten einige Kinder hinter einer leeren Flasche her. Paraguay steckt voller Widersprüche, dachte er. Armut und Reichtum lagen dicht beieinander, die Menschen wirkten seltsam vertraut und doch völlig fremd. Vielleicht, weil viele sowohl von europäischen Einwanderern als auch von den Guaraní abstammten. Auch Paz hatte indigene Züge, obwohl diese fast gänzlich von ihrer Schminke verdeckt wurden. Was versucht sie darunter noch zu verbergen?, fragte sich Fahrni.

Mit einem Seufzer wandte er sich vom Fluss ab. Es war erst Viertel vor zehn, doch das Thermometer war bereits auf über 30

Grad geklettert. Wie schon am Vortag war der Himmel wolkenverhangen. Langsam, um nicht noch mehr ins Schwitzen zu kommen, überquerte Fahrni die Strasse. Er hatte sich mit Paz vor dem Eingang der Partnervermittlung verabredet. Sie wartete bereits, als er um die Ecke bog. Er fragte sich, warum er überrascht war. Hatte er angenommen, sie nähme es als Südamerikanerin mit der Pünktlichkeit nicht so genau? Oder erschiene gar nicht erst? Spürte sie, dass zwischen ihnen etwas fehlte? Er schob den Gedanken beiseite. Wenn er der Beziehung eine Chance geben wollte, durfte er sich nicht auf die negativen Punkte konzentrieren. Lächelnd ging er auf Paz zu. Er hatte sich vorgenommen, spanisch statt englisch zu sprechen. Vielleicht trüge das zur Entspannung bei.

Auf seine Begrüssung reagierte sie mit einem höflichen «Hola». Erfreut stellte Fahrni fest, dass sie wesentlich weniger stark geschminkt war als am Vortag. Ihre Augen waren zwar immer noch dunkel umrandet, die Lippen unnatürlich rot, doch das Make-up, das sie wie eine Maske bedeckt hatte, fehlte. Dadurch sah sie jünger aus, nicht älter, wie Fahrni erwartet hatte. Wenn er ihr auf der Strasse begegnet wäre, hätte er sie auf höchstens 25 Jahre geschätzt. Sie trug die gleichen silbrigen Sandalen und engen Jeans wie am Vortag. Die weisse Bluse hatte sie mit einem zitronengelben T-Shirt getauscht, das sie zugänglicher erscheinen liess.

«Magst du ein wenig spazieren gehen?», fragte Fahrni mit skeptischem Blick auf ihre Absätze. Er hätte darin kaum zwei Schritte gehen können, geschweige denn durch die Stadt spazieren, doch sie stimmte zu. Schon nach wenigen Minuten war ihm jedoch klar, dass sie nicht weit kämen. Während er nach einer Bank Ausschau hielt, berichtete er ihr von seinem Ausflug zum Fluss. «Wohnst du weit weg vom Stadtzentrum?»

«Ja.»

«Wo genau?»

Sie deutete Richtung Norden.

«Alleine?»

Sie nickte. Er überlegte, ob er ihr erzählen sollte, dass er seit einigen Jahren wieder bei seinen Eltern wohnte, beschloss aber, es bleiben zu lassen. In Paraguay würde er damit vermutlich weniger Erstaunen auslösen als in der Schweiz, doch ein kleiner Teil von ihm schämte sich trotzdem. Er wollte nicht den Eindruck erwecken, er suche eine Partnerin, weil er unfähig sei, alleine einen Haushalt zu führen.

Sie waren bei der Plaza del Marzo Paraguayo angekommen, wo sich der Sitz des Parlamentes befand. Fahrni entdeckte eine Bank, die eine gute Sicht auf die Kathedrale bot. Paz setzte sich wortlos neben ihn. Hier hatte die Jugendbewegung «Jóvenes por la Democracia» im März 1999 für mehr Mitspracherecht des Volkes demonstriert. Sie war daraufhin von Scharfschützen attackiert worden, die dem Ex-General unterstanden. 700 Zivilisten waren verletzt worden, sieben Studenten und ein Bauer waren gestorben. Paz musste damals zwanzig Jahre alt gewesen sein, rechnete Fahrni aus.

«Hast du an den Protesten hier teilgenommen?», fragte er.

Sie sah ihn verständnislos an.

«Den Demonstrationen nach der Ermordung des Vizepräsidenten», erklärte er.

«Nein.»

«Ich habe mich immer gefragt, wie es wäre, eine Rolle in der Geschichte eines Landes zu spielen», sinnierte Fahrni. «Der 27. März war für Paraguay ein historischer Tag. Interessierst du dich für Politik?»

Als Paz nicht antwortete, glaubte er, sie habe ihn nicht verstanden. Er wollte die Frage wiederholen, als sie plötzlich den Kopf drehte und ihn unverblümt anstarrte. «Politiker sind wie Kühe. Sie wollen immer dort weiden, wo das Gras am saftigsten ist. Nur sind Kühe nützlicher. Sie geben wenigstens Milch.»

Ein Lachen stieg in Fahrni auf. Fast gleichzeitig fielen die ersten, schweren Tropfen vom Himmel. Innert Minuten begann es, sintflutartig zu regnen. Fahrni sprang auf und deutete auf die Kathedrale. Er wollte schon losrennen, als ihm auffiel, dass Paz keine Eile hatte. Als sei es nichts Aussergewöhnliches, nass zu werden, folgte sie ihm gemächlich über den Platz. Überhaupt war er der Einzige, der vor dem Regen zu fliehen versuchte, stellte Fahrni überrascht fest. Die Paraguayer gingen ihren Beschäftigungen nach, als sei es normal, völlig durchnässt zu werden. Niemand trug einen Regenschirm.

In der Mitte des Platzes hatte sich eine beträchtliche Menge Wasser angesammelt. Statt der Pfütze auszuweichen, zog Paz die Sandalen aus und watete hindurch. Unentschlossen blickte Fahrni auf seine Turnschuhe. Paz merkte, dass er ihr nicht folgte und blieb stehen. Das Haar klebte ihr am Kopf, die Schminke floss ihr in schwarzen Rinnsalen übers Gesicht. Unter dem gelben T-Shirt zeichneten sich ihre Brüste ab. Fahrnis Atem stockte. Er nahm nur noch ihre dunklen Augen, die braune Haut und die weichen Kurven wahr. Ohne es zu merken, trat er in die Pfütze. Seine Turnschuhe sogen sich mit Wasser voll.

So rasch, wie der Regen begonnen hatte, hörte er wieder auf, als sei Asunción eine Filmkulisse, auf der das Wetter per Knopfdruck reguliert wurde. Paz wartete immer noch stumm, die Sandalen in der Hand. Fahrni kramte ein feuchtes Stofftaschentuch hervor und reichte es ihr. Sie wischte sich damit die schwarzen Spuren vom Gesicht und betrachtete anschliessend fast wütend das Taschentuch, ehe sie aufsah. Als Fahrni ihrem trotzigen Blick begegnete, lächelte er. Der Regen hatte ihre Maske weggespült. Einen Moment lang verharrte Paz an Ort und Stelle, dann drehte sie sich abrupt um, stapfte zu einem Abfalleimer und liess die Sandalen hineinfallen. Herausfordernd verschränkte sie die Arme und wartete Fahrnis nächsten Schritt ab. Als er ihr die Hand entgegenstreckte, lächelte sie endlich zurück.

10

Als Elena Alvarez de Campos das Büro des Staatsanwaltes betrat, füllte sie den Raum mit ihrer Anwesenheit aus. Die Trauer um ihren ermordeten Liebhaber und den verhafteten Ehemann hatte sie nicht verblassen lassen. Die dunkel schimmernden Augen glänzten, das bleiche Gesicht wirkte fast ätherisch. Nur die roten Lippen, die einen geraden Strich bildeten, verrieten ihre Anspannung.

Regina rief sich Gonzalo Campos' farblose Erscheinung in Erinnerung und begriff, warum ihm Eifersucht als Motiv unterstellt wurde. Kein Gericht würde die These der Staatsanwaltschaft bezweifeln. Schon gar nicht, wenn es sich bei Campos' Nebenbuhler um Ramón Penasso handelte. Ihr Blick glitt zu Esteban Salazar. Seine zwiespältigen Gefühle in Bezug auf die Untersuchung verbarg er gekonnt. Seinem Verhalten nach zu urteilen, war die Einvernahme von Elena Alvarez nur eine Formsache.

«Es freut mich, dass Sie sich nun doch entschieden haben auszusagen», eröffnete er mit gleichgültiger Stimme die Einvernahme, nachdem sich Elena Alvarez gesetzt hatte.

Elena Alvarez schnappte nach Luft, ging jedoch nicht auf die Provokation ein.

«Bevor ich auf die Ereignisse zu sprechen komme, die zur Tat geführt haben, möchte ich Sie zu Ihrer Vergangenheit befragen», fuhr Salazar fort.

«Bitte», meinte Elena Alvarez mit einer abschätzigen Handbewegung.

Auf Salazars Aufforderung hin erzählte sie, wie sie Gonzalo Campos und Ramón Penasso während des Studiums kennengelernt habe. Ihre Aussagen deckten sich mit den Informationen, die Regina bereits besass. Was auf dem Papier jedoch nicht deutlich geworden war, waren die heftigen Gefühle, die Elena Alvarez immer noch für Ramón Penasso hegte. Obwohl sie sich bemühte, ihre Stimme unter Kontrolle zu halten, gelang es ihr nicht, das Zittern darin zu verbergen. Mitleid mit Gonzalo Campos stieg in Regina auf. Er würde immer die Nummer zwei bleiben.

«Warum haben Sie Gonzalo Campos geheiratet?», fragte Salazar.

«Weil ich mein Leben mit ihm verbringen wollte», antwortete Elena Alvarez prompt.

«Sie haben ihn nicht geliebt», stellte Salazar fest.

Zur Überraschung aller schüttelte Elena Alvarez den Kopf. Vielleicht ahnte sie, dass eine Lüge ihre weiteren Aussagen unglaubhaft erscheinen liesse.

«Nein, ich habe ihn damals nicht geliebt», sagte sie bedauernd. «Jedenfalls nicht so, wie ich Ramón geliebt habe. Darauf bin ich nicht stolz. Doch Gonzo wusste das. Ich habe ihm nie etwas vorgemacht.»

«Haben Sie während Ihrer Ehe je wieder mit Ramón Penasso Kontakt aufgenommen?»

«Nein.»

«Und er mit Ihnen?»

«Erst im letzten Winter.»

«Erzählen Sie mir bitte, was geschah.»

Elena Alvarez schilderte, wie sie aus dem Nichts eine E-Mail von Ramón Penasso erhalten habe, in der er sie um ein Treffen bat. Sie habe abgelehnt, doch er liess nicht locker. Erst als er erklärte, er brauche dringend ihre Hilfe, habe sie eingelenkt.

«Hat er Ihnen gesagt, worum er Sie bitten wollte?»

«Nein.»

«Trotzdem haben Sie sich mit ihm getroffen», stellte Salazar fest.

«Ich wusste, dass mich Ramón nicht fragen würde, wenn es nicht dringend wäre.»

«Sie haben sich bestimmt Gedanken darüber gemacht, was er von Ihnen wollte. Zu welchem Schluss sind Sie gekommen?»

Elena Alvarez zuckte die Schultern. «Dass er beruflich in Schwierigkeiten steckte. Dass er jemandem zu nahe getreten war, vielleicht meine Meinung darüber hören wollte, ich weiss es nicht.»

«Ihre Meinung?»

«Ich weiss es nicht!», wiederholte Elena Alvarez.

«Sie wissen es nicht.» Salazars Stimme war ausdruckslos.

«Nein!»

«Ist es nicht so, dass Sie ganz froh waren, ihn zu treffen? Egal, welchen Grund er Ihnen dafür lieferte?»

Elena Alvarez zögerte den Bruchteil einer Sekunde zu lang, bevor sie verneinte.

Salazar schlug die Beine übereinander. «Das verstehe ich nicht. Sie sind mit Ihrem Geliebten verabredet, freuen sich aber nicht darüber?»

«Ehemaligen Geliebten!»

«Richtig», korrigierte sich Salazar mit einem Lächeln. «Ehemaligen Geliebten.» Er beugte sich vor. «Wusste Ihr Mann vom geplanten Treffen?»

«Ich wollte ihn nicht beunruhigen.»

Salazar lehnte sich wieder zurück. «Natürlich. Lassen Sie mich zusammenfassen: Ihr Geliebter schreibt Ihnen plötzlich und bittet Sie mit einer fadenscheinigen Begründung, ihn zu treffen. Sie erzählen Ihrem Mann nichts davon, sondern verabreden sich ohne zu zögern mit Ramón Penasso. Weil er angeblich Ihre Hilfe braucht.»

«Hören Sie auf, mir die Worte im Mund zu verdrehen!»

Salazar gab sich erstaunt. «Habe ich etwas falsch verstanden?»

Regina hielt den Atem an. Warum war Elena Alvarez hergekommen? Merkte sie nicht, dass ihre Aussage ihren Mann belastete? Obwohl Regina wusste, dass Salazar keine Wahl blieb, als Alvarez in die Enge zu treiben, wünschte sie, er wäre weniger geschickt. Doch vermutlich kannten seine Vorgesetzten seine Methoden. Wiche er von ihnen ab, würde er Aufsehen erregen. Ihr Blick glitt zu Fahrni. Er zupfte an seinem Ohrläppchen. Offensichtlich war er genauso beunruhigt. Sie hatte ihm beim Frühstück vom Gespräch mit Paco erzählt. Er teilte ihre Ansicht, dass der Staatsanwalt auf verlorenem Posten stand. Salazars Vorgesetzte wollten, dass Gonzalo Campos angeklagt wurde. Nur Regina konnte für seine Entlassung sorgen.

Elena Alvarez hatte Mühe, ihre Wut im Zaum zu halten. «Wenn Sie nicht augenblicklich aufhören, mich zu belächeln, werde ich gehen!»

Salazar zeigte zur Tür. «Bitte.»

Schwungvoll erhob sie sich und zerrte ihre Handtasche von der Stuhllehne. Regina erstarrte. Wenn Elena Alvarez jetzt ging, würde sie die Lage ihres Ehemannes nur verschlimmern.

«Ich möchte Frau Alvarez noch einige Fragen stellen», sagte sie rasch.

Die Zeugin zögerte. Mit zusammengekniffenen Augen betrachtete sie Regina. Sie schien abzuwägen, ob von ihr Hilfe zu erwarten sei. Schliesslich setzte sie sich widerwillig.

Salazar lächelte Regina freundlich zu. «Sie können Ihre Fragen stellen, wenn ich fertig bin.» Er wandte sich wieder an Elena Alvarez. «Kommen wir zum Abend, an dem Sie Ramón Penasso in Montevideo getroffen haben.»

Elena Alvarez warf Regina einen Blick zu, bevor sie die Begegnung mit knappen Worten schilderte.

«Der Kellner hat ausgesagt, Ramón Penasso habe Sie mit einer intimen Geste berührt», hielt Salazar ihr vor.

«Blödsinn!» Auf einmal hielt Elena Alvarez inne. «Das ist doch nicht zu fassen!»

«Er hat Ihnen über die Lippen gestrichen. Nennen Sie das nicht intim?»

«Ramón hat mir den Finger an die Lippen gelegt, um mich zum Schweigen zu bringen», erklärte sie. «Ich war wütend, weil er Gonzo beleidigt hatte. Als intim würde ich das nun wirklich nicht bezeichnen!»

«Der Kellner sah das anders.»

«Es ist nicht mein Problem, wenn dieser Kellner seine schmutzige Phantasie nicht zügeln kann!»

Salazar lächelte. «Ich fürchte schon. Aber kommen wir endlich zum Grund des Treffens. Hat Ihnen Ramón Penasso erklärt, warum er so dringend Ihre Hilfe benötigte?»

Elena Alvarez verschränkte die Arme. «Er hat mir ein Paket gegeben und mich gebeten, es abzuschicken, wenn ich innert dreissig Tagen nichts von ihm hörte.»

Schlagartig veränderte sich die Stimmung im Raum. Obwohl Salazar scheinbar gleichgültig nickte, wusste Regina, dass er zum ersten Mal von diesem Paket vernahm. Die Tippgeräusche des Protokollführers verstummten einen Moment lang, der Dolmetscher übersetzte die Aussage mit Verzögerung. Regina beobachtete Elena Alvarez genau. Warum hatte sie sich zu Beginn der Untersuchung geweigert auszusagen? Ramón Penassos Angst entlastete Gonzalo Campos. Wenn er sich bereits vor dem Treffen mit Elena Alvarez gefürchtet hatte, schied Gonzalo Campos als Täter aus, zumindest, wenn Eifersucht das Motiv sein sollte.

«Beschreiben Sie das Paket», nahm Salazar den Faden wieder auf.

«Es war circa so gross wie zwei Schuhschachteln.» Elena Alvarez deutete den Umfang mit den Händen an. «Vielleicht etwas grösser. Und überraschend schwer. Ich schätze, drei, vier Kilogramm.»

«Was war drin?»

«Ich habe es nicht aufgemacht.» Als Salazar ungläubig schnaubte, funkelte sie ihn wütend an. «Ich wollte nicht in irgendeine Geschichte hineingezogen werden! Ich habe zwei Kinder! Ich wusste, dass mir Ramón nur Unglück bringen würde. Dauernd legt er sich mit Mächtigeren an. Wie sich herausgestellt hat, hatte ich recht! Hätte ich mich geweigert, ihn zu treffen, sässe Gonzo jetzt nicht im Gefängnis. Er hat nichts mit Ramóns Tod zu tun! Er wusste nicht einmal von unserem Treffen.»

«Was haben Sie mit dem Paket gemacht?»

«Versteckt», gab Elena Alvarez zu. «Als sich Ramón dann nach dreissig Tagen nicht meldete, habe ich es wie versprochen abgeschickt.»

«Wo haben Sie es versteckt?»

«Zu Hause. In meinem Kleiderschrank.»

«Hatte Gonzalo Campos Zugang zu Ihrem Schrank?»

«Ich wüsste nicht, was er dort zu suchen hätte.»

«Das beantwortet meine Frage nicht.»

«Natürlich hat er Zugang zum Schrank! Ich schliesse meine Kleider nicht ein! Aber ich kann Ihnen versichern, dass er besseres zu tun hat, als in meinen Sachen zu wühlen.»

Salazar beschloss offenbar, die Sache vorläufig ruhen zu lassen.
«Sie haben das Paket also abgeschickt. An wen war es adressiert?»
Elena Alvarez senkte den Blick. «Ich ... weiss es nicht mehr so genau.»
Salazar lachte auf. «Verstehe.»
«Nein! Sie verstehen gar nichts! Ich wollte meine Familie schützen! Ich dachte, je weniger ich wüsste, desto besser. Am liebsten hätte ich das Paket weggeworfen. Ich wollte es einfach nur loswerden.»
«Es fällt mir schwer zu glauben, dass Sie sich überhaupt nicht an die Adresse erinnern können», meinte Salazar. «Sie sind kaum mit geschlossenen Augen am Postschalter gestanden.»
«Ich habe nicht gesagt, dass ich mich gar nicht daran erinnern kann!», schnauzte Elena Alvarez. «Sondern nicht mehr genau.»
«Ich höre.»
«Es war eine Adresse in Paraguay. Genauer, in Concepción.» Sie beugte sich vor. «Da ist noch etwas, das Sie wissen müssen. An jenem Abend haben wir über die Vergangenheit gesprochen. Nicht unsere gemeinsame Vergangenheit!», sagte sie, als sie Salazars Blick bemerkte. «Sondern über Ramóns Schwester. Ich nehme an, Sie wissen Bescheid. Ich habe Ramón gefragt, ob er bei der Suche weitergekommen sei. Sofort merkte ich, dass ich einen wunden Punkt getroffen hatte. Ramón ist wie besessen davon, seine Schwester zu finden. Als ich sah, wie traurig ihn meine Frage stimmte, riet ich ihm, die Vergangenheit ruhen zu lassen. Seine Reaktion habe ich bis heute nicht vergessen. Er hat wörtlich gesagt: ‹Es ist nicht vorbei, Elena. Es wird nie vorbei sein.›»

Cavalli wusste nicht, was er von Reginas Informationen halten sollte. Versuchte Elena Alvarez, mit einer Lügengeschichte von ihrem Mann abzulenken? Oder sagte sie tatsächlich die Wahrheit, wie Regina vermutete? Dass sie Ramón Penasso schliesslich als vermisst gemeldet hatte, liess ihre Schilderung glaubhaft erscheinen. Obwohl sie Angst hatte, in etwas hineingezogen zu werden, hatte sie sich exponiert. Ihre Sorge um Ramón Penasso war grösser gewesen als ihr Instinkt, sich aus seinem Leben herauszuhalten.

Cavalli lagerte Lily von einem Arm auf den anderen um und schloss die Haustür ab. Als sie den Kopf an seine Schulter legte, hörte er, wie ihr Atem leise pfiff. Der Zwiebelwickel, den er ihr in der Nacht gemacht hatte, schien nicht geholfen zu haben. Mit der flachen Hand berührte er ihre Stirn. Fieber hatte sie nicht. Trotzdem war ihm nicht wohl, sie in die Krippe zu bringen. Doch er konnte es sich nicht leisten, der Arbeit fernzubleiben. Reginas Dienstreise hatte das Interesse der Medien am Fall Penasso wieder geweckt. Täglich riefen Journalisten an und erkundigten sich nach den neusten Entwicklungen. An der gestrigen Besprechung hatten nicht nur die involvierten Sachbearbeiter teilgenommen, sondern auch Hans-Peter Thalmann, die Kripo-Chefin und ein Vertreter der Informationsabteilung. Heute nachmittag wollte sich sogar der Kommandant in der Kripoleitstelle einfinden. Alle Augen waren auf Cavalli gerichtet. Er konnte froh sein, wenn er es schaffte, Lily am Abend rechtzeitig vor Krippenschluss abzuholen. Eigentlich hatte er noch früher losfahren wollen, um vor dem wöchentlich stattfindenden Kripo-Rapport mit Gurtner zu sprechen. Als Cavalli ihm am Vortag von seiner Entdeckung berichtet hatte, war es zu einem heftigen Streit gekommen. Gurtner behauptete, wenn Cavalli ihm sofort vom Gespräch auf der Fachstelle für Adoption erzählt hätte, hätte er die Hotel-Meldescheine selbst nach einem Ramón Ovieda durchgesehen. Cavalli hatte da seine Zweifel gehabt und ihm vorgeworfen, arbeitsscheu zu sein.

Mit einem Seufzer reihte sich Cavalli in die Autoschlange ein, die langsam von Gockhausen Richtung Zürich kroch. Hinter einem nebligen Schleier lockte der Wald. Seit Regina nach Buenos Aires geflogen war, hatte Cavalli seine tägliche Joggingrunde wegen Lily ausfallen lassen müssen. Seine Glieder fühlten sich steif an, seine Gedanken waren festgefahren. Er sehnte sich nach frischer Luft und Stille. Vielleicht nehme ich zwischen Weihnachten und Neujahr einige Tage frei und fahre mit Lily in den Jura, sinnierte er. Wenn er ein Zelt mitnähme, hätte Regina womöglich nichts dagegen. So könnte sie in Ruhe ihren Rückstand im Büro aufarbeiten. Bereits in der ersten Januarwoche hatte sie Brandtour, eine besondere Herausforderung angesichts der bevorstehenden Umstellungen.

Am Klusplatz war ein Auto auf der eisigen Strasse ins Rutschen geraten und hatte ein Tram der Linie 15 gestreift. Von allen Seiten staute sich der Verkehr. Cavalli schaltete das Radio ein und schloss die Augen. Er erfuhr, dass Schweizer Bio-Wein ein Nischenprodukt sei und nur gerade zwei Prozent der Rebfläche dafür genutzt würden. Friedrich Dürrenmatt war vor zwanzig Jahren gestorben, und das italienische Parlament hatte Ministerpräsident Berlusconi einmal mehr in seinem Amt bestätigt. Der Euro steckte in einer Krise, im Seefeld war eine Rentnerin überfallen worden, und 2010 war ein Katastrophenjahr gewesen. Cavalli schaltete das Radio wieder aus und schob eine CD von Trudi Gerster ins Laufwerk. Bald erzählte die Märchenkönigin mit der unverwechselbaren Stimme die Geschichte der Kleinen Meerjungsau. Als Cavalli drei viertel Stunden später in die Tiefgarage des Kripo-Gebäudes einbog, hallte Eber Ekki in seinem Kopf nach. Lily war im Kindersitz wieder eingeschlafen und protestierte schwach, als Cavalli sie heraushob. Mit schlechtem Gewissen brachte er sie in die Krippe. Der Abschied dauerte länger als gewohnt.

Der Rapport hatte schon begonnen, als Cavalli endlich ins Büro kam. Trotzdem suchte er Vera Haas auf und berichtete ihr kurz von der Einvernahme in Buenos Aires. Für ein Gespräch mit Gurtner blieb ihm keine Zeit. Haas versprach, ihren Kollegen zu informieren und Nachforschungen bei der Post anzustellen. Möglicherweise hat Elena Alvarez nur die halbe Wahrheit gesagt, dachte Cavalli. Vielleicht war das Paket nicht nach Paraguay, sondern in die Schweiz geschickt worden. Oder jemand hatte es weitergeleitet.

Als Cavalli das Sitzungszimmer betrat, beschrieb der Kollege vom Jugenddienst einen Konflikt an einer Berufsschule, der eskaliert war und auf andere Schulen übergegriffen hatte. Er verstummte, als der Chef der Spezialabteilung 2 seinen Unmut über Cavallis Verspätung äusserte. Cavalli nahm die Kritik wortlos hin und setzte sich. Den Schilderungen der Dienstchefs folgte er interessiert, als aber Thalmann die Informationen aus dem Kommandorapport weiterzuleiten begann, schweiften Cavallis Gedanken ab. Was hatte Ramón Penasso mit dem Satz «Es ist noch nicht vorbei» gemeint? Dass die «Grossmütter der Plaza de Mayo» die Suche nach den verschwundenen Kindern nie aufgeben würden? Dass die Täter aufgespürt und vor Gericht gestellt werden müssten? Oder gar, dass immer noch Säuglinge ihren Müttern weggenommen würden? Nachdenklich liess sich Cavalli alles, was er über Ramón Penasso wusste, durch den Kopf gehen. Wort für Wort wiederholte er in Gedanken Reginas Bericht über die vergangenen zwei Tage. Was hatte Ramón Penasso in Punta del Este erfahren? Mit wem hatte er dort gesprochen? Vor allem: Wie sollten sie es herausfinden ohne die Hilfe der Behörden in Uruguay? Wenn Regina wieder ein Rechtshilfeersuchen stellen musste, verstrichen weitere Monate.

«Möchtest du uns deine Gedanken mitteilen, oder sind sie privater Natur?», fragte Thalmann gereizt.

Cavalli fasste kurz zusammen, was Regina in Argentinien in Erfahrung gebracht hatte.

Thalmann nickte. «Es ist gut, wenn ihre Reise nach Argentinien Bewegung in die Ermittlungen bringt.»

Auf politischer Ebene hatte Gonzalo Campos' Festnahme Erleichterung ausgelöst. Die Verhaftung täuschte darüber hinweg, dass bei den Ermittlungen in der Schweiz keine wesentlichen Fortschritte zu verzeichnen waren. Wie in Argentinien würde sich auch in der Schweiz niemand über Reginas Zweifel an Campos' Schuld freuen.

«Wie sehen die nächsten Schritte aus?», wollte Thalmann wissen.

«Wir müssen noch einmal von vorne beginnen. Wir haben nach einem Ramón Penasso gesucht, nicht nach einem R. Ovieda. Möglicherweise hat Penasso nach den ersten zwei Nächten in Kloten den Kanton verlassen.» Er erwähnte seine Hoffnung, der

Argentinier habe Verwandte oder Freunde, die wegen der Wirtschaftskrise in die Schweiz ausgewandert seien. «Wir müssen rasch handeln. Solange Regina vor Ort ist, kann sie für uns Resultate überprüfen.»

Thalmann schob seine Brille den Nasenrücken hoch. «Was hat das Gespräch mit den Fussballspielern ergeben?»

«Mit welchen Fussballspielern?», fragte Cavalli.

«Die Exil-Argentinier, die zusammen Fussball spielen», erklärte Thalmann ungeduldig.

Cavalli wusste nicht, wovon er sprach. «Ich lass dir eine Zusammenfassung über die neusten Entwicklungen zukommen.» Wer hat mir diesmal Informationen vorenthalten?, fragte er sich wütend.

«Gut.» Thalmann blätterte in seinen Unterlagen. «Dann kam noch eine Anfrage des Schweizerischen Polizei-Instituts herein. Der Leiter des Spezialistenkurses ‹Operative Kriminalanalyse 2› fällt krankheitshalber im ersten Halbjahr 2011 aus. Es wird dringend ein Ersatz gesucht, da der Kurs ausgebucht ist. Natürlich fiel dein Name.»

Cavalli war nicht überrascht. Er hatte sowohl einen Lehrgang des FBI zum Thema als auch Weiterbildungen beim Bundeskriminalamt besucht. In Deutschland hatte er sich sogar mit einer Fallanalyse in der Praxis beschäftigt. «Was beinhaltet der Kurs?»

Thalmann zog den Ausdruck einer E-Mail hervor. «Als Ziele werden die Durchführung vollständiger Kriminalanalysen, Kenntnis des Ablaufs, der Techniken und der Produkte der operativen Kriminalanalyse sowie des Unterschieds zwischen den Funktionen des Ermittlers und des Analytikers aufgeführt. Weiter müssen die Teilnehmer lernen, Analysetools anzuwenden und Massendaten zu bearbeiten. Der Kurs findet auf Deutsch und Französisch statt. Aber das dürfte für dich kein Problem sein.»

Das einzig Positive, das Cavalli den sechs Jahren abgewinnen konnte, die er bei seiner Mutter in Strassburg verbracht hatte, waren seine Französischkenntnisse. Obwohl er seine Zukunft nicht als Ausbildner sah, war die Vorstellung verlockend, sich wieder mit der operativen Fallanalyse zu beschäftigen – wenn auch nur auf dem Papier. Im Alltag blieb ihm kaum Zeit dafür. Er versprach, es sich zu überlegen.

In der Pause suchte Cavalli sofort Gurtner auf. Seit er den Vorschlag des Kommandanten abgelehnt hatte, die Probleme im Team mit Hilfe einer Supervision zu lösen, verfolgte das Kader die Stimmung beim Kapitalverbrechen genau. Dass Cavalli erneut Informationen fehlten, liess ihn in einem schlechten Licht erscheinen.

Gurtners Platz war leer. «Wo ist er?»

Pilecki sah nicht auf. «Kurz weg.»

«Wohin?», wollte Cavalli wissen.

«Das musst du ihn selbst fragen.»

Cavallis Blick fiel auf Gurtners Handy, das auf dem Tisch lag. Pilecki zuckte die Schultern.

«Wie weit bis du mit dem Schlussbericht des Bootsbrandes?», fragte Cavalli.

«Ich habe ihn dir gestern abend geschickt. Hast du deine Mails heute morgen nicht angeschaut?»

Cavalli ignorierte die Kritik. «Ich habe eine Passagierliste aus Argentinien, die überprüft werden muss. Hast du Zeit?»

Pilecki lehnte sich zurück. «Nein.»

Wut wallte in Cavalli auf. Jahrelang war es ihm gelungen, Vorwürfen und Ressentiments mit Gleichgültigkeit zu begegnen. Nun begann seine Maske zu bröckeln. Er hatte genug davon, als Sündenbock herzuhalten. Er war nicht der Einzige, der während der «Metzger»-Ermittlungen Fehler gemacht hatte. Niemand hatte den Täter erkannt, obwohl er sich die ganze Zeit unter ihnen befunden hatte. Er ballte die Hände zu Fäusten. Bevor er seinen Unmut äussern konnte, klingelte sein Handy. Entnervt warf er einen Blick aufs Display. Es war die Kinderkrippe.

Pilecki winkte jemandem zu. «Du kommst gerade richtig. Wir haben hohen Besuch.»

Cavalli drehte sich um. Hinter ihm stand Gurtner.

«Wo warst du?», fuhr er ihn an.

«Ich musste kurz weg.»

«Das ist mir aufgefallen!»

Gurtner setzte sich schwerfällig. «Brauchst du etwas?»

«Störe ich?», fragte Vera Haas von der Tür aus. «Ich habe eine Frage.»

Cavalli holte verärgert Luft, doch Pilecki kam ihm zuvor. «Schiess los», meinte er.

«Ich habe soeben einen Anruf erhalten», erklärte Haas zögernd, von Pilecki zu Cavalli schielend.

«Ja?», sagte Cavalli ungeduldig.

«Es war die Frau, die im vergangenen April ein fliegendes Auto gesehen haben will. Sie behauptet, gestern sei es erneut vorbeigeflogen.»

Cavallis Handy piepte, als eine Comboxnachricht gemeldet wurde.

«Soll ich sie vorladen?», fragte Haas. «Um die Aussage aufzunehmen?»

«Natürlich!», schnauzte Cavalli. «Wer von euch hat die Argentinier befragt, die zusammen Fussball spielen?»

«Ich, warum?», fragte Gurtner.

Cavalli stellte sich vor ihn. «Weil ich nichts davon wusste, darum!»

Gurtner seufzte. «Es war eine Sackgasse. Niemand kannte Penasso.»

«Ich will trotzdem informiert werden!»

Cavalli verliess das Büro. Die Pause war längst vorbei. Ohne den Kaffee, den er sich hatte holen wollen, kehrte er zum Rapport zurück. Wieder kassierte er einen vorwurfsvollen Blick von Thalmann. Der Zorn, der Cavalli so plötzlich gepackt hatte, wich langsam aus seinem Körper und machte Müdigkeit Platz. Thalmanns Ausführungen folgte Cavalli nur mit halbem Ohr. Von der Strasse war das Zischen von Autoreifen auf dem nassen Asphalt zu hören. Auf Ende Woche waren weitere Schneefälle angesagt. Bald ginge das Streusalz aus. Die Vorstellung, dass Zürich im Schnee versank, gefiel Cavalli. Er stellte sich die gedämpften Geräusche und Lilys Freude vor. Mit schlechtem Gewissen erinnerte er sich an den Anruf der Krippe.

Nach dem Rapport holte sich Cavalli in der Kantine einen doppelten Espresso. Er hatte kaum geschlafen, doch seine Erschöpfung griff tiefer. Er merkte, dass ihn eine Gleichgültigkeit zu erfassen drohte, die sich nicht mit seinem Beruf vereinbaren liess. Als er an die Zusammenfassung dachte, die er Thalmann abliefern sollte, holte er sich einen weiteren Kaffee. Er beschloss, zuerst Pileckis Schlussbericht durchzulesen. Damit er im System aufgeschaltet werden konnte, musste er von Cavalli verfügt werden. Da sich Pilecki kurz und klar ausdrückte, waren seine Berichte in der Regel angenehm zu lesen.

Cavalli setzte sich an seinen Schreibtisch. Bevor er sich in die Arbeit vertiefte, rief er in der Krippe an. Er erfuhr, dass Lily leichtes Fieber hatte und wurde gebeten, sie abzuholen. Er versprach, sich so rasch wie möglich auf den Weg zu machen. Nachdem er aufgelegt hatte, starrte er auf den Pendenzenberg vor sich. Für zwei Uhr hatte er eine Sachbearbeiterkonferenz anberaumt, um die nächsten Schritte im Fall Penasso zu besprechen. Danach hatte ihn die neue Kripo-Chefin um eine Besprechung gebeten. Sie wollte über die Abläufe innerhalb seines Dienstes informiert werden. Auf dem Papier bestand das Kapitalverbrechen immer noch aus zwei Teams. Nach der Neuorganisation von Stadt- und Kantonspolizei vor bald zehn Jahren war ein zusätzlicher Dienst geschaffen worden, um die Ermittler der Stadtpolizei ins kantonale Korps zu integrieren. Seit der Pensionierung des zweiten Dienstchefs unterstanden die zwanzig Mitarbeiter faktisch Cavalli. Vermutlich war es an der Zeit, die Theorie der Realität anzupassen.

«Darf ich hereinkommen?» Als Cavalli die Frauenstimme hörte, glaubte er einen Augenblick lang, Jasmin Meyer stehe in der Tür. Es war Vera Haas.

Cavalli bedeutete ihr mit einer Handbewegung einzutreten.

«Ich war bei Roswitha Wirz», begann Haas. «Die Frau, die das fliegende Auto gesehen hat. Sie ist ziemlich verwirrt. Ich dachte, es sei besser, sie zu Hause aufzusuchen, statt sie vorzuladen. Vermutlich hätte sie es nicht alleine hergeschafft.»

Cavalli wartete.

«Sie behauptet, das Auto sei gestern gegen Mitternacht vorbeigeflogen. Ich habe mir überlegt, ob es vielleicht ein Raser sein könnte. In der Nacht sind nicht viele Fahrer unterwegs – die ideale Zeit also, mal richtig Gas zu geben. Möglicherweise kam es Roswitha Wirz nur so vor, als würde das Auto fliegen, weil es so schnell war.» Als Cavalli schwieg, holte sie ein Blatt hervor. «Es wurden auf der Seestrasse drei Wagen geblitzt. Soll ich die Fahrer vorladen?»

Cavalli lehnte sich zurück. «Was willst du sie fragen?»

«Zum Beispiel, wo sie zwischen dem 7. und 9. April waren.»

Cavalli nickte. «Weiter?»

«Ob sie Verbindungen zu Argentinien haben. Vielleicht hat einer der Fahrer ein Kind adoptiert. Und besitzt ein Motorboot.»

Cavalli betrachtete sie nachdenklich. «Die Informationen, die ihr in diesem Fall zusammengetragen habt, sind beträchtlich. Hast du den Überblick noch?»

Haas schoss die Röte ins Gesicht. «Ich lese regelmässig in den Akten!»

«Unser Kopf hat nur ein geringes Fassungsvermögen. Er kann Daten nicht über längere Zeit im richtigen Zusammenhang verfügbar halten. Deshalb reicht es nicht, Akten zu lesen. Die Daten müssen inventarisiert und geordnet werden. Erst dann kannst du sie kritisch sichten oder gar würdigen. Um Auskunftspersonen zu befragen – und Verdächtige erst recht –, musst du in der Lage sein, relevante Aussagen zu erkennen.»

Haas presste die Lippen zusammen.

«Ich mache dir keine Vorwürfe», stellte Cavalli klar. «Du bist hier, um zu lernen.»

Haas entspannte sich ein wenig. «Und wie soll ich die Daten ordnen?»

«Hat Gurtner eine Übersicht erstellt?»

Cavalli war nicht erstaunt, als Haas verneinte. Gurtner hatte seine eigenen Methoden, die sich stark von Cavallis unterschieden. Er selbst stellte bei komplizierten Fällen an einer Tafel die Beziehungen der involvierten Personen dar, notierte zu jedem Verdächtigen Belastungs- und Entlastungsindizien, zeichnete

Zeitpläne und markierte Orte auf Landkarten. Die Daten sortierte er nach Gruppen. Er teilte sie auf in solche, die mit der Tat zusammenhingen, in andere, die Nebenerscheinungen – wie gleichzeitige Ereignisse im Umfeld – erfassten, weitere, die auf den Täter hinwiesen, und jene, die Beweismittel würdigten. Eine letzte Gruppe enthielt unerschlossene Informationsmöglichkeiten. Heute gab es Computertools wie iBase, das Tausende Datensätze speichern und die Beziehungen grafisch darstellen konnte, doch den Umgang damit mussten die Sachbearbeiter erst noch lernen. Cavalli bevorzugte deshalb die Arbeit an der Tafel.

«Und wie erkennst du falsche Daten?», fragte Haas.

«Indem ich bei jeder Tatsache die Möglichkeit eines rein zufälligen Zusammentreffens erwäge», erklärte Cavalli. «Wenn die Daten bereinigt sind, musst du dir zwei Fragen stellen: Was ist gegeben, was ist unbekannt? Genau wie in der Mathematik. Erst ganz am Schluss darfst du Rückschlüsse ziehen. Auch diese erfolgen nach mathematischen Kriterien. Dabei darfst du nie vergessen: Wenn A dann B, heisst nicht, wenn B dann A!» Er suchte nach einem Beispiel. «Nehmen wir die Bootsbrände. Brannte im vergangenen Jahr am Zürichsee ein Boot, so ging man davon aus, der Brandstifter sei dafür verantwortlich. Damit schloss man von der Wirkung auf die Ursache. Doch dass ein Brandstifter für den Brand verantwortlich ist, ist nicht die einzig denkbare Ursache, sondern nur eine Möglichkeit, also eine Hypothese. Diese Form des Ableitens nennt man Abduktion. Der Brand in Wollishofen hat gezeigt, dass, wenn eine Reihe von Taten nach einem bestimmten modus operandi erfolgt, ein weiterer Fall mit gleichem modus nicht unbedingt in die Serie passen muss. Allerdings kann es helfen, von dieser Hypothese auszugehen, bis das Gegenteil bewiesen ist. Eine solche Verallgemeinerung nennt man Induktion. Dabei darfst du nie vergessen, dass du mit Hypothesen arbeitest, nicht mit erwiesenen Zusammenhängen.»

«Und was genau soll ich nun tun, bevor ich die Fahrer vorlade?», fragte Haas verwirrt.

Am liebsten hätte Cavalli mit ihr die Daten geordnet. Um eine seriöse Arbeitsgrundlage zu erstellen, würde er jedoch Tage brauchen. «Überleg dir, was ein Auto mit überhöhter Geschwindigkeit mit dem Fall zu tun haben könnte. Gehört die Information in die Gruppe der Daten, die etwas über die Nebenerscheinungen, die Tat, den Täter oder die Beweismittel aussagen? Oder besteht nur vordergründig ein Zusammenhang? Leite daraus deine Fragen ab. Bevor du die Fahrer vorlädst, möchte ich deine Vorbereitungen sehen.»

Nachdem Haas gegangen war, widmete sich Cavalli Pileckis Schlussbericht. Im Gegensatz zum Feuerteufel, der die Brandstiftungen an den Booten weiterhin bestritt, waren die Jugendlichen geständig. Während des Lesens hielt Cavalli aber immer wieder inne. Irgendetwas nagte in seinem Unterbewusstsein. Es hatte mit den Anweisungen zu tun, die er Haas gegeben hatte. Je mehr er versuchte, den Gedanken zu fassen, desto mehr entglitt er ihm. Auch während der Sachbearbeiterkonferenz und der anschliessenden Besprechung mit der Kripo-Chefin arbeitete es in ihm weiter. Sobald das Gespräch zu Ende war, suchte er Gurtner auf. Als er erfuhr, dass der Sachbearbeiter gegangen war, platzte Cavalli der Kragen.

«Gegangen?» Ein Blick auf die Uhr zeigte ihm, dass es erst halb fünf war. «Mitten am Nachmittag?»

Pilecki wandte sich ab.

«Juri! Ich verlange eine Erklärung!»

Plötzlich drehte sich Pilecki um. «Dann rede mit Heinz!», schnauzte er. «Und lass mich aus dem Spiel!»

11

Heinz Gurtner wohnte zusammen mit seiner Frau Helen in einem Reihenhaus in Urdorf. Die erwachsene Tochter lebte seit längerem im Ausland. Cavalli hatte vergessen, wo. Das letzte Mal war er vor drei Jahren hier gewesen, als er im Zuge der «Metzger»-Ermittlungen Gurtners Alibi überprüft hatte. Helen hatte ihm warmen Mohnkuchen serviert. Cavalli erinnerte sich daran, dass sie Mühe gehabt hatte, die Platte zu tragen. Sie hatte ihm erzählt, sie leide unter Multipler Sklerose; die Diagnose war 2001 gestellt worden. Als Cavalli an den hervorragenden Kuchen zurückdachte, fiel ihm auf, dass Gurtner seither kaum mehr Selbstgebackenes mit ins Büro gebracht hatte. Früher waren Helens Kuchen der Höhepunkt von gemeinsamen Sitzungen gewesen.

Als er am Strassenrand parkierte, nahm Cavalli aus dem Augenwinkel den vernachlässigten Garten wahr. Niemand hatte die Büsche im Herbst zurückgeschnitten, Balkonkistchen mit verdorrten Blumen waren entlang der Hauswand aufgestapelt. Auf der schneebedeckten Wiese lag ein leerer Energydrink. Obwohl Cavalli Helen Gurtner nicht gut kannte, wusste er, dass sie grossen Wert auf Sauberkeit und Ordnung legte. Pilecki und er hatten früher darüber gewitzelt – damals, als sie noch gemeinsam gelacht hatten. Sie hatten gemeint, Helen habe vermutlich eine Herausforderung gesucht, als sie Heinz geheiratet habe.

Cavalli drückte die Klingel. Gurtners Toyota stand vor der Garage, offensichtlich war er zu Hause. Dass er mitten in der Woche ohne Rücksprache gegangen war, empfand Cavalli als grobe Pflichtverletzung. Er hatte Gurtner dringende Abklärungen aufgetragen. Auch wenn der Sachbearbeiter ihn ablehnte, erwartete Cavalli, dass seine Anweisungen befolgt wurden. Immer wieder hatte er ein Auge zugedrückt, als Gurtner sich geweigert hatte, Überstunden zu leisten oder mehr als das absolute Minimum an Arbeit zu erledigen. Nun reichte es.

Niemand kam zur Tür. Aus dem Haus vernahm Cavalli keine Geräusche. Im Fenster brannte jedoch Licht. Erneut drückte er die Klingel, diesmal länger. Nach gut einer Minute wurde die Tür aufgerissen. Gurtner stand ihm gegenüber, mit rotem Kopf und nassen Ärmeln.

«Du?», stiess Gurtner aus. Es klang wie ein Schimpfwort.

«Mach Platz», befahl Cavalli, als Gurtner keine Anstalten machte, zur Seite zu treten.

Gurtner ignorierte die Aufforderung. «Was willst du?»

Ungläubig schnappte Cavalli nach Luft. «Wie bitte? Das fragst du allen Ernstes?»
«Ich habe jetzt keine Zeit!»
«Ich verlange, dass du dir Zeit nimmst! Wenn dir das nicht passt, kannst du in Zukunft ganz zu Hause bleiben!»
Aus dem Hintergrund hörte Cavalli, wie Helen den Namen ihres Mannes rief.
«Es geht jetzt nicht», brummte Gurtner, ohne Cavalli in die Augen zu schauen. Er versuchte, die Tür zu schliessen, doch Cavalli schob seinen Fuss in den Spalt.
«Heinz, es zieht!», beschwerte sich Helen.
«Du sagst mir jetzt sofort, warum du mitten im Tag verschwindest, ohne ...»
Gurtner schnitt ihm das Wort ab. «Verdammt, Häuptling, lass mich in Ruhe! Ich mache die Abklärungen von hier aus.»
«Das reicht mir nicht!»
«Verschwinde!»
Cavalli glaubte, sich verhört zu haben. Damit, dass Gurtner ihn nicht mochte, konnte er leben. Respektlosigkeit hingegen duldete er nicht. Er packte den Sachbearbeiter am Hemd und schob ihn beiseite. Dann trat er ein. Die Luft, die ihm entgegenschlug, liess Cavalli zusammenzucken. Es stank nach frischem Urin, trockenem Staub und schmutziger Wäsche. Cavalli assoziierte den Geruch mit Krankheit und Einsamkeit. Der überheizte Raum erinnerte ihn an die Wohnungen alter Leute, ebenso der Anblick des Sofas, auf dem Kissen und gehäkelte Deckchen sorgfältig drapiert waren und das offenbar niemand benutzte. Mitten im Wohnzimmer stand ein Fernseher, als sei er nur vorübergehend dort deponiert worden. Auf dem Teppich davor war Flüssigkeit ausgeleert.
Cavallis Wut machte Bestürzung Platz. Als sich Helen erneut wegen der Kälte beschwerte, stiess Gurtner resigniert die Tür zu. Ohne Cavalli zu beachten, stapfte er davon. Cavalli hörte, wie eine weitere Tür geschlossen wurde. Daraufhin erklang das Geräusch eines Haarföns. Wenig später kehrte Gurtner zurück. Vor sich schob er einen Rollstuhl. Die Frau darin erkannte Cavalli fast

nicht mehr. Helen sass nach vorne gekrümmt da, offenbar schaffte sie es nicht, den Kopf in den Nacken zu legen. Stattdessen neigte sie ihn zur Seite, um Cavalli sehen zu können. Langsam hob sie die Hand. Cavalli ergriff sie wortlos.

Helen lächelte. «Es ist lange her.»

Cavalli nickte.

«Heinz, machst du uns bitte einen Krug Tee?» Sie blickte zu Cavalli. «Oder lieber Kaffee?»

«Tee ist gut.»

Gurtner brummte etwas, das Cavalli nicht verstand. Er schob den Rollstuhl in eine Essnische, die sich zwischen der Küche und dem Wohnzimmer befand. Auf dem Tisch lag ein aufgeschlagenes Kreuzworträtsel. Mit einer steifen Bewegung schloss Helen das Heft. Cavalli setzte sich ihr gegenüber.

«Es ist schnell gegangen», sagte sie. «Als du das letzte Mal hier warst, konnte ich den Haushalt noch selber erledigen. Doch dieser Schub war besonders heftig.» Sie warf einen kurzen Blick Richtung Küche. «Es ist nicht einfach für Heinz. Danke, dass du ihm so viel Verständnis entgegenbringst.»

«Wie kommt ihr zurecht?», fragte Cavalli.

«Wir müssen uns immer wieder neu auf die Situation einstellen. Bis vor einigen Monaten konnte ich mich tagsüber noch selber versorgen. Im Moment ist es sehr schwierig. Doch das kann sich wieder ändern. Wenn es im Frühling wärmer wird, fallen mir die Bewegungen vielleicht ein bisschen leichter. Der Krankheitsverlauf ist nicht vorhersehbar.» Sie sagte es ohne Bitterkeit. «Solche Vorfälle wie heute wären natürlich zu vermeiden. Manchmal handle ich gedankenlos.»

«Was ist passiert?»

Überrascht sah sie ihn an. «Hat dir Heinz nicht erzählt, warum er kommen musste?»

«Ich war an einer Sitzung.»

«Ich bin gestürzt», erklärte Helen leicht beschämt. «Ich habe mich zu weit aus dem Rollstuhl gelehnt, weil mir der Kugelschreiber heruntergefallen ist. Heinz hat mir das Handy so eingerichtet, dass ich jederzeit eine Notruftaste betätigen kann. Ich mache ungern davon Gebrauch, doch die Rotkreuzhelferin war soeben gegangen, und Heinz kommt erst um 17.30 Uhr nach Hause. Ich sah keine andere Lösung.» Sie blickte Cavalli entschuldigend an. «Im Frühling kehrt unsere Tochter in die Schweiz zurück, dann wird alles einfacher. Es ist mir zwar nicht recht, dass sie meinetwegen ihr Leben auf den Kopf stellt, doch Heinz zuliebe habe ich eingewilligt. Diese Belastung hält er auf die Dauer nicht aus. Ich habe vorgeschlagen, in ein Pflegeheim zu ziehen, doch davon will er nichts wissen.»

Gurtner kam mit einem Teekrug und zwei Tassen aus der Küche. Er goss seiner Frau den Tee ein, fügte einen Löffel Zucker hinzu und steckte einen Strohhalm in die Tasse. Die zweite Tasse schob er Cavalli kommentarlos hin.

«Hat es noch Kuchen vom Sonntag?», fragte Helen.

«Nein.»

«Bist du sicher? Gestern stand noch über die Hälfte im Kühlschrank. Juri und Irina waren zu Besuch», erklärte sie Cavalli. «Irina bringt immer zu viel mit. Sie behauptet, sie habe beim Kochen die Mengen nicht im Griff, doch ich weiss, dass sie den Kühlschrank absichtlich füllt. Sie fürchtet, Heinz könnte verhungern.» Sie zwinkerte ihrem Mann zu. «Ich glaube, sie macht sich umsonst Sorgen.»

Gurtner stapfte davon. Als Helen Luft holte, hob Cavalli die Hand.

«Schon gut», meinte er. «Ich habe keinen Hunger. Ich muss sowieso zurück ins Büro.»

Helen wirkte enttäuscht. Trotzdem stand Cavalli auf. Er fühlte sich fehl am Platz und brauchte Luft. Was er gesehen hatte, löste eine tiefe Betroffenheit in ihm aus. Zu schaffen machte ihm nicht nur Helens Zustand, sondern auch die Tatsache, dass Gurtner ihn nicht ins Vertrauen gezogen hatte.

Er reichte Helen die Hand. «Richte Heinz bitte aus, dass die Abklärungen warten können.»

Im Auto lehnte sich Cavalli zurück und schloss die Augen. Vor nichts fürchtete er sich so sehr wie vor Krankheit. Im Körper gefangen zu sein, während sich der Geist nach Freiheit sehnte, kam ihm vor wie eine Verurteilung ohne Rekursmöglichkeit. Lieber würde er gewaltsam aus dem Leben gerissen. Er bewunderte Helen für die Würde, mit der sie ihr Schicksal ertrug. Sie wirkte nicht resigniert, sondern gefasst. Und Gurtner? Hatte er sich damit abgefunden, den Zerfall seiner Frau miterleben zu müssen? Oder lehnte er sich innerlich dagegen auf? Wir müssen miteinander reden, dachte Cavalli. Eine Lösung muss gefunden werden, zumindest, bis die Tochter zurückkehrt. Gurtner kann sich nicht um Helen kümmern und gleichzeitig hundert Prozent arbeiten.

Cavalli startete den Motor und liess das Fenster herunter. Gierig sog er die kalte Luft ein. Bevor er losfuhr, nahm er sein Handy aus der Tasche. Er hatte zwei Anrufe verpasst. Als er die Nummer der Krippe erkannte, fluchte er innerlich. Er hatte ganz vergessen, Lily abzuholen. Kurz überlegte er, ins Büro zu fahren, um einige Unterlagen zu holen, damit er zu Hause arbeiten könnte. Er befürchtete jedoch, nicht mehr loszukommen. Die Pendenzen mussten warten.

In der Krippe wurde er mit Vorwürfen überschüttet. Annika drohte ihm mit der Kündigung des Krippenplatzes. Ihre Worte prallten an ihm ab. Seine Aufmerksamkeit galt einzig Lily, die im Büro auf einer Matratze schlief. Ihr Kopf glühte, ihr Atem kam in oberflächlichen Stössen. Als Cavalli ihr die Jacke anzog, erwachte sie kurz und blickte ihn aus fiebrigen Augen an. Sie gab einige unverständliche Laute von sich und liess den Kopf wieder sinken. Auf der Fahrt nach Gockhausen regte sie sich nicht. Zu Hause ging Cavalli direkt ins Bad, wo er die Badewanne mit heissem Wasser volllaufen liess. Er fügte Kamillenblüten hinzu, holte Lily und schloss die Tür. Er legte sich so auf den Boden, dass Lily auf seinem Bauch weiterschlafen konnte. Langsam füllte sich die Luft mit Dampf. Die Feuchtigkeit überzog die Wände, innert Kürze war der Spiegel beschlagen. Schon bald atmete Lily ruhiger. Die Hitze trieb Cavalli den Schweiss aus den Poren. Während der Nacht füllte er die Wanne immer wieder mit heissem

Wasser nach. Das Pfeifgeräusch, das aus Lilys Lunge erklang, wurde leiser. Gegen vier Uhr wollte sie sogar eine Kleinigkeit essen. Cavalli wickelte sie in eine Decke ein und ging mit ihr in die Küche, wo er Hirsebrei kochte. Sie nahm einige Löffel, bald schon fielen ihr die Augen wieder zu. Cavalli kehrte mit ihr ins Bad zurück.

Als er Lily die Windeln wechselte, die sie in der Nacht noch trug, dachte er an Gurtner. Ein krankes Kind zu versorgen, hatte etwas Zukunftsgerichtetes. Einen älteren Menschen zu pflegen, war der Anfang eines langen Weges, an dessen Ende der endgültige Abschied stand. Vielleicht hatte dies den Eindruck von Einsamkeit entstehen lassen, die Cavalli in Gurtners Haus gespürt hatte. Obwohl auf jeden Menschen der Tod wartete, war es anders, ihn kommen zu sehen. Bilder stiegen in ihm auf: Opfer von Tötungsdelikten und Gewaltverbrechen; Angehörige, die nicht fassen konnten, dass sich ihr Leben von einem Tag auf den anderen verändert hatte. Langsam glitt Cavalli in einen oberflächlichen Schlaf. Er träumte von Wasser. Er schwamm im See, die Kleider klebten ihm am Leib. Das Wasser war so warm, dass er Mühe hatte, Schwimmbewegungen auszuführen. Er sank immer weiter in die Dunkelheit. Plötzlich spürte er etwas Weiches. Arme umfassten ihn. Er erkannte das Gesicht von Ramón Penasso. Cavalli merkte, dass ihm die Luft ausging, doch der Journalist liess ihn nicht los.

Keuchend riss Cavalli die Augen auf. Lily klammerte sich im Schlaf an sein nasses T-Shirt. Das Bild von Ramón Penasso brannte auf seiner Netzhaut. Auf einmal war Cavalli klar, was ihm sein Unterbewusstsein am Vortag hatte sagen wollen: Als er Pilecki vor drei Monaten gebeten hatte, die Aussagen der Zeugen durchzugehen, die zu den Brandstiftungen einvernommen worden waren, hatten sie nach zufälligen Beobachtungen gesucht. Cavalli hatte gehofft, ein Passant, ein Hafenmitarbeiter oder ein Bootsbesitzer könnte etwas gesehen haben, das nichts mit dem Brandstifter zu tun hatte, dafür Licht auf den Mord an Ramón Penasso werfen würde. Doch nie hatte er die Möglichkeit in Betracht gezogen, dass die Fälle enger miteinander verknüpft sein könnten. Dies, obwohl er Vera Haas ausführlich erklärt hatte, dass, wenn eine Reihe von Taten nach einem bestimmten modus operandi erfolgte, ein weiterer Fall mit dem gleichen modus nicht unbedingt in die Serie passen musste. Er hatte sogar die Brände als Beispiel angeführt!

Cavalli schloss die Augen. Warum hatte er es nicht gesehen? Der Brand in Wollishofen war nicht der einzige, der nicht in die Serie passte. Drei weitere Ereignisse waren den Brandermittlern aufgefallen: die Bootsbrände in Stäfa, Zollikon und Meilen. Die Segeljacht in Stäfa war am 28. März angezündet worden. Zu diesem Zeitpunkt lebte Ramón Penasso noch. Das Sportboot in Zollikon hingegen brannte in der Nacht auf den 8. April – an dem Tag, an dem Ramón Penasso einen Termin bei der Fachstelle für Adoption gehabt hatte und nicht erschienen war. Seit dem 8. April war kein Anruf mehr von seinem Handy erfolgt. Gehörte der Brand womöglich genauso wenig zur Serie wie derjenige in Wollishofen? Hatte die Serie Brandstiftungen dem Mörder die ideale Lösung geliefert? Vielleicht hatte sie ihn auf die Idee gebracht, die Spuren des Tötungsdeliktes mittels eines Brandes zu vernichten.

Cavalli trug Lily ins Schlafzimmer, wo er sie in Reginas Bett legte. Anschliessend rief er Marlene Flint an und bat sie, ihre kranke Enkeltochter zu hüten. Nachdem Marlene sich beschwert hatte, dass Cavalli sie aus dem Schlaf gerissen habe – den sie erst in den frühen Morgenstunden gefunden hatte, da sie unter Schlafstörungen litt –, und alle Termine aufgezählt hatte, die sie verschieben müsse, willigte sie schliesslich ein. Es dauerte fast zwei Stunden, bis sie endlich in Gockhausen ankam. Cavalli zwang sich, freundlich zu bleiben und einige mitfühlende Worte zu äussern. Als sie ihm jedoch Vorwürfe wegen Lilys Krankheit und des Zustands der Wohnung zu machen begann, hatte er genug. Er kehrte ihr mitten im Satz den Rücken, verabschiedete sich von Lily und ging.

Es war fast neun Uhr, als er im Kripo-Gebäude eintraf. Auf seinem Schreibtisch stapelten sich Notizen über eingegangene

Anrufe, Akten zu neuen Fällen und Formulare, die er mit seiner Unterschrift versehen sollte. Er beachtete sie nicht. Nachdem er seine Jacke ausgezogen hatte, ging er direkt in Gurtners und Pileckis Büro. Beide waren in Schreibarbeiten vertieft. Cavalli stellte sich neben Gurtner.

«Wir müssen reden», sagte Cavalli ohne Begrüssung. «Du kannst dich nicht zweiteilen. Überleg dir, ob du bis zur Ankunft deiner Tochter Urlaub nehmen oder vielleicht dein Pensum reduzieren möchtest. Ich werde mich dafür einsetzen, dass eine gute Lösung gefunden wird.»

Eine Mischung aus Dankbarkeit und Scham blitzte in Gurtners Augen auf.

«Zuerst müssen wir jedoch etwas anderes besprechen», fuhr Cavalli fort. «Wer ist Alois Ehm?»

Erleichtert, dass sein Privatleben nicht mehr Thema war, holte Gurtner Luft. «Ehm war der Besitzer des Sportboots, das am 8. April in Zollikon brannte.»

«Des 200 000 Franken teuren Boots», ergänzte Pilecki, ohne vom Bildschirm aufzusehen.

Cavalli stellte sich neben Pileckis Schreibtisch. «Das weiss ich. Aber was kannst du mir über ihn oder den Brand erzählen?»

«Er wurde um 3.45 Uhr gemeldet. Als die Feuerwehr eintraf, war das Boot vollständig ausgebrannt. Ehm hatte es erst ein Jahr zuvor gekauft.»

«Hat der Brandstifter die Tat gestanden?»

«Er streitet alle Taten ab.»

«Was wissen wir über Ehm?»

Gurtner griff nach dem Telefonhörer und bestellte Vera Haas ins Büro. Kurz darauf kam sie mit einem angebissenen Gipfel in der Hand zur Tür herein. Cavalli erinnerte sich an seinen Vorsatz, ein Znüni mitzubringen. Er hatte wieder damit aufgehört, als sich keine gemeinsamen Pausen ergeben hatten.

«Der Häuptling will wissen, was du über Zollikon weisst, insbesondere über Ehm.» Gurtner lehnte sich zurück. «Schiess los, Häschen.»

«Ich habe den Brand wegen dem Geisterfahrzeug genauer unter die Lupe genommen», erklärte sie.

«Ufo», korrigierte Pilecki.

Cavalli trommelte mit den Fingern auf den Schreibtisch.

«Unter anderem habe ich die Fahrzeuge der Bootsbesitzer überprüft», fuhr Haas fort. «Es befinden sich keine Ufos darunter, nicht einmal gewöhnliche orange Autos. Item, du willst Infos über Ehm.» Sie wischte sich die Blätterteigresten von den Fingern. «Er wohnt in Zollikon, ist verheiratet, hat keine Kinder. Von Beruf ist er Gynäkologe», sie schauderte. «Und damit weckt er schon mein Misstrauen.» Als sie die fragenden Blicke bemerkte, fuhr sie empört fort. «Es ist doch nicht normal, dass ein Mann seinen Lebensunterhalt damit verdient, weibliche Geschlechtsorgane zu untersuchen!»

Pilecki grinste. «Ich würde gerne mit ihm tauschen.»

«Kennst du etwa eine Urologin?», herrschte ihn Haas an. «Würdest du deine Prostata von einer Frau untersuchen lassen wollen?»

Gurtner gab einen Laut von sich, der dem einer quietschenden Tür glich.

«Eben! Warum soll es dann…»

«Weisst du sonst noch etwas über Ehm?», unterbrach Cavalli. «Oder über den Brand?»

Haas brauchte einen Moment, um sich zu sammeln. «Ehm war in der Brandnacht zu Hause und hat nichts bemerkt.»

«Zeugen?»

«Seine Frau.»

«Wo war das Boot? Wann war es zum letzten Mal benützt worden?»

«Das Boot brannte mitten im Hafen von Zollikon. Das Wochenende davor waren Ehm und seine Frau zusammen mit einem befreundeten Paar auf den See hinausgefahren. Danach war er nicht mehr in der Nähe des Hafens gewesen. Niemand hat das Boot während dieser Zeit benützt. Zumindest gibt es keine Zeugen dafür.»

«Kann Ehm ausschliessen, dass es gestohlen wurde? Hast du mit seiner Frau gesprochen?»

Haas schüttelte den Kopf. «Weder noch. Warum willst du das alles wissen?»

Cavalli erklärte, was ihm durch den Kopf ging. «Theoretisch ist es also möglich, dass unser Täter das Boot gestohlen hat, um die Leiche zu entsorgen, und es anschliessend in Brand gesteckt hat. Richtig?»

Gurtner nickte. «Möglich wäre es. Doch es hilft uns nicht weiter. Niemand hat etwas gesehen. Das Häschen hat die ganze Umgebung des Hafens abgeklappert. Es ist, als hätten wir es mit einem Gespenst zu tun.»

«Oder einem Ausserirdischen», kommentierte Pilecki. «In einem Ufo.»

«Unser Täter ist mit Sicherheit ein Homo sapiens», sagte Cavalli trocken. «Ich glaube nicht, dass eine andere Spezies zu solchen Taten fähig ist.» Er wandte sich an Gurtner. «Lade Ehm vor. Ich will alles über sein Boot erfahren, was es zu wissen gibt. Wo waren die Schlüssel? Brauchte es sie, um den Motor zu starten? Wurde bei Ehm eingebrochen? Wer hat Zugang zu seinem Boot? Warum hat …»

«Häuptling?», rief Stefan Mullis von der Tür her. «Deine Schwiegermutter sucht dich. Sie sagt, es sei dringend. Ich habe den Anruf durchgestellt.»

Fluchend verliess Cavalli das Büro. «Ja?», fragte er schroff, nachdem er den Hörer abgenommen hatte.

«Endlich!», stiess Marlene Flint aus. «Das hat aber lange gedauert!»

Cavalli rang um Selbstbeherrschung. «Was ist so dringend? Ich bin beschäftigt.»

«Offenbar», stellte seine Schwiegermutter vorwurfsvoll fest. «So beschäftigt, dass du dir nicht einmal die Zeit nimmst, mit deiner Tochter zum Arzt zu gehen! Zum Glück habe ich gleich realisiert, wie schlecht es ihr geht. Regina hat mir für Notfälle alle wichtigen Namen und Telefonnummern angegeben, so konnte ich sofort den Kinderarzt …»

«Was ist mit Lily?», schrie Cavalli in den Hörer.

«Du brauchst nicht gleich ausfällig zu werden!», gab Marlene Flint zurück. «Sie ist jetzt in guten Händen. Der Arzt hat sie gleich ins Kinderspital eingeliefert. Sie hat eine Lungenentzündung.»

Teil 3
Februar

1

Der Winter hatte die Schweiz fest im Griff. Als wolle er sich für den warmen Herbst rächen, dachte Daniel Frey. Trotz der Kälte lag aber nur wenig Schnee. Die Felder, die der Polizist durchs Fenster erblickte, erstreckten sich in einem eintönigen Braun bis zum Nachbardorf. Davor hoben sich die kahlen Äste eines Birnbaums dunkel gegen den grauen Himmel ab. Sein Bruder hatte den Baum gepflanzt, als seine älteste Tochter zur Welt gekommen war. Heute feierten sie ihren achtzehnten Geburtstag.

«Wollt ihr wirklich nicht mit uns nach Flims fahren?», fragte Philippe Frey. «Auf dem Vorabgletscher liegt immer genug Schnee, auch wenn es im Tal grün ist.»

Frey schüttelte den Kopf. «Skiferien liegen dieses Jahr nicht drin. Wir fliegen im Sommer nach Kanada.» Er blickte zu seinem Sohn, der konzentriert Kuchen in sich hineinschaufelte. «Ben hat versprochen, uns drei Wochen lang mit selbstgefangenem Lachs zu versorgen.» Er nannte den wahren Grund für die abgesagten Ferien nicht: Bens Augen hatten sich dermassen verschlechtert, dass er sich nicht mehr auf die Skipiste traute, auch nicht, wenn Frey ihn zwischen die Beine nahm.

Philippes Frau Tina sah den Jungen mitfühlend an. «Das erinnert mich daran, dass ich euch das Rezept für meine Fischroulade versprochen habe. Das Gericht lässt sich ganz einfach zubereiten: Du nimmst den filetierten Fisch und reibst ihn mit derselben Marinade ein, die...»

«Einen Moment», unterbrach Frey. Er griff nach dem Kugelschreiber, der neben dem Telefon lag, und nahm sich eine Papierserviette als Notizzettel. «Zähle die Zutaten der Marinade noch einmal auf. Letztes Mal ist sie uns nicht gelungen.»

«Ich fand sie gut», warf Ben ein.

«Du findest alles gut, was essbar ist!» Frey zerzauste ihm das Haar.

Ganz stimmte das nicht. Noch vor wenigen Monaten hatte Ben die Nase gerümpft, wenn er Fisch vorgesetzt bekam. Doch Frey bestand darauf, dass sie die Fische, die Ben fing, entweder verspeisten oder zurück ins Wasser warfen. Da Ben seine Trophäen mit nach Hause nehmen wollte, hatte er sich an den Geschmack gewöhnen müssen. Inzwischen gab es jedes Wochenende Fisch bei Freys. Weder Kälte noch Regen hielten Vater und Sohn von ihren Ausflügen ab. Oft kochten sie anschliessend auch gemeinsam.

Tina diktierte das Rezept Schritt für Schritt. Als sie fertig war, lehnte sich Frey zurück. Bens Teller war leer, doch statt aufzustehen und mit seinem Cousin zu spielen, blieb er reglos sitzen. Frey wusste, dass es keinen Zweck hatte, ihn zu drängen. Nachdenklich drehte er den Kugelschreiber zwischen den Fingern. Mit Daumen und Zeigefinger fuhr er über das Gehäuse. Eine runde Erhebung erinnerte ihn an seinen Vorsatz, sich mit der Brailleschrift auseinanderzusetzen. Es war nur noch eine Frage der Zeit, bis Ben in eine Schule für Sehbehinderte wechseln musste. Plötzlich hielt Frey inne. Die Erhebung auf dem Kugelschreiber weckte eine Erinnerung. Frey schloss die Augen und richtete seine Aufmerksamkeit auf seinen Tastsinn. Auf einmal befand er sich in Gedanken unter Wasser. Gilles Buchmann gab ihm das Zeichen für den Aufstieg, doch etwas hielt Frey zurück. Wenige Meter vor ihm lag eine Leiche, Arme und Beine mit Hanteln beschwert. Es war aber nicht der Tote, der in Frey das Gefühl auslöste, unbedingt etwas erledigen zu müssen. Freys Finger zogen einen Gegenstand aus dem Sand. Er spürte darauf eine Erhebung, ganz ähnlich einem Braillepunkt.

Der rote Kugelschreiber, schoss es Frey durch den Kopf. Er öffnete die Augen. Der Kugelschreiber, den er in der Hand hielt, war ebenfalls rot. In weisser Schrift stand das Wort «Sallo» auf dem Schaft. Darunter befand sich eine Adresse in Zürich-Altstetten. Als Frey genauer hinsah, entdeckte er auch die Erhebung. Sie diente dazu, einen weissen Punkt im Logo zu verstärken. Der Punkt stellte einen Bizeps dar.

«Suchst du ein neues Fitnessstudio?», fragte Philippe. «Ihr habt doch eine super Infrastruktur bei der Polizei.»

«‹Sallo› ist ein Fitnessstudio?»

«Nicht das modernste, dafür gleich neben meinem Büro. Ich gehe oft über Mittag hin.» Philippe tätschelte seinen flachen Bauch. «In meinem Alter ist das besser als ein üppiges Essen! Warte nur, Brüderchen, auch du bist mal so weit!»

Daniel Frey hörte nicht mehr zu. Aus seinem Portemonnaie holte er die Visitenkarte hervor, die ihm die Staatsanwältin vor einem halben Jahr gegeben hatte. Unschlüssig strich er eine geknickte Ecke glatt. Vermutlich hatte der zuständige Sachbearbeiter beim Kapitalverbrechen das Fitnessstudio längst aufgesucht. Wenn sich Frey nun meldete, um von seiner Entdeckung zu berichten, würde man ihn vielleicht belächeln. Was aber, wenn die Kriminaltechniker die Schrift auf dem Kugelschreiber, den der Tote bei sich gehabt hatte, nicht hatten entziffern können? Frey zuckte die Schultern und stand auf. Eigentlich konnte es ihm egal sein, was die Kollegen beim Kanton von ihm hielten. Aus irgendeinem Grund hatte er die Visitenkarte schliesslich so lange herumgetragen.

«Was ist los?», fragte Philippe. «Dani! Wo gehst du hin?»

Doch Frey war schon im Gang, wo er sein Handy hervorzog und Regina Flints Nummer wählte.

«Monni», sagte Lily.

«Marroni», wiederholte Regina und hielt ihr eine geröstete Kastanie hin.

Lily packte sie und steckte sie in den Mund. Regina lächelte. Seit dem Spitalaufenthalt machte Lilys Sprachentwicklung riesige Fortschritte. Beinahe täglich kamen neue Wörter hinzu. Am Vorabend hatte sie sogar gesungen. Noch war ihre Aussprache undeutlich, doch es war nur eine Frage der Zeit, bis sie ihre Altersgenossen eingeholt hatte. In einem Anflug von Zärtlichkeit schloss Regina ihre Tochter in die Arme. Obwohl Lily bereits seit sechs Wochen wieder zu Hause war, sass der Schock noch tief.

Fast eine Woche lang war Regina kaum von ihrem Bett gewichen. Sie hatte Gerichtstermine platzen lassen, Einvernahmen verschoben und Fristen verpasst. Die Angst, Lily zu verlieren, war überwältigend gewesen. Ihr Berufsleben hatte daneben schlicht keinen Platz gehabt. Ihre Kollegen hatten dafür nicht nur Verständnis aufgebracht. Das Verhältnis zu Theresa Hanisch hatte einen neuen Tiefpunkt erreicht. Wenigstens hatte sich Max Landolt nachsichtig gezeigt. Ihr Vorgesetzter hatte die dringendsten Aufgaben einer Assistenzstaatsanwältin übertragen und Regina in einem wichtigen Fall vor Gericht vertreten. Dafür würde sie ihm ewig dankbar sein.

«Meh Monni!», forderte Lily.

Regina schälte die letzte Kastanie, steckte sie Lily in den Mund und legte zwei frische Holzscheite in den Schwedenofen. Sie überlegte, ob sie Lily noch einen Apfel holen sollte, als ihr Handy klingelte. Das Display zeigte einen unbekannten Teilnehmer. Kurz erwog sie, das Telefon einfach weiterklingeln zu lassen. Sie hatte weder Brandtour, noch erwartete sie wichtige Neuigkeiten. Sie genoss den Sonntagnachmittag mit ihrer Tochter und wollte ihn ruhig ausklingen lassen. Doch ihre Neugier war zu stark. Als sich Daniel Frey am anderen Ende meldete, dauerte es einen Moment, bis Regina den Namen einordnen konnte. Der Seepolizist entschuldigte sich für die Störung und berichtete von seiner Entdeckung.

Aufregung erfasste Regina. Noch immer warteten sie vergeblich auf den Durchbruch im Fall Ramón Penasso. Gurtners Suche nach einem R. Ovieda war im Sand verlaufen, ebenso wenig hatten seine Gespräche mit ausgewanderten Argentiniern weitergeführt. Niemand hatte den Journalisten in der Schweiz getroffen. Kein argentinisches Paar war vor 35 Jahren mit einem Säugling oder einem Kleinkind eingewandert, zumindest nicht legal. Ramón Penassos Vorfahren stammten aus Italien, eine Urgrossmutter aus Malta. Es liessen sich keine Verbindungen zur Schweiz nachweisen.

Auch die Befragung von Alois Ehm hatte nichts gebracht. Der Gynäkologe konnte kein Licht auf den Brand seines Boots werfen. Immerhin hatte der Feuerteufel die Taten endlich gestanden. Er stritt jedoch ab, in Zollikon seine Finger im Spiel gehabt zu haben. Regina war überzeugt, dass zwischen dem Brand des 200 000 Franken teuren Sportboots und Ramón Penassos Tod ein Zusammenhang bestand. Genau wie Cavalli vermutete sie, der Täter habe die Leiche auf diesem Boot auf den See hinausgefahren. Alois Ehm hatte gestanden, einen Reserveschlüssel auf dem Schiff gelagert zu haben. Doch er behauptete, niemand wisse davon. Hatte der Täter ihn zufällig gefunden? Gurtner hatte Ehm gebeten, eine Liste seiner Freunde zusammenzustellen, und überprüfte nun die einzelnen Alibis.

Vera Haas hatte ebenfalls zahlreiche Befragungen durchgeführt. Die Zeugin, die ein fliegendes Auto gesehen haben wollte, hatte keinen der Wagen erkannt, die Haas ihr auf Fotos gezeigt hatte. Die Fahrer, die in der fraglichen Nacht geblitzt worden waren, konnten alle ein Alibi vorweisen. Haas hatte die angegebenen Abfahrts- und Ankunftszeiten überprüft. Es war technisch unmöglich, dass einer der Gebüssten inzwischen mit einem Boot auf den See hätte hinausfahren können. Genauso erfolglos war ihre Suche nach dem Paket verlaufen, das Elena Alvarez abgeschickt hatte.

Der einzige Fortschritt, wenn er überhaupt als solcher bezeichnet werden kann, dachte Regina ironisch, ist die Bewilligung meines ersten Rechtshilfeersuchens. Endlich hatte ihr der argentinische Richter Akteneinsicht gewährt. Nun wartete sie, bis die Kopien in der Schweiz eintrafen. Viel würde sich dadurch jedoch nicht ändern. Salazar hatte seine Untersuchung abgeschlossen und Anklage gegen Gonzalo Campos erhoben. Regina ärgerte sich, als sie begriff, dass dem Staatsanwalt keine andere Wahl blieb, wollte er nicht selber zur Zielscheibe der Regierung werden. Das Einzige, was sie tun konnte, um Campos zu entlasten, war, den wahren Täter zu finden.

Dass Regina Zweifel an der Schuld des Bankiers hegte, löste auf politischer Ebene keine Freude aus. Da sie den Medien keine neuen Fakten vorlegen konnte, übertrafen sich die Journalisten mit Spekulationen. Von rechter Seite wurde Regina Mangel an Entschlossenheit vorgeworfen, linke Journalisten glaubten, sie sei einer Verschwörung auf der Spur und stellten sie als Heldin dar. Noch war ihre Rolle in der Untersuchung gegen den ehemaligen Oberstaatsanwalt Hofer allen in guter Erinnerung.

Daniel Freys Entdeckung war der erste konkrete Hinweis seit Monaten. Nachdem sich Regina beim Polizisten bedankt hatte, wählte sie Cavallis Nummer. Seit Lilys Krankheit verbrachte er immer weniger Zeit zu Hause. Reginas unausgesprochene Vorwürfe trübten die Stimmung zwischen ihnen. Sie ärgerte sich, dass er ihre Anweisungen missachtet hatte. Ob tatsächlich die Nächte im Wald an Lilys Erkrankung schuld waren, würde sie nie wissen. Vielleicht hatte sich Lily in der Krippe angesteckt. Doch dass Cavalli ein so grosses Risiko eingegangen war, konnte Regina ihm nicht verzeihen. Gleichzeitig schämte sie sich für ihre Gedanken. Cavalli liebte seine Tochter. Er hatte während Lilys Spitalaufenthalt kaum ein Auge zugetan. Sogar Marlenes Beschimpfungen hatte er wortlos hingenommen. Regina hatte kein Recht, ihn für Lilys Krankheit verantwortlich zu machen. Doch gegen ihre Gefühle war sie machtlos.

Die Combox schaltete sich sofort ein. Regina starrte auf ihr Handy. Wollte er seine Ruhe, oder hatte er ausrücken müssen? Vielleicht trainierte er auch im Kraftraum. Am Morgen war er ins Büro gefahren, um den Kurs über operative Kriminalanalyse vorzubereiten, den er am Schweizerischen Polizei-Institut geben würde. Gut möglich, dass er nun Bewegung brauchte. Wie sie ihn kannte, hatte er den ganzen Tag durchgearbeitet. Da er keine Möglichkeit hatte, physisch zu fliehen, entzog er sich ihr eben geistig. Der Kurs am SPI kam ihm da besonders gelegen. Er hatte all seine Unterlagen über die Fallanalyse ausgegraben und verbrachte jede freie Minute damit, die Theorie aufzuarbeiten und verständlich darzustellen.

Aus der Küche hörte Regina, wie Lily den Stuhl zur Ablage schob. Rasch stand sie auf. Gerade noch rechtzeitig hinderte sie ihre Tochter daran, auf die Sitzfläche zu klettern.

«Nana!», sagte Lily.

«Du hast heute schon eine Banane gegessen. Willst du einen Apfel?»

«Nana!», wiederholte Lily frustriert.

Regina schälte einen Apfel und reichte ihr einen Schnitz. Lily ignorierte ihn und stapfte beleidigt davon. Sie ist genauso stur, wie Chris es als Kind gewesen ist, dachte Regina mit einem Schmunzeln. Nie würde sie vergessen, wie Chris mit acht Jahren an einem bewölkten Tag draussen spielen wollte. Regina hatte ihm eine Jacke gereicht, doch er hatte sie nicht anziehen wollen. Als sie ihn darauf hingewiesen hatte, dass es bald regnen würde, hatte er hartnäckig behauptet, das Wetter sei schön. Eine Stunde später war er triefend nass zurückgekehrt und hatte erklärt, er sei nur nass, weil er so geschwitzt habe.

Mit dem Teller Apfelschnitze in der Hand kehrte Regina ins Wohnzimmer zurück. Sie fragte sich, ob sie Fahrni anrufen sollte. Die Leitung des Falls Ramón Penasso hatte zwar offiziell Cavalli übernommen, seit Gurtner sein Pensum vorübergehend auf 80 Prozent reduziert hatte, doch Fahrni unterstützte ihn tatkräftig. Regina konnte sich die Dringlichkeit, die sie verspürte, nicht erklären. Es gab objektiv betrachtet keinen Grund, Fahrni wegen des Kugelschreibers an einem Sonntagnachmittag zu stören. Ramón Penasso war seit zehn Monaten tot. Ob sie die Spur einen Tag früher oder später verfolgten, machte keinen Unterschied.

Bevor sie eine Entscheidung treffen konnte, meldete sich Cavalli.

«Hattest du dein Telefon ausgeschaltet?», fragte Regina.

Cavalli zögerte einen Augenblick. «Nein, ich habe einen Anruf erhalten.»

«Von wem? Es ist Sonntag.»

«Ich bin nicht der Einzige, der arbeitet. Warum hast du mich gesucht?»

Regina berichtete ihm vom Kugelschreiber. Wie sie es erwartet hatte, teilte Cavalli ihre Begeisterung. Er versprach, sofort ins Fitnessstudio zu fahren.

«Willst du das nicht Fahrni überlassen?», fragte Regina.
«Er kann heute nicht.» Cavalli klang erleichtert.
«Kommst du zum Abendessen?»
«Das weiss ich noch nicht.»

Fahrni klammerte sich an einen Strauss Rosen. Die roten Herzen auf der Folie schienen ihm übertrieben, doch Mitte Februar bestimmte der Valentinstag die Verpackung in den Blumengeschäften. Vielleicht würde er Paz eines Tages tatsächlich lieben. Im Moment war es aber nicht die Liebe, die Fahrni nervös machte, sondern die Angst, einen Fehler begangen zu haben. Einen Monat würde sie in der Schweiz verbringen. Was, wenn sich nach einigen Tagen herausstellte, dass sie einfach nicht füreinander geschaffen waren?

Er hatte geglaubt, dass das Eis zwischen ihnen in Asunción gebrochen sei. Doch kaum war er wieder in der Schweiz gewesen, hatte sich erneut ein Graben aufgetan. Einmal pro Woche hatte er Paz angerufen. Die Gespräche waren stockend verlaufen, voller angespannter Pausen und ratlosem Schweigen. Trotzdem hatte sie darauf bestanden, ihn zu besuchen, was Fahrnis Verdacht genährt hatte, sie sei mehr an einer Einreise in die Schweiz als an ihm interessiert. Immer wieder dachte er an Vera Haas' Vorwürfe. Kaufte er sich eine Frau? Verstohlen sah er sich um. Er war nicht der Einzige, der mit Blumen in der Ankunftshalle des Flughafens stand. An der Absperrung wartete ein Mann mit einem fast identischen Strauss. Ungeduldig scharrte er mit den Füssen. Ob er die Frau kannte, der er die Rosen schenken würde?

Zu Hause bereitete seine Mutter Hackbraten mit Kartoffelstock vor. Sie hatte sich überlegt, ein Gericht aus Paraguay auszuwählen, sich aber dagegen entschieden.

«Deine Paz muss schliesslich wissen, was auf sie zukommt», hatte sie gescherzt, Fahrni in den Bauch kneifend.

«Ich suche keine Köchin!», hatte Fahrni protestiert, «sondern eine Partnerin.»

«Eine Frau, die keine Schweizer Menüs kochen kann, wird dich nicht glücklich machen.»

Fahrni wusste, dass seine Mutter nur versuchte, die Atmosphäre aufzulockern. Sie freute sich immer, wenn am Kirchenbasar Spezialitäten aus aller Welt angeboten wurden, und schaute sich regelmässig Dokumentarfilme über andere Länder an. Seit sie vom bevorstehenden Besuch erfahren hatte, hatte sie sogar begonnen, Spanisch zu lernen. Da Fahrni tagsüber weiterhin arbeiten würde, war er froh, Paz in guten Händen zu wissen. Leider hatte sein Vater den Führerschein vor einem halben Jahr abgegeben. Wenn Paz Bonstetten verlassen wollte, müsste sie entweder am Morgen mit Fahrni in die Stadt fahren, den Bus oder den Zug nehmen. Ob sie zurechtkäme? An ihrer Intelligenz zweifelte Fahrni nicht, doch sie war noch nie im Ausland gewesen.

Die Glastür öffnete sich, und eine Gruppe spanischsprechender Reisender betrat die Halle. Fahrni reckte den Hals, um besser sehen zu können. Fasziniert betrachtete er die fremden Gesichter. Auf den meisten breitete sich ein Lachen aus, als sie Angehörige oder Freunde entdeckten. Mit angehaltenem Atem hielt er Ausschau nach einer goldenen Haarspange, dunkel geschminkten Augen und langen, rosaroten Fingernägeln. Das Bild, wie Paz auf dem Sofa der Partnervermittlung gesessen und auf ihn gewartet hatte, hatte sich ihm eingeprägt.

Als eine junge Frau mit Pferdeschwanz auf ihn zukam, hätte er sie fast nicht erkannt. Mit offenem Mund starrte er in das ungeschminkte Gesicht. Ohne den dramatischen Lippenstift, die Mascara und den farbigen Lidschatten wirkte Paz viel zugänglicher. Zwar fielen die schiefe Nase und das trotzige Kinn stärker auf, doch Fahrni empfand sie nicht als Makel. Sie verliehen ihr Charakter. Zum ersten Mal nahm er die ebenmässigen Brauen und das dichte Haar richtig wahr. Er verspürte das Bedürfnis, den Pferdeschwanz zu berühren, um sich zu vergewissern, dass er echt war.

Paz verschränkte die Arme. «Hola.»

«Willkommen», antwortete Fahrni auf Spanisch. «Wie war der Flug?»

«Es gab Hühnchen.» Sie starrte auf die Blumen in seiner Hand.

Rasch reichte Fahrni ihr den Strauss. «Für dich.»
Sie nahm ihn wortlos entgegen.
«Wo ist dein Koffer?», fragte Fahrni.
Paz deutete auf die Tasche, die sie bei sich trug.
«Ist das alles, was du mitgenommen hast?», fragte er verblüfft.
Ein unsicherer Ausdruck trat auf Paz' Gesicht. Fahrni betrachtete das dünne Baumwolljäckchen, das sie um die Schultern geschlungen hatte, und die Turnschuhe an ihren Füssen. Paz bemerkte seinen Blick und schob das Kinn vor. Fasste sie sein Erstaunen als Kritik auf?
«Es ist nur... es ist kalt», sagte Fahrni rasch. «Wir haben Winter. Hier, nimm meine Jacke.» Er zog sie aus und hielt sie Paz hin. Einen Moment glaubte er, Paz würde ablehnen, doch dann stellte sie die Tasche ab, reichte Fahrni die Blumen und schlüpfte in die Daunenjacke. Sie machte keine Anstalten, den Strauss zurückzunehmen. Stockend schlug Fahrni vor, zum Wagen zu gehen. Sie folgte ihm wortlos. Fahrni versuchte, ihr Verhalten zu deuten, verstand aber nicht, ob sie uninteressiert oder schlicht überwältigt war. Er versetzte sich in ihre Lage. Sie hatte Paraguay noch nie verlassen. Kälte war ein Begriff, den sie nur auf dem Papier kannte, ihre praktische Erfahrung beschränkte sich auf die Klimaanlagen in den Einkaufszentren von Asunción. Doch sie absolvierte ein Studium. Las Bücher. Fahrni war noch nie im Regenwald gewesen, trotzdem konnte er sich die Feuchtigkeit vorstellen, die sich wie eine zweite Haut auf den Körper legte; er hörte in seiner Phantasie die Zikaden, die Rufe der Affen, das Grunzen der Wildschweine; roch den modrigen Geruch von faulem Laub, die Frische der grünen Zweige. Eine Vorstellung von Europa musste Paz doch haben. Vielleicht entsprach die Schweiz, oder was sie bisher davon gesehen hatte, nicht ihrem Bild?
Fahrni entwertete seine Parkkarte und deutete auf den Lift. Kurz darauf stiegen sie im Parkhaus aus. Paz' Augen weiteten sich, als sie die Kälte spürte. Mit einer Hand hielt sie die Daunenjacke zu. Fahrni stellte fest, dass sie die Fingernägel geschnitten hatte. Sie waren nicht mehr lackiert. Er fragte sich, ob sie sich in

Asunción seinetwegen geschminkt hatte. Hatte sie geglaubt, sie gefiele ihm besser? War es ihr jetzt egal, da sie ihr Ziel erreicht hatte? Vielleicht verschwände sie eines Tages aus seinem Leben, um irgendwo schwarz zu arbeiten. Die Vorstellung machte Fahrni traurig. Er sah das Ende der Beziehung, bevor sie überhaupt begonnen hatte.

Resigniert legte er den Blumenstrauss auf den Rücksitz. Paz stieg ein und stellte ihre Tasche auf die Knie. Fahrni wollte sie ihr abnehmen, doch Paz schüttelte den Kopf. Ohne ein weiteres Wort setzte sich Fahrni hinters Steuer. Schweigend fuhren sie auf die Autobahn zu. Die Dämmerung hatte eingesetzt, so dass die Landschaft als düstere Kulisse an ihnen vorbeizog. Ab und zu versuchte Fahrni, sich vorzustellen, wie ein Waldstück, ein Haus oder eine Ausfahrt auf Paz wirkten, doch bald gab er auf. Er verstand nicht, wie sie dachte, nicht einmal, was sie sah. Als sie drei viertel Stunden später in Bonstetten ankamen, war er froh.

Seine Mutter stand in der Tür, einen hoffnungsvollen Ausdruck auf dem Gesicht. Hinter ihr putzte sich sein Vater verlegen die Nase. Da beide kein Englisch sprachen, beschränkte sich ihre Begrüssung auf begeistertes Händeschütteln und ein mehrfach wiederholtes «Hola». Fahrni war gerührt, als er sah, dass seine Mutter das Sonntagsgeschirr hervorgeholt hatte. Er wollte sie warnen, sich nicht allzu viele Hoffnungen zu machen, denn er glaubte nicht, dass sie in naher Zukunft das langersehnte Enkelkind in den Armen halten würde.

Elisa Fahrni nahm Paz' Hand zwischen ihre Hände. «Möchten Sie sich vor dem Essen umziehen? Vielleicht duschen? Fühlen Sie sich bitte wie zu Hause!» Sie sah ihren Sohn auffordernd an.

Fahrni übersetzte.

Paz zuckte die Schultern.

«Kommen Sie, ich zeige Ihnen Ihr Zimmer! Armes Kind», murmelte sie kopfschüttelnd, «es ist alles zu viel.» Sie schnalzte mit der Zunge und verschwand, Paz mit sich ziehend.

Fahrni packte die Rosen aus und stellte sie in eine Vase. Als er aufsah, bemerkte er, wie der Blick seines Vaters auf ihm ruhte.

Hans Fahrni war ein stiller Mann, der seine Meinung nur äusserte, wenn er gefragt wurde. Sein Leben lang hatte er bei der Post gearbeitet, wo er Briefe aus aller Welt sortiert und ausgetragen hatte. Er hatte nie das Bedürfnis verspürt, selbst zu reisen; lieber machte er es sich mit einem Geschichtsbuch oder einer der vielen Zeitungen, die er abonniert hatte, in seinem Sessel bequem. Als Kind war Fahrni oft auf seinen Knien gesessen und hatte mit dem Finger Ländergrenzen nachgezeichnet und später mitgelesen.

Fahrni spürte, dass ihm sein Vater etwas sagen wollte. Geduldig wartete er.

Endlich räusperte sich Hans Fahrni. «Die Seele reist nicht so schnell wie der Körper. Lass ihr Zeit.»

Schwerfällig setzte sich Fahrni. «Ich weiss nicht, was Paz von mir will.»

«Vielleicht weiss sie es selber nicht.»

«Was, wenn sie nichts für mich empfindet?»

«Zuneigung kann wachsen. Ich habe deine Mutter fünf Jahre gekannt, ehe ich sie zu lieben begann.»

«Aber vielleicht ist Paz gar nicht hier, um mich kennenzulernen!»

Hans Fahrni legte ihm den Arm um die Schultern. «Warum sie hier ist, ist nicht wichtig. Nur, dass sie hier ist.»

2

«Sallo», sagte Cavalli, «heisst ein Fitnessstudio in Zürich-Altstetten. Es gehört Luca Sallo, einem 38jährigen Secondo aus Neapel. Vor zwei Jahren hat er bei einem Kollegen in Süditalien 500 Kugelschreiber mit dem Namen des Studios bedrucken lassen.» Cavalli hielt einen roten Kugelschreiber in die Höhe und erklärte, woher er die Information habe. «260 Stück hat Sallo an die regelmässigen Besucher seines Studios verteilt, circa vierzig an Freunde und Bekannte. 200 hat er noch.»

Er schaute in die Runde. Nachdem er am Vorabend mit Luca Sallo gesprochen hatte, hatte Cavalli sofort zwei Kollegen vom Kriminaldienst aufgeboten, die sie bei den bevorstehenden Befragungen unterstützen würden. Die beiden hatten sich auf Cavallis Aufforderung hin zusammen mit Gurtner, Fahrni und Haas in der Kripoleitstelle eingefunden. Seit Gurtner auf Cavallis Intervention hin sein Pensum hatte reduzieren können, hielt er sich mit Kritik zurück. Cavalli wünschte, Pilecki nähme sich an seinem Kollegen ein Vorbild, doch dieser machte weiterhin keinen Hehl aus seiner Abneigung gegenüber seinem Chef. Eine Supervision schien unumgänglich. Noch wehrte sich Cavalli dagegen. Er hatte keine Lust auf Beziehungsgespräche am Arbeitsplatz. Doch seine Vorgesetzten bedrängten ihn.

«Hat Penasso bei Sallo trainiert?», fragte Gurtner.

Cavalli schüttelte den Kopf. «Er behauptet, ihn noch nie gesehen zu haben. Wir müssen davon ausgehen, dass Ramón Penasso den Kugelschreiber von einem Besucher des Fitnessstudios oder von einem Bekannten Sallos bekommen hat. Sallo hat mir eine Liste der Abonnenten mitgegeben. Ihr seid zu fünft. Das macht 52 Befragungen pro Person. Fangt unverzüglich mit den Vorladungen an. Das wäre alles. Haas, kann ich dich bitte in meinem Büro sprechen?»

Stühle wurden zurückgeschoben, Kaffeebecher und Wassergläser gepackt. Cavalli kehrte in sein Büro zurück, gefolgt von Haas. Auf seinem Schreibtisch wartete ein Stapel Akten, die er vor dem Dienstchef-Rapport durchsehen musste. Er hatte vorgehabt, sich am Sonntag auf die Sitzung vorzubereiten, doch dann war ihm ein Anruf dazwischengekommen.

Er hatte den tiefen Bass sofort erkannt, obwohl es über zehn Jahre her war, seit er ihn das letzte Mal vernommen hatte. Die Stimme gehörte Jim McKenzie, seinem ehemaligen Instruktor beim FBI. Cavalli hatte seine Verblüffung über den Anruf des Amerikaners nicht verbergen können. McKenzie hatte ihn nicht nur zum Profiler ausgebildet, er war während Cavallis Jahr in Virginia auch so etwas wie ein Freund geworden. Cavalli, der die

Schweiz nach seiner Trennung von Regina verlassen hatte, um sich neu zu orientieren, war nicht sehr kontaktfreudig gewesen. Er hatte sich nur mit wenigen Kollegen an der Akademie ausgetauscht, wirklich anvertraut hatte er sich niemandem. Einzig mit McKenzie hatte er ab und zu private Gespräche geführt.

«Du wolltest mich sehen?», sagte Vera Haas von der Tür aus. «Komm rein.»

Zögernd betrat sie sein Büro. «Soll ich die Tür schliessen?»

«Nicht nötig.» Er griff nach einem Memo auf seinem Pult. «Es ist jetzt offiziell. Du hast die Stelle bekommen. Gratuliere. Du fängst am 2. Mai an.»

Vera Haas stiess einen Schrei aus, der Cavalli zusammenfahren liess.

«Ist das dein Ernst? Ich darf zum KV? Ich glaube es nicht!» Sie tanzte durch das Büro. «Mein Gott! Ist das wirklich wahr?» Als sie Pilecki sah, der im Gang stehengeblieben war, rief sie: «Ich habe die Stelle bekommen! Ich bleibe hier!»

«Nicht ganz», korrigierte Cavalli. «Dein Praktikum ist in drei Wochen zu Ende. Zwei Monate wirst du noch in Bülach verbringen müssen, bevor du zurückkehrst.»

Vera Haas schien ihn nicht zu hören. «Ich hab die Stelle bekommen! Ich arbeite in Zukunft beim KV! Lasst uns feiern! Ich geb einen aus! Wer kommt mit?»

«Vielleicht nach der Arbeit?», schlug Cavalli trocken vor.

Fahrni hatte Mühe, sich zu konzentrieren. Seine Gedanken kehrten immer wieder zu Paz zurück. Seine Mutter wollte heute mit ihr einkaufen gehen. Sie war entsetzt gewesen, als sie die leichte Bekleidung gesehen hatte, die Paz eingepackt hatte. «Das arme Kind erfriert mir noch!», hatte sie gemeint. Fahrni hatte sie darauf hinweisen wollen, dass Paz kein Kind, sondern eine erwachsene Frau sei. Doch dann war ihm der Vorabend in den Sinn gekommen.

Er hatte nicht schnüffeln, sondern Paz nur eine gute Nacht wünschen wollen. Seine Mutter hatte sie im Gästezimmer einquartiert, gleich neben Fahrnis Schlafzimmer. Als Fahrni geklopft hatte, hatte er festgestellt, dass die Tür nur angelehnt war. Paz war nicht im Zimmer gewesen. Fahrnis Blick fiel auf ihren Pass, der auf der Kommode neben der Tür lag. Gedankenlos hatte er ihn aufgehoben. Er hatte noch nie einen Pass aus Paraguay in der Hand gehalten. Neugierig hatte er das Wappen untersucht. Warum er ihn aufgeschlagen hatte, konnte er nicht sagen. Vielleicht aus reiner Gewohnheit. Er hatte so viele Ausweise während seiner Jahre bei der Polizei überprüft, dass er die Kontrolle nun automatisch durchführte. Sofort war ihm das Foto ins Auge gesprungen. Darauf starrte Paz ohne die kleinste Andeutung eines Lächelns in die Kamera. Die Haare hatte sie zusammengebunden, so, wie sie sie auch jetzt trug. Neben dem Bild standen Name und Vorname, darunter das Geburtsdatum. Fahrni las die Angaben dreimal, bis er begriff, was sie bedeuteten.

Paz war nicht 32, sondern erst 26 Jahre alt. Sie hiess auch nicht Rubin de Fernandez, sondern lediglich Rubin zum Nachnamen. Als Fahrni hörte, dass die Toilettenspülung betätigt wurde, legte er den Pass rasch zurück und verliess das Zimmer. Lange hatte er wach gelegen und versucht, den Sinn ihrer Lüge zu begreifen. Hatte sie befürchtet, er würde sie nicht kennenlernen wollen, wenn sie ihr wahres Alter nannte? Wusste sie, dass er der Partnervermittlung gegenüber seine Wünsche klar geäussert hatte? Wer hatte ihn belogen, Paz selbst oder die Vermittlerin? Fahrni hatte sich einzureden versucht, dass es die Vermittlerin gewesen war, die sich das Geschäft nicht hatte entgehen lassen wollen. Doch eine leise Stimme sagte ihm, dass dies keinen Sinn ergab. Die Vermittlerin hätte auch mit einer anderen Frau ein gutes Geschäft machen können.

Er fühlte sich betrogen. Was hatte sie ihm sonst noch verheimlicht? War Paz überhaupt Witwe? Warum führte sie keinen Doppelnamen? Fahrni hatte sie nie nach ihrem verstorbenen Mann gefragt, aus Angst, schmerzhafte Erinnerungen wachzurufen. Nun bereute er seine Zurückhaltung. Amüsierte sie sich über seine Gutgläubigkeit?

«Hörst du mir eigentlich zu?», rief Vera Haas. «Ich habe dich gefragt, ob du auch mitkommst!»

«Wohin?», fragte Fahrni.

Haas verdrehte die Augen. «Du bist echt mühsam! Ich komme mir vor, als würde ich gegen eine Wand reden! Hast du überhaupt begriffen, dass ich die Stelle bekommen habe?»

«Welche Stelle?»

Haas knallte ihre Tasse auf den Schreibtisch. «Manchmal habe ich echt das Gefühl, du gehörst in ein Behindertenheim und nicht hierher!»

Fahrni blendete ihre Stimme aus und nahm den Bericht zur Hand, den er von Johann Lercher erhalten hatte. Seit seiner Rückkehr aus Argentinien telefonierte er regelmässig mit dem Polizisten aus La Boca. Fahrni gefielen Lerchers Humor und seine Intelligenz. Zwischen ihnen bahnte sich langsam eine Freundschaft an, die über das Berufliche hinausging. Von Lercher hatte Fahrni erfahren, dass die Passagierlisten aus Uruguay aufgetaucht waren. Offenbar hatte die SIDE sie für unbedenklich gehalten. Lercher hatte alle Namen überprüft und Fahrni sofort Bericht erstattet. Keiner der Passagiere hatte Ramón Penasso gekannt oder Lerchers Verdacht aus einem anderen Grund geweckt. Fahrni nahm sich vor, den Bericht später auf Deutsch zusammenzufassen. Zuerst wollte er sich um die 52 Vorladungen kümmern, die Gurtner ihm zugeteilt hatte.

Als er Lerchers Bericht zur Seite legte, hielt er plötzlich inne. Lercher lebte zwar in Argentinien und nicht in Paraguay, doch vielleicht kannte er den einen oder anderen Kollegen im Nachbarland. Bevor er es sich anders überlegen konnte, schrieb Fahrni dem Polizisten eine kurze Mail. Darin bat er ihn, unauffällig Erkundigungen über eine Paz Rubin aus Asunción einzuziehen, und gab ihre Passnummer an. Sie hatte sich ihm ins Gedächtnis eingebrannt.

Gurtner verabschiedete sich von Marianne Knobloch und setzte sich schwerfällig. Alois Ehm hatte zugegeben, der Praxisassistentin zweimal sein Boot ausgeliehen zu haben. Gurtner glaubte zu verstehen, warum. Die junge Brünette hatte alle Kurven am richtigen Ort. Bestimmt hatte sich Ehm von ihr eine Gegenleistung erhofft. Gemäss Aussage von Knobloch hatte sie jedoch nie eine erbracht. Sie behauptete zudem, im vergangenen April das Sportboot kein einziges Mal benützt zu haben. Ihre Antworten waren glaubhaft und konsistent. Gurtner strich den Namen durch.

«Bleibt nur noch die Frau Gemahlin», stellte er fest. «Susanna Ehm.»

«Ist sie immer noch in den Ferien?», fragte Pilecki.

«Sie kommt diese Woche zurück.»

«Wo war sie?»

«Irgendwo am Meer.»

«Mach dir keine grossen Hoffnungen», meinte Pilecki. «Die Versicherung hat als Erstes überprüft, ob Ehms die Hände beim Brand im Spiel hatten. Der Flitzer hat schliesslich eine Stange Geld gekostet. Die beiden sind sauber. Sowohl der Jaguar als auch der Audi der Ehms standen in der Garage, als das Boot in Flammen aufging. Eine Nachbarin hat zudem gesehen, wie Susanna Ehm den Pudel in den Garten gelassen hat, bevor sie das Licht löschte.»

Gurtner grunzte. «Vielleicht hat die liebe Susanna jemandem den Schlüssel ausgeliehen. Einem Latin Lover zum Beispiel.»

Pilecki grinste. «Du hast eine schmutzige Phantasie.»

«Was, wenn sie genug davon hatte, dass ihr Mann dauernd zwischen die Beine anderer Frauen guckt?»

Pilecki stand auf. «Komm, lass uns einige Fitnessfreaks aufsuchen. Ich habe keine Lust, 52 Vorladungen für dich auszudrucken.»

«Du hast dich freiwillig anerboten.»

«Und jetzt biete ich dir freiwillig an mitzukommen. Ich brauche frische Luft.»

«Warum? Hast du das ganze Wochenende im Bett verbracht?»

Pilecki schüttelte den Kopf. «Du hast echt ein Problem, Mann.»

Gurtner zog seine Jacke an, nahm die Liste und verliess das Büro. Im Lift überflog er die Adressen. Viele Abonnenten wohnten in Zürich-Altstetten, ganz in der Nähe des Fitnessstudios.

Gurtner war nicht überrascht. Warum würden sie sonst an den veralteten Geräten trainieren wollen? Ein Abonnement bei Luca Sallo kostete gleich viel wie in einem der neueren, modernen Studios. Einige Abonnenten wohnten ausserhalb der Stadt, Gurtner vermutete, dass sie in Altstetten arbeiteten. Leider standen auf der Liste nur die Privatadressen.

Pilecki parkierte in der Nähe des Lindenplatzes. Sie teilten die Strassen auf der Liste ein und machten sich auf den Weg. Die ersten drei Personen, die sie aufsuchen wollten, waren nicht zu Hause, doch beim vierten Anlauf hatten sie Glück. Ein Angestellter einer privaten Überwachungsfirma, der sich soeben hingelegt hatte, kam zur Tür. Er hatte den Namen Ramón Penasso aber noch nie gehört und ihn auf dem Foto nicht erkannt. Auch die Studentin, die eine Querstrasse weiter in einer Wohngemeinschaft lebte, konnte ihnen nicht weiterhelfen. Eine Stunde später hatten sie drei weitere Namen auf der Liste durchgestrichen. Sie beschlossen, der Badenerstrasse entlang zum Wagen zurückzukehren.

«Ich kann am Abend noch eine Runde drehen, wenn du willst», bot Pilecki an.

«Nicht nötig», winkte Gurtner ab. «Ich lade den Rest vor.» Er blickte auf die Liste. «Hausnummer 741. Remo Witzig.»

Sie standen vor einer renovationsbedürftigen Häuserfront. Hinter ihnen fuhr der Zweier stadteinwärts. Bis auf Remo Witzig klangen die meisten Namen auf den Schildern fremdländisch. Gurtner drückte die unterste Klingel. Lange geschah gar nichts. Sie hatten sich schon abgewandt, als sie plötzlich hörten, wie im Hochparterre ein Schlüssel gedreht wurde. Durch die Glastür sahen sie eine verschlafene Gestalt, die die Treppe hinunterschlurfte. Witzig schien jemand anders erwartet zu haben. Als er die beiden Polizisten erblickte, wurde er plötzlich wach.

«Was wollen Sie?», fragte er abweisend, nachdem er aufgeschlossen hatte. «Ich bin clean.»

Gurtner und Pilecki wechselten einen Blick. Dass Witzig sie sogleich als Polizisten identifiziert hatte, weckte ihr Misstrauen. Pilecki schob einen Fuss zwischen Tür und Angel.

«Dürfen wir hereinkommen?», fragte Gurtner. «Wir müssen Ihnen ein paar Fragen stellen.»

«Worüber?»

Gurtner deutete mit dem Kopf auf die offene Wohnungstür im Hochparterre.

«Habt ihr einen Durchsuchungsbefehl?», fragte Witzig.

«Brauchen wir denn einen?», konterte Gurtner.

Unschlüssig kratzte sich Witzig am Hals. Obwohl er Trainerhose und T-Shirt trug, wirkte er nicht besonders sportlich. An den dünnen Armen entdeckte Gurtner Narben. Ein Junkie, der wieder auf die Beine zu kommen versuchte? Von seinem Fitnessabonnement machte er offenbar selten Gebrauch.

«Reine Routinefragen», sagte Pilecki gelassen. «Sie können sie hier beantworten oder bei uns. Ihre Entscheidung.»

«Worum geht es?»

«Sagt Ihnen der Name ‹Sallo› etwas?», fragte Gurtner.

Witzig entspannte sich ein wenig. «Das ist ein Fitnessstudio. Warum? Ist dort etwas passiert?»

«Lassen Sie uns jetzt herein?»

Witzig drehte sich um und stakste die Treppe hoch. In der Einzimmerwohnung war es stockdunkel. Der Geruch, der ihnen entgegenschlug, liess Gurtner und Pilecki die Luft anhalten. Witzig knipste das Licht an, machte jedoch keine Anstalten, die Fenster zu öffnen. Ein grosses Doppelbett stand an der Wand, am Fussende befand sich ein Fernseher, auf dem ein Stapel zerfledderte Hefte lag. Witzig liess sich aufs Bett fallen. Mit dem Fuss schob er einen vollen Aschenbecher zur Seite. Da es nirgends Stühle gab, blieben Gurtner und Pilecki stehen.

Gurtner holte das Foto von Ramón Penasso hervor. «Haben Sie diesen Mann schon einmal gesehen?»

Witzig warf einen Blick auf das Bild und erstarrte. «Nein», sagte er mit dünner Stimme. «Warum?»

Pilecki ging in die Hocke, um Witzig in die Augen schauen zu können. Der Junkie mied seinen Blick. Aus der Tasche seiner Trainerhose klaubte er ein Päckchen Zigaretten.

«Wollen Sie gar nicht wissen, um wen es sich auf dem Foto handelt?», fragte Pilecki.

«Geht mich nichts an», nuschelte Witzig.

«Der Mann heisst Ramón Penasso.»

«Ja und?» Mit zitternden Händen steckte sich Witzig eine Zigarette in den Mund.

«Er ist tot.»

«Damit habe ich nichts zu tun!» Nervös fummelte Witzig am Feuerzeug herum. Als es ihm nicht gelang, die Zigarette anzuzünden, gab ihm Pilecki Feuer.

«Woher kennen Sie ihn?»

«Ich habe Ihnen doch gesagt, ich kenne den Typen nicht!»

Pilecki stand auf und blickte zu Gurtner. Dass Witzig log, war offensichtlich. Aber sie hatten nicht genug in der Hand, um ihn festzunehmen. Gurtner musterte den Junkie. Es war höchst unwahrscheinlich, dass Witzig in der Lage wäre, einen kräftigen Mann wie Ramón Penasso zu überwältigen. Vielleicht hatte er mit dem Delikt tatsächlich nichts zu tun. Doch irgendetwas verheimlichte er. Aus Erfahrung wusste Gurtner, dass ein Junkie nicht besonders widerstandsfähig ist. Er gab Pilecki ein Zeichen. Als sein Kollege leicht nickte, löste er die Handschellen von seinem Gürtel.

«Herr Witzig, ich muss...»

«Nein!» Witzig rutschte nach hinten, bis er mit dem Rücken an die Wand stiess. «Ich habe nichts verbrochen! Ich schwöre es!»

Pilecki hielt Gurtner mit gespielter Unsicherheit zurück. «Vielleicht sagt er die Wahrheit.»

Gurtner spielte das Spiel weiter. «Blödsinn! Er macht sich ja fast in die Hosen. Er steckt mit drin!»

«Nein!», rief Witzig. «Ich... okay, ich habe den Typen gesehen, aber ich weiss nicht, was mit ihm passiert ist, echt nicht. Ich habe nichts mit allem zu tun!»

Gurtner gab sich unschlüssig.

Pilecki ging erneut in die Hocke. «Was weisst du über Ramón Penasso?»

Nervös befeuchtete Witzig mit der Zunge seine Lippen. Die Zigarette hielt er vergessen zwischen Zeigefinger und Daumen. «Er … Scheisse, Mann. Er hat hier gepennt.»

Ungläubig kniff Pilecki die Augen zusammen. «Hier?» Er deutete auf das unordentliche Bett.

«Ich brauchte Kohle», gestand Witzig. «Ich bin grad zwischen zwei Jobs, verstehen Sie? Es gibt da so eine Internetseite für Touristen. Da kann man Zimmer ausschreiben.»

«Du hast Ramón Penasso deine Wohnung vermietet?»

«Er brauchte für einige Wochen ein Dach über dem Kopf. Hier lebt es sich nicht schlecht.»

Pilecki versuchte, sich den Ekel nicht anmerken zu lassen, den er bei der Vorstellung empfand. «Wann war das?»

«Irgendwann im Frühling. Ende März, glaube ich.»

«Für wie lange?»

«Abgemacht war, dass er immer für die kommende Woche bar bezahlte. Als ich am ersten Sonntag vorbeikam, war er aber schon weg.»

«Ohne ein Wort?»

Witzig hob die Hände. «Ich habe nichts damit zu tun! Echt nicht! Ich habe bei einem Kollegen gepennt.»

«Wo sind seine Sachen?», fragte Pilecki.

Witzig senkte den Blick. «Keine Ahnung. Er hat alles mitgenommen, als er abgehauen ist. Nicht einmal aufgeräumt hat er», fügte er hinzu, als würde das die Geschichte glaubwürdiger machen.

Pilecki trommelte mit den Fingern auf die Matratze. «Weisst du, was ich denke?» Er wartete die Antwort nicht ab. «Du warst stinksauer. Da kam endlich etwas Kohle rein, und plötzlich verschwindet der Typ einfach. Da denkst du dir, hey, wenn er schon abhaut, behalte ich wenigstens seine Sachen. Alles lässt sich zu Geld machen, oder nicht?»

«Nein», wehrte sich Witzig schwach. «So war es nicht.»

Gurtner hielt die Handschellen hoch.

«Okay, vielleicht hat er das eine oder andere dagelassen, aber nichts Wertvolles!»

«Wo sind die Sachen?»

Witzig mied Pileckis Blick. «Auf dem Estrich. Ich dachte mir, vielleicht kommt er zurück und sucht danach, wissen Sie?»

«Wie freundlich von dir», meinte Pilecki ironisch. «Zeig uns den Estrich.»

Rasch erhob sich Witzig. Er liess die Zigarette in den Aschenbecher fallen und huschte barfuss aus der Wohnung. Im Treppenhaus war alles ruhig. Offenbar erweckte Polizeibesuch die Neugier der Nachbarn nicht. Im Dachgeschoss öffnete Witzig ein vollgestelltes Abteil. Er griff nach einer Sporttasche, die er unter ein altes Fernsehmöbel geschoben hatte.

«Ist das alles?», fragte Pilecki.

«Ich schwöre es!»

Pilecki öffnete die Tasche. Darin befanden sich ein Paar Jeans, einige T-Shirts, ein Hemd, Socken und Unterwäsche. In der Aussentasche fand er eine spanische Wochenzeitschrift.

«Das ist wirklich alles?»

Witzig zuckte die Schultern. «Der Typ war bescheiden.»

Gurtner legte ihm die Handschellen an.

3

Regina klemmte sich die Akten unter den Arm und marschierte aus dem Gerichtssaal. Die neue Strafprozessordnung sah vor, dass wichtige Zeugen vor Gericht noch einmal befragt werden konnten. Grundsätzlich keine schlechte Idee, fand Regina. Eine Einvernahme war durchaus sinnvoll, wenn ein Richter so mit eigenen Ohren hören konnte, was ein Vergewaltigungsopfer durchgemacht hatte. Doch manche Richter führten regelrechte Geschworenengerichtsprozesse durch. Beispielsweise diese Abteilung des Bezirksgerichts Zürich. Der Vorsitzende hatte nicht nur alle relevanten Zeugen vorgeladen, sondern auch solche, die Regina selbst aus gutem Grund gar nicht einvernommen hatte. Nicht jede Aussage war nötig, um einen Sachverhalt zu erstellen.

Regina ärgerte sich, dass der Richter sinnlose Befragungen durchgeführt und sie im Vorfeld weder über die Namen der neuen Zeugen noch über den Zweck der Fragen informiert hatte. Während der Verhandlung hatte er zudem ein Gutachten beantragt, dessen Ausstellung Monate dauern würde. Bis dahin war die Verhandlung unterbrochen.

Regina versuchte, das Positive an der Situation zu sehen. Es war erst 15 Uhr. Da sie sich für den Rest des Tages im Büro abgemeldet hatte, wurde sie nirgends erwartet. Sie beschloss, einen Ausflug nach Altstetten zu machen. Manchmal tat es gut, statt Akten zu studieren konkreter Polizeiarbeit beizuwohnen. Seit sie am Morgen den Durchsuchungsbefehl für Remo Witzigs Wohnung ausgestellt hatte, regte sich ihre Neugier. Es war die erste konkrete Spur im Fall Ramón Penasso. Was hatten die Polizisten entdeckt? Hatten sie den langersehnten Durchbruch erzielt?

Gerne hätte Regina die schweren Akten im Büro deponiert, bevor sie sich auf den Weg machte, doch sie fürchtete, nicht mehr wegzukommen. Also nahm sie ihre Tasche in beide Arme und schlang den Riemen über die Schulter. Vor dem Bezirksgebäude stieg sie in den Zweier, der sie direkt nach Altstetten brächte. Als sie in einem Viererabteil Platz nahm, dachte sie sehnsüchtig an die alten Wagen zurück. Sie mochte die neuen Niederflurtrams nicht. Statt in Zweierreihen hintereinander, sassen sich die Passagiere gegenüber. Es war nicht nur zu eng für lange Beine und grosse Taschen, Regina hatte auch keine Lust, in die Gesichter ihrer Mitfahrenden zu schauen. Lieber hing sie ihren Gedanken nach.

Das Tram hielt direkt vor Witzigs Wohnung. Schon von weitem sah Regina den Kleintransporter der Spurensicherung. Heinz Gurtner stand neben dem Heck, einen Notizblock in der Hand. Als er Regina erkannte, kam er ihr entgegen.

«Habt ihr etwas gefunden?», fragte sie. «Ausser der Tasche?»

«Jede Menge», bestätigte Gurtner. «Unser Drögeler hat für alles eine Verwendung. Das musst du dir ansehen!»

Er führte sie ins Haus. Die Wohnungstür stand offen. Aus dem Inneren hörte Regina die Stimmen der Kriminaltechniker. Nach den Geräuschen zu schliessen, arbeiteten auch im Keller einige Polizisten. Gurtner erklärte, sie durchsuchten das Altpapier.

«Zum Glück ist unser Witzbold nicht sehr ordentlich. Im Keller liegen Zeitungen bis zurück ins Jahr 2009. Zwischen Werbeprospekten und Gratisanzeigern fanden wir Unterlagen auf Spanisch. Sie sind bereits unterwegs ins Labor. Danach wird das Hirn sie durchsehen – Fahrni», fügte er hinzu, als Regina die Stirn runzelte. «Doch das Wort ‹adopción› habe ich sogar ohne Spanischkenntnisse erkannt. Es sind eindeutig Penassos Unterlagen.»

Seine Begeisterung übertrug sich auf Regina. «Und in der Wohnung?», fragte sie. «Was habt ihr dort gefunden?»

Gurtner trat zur Seite, damit Regina einen Blick hineinwerfen konnte. Der Anblick, der sich ihr bot, liess sie schaudern. Zwischen leeren Bierflaschen und vollen Aschenbechern lagen DVD-Hüllen, schmutzige Kleider, vergilbte Zeitungen, Batterien, leere Packungen Cornflakes und sogar ein angebissenes Sandwich. An der Wand hatte Remo Witzig Holzkisten aufeinandergestapelt, die ihm als Gestell dienten. Der staubige Fernseher schien das einzig Wertvolle zu sein.

«200 Franken hat er pro Woche verlangt, wenn er die Wohnung weitervermietet hat», sagte Gurtner kopfschüttelnd.

«Und das hat jemand für dieses Loch bezahlt?», wunderte sich Regina.

«Schau dir mal die Hotelpreise in Zürich an.»

Aus dem Bad trat ein Kriminaltechniker mit einem Plastikbeutel in der Hand. Er hielt ihn hoch, damit Regina und Gurtner den Inhalt sehen konnten. Es war eine Zahnpastatube.

«Pasta dental», verkündete der Techniker.

Gurtner schnaubte. «Witzig behauptet, Penasso sei ihm noch etwas schuldig gewesen, weil er mit dem Wohnungsschlüssel verschwunden sei. 60 Franken musste Witzig für einen neuen hinblättern. Deshalb glaubt er, er habe das Recht gehabt, sich Penassos Sachen unter den Nagel zu reissen.»

«Habt ihr den Laptop auch gefunden?», fragte Regina.

Gurtner schüttelte den Kopf. «Seinen Pass auch nicht.»

Regina seufzte enttäuscht. Vermutlich hatte Witzig den Laptop als Erstes zu Geld gemacht. Mit etwas Glück wusste er aber, wer ihn jetzt besass. Sie fragte sich, was in den Unterlagen stand, die man im Keller gefunden hatte. Vielleicht hatte Ramón Penasso Informationen ausgedruckt, um sie unterwegs zu lesen. Regina ärgerte sich, dass sie kein Spanisch sprach. Gerne hätte sie sofort einen Blick darauf geworfen. Stattdessen liess sie sich zeigen, was die Kriminaltechniker bis anhin sichergestellt hatten. Witzig hatte nicht nur Ramón Penassos Hygieneprodukte benutzt, unter seinen Kleidern befanden sich auch einige T-Shirts mit spanischer Aufschrift.

Nachdem sie sich ein Bild der Gegenstände gemacht hatte, rief Regina Pilecki an. Er hatte Remo Witzig befragt, während sich Gurtner um die Hausdurchsuchung gekümmert hatte. Sie erfuhr, der Junkie habe einem Kollegen nicht nur den Laptop, sondern auch ein Diktiergerät zum Verkauf weitergegeben. Der Kollege war bereits auf dem Weg ins Kripo-Gebäude.

«Mit Penassos Tod hat Witzig nichts zu tun», meinte Pilecki. «Er ist wie ein Geier: Er hat sich einfach auf die Überreste gestürzt.»

«Gehörte der Kugelschreiber ihm?»

«Sein Vater hat ihm ein Fitnessabo geschenkt. Witzig ging nur zwei-, dreimal ins Studio, dann gab er auf. Aber die Gelegenheit, gratis einen Schreiber mitzunehmen, hat er sich nicht entgehen lassen», fügte Pilecki trocken hinzu. «Ich muss Schluss machen, der Kollege ist hier.»

Regina verabschiedete sich und machte sich auf die Suche nach Gurtner. Sie fand ihn im Estrich.

«Wir sind hier fertig.» Er schloss das Abteil. «Willst du mitfahren? Vielleicht hat sich das Hirn die Papiere schon unter den Nagel gerissen.»

Regina zögerte. Sie hatte noch ein Plädoyer vorbereiten wollen. Seit Inkrafttreten der neuen Strafprozessordnung musste sie viel häufiger vor Gericht erscheinen. Das brachte einen erheblichen Mehraufwand mit sich. Andererseits war es ihr aus demselben Grund gar nicht mehr möglich, drei Tage an einem Plädoyer zu feilen. So viel Zeit hatte sie schlicht nicht mehr. Statt einen fertigen Text zu verfassen, notierte sie sich nur noch Stichworte. Das ergab auch deshalb mehr Sinn, weil sich durch die Zeugenbefragungen vor Gericht der Ausgang des Verfahrens nicht wie früher bereits im Vorfeld erahnen liess. Es würde also reichen, sich an die Arbeit zu machen, wenn Lily schlief. Sie sagte zu und folgte Gurtner zu seinem Wagen.

Regina fand Fahrni in der Kripoleitstelle. Er stand vor einem Konferenztisch, auf dem zahlreiche in Plastikmäppchen gehüllte Blätter ausgebreitet waren. Sie erkannte Kopien von Zeitungsartikeln und Internetseiten, verschiedene Statistiken sowie Berichte von internationalen Organisationen. Auf vielen Unterlagen waren Kindergesichter abgebildet. Mehr als ein Mal stach ihr das Wort «adopción» ins Auge.

Fahrni nahm ihre Anwesenheit mit einer Handbewegung zur Kenntnis, war jedoch so in Gedanken vertieft, dass er ihr keine weitere Beachtung schenkte. Regina stellte ihre Tasche auf einen Stuhl, zog den Mantel aus und beugte sich über den Tisch. Erstaunt stellte sie fest, dass einige Texte Deutsch verfasst waren. Sie griff nach einem Artikel, der im «Blick» erschienen war. «Babykauf direkt ab Gebärsaal» lautete die Überschrift. Regina las, wie sich ein Schweizer Paar illegal einen Jungen in Brasilien gekauft hatte, weil es weder die Geduld noch die Nerven für eine legale Adoption gehabt hatte. Stattdessen hatten die Adoptiveltern in einer Entbindungsklinik das Kind direkt auf ihren Namen registrieren lassen. 500 Franken hatten sie der Mutter für den Säugling bezahlt. Auf dem Papier war der Junge somit zum leiblichen Sohn des Paares geworden.

Regina setzte sich und griff nach einem weiteren Mäppchen. Es handelte sich um eine Liste der Adoptionsvermittlungsstellen in der Schweiz. Die meisten Vermittlungen waren auf bestimmte Länder spezialisiert. Drei Namen waren eingekreist. Sie vermittelten Kinder aus Guatemala, Kolumbien und Brasilien. Aus einem Artikel des «Beobachters» erfuhr Regina, dass jedes dritte Adoptivkind in der Schweiz aus dem Ausland stamme. Dreissig Prozent der Adoptionen erfolgten privat, also nicht über eine anerkannte Vermittlungsstelle.

«Er hatte wirklich eine Spur», stellte Regina fest. «Fragt sich nur, ob es sich um eine konkrete Adoption handelte, oder ob er eine Organisation im Auge hatte.»

Fahrni hielt ein Blatt hoch. «Interessant scheint mir, dass seine Unterlagen aktuelle Ereignisse betreffen. Auch die Hintergrundinformationen, die er sich ausgedruckt hat, sind nicht alt. Zumindest nicht 30 bis 40 Jahre alt.»

«Du meinst, sein Interesse galt gar nicht den Kindern, die während der Diktatur in Argentinien verschwunden waren?»

«Weisst du noch, was Elena Alvarez gesagt hat? Penassos letzte Worte in Montevideo lauteten: ‹Es ist nicht vorbei›, und: ‹Es wird nie vorbei sein›; dass er sich für die verschwundenen Kinder interessiert hat, dürfte klar sein. Doch ich vermute, er ist dabei auf Kinderhändler gestossen, die heute aktiv sind. Schau her.» Er zeigte ihr einen Artikel auf Spanisch, der mit Fotos von Säuglingen bebildert war. «Ein Fall aus der Ukraine. Den Müttern hat man erklärt, ihre Kinder seien bei der Geburt gestorben. In Wirklichkeit waren sie verkauft worden.»

Regina hatte immer gewusst, dass der Handel mit Säuglingen ein lukratives Geschäft darstellte. Sie malte sich aus, Lily wäre ihr in der Klinik weggenommen worden. Der Gedanke war unerträglich. Fahrni reichte ihr einen schematisch dargestellten Ablauf einer Auslandsadoption. Er begann mit dem Gesuch um die Aufnahme eines Adoptivkindes bei der Zentralbehörde im Wohnsitzkanton; in Zürich war dies das Amt für Jugend und Berufsberatung. Neben dem Wort «Zentralbehörde» hatte Penasso ein Fragezeichen hingekritzelt. Als Nächstes mussten eine Eignungsabklärung durchgeführt und ein Sozialbericht erstellt werden. Hier hatte der Journalist die Telefonnummer der Schweizerischen Fachstelle für Adoption notiert. Nachdem die Bewilligung vorlag, teilte sich das Verfahren: Kam das Haager Adoptionsübereinkommen zur Anwendung, war ein Elterndossier zuhanden der Zentralbehörde zu erstellen. Anschliessend wurde ein Pflegeplatz bewilligt. Die Zentralbehörde prüfte daraufhin, ob Kind und Gesuchstellende zueinander passten. Fiel der Entscheid positiv aus, erteilte die Botschaft ein Laisser-passer. Erfolgte die Adoption jedoch nicht nach dem Haager Adoptionsübereinkommen, überprüfte zuerst die schweizerische Vertretung im Ausland, ob alle Bedingungen und Auflagen für eine Einreise in die Schweiz erfüllt waren. An dieser Stelle hatte Penasso die Telefonnummer der Schweizer Botschaft in Uruguay notiert.

«Uruguay?», dachte Regina laut nach. «Also hatte Paco möglicherweise recht. Irgendetwas hat Ramón Penasso in Punta del Este aufgedeckt. Wissen wir, mit wem er dort gesprochen hat? Ausser mit dem Korvettenkapitän?»

Fahrni verneinte. «Er hat sich an keine offizielle Stelle gewandt. Alles geschah unterhalb des Radars. Die Schweizer Botschaft hat er nie angerufen. Das habe ich abgeklärt.»

«Regina! Gut, dass du auch hier bist.» Martin Angst stand in der Tür, ein Mäppchen hoch haltend. «Ich habe etwas für euch.» Er legte einen Ausdruck des Bundesamtes für Justiz auf den Tisch, der Informationen über die Nachbeurkundung bei Auslandgeburten enthielt.

Regina überflog den Text, doch Martin Angst schüttelte den Kopf. «Es geht nicht um den Inhalt. Schau genau hin.» Er zeigte auf eine Stelle im oberen Drittel des Blattes. «Siehst du die Vertiefungen?»

«Penasso hat den Ausdruck als Unterlage benutzt, als er etwas notierte?», erriet Fahrni.

Angst nickte. «Er hat sich eine Adresse notiert! Hier ist sie.» Er reichte ihnen einen Zettel.

«Hangstrasse 12, Herrliberg», las Regina.

Fahrni ballte die Hand zu einer Jubelgeste. Es war, als hätten sie ein halbes Jahr lang Dominosteine aneinandergereiht und nun den ersten Stein angestossen. Jeder Stein, der umkippte, stiess den nächsten an. In Gedanken korrigierte sich Regina: Nicht sie hatten den ersten Stein angetippt, sondern Daniel Frey. Sie nahm sich vor, ihm für seine Aufmerksamkeit zu danken. Hätte er den Kugelschreiber nicht erkannt, würden sie weiterhin im dunkeln tappen.

«Gibt es etwas zu feiern?», fragte Cavalli von der Tür aus. «Regina? Ich dachte, du bist den ganzen Tag am Gericht.»

Fahrni schnappte sich den Zettel und hielt ihn Cavalli unter die Nase. «Eine Adresse!»

«Das sehe ich», stellte Cavalli trocken fest.

Martin Angst erklärte, wo er die Adresse gefunden hatte.

«Ihr glaubt, Ramón Penasso könnte nach Herrliberg gefahren sein?»

«Wir wissen noch nicht, was wir glauben sollen», erwiderte Regina. «Aber möglich wäre es. Das Zugbillett würde passen. Tobias...» Sie sah sich um.

Fahrni war verschwunden.

Dafür stand Pilecki auf einmal im Raum, die Jacke in der Hand. «Ein Jonas Keller aus Dietikon hat 200 Franken für Penassos Laptop bezahlt. Ich fahre hin. Gurtner muss nach Hause.»

Er drehte sich um und stiess mit Fahrni zusammen, der zurückgekehrt war.

«Wo kommst du plötzlich her?», fragte Fahrni.

Pilecki klopfte ihm auf den Rücken und verschwand.

«Thomas und Gabriela Lauterburg», verkündete Fahrni. «Sie waren noch nie zu Gast bei uns. Ich schaue mal, was ich über sie herausfinde.»

Nachdem er gegangen war, sammelte Martin Angst die Mäppchen auf dem Tisch ein. Regina bat ihn, sich am nächsten Morgen um 9 Uhr in der Kripoleitstelle einzufinden. Das weitere Vorgehen wollte sie gemeinsam besprechen.

Fahrni sattelte die Stute, die im selben Stall wie Lisa untergebracht war. Er kannte Stellas Besitzerin gut. Die Ärztin stand kurz vor der Pensionierung und spielte mit dem Gedanken, mit ihrem Pferd in Frankreich einen Neuanfang zu wagen. Sie war sofort einverstanden gewesen, als Fahrni sie gefragt hatte, ob Paz während ihres Aufenthaltes in der Schweiz Stella reiten dürfe. Das Pferd war etwas kleiner als Lisa und wirkte auf Fahrni fast ein wenig verträumt. Paz würde keine Mühe haben mit ihm.

Er reichte ihr die Zügel. «Western reiten unterscheidet sich kaum vom Stil der Gauchos in Südamerika. Der Sattel ist schwerer, du musst also etwas mehr mit deinem Gewicht arbeiten, aber das Prinzip ist das gleiche.» Er streichelte den Hals des Pferdes. «Stella wird sich schon melden, wenn sie etwas nicht versteht.»

Während Paz wartete, holte er Lisas Zaumzeug. Es war bereits 19 Uhr. Normalerweise ging er direkt von der Arbeit in den Stall, heute hatte er Paz aber zuerst in Bonstetten abholen müssen. Er hatte sie mit seiner Mutter in der Küche angetroffen, wo sie gemeinsam Kartoffeln geschält hatten. Fahrni war erleichtert über die entspannte Stimmung gewesen. Das schlechte Gewissen plagte ihn, weil er Paz so lange alleine gelassen hatte. Eigentlich hatte er vorgehabt, während ihres Besuches weniger lang zu arbeiten, genügend Überstunden zum Kompensieren hätte er. Doch die Ereignisse hatten ihm einen Strich durch die Rechnung gemacht. Es hatte ihn Überwindung gekostet, seinen Computer herunterzufahren und die weiteren Abklärungen auf den nächsten Tag zu verschieben. Thomas und Gabriela Lauterburg hatten seine Neugier geweckt. Bis jetzt wusste er erst, dass Thomas Lauterburg in der Immobilienbranche tätig und Gabriela Lauterburg Innenarchitektin war. Gerne hätte Fahrni weitergegraben.

Er richtete seine Aufmerksamkeit auf Paz. Sie trug eine beige Daunenjacke und hohe, praktische Stiefel. In den dicken Kleidern schien ihr nicht besonders wohl zu sein. Es gelang ihr kaum, das Bein zum Steigbügel hochzuheben. Nach mehreren misslungenen Anläufen rutschte Fahrni von Lisas Rücken und half ihr aufs Pferd. Paz' Gesicht glich einer starren Maske, ob wegen der Kälte oder weil ihr etwas nicht behagte, wusste er nicht.

«Alles in Ordnung?», fragte er besorgt.

«Si.»

«Ist dir kalt?»

«Nein.»

Fahrni schwang sich wieder in den Sattel. Lisa blähte erwartungsvoll die Nüstern. Fahrni rieb seine Wange an ihrem Hals und murmelte ihr einige Worte ins Ohr. Er spürte Paz' Blick und richtete sich wieder auf. Mit einem Schnalzen liess er Lisa wissen, dass sie sich in Bewegung setzen sollte. Sie reagierte sofort. Stella folgte etwas langsamer. Als Fahrni sah, wie steif Paz auf dem Pferd sass, stiegen in ihm Erinnerungen an das Bild der Reiterin auf, das ihn veranlasst hatte, sich bei der Partnervermittlung in Paraguay zu melden. Paz hatte keine Ähnlichkeit mit ihr.

«Reitest du zu Hause oft?», fragte er.

«Nicht mehr.»

«Warum nicht?»

«Ich wohne in der Stadt.»

«Wo hast du früher gelebt?»

«Auf dem Land.»

«Auf einer Ranch?»

Sie klammerte sich an die Zügel. Es war offensichtlich, dass etwas nicht stimmte. Stella spürte ihr Unbehagen und legte die Ohren zurück. Verheimlichte Paz eine Krankheit? Vielleicht verträgt sie das Essen in der Schweiz nicht, dachte Fahrni. Seine Mutter kochte gut, aber reichhaltig. Ob der Käse oder der Rahm Paz zu schaffen machten? Er wollte sie fragen, als plötzlich ein Zweig knackte und eine Ladung Schnee herabfiel. Was anschliessend geschah, konnte Fahrni später nicht mit Sicherheit sagen. Entweder erschrak Stella, oder es war Paz' Reaktion, die das Pferd in Panik versetzte. Stella fuhr zusammen und galoppierte über das Feld zum Wald. Statt sie zurückzuhalten, liess Paz die Zügel los und hielt sich am Sattel fest. Fahrni blieb fast das Herz stehen, als er sah, wie die Zügel lose an Stellas Seiten flatterten. Wenn sie sich in einem Gebüsch verfingen, könnte sich das Pferd schwer verletzen.

Er jagte hinter Paz her. Er rief ihr zu, die Zügel hochzunehmen, doch sie schien ihn nicht zu verstehen. Fahrni grub seine

Fersen in Lisas Bauch. Langsam holte er auf. Stella hatte den Waldrand erreicht und steuerte auf einen schmalen Weg zu, der bei Reitern beliebt war. Da er im Schatten lag, war der Boden dort vermutlich gefroren. Leise fluchte Fahrni. Es war nur eine Frage der Zeit, bis Stella ausrutschte oder stolperte. Er sah, dass Paz' Fuss sich aus dem rechten Steigbügel gelöst hatte. Inzwischen hielt sie sich nicht mehr am Sattel, sondern an Stellas Mähne fest. Sie wippte hin und her, als habe sie überhaupt keine Kontrolle über ihren Körper. Weder versuchte sie, das Pferd zu lenken, noch ihren Sitz zu finden. Als ein tiefer Ast ihre Schulter streifte, verlor sie das Gleichgewicht. Langsam rutschte sie nach links.

«Nimm den Fuss aus dem Steigbügel!», schrie Fahrni.

Sie hörte ihn nicht. Als sie auf den Boden prallte, wurde sie einige Meter mitgeschleift, doch dann rutschte ihr Fuss von alleine heraus. Fahrnis Mutter hatte ihr Stiefel gekauft, die sich fürs Reiten eigneten. Fahrni stiess ein Dankesgebet aus. Er sprang noch während des Galopps von Lisas Rücken. Sein Pferd blieb augenblicklich schwer atmend stehen. Fahrni liess die Zügel fallen. Solange sie den Boden berührten, würde sich Lisa nicht rühren. Er eilte zu Paz, die sich mühsam aufzurichten versuchte.

«Bist du verletzt?», fragte er, sich niederkniend.

Paz versuchte zu antworten, doch es kam kein Ton heraus.

«Paz! Tut es dir irgendwo weh?»

«Nein», flüsterte sie.

«Kannst du Arme und Beine bewegen? Wie geht es deinem Rücken?»

Paz presste die Lippen zusammen. Eine Schramme zog sich quer über ihre Stirn. Kleine Blutstropfen bildeten sich auf der dünnen Linie. In ihren Haaren steckte ein Dornenzweig. Obwohl sie sich Mühe gab, so zu tun, als sei alles in Ordnung, zitterte sie am ganzen Körper.

«Du kannst gar nicht reiten, nicht wahr?», fragte Fahrni leise.

Als Paz trotzig den Unterkiefer reckte, nahm Fahrni sie in die Arme. Durch die dicke Daunenjacke hindurch spürte er, wie ihr Herz raste. Zuerst glaubte er, sie stosse ihn weg, doch plötzlich erschlaffte ihr Körper. Sie liess den Kopf an seine Schulter sinken und winkelte ihre Arme an. Fahrni strich ihr über die Haare. Langsam liess das Zittern nach. Halb erwartete er, dass Tränen folgen würden, doch Paz weinte nicht.

«Warum hast du mich angelogen?»

Sie schwieg.

«War es dir so wichtig, in die Schweiz zu kommen?»

«Ja», flüsterte sie.

«Ist das Leben in Paraguay denn so schlimm?»

Sie sagte nichts.

«Was ist mit den E-Mails? War alles erlogen, was du mir geschrieben hast?»

«Das war nicht ich.» Paz' Stimme klang monoton. «Das war die Vermittlerin. Ich habe dir nie geschrieben.»

Später, als Fahrni im Bett lag, ging die Tür auf. Paz kam herein, hob die Decke an und legte sich neben ihn. Fahrni drehte sich zur Wand. Paz legte ihm den Arm um den Oberkörper und rückte näher. Er spürte ihren Atem im Nacken. Irgendwann schlief er ein.

4

Cavalli rollte seinen Schlafsack zusammen und legte ihn hinter eine Holzbeige. Seit er ohne Lily im Wald übernachtete, begann er den Tag auf dem Vitaparcours. Dort wärmte er sich auf, um anschliessend seine reguläre Joggingstrecke in Angriff zu nehmen. Neunzig Minuten dauerte sein Sportprogramm. Wenn sich das erste Flugzeug Gockhausen näherte, stellte er sich unter die Dusche. Kurz bevor Reginas Wecker klingelte, verliess er die Wohnung.

Heute änderte er das Programm. Statt die Übungen auf dem Vitaparcours zu absolvieren, dehnte er Arme und Beine an Ort und Stelle und schlug in leichtem Joggingschritt den Weg zum Lorenkopf ein. Die Nacht war klar, zwischen den Baumkronen sah er deutlich die Sterne. Ihr Licht verlieh dem Wald einen silbrigen Schimmer. Die Schönheit der Winternacht berührte ihn nicht. In Gedanken war Cavalli in Kloten, wo er um halb sieben Jim McKenzie von einem Langstreckenflug abholen würde. Der FBI-Agent wollte zehn Tage mit seiner Frau in Zermatt verbringen. Er behauptete, die Ferien schon lange im voraus geplant zu haben. Doch Cavalli vermutete, dass er lediglich die Gelegenheit beim Schopf packte. Der eigentliche Grund von McKenzies Reise war er.

Als Jim McKenzie seinen neusten Fall geschildert hatte, hatte Cavalli ihm interessiert zugehört. Er hatte geglaubt, sein Kollege berichte von den ungelösten Tötungsdelikten, weil sie ihn beschäftigten. Erst als er zum Schluss gekommen war, hatte Cavalli realisiert, dass McKenzie eine Absicht verfolgte. «Der Bursche ist unheimlich clever», hatte der FBI-Agent erklärt. «Er ist uns immer einen Schritt voraus. Es ist Zeit, dass wir den Spiess umdrehen.» Was er damit meinte, hatte Cavalli nach McKenzies nächsten Worten begriffen: «Wir glauben, dass er sich bei den Cherokees versteckt.»

Einen verdeckten Ermittler zu finden, der unauffällig in das Leben im Reservat eintauchen konnte, war nahezu unmöglich. Die Personen, die in Frage kamen, waren entweder nicht genügend qualifiziert für die anspruchsvolle Aufgabe, oder es fehlte ihnen der kulturelle Hintergrund. Mit einer Ausnahme. «Du bist genau die Person dafür», hatte McKenzie gemeint. «Du bist ein hervorragender Polizist und Analytiker, du bist im Reservat aufgewachsen und kennst die Kultur der Cherokees.» Warum Letzteres nötig war, verstand Cavalli, als McKenzie erklärte, dass alle Opfer mit Giftpfeilen aus einem Blasrohr getötet worden waren, der früheren Jagdwaffe der Indianer.

Seit dem Anruf malte sich Cavalli aus, wie es wäre, den Auftrag anzunehmen. Noch nie hatte er als verdeckter Ermittler gearbeitet. Ganz auf sich allein gestellt zu sein, reizte ihn mehr, als er sich eingestehen wollte. Er würde nur punktuell Rechenschaft über seine Handlungen ablegen müssen, wäre auf keine Mitarbeiter angewiesen und dürfte Entscheidungen aus der Situation heraus fällen. Unwillkürlich erhöhte Cavalli sein Tempo. Der Kies knirschte unter seinen Füssen, und sein Atem ging in regelmässigen Stössen. Obwohl er kaum etwas über den Fall wusste, begann er in Gedanken bereits, die wenigen Informationen zu strukturieren. Wäre er ungebunden, hätte er ohne Zögern zugesagt. Doch er hatte eine Tochter. Lily mehrere Wochen oder gar Monate nicht zu sehen, erschien ihm unerträglich. Er sass in einem Gefängnis, das er sich selbst errichtet hatte.

Er hatte den Lorenkopf erreicht, wo er wie jeden Morgen die Treppe des Aussichtsturms hochjoggte. Die noch im Schlummer liegende Landschaft nahm er zwar zur Kenntnis, doch die Stille besänftigte ihn nicht. Die Liegestützen, die er an dieser Stelle zu machen pflegte, liess er aus und rannte stattdessen weiter. Schon bald erreichte er die ersten Häuser von Gockhausen. Zu seiner Überraschung brannte in Reginas Küche Licht. Am Fenster neben dem Eingang sah er die Umrisse eines kleinen Körpers. Sein Herz krampfte sich bei diesem Anblick zusammen.

«Junebug», flüsterte er, nachdem er die Tür aufgeschlossen hatte. «Warum bist du auf?»

«Dodo!», rief sie, ihre Version von Adoda, das auf Tsalagi «Vater» bedeutete.

«Psst, Regina schläft.»

Sie streckte die Arme nach ihm aus. Gemeinsam gingen sie ins Bad. Während Cavalli duschte, stocherte Lily mit der WC-Bürste in der Kloschüssel herum. Anschliessend machte Cavalli ihr Frühstück. Ein Blick auf die Uhr zeigte ihm, dass er sich beeilen musste, wenn er nicht zu spät zum Flughafen kommen wollte. Als Lily merkte, was er vorhatte, zitterte ihre Unterlippe. Cavalli brachte es nicht übers Herz, sie zu enttäuschen. Er schrieb Regina eine Notiz, die er vor ihre Schlafzimmertür legte, und holte Lilys Kleider. Rasch zog er sie an. Fünf Minuten später sassen sie im Volvo.

Auf dem Monitor in der Ankunftshalle des Flughafens stand beim Flug aus Washington bereits «gelandet». Wenig später kamen die ersten Passagiere durch den Zoll. Cavalli erkannte Jim McKenzie sofort. Er hielt sich immer noch so aufrecht, wie er es sich als junger Mann bei der Marine angewöhnt hatte. Die Geheimratsecken waren grösser geworden, die Haare grauer, doch die stahlblauen Augen leuchteten wach und aufmerksam. An seiner Seite stand eine Frau mit rotblondem Haar und einem Teint, dem die Höhensonne in Zermatt nur schlecht zuträglich sein würde.

«Bruno Cavalli!» Jim McKenzie klopfte ihm auf den Rücken. «Gut siehst du aus! Sue, das ist B.C., B.C, Sue-Ann. Und wen haben wir hier?» Er beugte sich zu Lily vor, die sich in Cavallis Jacke zu verstecken versuchte.

«Darf ich vorstellen?», sagte Cavalli. «Lily June, meine Assistentin.»

Jim McKenzie lachte, doch in seinem Blick lagen Fragen. Er erklärte, dass er einen Kaffee vertragen könne, und schlug vor, Sue-Ann solle sich so lange um Lily kümmern. Überrascht hob Cavalli eine Augenbraue. Er hatte nicht mit einer geschäftlichen Besprechung am Flughafen gerechnet. Offenbar hatte McKenzie es eilig.

Als sie vor zwei Espressi sassen, beugte sich der FBI-Agent vor. «In zehn Tagen fliege ich zurück. Bis dann brauche ich deine Antwort.»

«Ich weiss zu wenig, um eine Entscheidung zu treffen.»

«Deshalb bin ich hier.» Er begann zu erzählen.

In der Kripo-Leitstelle knisterte es förmlich. Auf dem Tisch waren Fotos der Hausdurchsuchung in Altstetten, erste Berichte des Forensischen Instituts sowie Kartenmaterial ausgebreitet. Trotzdem hatte Cavalli Mühe, sich zu konzentrieren. Immer wieder gingen ihm Jim McKenzies Worte durch den Kopf.

Vier Tote in elf Monaten. Todesursache war bei allen Pfeilgift. Mit jedem Mord wurde der Täter geschickter. Das FBI glaubte, er übe. Wofür, war niemandem klar. Doch Jim McKenzie war sich sicher, dass ihnen das Schlimmste noch bevorstand. Zehn Tage hatte Cavalli Zeit, um sich zu entscheiden, ob er als verdeckter

Ermittler ins Reservat zurückkehren wollte. Wenn er zusagte, würde er in wenigen Wochen seine Zelte abbrechen und nach North Carolina reisen. McKenzie hatte ihm versichert, der Kommandant der Kantonspolizei würde seinen abrupten Abgang bewilligen. Cavalli hatte keine Fragen gestellt. Wer welche Beziehungen spielen liess, interessierte ihn nicht. Viel mehr beschäftigten ihn die Auswirkungen auf sein Leben. Und die Frage, ob er es schaffen würde, seiner Mutter gegenüberzutreten.

«Keiner der Fingerabdrücke in Witzigs Wohnung stimmt mit dem Teilabdruck auf der Hantel überein», holte ihn Gurtner in die Gegenwart zurück. «Aber das hat auch niemand erwartet. Witzig hat ziemlich sicher nichts mit Penassos Verschwinden zu tun. Was die Bonzen von Herrliberg angeht, bin ich mir nicht so sicher. Das Hirn hat ein paar interessante Dinge zu berichten. Schiess los.»

Es dauerte einen Moment, bis Fahrni merkte, dass er gemeint war. «Sie haben ein Kind. Ein vierjähriges Mädchen.» Er zupfte an seinem Ohrläppchen.

«Mach's nicht so spannend!», drängte Gurtner.

Fahrni liess die Hand sinken. «Madeleine Lauterburg wurde in Uruguay geboren.»

Cavalli kam es vor, als hätte jemand einen Schuss abgefeuert. Die Stille war so komplett, dass er einen Moment brauchte, um sich zurechtzufinden. Vera Haas brach den Bann.

«Uruguay?», kreischte sie. «Das ist es! Das ist die Verbindung, die wir suchen!»

«Welche Verbindung?», fragte Fahrni.

«Zwischen Penasso und der Schweiz, welche sonst!» Sie rollte die Augen. «Mein Gott, warum Gurtner dich ‹Hirn› nennt, ist mir ein Rätsel!»

«Das ist keine Verbindung», stellte Fahrni klar. «Das sind zwei Ereignisse: Ramón Penasso ist in die Schweiz gereist, Madeleine Lauterburg wurde in Uruguay geboren. Ob die Ereignisse zusammenhängen, wissen wir nicht.»

Haas stöhnte laut.

«Fahrni hat recht», begann Cavalli. «Es ist gefährlich, zu diesem Zeitpunkt Schlüsse zu ziehen. Dadurch könnte uns etwas Wichtiges entgehen. Wir müssen mehr über Thomas und Gabriela Lauterburg in Erfahrung bringen.»

«Statten wir ihnen einen Überraschungsbesuch in Herrliberg ab», schlug Gurtner vor. «Vielleicht können wir uns ein wenig umschauen, bevor sich Lauterburgs einen Anwalt nehmen. Nimmt mich Wunder, wie dieses Mädchen aussieht.»

«Ich halte das für keine gute Idee», widersprach Regina. «Wir müssen verhindern, dass sich Gabriela und Thomas Lauterburg absprechen. Befragt sie hier.»

Cavalli schüttelte den Kopf. «Ich bin Gurtners Meinung. Ich möchte sie im Glauben lassen, es handle sich um einen Routinebesuch, bis wir weitere Beweise gesammelt haben. Ich gehe davon aus, dass um diese Zeit lediglich die Frau zu Hause ist.»

Regina verschränkte die Arme. «Unter einer Bedingung: Wir müssen sicherstellen, dass Gabriela Lauterburg ihren Mann nicht informiert. Tobias, könntest du bitte abklären, wo er sich zurzeit aufhält?»

Zehn Minuten später kehrte Fahrni in die Kripoleitstelle zurück. «In Deutschland, auf einer Geschäftsreise. Er kommt erst am Donnerstag zurück.»

Regina rang mit sich. «Also gut, fahrt nach Herrliberg. Aber nehmt sicherheitshalber eine Vorladung mit, falls die Frau nicht kooperiert. Und wählt eure Worte sorgfältig!»

Auf der Fahrt nach Herrliberg besprachen sie die Fragen, die sie Gabriela Lauterburg stellen wollten. Das Thema Adoption würden sie vorerst meiden. War Madeleine nicht das leibliche Kind des Paares, würde jede Frage über das Mädchen Argwohn wecken.

«Auch wenn Lauterburgs ihre Tochter illegal adoptiert haben, muss das nicht heissen, dass sie mit Penassos Tod zu tun haben», sagte Cavalli, während er in die Hangstrasse einbog.

«Schon klar», brummte Gurtner.

«Kannst du die Hausnummern lesen?»

«Es gibt hier oben keine Hausnummern. Nur Villennummern. Das ist Villa Nummer acht. Die übernächste müsste es sein.»

Cavalli schmunzelte. Sein Lächeln erstarb, als er vor einem imposanten Schachtelhaus hielt. Ineinandergreifende kubische Baukörper erstreckten sich über mehrere Stockwerke. Eingehüllt waren sie von einem Mantel aus Holzlatten. Gurtner pfiff leise. Sie wechselten einen Blick. Sie hatten es mit mächtigen Gegnern zu tun.

Cavalli parkierte seinen Volvo am Strassenrand. Der Weg zur Haustür war mit im Boden versenkten Lampen bestückt. Eine Überwachungskamera entdeckte Cavalli nicht, er war sich jedoch sicher, dass ihr Kommen nicht unbemerkt blieb. Er klingelte. Aus dem Innern des Hauses drang kein Geräusch. Er wollte sich schon abwenden, als plötzlich die Tür aufging. Eine Frau um die vierzig mit schulterlangem, hellem Haar und klar gezeichneten Gesichtszügen stand vor ihnen. Sie trug einen beigen Kaschmirpullover und helle Hosen. Als Gurtner seinen Dienstausweis hochhielt, wich sie einen Schritt zurück. Ob es der Polizeibesuch war, der ihr Unbehagen bereitete, oder Gurtners ungepflegte Erscheinung, hätte Cavalli nicht sagen können.

«Sind Sie Gabriela Lauterburg?», fragte Gurtner.

«Ja?» Misstrauisch liess sie ihren Blick von Gurtner zu Cavalli gleiten.

«Wir würden Ihnen gerne ein paar Fragen stellen.»

«Worüber?»

«Dürfen wir hereinkommen?»

Widerwillig zog Gabriela Lauterburg die Tür auf. Als sie zur Seite trat, tat sich Cavalli eine Welt ganz in Weiss auf. Der Boden bestand aus weissem Guss, die Wand zu seiner Linken aus weissen Kuben, die Bücher enthielten. Schon in der Tür sah Cavalli die Glasfront, die sich dem Wohnzimmer entlangzog und die Sicht auf den See freigab. Das Spiel der Wolken am Himmel brachte Bewegung in den Raum, trotzdem erschien er ihm seltsam leblos. Cavalli fragte sich, warum. Er dachte an Reginas Wohnung, und plötzlich merkte er, was er vermisste: Pflanzen. Nirgends entdeckte er auch nur ein einziges grünes Blatt.

«Worum geht es?», fragte Gabriela Lauterburg. Offenbar hatte sie nicht vor, sie weiter in ihr Heim vorzulassen.

Gurtner zog ein Foto von Ramón Penasso hervor. «Kennen Sie diesen Mann?»

Von einem Moment auf den anderen wurde Gabriela Lauterburg so weiss wie ihre Umgebung. Sie verschränkte die Arme vor der Brust, als wolle sie sich schützen. Cavalli setzte ein freundliches Lächeln auf und erläuterte, dass der Mann verschwunden sei.

Gabriela Lauterburg senkte den Blick. «Ich habe den Mann noch nie gesehen. Wer ist er?»

«In seinen Unterlagen haben wir unter anderem Ihre Adresse gefunden», erklärte Cavalli. «Aber das muss nichts zu bedeuten haben.»

«Unsere Adresse?», wiederholte Gabriela Lauterburg. «Ich kann mir nicht erklären, warum. Am besten, Sie sprechen mit meinem Mann. Vielleicht hatte er geschäftlich mit diesem... wie haben Sie ihn genannt?»

«Ramón Penasso.»

«Ich werde meinem Mann sagen, dass Sie hier waren.»

Cavalli reichte ihr die Hand. «Vielen Dank, Sie waren uns eine grosse Hilfe.»

Kaum hatten sie die Schwelle überquert, schlug Gabriela Lauterburg die Tür zu. Cavalli hob eine Augenbraue. Gurtner schnaubte. Gemeinsam kehrten sie zum Wagen zurück.

Cavalli setzte sich hinters Steuer. «Hast du es eilig?»

«Warum?»

Cavalli startete den Motor und fuhr die Hangstrasse entlang zurück. Nach fünfzig Metern hielt er an. «Wenn ein 4jähriges Kind um diese Zeit nicht zu Hause ist, so besucht es vermutlich eine Spielgruppe.» Er sah auf die Uhr. «Viertel nach elf. Gut möglich, dass wir Madeleine bald zu Gesicht bekommen.»

«Dann bin ich mal gespannt, welche Farbe dieses Gesicht hat!»

«Viele Südamerikaner haben eine helle Haut.»

Gurtner gab ein undefinierbares Geräusch von sich.

Während sie warteten, erkundigte sich Cavalli nach Helen. Widerwillig gab Gurtner Auskunft. Cavalli hörte schweigend zu. Je länger Gurtner sprach, desto offener wurde er. Er gab sogar zu, er sähe der Ankunft seiner Tochter mit Unbehagen entgegen.

«MS ist eine Krankheit, die sich über Jahre hinzieht. Das ist doch kein Leben für Brigitte.»

«Was hat deine Tochter im Ausland gemacht?»

«Sie arbeitet für eine Versicherungsgesellschaft in Toronto.»

«Ist sie verheiratet?»

«Nein. Sie hat immer gemeint, die Arbeit mache ihr mehr Spass als das Zusammensein mit einem Ehemann. Ausserdem will sie frei sein.» Gurtner grunzte. «Und nun will sie plötzlich ihre Mutter pflegen?»

Er verstummte, als die Haustür aufging und Gabriela Lauterburg herauskam. In einen langen Mantel gehüllt, schlug sie den Weg in die entgegengesetzte Richtung ein. Schon nach wenigen Metern blieb sie wieder stehen und öffnete ein niedriges Gartentor. Bald erblickte Cavalli die ersten Kinder. Sie waren nicht viel älter als Lily. Gespannt wartete er auf Madeleine Lauterburg.

Tobias Fahrni stand am Bahnhof Wiedikon und sah dem Postautoverkehr zu. Seine Mutter hatte Paz in Bonstetten zur Haltestelle begleitet und ihr beim Kauf eines Billetts geholfen. Über Mittag wollte Fahrni mit ihr essen gehen, anschliessend würde Paz den Nachmittag in der Stadt verbringen. Er verlagerte das Gewicht von einem Bein aufs andere und fragte sich, warum er nervös war. Paz und er hatten keine Zukunft zusammen. Die Distanz, die seit dem ersten Treffen zwischen ihnen lag, hatte sich nicht verringert. Irgendwo scheint aber dennoch ein Fünkchen Hoffnung zu glimmen, dachte Fahrni, sonst würde ich dem Mittagessen nicht mit Herzklopfen entgegensehen. Seufzend schneuzte er sich die Nase.

Das Postauto hielt pünktlich in Wiedikon. Unter der dicken Wollmütze, die Paz gegen die Kälte trug, erkannte Fahrni sie fast nicht. Als er auf sie zuging, sah er, dass ihre Wange geschwollen war. Sie musste sich beim Sturz gestern einige schmerzhafte Prellungen zugezogen haben, doch ihren Bewegungen war nichts anzumerken. Als sie ihn erblickte, huschte ein Lächeln über ihr Gesicht. Fahrni fragte sich, welche Begrüssung angebracht war. Drei Wangenküsse? Eine Umarmung? Weil er es nicht wusste, steckte er die Hände in die Taschen und beschränkte sich auf ein «Hola». Er erklärte, er habe einen Tisch in einer Pizzeria reserviert. Paz nickte.

Er hatte erwartet, sie würde den gestrigen Vorfall erwähnen. Am Morgen hatten sie sich nicht gesehen, da Paz noch geschlafen hatte, als Fahrni zur Arbeit gegangen war. Doch sie kam mit keinem Wort auf den Sturz oder auf ihre Lügen zu sprechen. Stattdessen sass sie still am Tisch und beobachtete die Menschen im Restaurant.

«Weisst du schon, was du essen möchtest?», fragte Fahrni auf Spanisch.

«Dasselbe wie du.»

«Ich nehme eine Pizza mit Schinken und Champignons.»

«Gut.»

Sie verfielen wieder in Schweigen. Fahrni drehte eine Gabel zwischen den Fingern. Als er es nicht mehr aushielt, fragte er, warum sie zu ihm ins Bett geschlüpft sei.

Überrascht öffnete sie den Mund. «Weisst du das wirklich nicht?»

«Nein.»

«Weil ich dich lieben wollte.»

Die Gabel fiel Fahrni aus der Hand. Am Nachbartisch drehten sich einige Köpfe in ihre Richtung. Fahrni spürte, wie ihm die Röte ins Gesicht schoss.

«Macht man das in der Schweiz nicht?», fragte Paz.

Ihrem Tonfall war nicht zu entnehmen, ob die Frage ernst oder ironisch gemeint war.

«Doch, schon», antwortete Fahrni. «Aber eigentlich nur, wenn man sich mag.»

«Du magst mich nicht.» Sie betrachtete ihre unlackierten Fingernägel.

Der Kellner brachte ihre Pizzen. Dankbar hob Fahrni seine Gabel auf. Paz rührte ihr Essen nicht an. Sie betrachtete ihn mit undurchdringlichem Blick und wartete.

«Du hast mir ge…» Fahrni korrigierte sich. «Die Vermittlerin hat mir geschrieben, du seist Witwe. Ist dein Mann wirklich gestorben?»

Paz' Ausdruck blieb neutral. «Er ist nach Vallemí zurückgekehrt.»

«Also lebt er noch?»

«Vermutlich.»

Fahrni hörte auf zu kauen. «Dann bist du noch verheiratet?»

«Nein.»

«Seid ihr geschieden?»

«Wir sind nicht mehr zusammen.»

«Aber auf dem Papier», drängte Fahrni, «seid ihr offiziell noch verheiratet?»

Paz versteifte sich. «Juan hat bestimmt eine neue Frau.»

«Habt ihr noch Kontakt?»

Paz sah ihn verständnislos an. Fahrni legte das Besteck auf den Tellerrand und rieb sich die Augen. Wie konnten zwei Menschen die gleiche Sprache sprechen, aber einander dennoch nicht verstehen? Ging es Paz ähnlich? Fand sie ihn auch so seltsam? Er hatte den kulturellen Unterschied zwischen der Schweiz und Paraguay unterschätzt. Oder war Paz ein Sonderfall?

Sie legte ihre Hand auf seinen Arm. «Bist du müde?»

«Ja», log er. «Ich habe schlecht geschlafen.»

Sie lächelte. «Wir hätten doch Liebe machen sollen.»

«Warum?»

«Warum nicht?»

Ihre Worte verfolgten ihn den ganzen Nachmittag. Fahrni versuchte, sich auf die Informationen zu konzentrieren, die er über Auslandsadoptionen heruntergeladen hatte, doch er begriff den

Sinn der Sätze nicht. Als Vera Haas ins Büro stapfte und mit einem Bericht der Kriminaltechnik wedelte, gab Fahrni auf.

«Nichts!», stiess sie hervor. «Alles ist weg!»

Fahrni wartete.

«Der Typ, der Penassos Laptop gekauft hat, hat die Harddisk neu formatiert», erklärte Haas. «Die ganzen Daten sind futsch.»

«Und das Diktiergerät?»

«Entsorgt.» Sie verzog das Gesicht. «Er meinte, es sei so veraltet gewesen, dass sich kein Schwein dafür interessieren würde.»

«Schläfst du mit Martin Angst?»

Für einmal war Haas sprachlos. Sie starrte Fahrni an, als habe sie ihn falsch verstanden.

«Ich weiss, dass ihr nicht mehr zusammen seid. Aber ihr geht doch ab und zu etwas trinken, oder?»

Haas stemmte die Hände in die Seiten. «Ich sehe nicht, was dich das angeht!»

«Für mich war körperliche Liebe immer ein Ausdruck gegenseitiger Zuneigung. Natürlich, viele Männer gehen zu Prostituierten. Aber das ist etwas anderes. Wenn man jemanden kennt, persönlich kennt, dann muss es stimmen, oder? Die Chemie, meine ich. Bin ich altmodisch?»

«Ist das etwa eine Anmache oder was?»

Erschrocken wich Fahrni zurück.

Haas zog eine Grimasse. «Wenn ja, habe ich kein Interesse!»

Fahrni blähte die Backen und liess die Luft langsam entweichen. Erneut beugte er sich über die Blätter auf seinem Schreibtisch. Für eine legale Adoption eines Kindes aus dem Ausland waren neben dem Sozialbericht und einer provisorischen Pflegeplatzbewilligung eine grosse Anzahl weiterer Papiere nötig, unter anderem ein Auszug aus dem Straf- und Eheregister, ein Arztzeugnis, eine Verdienstbescheinigung, eine Arbeitsbescheinigung und ein Motivationsbericht. Vor allem aber brauchten die zukünftigen Eltern je nach Herkunftsland des Kindes eine provisorische Einreisebewilligung des Migrationsamts. Fahrni wählte die Nummer eines ehemaligen Kollegen, der inzwischen als Sachbearbeiter bei eben diesem Amt tätig war. Ob Madeleine Lauterburg auf legalem Weg adoptiert worden war, sollte einfach zu überprüfen sein. Eine Viertelstunde später legte er enttäuscht auf. Das Migrationsamt hatte keine Bewilligung für das Kind ausgestellt. Entweder war die Adoption über illegale Kanäle erfolgt, oder Madeleine war tatsächlich das leibliche Kind der Lauterburgs.

«Ist Gurtner schon aus Herrliberg zurück?», fragte er.

«Er ist unten, bei der Kriminaltechnik», antwortete Haas kühl.

Fahrni stand auf, verliess das Büro und trabte die Treppe hinunter in den unteren Stock. Die Labors der Kriminaltechnik waren mit einer Glastür abgetrennt. Gurtner entdeckte er nirgends. Als er die Tür jedoch öffnete, hörte er das kehlige Lachen seines Kollegen. Er folgte dem Geräusch und fand Gurtner im Büro der Kriminaltechnik 2 mit einem Kunststoffrohr in der Hand. Neben ihm stand ein Ballistiker und grinste.

Fahrni betrachtete das Rohr und runzelte die Stirn. «Was ist das?»

Der Ballistiker zeigte auf die Vorderseite des Rohrs. «Hier kommt eine Kartoffel rein, dann schraubst du hinten das Rohr so auf», er demonstrierte die Bewegung, «sprayst etwas Deo hinein, verschliesst das Teil wieder und voilà, die Waffe ist einsatzbereit.» Er zeigte auf ein kleines Loch. «Die Zündvorrichtung. Die Flamme eines Feuerzeugs genügt, und schon schiesst die Kartoffel heraus!»

Gurtner klopfte sich auf den Oberschenkel.

«Und so etwas wird tatsächlich verwendet?», staunte Fahrni.

Gurtner beugte sich vor. «Jugendliche schiessen damit am liebsten auf Pferde.»

Fahrni schreckte auf. «Auf Pferde? Was kann denn ein Pferd dafür, dass…» Er verstummte, als der Ballistiker in Gurtners Gelächter einstimmte. «Das ist ein Witz, oder?» Fahrni sah vom Ballistiker zu Gurtner. Erleichtert, dass nicht Pferde zur Zielscheibe von Jugendlichen geworden waren, erzählte er von seinem Anruf beim Migrationsamt. «Hast du Madeleine zu Gesicht bekommen? Könnte sie adoptiert worden sein?»

Gurtner wurde ernst. «Schwer zu sagen. Sie hat braune Haare und helle Haut. Ausserdem spricht sie Schweizerdeutsch.»

«Logisch, schliesslich ist sie in Herrliberg aufgewachsen.»

«Das war ein Witz, Hirn!»

«Ach so.» Fahrni grübelte. «Ein DNA-Test würde helfen, aber Regina wird kaum damit einverstanden sein. Nicht, solange kein konkreter Tatverdacht vorliegt. Vielleicht nicht einmal dann.»

Gurtner verabschiedete sich vom Ballistiker und verliess die Räume der Kriminaltechnik. Während sie auf den Lift warteten, diskutierten sie die nächsten Schritte.

«Bohr weiter im Leben der Lauterburgs herum», sagte Gurtner. «Wir müssen mehr über sie wissen, um die Einvernahmen vorzubereiten. Ich kümmere mich währenddessen um unseren Freund Ehm.»

«Alois Ehm? Besteht eine Verbindung zu Lauterburgs?»

«Genau das will ich herausfinden.»

5

Cavalli drückte auf die Klingel. Alois Ehm kam sofort zur Tür. Als Cavalli das sorgfältig frisierte, dunkel gefärbte Haar des Gynäkologen sah, schauderte er. Er verstand Vera Haas' Vorbehalte. Weil der Arzt am Nachmittag im Operationssaal gewesen war, hatte Cavalli angeboten, auf dem Nachhauseweg bei ihm vorbeizuschauen. Über Zollikon zu fahren, stellte nur einen kleinen Umweg dar. Ehm hatte sich sofort einverstanden erklärt, Cavalli zu empfangen.

«Darf ich Ihnen etwas anbieten?», fragte der Gynäkologe. «Einen Scotch vielleicht?»

Cavalli lehnte ab.

«Ein Glas Wasser?»

«Nichts, danke. Ich werde Sie nicht lange aufhalten.»

Ehm führte Cavalli in ein geräumiges Wohnzimmer. Es war traditioneller eingerichtet als das Haus der Lauterburgs, doch auch hier dominierte die Sicht auf den Zürichsee. Ehm nahm auf einem schwarzen Ledersofa Platz und bat Cavalli, es ihm gleichzutun. Obwohl Cavalli lieber stehengeblieben wäre, setzte er sich, um keine unangenehme Stimmung aufkommen zu lassen.

Ehm schlug die Beine übereinander. «Was kann ich für Sie tun? Geht es immer noch um den Brand meiner Jacht?»

«Sagt Ihnen der Name Lauterburg etwas?»

Ehm runzelte seine gebräunte Stirn und schüttelte langsam den Kopf. «Tut mir leid, ich kenne niemanden, der so heisst. Wer soll das sein?»

«Gabriela oder Thomas Lauterburg?», wiederholte Cavalli.

Ehm breitete die Arme aus. «Ich würde Ihnen gerne helfen, aber der Name sagt mir nichts. Haben die beiden mein Boot in Brand gesteckt?»

Cavalli ging nicht auf seine Frage ein. «Hat Ihre Versicherung den Fall abgeschlossen?»

«Der Schlussbericht liegt vor», bestätigte Ehm. «Vom Geld habe ich jedoch noch nichts gesehen. Dafür, dass ich so hohe Prämien zahle, hätte ich eigentlich einen besseren Service erwartet.»

«Versicherungsbetrug ist zu einem grossen Problem geworden. Die Gesellschaften verlieren jährlich Millionen von Franken.»

Ehms Lippen wurden schmal. «Ich habe nichts mit dem Brand zu tun. Das wird Ihnen die Versicherung bestätigen.»

«Das wirft Ihnen auch niemand vor. Schliesslich haben Sie ein Alibi für die Brandnacht.»

Ehm verzog den Mund, sodass seine weissen Zähne zum Vorschein kamen. «Ich war mit meiner Frau zu Hause.»

«Ist sie immer noch in den Ferien?»

«Sie kommt übermorgen zurück.»

«Wo ist sie hingefahren?»

«Zu ihrer Familie.»

«Und die wohnt in …?»

«Uruguay.»

Cavalli liess sich seine Überraschung nicht anmerken. Doch während er eine neutrale Miene aufsetzte, überstürzten sich seine Gedanken. Wusste Gurtner davon? Hatte er je nach der Nationalität der Frau gefragt? Wohl kaum. Dass der Brand von Ehms Boot mit Ramón Penassos Tod zusammenhing, war nur eine von vielen Möglichkeiten gewesen. Dass der Gynäkologe gar selber die Finger im Spiel haben könnte, hatten sie nie ernsthaft in Betracht gezogen. Warum nicht? Weil Alois Ehm sich ihnen von Anfang an als Leidtragender präsentiert hatte? Weil er darauf verzichtet hatte, sich von einem Anwalt vertreten zu lassen? Genau solche Fehler versuchte Cavalli zu vermeiden, indem er keine voreiligen Schlüsse zog und jedes Ereignis als isolierte Handlung zu betrachten versuchte. Er ärgerte sich, dass es ihm nicht gelungen war. Von Anfang an war Ehm in die Kategorie der Geschädigten gefallen. Plötzlich erschienen seine Aussagen in einem ganz anderen Licht. Da Cavalli ihn weiterhin im Glauben lassen wollte, er sei nur eine Auskunftsperson, bedankte er sich und stand auf.

«Keine Ursache», sagte Ehm. «Wenn Sie weitere Fragen haben, stehe ich Ihnen jederzeit zur Verfügung. Es tut mir leid, dass ich Ihnen nicht weiterhelfen konnte.»

Kaum sass Cavalli im Wagen, rief er Gurtner an und berichtete vom Gespräch.

«Scheisse», fluchte Gurtner. «Das darf doch nicht wahr sein. Hatte das Häschen also doch recht.»

«Was weisst du sonst über Ehm?»

«Nicht viel. Ich habe seine Frau vorgeladen, um sein Alibi zu überprüfen. Sie kommt übermorgen zurück. Ich bin von einer reinen Routinebefragung ausgegangen. Die Versicherung hat ausgeschlossen, dass Ehm etwas mit dem Brand zu tun hat. Und du weisst, wie gründlich Versicherungen ermitteln. Schliesslich geht es um viel Kohle.»

«Ehm ahnt nicht, dass er soeben meinen Verdacht geweckt hat. Ich schlage vor, wir sorgen dafür, dass das so bleibt. Aber ab sofort müssen er und Lauterburgs ins Zentrum der Ermittlungen rücken. Ich glaube nicht an Zufälle. Bis jetzt kannte ich Uruguay nur von Fussballweltmeisterschaften. Plötzlich taucht das Land im Zusammenhang mit drei verschiedenen Personen auf.»

Gurtner teilte seine Meinung.

Regina merkte sofort, dass etwas geschehen war. Bis Lily eingeschlafen war, sprach sie Cavalli jedoch nicht darauf an. Erst als sie die Tür zum Zimmer ihrer Tochter geschlossen hatte, setzte sie sich in die Küche, wo Cavalli die Überreste eines hastig gekochten Risottos aus der Pfanne löffelte.

«Raus damit! Was ist los?»

«Ich war bei Ehm.» Zum zweiten Mal fasste Cavalli das Gespräch zusammen.

«Du warst bei ihm zu Hause?», fragte Regina scharf.

Cavalli wies sie darauf hin, dass der Gynäkologe ausdrücklich auf einen Anwalt verzichtet hatte. «Ich wollte mich nur versichern, dass Lauterburgs keinen Zugang zu seiner Jacht hatten.» Er berichtete, was das Gespräch ergeben hatte.

«Seine Frau stammt aus Uruguay?», fragte Regina ungläubig. «Wie ist uns das entgangen?»

«Wir haben nie danach gefragt.» Cavalli stellte die Pfanne in die Spüle. «Ich weiss auch nicht, was es zu bedeuten hat.»

«Und er behauptet, Lauterburgs nicht zu kennen?»

«Sagt er zumindest.»

«Glaubst du ihm?»

Cavalli überlegte. «Ich glaube, Ehm wäre ein guter Lügner. Er ist geübt im Umgang mit Menschen. Wenn er sein Boot tatsächlich in Brand gesteckt hat, hat er grosse Nervenstärke bewiesen. Die Versicherung hat ihm seine Geschichte jedenfalls abgenommen.»

«Es kann aber auch sein, dass er das Boot dem Täter geliehen hat, ohne zu wissen, was dieser vorhatte», gab Regina zu bedenken.

«Wenn das so ist, dann schützt er jemanden.»

«Seine Frau? Ist sie deshalb verreist?»

Cavalli setzte sich. «Ich habe keine Antworten. Ich stelle nur fest, dass Alois Ehm Gynäkologe ist. Dass seine Frau aus Uruguay stammt. Und Gabriela Lauterburg in Uruguay ein Kind geboren hat.»

«Und Ramón Penasso hat in Uruguay, genauer in Punta del Este, etwas erfahren, das ihn die Suche nach seiner Schwester vergessen liess.»

Eine Weile war nur das Summen des Kühlschranks zu hören. Regina betrachtete Cavalli. Während der letzten Tage war er ungewöhnlich geistesabwesend gewesen. Jetzt war er wieder voll präsent. Er hatte die obersten Knöpfe seines Hemdes geöffnet, so dass sie sah, wie die Haut über den Muskeln spannte. Auf einmal verspürte Regina das Bedürfnis, ihn zu berühren. Es war lange her, seit sie sich von ihm so angezogen gefühlt hatte. Er bemerkte ihren Blick, und ein Lächeln stahl sich auf sein Gesicht. Langsam stand er auf. Ohne die Augen von ihr zu nehmen, kam er auf sie zu. Er legte ihr den Arm um die Taille und hob sie hoch, als sei sie nicht viel schwerer als Lily. Mit den Lippen fuhr er ihrem Hals entlang. Sie schloss die Augen.

Fahrni lag wach und lauschte Paz' regelmässigen Atemzügen. Er glaubte, dass sie schlief. Eine lange Haarsträhne lag auf ihrem Gesicht. Fahrni liess sie zwischen seinen Fingern hindurchgleiten, bevor er sie nach hinten strich. Er war immer noch überrascht, dass Paz darauf bestanden hatte, mit ihm auszureiten. Er hatte geglaubt, sie würde sich nie wieder auf ein Pferd setzen. Doch sie hatte ihn nur verständnislos angeschaut und behauptete, ein zweites Mal falle sie nicht herunter. So einfach war es dann doch nicht gewesen. Paz war kein Naturtalent. Obwohl sie den Alltag mit erstaunlicher Gelassenheit meisterte, verkrampfte sie sich auf dem Rücken eines Pferdes. Fahrni hatte die Zügel schliesslich in die Hand genommen und Lisa geführt.

Seine Mutter nahm Fahrnis Anspannung nicht wahr. Paz half ihr im Haushalt, lernte, die Geräte zu bedienen, und bemühte sich, die deutschen Wörter zu benutzen, die ihr vorgesagt wurden. Am Herd tauschten sie Wissen aus, ohne dass die Sprachbarriere ein Hindernis darstellte. In der Küche schien Paz in ihrem Element zu sein. Wenn sie Teig knetete, strahlte sie Selbstsicherheit und Zufriedenheit aus. Fahrni kam es vor, als sei es die einzige Tätigkeit, bei der sie sich nicht verstellen müsse. Aber vielleicht spielte sie ihm auch da nur etwas vor.

Er fragte sich, ob sein Misstrauen berechtigt war. Hatten ihn seine schlechten Erfahrungen mit Frauen zu sehr geprägt? Sah er Gespenster, wo keine waren? Dass Paz gelogen hatte, liess sich nicht abstreiten. Doch änderte sich dadurch wirklich etwas? Sie gab sich Mühe, die Frau zu sein, die ihm die Vermittlerin versprochen hatte. Das Problem war, dass Fahrni lieber gewusst hätte, wer sie wirklich war. Andererseits – wusste man das je? Einen Menschen kennenzulernen, dauerte Jahre. Fahrni hatte seinen Vater darauf angesprochen und den Ratschlag erhalten abzuwarten.

Paz murmelte etwas im Schlaf. Fahrni stützte sich auf den Ellenbogen und betrachtete ihr Gesicht. Die braune Haut sah aus wie Karamel. Er erinnerte sich, wie seine Mutter früher in einer Pfanne Zucker und Rahm aufgekocht hatte, bis sich die Zutaten in eine geschmeidige, braune Masse verwandelt hatten. Langsam hob er die Hand und fuhr mit den Fingerspitzen über Paz' Gesicht. Ihr Atem veränderte sich leicht, doch sie schlug die Augen nicht auf.

Im Gang hörte Fahrni, wie eine Tür geöffnet und kurz darauf eine weitere geschlossen wurde. Der Holzboden knarrte, die Heizung gurgelte. Plötzlich erfasste ihn ein Gefühl von Geborgenheit. Er legte sich wieder hin, den Arm auf Paz' Brust, und schloss die Augen. Die Wärme ihres Körpers machte ihn schläfrig. Auf einmal war es ihm egal, was sie von ihm wollte. Sie war hier, sie behandelte ihn mit Respekt, und sie versuchte, sein Leben zu verstehen. Fahrni konnte sich nicht erinnern, wann sich eine Frau je so um ihn bemüht hatte.

«Hörst du mich?» Cavalli wedelte mit der Hand vor Fahrnis Gesicht herum.

Fahrni blinzelte. «Ja?»

«Gabriela Lauterburg», begann Cavalli, «brachte vor vier Jahren ein Kind in Punta del Este zur Welt. Madeleine ist als leibliche Tochter der Lauterburgs eingetragen. Was mich überrascht, ist die Tatsache, dass Gabriela Lauterburg bereits drei Monate vor dem Geburtstermin nach Uruguay geflogen ist. Sie hat weder Bekannte noch Verwandte dort. Ihr Mann hat sie begleitet, kehrte aber nach zwei Wochen in die Schweiz zurück und reiste erst zur Geburt wieder nach Uruguay.»

«Sie könnte die Schwangerschaft also vorgetäuscht haben», schloss Fahrni. «Im sechsten Monat sieht man noch nicht so viel.»

Cavalli dachte an Reginas Schwangerschaft zurück. Schon früh hatte sich ihr Bauch gewölbt, was aber auch daran lag, dass ihr Körper einem Kind nicht viel Platz bot. Gabriela Lauterburg war zwar schlank, doch viel kräftiger als Regina. Gut möglich, dass es kein Misstrauen erweckt hätte, wenn sich unter ihren weiten Kleidern kein grosser Bauch abgezeichnet hatte. Vielleicht hatte sie sogar eine Attrappe getragen.

«Gehen wir einmal davon aus, dass sie nicht schwanger war», fuhr Cavalli fort. «Und dass sie Madeleine illegal in Uruguay adoptiert hat. Woher kam das Kind? Hat die Mutter es freiwillig hergegeben?»

Fahrni legte die Fingerspitzen aneinander. ‹Ich muss immer wieder an Ramón Penassos letzten Satz denken: ‹Es ist noch nicht vorbei.› Er ist der Geschichte geraubter Kinder nachgegangen. Ich glaube nicht, dass ihn eine gewöhnliche Adoption – selbst wenn illegal – so beschäftigt hätte. Für mich klingt es nach einer weitaus grösseren Sache. Das würde auch erklären, warum Ramón Penasso zum Schweigen gebracht werden musste. Vielleicht sucht eine Mutter irgendwo nach Madeleine.»

Cavalli schloss kurz die Augen. Er wollte sich gar nicht ausmalen, was die Eltern eines geraubten Kindes durchmachten. Im Laufe seiner Zeit beim Kapitalverbrechen hatte er viel gesehen. Fast immer war es ihm gelungen, sich abzugrenzen. Doch nun schoben sich Bilder von Lily vor Madeleine. Cavalli war klar, dass er nie aufhören würde, nach ihr zu suchen, wenn sie entführt würde. Und wenn er fürchten müsste, sie zu verlieren, weil sie nicht seine leibliche Tochter war? Wie weit ginge er, um das Geheimnis zu bewahren?

«Wenn Madeleine adoptiert ist, haben Lauterburgs bestimmt längere Zeit versucht, ein Kind zu bekommen», sagte Vera Haas plötzlich.

Cavalli öffnete die Augen. Er hatte Haas völlig ausgeblendet.

«Meist haben sie einen langen Leidensweg hinter sich», fuhr Haas fort. «Das hinterlässt Spuren. Vielleicht haben sie es mit künstlicher Befruchtung versucht, oder ...»

«Alois Ehm», unterbrach Fahrni.

«Der Gynäkologe», sagte Cavalli langsam.

Haas verzog angewidert das Gesicht.

«Wir haben zu wenig in der Hand, um die Praxis zu durchsuchen», sagte Regina. «Ausserdem sind Patientendaten heikel. Ehm wird bestimmt eine Siegelung verlangen, ich kann mir nicht vorstellen, dass er uns Einblick gibt. Beginnt mit Lauterburgs. Sie scheinen mir am verwundbarsten. Wo ist Gurtner?»

«Er hat heute morgen angerufen», berichtete Cavalli. «Helen hat ein Virus eingefangen und braucht im Moment Vollzeitpflege. Fahrni und ich führen die Befragungen von Gabriela und Thomas Lauterburg durch. Fahrni versucht zudem, über den kleinen Dienstweg und Johann Lercher an Informationen aus Uruguay zu kommen.»

«Den kleinen Dienstweg?», wiederholte Regina. «Also über den polizeilichen Nachrichtenaustausch? Hoffentlich haben wir mehr Glück als in Argentinien. Das Rechtshilfeersuchen habe ich bereits aufgesetzt. Ich möchte, dass die Behörden in Uruguay den Klinikleiter in Punta del Este befragen. Aber du weisst, dass dies uns im Moment nicht weiterbringt. Zumindest nicht innert nützlicher Frist.» Frustriert schnalzte sie mit der Zunge. «Mit Salazar habe ich auch telefoniert. Er war sehr an unseren Fortschritten interessiert, hat aber nicht vor, die Anklage gegen

Campos fallenzulassen. Das wird er erst tun, wenn wir ein Geständnis haben.»

«Dann machen wir uns am besten an die Arbeit.»

Regina legte den Telefonhörer mit einem kleinen Seufzer auf. Noch immer spürte sie Cavallis Hände auf ihrem Körper. Doch die Nähe, die plötzlich zwischen ihnen aufgekommen war, täuschte nicht darüber hinweg, dass er ihr etwas verheimlichte. Aus Erfahrung wusste sie, dass Drängen zwecklos war. Er würde ihr seine Gedanken mitteilen, wenn er dazu bereit war. Auch sie schaffte es nicht, sich ihm vorbehaltlos zu öffnen. Ein Teil von ihr machte ihn immer noch für Lilys Lungenentzündung verantwortlich.

Sie sah auf die Uhr. Um zehn hatte sie einen Termin in der Nähe der Universität Irchel. Führe sie gleich los, würde es reichen, um kurz bei Uwe Hahn vorbeizuschauen. Sie informierte ihre Protokollführerin und machte sich auf den Weg. Im Tram rief sie Hahn an. Er bat sie, ihn in der Kantine zu treffen.

Die Fahrt quer durch die Stadt erlaubte es Regina, sich Cavallis Informationen in Ruhe durch den Kopf gehen zu lassen. Dass zwischen Alois Ehm und den Lauterburgs eine Verbindung bestand, erschien ihr durchaus plausibel. War Madeleine ein Adoptivkind, so hatte jemand den Lauterburgs die nötigen Kontakte vermittelt. Aber Uruguay? Das Land tauchte in keinem der Berichte auf, die Fahrni über Kinderhandel zusammengestellt hatte. In Lateinamerika stand meist Guatemala im Brennpunkt, wo gemäss einer UNO-Expertin ein gross aufgezogener Handel mit Babies und Kleinkindern blühte. Eine Adoption kostete bis zu 25 000 Dollar. Vom Geld sah die leibliche Mutter kaum etwas, dafür verdienten die Vermittler enorme Summen. Offenbar hatten auch mehrere Schweizer Paare eine einschlägige guatemaltekische Anwaltskanzlei aufgesucht. Obwohl die Konferenz der Adoptionsvermittlungsstellen in der Schweiz den ethisch fragwürdigen Praktiken einen Riegel zu schieben versuchte, war bis heute noch kein entsprechender Passus ins Gesetz aufgenommen worden.

Was hatte Ramón Penasso in Uruguay entdeckt? War er organisierten Kinderhändlern auf die Spur gekommen? Oder hatte er in einem Einzelfall recherchiert? Seine Reise nach Punta del Este deutete darauf hin, dass er Täter aufgespürt hatte, nicht Opfer. Eine Mutter, die ihr Kind zur Adoption freigab, tat dies meist aus finanzieller Not. Sie lebte kaum in einem schicken Badeort.

Als Regina am Milchbuck ausstieg, wehte ihr ein kühler Wind entgegen. Sie zog sich den Schal über die Ohren und lief so rasch, wie es ihre Absätze zuliessen, durch den Irchelpark. Die Kantine lag im Hauptgebäude der Universität. Ein Stockwerk tiefer fanden jeweils die Vorträge des Kriminalistischen Instituts statt. Früher hatte Regina regelmässig an den Weiterbildungen teilgenommen, seit Lily auf der Welt war, besuchte sie nur noch die obligatorischen zwei Veranstaltungen pro Jahr.

Uwe Hahn sass vor einer Tasse Ovomaltine an einem der Fensterplätze. Als er Regina erblickte, erhob er sich.

«Dein Timing könnte nicht besser sein», meinte der Rechtsmediziner. «In einer halben Stunde werde ich im Hörsaal erwartet.»

«Dozierst du noch regelmässig?»

«Natürlich.»

Regina lächelte. Hahn liebte es, Vorlesungen und Vorträge zu halten. Vermutlich träte er noch nach seiner Pensionierung als Gastredner auf. Sie holte sich eine Tasse Grüntee und setzte sich ihm gegenüber.

«Wie geht es deiner Familie?»

«Ausgezeichnet», antwortete er. «Sabine heiratet im Frühling. Leider unterstützt mein zukünftiger Schwiegersohn sie in ihren Berufsplänen. Dass sie in meine Fussstapfen tritt, scheint unumgänglich. Aber Nele hat sich nun definitiv für Zahnmedizin entschieden.»

Hahn hatte immer versucht, das Interesse seiner vier Töchter an seinem Beruf zu dämpfen. Er ertrug die Vorstellung nicht, dass sie ihr Leben dem Tod widmeten.

«So schlimm ist die Rechtsmedizin auch wieder nicht, oder? Ohne deine Arbeit blieben viele Todesfälle ungeklärt.»

Hahn seufzte. «Ich kann die Verstorbenen nicht wieder zum Leben erwecken.»

«Aber den Angehörigen helfen loszulassen.»

Hahn nahm einen Schluck Ovomaltine. «Du bist sicher nicht gekommen, um über meine Berufswahl zu diskutieren.»

«Eigentlich nicht», gab Regina zu. «Wir haben endlich Fortschritte im Fall Penasso erzielt.»

Als Hahn den Namen hörte, begann die Hand, die die Ovomaltine hielt, leicht zu zittern. Rasch stellte er die Tasse ab. Offenbar nagte es immer noch an ihm, dass er die Todesursache des Journalisten nicht hatte eruieren können.

Regina berichtete von den Ereignissen der letzten Tage. «Erinnerst du dich an die Einstichstelle, die du gefunden hast?»

«Natürlich», erwiderte Hahn. «Am Gesäss des Leichnams. Ich habe dir eine Liste mit möglichen Giften zusammengestellt.»

«Und erklärt, dass sie uns erst weiterhelfen würde, wenn wir einen Verdächtigen hätten.»

«Eine Vergiftung nachzuweisen, ist äusserst schwierig. Genauso wichtig wie die medizinischen Befunde sind die Umstände der Tat sowie der Hintergrund des Täters.»

«Genau deswegen bin ich hier», sagte Regina. «Thomas Lauterburg arbeitet bei einer Immobilienfirma, seine Frau ist Innenarchitektin. Alois Ehm hingegen ist Gynäkologe.» Sie liess die Worte wirken. «Er versteht also etwas von Medikamenten. Wenn ein Gynäkologe einen Menschen töten wollte, wie würde er das deiner Meinung nach tun?»

Hahn senkte nachdenklich den Kopf. «Hat er eine eigene Praxis?»

«Ja», bestätigte Regina.

«Operiert er?»

Regina erinnerte sich, dass Gurtner Ehm nicht hatte aufsuchen können, weil er im Operationssaal gewesen war. Sie nickte.

«Gut, sehr gut sogar.» Hahn rieb sich die Hände. «Als operativ tätiger Arzt würde ich ein Muskelrelaxans in Betracht ziehen.»

«Ein Beruhigungsmittel?»

«Muskelrelaxanzien bewirken eine vorübergehende Entspannung der Skelettmuskulatur. Man unterscheidet zwischen solchen, die direkt die motorische Endplatte des Muskels angreifen, und solchen, die das Zentralnervensystem beeinflussen und den Muskeltonus herabsetzen. Periphere Muskelrelaxanzien werden bei Narkosen im Rahmen von Operationen eingesetzt, sie setzen den Tonus der Skelettmuskulatur herab. Zentrale Muskelrelaxanzien werden gespritzt, um spinal ausgelöste Spastiken oder lokale Muskelspasmen zu behandeln.»

Regina war nicht sicher, ob sie ihn verstanden hatte. «Und du würdest das Narkosemittel verwenden?»

«Richtig», bestätigte Hahn. «Periphere Muskelrelaxanzien blockieren die neuromuskuläre Reizübertragung. Das ruft innert kürzester Zeit eine reversible Lähmung hervor. Ich rede von einer, vielleicht zwei Minuten. Sämtliche Muskeln erschlaffen, inklusive Atemmuskulatur.»

«Merkt das Opfer etwas davon?»

«Allerdings. Es ist ein äusserst unangenehmer Tod. Das Opfer ist bei vollem Bewusstsein, doch es kann sich nicht bewegen und vor allem: Es kann nicht atmen.»

Regina schloss die Augen. War Ramón Penasso tatsächlich auf diese Weise gestorben, mussten seine letzten Minuten eine Qual gewesen sein. Was war ihm durch den Kopf gegangen? Hatte er seinem Mörder in die Augen gesehen? Ihm noch etwas sagen wollen? Oder war er in Gedanken bei seiner Schwester gewesen, die er nun nie kennenlernen würde? Regina spürte eine kalte Handfläche auf ihrem Handrücken und öffnete die Augen.

«Genau davor möchte ich meine Töchter bewahren», sagte Hahn leise.

«Und ich möchte, dass der Täter zur Rechenschaft gezogen wird!», entgegnete Regina vehement. «Kannst du ein Muskelrelaxans im Körper nachweisen? Nach so langer Zeit?»

«Ich bezweifle es», gab Hahn widerwillig zur Antwort. «Aber gib mir ein paar Tage. Narkosemittel sind nicht mein Spezialgebiet. Ich möchte mich zuerst einlesen.»

Regina nickte. «Danke, Uwe, du bist uns eine grosse Hilfe.»
Hahn griff nach seiner Ovomaltine. «Wie geht es deiner Tochter? Wie alt ist sie inzwischen, drei?»
«Fast. Übermorgen hat sie Geburtstag. Ich kann es kaum fassen. Mir ist, als sei sie erst gestern auf die Welt gekommen.»
«Die Zeit vergeht unheimlich schnell. Bevor du es merkst, ist sie erwachsen.»
Regina umklammerte die Teetasse mit beiden Händen. «Manchmal habe ich Angst, dass sie es nicht schafft», gestand sie. «Erwachsen zu werden, meine ich.»
«Verlustangst gehört zum Elternsein. Wir kennen das alle.»
Regina schüttelte den Kopf. «Es ist mehr als das. Lily ist so… fragil. Mir kommt es vor, als stehe sie nur mit einem Fuss im Leben.» Sie schilderte die Lungenentzündung, gegen die Lily zu kämpfen hatte.
Hahn hörte aufmerksam zu. Als Regina schloss, schien er etwas sagen zu wollen, doch er zögerte. Sie sah ihn fragend an.
«Ich möchte dir keine Ratschläge erteilen», begann er. «Aber etwas musst du wissen: Viren und Bakterien lauern überall. Du kannst Lily nicht davor schützen. Sie braucht den Kontakt sogar, um eine gesunde Abwehr zu entwickeln.»
«Das weiss ich. Ich möchte einfach keine unnötigen Risiken eingehen.» Sie erzählte, dass Cavalli mit Lily im Wald übernachtet hatte.
«Die Nacht an der frischen Luft zu verbringen, birgt kein Risiko», fuhr Hahn vorsichtig fort. «Im Gegenteil. Eine Pneumonie entsteht entweder durch infektiöse Erreger, also Viren, Bakterien oder Pilze, oder sie kann eine immunologische Reaktion sein, zum Beispiel auf chemische Agenzien. Einer Pneumonie, die durch einen infektiösen Erreger hervorgerufen wurde, liegt meist eine Tröpfcheninfektion zugrunde. Das heisst, sie wurde durch Niesen, Husten oder sogar Sprechen übertragen. Das grösste Risiko stellen also andere Menschen dar, nicht die Natur.» Der nächste Satz kostete ihn sichtbar Überwindung. «Cavalli ist nicht schuld an Lilys Erkrankung, Regina.»

6

Thomas Lauterburg war nicht anzusehen, dass er mehrere Millionen Franken geerbt hatte. Zur grauen Hose und dem gestreiften Hemd trug er eine Swatch, die dunkle Kunststoffbrille auf seiner Nase war zwar modisch, doch nicht übermässig teuer, soweit Cavalli das beurteilen konnte. Der studierte Betriebswirtschafter arbeitete trotz seines Vermögens Vollzeit. Bei einer Immobilienfirma war er für die Vermietung und den Verkauf von Geschäftsliegenschaften verantwortlich. In dieser Funktion hatte er vor fünfzehn Jahren seine Frau kennengelernt. Die Innenarchitektin war von einer Consulting Firma beauftragt worden, Büroräume zu gestalten. Gabriela Lauterburg hatte die Pläne bei Thomas Lauterburg bestellt, er hatte sie ihr persönlich vorbeigebracht. Seither waren sie ein Paar.

Viel mehr hatte Fahrni nicht in Erfahrung bringen können. Die Lauterburgs gehörten weder einem Verein noch einer Partei an. Aufsehen erregt hatten sie nur, als sie vor acht Jahren ihr spektakuläres Haus in Herrliberg gebaut hatten. Über das Gebäude war in verschiedenen Architekturzeitschriften berichtet worden. Seither war es aber still geworden um das Paar. Lauterburgs lebten zurückgezogen, zahlten ihre Steuern pünktlich und hatten sich nichts zuschulden kommen lassen.

Zumindest bis jetzt nicht, dachte Cavalli. Seinem Verhalten nach zu schliessen, war Thomas Lauterburg nervös. Zwar versuchte er, Cavallis Blick standzuhalten, doch immer wieder schaute er weg oder nahm die Brille ab, um sich die Nase zu massieren. Wie erwartet, war er mit einem Anwalt erschienen. Dies, obwohl er lediglich als Auskunftsperson befragt wurde. Noch lag kein konkreter Verdacht gegen ihn vor. Dass Ramón Penasso seine Adresse notiert und Gabriela Lauterburg in Uruguay ein Kind geboren hatte, warf zwar Fragen auf, bedeutete aber nicht, dass Thomas Lauterburg mit dem Verbrechen etwas zu tun hatte.

Genau wie seine Frau, die zwei Büros weiter von Fahrni befragt wurde, bestritt er, Ramón Penasso gekannt zu haben. Als Cavalli ihm das Foto vorgelegt hatte, hatte Thomas Lauterburg es sich genau angesehen und schliesslich den Kopf geschüttelt.

«Ich habe den Mann noch nie gesehen», behauptete er.

Er war ein schlechter Lügner. Nicht nur sein Blick verriet ihn, auch sein Drang, Fragen zu beantworten, die Cavalli gar nicht gestellt hatte.

«Ich wüsste nicht, woher ich ihn kennen sollte», hatte Thomas Lauterburg erklärt. «Ausser, er hätte sich für eine Liegenschaft interessiert. Normalerweise erinnere ich mich an unsere Kunden, doch dieser Mann hat so ein unscheinbares Gesicht, es würde mich nicht erstaunen, wenn ich es wieder vergessen hätte.»

Beim Anwalt lösten die offensichtlichen Lügen Unbehagen aus. Rasch versuchte er, das Thema zu wechseln. «Mein Klient hat einen wichtigen Mittagstermin. Haben Sie noch weitere Fragen?»

Cavalli schaute auf die Uhr. Es war kurz nach elf. Lauterburg würde seinen Termin verschieben müssen. Er sah ihm in die Augen. «Ich möchte auf die Geburt Ihrer Tochter zu sprechen kommen.»

«Meiner... Tochter?», wiederholte Lauterburg mit dünner Stimme.

«Ja, Madeleine.» Cavalli wartete.

«Bitte kommen Sie auf den Punkt!», drängte der Anwalt.

«Ist es richtig, dass Madeleine in Uruguay geboren wurde?»

«Ja.»

«Wo genau?»

«Punta del Este.»

«Wie kam es dazu?»

Thomas Lauterburg holte tief Luft. «Meine Frau und ich haben dort unsere Ferien verbracht. Badeferien. Die Strände in Uruguay sind traumhaft schön. Wir wollten schon lange hinfahren.» Er sprach rasch, als habe er die Antwort vorbereitet. «Gabriela war schwanger, wir wussten, dass wir nicht so bald wieder unbeschwert Ferien machen könnten. Mit Kindern ist es nicht dasselbe. Genauso schön, verstehen Sie mich nicht falsch! Aber...

haben Sie auch Kinder?» Als Cavalli nicht antwortete, fuhr er im gleichen Tempo fort. «Einfach anders. Wir wollten noch einmal Ferien zu zweit machen. Also flogen wir nach Uruguay. Gabriela ging es hervorragend, sie hatte keine Beschwerden. Doch als wir dort waren, setzten Blutungen ein. Sie liess sich in einer Klinik untersuchen. Der Arzt riet ihr, bis zur Geburt in Uruguay zu bleiben. Er hielt das Fliegen für zu gefährlich. Deshalb beschloss sie, in Punta del Este zu gebären. Wir wollten kein Risiko eingehen. Ich musste zurück in die Schweiz.»

«Verstehe», sagte Cavalli ausdruckslos. «Weiter?»

Thomas Lauterburg blinzelte. «Was meinen Sie? Madeleine kam zur Welt, einige Wochen später kam Gabriela mit ihr zurück.»

Cavalli tat, als studiere er seine Unterlagen. «Madeleine wurde am 5. November geboren, richtig?»

«Ja.»

«Gemäss meinen Informationen flogen Sie am 2. August nach Montevideo.»

«Das stimmt.»

«Um Badeferien zu machen», vergewisserte sich Cavalli.

«Richtig, das habe ich Ihnen gerade erklärt!»

Cavalli beugte sich vor. «In Uruguay ist es im August höchstens 15 Grad warm.»

«Was genau werfen Sie meinem Klienten vor?», unterbrach der Anwalt.

«Herr Lauterburg?», drängte Cavalli. «Baden Sie bei 15 Grad?»

«In Uruguay scheint meistens die Sonne», antwortete Thomas Lauterburg schwach. «Es kam mir wärmer vor.»

«Soll ich Ihnen sagen, was ich vermute?»

«Ich bitte darum!», meinte der Anwalt. «Denn diese Unterhaltung ist lächerlich. Wann und wo mein Klient Ferien macht, tut nichts zur Sache.»

Cavalli ignorierte ihn. «Ich vermute, dass Sie nicht in Uruguay waren, um Ferien zu machen», sagte er zu Thomas Lauterburg.

«Sondern?», fragte der Anwalt.

Cavalli fixierte weiterhin Thomas Lauterburg. «Genau das möchte ich von Ihnen wissen.»

«Ich habe Ihnen gesagt, warum wir in Punta del Este waren!», antwortete Lauterburg. «Uns war nicht bewusst, dass es dort so kalt war. Wir hatten ganz andere Vorstellungen von Uruguay.»

«Treiben Sie Sport?», fragte Cavalli unvermittelt.

Wie erhofft, irritierte der Themenwechsel Thomas Lauterburg. «Ab und zu, warum?»

«Was machen Sie?»

«Ich jogge manchmal an Wochenenden. Wenn es schön ist, fahre ich auch Velo.»

Cavalli schlug einen weiteren Haken. «Haben Sie sich auf die Ferien in Uruguay vorbereitet?»

Thomas Lauterburg stockte. «Meine Frau hat sich darum gekümmert. Warum?»

«Wusste sie auch nicht, dass es im August dort kalt ist?»

«Nein, vermutlich nicht.»

«Machen Sie Krafttraining?»

«Ich hatte ein Fitnessabo», antwortete Thomas Lauterburg verwirrt. «Doch es ist abgelaufen.»

«Kennen Sie Alois Ehm?»

«N-nein.» Er räusperte sich. «Wer ist das?»

«Fahren Sie Ski?»

Perplex nickte Lauterburg. «Ja, aber nicht regelmässig.»

«Wie heisst der Gynäkologe Ihrer Frau?»

«Ich... weiss es nicht.»

«Segeln Sie?»

«Nein, ich mag das Wasser nicht besonders.»

«Aber Badeferien machen Sie trotzdem?»

«Ich bleibe am Strand. Deshalb ist es mir auch egal, wenn es nicht so warm ist.»

«Klettern Sie?», fuhr Cavalli fort.

«Was sollen diese Fragen? Ich verstehe nicht...»

«Spielen Sie Fussball?»

«Auch nicht.»

«Stemmen Sie Gewichte?»

«Ab und zu trainiere ich mit Hanteln, doch …» Thomas Lauterburg hielt erschrocken inne.

«Haben Sie zu Hause Hanteln?», bohrte Cavalli weiter.

Auf Thomas Lauterburgs Stirn bildeten sich Schweissperlen. Besorgt erklärte ihm der Anwalt, er müsse die Frage nicht beantworten.

Thomas Lauterburg schüttelte trotzdem den Kopf. «Ich habe keine Hanteln zu Hause», sagte er bestimmt. «Das ist die Wahrheit!»

Cavalli beugte sich so weit vor, dass er Thomas Lauterburgs Angst riechen konnte. «Ich glaube Ihnen. Hatten Sie einmal Hanteln zu Hause?»

«Früher vielleicht, ich kann mich nicht erinnern.»

Cavalli holte ein Foto von Ramón Penassos Leiche unter Wasser hervor. «Haben Sie vielleicht keine Hanteln mehr, weil dies Ihre Hanteln sind?»

«Nein!», antwortete Lauterburg, ohne das Foto anzuschauen.

«Sehen Sie ruhig hin», meinte Cavalli. «Das ist Ramón Penasso.»

«Ich muss Sie bitten!», fuhr der Anwalt dazwischen. «Befragen Sie meinen Klienten als Auskunftsperson oder als Beschuldigten?»

Cavalli lehnte sich zurück und lächelte. «Ich hatte gehofft, er könnte die Hanteln identifizieren. Aber offenbar waren meine Hoffnungen vergeblich. Eine letzte Frage habe ich dennoch.»

«Sie müssen keine Fragen beantworten!», erklärte der Anwalt seinem Klienten erneut.

«Herr Lauterburg», sagte Cavalli. «Haben Sie Ihre Tochter adoptiert?»

«Was?», entfuhr es Thomas Lauterburg. «Natürlich nicht!»

«Dann hätten Sie auch nichts dagegen, wenn wir einen Vaterschaftstest machen?»

Wieder fuhr der Anwalt dazwischen. «Sie müssen nicht …»

«Ich habe absolut nichts dagegen!», sagte Thomas Lauterburg mit fester Stimme.

«Und?», fragte Cavalli. «Hat Gabriela Lauterburg geredet?»

Fahrni verneinte. «Sie weiss weder etwas von Hanteln – angeblich trainiert ihr Mann schon lange nicht mehr – noch kennt sie einen Alois Ehm. Ihr Frauenarzt heisst Müller, doch sie ist erst seit zwei Jahren bei ihm. Davor war sie laut eigener Aussage jahrelang nicht zur gynäkologischen Kontrolle gegangen.» Fahrni verzog ungläubig das Gesicht. «Nicht einmal während der Schwangerschaft. Sie habe sich so wohl gefühlt, dass sie es nicht für nötig hielt. Ich nehme ihr kein Wort ab. Was mich allerdings verwundert, ist, wie glaubhaft sie die neun Monate der Schwangerschaft beschrieben hat. Entweder hat sie fleissig geübt, oder…» Er schüttelte den Kopf. «Es ergibt keinen Sinn. Wenn sie tatsächlich schwanger gewesen ist, würde sie uns ihren Gynäkologen angeben. Oder nicht?»

«Es ist zu früh, um Schlussfolgerungen zu ziehen», mahnte Cavalli. «Was hast du sonst noch erfahren?»

Fahrni berichtete, Lauterburgs hätten weder ein Boot besessen noch je in Betracht gezogen, ein Kind zu adoptieren. «Sie lügt nicht schlecht», schloss er. «Aber etwas stimmt eindeutig nicht. Eine Hausdurchsuchung würde vielleicht Interessantes zutage fördern.»

«Dafür haben wir im Moment zu wenig in der Hand. Suche weiter nach Verbindungen zwischen Lauterburgs und Ehm. Irgendetwas übersehen wir. Und finde heraus, was Gabriela Lauterburg drei Monate lang in Uruguay gemacht hat.»

Fahrni sah auf die Uhr. «Ich bin über Mittag verabredet. Ich sollte längst unten sein.»

Bevor Cavalli etwas erwidern konnte, erklangen Schritte im Gang.

«Da bist du ja!», rief Vera Haas.

Fahrni drehte sich um. Haas kam auf ihn zu, einen Plastiksack eines Take-aways in der Hand. Einige Schritte hinter ihr folgte

Paz. Der Anblick war so unerwartet, dass Fahrni nicht wusste, wie er reagieren sollte.

«Schau mal, wen ich unten gefunden habe!», sagte Haas. «Das ist doch deine Paraguayerin, nicht? Sie stand draussen.»

Fahrni spürte eine unbekannte Wut in sich aufsteigen. «Sie heisst Paz und kann reden!»

Haas verdrehte die Augen. «Das nützt mir nicht viel. Ich spreche kein Spanisch und Indianisch schon gar nicht.» Plötzlich wandte sie sich an Cavalli. «Sprichst du eigentlich die gleiche Sprache wie die Indianer in Paraguay?»

Cavalli starrte sie an.

Haas zuckte die Schultern. «Okay, blöde Frage. Hätte ja sein können.»

«Paz spricht Englisch», sagte Fahrni vorwurfsvoll. «Ich nehme an, das hast du in der Schule gelernt?»

«Meine Güte, bist du aber empfindlich!», ärgerte sich Haas. «Ja, ich spreche Englisch. Aber deine Paz hat offenbar im Unterricht nicht aufgepasst. Jedenfalls versteht sie mich nicht, wenn ich Englisch rede. Und sage jetzt nicht, das habe etwas mit meinem Akzent zu tun!» Sie machte auf dem Absatz kehrt und marschierte in ihr Büro.

Paz, die neben dem Getränkeautomaten stehengeblieben war, schaute unsicher in seine Richtung. Fahrni streckte die Hand nach ihr aus.

«Paz, darf ich vorstellen?», sagte er auf Englisch. «Das ist mein Vorgesetzter, Bruno Cavalli. Und das vorhin war Vera Haas. Mit ihr teile ich das Büro. Häuptling, das ist Paz.»

Paz regte sich nicht.

«Paz?», fuhr Fahrni sanft auf Englisch fort. «Es ist alles okay. Haas ist immer so. Nimm es nicht persönlich.»

«Sie versteht dich nicht», stellte Cavalli fest.

«Fang du bitte nicht auch noch an», flehte Fahrni. Er ging auf Paz zu und legte ihr den Arm um die Schultern. «Komm, es ist alles in Ordnung.»

Cavalli reichte Paz die Hand. «Es freut mich, dich kennenzulernen», sagte er auf Englisch. «Fahrni hat viel von dir erzählt.»

«Yes», flüsterte Paz.
«Wie gefällt es dir in der Schweiz?»
«Yes.»
Cavalli warf Fahrni einen Seitenblick zu. «Wie lange bleibst du noch hier?»
«Yes.»
Fahrni starrte auf das blaue Linoleum. Der Boden kam ihm vor wie ein Kanal, der an den Büros vorbeifloss. Halb erwartete Fahrni, weggeschwemmt zu werden, doch als er aufsah, stand er immer noch neben Paz. Die Schulter unter seiner Hand war steif. Ohne den Kopf zu drehen, wusste er, dass sie ihr Kinn vorreckte. Seltsam, dachte er, in gewisser Beziehung lerne ich sie immer besser kennen, gleichzeitig fällt das Bild, das sie mir präsentiert hat, in sich zusammen. Warum hatte sie angegeben, Englische Literatur zu studieren? War das die Idee der Vermittlerin gewesen? Weil er sich eine gebildete Frau gewünscht hatte? Fahrni dachte an das Treffen in Asunción zurück. War Paz nur deshalb so einsilbig gewesen, weil sie kein Wort verstanden hatte? Er unterdrückte einen Seufzer. Kam es auf eine Lüge mehr oder weniger überhaupt noch an?

Cavalli gab ihm ein Zeichen, dass er gehen musste. Fahrni nickte. Seine Füsse fühlten sich schwer an. Plötzlich legte ihm Paz die Hand an die Wange. Die Wärme, die von der Handfläche ausging, war angenehm. Fahrni schloss die Augen und wartete, bis sich seine Gefühle beruhigt hatten. Aus dem Treppenhaus hörte er einige Kollegen, die sich in die Kantine begaben. Die Stimmen schwollen an und wurden wieder leiser. In einem Büro klingelte ein Telefon, eine Tür ging zu. Der schwache Geruch von Rauch zog an ihm vorbei.

Fahrni öffnete die Augen. Paz starrte ihn an, die Hand immer noch an seiner Wange.

«Warum behandelt sie dich so?», fragte sie.
«Vera?» Fahrni seufzte. «Sie mag mich nicht besonders. Ich weiss nicht, warum.»
«Ich mag dich.»

«Wirklich?»

Paz lächelte. «Ja.»

Ein Gefühl von Leichtigkeit erfasste Fahrni. Auf einmal war er wieder Teil der Welt um sich herum. Er lächelte zurück.

«Hier bist du also Polizist», stellte Paz fest, sich umsehend.

Fahrni deutete auf sein Büro. «Das ist mein Arbeitsplatz.»

«Zeigst du ihn mir?»

«Vera ist aber dort», warnte Fahrni.

Paz zuckte die Schultern. «Sie stört mich nicht.»

«Also gut, komm mit.»

Haas sass kauend vor dem Bildschirm, eine Butterbretzel mit Salami in der Hand. Sie beachtete Fahrni und Paz nicht, als sie den Raum betraten. Fahrni erklärte Paz, wie sein Arbeitstag aussah. Sie schien die Informationen aufzusaugen.

«Suchst du auch vermisste Menschen?»

«Nur, wenn der Verdacht auf ein schweres Verbrechen vorliegt.»

Plötzlich stiess Haas einen Schrei aus. Fahrni zuckte zusammen, doch Paz drehte nicht einmal den Kopf, als habe sie beschlossen, dass Vera Haas sie nichts angehe.

«Das Geisterauto!» Haas sprang auf. «Ich glaube, ich weiss, was Roswitha Wirz gesehen hat!»

«Ein Ufo», erinnerte Fahrni sie.

Haas fuchtelte mit der Bretzel herum. «Ein oranges fliegendes Auto, hat sie gesagt! Erinnerst du dich?» Sie wartete Fahrnis Antwort nicht ab, sondern tippte mit der freien Hand etwas in den Computer. «Orange! Ich habe es doch gewusst!»

Fahrnis Neugier war geweckt. «Was ist orange?»

Vera Haas richtete sich auf. «Das Auto von Gabriela Lauterburg», sagte sie triumphierend.

«Und es kann fliegen?»

«Das nicht, aber geräuschlos fahren.» Sie machte eine dramatische Pause. «Es ist ein Tesla.»

7

Roswitha Wirz kniff die Augen zusammen. Haas hielt ihr den Prospekt so hin, dass das Licht daraufﬁel. Auf dem Bild war ein Tesla Roadster zu sehen. Der zweisitzige Sportwagen unterschied sich äusserlich nicht von anderen schnellen Autos. Im Gegensatz zu einem herkömmlichen Sportwagen fuhr er jedoch ohne Benzin. Im Heck befand sich ein Elektromotor, hinter den Sitzen ein Batterieblock. Waren die Batterien geladen, so konnte der Tesla über 300 Kilometer zurücklegen – praktisch lautlos.

«Das ist ein gewöhnliches Auto», sagte Wirz vorwurfsvoll. «Der Geisterwagen ist geflogen, das habe ich Ihnen doch gesagt!»

«Ich weiss», besänftigte Haas sie. «Aber stellen Sie sich vor, dieses Auto könnte fliegen. Würden Sie sagen, es könnte der Geisterwagen gewesen sein?»

«Wenn es fliegen könnte, ja», gab Wirz zu. «Aber das kann es nicht.»

Haas erklärte ihr, wie ein elektrisch betriebenes Auto funktioniert, doch das interessierte Wirz nicht. Sie verabschiedete sich von der alten Frau und fuhr nach Zollikon.

«Es ist immer noch zu wenig», seufzte Regina. «Damit wirst du keinen Haftrichter überzeugen. Roswitha Wirz ist eine verwirrte alte Frau. Ihre Aussage ist wenig glaubhaft.»

«Aber du musst zugeben, dass ihre Beobachtung Sinn ergäbe.»

«Ja», gestand Regina. «Wenn sie stimmt. Hat noch jemand einen Tesla gesehen?»

«Haas ist sofort nach Zollikon gefahren», berichtete Cavalli. «Bis jetzt erinnert sich niemand an den Wagen. Regina! Lass es uns wenigstens versuchen.»

«Wir brauchen mehr!»

«Wärst du auch so zurückhaltend, wenn Lauterburgs nicht Millionäre wären?», fragte Cavalli scharf.

«Damit hat es nichts zu tun!», entgegnete Regina. «Das weisst du ganz genau.»

Cavalli wechselte das Thema. «Soll ich Ehms Praxisassistentin vorladen? Vielleicht hat sie Gabriela Lauterburg in der Praxis gesehen.»

Regina zögerte. «Nein», sagte sie schliesslich. «Warte noch. Ehm weiss nicht, dass er unseren Verdacht geweckt hat. Lassen wir ihn noch eine Weile im Glauben, wir würden uns nicht für ihn interessieren. Ich will nicht, dass er Beweismaterial verschwinden lässt.»

«Du scheinst überzeugt, dass er in die Geschichte involviert ist.»

«Im Moment gehe ich davon aus, dass alle drei eine wichtige Rolle spielen: Alois Ehm, Gabriela Lauterburg und ihr Mann.»

Als Regina ihm von ihrem Gespräch mit Hahn erzählt hatte, hatte sich Cavalli geärgert, dass er nicht selbst auf die Idee gekommen war. Ein Arzt rief immer Misstrauen hervor. Hatte er die Spur nicht verfolgt, weil er Hahn unbewusst aus dem Weg gehen wollte? Die Vorstellung beunruhigte ihn. Er hatte immer geglaubt, sein Verstand lasse sich nicht durch Gefühle beeinflussen. Doch in den letzten Monaten hatte er den Kontakt zum Rechtsmediziner möglichst vermieden. Cavalli stand auf und schloss die Tür. Er zog sein Hemd aus und stellte sich vor den Boxsack, der unberührt in einer Ecke hing. Die ersten Schläge erfolgten zögerlich, doch bald fand er seinen Rhythmus. Obwohl er die Bewegungen seit Jahren nicht mehr ausgeführt hatte, erinnerte sich sein Körper an sie. Cavalli war ein präziser Kickboxer gewesen, nie hatte er Zufallsschläge ausgeteilt. Auch jetzt fixierte er den Punkt, den er treffen wollte, genau. Bald waren Körper und Geist vereint, so dass er sich ganz dem Fluss der Bewegungen hingeben konnte. Das Ziehen in Sehnen und Muskeln empfand er als angenehm.

Zwanzig Minuten später spritzte er sich mit kaltem Wasser ab und trabte zur Kriminaltechnik hinunter. Kaum hatte er die Tür aufgestossen, kam ihm Martin Angst entgegen.

«Kannst du Gedanken lesen?», fragte der Kriminaltechniker. In der Hand hielt er einen Ausdruck mit Zahlen. «Ich dachte, das könnte dich interessieren.»

«Was ist es?»

«Vera hat mir vom Tesla berichtet. Hast du schon einmal einen gesehen?»

«Nein, warum?»

«Ich habe die Masse nachgeschaut. Der Kofferraum ist so klein, dass er den Namen kaum verdient. Ein Koffer hat darin jedenfalls nicht Platz, zumindest kein grosser. Die Leiche eines Mannes schon gar nicht.»

«Und auf dem Rücksitz?»

«Einen Rücksitz gibt es nicht. Nur einen Fahrer- und einen Beifahrersitz.»

Cavalli liess die Informationen wirken. Hatten Thomas oder Gabriela Lauterburg mit dem Wagen eine Leiche transportiert, hätten sie sie also auf den Beifahrersitz setzen müssen. Das verlangte Nervenstärke. Es passte nicht zum Bild, das sich Cavalli während der Befragung von Thomas Lauterburg gemacht hatte. Gabriela Lauterburg hingegen fehlte die Kraft, um eine Leiche aus dem Wagen zu heben, obwohl Cavalli ihr zutraute, die Nerven in einer schwierigen Situation zu behalten. Vor allem, wenn sie fürchtete, ihr Kind zu verlieren. Hatte Ramón Penasso seinen Besuch angekündigt? Oder war er plötzlich vor der Tür gestanden und hatte Antworten gefordert? Hatten Lauterburgs versucht, mit ihm zu reden? Sich Verständnis erhofft? Oder hatten sie gleich beschlossen, ihn zum Schweigen zu bringen?

«Da wäre noch etwas», fuhr Angst fort. «Jeder Tesla ist mit einem Ortungsgerät ausgerüstet. Ist der Batteriestand zum Beispiel zu tief, wird der Fahrer von der Zentrale gewarnt. Die Daten erlauben es auch, die Position des Wagens zu überprüfen.» Er hob die Hand, bevor Cavalli zu Wort kam. «Freue dich nicht zu früh. Beim Kauf wird der Kunde immer gefragt, ob er einverstanden sei. Viele Fahrer möchten aus Datenschutzgründen nicht, dass die Daten weitergeleitet werden. Ich werde der Sache nachgehen.»

Zurück in seinem Büro wählte Cavalli Gurtners Nummer. Der Sachbearbeiter hatte sich ein halbes Jahr mit dem Fall beschäftigt, ausgerechnet jetzt, da ein Resultat aufs andere folgte, blieb er aussen vor. Cavalli rief jedoch nicht an, um Gurtner einen Gefallen zu erweisen. Möglicherweise hatte der Sachbearbeiter Informationen, die Cavalli fehlten.

Gurtner nahm nicht ab, rief jedoch einige Minuten später zurück. Er klang müde. Cavalli schilderte ihm die neusten Entwicklungen.

«Ein Tesla!», brummte Gurtner. «Darauf wäre ich nie gekommen. Schon wieder das Häschen. Nicht schlecht. Solch ein Wagen kostet eine Stange Geld, nehme ich an.»

«Daran fehlt es den Lauterburgs nicht.»

«Und trotzdem erledigen sie die Drecksarbeit selbst?»

«Interessanter Gedanke. Das deutet möglicherweise darauf hin, dass die Tat nicht geplant war.»

«Penasso klingelt an der Tür, Gaby ruft: ‹Schatz, bringst du mir mal bitte das Narkosemittel?›, Thommy spritzt es, Penasso fällt tot um?»

Wider Erwarten lachte Cavalli auf. «Das ist immerhin eine Hypothese, mit der wir arbeiten können.»

«Schon, aber mir fehlt ein wichtiger Mitspieler: Ehm.» Gurtner grunzte. Es klang, als mache er es sich irgendwo bequem. «Ein anderes Szenario: Penasso klingelt an der Tür. Gaby bittet ihn herein. Als sie erfährt, warum er da ist, bekommt sie es mit der Angst zu tun. Jemand will ihr das Töchterchen wegnehmen. Sie fleht ihren Thommy an, etwas zu unternehmen. Thommy ist ratlos. Er huscht zum Telefon. Ruft den Mann an, der alles eingefädelt hat: Gynäkologe Ehm, der auch Geburtshilfe leistet, wenn eine Frau nicht schwanger ist. Gaby muss Penasso nur ein Weilchen hinhalten. Wenig später kommt Ehm angebraust, das erlösende Mittelchen in der Hand. Thommy wartet vor der Tür, schliesst auf, Ehm schleicht sich an Penasso ran, jagt ihm die Spritze in den Arsch und freut sich über die Wirkung. Die Männer setzen den Toten in den Tesla, Ehm fährt nach Hause. Später, wenn alles schläft, fliegt Thommy mit dem Ufo nach Zollikon. Er weiss, dass er mit dem Auto seiner Frau niemanden im Quartier weckt. Am Hafen wartet Ehm. Sie schleppen Penasso zum Boot, entsorgen ihn, zünden das Boot an. Ende der Geschichte.»

«Jetzt müssen wir sie nur noch beweisen.»

Fahrni befand sich fast in Uitikon, als der Anruf kam. Bis zum Stall waren es nur noch fünf Minuten. Dort wartete Paz auf ihn. Er hatte ihr angeboten, sie in Bonstetten abzuholen, doch sie hatte es vorgezogen, mit dem Postauto hinzufahren. Vielleicht brauchte sie das Gefühl, unabhängig zu sein. Oder sie fürchtete, ihm zur Last zu fallen. Fahrni wusste es nicht. Er hatte aufgehört, sich nach ihren Beweggründen zu fragen, und beschlossen, ihre Wünsche einfach zu respektieren. Dass sie sich so gut zurechtfand, erstaunte ihn. Schliesslich war sie noch nie ausserhalb von Paraguay gewesen. Fahrni hatte ihr einen Stadtplan von Zürich geschenkt, doch er hatte rasch festgestellt, dass sie damit nichts anfangen konnte. Stattdessen orientierte sie sich an den Flüssen. Fasziniert hatte er zugehört, als sie ihm am Mittag beschrieben hatte, wo sie in Zürich gewesen war. Sie sah die Stadt mit anderen Augen. Ihr Rundgang habe sie vom Hauptbahnhof flussaufwärts geführt, mit einem Schiff sei sie unter sieben Brücken hindurchgefahren, anschliessend sei sie dem Seeufer entlangspaziert, habe einen Kanal entdeckt und sei ihm gefolgt, bis sie zu einem weiteren Fluss gekommen sei, der sie an die Zeughausstrasse gebracht habe. Es hatte einen Moment gedauert, bis Fahrni begriffen hatte, dass sie vom Landesmuseum mit dem Limmatschiff zum Bürkliplatz gelangt, von dort dem Schanzengraben entlang zur Sihl gewandert war. Warum sie gewusst hatte, dass das Kripo-Gebäude in der Nähe war, konnte sich Fahrni nicht erklären.

Abwesend nahm er den Anruf entgegen. Als er Johann Lerchers Stimme erkannte, fuhr er in eine Seitenstrasse und hielt an. Wie immer kam der argentinische Polizist direkt zur Sache. Für Smalltalk hatte er nichts übrig.

«Viel ist es nicht, was ich herausgefunden habe», sagte Lercher. «Paraguay ist im Vergleich zu Argentinien ein Drittweltland. Viele Daten sind nicht erfasst, sondern lediglich auf Papier zugänglich. Doch Folgendes kann ich dir sagen: Paz Rubin wurde 1984 in der Nähe von Concepción geboren, den genauen Ort...»

«Concepción?», unterbrach Fahrni. «Das liegt doch im Norden?»

«Am Rio Paraguay», bestätigte Lercher. «Der Fluss teilt das Land. Bei Concepción gibt es eine der wenigen Brücken, um in den Chaco zu gelangen. Ich war noch nie dort, doch der Kollege, den ich angerufen habe, meint, es habe entlang der Strasse viele Baracken. Vermutlich lebt die Familie Rubin dort. Ganz sicher ist er nicht.» Die Verbindung wurde kurz unterbrochen, dann war Lerchers Stimme wieder zu hören. «... sie ein Kind zur Welt. Leider...»

«Was?», rief Fahrni. «Kannst du das wiederholen?»

«Ich habe gesagt, 2007 brachte sie ein Kind zur Welt, doch das Mädchen ist bei der Geburt gestorben. Der Vater war ein gewisser Juan Fernandez. Er lebt heute in Vallemí, nahe der Grenze zu Brasilien, wo er in einem Zementwerk arbeitet.»

Fahrni war sprachlos. Paz hatte ein Kind verloren. Bevor er über die Bedeutung der Worte nachdenken konnte, fuhr Lercher fort.

«Sie war übrigens nicht verheiratet. Danach hast du doch speziell gefragt. Aber das ist in Paraguay üblich, meinte der Kollege. Die Frauen nehmen es nicht so genau. Sogar der Präsident hat mehrere uneheliche Kinder. Und er war immerhin Bischof, bevor er zum Staatschef gewählt wurde!» Lercher lachte heiser. «Wegen der anderen Sache melde ich mich noch. In Uruguay ist es schwieriger, an Informationen heranzukommen. Aber ein Kollege schuldet mir noch einen Gefallen. Du hörst von mir.»

Fahrni bedankte sich und drückte auf «Aus». Wie in Trance startete er den Motor. War der Verlust ihres Kindes der Grund, dass Paz unbedingt aus Paraguay wegwollte? Waren die Erinnerungen zu schmerzhaft? Versuchte sie, mit einem Neuanfang über den Tod ihrer Tochter hinwegzukommen? Er wünschte sich, Paz hätte ihm davon erzählt, doch er war für sie ein Fremder. Vertrauen war etwas, das wachsen musste. Nicht ganz einfach, wenn eine Beziehung auf Lügen basiert, dachte er.

Als er zum Stall kam, sah er, dass Paz sein Pferd bereits gesattelt hatte. Voller Unbehagen stieg er aus dem Wagen. Wenn das Fell des Pferdes unter der Satteldecke nicht glatt war, wenn sich Stroh, Schmutz oder, noch schlimmer, ein Holzsplitterchen auf Lisas Fell befand, würde es sie stören. Als Fahrni aber das stolze Lächeln auf Paz' Gesicht sah, schluckte er seine Vorbehalte hinunter. Lisa war nicht einfach zu satteln, vor allem, wenn sie jemanden nicht kannte. Es war mutig von Paz gewesen, es zu versuchen, vor allem nach ihrer ersten Erfahrung mit Pferden. Fahrni wollte ihre Freude nicht zerstören.

«Wie war dein Nachmittag?», fragte er stattdessen.

«Schön. Ich bin mit der S-Bahn gefahren.»

«Der S-Bahn?», fragte er überrascht. «Wohin?»

«An einen Ort, der Rapperswil heisst.»

«Rapperswil ist ein idyllisches Städtchen. Viele Touristen sehen es sich an.»

«Das weiss ich nicht. Ich war nur am Bahnhof.»

«Warum?»

Paz zuckte die Schultern. «Ich wollte S-Bahn fahren.»

Aus einem Impuls heraus umarmte Fahrni sie. Paz liess es geschehen. Ihre Nase fühlte sich an seinem Hals kalt an. Lisa stupste ihn sanft in den Rücken, als wolle sie ihn darauf aufmerksam machen, dass sie an erster Stelle käme. Fahrni ignorierte das Pferd. Er genoss das Gefühl von Paz' drahtigen Haaren an seinem Kinn, sie erinnerten ihn ein wenig an Lisas Schweif.

«Du studierst nicht Englische Literatur», stellte Fahrni fest, Paz immer noch in den Armen haltend. Als er spürte, wie sie sich versteifte, hielt er die Luft an. Würde sie ihn belügen? Ihm eine fadenscheinige Ausrede für ihre mangelnden Englischkenntnisse auftischen?

«Nein», antwortete sie schlicht.

«Womit verdienst du deinen Lebensunterhalt?»
«Ich backe Chipa.»
«In einer Bäckerei?»
«Zu Hause. Dann verkaufe ich das Brot an Reisende.»
«Wo?»
«In Concepción.»
«Lebst du dort?»

«Ja.» Sie löste sich aus seiner Umarmung und sah ihm in die Augen. «Ich wollte in die Schweiz. Die Vermittlerin hat gesagt, ich müsse die werden, die du dir wünschst. Das kann ich nicht. Ich weiss nicht, wie man ein anderer Mensch wird.»

Fahrni spürte einen Kloss im Hals. Er wollte Paz wieder an sich ziehen, doch in ihren dunklen Augen lagen noch Fragen. Er wartete, bis sie sie formuliert hatte.

«Warum willst du, dass ich englische Bücher lese?»

Fahrni erklärte, er habe eine Frau gesucht, mit der ihn möglichst viele Gemeinsamkeiten verbänden.

«So wie ein Anzug?», fragte Paz.

«Das verstehe ich nicht.»

«Es gibt Männer in Paraguay, reiche Männer, die sich ihre Anzüge massschneidern lassen. So, dass sie genau passen.»

Fahrnis Ohren wurden rot. «Ja», stammelte er. «Wie ein Anzug.»

«Warum hast du in Paraguay eine Frau gesucht?», bohrte Paz weiter. «Passen Schweizerinnen nicht besser?»

Obwohl ihm die Frage peinlich war, versuchte Fahrni, sie ehrlich zu beantworten. Es war das erste Mal, dass Paz aufrichtiges Interesse an ihm zeigte. Bisher war er Mittel zum Zweck gewesen. Er erzählte von seinen vergeblichen Versuchen, eine Partnerin zu finden. Kurz erwog er sogar, ihr seinen Kinderwunsch zu gestehen, beschloss aber, das Thema noch nicht anzusprechen. Als er geendet hatte, schwieg sie so lange, dass er glaubte, sie habe ihn nicht verstanden.

«Willst du, dass ich gehe?», fragte sie schliesslich.

«Wohin?», entfuhr es ihm.

«Weg.» Sie machte eine undeutliche Handbewegung. «Ich passe nicht zu dir.»

«Nein! Auf keinen Fall! Wir lernen uns doch erst kennen. Vielleicht passen wir ja besser zusammen, als es den Anschein macht.» Als er die Worte aussprach, merkte er, wie sehr er es sich wünschte. «Oder willst du gehen?», fügte er rasch hinzu. «Jetzt bist du in der Schweiz. Das wolltest du doch. Möchtest du alleine hier leben?»

Sie blickte ihn ernst an. «Du gefällst mir, Tobias Fahrni. Ich möchte nicht weg.»

Obwohl die meisten Fenster beleuchtet waren, drang kein Ton aus den Häusern an der Hangstrasse. Cavalli hörte die S-Bahn, die am See entlang nach Rapperswil fuhr, und suchte sie mit den Augen. Zwischen den Villen erblickte er einen Lichtstreifen, der mehrmals aufblitzte, dann war er weg. Der Himmel war klar, doch die Sterne leuchteten nur schwach. Gegen das Lichtermeer entlang der beiden Zürichseeufer kamen sie nicht an. Cavalli stellte sich den Himmel über den Smoky Mountains vor und spürte ein Ziehen in der Brust. In Leermondnächten war die Dunkelheit dort so komplett, dass sie beinahe greifbar wurde, kompakt wie der Hirsebrei, den er Lily kochte. Beim Gedanken an seine Tochter fühlte er plötzlich eine Schwere in seinen Gliedern. In einer Woche musste er Jim McKenzie eine Antwort geben.

Noch immer hatte Cavalli Regina nichts von der Anfrage erzählt. Er musste sich zuerst selber klar werden, was er wollte. Er war hin- und hergerissen zwischen dem Wunsch nach Einsamkeit und der Liebe zu seiner Tochter. Regina würde ihm zwar auch fehlen, doch der Abstand täte ihnen gut. Die unausgesprochenen Vorwürfe, die er seit Lilys Lungenentzündung in ihren Augen sah, beschäftigten ihn. Vor allem die Vorstellung, dass Regina ihm zutraute, Lilys Gesundheit leichtsinnig aufs Spiel zu setzen. Hatte sie so wenig Vertrauen in ihn?

Ein herannahendes Auto erlöste ihn von den quälenden Gedanken. Er trat in den Schatten einer Hecke und wartete. Der

Geruch von Hundekot stieg ihm in die Nase. Über ihm kochte jemand ein Käsegericht. Ein Citroën fuhr vorbei, Bremslichter leuchteten auf, dann bog der Wagen in die Einfahrt neben jene der Lauterburgs, und ein Garagentor öffnete sich. Das Haus war weniger spektakulär als der Schachtelbau an der Hangstrasse 12, der Garten jedoch grösser und liebevoll gepflegt. Als Cavalli auf die Tür zuging, roch er Pfefferminze und Salbei. Neben der Tür entdeckte er ein Beet mit Kräutern.

Er hatte die Regionalpolizei mit der Befragung der Nachbarn beauftragt. Wenn eine Aussage einen Polizisten aufhorchen liess, würde Cavalli sofort informiert, damit er die Person vorladen konnte. Cavalli hatte der Versuchung aber nicht widerstehen können, sich selber einen Eindruck zu verschaffen. Zumindest den Nachbarn unmittelbar neben Lauterburgs wollte er in die Augen schauen, wenn er erfuhr, was sie zu berichten hatten.

Die Frau, die zur Tür kam, war etwas älter als er. Cavalli schätzte sie auf Anfang fünfzig. Als er seinen Polizeiausweis zeigte, liess sie ihn mit einem besorgten Blick eintreten.

«Gibt es Probleme in der Nachbarschaft?», fragte sie.

Cavalli verneinte. «Ich möchte Ihnen einige Fragen stellen, Frau…?»

«Christen», sagte sie. «Barbara Christen.»

Eine Tür ging auf, offenbar der Durchgang von der Garage ins Haus. Barbara Christen drehte den Kopf. «Hannes!», rief sie über die Schulter. «Wir haben Besuch. Von der Polizei.»

Ein Mann mit angegrautem Haar und hängenden Schultern trat ein. «Polizei?», fragte er.

«Es geht um Ihre Nachbarn», sagte Cavalli. «Darf ich hereinkommen?»

Barbara Christen trat zur Seite. «Um Gabriela und Thomas Lauterburg?»

Cavalli wurde ins Wohnzimmer geführt. Eine Wand war vollständig mit Büchern ausgefüllt, davor stand ein bequemes Sofa, das offensichtlich viel benutzt wurde. Wie bei Lauterburgs gaben die Fenster die Sicht auf den See frei. Barbara Christen bot Cavalli etwas zu trinken an, doch er lehnte ab. Er wies sie darauf hin, dass sie nicht verpflichtet war, seine Fragen zu beantworten, doch sie winkte ab.

Cavalli klappte den Laptop auf, den er für die Protokollierung mitgenommen hatte. «Wie ist Ihr Verhältnis zu Gabriela und Thomas Lauterburg?», begann er.

«Gut», antwortete Barbara Christen. «Wir sind zwar nicht eng befreundet, Gabriela und ich trinken aber ab und zu einen Kaffee zusammen.» Sie schaute zu ihrem Mann. «Hannes und Thomas haben weniger Kontakt, aber das liegt daran, dass beide Vollzeit arbeiten. Ich habe ein 60-Prozent-Pensum», fügte sie hinzu. «Als Physiotherapeutin. Ich muss allerdings gestehen, dass ich Gabriela weniger oft treffe, seit Madeleine auf der Welt ist. Nicht, dass ich etwas gegen Kinder hätte, aber es ist schwierig, ein Gespräch zu führen, wenn Sie verstehen, was ich meine.»

«Wissen Sie, ob Madeleine ein geplantes Kind war?», fragte Cavalli.

Hannes Christen räusperte sich. «Darf ich fragen, warum Sie an unseren Nachbarn interessiert sind?»

«Ich wäre Ihnen dankbar, wenn Sie einfach meine Fragen beantworten könnten. Was wissen Sie über Madeleine? Ist sie das erste Kind der Lauterburgs?»

«Ja», bestätigte Barbara Christen. «Gabriela hat jahrelang versucht, schwanger zu werden.» Sie warf ihrem Mann einen Seitenblick zu. «Das darf ich schon erzählen, oder?»

«Jede Information hilft uns weiter», sagte Cavalli, bevor Hannes Christen antworten konnte. «Bitte fahren Sie fort.»

«Sie hat sich so sehr ein Kind gewünscht», erklärte Barbara Christen. «Als sie mit Madeleine schwanger war, war sie überglücklich.»

«Hatten Sie während der Schwangerschaft Kontakt?»

«Zu Beginn schon, aber später ging es Gabriela nicht gut. Sie musste viel liegen, Besuch strengte sie zu sehr an.» Sie blickte wieder zu ihrem Mann. «Hannes fand es seltsam, dass Lauterburgs trotzdem in die Ferien fuhren. Dazu noch so weit weg.»

«Es ging uns zwar nichts an», stimmte Hannes Christen zu, «doch ich habe mir so meine Gedanken gemacht.»

«Und die waren?»

«Wie Barbara sagt: Gabriela und Thomas haben lange versucht, ein Kind zu bekommen. Ich begriff nicht, warum sie das Risiko eines Fluges auf sich nahmen. So wichtig können Ferien doch nicht sein.»

Cavalli blickte von Barbara zu Hannes Christen. Langsam fragte er: «Ist es möglich, dass Gabriela Lauterburg gar nie schwanger war?»

Barbara Christen riss die Augen auf. «Nicht schwanger? Woher…» Sie verstummte, als ihr die Antwort klar wurde. «Hannes? Was meinst du, könnte Madeleine adoptiert sein?»

Hannes Christen dachte nach. «Möglich wäre es durchaus. Eine Schwangerschaft zu simulieren, ist nicht schwierig. Und geboren hat sie schliesslich nicht hier. Aber warum hätten sie ein Geheimnis daraus machen sollen? Eine Adoption ist nichts Verwerfliches.»

«Kennen Sie den Frauenarzt von Gabriela Lauterburg?»

«Sie hat nie einen Namen genannt», antwortete Barbara Christen. «Aber ich habe sie auch nicht gefragt.» Sie verfiel in nachdenkliches Schweigen.

Irgendwo im Haus ging eine Katzentür auf, kurz darauf stakste ein getigerter Kater ins Wohnzimmer. Er rieb sich an Barbara Christens Bein, holte Anlauf und sprang aufs Sofa, wo er es sich neben ihr bequem machte. Ein leises Schnurren erfüllte den Raum.

Cavalli holte ein Foto hervor. «Haben Sie diesen Mann schon einmal gesehen?»

Barbara Christen beugte sich vor. «Ist das nicht der Mann, der tot im Zürichsee… die Zeitungen haben davon berichtet.» Sie schlug die Hand vor den Mund, als ihr klar wurde, weshalb Cavalli die Frage stellte.

Hannes Christen schüttelte den Kopf. «Gabriela und Thomas haben bestimmt nichts damit zu tun. Sie sind anständige Leute.»

«Sind Sie dem Mann je begegnet? Hier im Quartier vielleicht?»

Hannes Christen nahm die Hand seiner Frau. «Nein, daran hätte ich mich erinnert.»

Auch Barbara Christen verneinte.

«Ich weiss, es ist lange her, aber können Sie sich an die Nacht vom 7. zum 8. April erinnern?», fuhr Cavalli fort.

Hannes Christen holte ein iPhone hervor und öffnete den elektronischen Kalender. «Ich kam am Morgen aus Hongkong zurück», berichtete er. «Am Abend hatten wir Besuch. Von deiner Schwester», sagte er zu seiner Frau.

«Können Sie sich erinnern, ob Lauterburgs in dieser Nacht weggefahren sind?»

Barbara Christen kraulte abwesend den Kater. «Das weiss ich beim besten Willen nicht. Es ist zu lange her. Hinzu kommt, dass wir es sowieso nicht gehört hätten.»

Auch die übrigen Nachbarn, die Cavalli aufsuchte, konnten sich nicht an die mutmassliche Mordnacht erinnern. Doch sie bestätigten, dass sie Lauterburgs nie hörten, wenn sie mit dem Tesla wegfuhren. Die Reifen verursachten auf dem Asphalt zwar ein Geräusch, doch wenn man nicht gerade am Fenster stand und darauf achtete, nahm man es nicht wahr, genauso wenig wie das leise Surren des Garagentors. Als die letzten Lichter in den Häusern ausgingen, fuhr Cavalli nach Zollikon. Der Hafen bot nur wenigen Schiffen Platz, wie überall entlang des Sees waren die Anlegestellen knapp. Um diese Jahreszeit befanden sich die meisten Boote in einer Werft, damit sie überholt werden konnten, bevor ihre Besitzer sie im Frühling einwässerten. Ein gedeckter Anlegeplatz bot einem weiteren Dutzend Boote Platz. Er war jedoch mit einem Gittertor verschlossen.

Noch immer brannten Lichter entlang beider Ufer. Da die Seestrasse direkt am Hafen vorbeiführte, lagen die Boote nie völlig in der Dunkelheit. Wenige Meter entfernt befand sich eine Badeanstalt, auf dem Dach der Bootsgarage hatte die Gemeinde

Bänke für Spaziergänger aufgestellt. Cavalli dachte an Vera Haas' Bericht. Sie war der Meinung, hier eine Leiche auf ein Boot zu laden, sei zu riskant. Ausser, man habe keine andere Wahl, weil zum Beispiel das eigene Boot hier liege.

Cavalli holte seinen Schlafsack aus dem Kofferraum und ging zum Steg. Er begegnete niemandem. Im April hielten sich jedoch mehr Menschen am See auf, dachte er, vor allem, wenn es wie in der Brandnacht trocken war. Er legte sich hin, die Arme hinter dem Kopf verschränkt, und schloss die Augen, um die Umgebung besser in sich aufnehmen zu können. Das Wasser gluckste, als es gegen den Steg schwappte. Er versuchte, sich vorzustellen, was sich in der Nacht des 7. zum 8. April zugetragen haben könnte. Gurtners Zusammenfassung kam Cavallis Bild ziemlich nahe. Wenn Ramón Penasso nach Herrliberg gefahren war, so vermutlich tagsüber oder am frühen Abend. Er hatte nichts zu verbergen gehabt. Es schien, als sei er ahnungslos in den Tod gelaufen. Nichts deutete darauf hin, dass er sich einer Gefahr bewusst gewesen wäre. Und doch – vor jemandem hatte er sich gefürchtet. Sonst hätte er nicht so viele Sicherheitsvorkehrungen getroffen. Hatte er geglaubt, seine Verfolger abgeschüttelt, sie in Argentinien oder Uruguay zurückgelassen zu haben? Waren sie ihm nachgereist? Hatte sich Penasso auf den Weg zu Lauterburgs gemacht, war aber gar nie bei ihnen angekommen? Handelte es sich um einen Zufall, dass das Boot von Alois Ehm in der gleichen Nacht gebrannt hatte?

Cavalli gelangte zur Überzeugung, dass die Ereignisse miteinander verknüpft sein mussten. Gut möglich, dass er nicht alle Akteure kannte, oder dass einzelne Handlungen noch im Verborgenen lagen. Das wenige, das er sah, passte jedoch ins Bild. Er spann die Geschichte in seiner Phantasie weiter. Lauterburgs mussten sich von Ramón Penasso bedroht gefühlt haben. Sie fürchteten, ihr Kind zu verlieren, und riefen den Mann an, der ihnen die illegale Adoption ermöglicht hatte: Alois Ehm. Dessen Frau Kontakte in Uruguay hatte. Der Gynäkologe musste daraufhin beschlossen haben, Ramón Penasso sofort zum Schweigen zu bringen.

Doch warum?, fragte sich Cavalli. Was hatte Alois Ehm zu verlieren gehabt? Einen Menschen zu töten, war eine drastische Massnahme. Tausende Kinder wurden illegal adoptiert. Madeleine Lauterburg war kein Einzelfall. Die Haager Adoptionskonvention hatte den Kinderhandel nicht unterbunden. Solange Paare glaubten, sich mit Geld ein Leben kaufen zu können, solange würden skrupellose Händler dafür sorgen, dass Nachschub zur Verfügung stand. Ehms Rolle hatte sich vermutlich auf die eines Vermittlers beschränkt. Oder hatte er selbst Papiere gefälscht? Sich an der Entführung beteiligt? Er war nie längere Zeit im Ausland gewesen. Fahrni hatte seine Abwesenheiten überprüft.

Susanna Ehm hingegen schon. Schützte Alois Ehm seine Frau? War sie es, die sich strafbar gemacht hatte? Wegen Gurtners Abwesenheit würde Cavalli Susanna Ehm am folgenden Tag selbst einvernehmen, während Fahrni sich weiter den Recherchen widmete. Obwohl viel Zeit seit dem Tötungsdelikt verstrichen war, hegte Cavalli die Hoffnung, dass Fahrni auf etwas stiess. Lauterburgs waren keine geübten Verbrecher. Dass ihnen ein Fehler unterlaufen war, schien durchaus möglich. Es war schwierig, alle Spuren zu beseitigen. Vor allem, wenn die wichtigste Spur das Kind selbst war.

Madeleine Lauterburg. Als sich Cavalli das Gesicht des Mädchens in Erinnerung zu rufen versuchte, schob sich Lilys Bild davor. Statt hellbraune sah er schwarze Haare, statt braune Augen blaue. In wenigen Tagen hatte Lily Geburtstag. Drei Jahre war sie nun schon Teil seines Lebens. Cavalli konnte sich nicht vorstellen, dass es eine Zeit gegeben hatte, in der sie nicht existiert hatte. Ihm war, als sei sie immer da gewesen, in seiner Seele, lange bevor sie physisch Gestalt angenommen hatte. Ging es Madeleines wahren Eltern auch so? Fehlte ihnen ein Teil ihrer selbst?

8

Es fiel Cavalli schwer, der blonden Frau, die ihm gegenübersass, neutral zu begegnen. Susanna Ehm erinnerte ihn an seine Ex-Frau. Genau wie Constanze strahlte sie eine Arroganz aus, die in ihrem Glauben wurzelte, etwas Besonderes zu sein. Sie gab Cavalli klar zu verstehen, es sei unter ihrer Würde, seine Fragen zu beantworten. Immer wieder strich sie sich über das gewellte Haar, dazu seufzte sie leise, um zu signalisieren, dass sie sich langweile. Zahlreiche goldene Reifen an ihrem mageren Arm unterstrichen die Geste mit einem Klimpern.

Obwohl Susanna Ehm erklärt hatte, sie spreche Deutsch, hatte Cavalli einen Dolmetscher bestellt. Denn er wollte verhindern, dass sie später behauptete, eine Frage nicht verstanden und deshalb falsch beantwortet zu haben. Neben dem Dolmetscher sass ein Anwalt, den Cavalli von einem früheren Fall her kannte. Sein Stundenansatz musste hoch sein, und so schien er sein Möglichstes zu tun, die Befragung in die Länge zu ziehen. Seit anderthalb Stunden sass Cavalli Susanna Ehm nun gegenüber. Bis jetzt wusste er lediglich, dass sie in Montevideo aufgewachsen, mit 18 Jahren nach Punta del Este zu ihrem fünfzehn Jahre älteren Bruder gezogen und dort als Fotomodell tätig gewesen war. Ihren Mann hatte sie durch einen Bekannten ihres Bruders kennengelernt.

«Ich verstehe nicht, warum Sie mir so viele Fragen stellen.» Sie schürzte die Lippen. «Ich habe Ihnen gesagt, dass mein Mann in der Brandnacht zu Hause war.»

«Sie haben also in Punta del Este bei Ihrem Bruder Orlando gewohnt», fuhr Cavalli unbeirrt fort. «Lebt er immer noch in Uruguay?»

Gelangweilt musterte Susanna Ehm ihre lackierten Nägel. «Wo denn sonst?»

«Ich bitte Sie, langsam zum Schluss zu kommen», unterbrach der Anwalt. «Meine Klientin hat sich mehr als geduldig gezeigt.»

«Was macht Orlando Morales beruflich?», fragte Cavalli.

Susanna Ehm seufzte erneut. «Er ist Arzt.»

Die Antwort liess Cavalli aufhorchen. «In Punta del Este?»

«Das habe ich doch gerade gesagt!»

«Facharzt?»

«Herr Cavalli!», unterbrach der Anwalt erneut. «Was hat der Bruder meiner Klientin mit dem Alibi von Herrn Ehm zu tun?»

Cavalli drehte den Kopf langsam in seine Richtung. Schweigend starrte er den Anwalt an, bis dieser die Hände hob und signalisierte, Cavalli solle fortfahren.

«Frau Ehm?», sagte Cavalli.

«Er ist Schönheitschirurg.» Unbewusst strich sie sich über die kleine, gerade Nase. «Viele Patienten kommen nur seinetwegen in die Klinik.»

«Wie heisst die Klinik?»

«Buena Vida.»

«Das gute Leben», übersetzte der Dolmetscher.

Cavalli schaute auf die Uhr. «Frau Ehm, brauchen Sie eine Pause? Darf ich Ihnen einen Kaffee anbieten?»

«Bringen Sie mir einen Latte Macchiato. Dauert es noch lange? Ich habe in einer Stunde einen Coiffeurtermin.»

Cavalli ignorierte die Frage und stand auf. Im Gang kam ihm Thalmann entgegen.

«Zu dir wollte ich gerade», sagte der Chef der SA2. «Die Supervision...»

«Keine Zeit», winkte Cavalli ab. «Ich bin mitten in einer Befragung.»

Er steuerte auf Fahrnis Büro zu. Ohne anzuklopfen, trat er ein. Vera Haas führte ein Telefongespräch, Fahrni starrte auf den Bildschirm. Cavalli musste ihm die Hand auf die Schulter legen, um seine Aufmerksamkeit zu erlangen. Blinzelnd sah Fahrni auf.

«Clinica Buena Vida in Punta del Este», sagte Cavalli. «Ich muss so viel wie möglich darüber wissen. Vor allem, ob die angebliche Geburt von Madeleine Lauterburg dort stattgefunden hat.»

«Susanna Ehm?», fragte Fahrni.

Cavalli nickte. «Und sag Haas, sie soll zwei Tassen Kaffee und einen Latte Macchiato in mein Büro bringen, wenn sie fertig ist.»

Haas bedeckte die Sprechmuschel mit der Hand. «Wie bitte?», fragte sie entrüstet.

Cavalli wandte sich ab. Aus dem Augenwinkel sah er, wie Fahrni ein Grinsen unterdrückte. In seinem Büro nahm Cavalli die Befragung wieder auf. Susanna Ehm schilderte ihm widerwillig ihr Leben in Punta del Este. Offenbar hatte ihr Bruder ihren Unterhalt finanziert, denn die wenigen Aufträge, die sie als Model gehabt hatte, reichten bei weitem nicht aus, um die Kosten ihres luxuriösen Lebensstils zu decken.

«Kommen wir zu Alois Ehm», sagte Cavalli. «Wie haben Sie ihn kennengelernt?»

«Wo bleibt mein Macchiato?»

«Er ist unterwegs.»

Susanna Ehm schlug ein Bein über das andere. «Alois war ein Freund von Holger.»

Cavalli zog eine Augenbraue hoch. «Holger?»

«Holger Linssen», sagte sie in einem Tonfall, der suggerierte, dass Cavalli den Namen kennen müsste. «Der Leiter der Klinik.»

«Ein Deutscher?»

Sie zuckte die Schultern. «Ich glaube, er hat mit Alois studiert.»

«Und dieser Holger hat Sie mit Alois Ehm bekannt gemacht?»

«Das habe ich Ihnen doch gerade erklärt! An einem Apéro in der Klinik.» Sie sah aus dem Fenster. «Es gab laufend irgendwelche Apéros. Ich bin mit meinem Bruder hingegangen. Er hat mich Holger vorgestellt, und so habe ich Alois kennengelernt.»

«Was hat Alois Ehm in Uruguay gemacht?»

«Holger besucht, nehme ich an.»

Plötzlich ging die Tür auf, und Haas stapfte mit zwei Tassen Kaffee herein. Cavalli deutete auf den Anwalt und den Dolmetscher.

Susanna Ehm zog eine Schnute. «Wo ist mein Latte Macchiato?»

Haas holte Luft. Als sie Cavallis warnenden Blick sah, schluckte sie ihren Ärger hinunter, wirbelte herum und marschierte aus dem Büro. Kurz darauf kam sie mit einem Milchkaffee zurück. Susanna Ehm beschwerte sich lauthals. Obwohl sich Cavalli entschuldigte, war sie nicht mehr zu besänftigen. Sie schob den Kaffee beiseite und beantwortete Cavallis Fragen nur noch einsilbig oder gar nicht. Sie behauptete, nichts über die Klinik zu wissen, konnte sich weder an die Patienten noch an die anderen Ärzte erinnern und gab vor, den Namen Gabriela Lauterburg noch nie gehört zu haben. Als sich Cavalli eine Stunde später von ihr verabschiedete, konnte er seine Wut kaum im Zaum halten.

«Was fällt dir ein?», herrschte er Vera Haas an. «Noch eine solche Aktion, und du kannst deine Sachen packen!»

Haas sprang auf. «Drohst du mir?»

«Nein, ich zeige dir die Konsequenzen deines Verhaltens auf», sagte Cavalli eisig. «Wegen dir sind uns möglicherweise entscheidende Hinweise entgangen!»

Fahrni starrte auf seinen Bildschirm und zog die Schultern hoch.

«Das muss ich mir nicht bieten lassen!», rief Haas.

«Nein, Haas, ich muss mir das nicht bieten lassen!» Cavalli beugte sich vor. «Wenn ich in einer heiklen Situation nicht auf dich zählen kann, bist du hier fehl am Platz.»

Bevor er weiterreden konnte, erschien Pilecki in der Tür. «Probleme?»

«Misch dich nicht ein!», befahl Cavalli.

«Nicht einmischen?», wiederholte Pilecki schneidend. «Soll ich den Mund halten und warten, bis Vera auch einen Herzinfarkt erleidet?»

Schlagartig veränderte sich die Stimmung im Büro.

Cavalli richtete sich auf. «Wenn Haas keine Kritik erträgt, gehört sie nicht hierher.»

Pilecki griff sich an den Kopf. «Stimmt! Führen wir sie doch ab.» Er schaute sich um. «Hat jemand Handschellen dabei?»

«Das reicht!», rief Cavalli.

Pilecki ging einen Schritt auf ihn zu. «Und wie es reicht!»

«Es ist alles nur halb so schlimm», unterbrach Haas unsicher. «Ich hätte ...»

«Muss ich dich daran erinnern, Juri, dass du Verdächtige schon viel härter drangenommen hast?», fuhr Cavalli eisig fort. «Aber das waren natürlich Drogendealer und Zuhälter. Damit ist dein Vorgehen gerechtfertigt. Einem Albaner muss man ein bisschen Angst einjagen, damit er redet, nicht?» Er stellte sich vor Pilecki. «Im Gegensatz zu dir behandle ich alle Verdächtigen gleich. Ich lasse meine persönlichen Gefühle aus dem Spiel!»

«Hast du denn überhaupt welche?», fragte Pilecki. «Gefühle?»

Auf einmal war Cavallis Wut weg. Nur mit Mühe widerstand er der Versuchung, die Augen zu schliessen. Er hatte sich nicht rechtfertigen wollen. Entscheide wurden aus der Situation heraus getroffen, im nachhinein sah vieles anders aus. Wäre Hahn tatsächlich schuldig gewesen, hätte ihm Pilecki keine Vorwürfe gemacht. Darüber zu diskutieren, brächte sie jedoch nicht weiter. Was geschehen war, war geschehen. Ramón Penassos Mörder hingegen war noch auf freiem Fuss.

«Bist du nur hier, um deine Meinung zu verkünden?», fragte Cavalli. «Oder hat dein Besuch einen tieferen Sinn?»

Angewidert schüttelte Pilecki den Kopf. «Regina hat dich gesucht. Sie hat mit dem Bundesamt für Justiz Kontakt aufgenommen, weil sie eine Frage zum Rechtshilfeersuchen stellen musste.» Er ratterte die Informationen herunter. «Dabei erfuhr sie, dass eine Staatsanwältin aus Uruguay in einem internationalen Cybercrime-Fall ermittelt. Offenbar sind die Beziehungen zwischen ihr und der zuständigen Staatsanwältin des Bundes in der Schweiz recht gut. Regina meint, mit etwas Glück könne sie auf diesem Weg an einige Infos kommen. Sie kennt die Staatsanwältin von früher. Sie war zur selben Zeit wie sie am Bezirksgericht.»

«Der Polizeiattaché hat auch versprochen, heute noch zurückzurufen», meldete sich Fahrni zu Wort.

«Gut», sagte Cavalli, Pilecki den Rücken zukehrend. «Hast du etwas über die Klinik herausgefunden?»

«Nur, was im Internet steht», berichtete Fahrni. «Buena Vida ist eine Privatklinik für Reiche. Sie bietet ziemlich alles an. Gibt es keinen Spezialisten vor Ort, lässt die Klinik einen einfliegen. Technisch scheint sie ziemlich auf der Höhe zu sein.»

«Geburten?»

Fahrni nickte. «Kaiserschnitt, Frühgeburten, alles. Ob Gabriela Lauterburg dort war, versucht der Polizeiattaché herauszufinden.»

Cavalli sah auf die Uhr. «Lass es mich wissen, wenn du etwas hörst. Ich bin am Nachmittag besetzt, vermutlich ab 16 Uhr wieder im Büro.» Er war schon fast an der Tür, als Haas' Stimme hinter ihm erklang.

«Was ist mit meinen Abklärungen? Interessieren sie dich nicht?»

Langsam drehte sich Cavalli um. Fahrni zog den Kopf ein.

«Wenn ich in meinem Auto eine Leiche transportiert hätte, hätte ich es anschliessend schleunigst gereinigt», sagte Haas. «Und zwar nicht zu Hause, wo mich die Nachbarn beobachten könnten. Ich habe deshalb alle Autowaschanlagen in der Nähe von Zollikon abgeklappert – mit einem orangen Tesla würde ich schliesslich nicht durch die halbe Stadt fahren wollen; die Wahrscheinlichkeit, dass sich jemand an ihn erinnert, wäre mir zu gross. Bei der Autowaschstrasse neben dem Bahnhof Tiefenbrunnen wurde ich fündig.» Triumphierend hielt sie eine Notiz hoch. «Letzten Frühling tauchte dort am frühen Morgen ein orangefarbener Tesla auf. An das genaue Datum erinnert sich keiner der Mitarbeiter, an das Auto hingegen schon. Ein gewisser Ivko Stanic behauptet, der Fahrer sei ein Mann gewesen. Er wird heute nachmittag um 14 Uhr herkommen, um seine Aussage zu Protokoll zu geben. Und um sich Fotos anzuschauen.»

«Ich halte das für keine gute Idee.» Regina nahm das Telefon in die andere Hand.

«Stanic hat Thomas Lauterburg identifiziert!», bohrte Cavalli. «Und er ist sich sicher, dass es an einem Freitagmorgen war, weil sein Sohn immer in der Nacht von Donnerstag auf Freitag bei ihm übernachtet. Er ist geschieden.»

«Auch wenn wir sicher wären, dass Thomas Lauterburg am 8. April den Tesla reinigen liess, bin ich dagegen, den Wagen zu durchsuchen», beharrte Regina. «Aus taktischen Gründen. Es ist zu früh. Sammelt weitere Beweise.»

«Und wie sollen wir an Beweise kommen, wenn du jede Zwangsmassnahme verweigerst? Der Tesla ist eine Goldgrube. Wenn Lauterburg darin eine Leiche transportiert hat, werden es die Kriminaltechniker sofort feststellen.»

«Und wenn nicht, wissen Lauterburgs, dass wir sonst nichts gegen sie in der Hand haben. Was ist mit dem Ortungsgerät? Hat Martin Angst etwas herausgefunden?»

«Lauterburgs haben es beim Kauf des Teslas ausschalten lassen.»

«Mist. Lade die Praxisassistentin von Alois Ehm vor, Marianne Knobloch. Vielleicht bringt sie uns weiter.»

«Dann wird Ehm aber wissen, dass er unter Verdacht steht.»

«Das weiss er nach der Befragung seiner Frau ohnehin.»

«Kannst du Junebug heute abholen? Ich habe noch einiges zu erledigen.»

«Kann ich, aber...»

«Ich muss gehen. Bis später.»

Regina legte auf und strich sich eine Haarsträhne aus dem Gesicht. Sie verstand Cavallis Frust. Doch sie wusste, dass sie sich keine Fehler erlauben durfte. Wegen der politischen Dimension des Falls waren nach wie vor viele Augen auf sie gerichtet. Die Medien hatten zwar vorübergehend das Interesse verloren, doch Regina bezweifelte nicht, dass es augenblicklich wieder aufflammte, wenn etwas schiefliefe. Sie griff nach einem Darvida. Sie war nicht dazu gekommen, zu Mittag zu essen, da sie noch eine dringende Stellungnahme zu einer Beschwerde hatte verfassen müssen. Sie sah auf die Uhr. Wenn sie Lily in einer Stunde abholen musste, lohnte es sich nicht, mit dem Verfassen einer Anklageschrift zu beginnen, wie sie es vorgehabt hatte. Sie müsste sich in den Fall vertiefen, wenn Lily schlief. Stattdessen könnte sie jetzt Schluss machen und mit Lily in die Stadt gehen, um ihr ein Geburtstagskleid zu kaufen. Für Sonntag hatte Regina eine kleine Feier organisiert, Lily würde sich bestimmt über ein neues Kleid freuen. Ausserdem brauchte sie dringend Strumpfhosen. Weil ihr alle zu klein waren, rutschten sie dauernd hinunter. Bei der Vorstellung, einige zusätzliche Stunden mit ihrer Tochter zu verbringen, erschien ihr die Arbeit plötzlich unwichtig. Regina fuhr ihren Computer herunter und betrat das Vorbüro. Ihre Protokollführerin sah sie überrascht an, als sie bemerkte, dass Regina einen Mantel trug.

«Hast du noch einen Auswärtstermin?», fragte Nina Dietz.

«Ja», lächelte Regina. «Mit meiner Tochter.»

Dietz streckte den Daumen in die Höhe. «Super! Das hast du dir verdient.» Sie verstummte, als das Telefon klingelte.

Regina schüttelte den Kopf.

Nina Dietz nahm ab. «Es tut mir leid, Doktor Hahn», sagte sie einen Augenblick später. «Frau Flint ist besetzt.»

Als Regina den Namen des Rechtsmediziners hörte, bat sie ihre Protokollführerin mit einer Geste, den Anruf durchzustellen.

«Uwe?», sagte sie atemlos. «Entschuldige, eigentlich wollte ich gerade gehen.»

«Soll ich später anrufen?»

«Worum geht es?»

«Penasso», sagte er.

Regina zögerte. Sie wollte hören, was Hahn zu berichten hatte. Lily liebte den Irchelpark. Ein Spaziergang täte ihr besser, als nach einem langen Tag in der Krippe eine Einkaufstour mitzumachen. Auch Regina könnte etwas frische Luft und Bewegung brauchen.

«Was hältst du davon, mich in einer Stunde im Irchelpark zu treffen?», fragte Regina. «Ich würde Lily mitnehmen.»

«Ich warte beim Teich.»

Uwe Hahn sass mit einem Plastiksack in der Hand auf einer Parkbank. Als Lily sah, dass sich altes Brot darin befand, quietschte sie vor Vergnügen und machte sich sofort daran, die Enten zu füttern. Regina bedankte sich bei Hahn. Ohne die Augen von ihrer Tochter abzuwenden, setzte sie sich neben den Rechtsmediziner.

«Ich habe versucht, ein Muskelrelaxans nachzuweisen», begann Hahn. «Doch wie ich befürchtet habe, ist das problematisch. Die meisten Substanzen werden in körpereigene Stoffe metabolisiert.» Er lächelte, als Lily die Arme in die Luft streckte und Schwung holte, um das Brot möglichst weit zu werfen. «Ich habe mir deshalb überlegt, welche Substanz sich besonders für ein Tötungsdelikt eignet, und kam zum Schluss, dass ich Succinylcholin verwenden würde. Unter anderem, weil es intramuskulär appliziert werden kann und weil eine vergleichsweise geringe Dosis reicht, um die Skelettmuskulatur vollständig erschlaffen zu lassen.»

«Ist das ein Narkosemittel?»

«Succinylcholin ist ein depolarisierendes Muskelrelaxans», bestätigte Hahn. «Die Substanz wirkt als Agonist an den Acetylcholinrezeptoren der motorischen Endplatte. Richtig dosiert wirkt sie sehr rasch. Nur der Herzmuskel arbeitet weiter. Ob Penasso tatsächlich Succinylcholin injiziert wurde, lässt sich unglücklicherweise nicht mehr feststellen. Der Nachweis ist wie bei vielen Muskelrelaxanzien äusserst schwierig. Etwa 10 Prozent der Muttersubstanz wird zwar über den Urin ausgeschieden, doch sie wird auch durch gewöhnliche Hydrolyse abgebaut.»

«Das heisst, im Wasser?»

Hahn nickte. «Nach einer längeren Leichenliegezeit ist sie im Urin nicht mehr feststellbar. Schon gar nicht, wenn die Leiche im Wasser war.»

«Hätte ein Gynäkologe Zugang zum Medikament?»

«Ein operativ tätiger Arzt könnte vermutlich eine Ampulle verschwinden lassen, ohne dass es auffallen würde.»

Regina schüttelte den Kopf. «Das Herz arbeitet also weiter, doch kein anderer Muskel kann mehr bewegt werden? Wer tut so etwas, Uwe?»

«Ich kenne Doktor Ehm nicht», sagte Hahn. «Aber wenn er für Penassos Tod verantwortlich ist, nimm dich vor ihm in Acht.»

Zu Hause versuchte Regina, alle Gedanken an Ramón Penasso zu verdrängen. Sie badete Lily, entfachte ein Feuer im Cheminéeofen und setzte sich anschliessend mit ihrer Tochter aufs Sofa, um mit ihr ein Bilderbuch anzuschauen. Cavalli meldete sich nicht. Als sie sah, dass der Kühlschrank leer war, bestellte Regina eine Pizza. Um acht brachte sie Lily ins Bett. Kaum hatte sie die Tür geschlossen, klingelte das Telefon. Ihre Freundin Leonor, zugleich Lilys Patin, wollte wissen, was sie zur Geburtstagsfeier mitbringen solle. «Strumpfhosen», antwortete Regina prompt. «Im Moment steht Lily auf rosa und hellgrün.» Nach einer halben Stunde beendete sie das Gespräch, um sich der Anklageschrift zu widmen. Als sie endlich ins Bett schlüpfte, war es Viertel vor zwölf.

Sie hatte das Licht schon gelöscht, als sie den Schlüssel in der Tür hörte. Cavalli schlich in die Küche, wo er ein Glas mit Wasser füllte.

«Ich bin noch wach», rief Regina.

«Möchtest du auch ein Glas?», fragte Cavalli von der Tür aus.

Als Regina verneinte, setzte er sich zu ihr auf den Bettrand.

Regina legte ihm eine Hand auf den Oberschenkel. «Musstest du ausrücken?»

Cavalli schüttelte den Kopf. «Der Polizeiattaché hat sich gemeldet. Wir wissen jetzt, dass Gabriela Lauterburg während ihres Aufenthalts in Punta del Este eine Wohnung gemietet hat. Dreimal darfst du raten, wem sie gehört.»

«Susanna Ehm?»

«Ihrem Bruder, Orlando Morales.»

Regina stützte sich auf den Ellenbogen. «Ich werde rechtshilfeweise beantragen, dass er einvernommen wird. Die Behörden in Uruguay sind sehr kooperativ. Ich glaube nicht, dass wir so lange warten müssen wie in Argentinien. Nicht, wenn ich erkläre, dass sich bereits ein Verdächtiger in Haft befindet.» Sie seufzte. «Der arme Campos. Ich habe heute mit Esteban Salazar telefoniert. Was wir haben, reicht ihm nicht. Er wird Gonzalo Campos erst gehen lassen, wenn wir hier ein Geständnis oder eine Verurteilung vorweisen können.» Sie erzählte Cavalli von ihrem Gespräch mit Hahn.

Cavalli wirkte ungewöhnlich abwesend. Regina streckte den Arm aus und berührte sein Gesicht. Ihre Blicke trafen sich. Einen Moment lang glaubte sie, Cavalli würde sich zu ihr hinunterbeugen, um sie zu küssen. Doch dann rückte er plötzlich von ihr weg.

«Regina, wir müssen reden.»

Die Angst, die Regina erfasste, konnte sie sich nur aufgrund ihrer früheren Erfahrungen erklären. Ging es wieder los? Wer war es diesmal? Jemand aus ihrem Arbeitsumfeld? Warum wollte er den Seitensprung gestehen? Nie hatte er über seine Affären gesprochen. War aus dem flüchtigen Abenteuer mehr geworden? Hatte Cavalli sich in eine andere Frau verliebt? Reginas Mund wurde trocken.

Cavalli stand auf und öffnete das Fenster. Ohne Regina anzuschauen, berichtete er von Jim McKenzies Anfrage. Er schilderte das Treffen mit seinem ehemaligen Kollegen und beschrieb, was von ihm erwartet würde, sollte er zusagen. «Als verdeckter Ermittler könnte ich meine Erfahrung und meinen kulturellen Hintergrund einfliessen lassen», schloss er.

Als Regina begriff, dass keine andere Frau im Spiel war, sackte sie erleichtert zusammen. Erst nach und nach drang die Bedeutung seiner Worte in ihr Bewusstsein. Als ihr klar wurde, was seine Pläne bedeuteten, setzte sie sich auf.

«Du gehst?»

«Ja.»

Sie starrte ihn an. «Wann?»

Endlich erwiderte er ihren Blick. «So bald wie möglich.»

Vor Regina tat sich ein Abgrund auf. Sie waren eine Familie. Keine konventionelle zwar, doch ihre Leben waren miteinander verwoben. Es verband sie nicht nur gegenseitige Zuneigung, sondern ein gemeinsamer Alltag. Eine Tochter. Plötzlich packte Regina die Wut. «Und was ist mit Lily? Hast du auch nur einen Moment lang an deine Tochter gedacht? Was soll ich sagen, wenn sie fragt, warum du sie von einem Tag auf den anderen verlassen hast?»

«Ich verlasse sie nicht», sagte Cavalli ruhig. «Ich komme zurück.»

«In acht Jahren? So, wie es deine Mutter bei dir gemacht hat?» Kaum hatte Regina die Worte ausgesprochen, bereute sie sie.

Cavalli wandte sich ab.

«Cava! Lauf nicht weg!», rief Regina. «Wenn du jetzt gehst, brauchst du nie mehr zurückzukommen!»

Er blieb stehen, drehte sich aber nicht um.

«Wie stellst du dir das vor?», fuhr Regina aufgebracht fort. «Wer soll Lily von der Krippe abholen, wenn ich abends arbeite? Wer schaut zu ihr, wenn ich Brandtour habe? Wer erzählt ihr Geschichten? Kocht ihr Reis mit Erbsen?» Tränen schossen ihr in die Augen. «Sie braucht dich! Wir brauchen dich.»

«Ich muss es tun», sagte Cavalli leise.

«Du musst? Nein, du willst! Du fliehst vor deiner Verantwortung als Vater, deinen Verpflichtungen bei der Arbeit. Vor mir!» Regina rang nach Atem. «Das ist der Grund, nicht wahr? Du verzeihst mir nicht, dass ich dir Vorwürfe wegen Lilys Krankheit gemacht habe.»

Cavalli schüttelte den Kopf. «Mein Entscheid hat nichts mit dir zu tun. Die Anfrage des FBI ist aus beruflicher Sicht eine einmalige Chance. Eine Herausforderung.»

Regina lachte bitter. «Suchtest du eine Herausforderung, hättest du längst einer Supervision zugestimmt. Die Probleme in deinem Team zu lösen, das wäre eine echte Herausforderung. Mach dir nichts vor, Cava. Du wirfst das Handtuch.»

«Alois Ehm, Susanna Ehm, Thomas Lauterburg, Gabriela Lauterburg», zählte Cavalli auf. «Alle vier lügen. Alle vier waren in Uruguay. Alois Ehm hat medizinisches Wissen, Zugang zu Medikamenten und ist mit dem Leiter der Klinik Buena Vida in Punta del Este befreundet. Susanna Ehm stammt aus Uruguay, hat dort vielfältige Beziehungen und ist sogar mit einem Mitarbeiter der Klinik verwandt. Thomas Lauterburg hat im südamerikanischen Winter Badeferien gemacht, trainiert mit Hanteln und hat genug auf dem Konto, um alle Wünsche seiner Frau zu erfüllen. Gabriela Lauterburg fährt einen Tesla, hat über Jahre hinweg versucht, schwanger zu werden, und suchte nach eigenen Aussagen keinen Gynäkologen auf, als es endlich klappte. Während der angeblichen Schwangerschaft lebte sie in einer Wohnung, die Susanna Ehms Bruder Orlando Morales gehört.» Die Spannung in der Kripoleitstelle war beinahe greifbar. «Weiter wissen wir, dass Ramón Penasso am 8. April einen Termin hatte, zu dem er nicht erschienen ist. Seit diesem Tag ging auch kein Anruf mehr von seinem Handy ab. In der Nacht davor brannte das Sportboot von Alois Ehm vollständig aus. Am frühen Morgen des 8. April hat Thomas Lauterburg den Tesla seiner Frau in Tiefenbrunnen reinigen lassen.» Cavalli hielt kurz inne. «Wir wissen viel. Trotzdem bleiben Fragen offen. Die wichtigste: Wer profitiert von Ramón Penassos Tod? Hatten Ehms wirklich etwas zu verlieren? Dass sie möglicherweise adoptionswilligen Paaren gegen eine Gebühr Kinder vermittelten, bedeutet noch nicht, dass ihre Handlungen strafbar waren. Haben sie Papiere gefälscht? Kinder geraubt? Und was ist mit Lauterburgs? Wussten sie, dass Madeleines mutmassliche Adoption illegal war? Fürchteten sie die juristischen Konsequenzen oder dass die leibliche Mutter ihr Kind zurückfordern würde, wenn sie erfuhr, wo sich das Mädchen befand?»

Cavalli setzte sich und liess seinen Blick über die Anwesenden schweifen. Vera Haas hatte eifrig mitgeschrieben. Neben ihr sass

Juri Pilecki, der eine unangezündete Zigarette zwischen den Fingern drehte. Ihm gegenüber betrachtete Martin Angst einen Stapel Laborresultate und Kartenmaterial. Tobias Fahrni am Ende des Tisches schien vor sich hinzuträumen, doch Cavalli wusste, dass er aufmerksam zuhörte. Als Regina das Wort ergriff, drehten sich alle Köpfe in ihre Richtung.

«Ich habe mit der Staatsanwältin in Uruguay telefoniert, die zusammen mit der Bundesanwaltschaft den Cybercrime-Fall untersucht», begann sie. «Einer gewissen...» Sie suchte in ihren Unterlagen. Cavalli entging nicht, dass ihre Hand zitterte. Obwohl sie sich geschminkt hatte, waren die dunklen Augenringe noch sichtbar. Sie hoben sich deutlich von ihrer Blässe ab. «Eva Tirado. Offenbar haben die Strafverfolgungsbehörden die Klinik Buena Vida schon einmal ins Visier genommen. Es ging um die Anwendung nicht zugelassener Medikamente. Das Verfahren wurde mangels Beweisen eingestellt. Damals wurde gegen den Leiter der Klinik ermittelt, einen gewissen Holger Linssen. Linssen war bis 1997 in München als Arzt tätig. Wegen Körperverletzung mit Todesfolge wurde in Deutschland ein Berufsverbot gegen ihn erlassen.»

«Ein Kunstfehler?», fragte Pilecki.

Regina sah ihn verständnislos an. Unbehagen stieg in Cavalli auf. Vor der Sitzung hatte er beobachtet, wie sie zwei Aspirin geschluckt hatte. Sie hatten nicht mehr über seine Pläne gesprochen. Er hatte Regina lediglich gebeten, Stillschweigen zu bewahren. Falls er in die USA ginge, nein, wann er ging, korrigierte er sich in Gedanken – denn der Entscheid war gefallen –, durften nur wenige eingeweihte Personen den Zweck seiner Reise erfahren.

«Was hat Linssen angestellt?», wiederholte Pilecki.

Regina hatte sich wieder gefasst. «Illegale Substanzen verordnet. Zwei Patienten starben. Er sass deswegen vier Jahre im Gefängnis. Anschliessend wanderte er nach Uruguay aus und übernahm einige Jahre später die Leitung der Klinik Buena Vida.»

«Arbeitet er dort auch als Arzt?», fragte Haas.

«Nein, ausschliesslich als Verwalter.»

«Fiel die Klinik je im Zusammenhang mit verschwundenen Kindern auf?», fragte Haas weiter. «Oder gaben vielleicht überdurchschnittlich viele Mütter dort ihre Kinder zur Adoption frei?»

«Weder noch.» Regina massierte sich mit den Fingern die Schläfen. «Tobias, hast du von Lercher gehört?»

Fahrni blinzelte. «Die Kollegen aus Uruguay haben dasselbe erzählt wie die Staatsanwältin. Offenbar würde Linssen alles tun für Geld. Hinweise auf Adoptionen oder gar Kinderhandel gebe es hingegen keine.»

Er erwähnte nicht, was er sonst noch erfahren hatte. Johann Lercher hatte berichtet, dass Paz' Tochter Ariana genau fünf Tage vor Madeleine Lauterburg zur Welt gekommen war. Fahrni war immer davon ausgegangen, dass Paz in die Schweiz hatte reisen wollen, weil sie hier bessere Perspektiven hatte. Was aber, wenn etwas ganz anderes dahintersteckte? Wenn sie beispielsweise erfahren hatte, dass ihre Tochter bei der Geburt gar nicht gestorben sei, sondern in der Schweiz lebe?

Fahrni nahm ein Blatt und faltete es. Er versuchte, sich in die Lage einer Paraguayerin zu versetzen, die in die Schweiz reisen wollte, aber weder die Sprache beherrschte noch Kontakte besass. Sich einen Partner zu suchen, war ein nachvollziehbarer Schritt. Doch wie hatte sie es angestellt? Wie hatte sie es geschafft, dass die Vermittlerin ausgerechnet sie ausgesucht hatte? Die Antwort lag auf der Hand. Geld, dachte er. Die Vermittlerin war nur an Geld interessiert. Wenn Paz bei ihr aufgetaucht war und versprochen hatte, sie dafür zu bezahlen, dass sie einen Schweizer Mann für sie fände, hätte die Vermittlerin ohne Zögern eingewilligt. Das würde auch erklären, warum sie aus Paz jene Frau zu machen versucht hatte, die sich Fahrni gewünscht hatte.

Doch woher hatte Paz so viel Geld? Laut Johann Lercher stammte sie aus armen Verhältnissen. Und woher hatte sie gewusst, dass Fahrni sich mit dem Fall Ramón Penasso beschäftigte? Kannte sie den Journalisten überhaupt? Fahrni knickte die Ecken des gefalteten Blattes. Er rief sich in Erinnerung, dass er bereits mit Paz in Kontakt gestanden war, bevor man die Leiche im See gefunden hatte. Sie hatte ihn also nicht seines Berufes wegen ausgesucht. Er korrigierte sich in Gedanken: Dass er Polizist war, hatte ihre Entscheidung mit Sicherheit beeinflusst. Doch es ging ihr nicht darum, an Informationen heranzukommen. Sie hatte einfach jemanden ausgewählt, der ihr weiterhelfen könnte. Wen hatte ihr die Vermittlerin sonst noch präsentiert? Waren weitere Polizisten unter den Kunden gewesen? Und warum hatte sie nie über das eigentliche Ziel ihrer Reise gesprochen? Traute sie ihm immer noch nicht?

Fahrni fühlte sich weder enttäuscht noch betrogen. Eine emotionale Leere hatte ihn erfasst; seine Gedanken waren glasklar, als habe sich sein Geist von seinen Gefühlen getrennt. Er hatte nur ein einziges Bedürfnis: zu verstehen. Mit Verwunderung betrachtete er den Papierflieger in seiner Hand. Er hob den Arm, um ihn fliegen zu lassen. Als der Flieger durch die Kripoleitstelle schwebte, lächelte er. Anschliessend packte er seine Sachen zusammen und erhob sich.

«Ich muss gehen», verkündete er.

Die erstaunten Gesichter nahm er nicht mehr wahr. Von weitem hörte er Haas, die ihm etwas nachrief. Die sich schliessende Lifttür schnitt ihre Worte ab.

«Er hat sein Handy ausgeschaltet!», klagte Haas.

«Traust du dir zu, die Befragung zu übernehmen?», fragte Cavalli.

«Ich weiss es nicht, seine Notizen sind völlig wirr.»

«Du kennst den Fall. Du brauchst dich nicht auf Fahrnis Notizen zu stützen.»

Haas holte tief Luft. «Gut, ich versuche es.»

Cavalli nickte kurz und verliess den Raum.

Marianne Knobloch wartete am Empfang. Haas schätzte sie auf Ende zwanzig, das Grübchen am Kinn und die runden Augen verliehen ihr aber etwas Kindliches. Im Büro klärte Haas sie über ihre Rechte auf. Die Praxisassistentin nickte ängstlich. Obwohl

Haas ihr versicherte, sie werde nur als Auskunftsperson befragt, entspannte sie sich nicht.

«Doktor Ehm ist Diskretion sehr wichtig», meinte sie. «Über unsere Patientinnen darf ich nichts erzählen.»

«Wie lange arbeiten Sie schon für ihn?», fragte Haas.

«Vier Jahre.»

«Warum haben Sie sich bei Doktor Ehm beworben?»

«Eigentlich war das Ganze ein ziemlicher Zufall.» Knobloch räusperte sich. «Ich habe nach der Lehre nie auf meinem Beruf gearbeitet. Als mein Freund ... als wir uns getrennt haben, befand ich mich plötzlich in einer schwierigen Lage, weil ich kein eigenes Einkommen hatte. Eine Kollegin erzählte mir von einer Praxisassistentin, die fristlos entlassen worden war. Offenbar hatte sie Medikamente gestohlen. Ich rief sofort dort an und erfuhr, dass die Stelle noch gar nicht ausgeschrieben war.»

Haas hatte aufgehört mitzuschreiben. «Wann war das? Wann wurde Ihre Vorgängerin entlassen?»

«Vor gut vier Jahren.»

«Wie hiess sie?»

«Claire. Claire Zurfluh.»

«Kennen Sie Frau Zurfluh persönlich?»

«Nein, sie war schon weg, als ich anfing.»

«Hat Doktor Ehm über sie gesprochen?»

«Nein, er wollte die ganze Sache möglichst schnell vergessen. Sie hatte Glück, dass er sie nicht angezeigt hat.»

Grosses Glück, dachte Haas ironisch. Offenbar war Marianne Knobloch nie der Gedanke gekommen, Alois Ehm könnte den sogenannten Medikamentendiebstahl erfunden haben. Hatte die ehemalige Praxisassistentin zu viel gewusst? Gedroht, die illegalen Aktivitäten des Arztes auffliegen zu lassen? Haas zwang sich, ihre Phantasie zu zügeln. Im Moment musste sie sich auf Knobloch konzentrieren.

«Wie ist Ihr Verhältnis zu Doktor Ehm?»

«Gut! Er ist ein wirklich netter Chef. Verständnisvoll, geduldig und grosszügig.»

«Haben Sie auch privat Kontakt zu ihm?»

Knobloch schoss die Röte ins Gesicht. «Natürlich nicht.»

«Aber abgeneigt wären Sie nicht?»

«Doktor Ehm ist verheiratet!»

«Verstehe», sagte Haas trocken.

«Bitte, wenn Sie mich deswegen herbestellt haben, es läuft wirklich nichts zwischen uns! Ich schwöre es!»

Haas zog ein Foto hervor. «Kennen Sie diese Frau?»

Knobloch betrachtete das Bild, offensichtlich erleichtert über den Themenwechsel. «Nein, wer ist das?»

«Gabriela Lauterburg», erklärte Haas. «Sagt Ihnen der Name etwas?»

«Ich habe ihn noch nie gehört. Ist sie ... hat sie etwas mit Doktor Ehm zu tun?»

Haas musterte die runden Augen der Praxisassistentin. Darin sah sie echtes Erstaunen. Dass Marianne Knobloch log, erschien ihr unwahrscheinlich. Vermutlich hätte Claire Zurfluh mehr zu erzählen. Die restlichen Fragen stellte Haas nur noch der Vollständigkeit halber. Als sie Marianne Knobloch eine halbe Stunde später zum Ausgang begleitete, waren beide froh.

«Wo ist sie?», fragte Fahrni.

«Tobias!» Seine Mutter wischte die Hände an der Schürze ab. «Was machst du hier, mitten am Vormittag? Ist etwas passiert?»

«Wo ist Paz?», wiederholte Fahrni.

«Sie ist vor einer Stunde gegangen.» Elsa Fahrni verzog besorgt das Gesicht. «Was ist los? Tobias!»

«Wohin? Ich muss mit ihr reden.»

«Warum?», fragte seine Mutter. «Was ist geschehen?»

Fahrni drehte sich um und eilte die Treppe hoch. Die Tür zum Gästezimmer stand offen. Das Bett war sorgfältig gemacht, über der Stuhllehne hing das Nachthemd, das Paz zum Schlafen trug. In einer Ecke stand die Tasche, die sie aus Paraguay mitgebracht hatte. Fahrni ging darauf zu. Er kniete sich hin und legte die Hand auf den Reissverschluss. Was, wenn er falsch lag? Vielleicht bestand zwischen dem Tod von Paz' Tochter und Madeleine Lauterburg kein Zusammenhang. Möglicherweise suchte Paz einfach Abstand zu ihrem früheren Leben und hatte Ariana nicht erwähnt, weil ihr ihre Privatsphäre wichtig war. Würde er die Zuneigung, die in den letzten Tagen zwischen ihnen gewachsen war, mit seinem Misstrauen zerstören?

Fahrni schloss die Augen. Sie hatte ihn angelogen, als sie behauptet hatte, reiten zu können. Sie hatte vorgegeben, Englisch zu sprechen, obwohl sie kein Wort verstand. Sie hatte gewusst, dass sie nicht die Frau war, die sich Fahrni gewünscht hatte, sonst hätte sie sich in Asunción nicht so bereitwillig verstellt. Entschlossen öffnete Fahrni die Tasche.

Sein Blick fiel auf einen Plastiksack mit der Aufschrift eines Supermarktes. Er schob die Reservewäsche beiseite, die darauf lag, und nahm ihn heraus. Er war schwer. Als Fahrni hineinschaute, entdeckte er ein verschnürtes Paket. Er zog es hervor. Es war an Paz adressiert. Er kniff die Augen zusammen, um den Poststempel lesen zu können. Obwohl er nur die ersten drei Buchstaben entziffern konnte, wusste er, dass das Paket in Montevideo, Uruguay, aufgegeben worden war. Ein Absender stand nicht darauf, doch Fahrni hatte keinen Zweifel, wer es zur Post gebracht hatte: Elena Alvarez de Campos.

Mit klopfendem Herzen setzte sich Fahrni aufs Bett. Die Klebestreifen waren schon mehrmals geöffnet worden, so dass das Papier wie von alleine abfiel, als Fahrni die Schnur löste. Zum Vorschein kam eine Schachtel. Gespannt hob Fahrni den Deckel. Flüchtig nahm er ein Dutzend sorgfältig beschriftete Mäppchen wahr, die Computerausdrucke, handgeschriebene Notizen und Fotos enthielten. Damit würde er sich später befassen. Seine Aufmerksamkeit galt dem Brief, der zuoberst lag. Als Fahrni ihn in die Hand nahm, stellten sich die Haare in seinem Nacken auf.

Paz,

Wenn Du diesen Brief liest, musst Du davon ausgehen, dass mir etwas zugestossen ist. Wer Dir das Paket schickt, ist unwichtig. Wichtig ist, dass Du weitermachst. Von allen Frauen, die ich gefunden habe, bist Du die einzige, der ich es zutraue, die Sache zu Ende zu führen. Deshalb schicke ich Dir, was Du dazu brauchst.

Vertraue niemandem. Zumindest nicht hier. Die Behörden sind korrupt. Reise in die Schweiz. Suche Ariana. Wenn Du sie gefunden hast, wende Dich an die Schweizer Polizei. Sie wird Dir helfen, Deine Tochter zurückzubekommen.

Gib nicht auf! Du schaffst das. Verwende das Geld dazu, Gerechtigkeit herzustellen.

Dein Freund Ramón

Fahrni liess den Arm sinken. Er versuchte, die Tragweite dessen zu erfassen, was er vor sich hatte. Seine Hand griff nach den Mäppchen, und er breitete sie auf dem Bett aus. Er würde den Inhalt in Ruhe durchgehen, wenn er in der Lage war, die Informationen zu verarbeiten. Im Moment beschränkte er sich darauf, sich einen Überblick zu verschaffen.

Er begann mit einem weissen Umschlag, der in einem der Mäppchen steckte. Es überraschte Fahrni nicht, als er darin 9000 Dollar vorfand. Die Überreste von Ramón Penassos Vermögen, dachte er. Einen Teil hatte der Journalist für seine Reise gebraucht. Den Rest hatte er Paz vermacht. Er hatte gewusst, dass er das Geld nicht mehr bräuchte, wenn Elena Alvarez das Paket abschickte.

In den weiteren Mäppchen fand Fahrni Namen, Adressen, Internetausdrucke, Berichte über Gespräche sowie die Notizen, die sich Ramón Penasso gemacht hatte. Stück für Stück setzte Fahrni die wichtigsten Puzzleteile zusammen. Nach einer Stunde glaubte er, in groben Zügen zu verstehen, was der Journalist während der letzten Monate seines Lebens gemacht hatte. Noch fehlten Einzelheiten, Zusammenhänge und Hintergründe, doch Fahrni war überzeugt, dass sich die offenen Fragen bei der genauen Lektüre klären würden.

Wie vermutet, war Ramón Penasso nach Punta del Este gefahren, weil er geglaubt hatte, die Spur seiner Schwester führe dorthin. Bei seinen Recherchen über illegale Adoptionen stiess er auf einen Hinweis, dass in der Privatklinik Buena Vida viermal Säuglinge von ein und derselben Frau abgegeben worden waren. Laut einem Nachtportier sprach sie mit paraguayischem Akzent. Daraufhin weitete Penasso seine Recherchen aus. In Asunción entdeckte er eine Klinik, in der ungewöhnlich viele Säuglinge bei der Geburt starben. Er machte sich daran, die Mütter der Kinder ausfindig zu machen. So stiess er unter anderem auf Paz Rubin. Er erfuhr, dass sie während der Schwangerschaft ein öffentliches Gesundheitszentrum in Concepción besucht hatte. Dies, weil sie ein Jahr zuvor eine Fehlgeburt erlitten hatte und fürchtete, erneut ein Kind zu verlieren. Dort war sie von einem freiwilligen Mitarbeiter angesprochen worden, der eine Klinik anpries, die unentgeltlich Geburtshilfe leistete. Sie befinde sich in Asunción und sei für schwierige Geburten ausgerüstet. Der freiwillige Mitarbeiter bot ihr an, dem leitenden Arzt die Situation zu schildern. Kurz darauf erfuhr Paz, dass sie dort gebären dürfe, ohne dafür bezahlen zu müssen. Zwei Wochen vor dem Geburtstermin stellte der Klinikleiter fest, dass etwas mit dem Kind nicht stimmte. Was, erfuhr Paz nie. Es wurde ein Notfallkaiserschnitt durchgeführt. Als Paz erwachte, erzählte man ihr, das Kind sei während der Operation gestorben.

Zweieinhalb Jahre später tauchte Ramón Penasso bei ihr auf und bat sie, die Urne ihrer Tochter ausgraben zu dürfen. Das Mädchen war kremiert worden, bevor Paz es überhaupt gesehen hatte. Paz stimmte zu. Sie war dem Freiwilligen nie mehr begegnet, der ihr den Klinikaufenthalt in Asunción vermittelt hatte. Sie erzählte Penasso, sie habe sich oft gefragt, warum man gerade ihr unentgeltlich ärztliche Hilfe angeboten habe. Sie kannte andere Frauen, die Kinder verloren oder schwerwiegendere gesundheitliche Probleme gehabt hatten. Niemand hatte sie unterstützt.

Fahrni rieb sich die Augen. Er griff nach einem Blatt Papier, auf dem ein ihm bekanntes Logo prangte. Es handelte sich um eine Kopie des Berichts des «Laboratorio de analisis», den er in Buenos Aires mit Regina studiert hatte. Auf einmal ergab das

Resultat der Untersuchung Sinn. Ramón Penasso hatte den Inhalt der Urne analysieren lassen und dabei erfahren, dass er aus Sand bestand. Daraus hatte er geschlossen, dass Ariana Rubin noch lebte. Seine weiteren Recherchen in Uruguay ergaben, dass die Kurierin aus Paraguay fünf Tage nach Paz' Kaiserschnitt in Asunción einen Säugling in der Klinik Buena Vida abgeliefert hatte. In derselben Nacht kam Madeleine Lauterburg zur Welt.

Woher hatte Penasso die Gewissheit, dass es sich beim Säugling um Paz' Tochter handelte? Fahrni zog eine Liste mit Namen und Daten aus einem der Mäppchen. Penasso hatte Informationen über alle beteiligten Personen gesammelt. Unter dem Stichwort «Kurierin» hatte er Daten, Orte und Beweise für ihre Reise zusammengestellt. Zu ungeduldig, um die Überlegungen des Journalisten Schritt für Schritt nachzuvollziehen, legte Fahrni die Angaben beiseite. Damit würde er sich später auseinandersetzen. Jetzt griff er nach einem Mäppchen, das mit «Schweiz» beschriftet war. Dort fand er Unterlagen über Gabriela und Thomas Lauterburg. Unter anderem stiess er auf die Kopie einer Zahlung von 150 000 Dollar, die an die Klinik Buena Vida gegangen war.

Fahrni schüttelte ungläubig den Kopf. Von wem hatte Penasso die Informationen? Wie war er an die Beweise gekommen? Offenbar war er gut vernetzt. Nicht umsonst war er als Journalist so gefürchtet gewesen. Als Fahrni weitere Belege durchblätterte, wurde ihm klar, dass Penasso ihm und seinen Kollegen einen Grossteil der Arbeit abgenommen hatte. Name und Adresse der Lauterburgs waren die letzten Informationen, die der Journalist Paz geschickt hatte. Vielleicht hatte er vor, das Material, das er in der Schweiz sammelte, ebenfalls für sie zusammenzustellen. Doch dazu war er nicht mehr gekommen. Seine Befürchtung hatte sich bewahrheitet: Er war jemandem zu gefährlich geworden.

Fahrni sah aus dem Fenster. Ramón Penasso hatte gewusst, dass er in Gefahr war. Er war Kinderhändlern auf der Spur gewesen, die viel zu verlieren hatten. Trotzdem hatte ihn der Täter schliesslich überrascht. Warum? Hatte Penasso dem Falschen vertraut? Oder hatte er irgendwo eine falsche Überlegung gemacht? Falsche Schlüsse gezogen? Informationen nicht richtig zugeordnet? Wohin war er an seinem letzten Lebenstag gefahren? Zu Alois Ehm? Oder zu Lauterburgs? Um sie mit seinem Wissen zu konfrontieren?

Fahrni vermutete, dass weder Thomas noch Gabriela Lauterburg über das Ausmass des Kinderhandels Bescheid gewusst hatten. Mit Sicherheit hatten sie geahnt, dass sie Madeleine nicht auf legalem Weg erhalten hatten. Vor allem, wenn sie 150 000 Franken für sie bezahlt hatten. Gut möglich, dass sie es vermieden hatten, zu viele Fragen zu stellen. Hatte Ramón Penasso ihnen die Wahrheit gesagt? Oder war er nach Herrliberg gefahren, um Ariana zurückzuholen? Fahrni erstarrte.

«Tobias? Deine Mutter macht sich Sorgen», erklang die Stimme von Hans Fahrni in der Tür. «Geht es dir nicht gut? Ist etwas mit Paz?»

«Wo ist sie?», fragte Fahrni mit rauher Stimme.

«Mit der S-Bahn weggefahren.»

«Wohin?» Fahrni sprang auf und packte seinen Vater am Oberarm. «Bitte, sag mir, wohin sie gefahren ist!»

Sein Vater sah ihn hilflos an. «Ich habe sie nicht verstanden. Steckt sie in Schwierigkeiten?»

«Ich glaube, sie ist in Gefahr.» Fahrni liess seinen Vater los und rannte die Treppe hinunter.

«Tobias!», rief ihm seine Mutter nach.

Im Auto zog Fahrni sein Handy hervor. Er wählte Cavallis Nummer.

10

«Ich will die Unterlagen sehen», sagte Regina.

«Die Zeit läuft uns davon!», insistierte Cavalli. «Der Täter hat nicht gezögert, Ramón Penasso zum Schweigen zu bringen. Er wird auch nicht zögern, Paz Rubin aus dem Weg zu räumen.»

«Wir haben nichts Konkretes in der Hand. Weder gegen Alois Ehm noch gegen Thomas Lauterburg», gab Regina zu bedenken.

«Thomas Lauterburg hat 150 000 Dollar an die Klinik Buena Vida überwiesen. Fahrni hat die Belege.»

«Damit hat er vielleicht nur die Kosten der Geburt bezahlt.»

«Das ist nicht dein Ernst, oder? 150 000 Dollar für eine Geburt? Regina! Damit können wir arbeiten! Wenn Thomas Lauterburg das tödliche Mittel injiziert hat, ist Paz Rubin in Gefahr. Wenn nicht, wird ihn eine Verhaftung vielleicht zum Reden bringen. Möglicherweise sagt er sogar gegen Ehm aus. Thomas Lauterburg ist eindeutig das schwächste Glied in der Kette. Penasso hat genug Material zusammengetragen, dass wir diesen Schritt rechtfertigen können!»

«Ich werde keinen Vorführbefehl ausstellen, bevor ich die Unterlagen nicht selber durchgelesen habe», sagte Regina. «Aber wenn du je zwei Polizisten vor Lauterburgs Haus und Ehms Praxis stationierst, ist Paz geschützt, falls sie sich wirklich in Gefahr befindet.»

«Ich bin auf dem Weg nach Zollikon. Ich werde mich persönlich an Alois Ehms Fersen heften, bis die Einheiten vor Ort sind. Fahrni ist auf dem Weg nach Herrliberg.»

«Alleine?»

«Ja.»

«Ich halte das für keine gute Idee. Er ist zu stark involviert.»

«Ich sehe im Moment keine Alternative. Ich werde Pilecki beauftragen, die Fahndung nach Paz in die Wege zu leiten und zwei Stationierte aufzubieten. Fahrni wird so bald wie möglich Unterstützung erhalten.»

Regina sah auf die Uhr. «Ich wollte gerade Mittagspause machen. Wenn ich mich beeile, erwische ich die S6 nach Herrliberg. Tobias soll mich am Bahnhof abholen.»

Sie legte auf, bevor Cavalli widersprechen konnte. Sie musste an die Luft. Ihr Kopf drohte zu platzen, trotz des Aspirins, das sie geschluckt hatte. Dauernd dachte Regina an das Gespräch in der vergangenen Nacht. Obwohl sie versuchte, die Zukunft auszublenden, standen ihr die Tränen zuvorderst. Woher nahm sich Cavalli das Recht heraus, eine so wichtige Entscheidung alleine zu treffen? Glaubte er wirklich, er sei in einigen Wochen zurück? Rechtzeitig, um den Kurs am Polizei-Institut abzuhalten, wie er behauptete. Er ging davon aus, dass seiner Abkommandierung nichts im Weg stand. Oder tat er nur so? Setzte er in Wirklichkeit seine Stelle aufs Spiel? Vielleicht hatte er sogar vor zu kündigen. Regina erstaunte nichts mehr.

Sie rieb sich die Augen und schaltete den Computer aus. Anschliessend schrieb sie ihrer Protokollführerin eine Notiz. Bevor jemand sie auf ihren Zustand ansprechen konnte, eilte sie aus dem Büro. Fast gierig sog sie die kalte Luft ein. Während sie auf das Tram wartete, liess sie sich alles, was sie über Paz Rubin wusste, durch den Kopf gehen. Viel war es nicht. Fahrni war nie besonders gesprächig gewesen, wenn es um sein Privatleben ging. Regina versuchte, sich vorzustellen, Lily sei bei der Geburt gestorben. Wie würde sie reagieren, erführe sie Jahre später, dass das Kind lebte? Auf einem anderen Kontinent, bei Menschen, die sie nicht kannte? Sie würde alles daran setzen, ihre Tochter zu finden. Kein Preis wäre ihr zu hoch. Erkannte Paz die Gefahr, in der sie sich befand? Cavalli hatte sie als schwer fassbar beschrieben. Sie schien einem genau vorgegebenen Weg zu folgen, den nur sie sehen konnte. Das machte sie unberechenbar. Um ihre Schritte vorauszusehen, müsste man ihre Logik verstehen.

Regina erwischte die S-Bahn ohne Probleme. Im Zug schloss sie die Augen und versuchte, ihren Kopf zu leeren. Immer wieder sah sie Cavalli vor sich. Es waren seine stolze Haltung und sein selbstsicheres Auftreten gewesen, die sie so angezogen hatten, als sie ihm vor zwölf Jahren das erste Mal begegnet war. Dass hinter der harten Schale ein zärtlicher Liebhaber steckte, war eine Überraschung gewesen. Wenn er sie in die Arme schloss, richtete er seine ganze Aufmerksamkeit auf sie. Er erkannte ihre Bedürfnisse und tat sein Möglichstes, sie zu befriedigen. Warum hatte diese Einfühlsamkeit in seinem Alltag so wenig Platz? An der

Fähigkeit, sich in andere Menschen hineinzuversetzen, mangelte es Cavalli nicht. Warum fühlte sie sich trotzdem so tief mit ihm verbunden, dass es ihr unmöglich war, sich von ihm zu trennen, egal, wie sehr er sie verletzte?

Offenbar war Regina einige Minuten eingenickt, denn als sie die Augen aufschlug, befand sie sich in Zollikon. Der See lag wie ein Spiegel unter dem grauen Himmel. Nur die Fähre zeichnete einen hellen Streifen auf die Oberfläche. Ramón Penasso hatte an seinem letzten Lebenstag die gleiche Strecke mit der S-Bahn zurückgelegt. Hatte er geahnt, was ihn in Herrliberg erwartete? Oder hatte er geglaubt, Thomas und Gabriela Lauterburg dazu überreden zu können, Madeleine ihrer leiblichen Mutter zurückzugeben?

Fahrni wartete mit laufendem Motor vor dem Bahnhof. Der ungeduldige Ausdruck auf seinem Gesicht war Regina fremd. Er fuhr los, bevor sie die Tür richtig geschlossen hatte.

«Hast du etwas von Paz gehört?», fragte sie.

«Nein.»

«Glaubst du, sie findet das Haus überhaupt?»

«Unter sieben Brücken musst du gehen», murmelte Fahrni.

Regina fragte nicht, was er damit meinte. Sie konzentrierte sich darauf, die Passanten zu studieren. Paz wäre bestimmt leicht an ihren langen, schwarzen Haaren zu erkennen. Viele Menschen waren um diese Zeit nicht unterwegs, wenn, dann in ihren luxuriösen Wagen. Als sie in die Hangstrasse einbogen, kam ihnen eine Spaziergängerin mit einem Windhund entgegen. Regina bat Fahrni anzuhalten und liess die Fensterscheibe herunter. Sie fragte die Frau nach einer jungen Südamerikanerin, doch diese schüttelte den Kopf.

«Glaubst du, Paz würde sich irgendwo verstecken?», fragte Regina Fahrni.

«Wie ich sie einschätze, wird sie direkt zur Tür marschieren und klingeln.»

«Dann schlage ich vor, dass wir dasselbe tun. Vielleicht ist sie bereits im Haus.»

Sie parkierten neben der Garage und stiegen aus. Einen Moment blieb Regina vor dem eindrücklichen Bau stehen und betrachtete die verwitterten Holzlatten. Sie wirkten beruhigend, vielleicht, weil sie Regina an Ferien am Wasser erinnerten. Eine getigerte Katze beobachtete sie argwöhnisch. Regina suchte nach einem Katzentürchen, fand aber keinen Eingang. Sie wandte ihre Aufmerksamkeit Fahrni zu, der bereits geklingelt hatte. Rasch schob sie sich zwischen ihn und die Haustür.

Es dauerte einige Sekunden, bis Gabriela Lauterburg öffnete. Als sie Fahrni sah, verschränkte sie die Arme vor der Brust. «Was wollen Sie?»

Regina reichte ihr die Hand und stellte sich vor. Im Hintergrund hörte sie eine helle Stimme. Kurz darauf schaute ein Kindergesicht hinter Gabriela Lauterburg hervor. Wie Lily war Madeleine ein zierliches Kind, doch ihre braunen Augen funkelten unter ebenmässigen Brauen neugierig. Als das Mädchen die Katze sah, drängte es sich an seiner Mutter vorbei und rannte in Socken auf den Vorplatz hinaus.

«Madeleine!», rief Gabriela Lauterburg. «Komm sofort zurück!»

Das Mädchen gehorchte nicht. Es stürzte sich auf die Katze, die sich ergeben streicheln liess.

«Lass Titus in Ruhe!» Gabriela Lauterburgs Stimme klang beinahe panisch.

Verwundert beobachtete Regina, wie sie Madeleine am Arm packte und von der Katze wegzerrte. Plötzlich fasste sie sich wieder. Sie strich Madeleine über den Kopf und nahm sie in die Arme, bevor sie mit ihr ins Haus zurückkehrte.

«Schätzchen, geh schon mal in die Küche. Ich komme gleich.» Fast wütend wandte sie sich wieder Regina zu. «Das Essen steht auf dem Tisch! Lassen Sie uns endlich in Ruhe!»

Als Gabriela Lauterburg die Tür schliessen wollte, streckte Regina die Hand aus. «Es tut uns leid, wenn wir Sie stören. Aber wir müssen Sie dringend etwas fragen. Wir suchen eine junge Frau, die sich vielleicht in der Gegend aufhält.»

«Eine Frau?» Misstrauisch presste Gabriela Lauterburg die Lippen zusammen.

«Sie hat lange, schwarze Haare und spricht spanisch. Wir haben Anlass zu glauben, dass sie Sie aufsuchen könnte.»

«Mich? Warum?»

Fahrni drängte sich vor. «Ist sie hier? Ist Paz im Haus?»

«Niemand ist hier!» Gabriela Lauterburgs Blick flackerte hin und her. «Wer ist diese Frau? Was will sie?» Ihre Stimme war immer lauter geworden.

«Mama?», sagte Madeleine ängstlich.

«Lassen Sie uns herein», forderte Fahrni. «Wir möchten uns selber überzeugen, dass ...»

«Danke für Ihre Zeit, Frau Lauterburg.» Regina reichte ihr eine Visitenkarte. «Wenn Sie die Frau sehen, rufen Sie mich bitte an.» Sie führte Fahrni zum Auto.

«Regina! Was, wenn sie im Haus festgehalten wird? Wir müssen uns vergewissern, dass Paz nicht dort ist!»

«Wir haben keine Hinweise darauf, dass Paz nach Herrliberg gefahren ist.»

«Müssen wir zuerst ihre Leiche finden?» Fahrnis Stimme überschlug sich.

«Tobias», sagte Regina scharf. «Wir sind fast am Ziel, doch wir müssen unsere nächsten Schritte sorgfältig planen! Wir dürfen jetzt nichts überstürzen.» Sie berichtete von Marianne Knoblochs Befragung. «Ich will wissen, warum Claire Zurfluh entlassen wurde. Wenn Alois Ehm merkt, dass wir ihn verdächtigen, könnte auch sie in Gefahr sein.»

«Lass uns wenigstens den Tesla unter die Lupe nehmen!»

«Und wenn Ehm davon erfährt? Wenn er tatsächlich mit Lauterburgs unter einer Decke steckt, verschaffen wir ihm einen Vorteil.» Sie schüttelte den Kopf. «Taktisch halte ich das für einen Fehler.»

Alois Ehms Praxis befand sich an der Hauptstrasse, die nach Zürich führte. Cavalli fiel in seinem Volvo nicht auf, als er mehrmals vorbeifuhr, um sich einen Überblick über die Lage zu verschaffen. Er parkierte schliesslich an einer Tankstelle, von wo er den Eingang im Auge behalten konnte. Nicht weit entfernt befand sich der Hafen. Sogar von dort wäre ein Auto, das am Ufer hielt, gut sichtbar. Eine kleine Rampe führte zur Anlegestelle, durch die Neigung wäre es immerhin möglich, so zu parkieren, dass die Beifahrertür im Verborgenen lag. Trotzdem bräuchte es Mut, hier eine Leiche zu entsorgen. Cavalli liess seinen Blick über die Häuser entlang der Strasse gleiten. Er entdeckte einen alten, dreistöckigen Bau, den Vera Haas fotografiert hatte. Darin wohnte Roswitha Wirz, die behauptet hatte, im vergangenen April ein fliegendes Auto gesehen zu haben.

Würde Paz Alois Ehm überhaupt aufsuchen? Wollte sie die Täter mit ihrem Verbrechen konfrontieren oder einfach ihr Kind zurückholen? Wusste sie, dass Ramón Penasso fast ein Jahr zuvor das Gleiche versucht hatte? War sie seiner Spur in die Schweiz gefolgt, oder hatte sie bloss die Anweisungen im Brief befolgt? Während Cavalli wartete, rief er Gurtner an, um ihm von den neusten Entwicklungen zu berichten. Als der Sachbearbeiter erfuhr, Paz Rubin habe Fahrni benutzt, wirkte seine Betroffenheit echt.

«Was ist mit dem Fingerabdruck?», fragte Gurtner. «Auf der Hantel. Habt ihr schon einen Treffer?»

«Wir haben keine Vergleichsabdrücke», gab Cavalli zu bedenken. «Dazu müssten wir Ehm oder Lauterburg in Polizeihaft nehmen.»

«Lässt sich doch arrangieren, oder?»

«Vielleicht solltest du mal mit Regina reden. Sie hält es taktisch für unklug.»

Gurtner schnaubte. «Seit wann kümmert dich so etwas? Du musst die beiden nicht wegen Mordverdachts festnehmen, oder? Du findest bestimmt einen anderen Grund. Diesen Bonzen schadet eine Nacht in einer Einzimmerwohnung nicht. Rückt das Leben vielleicht in die richtige Perspektive.»

«Ich muss zugeben, der Gedanke ist mir auch schon gekommen.»

Plötzlich verstummte Cavalli. Ein Jaguar bog auf den Parkplatz des Gynäkologen ein. Der Mann, der ausstieg, schaute kurz in Cavallis Richtung, bevor er seine dunkle Kunststoffbrille zurechtrückte. Es war Thomas Lauterburg. Hastig verabschiedete sich Cavalli und sprang aus dem Wagen. Thomas Lauterburg folgte dem schmalen Weg zum Eingang. Vor der Tür blieb er stehen. Offenbar hatte Alois Ehm seine Praxis über Mittag verlassen, denn nach wenigen Sekunden drehte sich Thomas Lauterburg um und trat den Rückweg an. Cavalli eilte ihm entgegen. Von nahem sah er, dass Lauterburgs Gesicht gerötet war. Sein Blick war auf seine Füsse gerichtet, so dass er Cavalli gar nicht wahrnahm, als sich dieser ihm in den Weg stellte. Erst als er mit ihm zusammenstiess, schaute er erschrocken auf.

«Sie!», stiess er aus. «Was machen Sie hier?»

Cavalli packte ihn und drehte ihm den Arm auf den Rücken. «Genau das könnte ich Sie auch fragen. Ich dachte, Sie kennen Ehm nicht!»

«Was soll das?», rief Thomas Lauterburg entsetzt. «Sie tun mir weh!»

«Sie haben mich angerempelt. Wissen Sie, wie wir das nennen?» Cavalli beugte sich vor, so dass sich sein Mund direkt neben Lauterburgs Ohr befand. «Gewalt gegen Beamte.» Er klärte ihn über seine Rechte auf.

«Ich bin verhaftet?», rief Lauterburg ungläubig. «Was fällt Ihnen ein! Ich habe Sie gar nicht gesehen! Ich will einen Anwalt! Sofort!»

Cavalli zog fester an seinem Arm. «Zuerst sagen Sie mir, wo Paz Rubin ist.»

«Paz Ru… Wer ist das?» Lauterburg brachte die Worte kaum heraus. «Meine Schulter! Hören Sie auf! Ich kenne keine Paz!»

«So, wie Sie auch keinen Alois Ehm kennen?»

«Ich will einen Anwalt!»

«Herr Lauterburg, Sie sagen mir jetzt auf der Stelle, was Sie hier zu suchen haben.»

«Das werden Sie bereuen!»

«Drohen Sie mir nun auch?» Cavalli zog so fest, dass sich Thomas Lauterburg auf die Zehenspitzen stellen musste, um den Schmerz zu lindern.

«Er war der Gynäkologe meiner Frau!», hechelte er. «Aber das ist lange her!»

«Und warum sind Sie jetzt hier?»

«Weil ich ... ich sage kein Wort mehr ohne meinen Anwalt!»

«Du hast was?», rief Regina.

«Er hat mich angegriffen», erklärte Cavalli.

Regina presste ihre Handballen gegen die Schläfen. «Ich fasse es nicht! Cava, bist du wahnsinnig?»

«Er wird gerade erkennungsdienstlich behandelt», fuhr Cavalli fort. «Soll ich ihn einvernehmen, oder willst du das selber machen?»

«Ich natürlich! Du hältst dich gefälligst von ihm fern.» Regina unterbrach das Gespräch kurz, während sie in die S-Bahn stieg. «Ich bin auf dem Weg ins Büro. Die Observierungseinheiten sind vor dem Haus der Lauterburgs stationiert. Um 14.30 Uhr habe ich einen Termin, ich kann Thomas Lauterburg also erst um 16 Uhr einvernehmen. Du musst Lily abholen.»

«Mach ich.» Cavalli klang zufrieden. «Und Regina? Danke.»

Wütend unterbrach Regina die Verbindung. Glaubte er, sie durchschaue ihn nicht? Thomas Lauterburg war kein Mann, der einen Polizisten angriff. Cavalli musste ihn provoziert oder glattweg gelogen haben. Als Regina die Konsequenzen bedachte, hielt sie inne. Ihr wurde klar, dass Cavalli die Folgen nicht fürchtete. Sie sackte zusammen. Glaubte er, er habe nichts mehr zu verlieren? War er in Gedanken bereits weg?

Als sie im Büro angekommen war, erfuhr Regina, Uwe Hahn habe sie gesucht. Er hatte Nina Dietz nicht erzählt, weshalb. Seufzend startete Regina ihren Computer auf. Ein Gespräch mit Hahn dauerte in der Regel lange. Wenn er zu einer Erklärung ausholte, war es nicht möglich, den Prozess zu beschleunigen. Sie erwog, den Rückruf zu verschieben, doch schliesslich siegte ihre

Neugier. Statt sich auf die Einvernahme um 14.30 Uhr vorzubereiten, wählte sie Hahns Nummer.

«Gut, dass du zurückrufst», kam Hahn ungewöhnlich rasch zur Sache. «Ich dachte mir, du wolltest gleich Bescheid wissen. Der Vaterschaftstest fiel positiv aus. Den schriftlichen Bericht schicke ich dir Ende Woche.»

«Vaterschaftstest?», wiederholte Regina. «In welchem Fall?»

«Thomas Lauterburg.»

Erst jetzt erinnerte sich Regina, dass Thomas Lauterburg dem Test freiwillig zugestimmt hatte. Langsam wurde ihr die Bedeutung von Hahns Worten klar.

«Thomas Lauterburg ist der Vater von Madeleine?»

«Der biologische Vater», bestätigte Hahn.

«Das kann nicht sein», stammelte Fahrni.

«Tobias», sagte Regina behutsam. «Madeleine ist nicht die Tochter von Paz.»

«Vielleicht…» Fahrni suchte nach einer Erklärung. «Vielleicht war sie die Leihmutter? Möglicherweise hat Ramón Penasso die Teile falsch zusammengesetzt!»

«Aus den Unterlagen, die Paz hat, geht hervor, dass Juan Fernandez der Vater ihrer Tochter war.»

«Wie ist das möglich?»

«Wir müssen mit Paz reden. Ist sie noch nicht aufgetaucht?»

«Nein.»

«Hältst du mich auf dem laufenden?», bat Regina. «Ich muss leider weitermachen. Bitte gib mir sofort Bescheid, wenn ihr Paz findet.»

Fahrni steckte das Handy zurück in seine Hosentasche. Er blieb am Strassenrand stehen, unfähig, sich zu rühren. Hatte Paz erneut gelogen? Führte sie alle an der Nase herum? Ihn, Ramón Penasso, vielleicht sogar Juan Fernandez? Kannte sie Thomas Lauterburg? Hatte sie das Kind von ihm und Gabriela Lauterburg ausgetragen? Oder war sie gar von Thomas Lauterburg schwanger geworden? Wann hatten sie sich getroffen? Und vor allem: wo? Wusste Gabriela Lauterburg davon? Fahrni lachte laut über seine Gedanken. Natürlich wusste Gabriela Lauterburg, von wem ihr Kind stammte.

Einer der beiden Polizisten, die vor der Villa stationiert waren, drehte den Kopf in Fahrnis Richtung. Er hält mich bestimmt für verrückt, dachte Fahrni. Er rieb sich die Augen. Vielleicht hatte er tatsächlich Wahrnehmungsstörungen, denn seine Welt war aus den Fugen geraten. Es hätte ihn nicht erstaunt, hätte die Fassade von Lauterburgs Schachtelbau plötzlich zu bröckeln begonnen. Fahrni streckte die Arme aus, wie um sich zu vergewissern, dass die Luft um ihn herum immer noch die gleiche war. Die Kälte kroch seine Arme hoch und verursachte ihm eine Gänsehaut. Er hätte noch lange so stehen können, doch sein Handy klingelte erneut. Diesmal war es sein Vater. Er berichtete, Paz sei soeben nach Hause gekommen.

«Herr Lauterburg», sagte Regina. «Ich möchte noch einmal auf die Schwangerschaft Ihrer Frau zu sprechen kommen. Als Sie von der Polizei befragt wurden, haben Sie ausgesagt, Sie würden Doktor Ehm nicht kennen.»

Thomas Lauterburg leerte sein drittes Wasserglas. «Ich hatte den Namen vergessen. Gabriela hat vor vielen Jahren den Arzt gewechselt. Als die Polizei Doktor Ehm erwähnt hat, habe ich die Verbindung nicht sofort hergestellt.»

«Warum fuhren Sie heute nach Zollikon?»

«Ich sehe nicht, inwiefern die Absichten meines Klienten für die Aufklärung des Sachverhalts eine Rolle spielen», unterbrach der Anwalt.

«Herr Lauterburg?», fragte Regina. «Warum haben Sie Doktor Ehm aufgesucht?»

«Frau Staatsanwältin!», unterbrach der Verteidiger. «Ich muss Sie darauf hinweisen, dass Sie meinem Klienten Gewalt und Drohung gegen einen Beamten vorwerfen. Ich bitte Sie, Ihre Fragen auf den Vorfall heute mittag zu beschränken.»

Regina wusste, dass er recht hatte. Cavalli hatte sie in eine unmögliche Situation gebracht. Aus Thomas Lauterburgs Schilderungen war hervorgegangen, dass er Cavalli nicht einmal gesehen hatte, als sich dieser ihm in den Weg gestellt hatte. Es stand Aussage gegen Aussage. Ginge Cavalli so weit, einen Meineid zu leisten? Sie schluckte ihre Wut hinunter und kündigte eine kurze Unterbrechung an. Im Pausenraum schenkte sie sich ein Glas Orangensaft ein. Die Kopfschmerzen hatten sich zu einer Migräne entwickelt, die Säure würde ein wenig helfen, sie einzudämmen. Die meisten Staatsanwälte waren schon gegangen, nur aus Theresa Hanischs Büro hörte Regina noch das Klappern der Tastatur. Sie ging kurz auf die Toilette und spritzte sich etwas Wasser ins Gesicht. Dann nahm sie die Einvernahme wieder auf.

«Ich möchte auf Paz Rubin zu sprechen kommen. Sagt Ihnen der Name etwas?»

«Frau Flint», unterbrach der Anwalt. «Können wir bitte zum Sachverhalt zurückkehren?»

«Damit ich den Sachverhalt verstehe, muss ich die Hintergründe beleuchten», gab Regina zurück. «Dazu gehört die Verfassung Ihres Klienten, als er Doktor Ehms Praxis verliess. Offenbar war er aufgewühlt.»

«Ich wehre mich entschieden, dass...» Der Anwalt verstummte, als es an die Tür klopfte.

Irritiert erhob sich Regina. Als sie sah, dass es Theresa Hanisch war, runzelte sie die Stirn. Hanisch würde nur im Notfall stören. Die Staatsanwältin berichtete, dass Martin Angst Regina suche. Es sei dringend.

«Ich kann jetzt nicht!», zischte Regina. «Hast du ihm nicht gesagt, dass ich mitten in einer Einvernahme bin?»

«Natürlich! Wofür hältst du mich? Es kann nicht warten. Es geht um den Beschuldigten.»

«Thomas Lauterburg?», fragte Regina.

«Frag ihn selbst!» Hanisch marschierte davon.

Regina entschuldigte sich bei Thomas Lauterburg und seinem Anwalt und begab sich in ein leeres Büro, wo sie die Nummer des Kriminaltechnikers wählte.

«Ist er noch bei dir?», fragte Angst aufgeregt. «Thomas Lauterburg?»

«Ja, wir sind mitten in der Einvernahme.»

«Gut! Denn wir haben einen Hit! Der Teilabdruck auf der Hantel stammt mit grösster Wahrscheinlichkeit von ihm!»

Regina liess sich auf einen Stuhl fallen. «Von Thomas Lauterburg? Bist du sicher?»

«So sicher, wie man unter diesen Umständen sein kann.»

«Und das heisst?»

«Wenn wir die Abdrücke nach alter Methode vergleichen, also die Übereinstimmung der Minutien überprüfen, kämen wir höchstens auf 50 Prozent. Heute gibt es aber ganz neue Verfahren. Dazu braucht man nicht mehr den ganzen Abdruck. Willst du die Details wissen?»

Regina verneinte. Um Einzelheiten würde sie sich später kümmern. Jetzt musste sie entscheiden, wie sie weiter vorgehen sollte. Strenggenommen war der Beweis rechtswidrig, da Cavalli ihn durch Täuschung erlangt hatte. Zwar sah die neue Strafprozessordnung vor, dass rechtswidrig erlangte Beweise unter bestimmten Voraussetzungen verwertet werden durften, doch die Angelegenheit war heikel. Artikel 140 zählte auf, welche Methoden bei der Beweismittelerhebung verboten waren; dazu gehörten die Anwendung von Gewalt und die Täuschung. Artikel 141 Absatz 1 hielt zudem fest, diese Beweise seien in keinem Fall verwertbar. Artikel 141 Absatz 2 hingegen erlaubte, dass Beweise, die durch eine Straftat oder die Verletzung von Gültigkeitsvorschriften erlangt worden waren, dennoch verwertet werden dürften, wenn sie für die Aufklärung schwerer Straftaten unerlässlich waren.

Dieser Widerspruch hatte bereits im Vorfeld Anlass zu Diskussionen gegeben. Genau darauf hatte Cavalli spekuliert, stellte Regina mit leiser Bewunderung fest. Er glaubte, Artikel 140 umgehen zu können, weil der Fingerabdruck für die Aufklärung des Mordes an Ramón Penasso unerlässlich war. War sich Cavalli so sicher gewesen, dass der Abdruck auf der Hantel von Thomas

Lauterburg stammte? Oder hatte er einfach gepokert? Regina blieb nichts anderes übrig, als zu hoffen, dass sich der Verteidiger weniger Gedanken darüber gemacht hatte.

Sie kehrte in ihr Büro zurück und setzte sich. Als sie Thomas Lauterburg mit den neuen Informationen konfrontierte, wich die Farbe aus seinem Gesicht.

«Einen Moment», bat der Verteidiger. «Dieser Fingerabdruck – gehe ich richtig in der Annahme, dass er meinem Klienten nur deswegen genommen wurde, weil er wegen Gewalt und Drohung gegen Beamte festgenommen wurde?»

Regina widerstand dem Impuls, die Augen zu schliessen. «Ja», gab sie zu. «Doch...»

«Und dieser Polizist», fuhr der Anwalt fort, «den mein Klient angeblich über den Haufen gerannt haben soll, ist nicht zufällig der gleiche Sachbearbeiter, der im Fall Penasso ermittelt?»

Regina nickte resigniert.

Triumphierend richtete sich der Anwalt auf. «Dann ist dieser Abdruck also eine Frucht des verbotenen Baums! Und somit nicht verwertbar!»

«Das sehe ich anders», widersprach sie ohne grosse Überzeugung. «Denn der Beweis ist unerlässlich, um die Straftat aufzuklären.»

«Er wurde durch Täuschung erlangt! Wenn nicht sogar durch Gewaltanwendung! Die verbotenen Beweiserhebungsmethoden sind alle im Jack-Bauer-Paragraphen aufgeführt.»

Regina nickte grimmig. Dass manche Verteidiger Artikel 140 den «Jack-Bauer-Paragraphen» nannten, war kein Zufall. Der Held der amerikanischen TV-Serie «24» überschritt in jeder Folge die Grenzen des Erlaubten. Thomas Lauterburgs Verteidiger hatte seine Hausaufgaben gemacht. Über die Bedeutung des Begriffs «unerlässlich» würden sich die Richter den Kopf zerbrechen müssen. Es hatte keinen Sinn, die Einvernahme weiterzuführen. Zuerst musste sie mit dem Leiter der STA 4 reden.

«Ich kann nicht mehr», sagte Thomas Lauterburg leise.

Regina hatte ihn fast vergessen.

«Ich ... Sie haben recht. Ich kenne Alois Ehm. Besser, als mir lieb ist.»

Fahrni hielt sich nur knapp an die Höchstgeschwindigkeiten. Auf dem Weg nach Bonstetten ging ihm jede Begegnung mit Paz durch den Kopf. Er versuchte, ihr Verhalten mit den neuen Informationen in Übereinstimmung zu bringen, doch es gelang ihm nicht. Wenn sie nicht die Mutter von Madeleine war, ergaben ihre Handlungen keinen Sinn. Er schaltete das Radio ein und suchte einen Sender, der Countrymusik spielte. Die Lieder reduzierten das Leben auf die wesentlichen Themen wie Liebe, Einsamkeit oder Sehnsucht. Die Texte waren simpel, die Stimmen klar, die Musik deutlich. Sie bildete den Ausgleich, den Fahrni zu seiner Arbeit brauchte. Als er Lynn Andersons Stimme hörte, drehte er die Lautstärke auf.

Nach der Fahrt fühlte er sich entspannter. Ein gewisser Fatalismus hatte von ihm Besitz ergriffen. Was immer Paz in die Schweiz geführt hatte, es liess sich nicht ändern. Was er tun konnte, war, die Situation zu akzeptieren, und das Beste daraus zu machen. Wenn Madeleine ihre Tochter war, würde er ihr helfen, sie zurückzubekommen. Wenn nicht, brauchte sie vielleicht noch viel mehr Unterstützung.

Er stiess die Tür auf und trat ins Haus. Der Duft von frischgebackenem Brot stieg ihm in die Nase.

«Tobias!» Seine Mutter kam strahlend aus der Küche. «Komm, wir brauchen eine Testperson. Paz hat Chipa gebacken, doch sie hat nicht alle Zutaten gefunden. Sag uns, ob sie gleich schmecken wie in Paraguay.»

Fahrni trat in die Küche. Paz stand am Tisch, eine Chipa in der Hand. Sie schnupperte daran, als prüfe sie einen teuren Wein. Ihre Blicke trafen sich, doch Fahrni konnte ihre Gedanken nicht lesen. Er hatte ihre Unterlagen so auf dem Bett zurückgelassen, wie er sie ausgebreitet hatte. In der Eile hatte er weder aufgeräumt, noch ihr eine Notiz hinterlassen. Sie wusste also, dass er geschnüffelt hatte. Mit ausdruckslosem Gesicht reichte sie ihm das Brot.

Er nahm einen Bissen und gab sein Urteil ab. «Hervorragend!»
Paz nickte. Dann verliess sie die Küche. Fahrni folgte ihr schweigend nach oben. In ihrem Zimmer setzte sich Paz aufs Bett. Sie hatte alle Unterlagen in die Schachtel zurückgelegt.

Fahrni nahm neben ihr Platz. «Warum hast du mir nichts erzählt?»

«Ramón hat gesagt, ich solle niemandem trauen.»

«Er hat auch geschrieben, du sollst dich in der Schweiz an die Polizei wenden.»

Paz betrachtete ihn ausdruckslos. «Das habe ich getan.»

«Hast du mich deshalb ausgewählt? Weil ich Polizist bin?»

«Es gab einen Briefträger, einen Büroangestellten und einen Bauern. Und dich.»

Fahrni betrachtete seine Hände. «Und mich», wiederholte er.

Eine Weile schwiegen sie. Dann ergriff Paz das Wort. «Er hat sich nie mehr gemeldet.»

«Ramón?»

Paz richtete den Blick gegen die Wand. «Es ist ihm etwas zugestossen.»

«Er ist tot.» Fahrni erschrak über seine Direktheit.

«Ja», sagte Paz schlicht, als habe sie nichts anderes erwartet.

Plötzlich stand sie auf und ging zur Kommode, die in der Ecke stand. Sie öffnete eine Schublade und holte ein Paar Hosen, zwei Pullover, Kniesocken und Unterwäsche hervor. Als Fahrni sah, dass es sich um Kinderkleider handelte, begann sein Herz, schneller zu schlagen.

«Ich war einkaufen», erklärte Paz. «Ich hatte keine Kleider für Ariana.»

«Paz», fragte Fahrni vorsichtig. «Wer war der Vater von Ariana?»

Sie sah ihn verwundert an. «Juan.»

«Bist du sicher?»

«Ja.»

Fahrni spürte, wie sich der Schweiss unter seinen Achseln sammelte. Entweder war Paz eine hervorragende Schauspielerin, oder Ramón Penasso hatte einen furchtbaren Fehler begangen. Als er die Fragen in Paz' Augen sah, streckte er die Arme nach ihr aus. Sie setzte sich neben ihn, berührte ihn aber nicht. Er ergriff ihre Hand und holte Luft.

«Ich glaube, Madeleine Lauterburg ist nicht Ariana», platzte er heraus.

Paz schien ihn nicht zu verstehen.

«Wir haben einen Test machen lassen», fuhr Fahrni fort. «Thomas Lauterburg ist der leibliche Vater von Madeleine.»

«Du tust mir weh.»

«Es tut mir leid», flüsterte er. «Ich weiss nicht, wie ich es dir sonst sagen soll.»

«Meine Hand», sagte Paz. «Du drückst meine Hand.»

Erschrocken liess Fahrni los. «Paz, verstehst du, was ich sage?»

Sie sah ihn unverblümt an. «Ja. Aber du irrst dich.»

«Nein, Paz, wenn Juan der Vater von Ariana war, dann kann Madeleine Lauterburg unmöglich deine Tochter sein.»

Sie schob ihr Kinn vor.

11

«Alois Ehm hat gestern mittag seine Koffer gepackt. Vermutlich kurz nachdem Thomas Lauterburg in seiner Praxis angerufen hat.» Regina blickte auf das Protokoll vor sich. «Um 12.14 Uhr.»

«Ich begreife immer noch nicht, was Lauterburg von Ehm wollte», sagte Haas.

«Antworten, behauptet er.»

Regina lehnte sich zurück. Obwohl sie am Vorabend fast bis Mitternacht im Büro gewesen war, fühlte sie sich hellwach. Die Migräne hatte nachgelassen, die Gewissheit, der Aufklärung des Falles nahe zu sein, hatte sich verstärkt. Thomas Lauterburg hatte endlich geredet. Er hatte dem Druck nicht mehr standhalten können. Als der Damm einmal gebrochen war, folgte sein Geständnis wie ein Sturzbach. Ob es verwertbar war, war allerdings eine andere Frage. Darüber würde das Bundesgericht befinden müssen. Grimmig betrachtete Regina ihre Unterlagen. Die Geschichte, die Thomas Lauterburg erzählt hatte, kam Gurtners Vermutungen erstaunlich nahe. Offenbar war Ramón Penasso im vergangenen April tatsächlich in Herrliberg gewesen. Er hatte Thomas und Gabriela Lauterburg mit der Tatsache konfrontiert, die Klinik Buena Vida sei eine Drehscheibe des internationalen Kinderhandels. Daraufhin hatte Thomas Lauterburg sofort Alois Ehm angerufen. Lauterburg behauptete, nichts von den illegalen Geschäften der Klinik gewusst zu haben. Seine Frau habe dort lediglich geboren. Plötzlich sei Ehm vor seiner Tür gestanden.

«Ich dachte, er wolle mit dem Journalisten reden!», hatte Thomas Lauterburg ausgesagt. «Doch auf einmal fiel Penasso um!»

Als Thomas Lauterburg klar wurde, dass Ramón Penasso vor seinen Augen erstickte, geriet er in Panik. Unfähig, einen klaren Gedanken zu fassen, habe er Ehms Anweisungen befolgt. Gemeinsam holten sie eine Plane aus dem Keller, legten sie auf den Beifahrersitz des Teslas und setzten die Leiche darauf. Ehm ging ins Haus zurück und kehrte kurz darauf mit den Hanteln zurück, die er im Kofferraum verstaute. Er befahl Thomas Lauterburg, den Tesla um 3 Uhr früh zum Hafen Zollikon zu fahren. Dort wartete er in seinem Boot. Gemeinsam fuhren sie auf den See hinaus und warfen den Toten über Bord. Vom Brand der Jacht erfuhr Thomas Lauterburg erst am folgenden Nachmittag.

«Thomas Lauterburg behauptet, er sei gestern nach Zollikon gefahren, weil er Antworten von Ehm wollte», schloss Regina.

«Und das sollen wir ihm glauben?», stiess Haas aus. «Er wird Zeuge eines Mordes, stellt dem Täter aber erst ein Jahr später Fragen?»

Regina sah in die Runde. «Irgendetwas verschweigt Thomas Lauterburg immer noch. Seine Geschichte ist zwar schlüssig, doch es fehlt ein Stück, da bin ich mir sicher.»

«Warum hat er im vergangenen April nicht die Polizei gerufen?», fragte Haas.

«Genau das beschäftigt mich auch», gestand Regina. «Dass er in Panik geriet, kann ich nachvollziehen. Doch nachdem Ehm gegangen war, hatte Thomas Lauterburg sieben Stunden Zeit, um zur Besinnung zu kommen. Trotzdem vernichtete er die Ausweise des Toten, entsorgte Schlüssel und Portemonnaie und stieg um 3 Uhr nachts in den Tesla, um mit der Leiche zum Hafen zu fahren.»

«Er muss viel zu verlieren haben», mutmasste Pilecki. «Ein Mann wie Thomas Lauterburg lässt sich nicht einfach überreden, ein Verbrechen zu begehen. Was hatte Ehm gegen ihn in der Hand?»

«Madeleine», antwortete Haas.

«Wir wissen mit Sicherheit, dass Madeleine die leibliche Tochter von Thomas Lauterburg ist», sagte Regina. «Auch Gabriela Lauterburg hat übrigens einem Test zugestimmt. Daraus schliesse ich, dass er positiv ausfallen wird. Das Resultat sollte heute noch eintreffen.»

«Vielleicht würde sie auspacken, wenn sie in einer Zelle über die Ereignisse nachdenken könnte», sagte Pilecki.

«Ich sehe im Moment keine Veranlassung, Gabriela Lauterburg in Haft zu nehmen», widersprach Regina. «Sie hat eine Tochter, um die sie sich kümmern muss. Thomas Lauterburg behauptet, sie wisse nichts.»

«Das war zu erwarten», stellte Pilecki trocken fest.

«Wir werden sehen, was die Hausdurchsuchung ergibt», beharrte Regina. Sie wandte sich an Cavalli. Bis jetzt hatte er kein Wort gesagt. Als sie in der Nacht nach Hause gekommen war, hatte sie ihm klarzumachen versucht, welche Konsequenzen seine Aktion möglicherweise haben könnte. Ihre Vorwürfe waren an ihm abgeprallt. «Du kriegst das schon irgendwie hin», hatte er lakonisch zur Antwort gegeben. Zwar verfolgten sie das gleiche Ziel, über die Methoden würden sie sich jedoch nie einig werden.

«Hast du alles für die Hausdurchsuchung in die Wege geleitet?», fragte Regina.

Er nickte kurz. «In zehn Minuten erfolgt eine letzte Lagebesprechung, in einer Stunde legen wir los. Die Fahndung nach

Ehm und seiner Frau läuft ebenfalls auf Hochtouren. Die Grenzwache ist alarmiert.» Er drehte sich zu Haas. «Hat sich die ehemalige Praxisassistentin von Ehm auf deinen Anruf hin gemeldet?»

«Claire Zurfluh wird um 10 Uhr hier sein», bestätigte Haas.

«Gut.» Cavalli wandte sich an Pilecki. «Fahrni wartet mit Paz in der Kantine. Sobald du so weit bist, wird er sie herbringen. Lass sie nicht aus den Augen. Auch nach der Befragung nicht. Wir müssen immer noch davon ausgehen, dass sie in Gefahr ist.» Er schaute in die Runde. «Sonst noch etwas?»

Kopfschütteln.

«An die Arbeit!»

Cavalli folgte dem Kleintransporter des Forensischen Instituts nach Herrliberg. Nebel hüllte das Quartier in dichtes Grau, die Lichter in den Fenstern wirkten einladend. Nur bei Lauterburgs war alles dunkel. Schlief Gabriela Lauterburg noch, oder sass sie im Dämmerlicht und wartete, dass der Tag begann? Was ging ihr durch den Kopf? Wusste sie wirklich nichts von allem? Oder versuchte ihr Mann, sie zu schützen? Über die bevorstehende Hausdurchsuchung war sie nicht informiert worden, damit sie keine Beweise vernichten konnte. Cavalli drehte den Kopf in Reginas Richtung. Sie hatte auf der Fahrt kaum ein Wort gesagt. Offenbar hatte sie ihren Ärger über seine Aktion vom Vortag immer noch nicht verdaut. Vielleicht ist das gar nicht schlecht, dachte Cavalli. Die Wut würde es ihr einfacher machen, ihn gehen zu lassen.

Er hatte Jim McKenzie zugesagt. Während Regina Thomas Lauterburg einvernommen hatte, hatte Cavalli ausführlich mit dem FBI-Agenten telefoniert. In wenigen Tagen käme McKenzie aus Zermatt zurück. Dann würden sie die Punkte durchgehen, die McKenzie nicht am Telefon hatte besprechen wollen. Anschliessend würde sich das FBI an das Bundesamt für Polizei wenden, welches die Anfrage an den Zürcher Regierungsrat weiterleitete. Schliesslich würde der Sicherheitsdirektor dem Kommandanten der Kantonspolizei den Auftrag erteilen, das Gesuch zu prüfen. Offenbar hatte das FBI bereits Erkundigungen eingezogen und mit gewissen Entscheidungsträgern Kontakt aufgenommen, denn McKenzie behauptete, das Gesuch würde bewilligt. Er musste sich sicher gewesen sein, dass Cavalli zusagen würde. Als Cavalli Regina betrachtete, fragte er sich, ob sie beide irgendwann wieder zum entspannten Verhältnis zurückfänden, das ihre Beziehung während der letzten Jahre gekennzeichnet hatte. Aus einem Impuls heraus berührte er ihre Wange. Sie drehte den Kopf weg und stieg aus.

Die Stationierten, die Cavalli um Unterstützung gebeten hatte, warteten bereits. Als Cavalli auf die Kollegen zuging, bog auch Fahrnis Opel in die Hangstrasse ein. Fahrni wurde wegen seiner Spanischkenntnisse gebraucht, Cavalli befürchtete jedoch, er sei nicht in der Lage, seine Privatangelegenheiten auszublenden. Eine Hausdurchsuchung erforderte Konzentration und Ausdauer.

«Seid ihr startklar?», fragte Cavalli, als sich alle um ihn versammelt hatten.

Martin Angst streckte den Daumen in die Höhe.

«Dann legen wir los!»

Paz traute Juri Pilecki nicht. Tobias hatte ihr zwar gesagt, der Polizist befrage sie, um ihr zu helfen, doch sein scharfer Blick weckte ihr Misstrauen. Er versuchte, gelassen zu wirken, doch unter der freundlichen Oberfläche liegt eine Jararaca auf der Lauer, dachte Paz. Seine Augen hatten sogar die gleiche Farbe wie der Bauch der Schlange: ein blasses Grün, das Paz erschauern liess. Einmal hatte eine Jararaca sie angegriffen, obwohl diese Schlangen eigentlich als träge gelten. Das Erlebnis hatte sie gelehrt, dass sie mit allem rechnen musste.

Genau das hatte ihr Ramón eingeschärft. «Die Einzige, auf die du dich verlassen kannst, bist du selbst», hatte er ihr zum Abschied gesagt. «Denn jeder Mensch verfolgt seine eigenen Ziele.» Diese zu erkennen, erfordere Geduld und Zeit. Deshalb war sie anfangs auch Tobias Fahrni gegenüber misstrauisch gewesen. Doch obwohl sie ihn belogen hatte, war er ihr nicht schlecht gesinnt. Sie glaubte sogar, dass er sie mochte. Es war an der Art zu spüren, wie er ihre Hand hielt oder wie er sie ansah. Sie hatte nicht damit gerechnet, auf ihrer Reise einem Mann wie Tobias Fahrni zu begegnen. Sie hatte sich darauf eingestellt, den Weg alleine zurückzulegen. Vielleicht hatte sie es deshalb nicht gemerkt, als er plötzlich neben ihr herging. Er begleitete sie in einer Art und Weise, wie es Juan nie getan hatte. Juan war zwar körperlich präsent gewesen, doch sie hatte ihn nur oberflächlich gespürt. Tobias Fahrni war auch bei ihr, wenn sie ihn nicht berühren oder sehen konnte. Der Gedanke an ihn wärmte sie.

Paz war sicher, er schlösse Ariana ins Herz. Im Herzen von Tobias Fahrni hatte es viel Platz. Endlich war sie so weit. Sie brauchte ihre Tochter nur noch zu holen. Sie machte sich keine Illusionen, dass es einfach sein würde. Ariana kannte sie nicht. Sie hatte mit einer Lüge gelebt, ohne es zu wissen. Ihre Adoptiveltern hatten viel für sie bezahlt, sie gäben das Mädchen nicht kampflos auf. Doch Paz war für den Kampf gerüstet. Dafür hatte Ramón gesorgt.

«Paz?» Juri Pilecki beugte sich vor. «Hast du die Frage verstanden?»

Der Dolmetscher übersetzte.

«Wann bist du Ramón Penasso zum ersten Mal begegnet?», wiederholte Pilecki.

«Vor zwei Jahren.»

«Wo?»

«Er kam nach Concepción.»

«Kannst du mir die Begegnung schildern?»

«Er hat mich in den Fluss geworfen.»

Pilecki runzelte die Stirn. «Ins Wasser?»

Paz schaute aus dem Fenster. Wie sollte sie diesem Polizisten erklären, was Ramón mit seinem Erscheinen ausgelöst hatte? Sie hatte sich damit abgefunden, kinderlos zu sein. Zwei Mädchen hatte sie verloren. Das erste im vierten Monat der Schwangerschaft, das zweite bei der Geburt. Beide hatte sie nie gekannt. Ihre

Geschwister hatten alle Kinder. Als Paz erfahren hatte, dass man ihr beim Kaiserschnitt die Gebärmutter entfernt habe, wusste sie, dass sich ihr Leben grundlegend von dem ihrer Schwestern unterscheiden würde. Bis Ramón aufgetaucht war. Sie war sich nicht sicher gewesen, ob sie hören wollte, was er zu sagen hatte. Sie hatte sich daran gewöhnt, in der Nacht aufzustehen, um Chipa zu backen. Ihr Leben fand dann statt, wenn andere ruhten. Es hatte ihr gefallen. Doch Ramón hatte nicht lockergelassen. Seither wurde sie von der Strömung eines Flusses mitgerissen, der viel kräftiger war als der Rio Paraguay.

«Paz?», sagte Pilecki. «Ich verstehe dich nicht. Bist du ins Wasser gefallen?»

Sie sah ihn an und schüttelte den Kopf.

Pilecki holte tief Luft und liess sie langsam wieder entweichen.

Gabriela Lauterburg zog ihrer Tochter mit zitternden Händen den Pyjama über den Kopf. Über das Eindringen in ihre Privatsphäre war die Frau sichtlich erschüttert. Hatte sie geglaubt, sich in ihrer Festung verschanzen zu können? Regina liess ihren Blick durch das Kinderzimmer schweifen. Trotz der Spielsachen auf dem Boden und den Wandbildern, die verschiedene Märchenmotive darstellten, wirkte das Zimmer unbelebt. Keine Stofftiere lagen im verschnörkelten Metallbett, keine Kissen sorgten für Farbtupfer. Sogar auf Vorhänge hatte Gabriela Lauterburg bei der Einrichtung verzichtet.

Madeleine versuchte, sich aus dem Griff ihrer Mutter zu winden. Regina sah diskret zur Seite. Trotzdem fiel ihr eine Narbe auf der Brust des Kindes auf. Sie fragte sich, ob sie von einer Operation oder einer Verletzung stammte. Sie schluckte trocken, als sie an Lilys Spitalaufenthalt dachte.

Nachdem Gabriela Lauterburg ihre Tochter angezogen hatte, stand sie auf. «Madeleine muss frühstücken. Danach werde ich sie zur Nachbarin bringen.»

«Möchten Sie zuerst duschen?», fragte Regina. «Ich kann so lange auf Ihre Tochter aufpassen.»

Gabriela Lauterburg legte die Arme schützend um das Mädchen und schüttelte den Kopf. Als Regina in die Augen der Frau blickte, erkannte sie darin die Angst vor dem Verlust ihres Kindes, die ihr selbst so vertraut war. Begleitete diese Gabriela Lauterburg auch ständig? Oder erst, seit die Polizei in ihr Leben getreten war? Hatte sie Grund zu befürchten, Madeleine könnte ihr weggenommen werden? Aus dem Nebenzimmer hörte Regina die Stimmen zweier Polizisten. Sie durchsuchten das Elternschlafzimmer, das sich wie das Kinderzimmer im obersten Stock des Hauses befand.

Gabriela Lauterburg nahm ihre Tochter an der Hand und stieg die Treppe hinunter. Regina folgte mit etwas Abstand. Sie empfand Mitleid mit der Frau. Ihr Leben war im Begriff auseinanderzufallen. Gestern war ihr Mann verhaftet worden, nun drangen Fremde in ihr Zuhause ein. Wie sehr Gabriela Lauterburg an ihrem Heim hing, war an den liebevollen Details ersichtlich, die eindeutig die Handschrift einer Frau trugen. Wo Licht einfiel, hingen Kristalle, um die Strahlen aufzufangen und sie über die Wände tanzen zu lassen. An einer Magnettafel hingen Fotos von Ausflügen mit Freunden; auf dem Couchtisch lag ein aufgeschlagenes Bilderbuch. Regina stellte sich vor, wie Madeleine sich an ihre Mutter gekuschelt und gespannt der Geschichte gelauscht hatte. Erneut fragte sie sich, wie viel Gabriela Lauterburg wusste. War sie im Haus gewesen, als Ramón Penasso plötzlich vor der Tür gestanden war? Hatte sie die Ereignisse mitbekommen? Oder war sie tatsächlich so ahnungslos, wie Thomas Lauterburg behauptete?

In der Küche bereitete Gabriela Lauterburg ihrer Tochter ein frisches Müesli zu. Nirgends entdeckte Regina industriell hergestellte Frühstücksflocken oder Fertigprodukte. Dafür standen eine Reihe Medikamente auf der Ablage neben der Spüle. Regina erkannte die Verpackungen nicht, war sich aber sicher, dass es sich nicht um Vitamine oder Aufbaupräparate handelte. Bevor Gabriela Lauterburg das Müesli auf den Tisch stellte, wandte sie sich an Regina.

«Werden Sie uns beim Frühstücken zuschauen, oder dürfen wir alleine essen?»

«Es tut mir leid, aber ich kann Sie nicht unbeaufsichtigt lassen.» Regina deutete auf die Medikamente. «Benötigt Ihr Mann Medikamente? Soll ich veranlassen, dass sie ihm gebracht werden?»

Gabriela Lauterburg presste die Lippen zusammen. Aus dem Wohnzimmer erklang ein dumpfer Schlag, als etwas zu Boden fiel. Madeleine stand auf, um nachzusehen, was geschehen war. Sofort packte Gabriela Lauterburg ihre Tochter und zog sie in die Küche zurück. Das Kind wehrte sich unter lautem Protest.

«Ich habe eine Tochter, die nur ein Jahr jünger ist als Madeleine», sagte Regina. «Sie liebt Geschichten.» Sie ging vor dem Mädchen in die Hocke. «Und du, Madeleine? Magst du Geschichten auch?»

Das Mädchen nickte.

«Hast du ein Lieblingsbuch?»

«Mira Miau», verkündete Madeleine.

«Ist das eine Katze?»

Madeleine nickte. «Die Schwester von Titus.»

«Titus wohnt im Haus nebenan, richtig?» Aus dem Augenwinkel sah Regina, wie Gabriela Lauterburg Medikamente richtete.

«Titus ist grösser als Mira Miau», sagte Madeleine. «Und gefährlicher. Er kann mich krank machen.»

«Beisst er? Wie ein Tiger?»

Madeleine lachte und spreizte die Finger. «Er kratzt!»

Gabriela Lauterburg trat mit einer Handvoll Tabletten an den Tisch. Sie setzte sich neben Madeleine, deren Gesicht sich verdüsterte.

«Komm Schätzchen, sei schön brav. Nach dem Frühstück darfst du zu Barbara.»

«Ich will nicht!»

«Bitte, Madeleine! Mach kein Theater!»

Obwohl sich Gabriela Lauterburg bemühte, ruhig zu bleiben, schwang Ungeduld in ihrer Stimme mit. Madeleine nahm die Stimmung wahr und presste die Lippen fest aufeinander. Als sie den Kopf wegdrehte, stand Regina auf und stellte sich ans Fenster.

Sie gab vor, die Aussicht zu geniessen, beobachtete jedoch Mutter und Tochter, deren Umrisse sich im Glas spiegelten. Madeleine weigerte sich vehement, die Medikamente zu schlucken.

Regina fragte sich, woran das Mädchen litt. Hatte Thomas Lauterburg die Wahrheit gesagt, als er behauptet hatte, während der Schwangerschaft seiner Frau seien Komplikationen aufgetreten? War sie tatsächlich deswegen in Uruguay geblieben? Doch warum war Ramón Penasso dann ihrer Spur in die Schweiz gefolgt? Was hatte er in Herrliberg gesucht? Wussten Gabriela und Thomas Lauterburg etwas über Alois Ehm? War Penasso hinter dem Gynäkologen her gewesen und gar nicht hinter Lauterburgs? Regina biss sich auf die Unterlippe. Irgendetwas übersah sie.

«Frau Flint?», unterbrach ein Polizist ihre Gedanken. «Martin Angst möchte, dass Sie in den ersten Stock hinaufkommen.»

Regina bat den Polizisten, in der Küche zu bleiben, bis sie zurückkäme. Sie fand Martin Angst in Thomas Lauterburgs Büro, wo er aufgeregt mit Cavalli diskutierte. Als Regina eintrat, verstummte der Kriminaltechniker und hielt einen Schlüssel in die Höhe.

«Er war in einem Locher versteckt», grinste Angst. «Clever, aber nicht clever genug!»

Regina kniff die Augen zusammen. «Sollte mir der Schlüssel bekannt vorkommen?»

«Er gehört Remo Witzig», erklärte Angst.

«Bist du sicher?», vergewisserte sich Regina, obwohl Martin Angst als Koryphäe auf dem Gebiet der Schliesstechnik galt.

«Remo Witzig hat sich beschwert, Penasso habe ihm seinen Hausschlüssel nicht zurückgegeben. Daraufhin habe ich sowohl Schloss als auch Schlüssel untersucht, damit ich wenn nötig Vergleichsdaten hätte. Schau dir die Anordnung der Kerben an. Das ist zweifellos Remo Witzigs Schlüssel.»

«Was hatte Thomas Lauterburg damit vor?», überlegte Regina laut.

«Vermutlich wusste er nicht, wo Penasso wohnte», mutmasste Cavalli. «Doch er muss befürchtet haben, dass der Journalist dort Unterlagen hatte.»

Regina nickte. «Also hat er den Schlüssel behalten, in der Hoffnung, irgendwann herauszufinden, wo sich Penassos Sachen befänden.»

«Damit er sie vernichten konnte», beendete Angst den Satz. «Wie Pass und Portemonnaie.»

Regina breitete die Arme aus. «Wovor hatten Lauterburgs Angst? Was verbergen sie?»

Juri Pilecki brauchte eine Zigarette. Meist war er entspannt, doch Paz Rubins Einvernahme kostete ihn Nerven. Zwei Stunden sass sie ihm nun gegenüber und starrte ihn unverblümt an. Seine Fragen beantwortete sie zwar ohne zögern, doch er verstand ihre Aussagen oft erst nach mehrmaligem Nachhaken. Um sicherzugehen, dass es sich nicht um ein sprachliches Problem handelte, hatte er den Dolmetscher gefragt, ob ihm Paz' Antworten auch so seltsam vorkämen. Der Dolmetscher hatte die Schultern gezuckt und erklärt, sie habe eine eigene Sichtweise der Dinge. Pilecki hatte sich gefragt, wie Fahrni mit ihr zurechtkam. Bis ihm aufgegangen war, dass die Denkweise des Sachbearbeiters erstaunliche Ähnlichkeit mit derjenigen von Paz aufwies.

«Paz», fuhr Pilecki fort, «kannst du mir schildern, was du gemacht hast, als du das Paket von Ramón Penasso erhalten hast?»

«Ich habe es geöffnet.»

Pilecki unterdrückte einen Seufzer. «Und anschliessend?»

Bevor Paz antworten konnte, wurde die Tür aufgerissen, und Gurtner stapfte herein. Als er sah, dass sich Pilecki mitten in einer Einvernahme befand, erstarrte er.

«Sorry!» Gurtner hob die Hand und trat den Rückzug an. «Ich dachte, die Tür sei wegen dem Rauch geschlossen.»

«Schon gut.» Pilecki stand auf. «Ich glaube, es ist Zeit für eine Pause. Wir könnten alle einen Kaffee vertragen.» Er gab Gurtner ein Zeichen und verliess mit ihm das Büro. «Was machst du hier? Geht es Helen besser?»

«Das Fieber ist weg.» Gurtner begleitete ihn einen Stock höher in die Kantine. «Ihre Schwester ist heute zu Besuch gekommen, da wird geschnattert, was das Zeug hält. Dachte, ich mache mich lieber rar. Hier tut sich einiges, wie ich höre!»

Während sie an der Kasse warteten, fasste Pilecki die Ereignisse zusammen.

«Das Kind kam in Asunción zur Welt?» Gurtner schüttelte den Kopf. «Also müssen wir jetzt auch noch Unterstützung aus Paraguay anfordern.»

«Wenn die Fälle überhaupt zusammenhängen», gab Pilecki zu bedenken. «Es deutet alles darauf hin, dass Madeleine das leibliche Kind der Lauterburgs ist.»

«Hat Penasso einen Fehler gemacht?»

«Irgendwo hat er eine falsche Abzweigung erwischt.»

«Ganz falsch kann sie nicht gewesen sein, sonst wäre er nicht im Zürichsee gelandet.»

Pilecki bezahlte die drei Tassen Kaffee und machte sich mit dem Tablett auf den Weg zurück in den fünften Stock. Als er den Linoleumgang hinunterschritt, ging die Tür zur Toilette auf, und der Dolmetscher trat heraus. Zu zweit kehrten sie ins Büro zurück. Gurtner würde seine Mails an Fahrnis Arbeitsplatz durchsehen, bis die Befragung abgeschlossen war.

Pilecki stellte das Tablett auf seinen Schreibtisch und sah sich um. «Wo ist Paz?»

«Sie war gerade noch hier», antwortete der Dolmetscher. «Vielleicht ist sie zur Toilette gegangen.»

Pileckis Blick schweifte zur Tür, wo einige Kleiderbügel an einem Haken hingen. Paz' Jacke fehlte.

«Scheisse», fluchte er, aus dem Büro rennend. Er eilte nach unten, wo er am Empfang erfuhr, dass Paz Rubin das Kripo-Gebäude vor wenigen Minuten verlassen hatte.

«Gabriela Lauterburg ist die leibliche Mutter von Madeleine?», wiederholte Regina.

«Ja», bestätigte Uwe Hahn.

«Und darüber gibt es keine Zweifel?»
«Nein, absolut keine.»
«Danke, Uwe!»
«Viel Glück.»
Regina legte auf und wartete, bis Cavalli sein Gespräch ebenfalls beendet hatte. Ihre Telefone hatten beinahe synchron geläutet. Seinem Ausdruck nach zu schliessen, hatte Cavalli schlechte Nachrichten erhalten.

«Paz Rubin ist verschwunden», sagte er ungehalten, während er das Handy in die Hosentasche zurückgleiten liess.

«Wie ist das möglich?», entfuhr es Regina.

«Pilecki!» Cavalli sprach den Namen wie ein Schimpfwort aus. «Wir müssen davon ausgehen, dass Paz hierherkommt. Sie ist überzeugt, dass Madeleine ihre Tochter ist.»

«Hahn hat soeben bestätigt, dass Gabriela Lauterburg die Wahrheit sagt. Sie ist die leibliche Mutter des Mädchens.»

«Paz wird kommen. Sie glaubt es nicht.»

Regina verliess das Zimmer und ging nach unten, wo Gabriela Lauterburg ihrer Tochter Stiefel anzog. Sie fragte sich, warum die Mutter dem Mädchen alles abnahm. Lily zog sich bereits selbständig an. Nur die Strumpfhosen bereiteten ihr Schwierigkeiten. Hatte Gabriela Lauterburgs Verhalten mit der Krankheit zu tun, unter der Madeleine litt? Regina hatte die Polizisten beauftragt, nach ärztlichen Unterlagen zu suchen, noch war aber nichts zum Vorschein gekommen. Ob sie darin eine Antwort fände, wusste Regina nicht, doch sie war sich sicher, dass Madeleine der Schlüssel zum Fall war. Wenn sich keine Unterlagen im Haus befänden, müssten sie den Kinderarzt des Mädchens ausfindig machen. Gabriela Lauterburg hatte beharrlich geschwiegen, als Regina sie gefragt hatte, warum Madeleine Medikamente einnehmen müsse.

«Frau Lauterburg?» Regina sah auf die kniende Frau hinunter. «Wir haben Grund zur Annahme, dass Paz Rubin hier auftauchen könnte.»

«Ich habe Ihnen gesagt, dass ich keine Paz Rubin kenne!» Gabriela Lauterburg zog Madeleines Hose gerade und stand auf.

«Paz Rubin glaubt, Madeleine sei ihre Tochter», erklärte Regina. «Wir wissen inzwischen, dass das nicht stimmt. Doch ich fürchte, sie wird trotzdem kommen.»

Gabriela Lauterburg packte Madeleines Hand. «Dann verhaften Sie die Frau! Ich will nicht, dass sie in Madeleines Nähe kommt!»

«Mami», quengelte Madeleine. «Ich will zu Titus!»

«Bitte sagen Sie Frau Christen, sie solle nicht öffnen, wenn jemand an der Tür klingelt. Wir werden einen Polizisten draussen stationieren.»

Gabriela Lauterburg hielt ihrer Tochter eine dicke Jacke hin, dann stülpte sie ihr eine Wollmütze über den Kopf. Als sie auch noch einen Schal holte, fragte sich Regina, ob sie die Frau falsch verstanden hatte. Wohnte Barbara Christen nicht gleich nebenan? Regina hatte sich immer für eine übervorsichtige Mutter gehalten. Im Vergleich zu Gabriela Lauterburg war ihr Umgang mit Lily jedoch fast nachlässig. Ohne ein weiteres Wort öffnete Gabriela Lauterburg die Tür. Vor dem Haus stand ein Abschleppwagen. Ein Kriminaltechniker beaufsichtigte zwei Mitarbeiter des Abschleppdienstes, die den Tesla aufluden. Spezialisten des Forensischen Instituts würden das Auto später auseinandernehmen. Reginas Blick glitt zurück zu Madeleine. Das Mädchen hüpfte einer Hecke entlang, die Finger über die wächsernen Blätter ziehend. Gabriela Lauterburg riss sie ruckartig zurück.

Auf einmal hielt Regina inne. Ein Gedanke kam ihr. Er war so schrecklich, dass sie ihn am liebsten verdrängt hätte. Doch sie zwang sich, ihm Raum zu geben. Sie dachte an das sterile Kinderzimmer, die fehlenden Pflanzen im Haus. An das gesunde Frühstück, die gefährliche Katze und die Narbe. An Gabriela Lauterburgs offensichtliche Angst vor Keimen. Aus ihrer Tasche zog sie das Blatt, auf dem sie die Namen von Madeleines Medikamenten notiert hatte: Ciclosporin, Prednisolon, Azathioprin. Sie suchte Fahrni auf. Er sass an einem Tisch und studierte eine Geburtsurkunde. Daneben lagen weitere, spanisch abgefasste Dokumente.

«Ich habe einen dringenden Auftrag für dich», sagte Regina mit rauher Stimme. «Könntest du bitte sofort überprüfen, was diese Medikamente bewirken? Es kann nicht warten.» Sie reichte Fahrni die Liste.

Dann rief sie Vera Haas an.

«Ich soll was?», fragte Vera Haas.

«Claire Zurfluh fragen, ob sie etwas über Madeleine Lauterburgs Gesundheit weiss!», wiederholte Regina scharf.

«Aber Madeleine war noch gar nicht auf der Welt, als die Praxisassistentin entlassen wurde.»

«Ich weiss.» Regina schilderte ihre Vermutung.

12

Paz betrachtete die Anzeigetafel der S-Bahn. Diesmal wusste sie, dass sie in die S6 steigen musste. Letztes Mal hatte sie zwar die richtige Strecke gewählt, doch der Zug war an Herrliberg vorbeigefahren, ohne anzuhalten. In Rapperswil war sie ausgestiegen und wieder zurück nach Zürich gefahren. Es hatte nicht viele Leute in der S-Bahn. Paz setzte sich an einen Fensterplatz und betrachtete gedankenverloren das Bahngleis. Obwohl sie sich auf der letzten Etappe ihrer Reise befand, war sie erstaunlich ruhig. Ein Jahr lang hatte sie einen Schritt nach dem anderen gemacht. Selten hatte sie gewusst, was sie erwartete. Sie hatte sich jeder neuen Situation angepasst, in der Überzeugung, es sei nicht nötig, den Weg vor sich zu sehen. Hauptsache, sie kannte ihr Ziel. Dass dies die letzte Etappe ihrer Reise sein sollte, konnte sie noch nicht fassen.

Die S-Bahn setzte sich in Bewegung. Lautlos tauchte sie in einen Tunnel ein. Es war zu dunkel, um die Mauern zu erkennen. Bevor sich Paz auf die Bewegung eingestellt hatte, hielt der Zug bereits wieder. Menschen stiegen zu, die S-Bahn verschwand erneut in einem Tunnel, diesmal einem kurzen. Plötzlich blitzte der See zwischen den Häusern auf. Paz presste die Stirn an die

Scheibe. Er war kaum breiter als der Rio Paraguay, trotzdem übte er eine seltsame Faszination auf sie aus. Seine Stille war geheimnisvoll. Das Wasser ruhte, ganz anders als der Fluss ihrer Kindheit. Ramón hatte im See auf sie gewartet.

Sie hatte nicht wirklich daran geglaubt, dass ausgerechnet sie es schaffen würde, seinen Weg zu Ende zu gehen. Ramón war ein Jaguar gewesen. Er war umhergestreift, hatte Beute gesucht, sich verteidigt, angegriffen. Sein Revier hatte keine Grenzen gekannt, er war seinem Trieb gefolgt. Sie hingegen hatte Concepción nur ein einziges Mal verlassen, um die Klinik in Asunción aufzusuchen. Sie zog es vor, an Ort und Stelle zu bleiben. Es gab nichts, was sie dazu trieb, in die Ferne zu ziehen. Neugier war ihr genauso fremd wie Unzufriedenheit. Doch nun war sie hier. In Herrliberg, wie eine Frauenstimme aus dem Lautsprecher verkündete. Die Notwendigkeit hatte sie hergeführt.

Paz holte den Zettel mit der Adresse der Lauterburgs hervor. Vor dem Bahnhof zeigte sie ihn einer Frau mit Einkaufstaschen. Paz verstand den Redeschwall nicht, der sich über sie ergoss, sie sah aber, wie der Blick der Frau vom See zum Hang glitt. Paz marschierte los. Eine Viertelstunde später zeigte sie den Zettel erneut. Sie war immer noch auf dem richtigen Weg. Nur einmal musste sie hundert Meter zurück, weil sie eine Abzweigung verpasst hatte. Als sie auf einem Strassenschild las, dass sie ihr Ziel fast erreicht hatte, blieb sie stehen. Von hier oben war der See in seiner ganzen Grösse zu sehen. In der Ferne berührte er sogar die Berge. Hatte der Ausblick Ariana geprägt, so, wie der Rio Paraguay sie geprägt hatte? Spürte ihre Tochter die Ruhe, die vom Wasser ausging? War sie deswegen gar eine andere geworden? Paz würde es nicht beurteilen können. Sie kannte ihre Tochter nicht.

Auf einmal schlug ihr Herz ein wenig schneller. Bald würde sie Ariana gegenüberstehen. Würde sie eine Verbundenheit spüren? Oder wäre ihr das Kind fremd? Würde Paz sie überhaupt erkennen? Darüber hatte sie sich bis jetzt keine Gedanken gemacht. Sie war mit anderem beschäftigt gewesen. Doch nun wurden diese

Fragen wichtig. Ein Abschleppwagen kam Paz entgegen, und sie presste sich gegen eine Mauer. Als das Brummen des Motors verklang, atmete sie auf. Dort, wo der Abschleppwagen hergekommen war, standen weitere Fahrzeuge. Ein Polizist sprach in ein Funkgerät. Paz hielt inne. War die Polizei ihretwegen hier? Vielleicht hätte sie noch mehr Fragen beantworten müssen. Doch es war ihr müssig erschienen. Die Vergangenheit war nicht mehr wichtig.

Unschlüssig blieb Paz stehen. Ramóns Warnung ging ihr durch den Kopf. Paz beschloss, keine Risiken einzugehen. Sie schlüpfte zwischen zwei Gebüschen hindurch in einen Garten. Eine Hecke führte der Strasse entlang. Dahinter konnte sie sich unbemerkt dem Haus nähern. Als sie sich nur wenige Meter vom Polizisten mit dem Funkgerät entfernt befand, blieb sie stehen. Es herrschte reger Betrieb. Immer wieder ging die Haustür auf, Kisten wurden hinausgetragen und in Fahrzeuge verladen. Paz beobachtete das Geschehen. Sie hielt nach einem Kind Ausschau, doch sie sah keines.

Sie wusste nicht, wie lange sie so dagestanden war. Erneut ging die Tür auf, und eine Frau trat hinaus. Sie trug einen hellen Mantel, den sie mit einer Hand zuhielt. Ohne die Polizisten zu beachten, schritt sie zum Nachbarhaus und klingelte. Kurz darauf wurde ihr geöffnet. Die Frau verschwand im Haus. Wenige Augenblicke später kam sie wieder heraus. An der Hand hielt sie ein Mädchen. Paz starrte in das runde Gesicht unter der Wollmütze. Sie sah volle Wangen und eine kleine, gerade Nase. Die roten Lippen waren zu einem Lächeln verzogen, die Augen blickten munter zur Frau empor. Die Frau erwiderte die Freude des Kindes nicht. Sie umklammerte die kleine Hand, als fürchte sie, das Mädchen könnte ihr entrissen werden.

Ariana? Paz formte das Wort lautlos. Vergeblich wartete sie darauf, dass ihr Herz ihr Anweisungen gab. Es blieb stumm. Stattdessen begann ihr Verstand zu arbeiten. Das Mädchen musste Ariana sein. Das Alter stimmte. Das Haus war das richtige. Gewissheit hätte sie erst, wenn sie die Frau mit der Tatsache konfrontierte.

Paz kam aus ihrem Versteck hervor. Sie staunte über den Aufruhr, den sie auslöste. Der Polizist sprach sofort in sein Funkgerät, die Frau zuckte zusammen und stellte sich schützend vor das Kind. Paz ging auf sie zu. Der Polizist sagte etwas, das sie nicht verstand.

«Wer sind Sie?», fragte die Frau auf Spanisch. «Was wollen Sie von uns?»

Ihre Worte gaben Paz die Gewissheit, am Ziel zu sein. Ramón hatte ihr geschrieben, dass die Frau Spanisch spreche. Sie habe die Sprache gelernt, als sie in Uruguay auf ein Kind gewartet habe, hatte Ramón erklärt. Nicht auf irgendein Kind, sondern auf Ariana, dachte Paz. Sie betrachtete das Mädchen, das neugierig hinter dem Mantel der Frau hervorlugte. Nun sah sie, dass die Augen des Kindes braun waren, wie ihre eigenen. Paz lächelte. Ariana lächelte zurück.

Der Polizist redete immer noch auf Paz ein. Sie ignorierte ihn. Aus dem Augenwinkel nahm sie wahr, wie weitere Polizisten aus dem Haus kamen. Paz ging in die Hocke.

«Ich bin Paz», stellte sie sich auf Deutsch vor.

Das Mädchen wich zurück.

«Lassen Sie uns in Ruhe!», rief die Frau.

Paz stand auf. «Ich kann nicht», sagte sie schlicht.

Plötzlich hörte sie eine vertraute Stimme. «Komm zu mir, Paz.»

Es war Tobias.

Überrascht drehte Paz den Kopf. Er stand wenige Meter neben ihr, einen starren Ausdruck auf dem Gesicht. Enttäuschung wallte in ihr auf. Sie hatte ihm vertraut. Sie hatte geglaubt, er würde sie unterstützen.

Bedauernd schüttelte sie den Kopf. «Ich bin gekommen, um Ariana zu holen.»

Das Gesicht von Tobias war ungewöhnlich bleich. «Bitte, wir müssen reden.»

«Ich möchte nicht reden.» Paz wandte ihre Aufmerksamkeit wieder Ariana zu.

«Ariana ist nicht deine Tochter», sagte Tobias.

Paz streckte die Hand nach dem Mädchen aus.

«Nein, Paz!»

Die Verzweiflung in Tobias' Stimme liess sie aufhorchen. Rund um sie herum war es still geworden. Noch mehr Menschen waren aus dem Haus gekommen, darunter eine Frau, die sich an den Arm eines Polizisten klammerte. Paz erkannte ihn. Es war der Vorgesetzte von Tobias. Er starrte sie an.

Tobias kam einen Schritt auf sie zu. Als seine Finger ihre Schulter berührten, liess sie den Arm sinken. Ariana betrachtete sie misstrauisch. Sie sagte etwas auf Deutsch, das Paz nicht verstand. Tobias versuchte, Paz vom Mädchen wegzuziehen, doch Paz blieb stehen.

«Ich muss es tun, Tobias.»

«Ariana ist nicht deine Tochter», wiederholte er.

«Doch», widersprach Paz. «Ariana ist nicht bei der Geburt gestorben. Ramón würde nie lügen.»

Tränen schimmerten in Tobias' Augen. «Er hat nicht gelogen», sagte er mit brüchiger Stimme.

Paz wartete.

«Ariana ist nicht gestorben. Sie wurde tatsächlich nach Uruguay gebracht. Aber dort...» Tobias zog sie in seine Arme. «Ramón wusste es nicht. In Punta del Este wartete ein krankes Mädchen auf Ariana.» Er zeigte auf das Kind, das sich hinter der Frau versteckte.

«Nein!», rief Gabriela Lauterburg.

«Madeleine litt unter einem angeborenen Herzfehler.» Tränen rannen Tobias über das Gesicht. «Sie brauchte dringend ein neues Herz.»

«Ein Herz?», wiederholte Paz.

«Sie haben Ariana... man hat ihr Herz verkauft.»

Tobias war nicht der Einzige, der weinte. Nur Paz fühlte sich seltsam leer. Sie versuchte zu begreifen, was Tobias ihr erzählte, doch eine Taubheit hatte sie erfasst. Sie liess ihren Blick über die schweigenden Polizisten gleiten, hörte den schwachen Ruf eines ihr unbekannten Vogels. Auf dem See sah sie ein Schiff, das quer über das Wasser fuhr. Es hinterliess eine weisse Spur, die immer breiter wurde, bis sie sich schliesslich in Nichts auflöste.

13

Lily zeichnete mit dem Finger eine rosarote Blume auf ihrem Kleid nach. Dann drehte sie eine Pirouette vor dem Spiegel. Ihr dunkles Haar stand dabei von ihrem Kopf ab wie ein Propeller. Das schmale Gesicht darunter war blass, die Augen leuchteten jedoch, als brenne hinter der Iris ein Licht. In den grünen Strumpfhosen sahen Lilys dünne Beine aus wie zwei Grashalme.

Unauffällig tupfte sich Regina die Augenwinkel trocken. In den letzten Tagen hatte sie ihre Tochter nicht anschauen können, ohne dass ihr Tränen in die Augen geschossen waren. Immerzu musste sie an die Kinder denken, die den Ärzten der Klinik Buena Vida buchstäblich als Ersatzteillager gedient hatten. Säuglinge wie Ariana, die ihren Müttern geraubt und mit falschen Papieren über die Grenze nach Uruguay geschmuggelt worden waren, wo ein krankes Kind auf ein Herz, eine Niere, eine Leber oder ein anderes Organ wartete. Ein Kind, dessen Eltern die Mittel hatten, bis zu 150 000 Dollar zu bezahlen, damit sie nicht auf eine Warteliste gesetzt wurden, sondern sofort bekamen, was sie brauchten. Regina hatte gelesen, dass bei den rund 100 000 Transplantationen, die jedes Jahr weltweit durchgeführt wurden, fünf Prozent der Organe illegal erworben wurden. Die Klinik Buena Vida war nicht die einzige, die von der Verzweiflung der Erkrankten und ihrer Angehörigen profitierte. Auch in der Ukraine waren laut einem Bericht des Europarats Säuglinge aus Geburtskliniken entführt worden. Auf einer Abfalldeponie in Charkow hatte man die Leichen von Neugeborenen gefunden, denen Organe entnommen worden waren. Der Fall lag schon einige Jahre zurück. Die Behörden bestritten noch immer, dass es sich um Entführungen gehandelt habe. Doch allein zwischen 2001 und 2003 sollen 300 ähnliche Fälle bekannt geworden sein. Eine anschliessende Untersuchung der Parlamentarischen Versammlung des Europarates ergab, dass die Neugeborenen ihren Müttern geraubt worden waren. Die involvierten Ärzte verdienten Millionen.

Alois Ehm war am Tag der Hausdurchsuchung am Grenzübergang Basel verhaftet worden. Er behauptete, nichts über die Herkunft der Organe in der Klinik Buena Vida gewusst zu haben. Doch in seiner Praxis hatten sie Unterlagen aus Concepción gefunden, aus denen hervorging, dass das ungeborene Kind von Paz Rubin bereits während der Schwangerschaft auf seine Kompatibilität hin untersucht worden war. Ehms Panik, als er erfahren hatte, dass ein südamerikanischer Journalist bei Lauterburgs aufgetaucht war, stützte die These, wonach er über die Herkunft der Organe informiert gewesen war. Seiner damaligen Praxisassistentin, Claire Zurfluh, waren die Unterlagen in die Hände geraten, als sie die Ablage neu sortiert hatte. Weil sich Ehm nicht sicher gewesen war, ob sie die Berichte gelesen hatte, hatte er sie entlassen. Der Diebstahl von Medikamenten hatte ihm als Vorwand gedient. Die Beruhigungsmittel hatte er am Tag zuvor selber entwendet.

Thomas und Gabriela Lauterburg hingegen hatten allem Anschein nach nichts vom Organhandel gewusst. Als Ramón Penasso plötzlich vor ihrer Tür stand und sie mit dem Vorwurf konfrontierte, Madeleine sei ein geraubtes Kind, riefen sie Alois Ehm an, damit er dem Journalisten klarmachte, dass seine Behauptung falsch war. Doch Alois Ehm hatte offenbar nicht vor, ein Risiko einzugehen. Es musste ihm bewusst gewesen sein, dass Penasso weitergraben würde, bis er die Wahrheit entdeckte. Also brachte er den Journalisten für immer zum Schweigen. Anschliessend sicherte er sich Thomas Lauterburgs Hilfe bei der Entsorgung der Leiche, indem er ihm die Wahrheit über die Herkunft von Madeleines Herz erzählte.

Noch immer verstand Regina nicht, warum Thomas Lauterburg sich zum Komplizen hatte machen lassen. Er behauptete, er habe seine Tochter vor der Wahrheit schützen wollen. Nie sollte Madeleine erfahren, dass ein Kind ihretwegen hatte sterben müssen. Während Gabriela Lauterburgs Schwangerschaft war beim Fötus ein hypoplastisches Linksherzsyndrom diagnostiziert worden.

Bei der Geburt schienen die Neugeborenen zwar klinisch normal, doch es war nur eine Frage der Zeit, bis das Kind einen kardiogenen Schock erlitt. In der Regel starb der betroffene Säugling innert zehn Tagen. Die Eltern hatten die Wahl zwischen einer Operation oder einer Herztransplantation. Die sogenannte «Norwood Operation» hatte den Vorteil, dass das Kind später keine immunsuppressiven Medikamente benötigte. Doch sie stellte ein grosses Risiko für das Kind dar. Physiologisch gesehen, blieb das Herz unnormal. Lauterburgs hatten sich deshalb für eine Transplantation entschlossen. Dies, obwohl sie wussten, dass sie ein Leben lang mit einer Klinik in Verbindung stehen müssten. Herztransplantationen im Neugeborenenalter waren erst durch die Entwicklung des immunsuppressiven Medikamentes Cyclosporin A in den frühen Achtzigerjahren möglich geworden. Seither hatte die Medizin aber grosse Fortschritte gemacht. Erreichte das Kind das fünfte Lebensjahr, betrug die Lebenserwartung 80 Prozent. Je jünger ein Säugling zum Zeitpunkt der Transplantation war, desto weniger Medikamente benötigte er, die verhinderten, dass sich sein Körper gegen das fremde Gewebe wehrte. Die grösste Schwierigkeit bestand darin, rechtzeitig ein Spenderherz zu erhalten. Während der Wartezeit konnte der Säugling mit starken Medikamenten und unter aufopfernder Pflege nur drei bis fünf Monate am Leben erhalten werden.

Als Alois Ehm erklärt hatte, er habe Beziehungen zu einer Klinik in Uruguay, in der Patienten gegen entsprechende Bezahlung zuoberst auf die Warteliste für ein Organ gesetzt würden, zögerten Lauterburgs nicht lange. Sie überwiesen den verlangten Betrag und reisten nach Punta del Este, wo Gabriela Lauterburg bis zur Geburt blieb. Die Operation verlief ohne Komplikationen. Der Spezialist, der aus den USA eingereist war, stellte offenbar keine Fragen. Die Überführung in die Schweiz bezahlten Lauterburgs aus der eigenen Tasche. In einer Zürcher Klinik wurde Madeleine weiterbetreut, schon bald durfte sie nach Hause. Dort führten Gabriela und Thomas Lauterburg die begonnene immunsuppressive Therapie unter ärztlicher Aufsicht weiter. Bis an ihr Lebensende müsste Madeleine Medikamente einnehmen. Die Folgen waren nicht nur eine verstärkte Neigung zu Infekten. Immer lauerte auch die Gefahr einer Abstossung des fremden Herzens. Gabriela und Thomas Lauterburg lebten in ständiger Angst, ihr Kind zu verlieren. Nun mussten sie auch noch damit zurechtkommen, dass sie diesen Schmerz einer anderen Mutter zugefügt hatten.

Nie würde Regina vergessen, wie sich Paz' Ausdruck verändert hatte, als Fahrnis Worte ihr ins Bewusstsein drangen. Zuerst hatte sie nur den Kopf geschüttelt, als liesse sich die Wahrheit so wegwischen. Die Bewegung war immer langsamer geworden, bis sie schliesslich ganz aufgehört hatte. Wie eine Wachsfigur war Paz dagestanden, leblos und starr. Fahrni hatte sie an sich gezogen, doch auch in seinen Armen blieb Paz apathisch. Als Madeleine plötzlich fragte, was der Frau fehle, zuckte Paz zusammen, als wäre sie von einem Geist angesprochen worden. Der Laut, den sie von sich gegeben hatte, war Regina durch Mark und Bein gegangen.

Eine Berührung holte Regina in die Gegenwart zurück.

«Hast du weh?», fragte Lily besorgt.

Rasch trocknete sich Regina die Augen. «Ich weine, weil du so schön aussiehst, Schatz!»

Die Erklärung beruhigte Lily nicht. Als Regina in ihr bekümmertes Gesicht blickte, fragte sie sich, woher die Liebe kam, die sie für Lily empfand. Gab es eine unsichtbare Verbindung zwischen Mutter und Kind? Eine Brücke von Seele zu Seele? Waren Emotionen und Erinnerungen wirklich nur im Gehirn gespeichert? Oder auch im Herzen, dem Symbol der Liebe schlechthin? Wie viel von einem Menschen machte das Herz aus? Lebte Ariana in Madeleine weiter? Oder war das Organ bloss ein Zahnrad im menschlichen Organismus? Eine Theorie behauptete, mit dem Herz existiere auch ein Stück Seele weiter. Daran glaubten jedoch nur Esoteriker. Regina hatte Uwe Hahn gefragt, warum Madeleines Körper keine Spuren von Arianas DNA aufweise. Sowohl der Vaterschafts- als der Mutterschaftstest hatten eindeutig ergeben, dass Madeleine das Kind von Thomas und Gabriela Lauterburg war. Hahn vermutete, dass ein Organ vor der Transplantation so gereinigt würde, dass kein Blut des Spenders mehr im Gefässsystem vorhanden war, das in den Kreislauf des Empfängers gelangen konnte. Daher zirkulierten auch keine Zellen mit Fremd-DNA. Eine Biopsie des Herzens hätte jedoch die Wahrheit ans Licht gebracht.

Es klingelte an der Tür. Als Lily die Stimme von Chris hörte, vergass sie ihren Kummer und sauste aus dem Zimmer.

«Kiss, Lily drei!», verkündete sie.

«Ich weiss, Zwerg.»

Regina hörte, wie Chris von Leonor begrüsst wurde. Lilys Patin war bereits am Vormittag aus Basel gekommen, um mit Lily einen Kuchen zu backen. Regina hatte die freien Stunden dazu benutzt einzukaufen. Während der letzten Tage war sie bis spät abends im Büro geblieben. Mit der Verhaftung von Alois Ehm hatte ihre Arbeit erst richtig begonnen. Der Fall drohte, kompliziert zu werden. Nicht nur, weil unklar war, welche Beweise vor Gericht zugelassen würden, sondern auch, weil die Behörden dreier verschiedener Länder involviert waren. Es stand nicht fest, wer die Verfahrenshoheit innehatte. Vermutlich würde Uruguay Anklage erheben, doch bis es so weit war, galt es, bürokratische Hürden zu überwinden.

Ein Telefongespräch hingegen war unkompliziert verlaufen. Regina hatte Esteban Salazar nur wenige Stunden nach Alois Ehms Verhaftung über die Ereignisse informiert. Dass die argentinische Regierung nichts mit Ramón Penassos Tod zu tun hatte, würde Gonzalo Campos' Freilassung vereinfachen. Ein Sündenbock war nun nicht mehr nötig. Regina war die Erleichterung in der Stimme des Staatsanwalts nicht entgangen. Endlich konnte er sich des unangenehmen Falls entledigen. Nur etwas hätte er gerne noch gewusst: Ob Ramón Penassos Schwester tatsächlich lebte. Doch dieses Verbrechen würde vermutlich nie aufgeklärt. Der Einzige, der sich dafür interessiert hatte, war tot. Wenn Penassos Schwester, ohne es zu wissen, in einer fremden Familie aufgewachsen war, nähmen die Adoptiveltern das Geheimnis vermutlich mit ins Grab.

«Mami!», rief Lily. «Schleim!»

Regina eilte ins Wohnzimmer. Chris und Lily knieten auf dem Boden vor einem Plastikbecher. Debbie sammelte zerrissenes Geschenkpapier ein. Regina verzog angeekelt das Gesicht, als Lily den Finger in eine Masse grünen Schleims steckte. Chris grinste. Regina stellte sich vor, wie der Schleim bald aussähe: voller Staub, Schmutzpartikel und Haare. Sie fragte sich bereits, wie sie ihn unauffällig verschwinden lassen könnte, als sie plötzlich innehielt. Lily war ein gesundes Kind. Etwas anfälliger für Krankheiten als andere vielleicht, doch ihr Immunsystem war nicht beeinträchtigt. Nicht so wie Madeleines. Gabriela Lauterburg war übervorsichtig, denn auch ein Kind, das immunsuppressive Medikamente einnahm, durfte zwar Tiere streicheln und Pflanzen berühren. Doch ihre Angst war begründet. Das Risiko, dass Madeleine an einer Infektion erkrankte, war hoch. Bei Lily war die Situation anders. Regina holte Atem und versuchte, etwas Begeisterung in ihre Stimme zu legen, als sie sich bei Chris für das Geschenk bedankte.

Sie sah auf die Uhr. Cavalli müsste jeden Moment kommen. Er hatte ihre Eltern am Bahnhof Stettbach abgeholt, weil Marlene Flint die Busfahrt nach Gockhausen als mühsam empfand. Regina fragte sich, wie ihre Mutter es schaffen wollte, mehr als einmal pro Woche Lily zu hüten. Regina müsste sich mit den Klagen arrangieren. Ohne Cavallis Unterstützung wäre sie froh um jede Hilfe, auch solche, die von Vorwürfen begleitet war. Wie sie ihre Arbeit und Lilys Vollzeitbetreuung unter einen Hut bringen sollte, war ihr schleierhaft. Doch das war Cavalli egal gewesen, als er Jim McKenzie zugesagt hatte.

Seine Abkommandierung war nun offiziell. Er würde im Auftrag des Bundesamts für Polizei in die USA reisen. Bis er zurückkäme, übernähme Pilecki als sein Stellvertreter die Leitung beim Kapitalverbrechen. Während dieser Zeit könnte Cavalli mit niemandem Kontakt aufnehmen, ausser mit seinem Betreuer beim FBI. Noch immer war Regina wütend, dass er den Auftrag angenommen hatte. Zur Wut war nun aber auch Angst hinzugekommen. Erst kürzlich war ein verdeckter Ermittler im Tessin erschossen worden. In den USA war es kaum weniger gefährlich. Die Vorstellung, Cavalli ganz zu verlieren, verlieh seiner Abreise eine andere Dimension. Die widersprüchlichen Gefühle, mit denen Regina kämpfte, waren ihr nicht neu. Vermutlich wären sie immer Teil ihrer Beziehung zu Cavalli.

Von draussen vernahm sie die schrille Stimme ihrer Mutter. Sie hatte den Volvo gar nicht kommen hören. Rasch straffte Regina die Schultern und ging in die Küche, um das Teewasser aufzusetzen. Kurz darauf wurde die Wohnungstür geöffnet. Marlene Flint stürzte sich auf ihre Enkeltochter, während Walter Flint seine Tochter begrüsste. Aus dem Schrank holte Regina acht Teller.

«Gibt es in der Küche etwas zu tun?», fragte Cavalli, der sich offenbar dem Rummel entziehen wollte.

Regina reichte ihm die Teller. «Du kannst den Tisch decken.»

«Dodo!», erklang Lilys aufgeregte Stimme plötzlich neben ihnen. «Grüner Popo!»

«Popel», rief Chris aus dem Wohnzimmer. «Nicht Popo!»

Mit einem Lächeln stellte Cavalli die Teller auf die Ablage und ging in die Hocke. «Popel?», wiederholte er. «Sind sie essbar?»

«Igitt!», entfuhr es Regina.

Lily kreischte vor Vergnügen.

Regina kniete sich ebenfalls vor sie hin. «Ich habe übrigens auch ein Geschenk für dich, Schatz. Willst du es aufmachen? Ich pass so lange auf deinen Slimy auf.»

Lily zögerte kurz. Als Regina aber ein grosses Paket holte, streckte sie ihr sofort den Becher hin. Regina stellte ihn weg, während sich ihre Tochter am Geschenkpapier zu schaffen machte. Lily kräuselte die Nase, als sie eine weiche Rolle hervorzog.

«Weisst du, was das ist?», fragte Regina.

Lily schüttelte den Kopf.

Regina entfernte die Hülle. «Ein Schlafsack. Damit du nicht frierst, wenn du mit Dodo im Wald schläfst. In seinem Schlafsack hast du bald nicht mehr Platz, so schnell, wie du wächst.» Sie breitete den Kinderschlafsack auf dem Küchenboden aus.

Sofort kroch Lily hinein. Cavalli sah reglos zu. Langsam hob er den Kopf. Ihre Blicke trafen sich. Regina erkannte darin tiefe Dankbarkeit, aber auch Trauer. Sie nahm seine Hand und drückte sie.